〈氷と炎の歌〉

A SONG OF
ICE AND FIRE

Fire & Blood
炎と血

Ⅱ

ジョージ・R・R・マーティン
酒井昭伸・他◎訳

早川書房

〈氷と炎の歌〉

炎と血 Ⅱ

イラスト／鈴木康士

目次

竜王の裔《すえ》たち　揺れる王位継承権

Heirs of the Dragon – A Question of Succession

戦争の種はしばしば平時に蒔《ま》かれる。ウェスタロスではずっとそうだった。〈双竜の舞踏〉として知られる戦い、〈鉄の玉座〉をめぐる血で血を洗う大抗争は、征服後《AC》一二九年から一三一年にかけて行なわれたが、抗争の根源はといえば、それに先立つこと半世紀、征服王の裔《すえ》たちが享受したなかでもっとも長く、もっとも平和的であった時代に——ターガリエン王朝・ジェヘアリーズ一世調停王の治世中に芽生えたものだった。

ジェヘアリーズ一世老王とアリサン博愛王妃は、王妃がAC一〇〇年に亡くなるまで、ずっと手を携えて（ただし、〈一度めの秋風〉と〈二度めの秋風〉と呼ばれる別居期間は除く）七王国を統治し、十三人の子供を儲けた。そして、そのうちの四人は——王子ふたりと王女ふたりである——成人し、結婚し、それぞれに子供たちを儲けた。あとにも先にも、七王国の歴史において、ターガリエン家がこれほど多くの王族に恵まれた（見方によっては、呪われた）時期はない。その結果、老王の子種と愛妃の苗床から生まれた子らは、てんでに王位継承権を主張しだし、それは——多くの学匠《メイスター》が必然的

成りゆきだったと考えているように――〈双竜の舞踏〉、およびそれに類する骨肉相食《あいは》む抗争劇へと発展し、大きな混乱を巻き起こすにいたる。

ジェヘアリーズ一世王の治世初期において、このような反目は表面化していない。老王は、第三子エイモン王子と第四子ベイロン王子を、いわゆる〝世継ぎと、世継ぎに万が一の事態がおきたときの第二候補〟と見なしていた。王国がふたり以上の有能な王子に恵まれた時期は、老王の時代以外には珍しい。AC六二年、七つの齢、エイモンは正式に〈ドラゴンストーン城のプリンス〉に指名された。つまり〈鉄の玉座〉の跡継ぎとして立太子されたということである。十七の齢には騎士に叙せられ、二十の齢には馬上槍試合で優勝をはたし、二十六の齢には父王の大司法官および法相を兼務している。〈王の手〉にこそならなかったが、これは老王のもっとも信任が厚い友にして〝わが大業《たいぎょう》の盟友〟、司祭《セプトン》バースが〈王の手〉職に就いていたからである。第四子であるベイロン王子のほうも、業績ではけっして兄に劣らず、十六で騎士に叙せられ、十八で結婚している。ベイロンとエイモンは好敵手の関係にあったが、それは健全な競争関係であって、両者もそれを楽しんでおり、ふたりを結びつける愛情の絆を疑う者はどこにもいなかった。太子の王位継承は盤石であるかに見えた。

ところが、AC九二年、この盤石のはずの体制にひびが入る。〈ドラゴンストーン城のプリンス〉エイモン太子がタース島に遠征中、横に立つ島主を狙ってミア人が射た弩弓《クロスボウ》の太矢を受け、殺されてしまったのである。王と王妃は深く嘆き悲しみ、王土全体が涙にくれたが、なかでもベイロン王子の憤りようはすさまじく、即座にみずからタース島へ乗りこみ、島全体のミア人を残らず海に放逐して、兄の復讐を果たした。その後、王都キングズ・ランディングに帰還したベイロンは、英雄として民衆から歓呼の声で迎えられ、父王に抱擁されたのち、新たな〈ドラゴンストーン城のプリンス〉として〈鉄の玉座〉の後継者に指名された。この措置は広く好感をもって受けとめられた。庶民たちはみな

〈勇者ベイロン〉を愛し、王土の諸公もみな兄王子の順当な後継者として新太子を受け入れた。

　ところが、兄エイモンには子供がいた。娘のレイニスである。AC七四年に生まれたレイニスは、聡明かつ有能で美しい乙女に成長していた。AC九〇年、十六の齢に、レイニスは王の海軍相兼提督、ヴェラリオン家のコアリーズ公に嫁《とつ》ぐ。コアリーズ公は当時の〈潮《しお》の主《ぬし》〉であり、多数の船舶を持つことから、〈海蛇〉として名を馳せた人物である。この人物と結婚していたことに加え、エイモンが横死したとき、娘のレイニスは懐妊していた。したがって、ベイロン王子を〈ドラゴンストーン城のプリンス〉として立太子することにより、ジェヘアリーズ老王は前太子の嫡子レイニスだけでなく、嫡孫となる（であろう）懐妊中の子供までも無視する形をとってしまったのである。

　男子を優先的に継承させる王のこの決断は、古くから確立された習慣になんら反するものではない。七王国最初の統一王となったのはエイゴン征服王であって、二歳年上の姉ヴィセーニアではなかった。ジェヘアリーズ王自身、王位簒奪者《さんだつしゃ》たる叔父《おじ》メイゴルを追い落とす形で〈鉄の玉座〉についているが、出生順でいえば、姉のレイナよりも継承権は下だった。ジェヘアリーズ王とて軽々《けいけい》にこの断を下したわけではない。小評議会で徹底的にこの件を議論したことは周知の事実である。あらゆる重要事項についてそうであったように、〈王の手〉であるセプトン・バースにも相談したであろうことは想像に難くない。もうひとりの顧問、上級学匠《グランド・メイスター》エライサーの見解にもおおいに重きを置いたことだろう。

その結果として、いっさい問題はないとの結論に到達したのだ。じっさい、騎士として経験を積んだ三十五歳のベイロン王子のほうが、十八歳のレイニス王女よりも、そしていまだ産まれぬ赤子よりも（その子が男子であろうとなかろうと関係はない――すでにベイロン王子も、ふたりの健康な王子、ヴィセーリスとデイモンを授かっていたからだ）、治者にふさわしいといえる。〈勇者ベイロン〉として庶民に愛されていたことも考慮すべき要素だった。

それでも、反対する者たちはいた。真っ先に異論を唱えたのはレイニス王女自身である。

「陛下はわが息子の、生得の権利を奪おうとしておられるのですよ」

膨れた腹に片手をあてて、レイニスは王に詰めよった。その後、夫のコアリーズ・ヴェラリオンは、激昂するあまり海軍相を辞し、小評議会参議の地位も捨て、レイニス妃を連れてドリフトマーク島に引きあげてしまう。レイニス王女の実母、バラシオン家出身のレディ・ジョスリンも憤慨していた。そして、レディの恐るべき兄、嵐の果て城《ストームズ・エンド》の城主、ボアマンド・バラシオンもだ。

だれよりも公然と抗議したのはアリサン博愛王妃だった。七王国に対する夫の統治を、長年に亘《わた》り、愛情の眼差しとともに支えてきた王妃だが、息子の娘の継承権が〝男ではない〟というだけの理由でないがしろにされているのを見て、憤然と王に抗議したのだ。

「治者に必要なものは聡明さと真心です」これが、このとき王妃が王にいったとされる有名なことばである。「陰茎などは持ち合わせていなくともけっこう。統治するだけの知恵が女に欠けていると、ほんとうに陛下が思っておられるのなら、もうわたしなど無用でございましょう」

言い捨てるや、アリサン王妃は即刻キングズ・ランディングをあとにし、愛竜シルバーウィングにまたがってドラゴンストーン城へ飛んだ。それから二年間、王妃とジェヘアリーズ王は離ればなれになって暮らす。歴史に〈二度めの秋風〉として記録される別居期間である。

老王と博愛王妃は、AC九四年、ふたりの娘である司祭女《セプタ》、メイゲルの尽力によって和解するが、継承問題で折りあうことはついになかった。AC一〇〇年、王妃が消耗性疾患で亡くなってしまったためだ。享年六十四だった。死のまぎわまで、王妃は孫娘のレイニスとその子供たちが正当な権利をないがしろにされたことに不満を訴えていたという。くだんの〝懐妊中の子供〟はAC九三年に誕生しており、女の子だった。母レイニスはこの娘にレーナと名づけた。翌年、レイニスはレーナ公女の

弟を産む。レーナーである。そのころにはもう、ベイロン王子の王位継承は盤石と見られていたが、ヴェラリオン家とバラシオン家は、産まれたばかりのレーナー公子こそが、〈鉄の玉座〉を継承する第一の権利を持つとの考えをいだいていた。同時に、一部にはレーナーの姉レーナこそが――さらに、ふたりの母レイニスこそが――継承権の第一位を持つと主張する者たちもいた。

その晩年において、神々はアリサン王妃に対し、すでに詳述したとおり、いくつもの残酷な試練を課した。しかしこの時期、王妃は悲しみだけでなく、喜びをも味わっている。とりわけ恵まれたのが孫たちの慶事である。婚儀もあった。AC九三年には、ベイロン王子の嫡男、ヴィセーリスの挙式に参列。結婚の相手はアリン家のレディ・エイマ――アリン家に嫁いだ故ディラ王女の、十一歳になる娘だった（ふたりが初夜を迎えるのは、二年のちに花嫁が初花を咲かせてからのことになる）。AC九七年を迎えると、博愛王妃はベイロンの次子デイモンが、ロイス家のレディ・レイアと――谷間《ヴェイル》の古城、神秘の石城《ルーンストーン》の跡継ぎである――結婚するようすを目《ま》のあたりにしている。

AC九八年には、ジェヘアリーズ王の治世五十周年を記念し、キングズ・ランディングで大規模な馬上槍試合大会が催された。これには王妃もご満悦だっただろう。生存している子供、孫、曾孫《ひまご》らが一堂に会して祝賀の席につき、喜びを分かちあったのだから。〈ヴァリリアの破滅〉以来、これほど多くのドラゴンがひとところに集まったことはないといわれたが、これは事実だ。馬上槍試合では、最終戦において、〈王の楯《キングズガード》〉の騎士サー・ライアム・レッドワインと、サー・クレメント・クラブが対戦し、双方の試合用騎槍を折ること三十度、ここにいたってついに、ジェヘアリーズ王が両者とも優勝とする旨を宣言し、かつてウェスタロスで戦われたなかで至高の名勝負であったと、その誉れを謳《うた》われることになる。

しかし、この大会から二週間後、四十一年にわたって有能な〈王の手〉を務めてきた人物、老王の

旧友でもあるセプトン・バースが睡眠中に死を迎える。ジェヘアリーズは〈王の楯《キングズガード》〉の総帥を後任に任命したが、あいにくサー・ライアム・レッドワインはセプトン・バースではなく、騎槍をふるえば無双でも、〈王の手〉としては力不足であることがわかった。

「世の問題のなかには、騎槍では対処できぬものもあるのです」

これはグランド・メイスター・アラーの有名な提言である。王としては、就任後、わずか一年で、サー・ライアムを解任する仕儀となった。その後任として新たに任命したのは、次子のベイロン王子だった。AC九九年、〈ドラゴンストーン城のプリンス〉は〈王の手〉に就任する。ベイロン王子は立派に職務をこなした。学識こそセプトン・バースにおよばなかったものの、人を見る目はたしかなもので、王子はいつも忠実な臣下と顧問に囲まれていた。ベイロン・ターガリエンが〈鉄の玉座〉につけば王土は安泰だ、と諸公も庶民もうなずきあったという。

しかしことは、そううまくは運ばなかった。AC一〇一年、〈王の森〉で狩りをしている最中に、王子は突然、脇腹の痛みを訴えた。王都に帰りついた時点で、その痛みはいっそう激しくなっていた。腹部は膨れあがって硬くなり、痛みはあまりにも激しく、起きあがることもできないありさまだった。グランド・メイスター・アラーが卒中で倒れたのち、後任として〈知識の城《シタデル》〉から着任したばかりのグランド・メイスター・ランサイターが懸命の手当てを施したおかげで、王子の熱もすこしは下がり、罌粟《ケシ》の乳液が多少とも痛みを和らげはしたが、それでも容態は悪化するばかり。床《とこ》について五日め、〈手の塔〉の寝室に横たわり、父王に手を握られて、ベイロン王子は息を引きとった。遺体の開腹を行なったグランド・メイスター・ランサイターの発表によれば、王子の死因は内臓破裂だった。

七王国全土が悲嘆にくれるなか、とりわけジェヘアリーズ王の嘆きようはひととおりではなかった。しかも今回は、息子の火葬壇に点火するさい悲嘆を分かちあうべき愛妃も、前年に世を去っている。

老王がこれほど孤独を感じたことはなかったにちがいない。しかも、ここでふたたび、王は煩わしい択一問題に直面する。またしても継承問題が頭をもたげてきたのだ。跡を継ぐべき息子がふたりとも死亡し、火葬に付されたいま、〈鉄の玉座〉の後継者たる強固な条件をそなえた王族はいない。だが、だからといって、継承権を主張できる立場の者がいなくなったわけではない。

　ベイロンは妹のアリッサ王女と結婚し、三人の王子を儲けた。そのうちのふたり、ヴィセーリスとデイモンはまだ存命だ。ベイロンが〈鉄の玉座〉についてさえいれば、今回はヴィセーリスがなんの問題もなく王位を襲っていただろう。しかし、ベイロンが太子のまま四十四歳で横死したがために、継承問題は泥沼化した。レイニス王女とその娘、レーナ・ヴェラリオンの継承問題がふたたび表面化したうえ、たとえふたりが女性だという理由で継承権を認められなかったとしても、レイニスの子息レーナー公子はそんな制約の外にある。レーナー・ヴェラリオンは男性であり、ジェヘアリーズ王の嫡男の嫡男だ。それに対して、ベイロンの子息たちは王の第四子の子供でしかない。

　さらにやっかいなことに、ジェヘアリーズ王にはいまも存命の子息がひとりいた。〈知識の城《シタデル》〉で大学匠《アーチメイスター》となったヴェイゴンである。アーチメイスターとして、青金《イエロー・ゴールド》製の指輪、学杖《がくじょう》、仮面を取得したヴェイゴンは、歴史上〈ドラゴンを持たぬヴェイゴン〉として知られるが、当時の七王国の大半では、その存在そのものが忘れ去られていた。まだ四十歳にもならぬというのに、ヴェイゴンは血色が悪く、虚弱で、錬金術、天文学、数学といった秘儀的な学問に身命を捧げる、本の虫だった。少年時代でさえ、みなからあまり可愛がられておらず、〈鉄の玉座〉にふさわしい人物だと思う者はだれもいなかった。

　しかしいま、老王は最後に残った子息、アーチメイスター・ヴェイゴンに関心を向け、王都に呼びよせた。両者のあいだにどのようなやりとりがあったのかは議論の的となっている。一説によれば、

王はヴェイゴンに玉座継承を申し出たが、拒否されたという。また、王はたんにヴェイゴンの意見を求めただけだとする説もある。そんなおり、コアリーズ・ヴェラリオンがドリフトマーク島に軍船と兵員を集めているとの報が宮廷に入った。その目的は、息子レーナー公子の〝権利を護る〟ためだという。いっぽう、当時二十歳だったデイモン・ターガリエンも――この人物はベイロン王子の次子で、頭に血が昇りやすく、喧嘩っぱやい若者だった――自分の兄ヴィセーリスを戴冠させるため、独自に誓約の剣士を集めていた。それゆえ、老王がだれを後継者として指名するにせよ、王位継承をめぐる激しい抗争は避けられそうにない。こうした状況に鑑《かんが》みれば、アーチメイスター・ヴェイゴンが提案した解決策に王が飛びついたのも無理はないといえる。

提案を受けて、ジェヘアリーズ王は大評議会の開催を宣言した。七王国じゅうの諸公を一堂に集め、徹底的に討論させたうえで、王位継承問題に最終的な結論を出させようというのである。かくして、ウェスタロスじゅうの貴族が、家格の軽重を問わず、王都に呼び集められた。オールドタウンにある〈知識の城《シタデル》〉のメイスターたちや、〈正教〉の代表セプタとセプトンたちもだ。ジェヘアリーズ王は命じた――大評議会の席で、王位継承権の主張者たちは、集まった諸公の面前でそれぞれの言い分を披瀝《ひれき》するようにと。大評議会がどのような決断を下すのであれ、自分はそれにしたがうとも付言した。

くだんの大評議会は、王土における最大の城郭、ハレンの巨城《ホール》で開催されることになった。いまだかつて、このような大評議会が召集された例《ためし》はなく、どれほどおおぜいの貴族が集まるのかは未知数だったが、すくなくとも五百人の貴族とその随員が集まる想定で準備するのが賢明だと考えられた。いざふたをあけてみると、出席する貴族は千人以上にのぼり、全員が集まるのに半年の期間を要した（なかには少数ながら、大評議会がお開きになるころになって到着した者たちもいた）。これほどの大人数ともなると、ハレンの巨城《ホール》でさえ収容しきれない。なにしろ、貴族ひとりにつき、複数の騎士、

従士、馬丁、料理人、使用人たちからなる随行団をともなってくるのだ。キャスタリーの磐城《ロック》の城主タイモンド・ラニスター公が連れてきた随員は三百人。ハイガーデン城の城主マソス・タイレル公が連れてきた随員にいたっては五百人にのぼった。

諸公は七王国のあらゆる地域から集まってきた。大陸部ではドーンとの境界地方《マーチズ》から〈壁〉の影にいたるまで、島嶼《とうしょ》部では三姉妹諸島から鉄《くろがね》諸島にいたるまで、代表を送ってこない地域はない状態だった。タース島の〈夕星《ゆうずつ》〉がいる。孤光《ロンリー・ライト》城の城主がいる。ウィンターフェル城からはエラード・スターク公、リヴァーラン城からはグローヴァー・タリー公、谷間《ヴェイル》からはヨーバート・ロイス公が出向いてきていた。ロイス公は高巣《アイリー》城城主、幼い〈谷間の乙女〉ことジェイン・アリン女公を支え、摂政兼庇護者を務める男である。ドーンすら代表を送ってきていた。ドーンの大公《プリンス》がハレンの巨城《ホール》に派遣したのは、自分の娘と二十人のドーン騎士だった。オールドタウンからは、大評議会を祝福するため、ハイ・セプトン本人もやってきた。巨城に群がる交易商と行商人の数は何百人にもおよんだ。草臥《くさぶ》しの騎士や自由騎兵も、あわよくば仕官や一時雇用の道が開けることを期待して集まっている。さらには、豊かな路銀目あての巾着切り《きんちゃくき》たち、夫を物色するさまざまな年齢の女たち、盗人に娼婦、洗濯女に野営地売春婦、吟遊詩人に旅役者などが、東西南北、各方位から群がっていた。かくして、ハレンの巨城《ホール》の周囲には、全方向へ十キロにもおよぶ天幕の大集落が出現し、大評議会の開催期間中、ハレントンの町——別名ハレンタウンは、一時的に王土で四番めに大きな都市と化した。ここよりも大きな人口をかかえるのは、オールドタウン、キングズ・ランディング、ラニスポートだけだ。

王位継承候補の数はじつに十四人。その全員が、集まった諸公によって厳正に審査され、正当性を検討される。エッソスから乗りこんできたのは、ジェヘアリーズ王の三人の孫だった。いずれも王の娘セイラの息子だったが、それぞれに父親が異なっていた。ひとりは若いころの祖父王に生き写しで

あったといわれる。別のひとりはオールド・ヴォランティスを支配する三頭領《トライアーク》の一角の落とし子で、黄金の袋を何袋も携え、矮象《マメゾウ》に乗って登場した。この落とし子が懐具合のさみしい貴族にばらまいた潤沢な黄金は、その継承権を後押しする効果があったにちがいない。いっぽう矮象のほうは、特段の成果をあげなかったようである（ちなみに、セイラ王女自身は健在で、ヴォランティスの地で優雅に暮らしており、年齢は三十四歳、その継承権は明らかに息子たちより上だが、あえて継承権の主張はしていない。ウェスタロスにもどらないのかと問われたとき、セイラ王女はこう答えたといわれる。「だって、わたしにはもう、ここに自分の王国があるんだもの」）。エッソスからきた、残るひとりの候補者は、自分がゲイモン威徳公《いとくこう》の直系の子孫であることを証明する羊皮紙の束を携えてきていた。ゲイモン威徳公とは、征服前、ドラゴンストーン城の城主として最大の勢威をふるった人物である。その下のほうの娘が小貴族に嫁ぎ、そこからさらに七代を経たのが自分であるとの触れこみだった。落とし子を名乗る候補者は、ほかにもひとりいた。大柄な赤毛の兵士で、こちらはメイゴル残酷王の落とし子を名乗った。証拠として男が提示したのは、老いた自分の母親の証言だった。母親はとある旅籠《はたご》の主人の娘で、若い時分、メイゴル王に犯されたのだという（しかし諸公は、娘が犯されたのは事実かもしれないと認めたうえで、その一回で子供ができたことまでは認めなかった）。

大評議会は十三日間にわたってつづけられ、下位の候補者九人については、主張の根拠が薄弱だとして除外された（そのうちのひとり、ジェヘアリーズ王自身の落胤《らくいん》であると名乗った草臥《くさぶ》しの騎士は、虚偽であることを王に暴かれ、捕縛されて地下牢送りとなっている）。残る五人の継承候補のうち、アーチメイスター・ヴェイゴンについてはメイスターの誓いゆえに、レイニス王女とその娘は女性であるがゆえに除外されたので、最終候補者はもはやふたりのみ。大きく支持を集めたそのふたりとは、ヴィセーリス・ターガリエン——ベイロン王子とアリッサ王女間の嫡男と、レーナー・ヴェラリオン

――レイニス王女の子息であり、エイモン太子の孫でもある少年だった。ヴィセーリスが老王の孫であるのに対して、レーナーは曾孫にあたる。嫡男優先の原則に照らすなら、有利なのはレーナーだが、親等が近い順優先の原則に照らすなら、有利なのはヴィセーリスだ。それに加えてヴィセーリスは、バレリオンに乗った最後のターガリエンでもあったが……AC九四年に〈黒い恐怖〉と死別して以来、彼はいっさい、ほかのドラゴンに乗っていない。それに対して、まだ幼いレーナーは、やがて自分の愛竜に乗って飛ぶだろうと期待されている。まだ幼竜のこのドラゴンは、体色が灰色と白のみごとな個体で、名前をシースモークという。

だが、ヴィセーリスの王位継承権が父系のものであるのに対して、レーナーの継承権は母系であり、諸公の多くは男系を女系に優先させねばならないと感じていた。しかも、ヴィセーリスが二十四歳の成人男子であるのに対して、レーナーはいまだ七歳の少年だ。こういった諸々の理由から、一般にはレーナーのほうが継承順位は低いと見られるのがふつうだった。とはいえ、レーナー少年の母と父は非常に強大な権力を持ち、影響力も甚大だったので、そうたやすく主張を退けるわけにもいかない。

このあたりで少々、レーナー王子の父君《ふくん》、ヴェラリオン家のコアリーズ公について付言しておいたほうがよさそうである。〈潮の主〉であり、ドリフトマーク島の領主でもあるコアリーズは、歌でも物語でも〈海蛇〉として名を馳せ、名実ともに、この時代でもっとも傑出した人物のひとりだった。歴史にも名高いヴァリリアの高家《こうけ》、ヴェラリオン家がウェスタロスへ移り住んだのは、同家に伝わる言い伝えが正しいのなら、ターガリエン家の移住よりも古い。移住先に選んだのはドリフトマーク島だった（この名は日々の満ち潮に乗り、流木《ドリフトウッド》が流れつくことに由来する）。一族がすぐ北にある島、岩がちで煙のただようドラゴンストーン島ではなく、こちらの島を選んだのは、〈水道《ガレット》〉と呼ばれる海峡を越えさえすれば大陸の突端にある岬に渡れることと、なだらかに連なる低地が肥沃だったこと、

このふたつの理由からだ。騎竜者こそ出したことはないが、ヴェラリオン家は何世紀にもわたって、ターガリエン家のもっとも古く近しい同盟家でありつづけた。その領分は空にではなく、海にあった。エイゴンの征服戦争時は、ヴェラリオン家の艦隊にエイゴンの軍勢を乗せ、ブラックウォーター湾を渡らせているし、のちには王の艦隊の大半を担っている。ターガリエン家の統治がはじまって最初の一世紀を通じ、王の小評議会に海軍相として参加した〈潮の主〉は数多く、海軍相職は世襲も同然と広く見なされたほどだった。

しかし、錚々《そうそう》たる先達たちに比してなお、コアリーズはずぬけた傑物だった。聡明にして精力的、大胆不敵にして野心家。伝統的に〈竜の落とし子《タツ》〉（ヴェラリオン家の紋章）の男子は、若い時分、船乗り暮らしを経験することに決まっているが、ヴェラリオン家の歴史において、あとにも先にも、長じてのち〈海蛇〉の異名をとるこの少年ほど船乗り暮らしに魅せられた者はいない。〈狭い海《ナロー・シー》〉を越えたのは六歳のときである。叔父とともにペントスへ船出したのだ。その後は、毎年、同じような航海を行なっている。それも、乗客としてではない。船乗りとしてマストに昇り、索《つな》を結び、甲板を磨き、櫂《かい》を操り、漏水箇所を塞ぎ、帆を張り、帆を畳み、檣頭《しょうとう》の見張り座につき、航海術と操舵法を学んだ。コアリーズを乗せた船長たちはみな、これは天性の船乗りだ、こんなに優秀な船乗りは見たことがない、と口をそろえる。

十六の齢には、自分自身が船長の立場となり、《鱈の女王《コッド・クィーン》》なる釣り船でドリフトマーク島を出発、ドラゴンストーン島にいってもどってきている。コアリーズが乗る船は年々大きく、速くなっていき、航海も期間が長く、より危険なものになっていった。何度となくウェスタロスの南岸をまわりこみ、オールドタウン、ラニスポート、パイク島の〈宗主の港《ローズポート》〉を訪ね、ライス、タイロシュ、ペントス、ミアなどの各自由都市をも歴訪している。《夏の乙女《サマー・メイド》》に乗って訪ねた先はヴォランティスと夏諸島。

《氷の狼《アイス・ウルフ》》で北路に訪ねた先はブレーヴォス、海を望む東の物見城《イースト・ウォッチ・バイ・ザ・シー》、堅牢な家《ハードホーム》で、最後には震顫海《しんせんかい》に乗りだし、〈ロラス湾〉と〈イッベン港〉をまわった。その後の航海で、コアリーズと《氷の狼》はふたたび北をめざし、ウェスタロス大陸の北端にあるとうわさされる北まわりの航路を探索したが、結局、見つかったのは凍てついた海と、山ほどもある氷山の数々だけだった。

　コアリーズが行なったなかでもっとも有名な航海は、自身が設計し、建造の陣頭指揮にあたった、《海　蛇《シー・スネーク》》によるものだろう。オールドタウンやアーバー島の交易商人は、しばしば香料、シルク、その他の高価な品々を求め、はるか東のクァースにまで遠出するが、コアリーズ・ヴェラリオンは、記録によれば、クァースを越え、〈翡翠海門《ジェイド・ゲート》〉を通ってイ・ティやレン島に到達し、大量のシルクと香料を持ち帰った、最初のウェスタロス人である。たった一度の航海で、ヴェラリオン家の総資産は倍に増えた。《海蛇》での二度めの航海では、前回よりもさらに遠く、影に触れるアッシャイにまで到達している。三度めの航海では、エッソスの南ではなく、北の震顫海を東進し、ウェスタロス人としてはじめて一千諸島《サウザンド・アイランズ》を通りぬけ、荒涼として寒々しいン＝ハイとモッソヴィの沿岸を訪問した。

　最終的に、《海蛇》による航海は九度におよんだ。九度めの航海時、すでに騎士の称号を得ていたサー・コアリーズは、同船でまたもクァースを訪ね、持参した莫大な黄金で二十隻の船を現地調達し、それらに大量の蕃紅花《サフラン》、胡椒《コショウ》、肉豆蔻《ナツメグ》、何頭もの象、何疋《なんびき》もの最高級シルクを満載させ、帰国の途についた。ぶじドリフトマーク島にまでたどりつけたのは、船団のうち十四隻だけで、運んでいた象はすべて海上で死んでしまったが、それでも持ち帰った積荷のあげた利益は莫大で、ヴェラリオン家を七王国きっての富裕家に押しあげ、その総資産は、つかのまながら、ハイタワー家やラニスター家のそれをも凌駕したほどだった。

　高齢の祖父が八十八歳で亡くなると、サー・コアリーズは豊富な資金を有効に使い、〈潮の主〉の

座を受け継いだ。ヴェラリオン家の居城ドリフトマーク城は暗くて陰気で、いつもじめじめしており、高潮に襲われることもしばしばだったので、コアリーズ公はドリフトマーク島に古くからある城とは反対側の位置に新たな居城を建設した。高潮《ハイ・タイド》城である。この城は高巣《アイリー》城同様、白石で造られており、何棟もある細い塔の屋根は銀箔張りで、それが陽光を浴びてきらきらとまばゆく光る。朝な夕なに、潮が満ち寄せると、城は海に囲まれ、ドリフトマーク島とは高い舗石道《しきいしみち》でのみつながる。この新城に、コアリーズ公は古来伝わる〈流木の御座《ぎょざ》〉を運びこんだ（伝説によれば、この御座は〈人魚の王《マーリング》〉の贈り物だといわれる）。

　いっぽう、〈海蛇〉は艦船の建造にも力を入れた。コアリーズ公が海軍相として老王に仕えていた期間のうちに、王の艦隊に属する艦艇数は三倍に増大している。海軍相を辞してからも船舶の建造は継続した。ただし、造るのは軍船ではなく、商船や交易ガレー船である。薄暗く、すっかり潮馴《しおな》れたドリフトマーク城の城下には、以前は三つの小さな漁村があっただけだが、それがいつしか合体し、いまは町となって繁栄していた。この町がハルと呼ばれるのは、城の下にいつも船が舫《もや》われ、船体《ハル》がずらりとならんでいるさまが見えるからだ。島の反対側にある高潮城の付近にも、もうひとつ港町がある。ここは香料貿易の中心地として、いまではスパイスタウンと呼ばれるようになっており、その埠頭や桟橋には、自由都市やその向こうからきた船がぎっしりと停泊していた。ドリフトマーク島は対岸の岬とともに〈水道《ガレット》〉をはさむ位置関係にあり、ダスケンデールやキングズ・ランディングより〈狭い海〉に近いため、本来なら両都市の港で上げ下ろしされていたであろう船荷の大半をたちまち独占し、ヴェラリオン家をかつてなく富裕で、かつ強大な存在に押しあげた。

　コアリーズ公は野心的な男だった。《海蛇》による九度の航海において、いつも外へ外へと向かい、だれも行ったことのない地を訪ね、地図にある既知の世界の外を見たいと、そればかりを願っていた。

人生であげた業績は多大だったが、それで満足することはけっしてなかった、と彼をよく知る者らは口をそろえる。やがてコアリーズ公は、レイニス・ターガリエンに——老王の嫡男にして跡継ぎでもあった王子の娘に出会い、これほど自分にふさわしい相手はいないと思いきわめた。なにしろ、王土じゅうのどんな女性にも劣らず果断で美しく、誇り高いこの女性は、ドラゴンまでも駕御《がぎょ》するのだ。レイニス王女といっしょになれば、自分の息子や娘もドラゴンに乗り、大空高く舞いあがるだろうとコアリーズ公は夢見た。そして、いつの日か、そのうちのひとりが〈鉄の玉座〉につくだろうとも。

それゆえに、エイモン太子が不慮の死をとげてのち、ジェヘアリーズ王がエイモンの娘レイニスを退け、エイモンの弟ベイロン王子——人呼んで〈春のプリンス〉を世継ぎに選んだとき、〈海蛇〉が深く失望したことは驚くにあたらない。しかし、いまふたたび運命の糸車がひとめぐりし、不適切な王位継承の流れを正せる可能性が出てきた。そこで、コアリーズ公とその公妃であるレイニス王女は、ヴェラリオン家の持つ圧倒的な財力と影響力にものをいわせ、集まった諸公に対し、自分たちの息子レーナーこそ次代の〈鉄の玉座〉につく後継者としてふさわしいのだと納得させるべく、勢いこんでハレンの巨城《ホール》に乗りこんできたのだった。レーナーを奨めるこの動きには、嵐の果て《ストームズ・エンド》城の城主であるボアマンド・バラシオン公（レイニス王女の大叔父であり、かつレーナー公子の曾祖叔父《そうそしゅくふ》にあたる）、ウィンターフェル城の城主であるスターク公や、白い港《ホワイト・ハーバー》の領主マンダリー公、バロウトンの町の領主ダスティン公、〈使い鴉の木《レイヴンツリー》〉城館《ホール》の城主ブラックウッド公、尖頭岬《シャープ・ポイント》城のバー・エモン公、蟹爪《クロー》島の島主セルティガー公、そのほかおおぜいが加わった。

だが、それでもなお、大勢を占めるにはいたらなかった。息子を推挙するため、ヴェラリオン公と公妃は熱弁をふるい、惜しみなく私財を投入したが、大評議会の票決は当初から趨勢《すうせい》が決まりきっていた。集《つど》った諸公は、〈鉄の玉座〉の正当後継者として、ヴィセーリス・ターガリエンを選んだので

ある。それも、圧倒的な大差で。開票に携わったメイスターたちは、票数を明かしはしなかったが、閉会後のうわさによれば、二十対一の大差とのことだった。

　ジェヘアリーズ王自身は大評議会に参加していない。しかし、票決結果の報告を受けると、諸公の尽力を謝し、心から喜んで孫のヴィセーリスを〈ドラゴンストーン城のプリンス〉に立太子させたという。嵐の果て城《ストームズ・エンド》とドリフトマーク城も、しぶしぶながらこの決定を受け入れた。票差があまりにも大きかったため、レーナー公子の父母といえども、ひっくり返すのは不可能とあきらめたのだろう。おおぜいの目には、この〈一〇一年の大評議会〉により、〈鉄の玉座〉継承問題には鉄の前例が確立されたと映った。たとえ長子であろうとも、ウェスタロスの〈鉄の玉座〉は、女子には継承されない。そして男系ではなく女系の男子が継承候補となったとき、その継承順位は低くなる。要点はそういうことである。

　ジェヘアリーズの治世中には、これ以降、特筆に値するできごとは起きていない。ベイロン王子は〈王の手〉として父王を支えるだけでなく、〈ドラゴンストーン城のプリンス〉――つまり太子でもあったわけだが、その死後、王はベイロンが担っていた栄誉を半分に分割した。新たな〈王の手〉として起用した人物は、ヴィセーリス太子ではなく、サー・オットー・ハイタワーである。この人物は、オールドタウンの領主、ハイタワー公の弟にあたる。サー・オットーは妻子を連れて宮廷に出仕し、ジェヘアリーズ王の晩年を忠実に支えた。やがて生来の力強さと叡知が衰えるにつれて、老王は床につくことが多くなった。サー・オットーの早熟の娘、十五歳になるアリセント公女は、いつも老王のそばにかしずき、食事を口に運び、王のために書物を朗読し、入浴や服を着るさいには介助をした。老王はときどき、アリセントを自分の娘とまちがえ、娘たちの名前で呼んだ。死期が迫るころには、アリセントを〈狭い海〉を越えてヴォランティスから帰ってきた自分の娘、セイラと思いこむように

なっていたという。

AC一〇三年──ターガリエン王朝のジェヘアリーズ一世王は、レディ・アリセントがセプトン・バースの著わした『超自然史』を朗読している最中に、褥《しとね》に横たわったまま息を引きとった。十四の齢から〈鉄の玉座〉について以来、ずっと七王国を統治してきた調停王は、ここに六十九歳の生涯を閉じる。亡骸は〈竜舎〉で火葬に付され、遺灰はアリサン博愛王妃とともに、ドラゴンストーン島に埋葬された。老王の死は王土にあまねく悲悼をもたらした。王の威光が大きくはおよばないドーンでさえ、男たちは涙を流し、女たちは弔意をこめて着ている衣服を裂いたほどだった。

王自身の意向と、〈一〇一年の大評議会〉における決定に基づき、〈鉄の玉座〉には王の孫であるヴィセーリスがついた。ヴィセーリス一世王の誕生である。即位時の年齢は二十六歳。結婚してから十年めのことだった。結婚相手は従妹で、アリン家のレディ・エイマ──当人もまた老王とアリサン博愛王妃の孫であり、母宮《ははみや》は故ディラ王女（AC八二年に死亡）である。結婚してからというもの、レディ・エイマは何度か死産を経験しており、子息のひとりはまだ揺りかごにいるうちに死亡したが（一部のメイスターは、結婚と床入りがあまりにも早すぎたせいだと見ていたようだ）、健康な娘もひとり産んでいる。名前をレイニラという（AC九七年に誕生）。新王と王妃は、生き延びた唯一の子であるレイニラを溺愛した。

多くの者は、ウェスタロスにおけるターガリエン家の権力が、ヴィセーリス一世王の治世において最高潮を迎えたと考えている。あとにも先にも、同王の統治期間ほどたくさんの諸公や貴公子たちがドラゴンの血に惹かれた時代はなかった。この点には疑いの余地がない。ターガリエン家も、可能な場合にはかならず、兄弟と姉妹、叔父と姪、いとこ同士で結婚するという伝統的な婚姻を維持してはいたが、王族以外の有力者とも重要な婚姻は結ばれており、来《きた》るべき戦いで重要な役割を演じるのは、

そうした結婚で産まれた子供たちとなる。

　ほかの時代より多くのドラゴンが棲息したのもこの時代の特徴である。牝竜のなかには、定期的に一群の卵を産む個体もあった。産んだ卵のすべてが孵《かえ》ったわけではないが、その多くは孵化している。王家に産まれた新生児の揺りかごに、父や母がドラゴンの卵をひとつ入れておく習慣が根づいたのも、この時期のことだった。もとはといえば、これは何年も前、レイナ王女がはじめた習慣である。この祝福を受けた子供たちは、孵化したドラゴンとのあいだにかならず絆が生まれ、騎竜者となった。

　ヴィセーリス一世は寛大で人あたりがよく、貴族からも庶民からも愛された。即位時の年齢から、庶民に少壮王と呼ばれた同王の御代《みよ》は、終始平和が保たれ、世は繁栄を謳歌した。王の気前のよさは伝説にもなっており、赤の王城は歌と栄光にあふれた。ヴィセーリス王とエイマ王妃は、おおぜいを饗宴と馬上槍試合でもてなし、気に入りの者には黄金、役職、名誉を惜しみなく与えたと記録にある。

　笑顔の中心には、だれからも慈《いつく》しまれ可愛がられる、夫妻の子供のなかでたったひとり生き残った愛娘《まなむすめ》、レイニラ王女がいた。宮廷付きの吟遊詩人たちはみな、このあどけない少女を〈王土の華〉と呼んでいる。父君《ふくん》が〈鉄の玉座〉についたとき、まだ六歳だったレイニラ・ターガリエンは、とみに早熟な女の子で、聡明かつ大胆であり、ドラゴンの血を引く者にのみ可能な形で美しかった。七つの齢には騎竜者となっている。王女がその背にまたがって大空を飛んだ若き騎竜の名はシアラックス。オールド・ヴァリリアの女神にちなんだ名である。八歳のとき、レイニラは酌人の役目を託されたが、その相手は父王だった。それ以降は、馬上槍試合の会場でも宮廷でも、テーブルの横でレイニラ姫がヴィセーリス王の横に控えていない例は皆無といってもよかった。

　ただし王は、退屈な政務はほぼ小評議会と〈王の手〉にまかせっきりだった。〈王の手〉は依然としてサー・オットー・ハイタワーが務め、祖父王に仕えたのと同じように、孫の王にも仕えている。

サー・オットーが有能な人物であることには衆目が一致するが、高慢で無愛想で横柄だと見る向きは多かった。その横柄さには、在任期間が長くなるほど拍車がかかっていったといわれており、不遜な態度にいらだちを覚えると同時に、そのような人物が〈鉄の玉座〉の側近であることに煙たい思いを持つ大貴族や有力者が増えていったという。

そんなサー・オットーの最大の政敵は、デイモン・ターガリエン——野心的で気性の激しい王弟であった。激しやすいが、魅力的な人物でもあったデイモンは、十六歳で騎士の拍車を拝領し、武勇の証《あかし》として、老王そのひとから宝剣〈暗黒の姉妹《ダーク・シスター》〉を授かっている。老王の治世中、AC九七年には、神秘の石城《ルーンストーン》の公女と結婚したが、この結婚はうまくいかなかった。デイモン王弟にとって、アリンの谷間は退屈すぎたと見えて（〝谷間《ヴェイル》では羊を相手に交合するそうな〟というのは王弟が手紙に書いた一文である。〝むりもない。羊のほうが谷間の女よりまだ可愛げがある〟）、ほどなく、夫人に愛想をつかし、〝わが青銅の置物〟とまで呼ぶにいたる。この青銅なる表現は、ロイス家代々の当主が着る神秘的な青銅の甲冑にかけたものだ。兄ヴィセーリスが〈鉄の玉座〉についたとき、デイモン王弟はこの結婚の解消を願い出た。ヴィセーリスは願いを退けたが、デイモンが宮廷に復帰することは許し、小評議会の一員に迎え入れ、一〇三年から一〇四年にかけては蔵相を、一〇四年中の半年間は法相を務めさせている。

しかし、こと政治《まつりごと》に関しては、戦士王子は退屈をかこった。そのためヴィセーリス王は、この弟を〈王都の守人《シティ・ウォッチ》〉の総帥に任じてみた。するとこの人事は、思いがけない効果をあげることになった。まず最初に、守人《もりうど》たちの装備が貧弱で、払い下げ品や襤褸《ぼろ》しか着ていないことに気づいたデイモンは、各人に短剣、小剣、鉄棍《てっこん》を支給し、黒い環帷子《リングメイル》で防備させたうえで（幹部たちには胸当ても与えた）、誇りをもって職務に励めるよう、長い金色のマントを与えた。〈王都の守人〉が〝金色《こんじき》のマント〟と

呼ばれるようになったのはこのときからである。

　デイモン王弟は熱心に金色のマントとしての職務をこなし、しばしば部下を引き連れてキングズ・ランディングの裏路地を見まわった。そのおかげで王都の治安が向上したことはだれにも否めない。ただ、王弟の巡回は過激に過ぎた。巾着切りは両手を斬り落とし、強姦魔は去勢し、盗人は鼻を削《そ》ぐ。総帥に就任して一年のうちに、路上で暴れた廉《かど》で斬殺した男は三人を数えた。ほどなくして、王弟はキングズ・ランディングの路地裏でちょっとした顔となり、安酒場や（無料酒《ただ》が好きなだけ飲める）賭博場で（入ってきたときよりもたくさんの貨幣を懐に収めて帰っていくのがつねだった）その姿を見かけることが多くなった。王都の何軒もの娼館では、おおぜいの娼婦をつまみ食いしたが、とくに乙女の花を散らすのが好きとの話で、まもなく、とあるライス人の踊り子に入れこむようになった。当人はミサリアと名乗っていたが、ほかの娼婦や商売敵は、その女を〈災禍《ミザリー》の白蛆《しろウジ》〉と呼んでいた。白蛆という呼称は、肌が異様に白かったことに由来する。

　ヴィセーリス王には存命の男子がいなかったため、デイモン王弟はみずからを〈鉄の玉座〉の正当後継者と見なし、〈ドラゴンストーン城のプリンス〉の称号をほしがった。しかし、王はその許可を出さなかった。ＡＣ一〇五年の終わりごろになると、デイモンは友人たちから〈王都のプリンス〉と呼ばれ、庶民からは〈蚤の溜まり場殿下〉の異名を奉られていた。王としては、デイモン王弟に跡を継がせる気はなかったが、弟を気にいってはいたので、数々の不作法を笑って赦《ゆる》す傾向が強かった。

　レイニラ王女も王弟に好意をいだいていたひとりである。王女の目に、叔父のデイモンはいつでも魅力的な快男児として映っていた。デイモンが自分のドラゴンに乗って〈狭い海〉を越え、異国情緒豊かな土産を携えて帰ってくることも、叔父に懐いていた理由のひとつだった。父ヴィセーリス王は、齢をとるにつれてますます柔和に、かつふくよかになっていく。バレリオンが死んでからというもの、

新たなドラゴンをほしがったことはないし、馬上槍試合、狩り、剣術、いずれにもそれほどの興味を示すことはない。それに対してデイモン王弟は、右にあげたいかなる分野でも傑出しており、兄王が持っていないものをすべて持っているように思われた。細身で身も心も頑健、戦士としても名高く、勇み肌で大胆で、多少という程度ではすまないほど危険な人物――それがデイモン王弟だった。

ここで少々脇道にそれ、われわれが参考にしている資料の性質について説明しておかねばなるまい。このあとの年月に起こるできごとは、大半が人目に触れえぬところで――階段吹き抜け、小評議会の議事室、寝室など、余人にうかがい知れない場所で起こったものであり、完全な真相が明るみに出ることはけっしてない。当然ながら、グランド・メイスター・ランサイターとその後継者たちが記した年代記には目を通してある。数多くの宮廷記録や勅令、宣旨《せんじ》も参照はした。だが、それらが語るのは物語のごく一部でしかない。ここに記す物語の大半は、当時の一連のできごとに関与した人物たちの子や孫らが数十年後に回顧した記録を基にして再構成したものである。その記録とは、多くの諸公や騎士が祖父や親の目撃談としてまとめた報告や、年老いた使用人たちが若い時分に見聞きした醜聞の又聞きだ。これらはまぎれもなく重要な資料ではある。が、当のできごとが起きた時期と、それらが記録された時期があまりにも大きく隔たっているため、必然的に混乱や矛盾が多数まぎれこんでいる。隅々まで完全に一致する回想はひとつとしてない。

残念なことに、この種の不一致は、当時もっとも現場の近くから見ていた観察者ふたりの記録にも見受けられる。その観察者のひとり、セプトン・ユースタスは、この時期、赤の王城内に設けられた王室用の聖堂《セプト》にほぼ常在しており、最後は篤信卿《とくしんけい》に昇進した人物で、この時代の歴史をことこまかにしたためている。ヴィセーリス王とその王妃ふたりの信頼できる友として、あるいは聴罪師として、セプトン・ユースタスは王を取りまく状況を詳細に把握できる立場にあり、はなはだ衝撃的で猥雑《わいざつ》な

うわさや批判に関しても、その筆は臆することを知らない。もっとも、日々の記録内容にくらべて、大著『ヴィセーリス王、その名の一世の治世、および王の治世後に訪れた〈双竜の舞踏〉』は、堅実すぎて少々冗長な歴史書になっているのだが。

セプトン・ユースタスの記録と引き比べて、均衡をとるうえでも、もうひとりの観察者による手記『〈マッシュルーム〉の証言』は重要である。同手記は宮廷付き道化の回顧談を口述筆記したものだ（筆記者の名前については当人が書き忘れている）。この道化は、ヴィセーリス王、レイニラ王女、二世と三世の両エイゴン王から、各治世にまたがって愛《め》でられたこびとで、背丈は一メートル足らずながら、人並はずれて大きな頭を持ち（当人の証言によると、一物はさらに人並はずれて大きかったらしい）、ゆえに〈キノコ頭《マッシュルーム》〉の名で呼ばれていた。〈マッシュルーム〉は頭が弱いと思われていたため、諸王も諸公も諸王子も、当人の目の前でためらうことなく秘密を口にしたという。セプトン・ユースタスの記録は、閨《ねや》や娼館でささやかれる秘密を、いかにも嘆かわしいといった断罪的な調子でつづっているのに対し、〈マッシュルーム〉のほうは自分が見聞きした秘密をおもしろがっており、『証言』では、ささやかだが猥褻《わいせつ》な逸話や醜聞、悪意に満ちた中傷、讒言《ざんげん》、背信、教唆、背任などを、つぎからつぎへと楽しげに語っていく。そこに記された内容のうち、どれだけが信用に値するのかは、まともな歴史家には答えようがない。とはいえ、ベイラー聖徒王が『〈マッシュルーム〉の証言』を一部残らず焚書に処すよう命じた事実は、注目に値する。わずかな部数が焚書をまぬがれたことは、われわれにとって幸いというほかはない。

セプトン・ユースタスと〈マッシュルーム〉の両記録は、特定のできごとについてはかならずしも一致しておらず、場合によっては著しく異なる。両記録は、宮廷の記録とも、グランド・メイスター・ランサイターとその後継者たちが記した年譜とも、大きく掛け離れていることがある。とはいえ、

両者の物語は、それらがなければ不可解なまま終わっていたであろう事件をおおむね説明しているし、各事件後の記録にしても、両者の物語がすくなくとも真相の一端は含んでいることを裏づけている。どの記述を信じ、どの記述を疑うのか、その問題については、個々の研究者が決めるべきことだろう。

ただし、ある一点にかぎり、〈マッシュルーム〉、セプトン・ユースタス、グランド・メイスター・ランサイター、その他の記録者による記述はすべて一致を見ている。〈王の手〉サー・オットー・ハイタワーが王弟を毛ぎらいしていたということである。ヴィセーリス王を説得し、デイモン王弟を蔵相から、さらには法相から解任させたのも、このサー・オットーだった。ところが、〈王の手〉はすぐさま自分の処置を悔やむことになる。〈王都の守人〉総帥として二千人の部下を持つにいたったデイモンは、前にも増して大きな力をふるえるようになったからだ。

〝いかなる事態になろうとも、デイモン王弟を〈鉄の玉座〉につかせることがあってはなりません〟これは〈王の手〉が兄であるオールドタウンの領主に宛てて書き送った一文である。〝あの者が王になれば、第二のメイゴル残酷王になる恐れあり。いや、もっと悪いことになりましょう〟

サー・オットーは、（当時は）レイニラ王女に王位を継いでほしがっていたのだ。

〝〈王土の華〉のほうが〈蚤の溜まり場殿下〉よりましというものです〟と〈手〉はつづけている。

こう考えていたのは〈王の手〉だけではない。とはいえ、サー・オットーをはじめとするレイニラ王女派には大きな障害があった。〈一〇一年の大評議会〉による決定を尊重するならば、男性候補を女性候補に優先せねばならない。現王に嫡男がいない以上、王の娘より王の弟のほうが優先権が高い。この点はAC九二年におけるベイロン王子立太子のさいも同様で、ベイロンがレイニスに優先されたいきさつがある。

王自身の見解については、反目や紛争を避けたがっていたという点で、どの記録も一致している。

王弟の不羈奔放《ふきほんぽう》ぶりに気づかないほど目が曇ってはいなかったが、かつての自由闊達《かったつ》で冒険を愛する少年だったデイモンの記憶を王は慈《いつく》しんでいた。娘のことは、本人もしばしば言及しているように、生に大いなる喜びをもたらす存在として愛でているが、血を分けた兄弟はやはり兄弟にほかならない。ゆえに王は、たびたびデイモン王弟とサー・オットーの融和を図ったものの、宮廷で浮かべる偽りの笑顔の下で、両者の対立はとどまるところを知らなかった。王は王で、次代の王はだれにしますかと問われても、じきに王妃が王子を産んでくれるだろうと答えるばかり。ところが……AC一〇五年、そのことばは現実のものとなる。宮廷と小評議会において、王はエイマ王妃が第二子を懐妊した旨、発表したのである。

　この運命の年に、新たな〈王の楯《キングズガード》〉の騎士に任命されたのが、サー・クリストン・コールだった。伝説的騎士サー・ライアム・レッドワインの死亡にともない、生じた欠員を埋めるための任命である。黒い聖域城《ブラックヘイヴン》の城主、ドンダリオン公に仕える家宰《かさい》の息子として産まれたサー・クリストンは、容姿のととのった騎士で、年齢は二十三歳。はじめて宮廷の注目を浴びたのは、ヴィセーリス王即位を祝し、乙女の池《メイドンプール》の町で開催された武術大会で、模擬合戦《メレー》に優勝したときのことだった。戦いも終盤を迎えるころ、サー・クリストンは星球棍をふるい、デイモン王弟の手から〈暗黒の姉妹《ダーク・シスター》〉をたたき落として王を感心させるいっぽう、王弟の怒りを買った。優勝が決定すると、サー・クリストンは当時七歳のレイニラ王女に対し、優勝者の証《あかし》である月桂樹の冠を捧げて、こう願った。模擬合戦後に催されます馬上槍試合では、どうかそれをかぶってご観覧くださいませ――。はたして、馬上槍試合において、サー・クリストンはまたもデイモン王弟に打ち勝ち、さらにカーギル家の高名な双子、〈王の楯《キングズガード》〉のサー・アリックとサー・エリックを落馬させ、彼《か》の猛者ライモンド・マリスター公と仕合って初めて敗れるという活躍を見せた。

虹彩の色は淡い翠《みどり》、髪は漆黒、魅力的で人好きのするサー・クリストン・コールは、たちまち宮廷じゅうの貴婦人から熱い視線を浴びたが……とりわけ熱をあげたのが、レイニラ・ターガリエン王女そのひとだった。〝わたしの白騎士さま〟と呼ぶほど、すっかりその魅力のとりことなったレイニラ王女は、サー・クリストンを個人的な護衛および馬上槍試合での守護闘士に指名してほしいと父王に願った。ヴィセーリス王は、娘のたいていの願いと同じように、この願いも聞き入れたため、以後、サー・クリストンはつねに馬上槍試合でレイニラ王女のためにのみ戦い、饗宴や祝宴では影のごとく、いつでも王女のそばにつきしたがうことになる。

サー・クリストンが純白のマントをまとってまもなくのこと、ヴィセーリス王は新たな法相として、ハレンの巨城《ホール》の城主ライオネル・ストロングを小評議会に参画させた。大柄で筋骨たくましく、頭の禿げかけたライオネル公は、屈強な戦士としての名声をほしいままにしていた。当人をよく知らない者は、その見かけから粗暴な男と思いこみ、寡黙でゆっくりしゃべることから、頭が悪いと誤解する。じっさいにはその正反対である。若い時分には〈知識の城《シタデル》〉で学び、メイスターの暮らしが自分には向かないと判断した時点で、すでに学鎖の環《わ》を六つも取得していた。読み書きもできれば教養もあり、七王国の法に関しては圧倒的な知識を持つ。三度結婚し、三度妻に先立たれたハレンの巨城《ホール》の城主は、宮廷に出仕するにあたり、ふたりの娘（ともに乙女）とふたりの息子をともなってきた。乙女たちはレイニラ王女の側役《そばやく》となるいっぽう、長子のサー・ハーウィン・ストロング、人呼んで〈骨砕き〉は金色《こんじき》のマントの守門長となり、次子の〈内反足《ないはんそく》〉ことラリスは王の審問官の一員となった。

以上がAC一〇五年後半における、キングズ・ランディングの王室事情である。この年に、エイマ王妃は〈メイゴルの天守〉で産褥《さんじょく》につき、ヴィセーリス・ターガリエンが長らく待望してきた男子を出産したのち……死亡した。産まれた赤子は（王の父にちなんでベイロンと名づけられた）一日だけ

生き延びたものの、母親同様に力つき、王と宮廷を悲しみの淵に突き落とした。悲しまなかったのは、おそらくデイモン王弟だけだっただろう。じっさい、王弟はシルク通り、つまり娼館街のさる娼館にしけこみ、高貴な生まれの旧友たちと酒を酌《く》みかわしながら、〝一日かぎりのお世継ぎだったな〟と酔《よ》い言《ごと》を放言しているところを目撃されている。だが、この軽口を耳にするや（巷間《こうかん》伝わるところによれば、軽口を告げ口したのはデイモンのひざに乗って話を聞いていた娼婦とされるが、ほんとうの内報者は、酒席をともにしていた仲間のひとり、金色のマントの一守門長で、この男が昇進目あてに密告したことを示すたしかな証拠が見つかっている）、ヴィセーリス王は激怒した。そしてついに、このあまりにも放埒《ほうらつ》な弟とその野望に対し、堪忍袋の緒を切らすときがきた。

妻子の葬儀と服喪がすむと、王はすみやかに、長年くすぶっていた王位継承問題の解決に動いた。AC九二年にジェヘアリーズ王が選択し、AC一〇一年には大評議会でも支持された先例に反して、レイニラ王女こそが正当な王位継承者であると宣言、王女を〈ドラゴンストーン城のプリンセス〉に指名したのである。キングズ・ランディングの王城で贅《ぜい》をつくして催された就任式には、何百人もの諸公が参列し、〈鉄の玉座〉についた父王の足もとにすわる〈王土の華〉に恭順の意を示すとともに、正当後継者として護ることを、敬意をこめて誓っている。

だが、参列者の中にデイモン王弟の姿はなかった。王の宣言に憤慨した王弟は、〈王都の守人〉の総帥をすっぱりと辞し、キングズ・ランディングを出奔していたのである。真っ先に立ち寄った先はドラゴンストーン城だった。移動に用いたのは愛竜カラクセスで、そのさいには愛人ミサリアも同乗させている。カラクセスは身の細い真っ赤なドラゴンで、庶民からは〈紅血の地竜《ワイアーム》〉と呼ばれる個体だった。ドラゴンストーン城に着いたデイモンは、半年をそこで過ごし、その間《かん》にミサリアの懐妊が明らかとなった。

愛人の妊娠を知ったデイモン王弟は、ミサリアにドラゴンの卵を与えた。が、これまた越権行為であるとして兄の怒りを買った。ヴィセーリス王は、その卵を返還せよ、娼婦の側妾《そばめ》を追放し、正妃のもとへもどれ、さもなくば叛逆者としてあつかうと通告した。デイモンは不承不承、王命にしたがい、ミサリアを（卵は持たせず）ライスへ送りだすと、自分はドラゴンで谷間《ヴェイル》にある神秘の石城《ルーンストーン》へ飛び、反りの合わない正妃〝青銅の置物〟のもとに身を寄せた。

ところが、〈狭い海〉を越えてライスへ渡る途中、船が嵐に遭遇し、ミサリアは流産してしまう。その報を聞いたとき、デイモン王弟はひとことも嘆きの声を発しはしなかった。しかし、王に対する——実の兄に対する気持ちは、ここにおいて完全に冷ややかなものとなった。これ以後、デイモンがヴィセーリス王のことを口にするときには、かならず蔑みの口調がにじむようになる。そして、夜も昼も王位継承問題を考えて過ごすようになる。

いっぽう、父王の跡継ぎとして認知されたレイニラ王女だが、王国には、宮廷内にも宮廷外にも、ヴィセーリスが男子を授かることに期待する向きがおおぜいいた。なにしろヴィセーリス少壮王は、三十にもなっていないのである。王に対し、真っ先に再婚を勧めた人物は、グランド・メイスター・ランサイターだった。彼はさらに、再婚相手にふさわしい女性の推挙まで行なった。十二歳になってまもないレディ・レーナ・ヴェラリオンである。初花を咲かせたばかりの、気の強い乙女、レディ・レーナは、母宮レイニス王女から純粋なターガリエン特有の美しさを、父親の〈海蛇〉からは大胆で冒険心に富んだ魂を受け継いでいた。父コアリーズ公が航海を愛したように、レーナは飛行を愛し、自分の騎竜には、強大なヴァーガーしか頑として認めようとしなかった。AC九四年に〈黒い恐怖〉バレリオンが死んで以来、ヴァーガーはターガリエン家のドラゴンのなかで、もっとも竜齢が高く、もっとも大きな個体となっている。この少女を娶《めと》れば、〈鉄の玉座〉とドリフトマーク島のあいだに

吹くようになった隙間風を塞ぐこともできましょう、とランサイターは指摘した。レディ・レーナであれば、立派な王妃さまになられましょう、とも。

ターガリエン家のヴィセーリス一世は、とくに意志強固な王のひとりには数えられない。これにはだれもがうなずかざるをえないだろう。つねに愛想がよく、相手を気づかい、側近たちの進言をよく容《い》れる王だった。進言の件数も歴代王より多い。しかし、ことこの件に関してはヴィセーリス王にも独自の考えがあり、側近がどれほど説得しても考えを翻《ひるがえ》させることはできなかった。再婚はしよう……しかし、十二歳の娘とはしない。それでは国への人身御供《ひとみごくう》ではないか。それに王には、以前から意中の女性がいて、結婚するのならその娘がいいと告げた。ハイタワー家のレディ・アリセント――〈王の手〉の娘、聡明にして美しい十八歳の乙女――ジェヘアリーズ王の末期《まつご》の床《とこ》に寄りそい、本を読み聞かせていたあの乙女である。

オールドタウンのハイタワー家といえば、古くからの高貴な血筋で、王の結婚相手の家柄としては非の打ちどころがなく、王の新妻を出す家格としてもまったく反対する理由がない。そうはいっても、口さがないやからはいるもので、〈王の手〉は身の程わきまえぬ栄達をもくろんでいる、娘を連れてきたのは最初から王に嫁がせるためだったなどといううわさが立ち、なかにはレディ・アリセントの善意を疑い、エイマ王妃が亡くなる前からヴィセーリス王を自分の閨《ねや》に引き入れていたという者まで現われた（この手の讒言《ざんげん》は証拠を欠く無責任なものだが、〈マッシュルーム〉は『証言』でたびたびこの風聞に言及しており、レディ・アリセントが老王の寝室で行なっていたのは、ただ本を読むことばかりではなかった、とまで踏みこんでいる）。谷間《ヴェイル》で王結婚の報を聞いたデイモン王弟は、報告をもたらした使用人を鞭打って、もうすこしで死なせるところだったという。ドリフトマーク島の島主〈海蛇〉もまた、この知らせに歯噛みしたひとりだった。ヴェラリオン家はまたしても遠ざけられ、

娘のレーナを袖にされたのだ——大評議会で息子レーナーが排除されたように、そしてAC九二年に、公妃レイニスが老王の命で除外されたように。しかし、当のレディ・レーナだけは動じていないようだった。

〝公女さまにおかれては、なによりも騎竜に夢中であられます——殿方に対するよりもずっと〟

高潮《ハイ・タイド》城のメイスターは〈知識の城《シタデル》〉にそう書き送っている。

AC一〇六年に催されたヴィセーリス王とアリセント・ハイタワーの挙式では、ヴェラリオン家の不在が目を引いた。宴では、王のひとり娘レイニラ王女が義母となったアリセント王妃の杯を満たし、アリセント王妃はレイニラにキスをして、王女を〝わが娘〟と呼んだ。王女は父王の床入りにさいし、服を脱がせる役目の女性集団にも加わって、花嫁の閨《ねや》まで送りとどけている。その晩、赤の王城には笑い声と愛情があふれたという。おりしも、ブラックウォーター湾を隔てたドリフトマーク島では、〈海蛇〉ことコアリーズ公がデイモン王弟を迎えていた。軍議を開くためである。アリンの谷間や、神秘の石城《ルーンストーン》、面白みのない妃——耐えがたきをもろもろ耐えた末に、王弟はこの計画に臨んでいた。

「わが〈暗黒の姉妹〉はな、羊どもを斬り捨てるよりも高貴な仕事をなすために鍛えられたものだ」

記録によれば、王弟は〈潮の主〉にそういったという。「わが剣は、手応えのある相手の血に飢えている」

だが、王弟が期していたのは謀叛《むほん》ではない。見すえていたのは、権力を得るための別の道だった。

踏み石諸島《ステップストーンズ》——ドーンからエッソス大陸にある〈戦乱の地〉にかけて、点々と連なる岩がちのこの列島は、前々から無頼の徒、追放者、難破船荒らし、海賊らの巣窟《そうくつ》となってきた。各島自体にはなんの価値もない。価値があるのはその位置だ。同諸島は〈狭い海〉と南の海をつなぐ海路の要衝にあり、諸島間の海峡を通る商船は、しばしばここに巣食う悪党どもに襲撃される。もっとも、何世紀

ものあいだ、ささやかな掠奪を働く諸島の小悪党らは、せいぜい煩わしい程度の存在でしかなかった。

ところが、である。十年ほど前から、ライス、ミア、タイロシュの自由三都市が、同じく自由都市ヴォランティスに対抗するため、むかしからの反目を棚上げにし、共同戦線を張りだした。首尾よく〈戦乱の地の戦い〉でヴォランティスに勝利した三都市は、それ以後〝永続的同盟〟を組み、強力な新勢力として抬頭する。三頭市《トライアーキー》の誕生である。この同盟は、ウェスタロスではむしろ〈三嬢子《じょうし》王国〉（これは自由諸都市が古き《オールド》ヴァリリアの〝娘〟だと考えられているからだ）、または、もっと下品な呼称〈三娼婦王国〉のほうが通りがいい（この〝王国〟に王はおらず、三十三人の大人《マジスター》で構成される評議会が統治している）。ヴォランティス側が和議を請い、〈戦乱の地〉から引きあげてしまうと、〈三嬢子〉は西に目を向け、ミアの貴顕提督クラガス・ドラハールの指揮のもと、連合陸軍と艦隊をもって踏み石諸島を急襲した。〈蟹餌作り《かにえさづく》のクラガス〉という通り名は、捕えた海賊数百人を濡れた砂浜に寝かせ、手足を杭で打ちつけて動けなくし、満ち潮で溺死させたことに由来する。

〈三嬢子王国〉による踏み石諸島の征服と併合は、当初はウェスタロスの諸公にも黙認されていた。混沌の諸島に秩序が訪れたからである。〈三嬢子〉が踏み石諸島間の海峡を通過する船から通行料をとるにしても、海賊が一掃されたことを思えば、むしろ安いものに思われた。

だが、〈蟹餌作りのクラガス〉は、征服に加担した仲間ともども欲をかき、その強欲さはたちまち諸公の反感を買う。通行料はたび重なる値上げで法外な額になり、いったんは喜んで通行料を払っていた各商船も、かつては海賊船相手にそうしていたように、三頭市の戦闘ガレー船の目をすりぬけて海峡を通過するようになった。クラガス・ドラハール提督、ライス人副提督、タイロシュ人副提督、この三人は、だれがいちばん貪欲かを競いあっているかのようで、商人たちは不満をつのらせていく。とりわけきらわれたのがライス艦隊である。通過する商船から高い金を徴集するだけでは飽きたらず、

女、娘、顔だちのいい少年を強引に攫《さら》い、ライスの快楽の園や枕の館で働かせるようになったためだ（そうして攫われた被害者のなかに、レディ・ジョハナ・スワンがいた。石兜城《ストーンヘルム》城主の十五歳になる姪は、吝嗇家《りんしょくか》で悪名高い伯父が身代金の支払いを拒否したため、枕の館に売られ、そこで頭角を現わし、ついには〈黒鳥《ブラック・スワン》〉として知られる高名な高級娼婦の地位に登りつめ、事実上、ライスの支配者となる。しかし、ああ、彼女の物語は魅力に富んでいるが、ここで綴る歴史とは、残念ながら関係がない）。

ウェスタロスの全諸公のうち、三頭市の横暴でもっとも大きな実害をこうむったのは、〈潮の主〉ことコアリーズ・ヴェラリオン公——その艦隊と船団で、七王国じゅうのだれにも劣らぬ富と権勢を築きあげた〈海蛇〉だった。〈海蛇〉は三頭市による踏み石諸島支配に終止符を打とうと決意する。その共闘者として積極的に臨んだのが、デイモン・ターガリエンだった。この戦いに勝ちさえすれば、富と栄光が手に入る。王弟はそこに目をつけたのだろう。ゆえに、王の挙式にも参列せず、ふたりはドリフトマーク島の高潮城にこもり、戦略を練った。ヴェラリオン公は艦隊を率い、デイモン王弟は地上兵力を率いる。兵の数では〈三嬢子〉側に遠くおよばないだろうが……王弟は自分のドラゴン、〈紅血の地竜《ワイアーム》〉ことカラクセスを駆り、敵に炎を撒き散らすことができる。

デイモン・ターガリエンとコアリーズ・ヴェラリオンが共闘し、踏み石諸島でくりひろげた私闘の詳細を語ることは、本稿の目的ではない。ここではたんに、戦端はAC一〇六年に開かれたと記しておけば充分だろう。デイモン王弟は土地を持たぬ部屋住みや冒険好きを苦もなく集めて軍勢を仕立て、開戦からの二年間、何度となく勝利をあげた。AC一〇八年には、とうとう〈蟹餌作りのクラガス〉本人と相まみえ、一騎討ちで〈暗黒の姉妹〉をふるい、大敵の首を刎《は》ねている。

ヴィセーリス王は、問題児の王弟が私闘にかまけていることを明らかに喜び、定期的に資金を与え、

諸島の平定を支援した。その甲斐あって、AC一〇九年には、デイモン・ターガリエン率いる傭兵やならず者の軍勢は二島を除く全島を掌握し、〈海蛇〉の艦隊も諸島間海峡の制海権を握るにいたっていた。つかのまの勝利に酔った一時期、デイモン王弟はみずから〈踏み石諸島および狭い海の王〉と名乗り、コアリーズ公の手で自分に戴冠させている。だが、この〝王国〟は、安泰にはほど遠いものだった。年が明けると、〈三嬢子王国〉は新たな侵攻艦隊を送りだしてきた。指揮をとるのは老獪《ろうかい》なタイロシュ人の船長、ラカリオ・リンドゥーン。まぎれもなく、歴史上の人物中、もっとも探求心をそそられる、華々しい経歴に彩られた無頼漢のひとりである。しかも、この戦いには新たにドーンが参戦した——それも、三頭市側に立って。

踏み石諸島は血と炎に包まれていたが、ヴィセーリス王とその宮廷は泰然としたものだった。

「デイモンには好きなだけ戦《いくさ》をやらせておけばよい」あるとき、王はそういった、と記録にはある。「そのあいだは、王土に面倒ごとをもたらす恐れがない」

ヴィセーリスは平和を愛する王であり、踏み石諸島が戦乱に明け暮れている最中にも、キングズ・ランディングでは、饗宴、舞踏会、馬上槍試合が盛んに開催されていた。ターガリエン家に新生児が産まれるたびに、役者や吟遊詩人が寿《ことほ》ぐ。というのも、アリセント王妃は、結婚してすぐに、可憐なだけではなく、多産であることを証明したからである。AC一〇七年には、王の健康な男子を出産。征服王にちなみ、この子はエイゴンと名づけられた。二年後、王妃はさらに王の娘を産む。ヘレイナである。つづいてAC一一〇年には、ふたりめの男子を産んだ。エイモンドと名づけられたその子は、生まれたときは兄の半分ほどの大きさしかなかったが、泣き声は倍も激しい子だったという。

これだけ王の子が誕生しても、〈鉄の玉座〉の階段下にはなお、王家の長女レイニラ王女がすわりつづけた。やがて王は、小評議会にもレイニラ王女をともなって出席するようになる。多くの貴族や

騎士が王女の歓心を買おうとしたが、その視線はただひとり、〈王の楯《キングズガード》〉所属の若き騎士だけに——馬上槍試合の優勝者であり、護衛としてつねに影のごとくつきしたがう、サー・クリストン・コールだけに向けられていた。

「サー・クリストンは敵から王女を護る者。けれど、サー・クリストンから王女を護るのはだれ?」

ある日、宮廷でそう問いかけたのは、アリセント王妃である。

王妃と義理の娘との良好な関係は長続きしなかった。レイニラもアリセントも、王土で第一の女性たらんと欲したが、王妃が男子をひとりどころかふたりも産んだにもかかわらず、ヴィセーリス王がいっさい王位継承権の順位を変えなかったためだ。〈ドラゴンストーン城のプリンセス〉が王公認の世継ぎであり、ウェスタロスの諸公の半数が王女の権利を護ると誓った状態にはまったく変化がない。〝〈一〇一年の大評議会〉で決まった方針はどうなったのです〞とただす者がいても、王は聞く耳を持たなかった。ヴィセーリス王にすれば、次代の王位継承はすでに確定した事項であり、むしかえすことがらではなかったからである。

それでも、疑念を投げかける声はやまなかった。その急先鋒は、アリセント王妃そのひとだった。王妃の支持者のうち、もっとも声が大きかったのは、王妃の父である〈王の手〉、サー・オットー・ハイタワーだ。AC一〇九年、この問題を執拗に追及してくることに業をにやしたヴィセーリス王はサー・オットーを解任、〈王の手〉の役職を表わす頸飾《けいしょく》を剝奪し、その後任にハレンの巨城《ホール》の城主、寡黙なるライオネル・ストロング公をすえてしまう。

「この〈手〉ならば、口うるさく煩わされずにすむからな」というのは王の弁である。

サー・オットーがオールドタウンに帰ったあとも、〈王妃派〉はなお宮廷内に勢力を保持していた。その主体は、アリセント王妃に近しく、王妃が産んだ王子たちを支持する、有力な諸公の一団である。

〈王妃派〉と対立するのは〈王女派〉の者たちだ。ヴィセーリス王は王妃も王女もともに愛しており、反目と対立をきらった。ゆえに、日々、王妃と王女が仲たがいせぬよう心を砕き、贈り物や報奨金や名誉を施して、両派閥の反目激化を防ぐために腐心した。それゆえに、王の治世中は両派閥の均衡が保たれ、饗宴と馬上槍試合が従来と変わらずにくりかえされて、王土じゅうが平和を満喫した。だが、一部の慧眼《けいがん》の者たちには、両派閥の者らが偶然すれちがうたびに、ドラゴンよろしく牙をむきあい、炎を吐きかけあう実態が見えていた。

AC一一一年、王とアリセント王妃の結婚五周年を祝し、王都キングズ・ランディングにおいて、盛大な馬上槍試合が催された。その幕開けの饗宴で、王妃が翠《みどり》のガウンをまとったのとは対照的に、王女はターガリエン家の赤と黒という鮮烈な色彩に身を包んでいた。以後、これを機に〈王妃派〉は〈翠装派《すいそうは》〉、〈王女派〉は〈黒装派《こくそう》〉と呼びならわされるようになる。馬上槍試合そのものの結果は〈黒装派〉の圧勝となった。レイニラ王女の寵愛を一身に受けるサー・クリストン・コールの騎槍が、王妃側の代表闘士をことごとく落馬させてのけたのである。落馬させられた騎士のなかには、王妃の従兄弟《いとこ》二名と、王妃の最年少の弟、サー・グウェイン・ハイタワーも入っていた。

そうした状況のなか、翠の服も黒の服も着ようとせず、黄金と白銀の装いを身につけた者がひとり。とうとう宮廷に復帰したデイモン王弟である。王冠をかぶり、〈狭い海の王〉を自称するデイモンは、なんの前触れもなく、愛竜に乗っていきなりキングズ・ランディングの上空に現われ、馬上槍試合の会場上空で三度旋回したのち……ようやく地上に降着し、兄王の前で片ひざをつくや、かぶっていた王冠を取り、情愛と忠誠の証《あかし》として御前に差しだした。ヴィセーリスはその王冠を返し、デイモンの両頰にキスをして王弟の帰還を歓迎した。会場に集まっていた貴族も庶民も、〈春のプリンス〉ことベイロンのふたりの子息同士、ここに融和がなったことをおおいに喜び、雷鳴のような歓声を発した。

そのなかで、だれよりも大きな歓声をあげたのは、ほかならぬレイニラ王女だった。大好きな叔父が帰ってきたことに感激した彼女は、このとき、しばらく王都に滞在してほしいと王弟に請うている。

ここまでは一般に知られているとおりの話である。だが、そのあとに起こったできごとについては、ここでいったん、懐疑的な者たちの記録を参照せねばならない。デイモン王弟は、それから半年ほどキングズ・ランディングに滞在した。その点については議論の余地がない。グランド・メイスター・ランサイターによれば、王弟はふたたび、小評議会に席を確保してさえいる。しかし、年月を経ても諸島の戦いで苦労しても、王弟の性質は変わっていなかった。デイモンはすぐさま、金色《こんじき》のマントの古馴《ふるな》じみたちと久闊《きゅうかつ》を叙し、かつて上客であったシルク通りの娼館街へくりだしたのだ。アリセント王妃に対しては、その立場に鑑みて礼をつくしたが、王妃とのあいだに心の交流はなく、王妃の子供たち、とりわけ甥であるエイゴンとエイモンドにはよそよそしかったという。ふたりの誕生によって、自分の王位継承順位がますます下がったのだから、これはむりもないだろう。

いっぽう、レイニラ王女との関係はその正反対だった。デイモンはレイニラと長い時間を過ごし、これまでの旅や戦いの物語を語って王女を楽しませた。贈り物には多数の真珠、シルク、書物のほか、かつてレン島の女帝のものであったという翡翠《ヒスイ》の小冠《ティアラ》を捧げたほか、王女のために詩を詠《よ》み、ともに食事をし、ともに鷹狩りをし、ともに船に乗り、宮廷では〈翠装派〉を蔑み、アリセント王妃とその子らにおもねる〝腰巾着〟と揶揄《やゆ》して王女を喜ばせ、王女の美貌を誉めそやし、七王国全土で最高の乙女と宣言した。やがて、叔父と姪はほぼ毎日、連れだって空を飛びはじめる。叔父はカラクセスに、姪はシアラックスに乗って、どちらが先にドラゴンストーン島へいき、帰ってこられるかを競いあうようにもなった。

手元の資料同士のあいだに大きな齟齬《そご》が見られだすのはここからである。グランド・メイスター・

ランサイターは、王と王弟の反目が再燃したため、デイモン王弟はキングズ・ランディングを去り、踏み石諸島と現地での戦いにもどっていったとのみ記していて、反目の理由にまでは言及していない。ほかの資料のなかには、アリセント王妃がヴィセーリス王に強く要求し、デイモンを追いださせたと断言するものもある。しかし、セプトン・ユースタスと〈マッシュルーム〉は異なる説を述べている……それも、双方、まったく異なる説を。両者のうち、より猥褻《わいせつ》性の低いユースタスの記述によれば、デイモン王弟は王の娘である姪を誘惑し、乙女の花を散らさせたという。ふたりは恋仲になり、同衾しているところを〈王の楯《キングズガード》〉のサー・アリック・カーギルに見つかって、王の前に引きだされたとも記述している。そのさいにレイニラは、叔父のことを愛していると言いはり、叔父と結婚する許可をもらいたいと父王に嘆願した。だが、ヴィセーリス王は頑として聞き入れず、デイモン王弟はすでに妃のいる身であると叱ったうえで、怒りの収まらぬまま娘を自室に閉じこめ、弟には王都を出ていくよう命じ、このことはだれにも漏らしてはならぬと両人にきつく申しわたした。

これに対して、〈マッシュルーム〉の語る物語は、『証言』にしばしば見られるように、はるかに自堕落なものである。こびとの道化が述懐するところによれば、レイニラ王女が求めたのはデイモン王弟ではなく、サー・クリストン・コールだったが、サー・クリストンは真《まこと》の騎士で、高潔で純粋であり、自分の誓いを重視する人物だったので、昼も夜もそばに控えていながら、レイニラにキスしたこともなければ、愛の告白をしたこともなかった。

「あの男がおまえを見る目は、かつて幼子であったころのおまえを見る目だ、成熟した女のおまえを見る目ではない」デイモンは姪にそういったという。「しかし、おまえがあの男の目に成熟した女として映るようにするにはどうすればいいか、それを教えてやることはできる」

かくてデイモン王弟は――〈マッシュルーム〉のいうことが信じられるなら――キスの手ほどきを

しだした。このときから、王弟は姪に対し、どこをどう触れば男が快楽をおぼえるかを教えはじめる。その教育にはときどき〈マッシュルーム〉と伝説の巨根も加わった。さらに王弟は、男の気をそそる蠱惑《こわく》的な服の脱ぎ方を教え、乳房をより大きく官能的にするために乳首を吸い、ともに王女の騎竜に乗ってブラックウォーター湾の人気《ひとけ》のない岩礁へ飛び、そこで日がな一日、だれにも見られぬままに全裸で戯れつづけ、口で男を喜ばせるすべを王女に仕込んだという。夜になれば、自室からこっそり連れだして、小姓の格好をさせ、ひそかにシルク通りの娼館のどれかへ連れていった。そこで王女は、男女の愛の交歓を目《ま》のあたりにし、キングズ・ランディングの娼婦から〝女の手練手管〟をしっかり学んだ。

この教育がどれだけ長くつづいたのかについては〈マッシュルーム〉も触れていないが、セプトン・ユースタスと異なるのは、レイニラ王女がまだ乙女のままだった、なぜなら散らすべき花は愛する相手に捧げるために取っていたからだ、と主張している点だ。ところが、こうして身につけたありとあらゆる手管を使って、王女がとうとう白騎士に告白したとき、サー・クリストンはすっかり恐懼《きょうく》し、求愛を固辞した。デイモン王弟による愛の教育からこの告白と拒否にいたるまでの顚末《てんまつ》は、たちまち宮廷内に知れわたった。それには〈マッシュルーム〉自身が関与した側面も小さくなかったようだ。最初のうち、ヴィセーリス王はこのうわさをひとことも信じなかった。だが、それもデイモン王弟がすべて事実だと認めるまでのことだった。

「王女をおれの妃にくれ」王弟は兄王にそう要求したといわれる。「いまとなっては、ほかのだれが王女を娶るというんだ？」

王女を娶らせるかわりに、ヴィセーリス王は王弟を追放し、二度と七王国に帰ってきてはならぬ、もしも帰ってくれば死刑に処すると言いわたした〈〈王の手〉ストロング公は、王弟を叛逆者として

即刻処刑すべきだと主張したが、このときセプトン・ユースタスは、人の世に血族殺しほど疎《うと》まれる罪はないといって王を諌止《かんし》したという)。

その後の経緯に関して確実にわかっているのは、以下のことである。

デイモン・ターガリエンは踏み石諸島にもどり、頻繁に嵐が襲う不毛の岩石列島で戦いを再開した。その後、グランド・メイスター・ランサイターとサー・ハロルド・ウェスタリングがAC一一二年に死亡する。サー・ハロルドの後任として〈王の楯《キングズガード》〉総帥に任ぜられたのはサー・クリストン・コール、グランド・メイスターの頸飾《けいしょく》と務めを引き継がせるため、〈知識の城《シタデル》〉のアーチメイスターらが赤の王城へと派遣したのは、メイスター・メロスだった。デイモン追放後、このふたりの交替を除けば、キングズ・ランディングには丸二年ちかくも、変化のない、平穏無事な日々がつづく。つぎの転機が訪れたのはAC一一三年である。この年、レイニラが十六歳の命名日を迎え、ドラゴンストーン城を正式に継承し、いつでも結婚できる準備がととのったのだ。

レイニラ王女の純潔が疑われるずっと前から、王女にふさわしい配偶者選びは、ヴィセーリス王と小評議会にとり、重大関心事となっていた。レイニラの周囲には、灯火に魅かれて集まる蛾の群れのごとく、王女の歓心を買おうとする大貴族や大胆な騎士たちがいつも群がっている。AC一一二年、レイニラが三叉鉾河《トライデント》流域を訪れたさいには、彼女をめぐってブラッケン公とブラックウッド公の公子たちが決闘騒ぎを起こしているし、フレイ家の年若の公子にいたっては、無謀にも公然と彼女の手を取りたいと申し出たほどだ(この男は以後、〈フレイの馬鹿〉と呼ばれるようになった)。西部では、キャスタリーの磐城《ロック》の饗宴において、サー・ジェイスンとその双子、サー・タイランドのラニスター兄弟が彼女をめぐって競いあった。また、リヴァーラン城のタリー公、ハイガーデン城のタイレル公、古き樫城《オールド・オーク》のオークハート公、角の丘城《ホーン・ヒル》のターリー公といった城主の公子たちも彼女に求愛している。

〈王の手〉の長男、サー・ハーウィン・ストロングもだ。〈骨砕き〉と呼ばれるサー・ハーウィンは、ハレンの巨城《ホール》の跡継ぎであり、七王国全土でもっとも力の強い男といわれる人物だった。このほかに、ドーンを王土に組みこむ方策の一環として、ヴィセーリス王はレイニラとドーンの大公《プリンス》との縁組まで口にしている。

アリセント王妃にも花婿候補の用意はあった。王妃の第一子で長男のエイゴン王子――レイニラの異母弟である。だが、エイゴンはまだ子供で、王女は十歳も年上であったし、なによりこのふたりの異母姉弟同士はけっして折り合いがよくなかった。

「だからこそ、結婚を通じて、ふたりの結びつきを強めるのではありませんか」と王妃は説得した。

しかし、ヴィセーリス王は首を縦にふらなかった。〈王の手〉ストロング公にはこういっている。

「エイゴンはアリセントの血を分けた子供だからな。あれは自分の血族を玉座につけたいだけだ」

王女に最適の相手として、ついに王と小評議会で意見の一致を見たのは、レイニラ王女の再従兄《はとこ》、レーナー・ヴェラリオンだった。〈一〇一年の大評議会〉で〈鉄の玉座〉の後継者からはずれはしたものの、ヴェラリオン家のこの公子が、傑物として人々の記憶に残るエイモン・ターガリエン太子の孫であり、かつ老王そのひとの曾孫《そうそん》であることに変わりはない。しかも、この青年との組みあわせは王家の血統を統合・強化するだけでなく、〈鉄の玉座〉と〈海蛇〉およびその強大な艦隊との関係をふたたび確立させる効果を持つ。

ただし、一点において、不安の声もあがっていた。レーナー・ヴェラリオンはすでに十九歳だが、女性に興味を示したことがないのである。かわりに、同世代で美男子の従士たちをまわりに侍らせ、好んで行動をともにしていた。だが、グランド・メイスター・メロスはそのような懸念を一蹴した。

「それがなんだというのです？　たとえきらいな魚であろうと、食卓に出れば食すのみです」

かくして、縁組は決定された。

ところが、王も小評議会も失念していたことがひとつある。レイニラの意志を確認することである。そしてレイニラ王女は、ここにおいて、まぎれもなく父ヴィセーリス王の娘であることを証明した。自分の結婚相手は自分で決める——それが彼女の考えだったのだ。王女はレーナー・ヴェラリオンのことをよく知っており、婿にとる気など毛頭なかった。このとき王女は、王に対し、

「むしろわが異母弟たちのほうが、あの男の好みでございましょう」といっている。

(レイニラ王女はつねに、アリセント王妃の息子たちのことを、弟ではなく、異母弟と呼んでいた)

王は説得に努め、懇願し、怒鳴りつけ、この性悪娘めとなじったが、王女はすこしも耳を貸さない。しかし、それも王が王位継承権の再考を持ちだすまでのことだった。王が決定したことがらは、王であれば取り消せるのだぞ、とヴィセーリスは指摘した。命じられたとおりに結婚するのでなければ、おまえに代わって異母弟エイゴンを跡継ぎとするまでだ——。こうまでいわれては、さすがの王女も折れるしかなかった。この経緯に関して、セプトン・ユースタスは「王女が父王の足元にひざまずき、赦しを請うた」と記しているのに対し、〈マッシュルーム〉は「王女が父王の顔につばを吐いた」と述べる。ただし、どちらの記述も、王女が最終的に王の縁談を受け入れたという点では一致している。

両者の記述が大きく食いちがうのはこのあとの展開からだ。セプトン・ユースタスの記述によれば、その晩、サー・クリストン・コールは王女の閨《ねや》に忍びこみ、愛していると告白した。そして、埠頭に船を待たせているから、自分といっしょに〈狭い海〉を越え、逃げてほしいと懇願した。

コールいわく、タイロシュかオールド・ヴォランティスであれば、父王陛下のご威令もおよばず、自分が〈王の楯《キングズガード》〉の誓いを破ったことを気にする者もおりますまい。彼《か》の地にて結婚いたしましょう、わが剣と星球棍の腕前はご承知のとおりですゆえ、いずれかの豪商が雇ってくれるでしょう——。

しかし、レイニラはこれを拒否した。いわく、わたしはドラゴンの血を引く者、わが生涯は一介の傭兵の妻として終わるほど軽いものではありません。そもそも、〈王の楯《キングズガード》〉の誓いを破るというなら、結婚の誓いとて、おまえにはなんの重みもないのではなくて？

セプトン・ユースタスの記述に対し、〈マッシュルーム〉の口述はまったく異なる。彼の物語では、サー・クリストンが王女の寝所を訪ねたのではない。王女のほうがサー・クリストンを訪ねたことになっている。〈白き剣の塔〉内で、サー・クリストンがひとりきりでいるところを見つけた王女は、扉に閂《かんぬき》をかけ、マントを脱ぎ捨てて、その下の裸身をあらわにした。

「わたしはあなたのために乙女の花を散らさずにいたの」王女は白騎士に告げた。「さあ、いまこそわが花を受けとりなさい、わたしの愛の証として。わたしの婚約者は、この身の純潔など気にしないだろうけれど、わたしが貞淑な女ではなかったと知れば、結婚を拒否するかもしれないわ」

だが、いくら王女が美しかろうとも、その願いが聞きとどけられることはなかった。というのは、サー・クリストンはおのが誓いを重視する名誉の人だったからである。レイニラがデイモン叔父から教わった手管を駆使しても、コールは頑として誘いに応じなかった。恥をかかされ、立腹した王女はふたたびマントをまとい、夜の闇の中へ出ていった……が、そこで出くわしたのが、王都の売春宿で乱痴気騒ぎの夜を終えて帰ってきたばかりの、〈骨砕き〉ことサー・ハーウィン・ストロングである。〈骨砕き〉は前々から王女に劣情をいだいており、サー・クリストンのような自制心も持たなかった。レイニラを自分の一物という剣にかけ、乙女の膜を破って血を流させ、純潔を奪ったのは〈骨砕き〉だったというのが、翌朝、同衾している場面を目撃したと主張する〈マッシュルーム〉の述懐だ。

じっさいに起こったできごとがどちらであれ――王女がサー・クリストンを撥《は》ねつけたのであれ、サー・クリストンが王女の誘いに応えなかったのであれ、その日を境に、レイニラ・ターガリエンが

サー・クリストンにいだいていた恋情は嫌悪と軽蔑に形を変え、腹心として、護衛として、それまでずっと影のごとく王女につきしたがっていた白騎士は、王女がもっとも憎む敵のひとりとなった。

それからさほど日を置かずして、レイニラは《海蛇《シー・スネーク》》に乗り、ドリフトマーク島へと船出する。同行したのは側役《そばやく》たち（そのうちのふたりは〈王の手〉ストロング公の娘、すなわち〈骨砕き〉サー・ハーウィンの妹たちである）、道化の〈マッシュルーム〉、そして新たな護衛役となった〈骨砕き〉そのひとだった。

AC一一四年、〈ドラゴンストーン城のプリンセス〉レイニラ・ターガリエンは、サー・レーナー・ヴェラリオンを花婿に迎えた（挙式の二週間前にレーナーが騎士に叙されたのは、王女の配偶者となる以上、騎士の格が必要と判断されたからだ）。花嫁は十七歳、花婿は二十歳。釣り合いのとれた組みあわせであることは万人が認めるところだった。結婚は七日間におよぶ祝宴と馬上槍試合大会で祝福された。これほど大きな大会が開催されたのはひさしぶりのことだった。出場者の顔ぶれには、アリセント王妃の兄弟をはじめ、〈王の楯《キングズガード》〉の誓約の兄弟五名、〈骨砕き〉、花婿気に入りのサー・ジョフリー・ロンマス、またの名を〈接吻の騎士〉なども見られた。レイニラがサー・ハーウィンに自分の靴下留めを投げ与えると、新郎は笑い、自分の靴下留めをサー・ジョフリーに投げ与えている。

なお、レイニラからいとまを出されたサー・クリストン・コールは、アリセント王妃の守護闘士として試合に出場していた。王妃付きであることを示すしるしを身につけた〈王の楯《キングズガード》〉の若き総帥は、どす黒い怒りにつき動かされ、対戦相手をかたはしから倒してのけた。〈骨砕き〉については鎖骨を折り、左の肘頭《ちゅうとう》を砕いているが（以後、〈マッシュルーム〉は好んで彼を〈骨砕かれ〉と呼ぶようになる）、だれよりも手ひどく怒りをぶつけた相手は、サー・ジョフリーこと〈接吻の騎士〉だった。コール愛用の武器、星球棍で打ちのめされ、兜が割れたサー・レーナーの守護闘士は、意識を失って

泥の上に横たわった。血まみれで試合場から運びだされたサー・ジョフリーは、二度と意識がもどることなく、六日を経て息を引きとった。〈マッシュルーム〉の口述によれば、サー・レーナーはその六日間、かたときも〈接吻の騎士〉のそばを離れず、とうとう騎士が〈異客《まれびと》〉に連れていかれるや、号泣したという。

この惨事にはヴィセーリス王も憤慨した。慶事であるべき催しが、個人的な意趣晴らしによって、一転、愁嘆場と化してしまったからである。だが、アリセント王妃は王の憤りを分かちあわなかった。惨劇の直後、サー・クリストン・コールを自分の専任護衛にするよう願ったことからもそれはわかる。王妃と王女の不仲は、もはやだれの目にも明らかだった。各自由都市からきた使節でさえ、その旨をしたためた報告書を、ペントス、ブレーヴォス、オールド・ヴォランティスに書き送っている。

〈接吻の騎士〉の死後、サー・レーナーはドリフトマーク島に帰った――床入りは最後までちゃんと行なわれたのかという疑惑をあとに残して。レイニラ王女は以後も宮廷に残り、友人や賛美者たちに囲まれて日々を過ごした。その取り巻きの中にサー・クリストン・コールは含まれていない。騎士は完全に王妃派へ――つまり〈翠装派《すいそう》〉へ鞍替えしてしまったのである。代わってサー・クリストンの抜けた穴を埋めたのは、巨漢にして無双の戦士、〈骨砕き〉（〈マッシュルーム〉の表現を用いれば〈骨砕かれ〉）だった。いまや〈黒装派《こくそう》〉の筆頭となったサー・ハーウィンは、饗宴でも舞踏会でも狩猟でも、つねに王女のそばに控えていた。このことに対して、婿側からの苦情はなかった。サー・レーナーは居心地のよい高潮城を好み、ほどなく公室内に新たなお気に入りの騎士を見つけたからだ。その名をサー・クァール・コーリーという。

その後もサー・レーナーは、重要な宮廷行事が催され、その存在が必要とされるたびに王都にきて妃のとなりに立ったものの、一年の大半は王女と別居して過ごした。セプトン・ユースタスの記録に

よれば、ふたりが褥をともにしたのはせいぜい十回程度だったという。それは〈マッシュルーム〉も認めるところだが、その褥はしばしば、サー・クァール・コーリーも共有していたと付言している。王女はふたりの戯れを見て興奮し、ときにふたりの交歓に参戦したというのが〈マッシュルーム〉の述懐だ。もっとも、彼の口述内容には矛盾が見られる。『証言』の別の箇所では、王女は夫がサー・クァールと睦みあう光景を目撃して憤然と寝所をあとにし、慰めを求めてハーウィン・ストロングのもとへ走ったと述べているからである。

これらの物語の真相がどうあれ、まもなく王女が懐妊していることが発表された。AC一一四年の年末に誕生したのは、からだが大きく、丈夫な男の子で、茶色の髪と茶色の目、しし鼻を持っていた（ちなみに、サー・レーナーの鼻はわし鼻で、髪は銀白色、目の色はヴァリリア人特有の紫色だ）。この赤子に、サー・レーナーは死亡した恋人にちなんでジョフリーと名づけようとしたが、さすがに父コアリーズ公から制止された。そのかわりにつけられたのは、ヴェラリオン家伝統の名前のひとつ、ジャセアリーズだった（友人と兄弟たちは、のちに彼をジェイスと呼ぶことになる）。

宮廷がなおもレイニラ王女の初子《ういご》出産の喜びに沸いていたおりもおり、こんどはレイニラの義母、アリセント王妃が陣痛を訴え、ヴィセーリス王の三番めの男子を産んだ。デイロンである。その髪と目の色は、ジェイスとちがって、まぎれもなくドラゴンの血筋の者であることを示していた。王命によって、ジャセアリーズ・ヴェラリオンとこのデイロン・ターガリエンは、離乳まで乳母を共有することになる。ふたりを乳兄弟として育てれば、両者が反目することはないとの期待からだろう。もしそうだとしたら、その期待はむなしく打ち砕かれてしまう。

一年後のAC一一五年、やがて七王国の運命を大きく揺るがすことになる悲劇的な事件が発生した。〝青銅の置物〟と夫デイモン王弟に呼ばれ、この時点で神秘の石城《ルーンストーン》の城主を継ぎ、女公となっていた

レイア・ロイスが、鷹狩りをしていて落馬し、岩に頭をぶつけ、頭の鉢を割ってしまったのである。女公は九日のあいだ床に伏せり、ようやくすこし気分がましになったといって起きあがったとたん、その場で倒れこみ、一時間後に死亡した。急ぎ、使い鴉が嵐の果て城《ストームズ・エンド》に送られ、それを受けて城主のバラシオン公は、踏み石諸島《ステップストーンズ》の一角をなすブラッドストーン島へ船で急使を送りだす。現地ではデイモン王弟が、自分の貧弱な王国を防衛するため、三頭市＝ドーン同盟軍と戦っていたが、急報を受けてただちに谷間《ヴェイル》へ飛んだ。その目的は、表向きは〝亡き妃を弔うため〟だったが、あわよくば、女公の有する所領、複数の城、収入が手に入るかもしれないと考えたのがほんとうのところだろう。期待に反して、神秘の石城《ルーンストーン》はレイア女公の甥子に相続されてしまい、デイモンは谷間《ヴェイル》全体を統括する高巣城《アイリー》に訴えを起こしたものの、その訴えは谷間の守護者ジェイン女公に門前払いされたばかりか、谷間において貴君の存在は歓迎されないと釘まで刺されるはめになった。

その後、踏み石諸島に飛んで帰る途中、デイモンはドリフトマーク島に降り、諸島平定で同盟する古馴じみの〈海蛇〉、およびその公妃であるレイニス王女を表敬訪問した。公の居城である高潮城は、七王国のなかでも王弟が追い返される恐れなく入っていける、数少ない場所のひとつである。ここでデイモンは、コアリーズ公の娘、レーナ公女に目をとめた。レーナは二十二歳の乙女で、背が高く、ほっそりとして、驚くほどの美貌を持ち（〈マッシュルーム〉でさえもが公女の美貌を取りあげて、〝兄に負けないほど美しい〟と述べている）、腰より下まで長くたれた巻毛は、シルバー・ゴールドだった。レーナは十二の齢からブレーヴォスを統べる海頭《シーロード》の一子と婚約が結ばれていたが……海頭が息子の結婚前に物故してしまい、当の息子がじつは浪費家の愚物《ぐぶつ》で、またたく間に一族の資産を食いつぶしたあげく、権力も失って、ドリフトマーク島に転がりこむという事態に陥っていた。世間体もあるため、ヴェラリオン家としてはこの愚物を追いだしにくいが、といって、娘と結婚させる気にも

なれず、コアリーズ公はたびたび結婚を延期して、いまにいたっていたのである。

そんなレーナ公女をデイモン王弟は見染めた、と吟遊詩人たちは歌う。しかし、もっとシニカルな見方をする者たちは、王弟がみずからの立場を固めなおす道具にするため従姪《じゅうてつ》を選んだのだ、という視点にかたむいている。かつて兄王の跡継ぎと見られていた時期もあるデイモンは、いまや王位継承順位のずっと下のほうにおり、〈翠装派〉にも〈黒装派〉にも居場所がない……が、ヴェラリオン家には、どちらの派閥にもにらまれることなく、王弟の勢力を盛り返すだけの力がある。踏み石諸島の戦いに倦《う》み、かつ〝青銅の置物〟からついに解放されたデイモン・ターガリエンは、コアリーズ公に対し、レーナ公女と結婚させてほしい旨を申し入れた。

こうなると、邪魔になるのが、ブレーヴォスから亡命してきたあの婚約者である。だが、この男はそういつまでも邪魔者ではいなかった。デイモンから痛烈に面罵された若者は、決闘で決着をつけるほかない立場に追いこまれたあげく、〈暗黒の姉妹《ダーク・シスター》》〉により、いともたやすく斬り捨てられたのだ。恋敵を始末したデイモンは、その二週間後、レディ・レーナ・ヴェラリオンと結婚した。結婚すると同時に、あれほど苦労して踏み石諸島に築いた〈狭い海の王国〉をあっさり捨て去ってしまう（その後は五人の男が〈狭い海の王〉を受け継ぐも、やがて野蛮な傭兵らのこの〝王国〟は、短命で凄惨な歴史を永遠に閉じることになる）。

デイモン王弟は、兄王がこの結婚の件を耳にすれば、けっして快くは思わないことを知っていた。ゆえに、用心のため、挙式をおえてすぐ、新婦とともに各自の騎竜に乗ってウェスタロスをあとにし、〈狭い海〉を越えた。一説によれば、向かった先はヴァリリアであったとされる。煙立つ荒涼とした地にたれこめる瘴気《しょうき》をものともせず、旧永世自由領《フリー・ホールド》のドラゴン諸公が蔵《ぞう》していた秘密の知識を探りにいったというのである。〈マッシュルーム〉も、これは事実であると『証言』で述べている。しかし、

われわれの手元には、真相がそれほどロマンティックなものではなかったことを表わす証拠が大量にある。デイモン王弟とレーナ妃は、真っ先にペントスへ飛び、そこで貴公子《プリンス》から下にも置かぬ手厚いもてなしを受けた。ペントスの貴公子《プリンス》は、南方で勢力を広げつつあったライス、ミア、タイロシュの三頭市を脅威に感じ、〈三嬢子〉に対抗するうえで、デイモンを貴重な同盟者と見ていたのだろう。ペントスを出発後は〈戦乱の地〉を越え、南東のオールド・ヴォランティスへ飛び、ここでも同様のあたたかい歓待を受けた。そののち、ロイン河を経て支流ぞいに北上、まずクォホールを、そこから北西のノーヴォスを訪ねている。このへんまでくると、ウェスタロスという災厄からも三頭市という脅威からも充分に遠いため、右の二都市での歓待はさほど熱烈なものではなかったようだ。とはいえ、両人はどこにいっても大群衆を集めた。ひと目でいいからヴァーガーとカラクセスの姿を拝もうと、見物人が詰めかけてきたのである。

やがて騎竜者ふたりはペントスを再訪し、そこでレーナ妃が子を宿していることを知る。デイモン王弟と妃は、それ以上の竜騎行をやめることにし、ペントスの一大人《マジスター》の賓客として、子供が産まれるまでのあいだ、市壁の外に建つ豪邸に住むことにした。

その間《かん》に、ウェスタロスではレイニラ王女が二番めの男子を産んでいた。AC一一五年末のことである。産まれた子の名はルケアリーズ（愛称はルーク）といった。セプトン・ユースタスの記録では、赤子の誕生時、サー・レーナーもサー・ハーウィンも、ともにレイニラの褥でそばに寄りそっている。兄のジェイスと同様、このルークもまた、目の色が茶色で、大きな頭に生えた頭髪も茶色であり——ターガリエン家の子の特徴であるシルバー・ゴールドの髪とはまったくちがう色をしていた。しかし、からだが大きく、元気よく泣く子だったので、宮廷に連れてこられたこの赤子を、ヴィセーリス王はおおいに愛でたといわれる。

快く思わなかったのはアリセント王妃である。

「これからも、せっせと仕込みをつづけることね」アリセント王妃は、サー・レーナーにそういった。というのは、〈マッシュルーム〉の記録にある述懐である。「いずれはあなたに似た赤子も産まれてくるでしょうから」

ルケアリーズの出産を機に、〈翠装派〉と〈黒装派〉の反目はいっそうひどくなり、王妃と王女は、ついにはけっして顔を合わせようとしなくなった。以後、赤の王城に住むアリセント王妃を避けて、王女はもっぱら、ドラゴンストーン城で暮らすようになる。ともに暮らすのは、側役《そばやく》の貴婦人たちと〈マッシュルーム〉、そして王女の護衛であるサー・ハーウィン・ストロングだった。夫であるサー・レーナーについては、〝足しげく〟通ってきたと記されている。

ＡＣ一一六年、自由都市ペントスで、レーナ妃は双子の娘を産んだ。デイモン王弟には初の嫡子である。デイモンはこの娘たちを、ベイラ（父方の父に由来）にレイナ（母方の母に由来）と命名した。小柄で病弱な点が不安要素ではあったものの、見た目は申し分なかった。双子は白銀の髪と、紫色の目を持っていたのである。生後半年がたち、双子が丈夫になってくると、母親はふたりを抱き、船でドリフトマーク島へ向かった。このとき、デイモン王弟はカラクセスに乗り、ヴァーガーを連れて、ひと足先に同島へ飛んでいる。高潮城に着いた王弟は、キングズ・ランディングに使い鴉を飛ばし、王に双子の姪ができたこと、ついては王の祝福を賜りたいゆえ、王城参内《さんだい》のご許可をいただきたい旨、ヴィセーリス王に伝えた。〈王の手〉と小評議会は強硬に反対したものの、ヴィセーリス王はこれを了承している。王はいまも、幼いころをともに過ごした弟のことを愛していたのである。

「デイモンも父親となったからには」と、ヴィセーリス王はグランド・メイスター・メロスにいっている。「きっと変わってくれるだろうて」

こうして、ベイロン・ターガリエンのふたりの子息は、ここに二度めの和解を果たすことになる。

ＡＣ一一七年、ドラゴンストーン城において、レイニラ王女が第三子を産んだ。サー・レーナーは今回ついに、馬上槍試合で死んだ友、サー・ジョフリー・ロンマスにちなんだ名前を赤子につけてもよいとの許可を得た。産まれたばかりのジョフリー・ヴェラリオンは、からだが大きく、赤ら顔で、兄たちと同じように元気がよく、これまた兄たちと同じように、茶色の目と茶色の髪を持っていた。いずれも公室の一部の者たちが、〝いつものあれ〟と呼ぶ特徴である。ふたたびうわさがささやかれはじめた。〈翠装派〉のあいだでは、レイニラの息子たちの父親は夫君のサー・レーナーではない、護衛のサー・ハーウィン・ストロングだ、というのが確定事項になっていた。〈マッシュルーム〉も『証言』の中で同じことをいっており、グランド・メイスター・メロスも同様のことをほのめかしている。ただし、セプトン・ユースタスだけは、言及してはいるものの、取るに足らぬうわさだとして退けている。

　各記述の真相はどうあれ、ヴィセーリス王は依然として、〈鉄の玉座〉の後継者をレイニラ王女に定めたままであり、王女に次ぐ王位継承権の保持者がその息子たちであることに変わりはなかった。ゆえに、レイニラ王女がヴェラリオン家の男子をひとり産むたびに、王命を受け、その揺りかごにはひとつずつ、ドラゴンの卵が収められた。子供たちの父親に疑念を持つ者らは、あの卵が孵《かえ》ることはないとささやいたが、卵は三つとも孵り、ささやきにはなんの根拠もないことが裏づけられた。孵化したドラゴンは、それぞれ、ヴァーマックス、アラックス、タイラクセスと名づけられた。セプトン・ユースタスは、謁見のさいに〈鉄の玉座〉にすわった王が、ジェイスをひざの上にのせ、こう語りかけるのを聞いたという。

「いつの日か、この椅子がおまえのものになるのだぞ、愛し子や」

ただし、妊娠はレイニラ王女に犠牲を強いた。妊娠中に増えた体重は出産後もそれほどには減らず、いちばん下の王子が産まれたときにはかなり太っており、腰まわりも太くなって、まだ二十歳ながら、少女時代の美貌は、もはや〝面影がある〟程度になっていたのである。〈マッシュルーム〉によれば、自身が肥えたことで、義母のアリセント王妃に対する怒りはいっそう深まったという。王妃は三十歳ながら、なおも十代なかばごろの細身の体形と美貌を維持していたからだ。

父親の因果はしばしば息子に報いる、と賢者たちはのたまう。その点は母親の因果も変わらない。アリセント王妃とレイニラ王女の反目は双方の息子同士にも受け継がれた。王妃の産んだ王子たち、エイゴン、エイモンド、デイロンの三人は、ヴェラリオン家の半甥《はんおい》三人に対し、自分たちにとっては生得の権利である〈鉄の玉座〉を盗もうとするやからとして、強烈な敵愾心《てきがいしん》を燃やしていた。六人の男子は、同じ饗宴、同じ舞踏会、同じ遊技に親しみ、ときとして同じ武術師範のもと、内郭《うちぐるわ》で武術の手ほどきを受け、同じメイスターたちから教育を施されたが、強引に共生させようとするこの試みは、兄弟的な絆を結ばせようとする意図とは裏腹に、相互の嫌悪をいっそうかきたてただけだった。

しかしレイニラ王女は、義母アリセント王妃を蛇蝎《だかつ》のごとくきらういっぽうで、義妹、つまり夫の姉であると同時に叔父の妃、したがって義理の叔母でもあるレーナのことはいたく気にいっていた。ドリフトマーク島とドラゴンストーン島の距離が近いことも手伝い、デイモンとレーナ夫妻はよくレイニラを訪ねてきたし、レイニラもよく訪ねていった。三人がそれぞれのドラゴンに乗ってともに飛ぶことも多かった。王女の牝竜であるシアラックスは一群の卵を何度か産んでいる。AC一一八年、ヴィセーリス王の祝福のもと、レイニラ王女は上の公子ふたりを、デイモン王弟とレーナ妃の双子の娘と婚約させる旨、発表した。このとき、ジャセアリーズ四歳、ルケアリーズ三歳、双子の娘は二歳。AC一一九年、レーナ妃がふたたび身籠ったと判明するや、レイニラ王女はドリフトマーク島に飛び、

出産につきそっている。

そして……それはAC一二〇年、〈悲嘆の春《レッド・スプリング》〉の年が明けて三日めのことだった。王女が見まもる前で、レーナ・ヴェラリオンは一昼夜におよぶ分娩ですっかり血の気が失せ、ひどく衰弱しながらも、デイモン王弟が長らく待ち望んでいた男子を出産した。が、赤子は奇形が著しく、産まれて一時間のうちに死亡した。母体のほうも、息子よりさほど長くは生きられなかった。長びいた分娩ですっかり体力を奪われ、息子が死んだ悲しみで気力を失っていたうえ、産褥熱《さんじょくねつ》にかかってしまったのである。ドリフトマーク島の若いメイスターもできるかぎりの手は尽くした。それでも、レーナ妃が衰弱するいっぽうなのを見かねて、デイモン王弟はドラゴンストーン島に飛び、レイニラ王女のメイスターを連れてきた。齢を重ねて経験も豊富なメイスター・ジェラーディスは、治療者として定評のある人物だったが、残念なことに、手当てするのが遅すぎた。三日におよぶ譫妄《せんもう》状態を経て、レーナ妃はこの煩わしい憂き世を去った。享年二十七だった。生の灯が消えるまぎわになり、レーナ妃はベッドから起きあがると、自分のために祈るセプタたちを押しのけて、自室をあとにしたといわれる。その足でヴァーガーのもとへ向かったのは、最後にもういちどだけ、愛竜に乗りたかったからだろう。だが、塔の階段を下る途中、ついにレーナ妃は力つき、その場でくずおれて息を引きとった。夫のデイモン王弟は、亡骸を抱きかかえてベッドまで運んできた。その後、〈マッシュルーム〉の口述によれば、レイニラ王女はデイモン王弟につきそい、ともにレーナ妃の亡骸のそばにすわって寝ずの通夜に服し、その間《かん》ずっと、悲しみにくれる叔父を慰めつづけていたという。

レーナ妃の死は、AC一二〇年における最初の悲劇であり、最後の悲劇ではなかった。というのも、この年において、長年にわたってくすぶりつづけた火種——七王国を蝕《むしば》んできた緊張と反目の多くが一気に表面化し、ますます多くの者が嘆き悲しみ、悲嘆にくれ、着ている衣服を裂くことになるから

である。なかでも、とりわけ悲惨な思いをするのは、〈海蛇〉ことコアリーズ・ヴェラリオン公と、その高貴なる公妃、世が世なら女王になっていたかもしれないレイニスだろう。〈潮《しお》の主《ぬし》〉とその公妃が、愛しい娘レーナをなおも悼んでいるそのさなか、ふたたび〈異客《まれびと》〉が訪《おとな》い、レーナの弟である公子、サー・レーナー・ヴェラリオンを——レイニラ王女の夫であり、王女の子供たちにとって公式の父親を——連れ去る事態が出来《しゅったい》した。ドリフトマーク島の町、スパイスタウンの市場を見てまわっていたときのこと、友人であり、供衆《ともしゅう》でもあるサー・クァール・コーリーによって、公子は刺殺されてしまったのである。〝おふたりはなにやら大声で口論しておられましたが、やがて双方ともに剣を抜かれました〟——市場の商人らは、息子の亡骸を回収にきたヴェラリオン公にそう報告している。その時点ではもう、行く手に立ちはだかる者数名に怪我を負わせて、コーリーは逃亡したあとだった。一部の者たちの証言によれば、沖合には一隻の船が待機していたという。それ以来、コーリーの姿が目撃されたことはない。

公子殺害に関する状況はいまにいたるも謎のままとなっている。グランド・メイスター・メロスは、サー・レーナーが自家の公室に属する騎士のひとりと口論になり、殺害されたとしか書いていない。セプトン・ユースタスは殺害者の名前を記し、殺害の動機は嫉妬であると言いきっている。レーナー・ヴェラリオンはサー・クァールと行動を共にすることに飽き、顔だちの整った十六歳の若い従士に心魅かれ、新たな気に入りとして連れまわしていたというのだ。〈マッシュルーム〉は例によって、もっとも邪悪な説を採っている。すなわち、デイモン王弟がクァール・コーリーに金をつかませて、レイニラ王女の邪魔な夫を始末させた、逃走用の船を用意しておいたのもデイモンである、その後は口封じのためサー・クァールののどを掻き切り、海に捨てたとする説である。比較的低い身分出身で、騎士として大貴族家の禄を食《は》むコーリーは、〝嗜好は貴族、財布は農夫〟として知られていたうえ、

賭けごとに濫費《らんぴ》する悪いくせがあり、この点は〈マッシュルーム〉の述懐に信憑性をもたらしている。とはいえ、当時もいまも、それを裏づける証拠は一片もない。確実なのは、〈海蛇〉が以下のような触れを出したことである。〝だれであれ、自分をサー・クァール・コーリーのもとへ連れていった者、またはサー・クァールを自分のもとへ連れてきた者には、父親としての復讐を果たさせる褒美としてドラゴン金貨一万枚をとらす〟。

だが、この悲劇でさえ、恐るべきAC一二〇年に続発した一連の悲劇の、最後のものではなかった。つぎの悲劇は、サー・レーナーの葬儀にさいし、高潮城で起こる。そのときドリフトマーク島には、サー・レーナーの火葬に参列するため、王と王族、廷臣らが訪れていた。王族のなかにはドラゴンに乗ってきた者も複数いた（あまりにも多くのドラゴンが飛来したため、ドリフトマーク島はあたかも新生ヴァリリアかと錯覚するばかりの様相を呈した、とセプトン・ユースタスは書いている）。

子供というものが持つ残虐性は、世に知らぬ者もない。この年、ターガリエン家のエイゴン王子は十三歳、ヘレイナ王女は十一歳、エイモンド王子は十歳、デイロン王子は六歳。このうちエイゴン王子とヘレイナはすでに騎竜者だ。ヘレイナが乗りこなしているのはドリームファイア——かつてメイゴル残酷王の〝黒衣《くろぎぬ》の花嫁〟のひとり、レイナ王女を乗せて飛んだ牝竜である。いっぽう、兄のエイゴン王子が駆るサンファイアは、かつて地上に現われたなかでもっとも美しいドラゴンといわれた若竜だ。最若年のデイロン王子もドラゴンを持っている。いまだその背に乗って飛んだことはないが、体色の青い、美麗な牝竜で、名前をテッサリオンという。男子三人のうちの真ん中、エイモンド王子だけはドラゴンを持っていなかったが、ヴィセーリス王はこの子にもドラゴンをあてがうつもりで、葬儀のあと、しばしドラゴンストーン城に滞在し、宮廷もそこに置くつもりでいた。竜の山《ドラゴンモント》の地下にいけばドラゴンの卵がまだたくさん見つかるだろうし、孵ったばかりの幼竜も何頭か見つかるだろうから、

そのなかで一頭を選べばよい、というのが王の思惑だった。ただし、そのときに付け加えたひとこと、「あの子が充分に大胆であればな」――これがよくなかった。

まだ十歳ながら、エイモンド・ターガリエンは大胆さを絵に描いたような子供だった。王に馬鹿にされたと思ったエイモンド王子は、ドラゴンの入手をドラゴンストーン城へいくまで待たないことにした。自分がほしいのは産まれたばかりの脆弱な幼竜や、素性の知れない卵なのか？　それよりも、この高潮城には、自分にこそふさわしいドラゴンがいるではないか。現存するなかでもっとも竜齢を重ね、もっとも大きなドラゴン――世界でもっとも恐るべきドラゴンが。ヴァーガーである。

いくらターガリエン家の子息でも、ドラゴンに近づくにはつねに危険がともなう。とくに、竜齢が高くて気むずかしく、最近乗り手を亡くしたばかりのドラゴンには。父も母もヴァーガーには近づくことを許さない。ましてや乗ろうとするなどもってのほかだという。それはエイモンドとて承知していた。ゆえに、両親に知られぬよう、みんなが寝静まっている夜明けどきを選び、ひそかにベッドを脱けだして、ヴァーガーほかのドラゴンたちが餌を与えられ、繫竜《けいりゅう》されている外郭《そとぐるわ》へと忍びこんだ。こっそりヴァーガーに乗ろうとしたのである。ところが、エイモンドがヴァーガーに忍びよったとき、どこからか男の子の声が響いた。

「ちかづいちゃ、だめ！」

声の主は彼の半甥《はんおい》、つまり異母姉の息子、ジョフリー・ヴェラリオン、三歳だった。いつも早朝に目覚めるジョフリーは、そっとベッドを脱けだし、自分の幼竜、タイラクセスを見にくるのが日課になっていた。ジョフリーに人を呼ばれることを恐れたエイモンド王子は、静かにしろと怒鳴りつけ、幼児に詰めよって突き飛ばした。ジョフリーは竜糞の山に尻から倒れこみ、大きな声で泣きだした。その隙に、エイモンドはヴァーガーのもとへ駆けより、竜の背に攀《よ》じ登った。のちにエイモンドは、

見つかるのを恐れるあまり、焼き殺される恐怖も食われる恐怖も忘れていたと述懐している。

これを大胆不敵というべきか、無謀というべきか、運に恵まれたというべきか。背景にあったのは神々の御心か、それともドラゴンの気まぐれか。このような魔獣の心など、人にわかろうはずもない。わかっているのは、このときヴァーガーが咆哮を発し、ぬうっと立ちあがると、荒々しく身をゆすり……繫竜鎖《けいりゅうさ》を引きちぎって大空に舞いあがったということだ。ターガリエン家のエイモンド王子は、こうして騎竜者となり、高潮城の塔群周辺を二度旋回したのち、地上に降りてきた。

だが、着地した先にはレイニラの息子たちが待ちかまえていた。

エイモンドが空を飛んでいるあいだに、ジョフリーが兄たちを呼んできたのである。末弟が助けを求める声に応え、ジェイスもルークもそろっている。ヴェラリオン家の公子たちは、エイモンドより年が下だ。ジェイスは六歳、ルークは五歳、ジョフはまだ三歳。しかし、数は三人と優勢だし、三人とも稽古場から持ちだしてきた木剣で武装している。三人は怒りに燃えていっせいに襲いかかった。エイモンドは応戦し、ルークの鼻をこぶしでへし折り、ジョフが両手で持っている木剣をもぎとるや、それでジェイスの頭を殴りつけた。ジェイスががっくりとひざをつく。年下の少年たちが血を流し、打ち身に怯《ひる》み、おじけづいてあとずさっていくのを見て、エイモンド王子は嘲笑し、悪態をついた。

「このストロング野郎どもが！」

すくなくともジェイスは、このことばが侮辱だとわかる年齢に達していた。これは〝強い《ストロング》〟という意味ではない。〝おまえたちは父親の子ではない、護衛役サー・ハーウィン・ストロングの子だ〟と揶揄しているのだ。ジェイスはふたたびエイモンドに飛びかかった。が、逆に打擲《ちょうちゃく》されるのを見てルークが救援に駆けより、短剣を引き抜きざま、エイモンドの顔面に斬りつけ——右目を抉《えぐ》りだした。ようやく駆けつけてきた厩番《うまや》らが、相戦う少年たちに割って入ったのは、この時点でのことである。

エイモンド王子は地面に倒れて身をもがき、激痛のあまりわめきちらしており、ヴァーガーも同様に咆哮を発しつづけていた。

事件後、ヴィセーリス王は仲裁を試み、少年のひとりひとりに接して、相互に詫びるよう求めた。しかし、いくら丸く収めようとしたところで、激昂する双方の母親を慰撫することはできなかった。アリセント王妃は、〝エイモンドの片目を抉った代償〟としてルケアリーズ・ヴェラリオンの片目も抉りださせるべきだといきまいた。レイニラはそのような要求こそしなかったが、エイモンド王子を〝手きびしく〟問いただし、レイニラの息子たちを指して〝ストロング野郎〟と呼ぶ揶揄表現をいつ耳にしたのか、是が非でも白状させるように主張した。この呼称は〝私生児野郎〟といったに等しく、そこには王位継承権を認めない意志ばかりか、レイニラが不義密通を働いたとの含みもあるからだ。王にきびしく問いつめられたエイモンド王子は、兄エイゴンが〝あいつらみんな、ストロングだ〟というのを聞いたと答えた。それを受け、つぎにエイゴン王子を問いただすと、返ってきたのはこんなことばだった。

「だれだって知っていることとです。連中の容姿を見てごらんなさい」

ヴィセーリス王はここで詰問を切りあげ、これ以上は聞きとりをしない旨、宣言した。だれの目も抉りだされることはない――これがこのとき、王が用いた表現である。王はつづけてこう付言した。いかなる者も、「男、女、子供、貴族、庶民、王族を問わず」、二度とわが孫らを〝ストロング〟と呼んではならぬ。もしも呼んだ者は、灼熱のヤットコで舌を引き抜かれるであろう――。王はさらに、王妃と王女に対し、相互にキスを交わしあい、たがいに愛情と慈しみの誓いを立てるように命じた。しかし、ふたりの仮面の微笑と口先だけの誓約にだまされたのは、ひとり王だけだった。ちなみに、少年たちについてだが、エイモンド王子はのちに、自分はあの日、片目と引き替えにドラゴンを手に

入れた、妥当な交換だったと述べている。

それ以上の内紛を回避し、〝悪質なうわさと下劣な中傷〟に終止符を打つべく、ヴィセーリス王はアリセント王妃とその息子たちを王城の宮廷に連れ帰るいっぽう、レイニラ王女とその息子たちにはドラゴンストーン城にとどまることを許可した。そして、〈王の楯《キングズガード》〉のサー・エリック・カーギルがレイニラの誓約の楯となり、〈骨砕き〉はハレンの巨城《ホール》に帰されることになった。

この差配を喜ぶ者はだれもいなかった、とセプトン・ユースタスは記すが、〈マッシュルーム〉の見解はまた異なる。すくなくともひとりの男はこの差配を喜んだ。なぜなら、ドラゴンストーン島とドリフトマーク島はかなり近く、その近さゆえに、デイモン・ターガリエンは王に知られることなく、頻繁に姪のレイニラ王女を慰める機会が得られたからである。

ヴィセーリス一世の治世はこのあとも九年間つづくが、〈双竜の舞踏〉の釁《ちぬ》られた種はすでにもう蒔《ま》かれており、AC一二〇年はその種がついに芽吹きだした年だった。このつぎに憂き目を見たのはストロング家の年配の者たちである。ライオネル・ストロング――ハレンの巨城《ホール》城主で〈王の手〉は、息子で跡継ぎのサー・ハーウィンを連れて、神の目《ゴッズ・アイ》湖畔のなかば崩れた巨城を目ざし、帰途についた。ところが、城に帰着したのち、一行が眠っていた塔から出火して、父子は焼死してしまう。家臣三名、従者十余名もろともに。

出火の原因はつきとめられていない。ただの失火だと主張する者もいれば、ハレン暗黒王の居城は呪われており、だれが所有しようとかならず破滅を迎える運命だ、と呪いに原因を求める者もいる。だが、放火を疑う者も多い。〈マッシュルーム〉はこの背後に〈海蛇〉がいただろうとほのめかしている。息子の妃に不貞を働いた男への報復だというのである。セプトン・ユースタスは、もうすこしもっともらしく、これはデイモン王弟のしわざだ、レイニラ王女をめぐる恋敵を排除したのだと示唆

している。ほかには、ストロング家の次子、〈内反足〉のラリスが関与したと見る向きもある。父と兄の死後は、ラリスがハレンの巨城《ホール》の城主となったからである。ひときわ不穏な説を唱えているのは、ほかでもないグランド・メイスター・メロスだ。メロスの推測によれば、この放火は王自身の指示によるものではないかという。もしもヴィセーリス王が、レイニラ王女の子息たちに関するうわさ——父親がサー・ハーウィンだとするうわさが真実と気づいたなら、いつの日か王女の子息たちが不義の子だと暴露されないよう、娘の名誉を汚す原因を作った男を排除したいと思うのも当然ではないか、というわけだ。これが事実であれば、ライオネル・ストロング公は息子の巻き添えで横死したことになる。ハーウィンとゆっくり話をするために、〈王の手〉がハレンの巨城《ホール》へ同行しようと決めたのは出発直前であり、だれにも公の行動は予測できていなかったからだ。

ストロング公は〈王の手〉であり、ヴィセーリスはその手腕と助言に頼りきっていた。この時点で王は四十三歳。かなり太っており、もはやかつての活力にあふれた若者ではなくなっていた。痛風を病んでいて、関節や腰の痛みに悩まされ、ときどき胸を締めつけるような苦しさの発作に襲われて、顔が真っ赤になり、しばし息もできなくなる。国の統治というのは、著しく消耗する仕事なのである。その重責の一端を肩代わりする存在として、王には屈強で有能な〈王の手〉が欠かせない。つかのま、王は新たな〈手〉にレイニラ王女をすえようかと考えた。次代の〈鉄の玉座〉にすえるつもりでいる血を分けた娘以上に、ともに統治するにふさわしい人物はいないのではないか——。しかしそれは、王女と子息たちをキングズ・ランディングへ連れもどすことを意味する。そうなったら、王妃とその子息たちとの確執がいっそう顕著になることは避けられない。では、弟を起用してみようか。だが、かつて小評議会に参画していた時期の言動を思いだし、これもあきらめた。グランド・メイスター・メロスは、もっと若い人材を登用してはどうかと進言して、いくつかの名前をあげた。しかし王は、

馴じみある人物がいいと、サー・オットー・ハイタワーを呼びもどすことにした。サー・オットーは王妃の父親であり、ヴィセーリス王だけでなく、先代の老王にも〈手〉として仕えた人物である。

だが……サー・オットーが赤の王城に到着し、〈王の手〉を拝命したおりもおり、レイニラ王女が再婚したとの報告が飛びこんできた。新たな夫となるのは叔父のデイモン・ターガリエンだという。このとき、王女は二十三歳、デイモン王弟は三十九歳。

王、宮廷、庶民、だれもかれもがこの報には憤慨した。デイモン王弟の妃もレイニラ王女の夫も、亡くなってからまだ半年とたっていない。それなのに、こうも早く再婚するとは、故人に対する冒瀆ではないか——王はそんな主旨で怒りの声明を発表している。ふたりの結婚はドラゴンストーン城において、突然かつ秘密裏に挙行された。セプトン・ユースタスは自分の考えとして、レイニラ王女は父王がこの結婚を認めるはずがないと知っていたので、横槍が入らぬうちにと、大急ぎで既成事実を作ったのだろうと記している。だが、〈マッシュルーム〉のあげる理由は別だった。王女はふたたび身籠っており、産まれてくる子供を私生児にしたくなかったにちがいない、というのが道化の説だ。

こうして、恐るべきAC一二〇年は、始まったときと同じく、一女性の分娩によって幕を閉じる。レイニラ王女の懐妊は、レーナ妃の懐妊よりも幸せな結末を迎えた。年が押しつまるころになって、王女は小柄だが元気な赤子を産んだのだ。色白の赤子は、濃い紫色の目と淡い白銀の髪を持っていた。レイニラはこの子にエイゴンと名づける。(註) デイモン王弟はついに、自分の血を受け継ぐ生ある息子に恵まれた。新たに誕生した王子は、三人の異父兄と異なり、純然たるターガリエンにほかならない。

註　以後、ふたりのエイゴン王子について混乱するのを避けるため、アリセント王妃の息子は〈年嵩のエイゴン〉、レイニラ王女の息子は〈年若のエイゴン〉と呼ぶことにする。

しかしキングズ・ランディングでは、産まれた赤子がエイゴンと命名されたと聞いて、アリセント王妃が怒り心頭に発していた。この命名が自分の子供エイゴンに対する侮辱だと感じたからである。『〈マッシュルーム〉の証言』によれば、じっさい、侮辱であることはほぼ確実だという。

本来であれば、AC一二二年は、ターガリエン家にとって喜ばしい年になるはずだった。レイニラ王女はふたたび出産の床につき、デイモン叔父のふたりめの子息を産んだ。祖父王にちなみ、赤子はヴィセーリスという名を与えられた。実兄のエイゴンやヴェラリオン家の異父兄三人よりも小柄で、元気のない赤子ながら、のちにもっとも早熟の子であることが明らかになる。ただし、不吉なことに、ヴィセーリスの揺りかごに収められたドラゴンの卵はとうとう孵らずじまいとなった。〈翠装派〉はこれを凶兆ととらえ、その点を声高にいいつのった。

同年、しばらくのち、キングズ・ランディングで新たな挙式が行なわれた。ターガリエン家の古くからつづく伝統に則《のっと》り、ヴィセーリス王が王子〈年嵩《としかさ》のエイゴン〉とヘレイナ王女を結婚させたのだ。ふたりともアリセント王妃とのあいだにできた子供である。セプトン・ユースタスの記録によれば、新郎のエイゴンは十五歳。覇気がなく、少々むすっとした感じの男子だが、食欲だけはただごとではなくて、宴席でがつがつと料理を食べ、浴びるようにエールや強いワインを飲み、給仕の侍女が手のとどくところにくると、かならずつねったり尻をなでたりしたという。妹である花嫁のヘレイナは、いまだ十三歳。たいていのターガリエン家の人間よりもぽっちゃりとして、容姿も平凡ではあったが、いつもにこにこしている気立てのいい娘で、よい母親になるであろうことには衆目が一致していた。

事実、ヘレイナはよい母親になった。それも、あっという間にだ。式から一年たつかたたないかのうちに、AC一二三年、十四歳の王女は双子を産んだのである。ヘレイナ王女は双子の男子のほうをジェヘアリーズ、女子のほうをジェヘイラと名づけた。これでエイゴン王子には跡継ぎができたと、

宮廷の〈翠装派〉は大喜びで宣言している。双子のそれぞれの揺りかごには、ひとつずつドラゴンの卵が収められ、ほどなく両方ともに孵化した。しかし、新生児の双子にとって、すべてが順風満帆であったわけではない。ジェヘイラは小柄で成長が遅かった。泣きもしなければ笑いもせず、ふつうの赤ん坊がするはずのことはいっさいしない子だった。兄のジェヘアリーズはといえば妹よりも体格がよく、元気もよかったが、ターガリエン家の貴公子に期待される完璧さは具《そな》えていなかった。左手に指が六本あり、両の足指も六本ずつあったのである。

ヘレイナ王女の存在も、双子が産まれたという事実も、〈年嵩のエイゴン〉の肉欲を抑制する力は持たなかった。〈マッシュルーム〉の述懐が信じられるものであれば、双子が産まれたのと同じ年、〈年嵩のエイゴン〉はふたりの落胤の父親となっている。そのうちのひとりは男子で、母親は王子がシルク通りの娼館で花を散らせる権利を買った乙女だった。もうひとりは女子で、母親は王子の母宮アリセント王妃付きの侍女である。ＡＣ一二七年、ヘレイナ王女は二番めの子息を出産、メイラーと名づける。この子にもドラゴンの卵が与えられた。

このころには、アリセント王妃のほかの王子たちも大きくなっていた。次男のエイモンド王子は、片目がないにもかかわらず、サー・クリストン・コールの指導のもと、剣の才能を発揮したが、依然、自分勝手でわがまま放題、短気で容赦を知らぬ、危険な子供のままだった。末弟のデイロン王子は、アリセント王妃の王子のなかでもっとも人気があり、聡明で礼儀正しく、顔だちの整った子だった。ＡＣ一二六年、十二歳になったデイロンはオールドタウンへ送られ、ハイタワー公の酌人を務めると同時に、従士として修業をはじめている。

同年、ブラックウォーター湾の湾口では、〈海蛇〉ことコアリーズ公が突然の高熱に倒れる事態となった。〈海蛇〉が病床につき、メイスターたちの看病を受けるなか、にわかに持ちあがったのは、

このまま公が病で身罷《みまか》った場合、〈潮の主〉とドリフトマーク島領主をだれが継ぐべきかという問題である。嫡子サー・レーナーもレーナ妃も亡くなったいま、法律上、公の領地と称号を引き継ぐのは孫息子のうちで最年長のジャセアリーズ、愛称ジェイスとなるが……ジェイスは母宮レイニラ王女の跡を継いで〈鉄の玉座〉につくはずなので、レイニラは床につく義父に対し、次男のルケアリーズを跡継ぎにしてはどうかと進言した。しかし、コアリーズ公には六人の甥がおり、その最年長者サー・ヴェイモンド・ヴェラリオンより、相続の正当な権利は自分にあるとの物言いがついた。〝レイニラ王女の子息はみなハーウィン・ストロングの種で産まれた不義の子である〟というのが物言いの根拠だった。王女は即刻、この指弾に対処した。デイモン王弟を動かし、サー・ヴェイモンドを捕縛させ、首を刎ねさせたうえ、その死体を自分の騎竜シアラックスに食わせてしまったのだ。

だが、これでヴェラリオン家内の相続問題がかたづいたわけではなかった。サー・ヴェイモンドの年下の従弟たちは、妻子を連れてキングズ・ランディングへ逃げこみ、王と王妃に対して正義を訴え、正当な相続権を主張する挙に出た。このころには、ヴィセーリス王は極端に太り、赤ら顔になって、〈鉄の玉座〉への階段を昇るにもひどく苦労する状態になっていた。ともあれ、玉座についた王は、ひとことも発せぬままにひととおり告発を聞いたあと、告発者たちからひとり残らず舌を引き抜けと命じた。

「警告しておいたはずだ」引っ立てられていく告発者たちを見送りながら、王はいった。「この手の虚偽を二度と聞く耳は持たぬと」

ところが、玉座から降りようとしたとき、王はよろめき、からだを支えようと手を伸ばした拍子に、玉座から突き出た鋸歯状刃の一本で左手をざっくりと切ってしまう。それも、骨が見えるほど深く。グランド・メイスター・メロスが煮沸したワインで傷口を洗い、傷薬の軟膏をつけた細長いリネンを

巻いたものの、王はすぐに高熱を発し、多くの者がこのまま崩御されるのではないかと肝を冷やした。だが、レイニラ王女が自身の治療師、メイスター・ジェラーディスを連れ、ドラゴンストーン島から飛来したことにより、流れは変わった。ジェラーディスはすみやかに、王の左手から指二本を切断し、命を救ったのである。

この一件で、かなり衰えはしたものの、じきにヴィセーリス王は政務に復帰した。王の復帰を祝い、AC一二七年の第一日めに祝宴が催された。この宴には、王妃と王女もそれぞれの子供たちを連れて出席するように命じられた。親睦の演出として、王妃と王女は相手派閥の色に染めたドレスを着用し、双方に対する愛情の宣言をたびたび口にして王をおおいに喜ばせた。このときデイモン王弟はサー・オットー・ハイタワーに酒杯をかかげ、〈王の手〉としての忠勤ぶりに謝意を表わしている。それに応えて、サー・オットーはデイモン王弟の勇敢さを讃えた。また、アリセント王妃とレイニラ王女の子供たちもあいさつを交わしあい、それぞれの頬にキスをして、テーブル上のパンを分かちあった。すくなくとも、宮廷の記録者はそうつづっている。

だが、宵も深まり、ヴィセーリス王が退座したあと（王はまだ非常に疲れやすかったのである）、〈マッシュルーム〉によれば、〈隻眼《せきがん》のエイモンド〉がすっくと立ちあがり、ヴェラリオン家の半甥たちを讃える形を装いつつ、その茶色の髪、茶色の目、そして〝力強《ストロング》いこと〟をあてこすったという。

「まことに、わが愛しの半甥どのたちほど強力《ストロング》な方々にはお目にかかったことがない」締めくくりに、エイモンドはそういった。「ゆえに、そこの強力《ストロング》な少年三人を讃え、酒杯を干すこととしたい」

〈マッシュルーム〉の述懐は、このあとの悶着にも言及している。ジャセアリーズ・ヴェラリオンが〈年嵩のエイゴン〉の妃ヘレイナにダンスを申しこみ、エイゴンとのあいだで激しい口論になったというのである。〈王の楯《キングズガード》〉が割って入らなければ、殴り合いの喧嘩沙汰にまで発展するところだった。

この件がヴィセーリス王の耳に入ったか否かはさておき、レイニラ王女とその息子たちは、翌朝早く、ドラゴンストーン島にある自分たちの居城へ引きあげてしまう。

手指を失って以来、ヴィセーリス一世が〈鉄の玉座〉にすわることは二度となかった。そもそも、玉座の間には近づこうともせず、私室で公務を行なうようになり、のちには寝室で、メイスターたち、セプトンたちに囲まれて執務するようになった。その側近のなかには、信頼する道化──ただひとり王を笑わせられる人物（当人談）、〈マッシュルーム〉も含まれていた。

死が頻繁に宮廷を訪れだすのは、それからまもなくのことである。ある晩、〈メイゴルの天守〉にいたる曲折階段を昇っている途中、グランド・メイスター・メロスが倒れ、そのまま息を引きとった。メロスはつねに小評議会の理性であり、〈翠装派〉と〈黒装派〉の軋轢《あつれき》が持ちあがるたびに、冷静な対応と歩みよりを働きかける立場にあった。そのような人物、王のことばを借りれば〝満幅の信頼を置くわが友〟の死は、王にとっては嘆かわしいことに、両派閥の新たな対立の引き金となった。

レイニラ王女はメロスの後任として、ドラゴンストーン城で長らく自分に仕えてきたメイスター・ジェラーディスを推した。ヴィセーリス王が〈鉄の玉座〉で手を切ったさい、命をとりとめたのは、その治療技術があったればこそではないか、というのが王女の主張だった。それに対してアリセント王妃は、王女とそのメイスターは切る必要などなかった王の左指を二本も切断したといって糾弾し、ふたりが〝よけいな介入〟さえしなければ、王の指を切ることなくメロスが命を助けられたはずだと主張して、次代のグランド・メイスターにはハイタワー家付きのメイスター・アルファダーを推した。王女と王妃の双方から突きあげを食らったヴィセーリス王は、どちらも選ばなかった。というより、王がふたりに思いださせたように、そもそもグランド・メイスターを選ぶ立場にあるのは王ではない。オールドタウンの〈知識の城《シタデル》〉なのである。やがて〈知識の城《シタデル》〉の賢人会議《コンクレイヴ》は、会議を構成する一員、

アーチメイスター・オーワイルをグランド・メイスターに任命した。

新グランド・メイスターの着任によって、ヴィセーリス王はかつての活力をいくぶんなりとも取りもどしたかに見えた。セプトン・ユースタスは、これは祈りの成果だと述べているが、大半の者は、オーワイルの水薬と強壮薬がメロスの好んだ蛭療法より効いたからだろうと見たようだ。とはいえ、このような体調回復は一時的なものに過ぎず、痛風、胸痛、息切れは、その後も王を悩ませつづけた。治世最後の数年間において、健康状態がいよいよ悪化すると、ヴィセーリス王が統治を〈王の手〉と小評議会まかせにする傾向はますます顕著になっていった。

必然的に、われわれはここで、AC一二九年につづけて起こる大事件前夜の、小評議会の顔ぶれを見ておかねばならない。なぜなら、このあとに連続するできごとにおいて、大きな役割を果たすのは彼らだからである。

〈王の手〉は依然として、アリセント王妃の父親であり、オールドタウンの領主オーマンド公の叔父でもある、サー・オットー・ハイタワーが務めている。

グランド・メイスター・オーワイルは小評議会で最新参の参議であり、〈黒装派〉にも〈翠装派〉にも肩入れしていなかったと思われる。

〈王の楯《キングズガード》〉の総帥もサー・クリストン・コールのままだが、レイニラ王女からは目の敵にされている。

蔵相を務める老齢のライマン・ビーズベリー公は、老王時代からほぼ途切れることなくこの役職についたままだ。

最若年の参議として海軍相兼提督を務めるのは、サー・タイランド・ラニスター——キャスタリー・ロック城城主の弟である。

審問長と密告者の長《おさ》を務めるのは、ハレンの巨城《ホール》城主、〈内反足〉のラリス・ストロング。

法相を務めるのはジャスパー・ワイルドで、庶民から〈鉄の棹〉と呼ばれた人物である（セプトン・ユースタスによれば、ワイルド公がこの通り名を奉られた理由は、断じて法を枉《ま》げないその姿勢にあったという。だが、〈マッシュルーム〉いわく、この〈鉄の棹〉なる呼称は、ワイルド公の一物が鉄のように丈夫だったことに由来する。なにしろ公は、最後の妻がたび重なる出産に耐えかねて死ぬまで、四人の妻相手に二十九人の子を儲けた猛者なのである）。

以上が小評議会の顔ぶれだった。

新しい年、エイゴンの征服後百二十九年めを迎えて、七王国の各所では盛大に篝火《かがりび》が焚かれ、宴が開かれ、乱痴気騒ぎがくりひろげられた。そのあいだにも、ターガリエン王朝のヴィセーリス一世はますます衰弱しつつあった。胸の痛みがあまりにも強くなり、階段一区画ぶんも昇れないありさまになってからは、椅子にすわったまま、赤の王城内を運ばれるようになった。この年、第二の月に入るころには、王はすっかり食欲を失い、病床から王土を統治するようになった。それも、多少とも統治する気力のあるときはである。ほとんどの日、王は政務を〈王の手〉サー・オットー・ハイタワーに丸投げして過ごした。そのころドラゴンストーン島では、レイニラ王女がふたたび出産を間近に控え、みずからも床についていた。

ＡＣ一二九年、三の月、第三日、ヘレイナ王女は三人の子を連れ、王城の寝室にいる王を訪ねた。三人というのは、当時六歳だったジェヘアリーズとジェヘイラの双子、およびその弟で、まだ二歳のメイラーだ。王はメイラーの玩具《おもちゃ》になるようにと、指にはめていた真珠の指輪をはずして与え、双子には物語を語って聞かせた。双子が名前をもらった高祖父ジェヘアリーズ王が、自分の騎竜に乗って北部の〈壁〉に向かい、いかにして野人、巨人、動物潜り《ウォーグ》の大集団を討ち破ったかを語る物語だった。双子はこれまで何度もこの物語を聞かされていたが、ふたりとも目を輝かせて王の話に聞き入った。

ひとしきり語りおえると、王は疲労と胸の痛みを訴え、双子たちを引きとらせた。ターガリエン家のヴィセーリス、その名の一世、アンダル人・ロイン人・〈最初の人々〉の王にして、七王国の君主、王土の守護者は、そこで目をつむり、眠りについた。

その眠りから王が覚めることはついになかった。享年五十二。二十六年にわたってウェスタロスの大半を統治してきた王は、ここに崩御した。

嵐が吹き荒れ、〈双竜の舞踏〉が始まるのは、それからのことである。

竜の絆、いまは遠く

The Dying of the Dragons

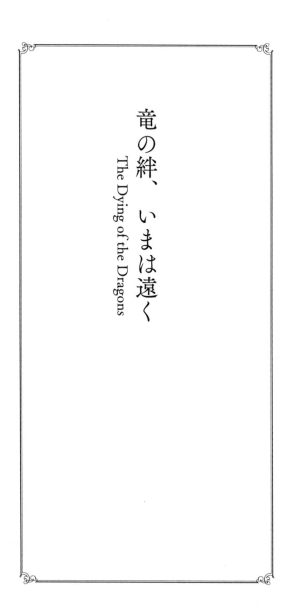

1 〈黒〉と〈翠《みどり》〉
The Blacks and the Greens

〈双竜の舞踏〉とは、ターガリエン王朝の相対立する二血統間で、〈鉄の玉座〉の継承権をめぐって争われた、血で血を洗う熾烈な抗争の美称である。抗争期間は征服後一二九年から一三一年にかけて。この時期に行なわれた、どす黒く、苛烈で血腥《ちなまぐさ》い行為の数々を〝舞踏〟と呼ぶのは、いくらなんでも不適切の誹《そし》りをまぬがれないだろう。この美称がどこかの吟遊詩人により、高らかに謡いあげられた詩に由来することはまずまちがいない。実態を表わす呼称としては、〈滅びゆくドラゴン〉のほうがずっとしっくりくる。しかし、伝統と時間、それに上級学匠《グランド・メイスター》マンカンは、この詩的にすぎる呼称を歴史の一幕に焼きつけてしまった。ゆえにわれわれもこの物語と〝舞踏〟をくりひろげねばならない。

ターガリエン家のヴィセーリス一世が身罷《みまか》ってのち、〈鉄の玉座〉の継承権主張者には、ふたりの主要人物がいた。ひとりめは、亡き王と亡き最初の王妃のあいだに生まれた子らのうち、ただひとり生存している娘、レイニラ王女。ふたりめは、亡き王と二番めの王妃レディ・アリセントのあいだに生まれた子息たちの嫡男、エイゴン。この両者のほか、双方の血統がもたらす混沌と殺戮にまぎれて、

他の継承権主張者も入れ替わり立ち替わり登場しはするが、短ければ二週間、長くて月がひとめぐりするあいだ、舞台上の役者のごとく威勢のいいせりふを吐き散らしたあげく、現われたときと同様、すみやかに退場していく。

〈舞踏〉により、七王国はまっぷたつに分断され、諸公、騎士、庶民らはどちらを支持するか宣言し、手に手に武器をとって対立勢力と渡りあった。ターガリエン家自体でさえ分裂し、両血統双方の色に染まった親類縁者や子孫らが激烈な闘争に明け暮れた。連綿と抗争がつづいた二年以上のあいだに、ウェスタロス全土の大貴族は、翼下に治める旗主《きしゅ》、騎士、庶民とともに甚大な被害をこうむっている。ようやく戦《いくさ》が終わったとき、王朝はなんとか存続したものの、ターガリエン家は著しく衰微《すいび》しており、世界に残っていたドラゴンも大きくその数を減らしていた。

〈舞踏〉は七王国の長い歴史において戦われた、いかなる戦役とも性質を異にする。たしかに軍勢は進軍し、会敵すれば凄絶な争闘をくりひろげたが、虐殺の舞台は水上が多く……空の戦いが多かったこともその特徴だ。ドラゴン同士が爪牙《そうが》と火炎を武器にして殺しあったのである。さらにこの戦いは、人知れぬ奇襲、暗殺、裏切りが多かった点も特徴といえる。ひそやかな戦いは、物陰や階段吹き抜け、小評議会の議事室、城の郭《くるわ》などで、ナイフと虚偽と毒を武器に戦われた。

長らくくすぶっていた反目が公然たる戦いとなって燃えあがったのは、AC一二九年の、三の月、第三日、伏せりがちだったターガリエン家のヴィセーリス一世王が、キングズ・ランディングの中枢、赤の王城において、すこし眠るといって寝室で瞑目《めいもく》し、二度と目覚めずに死亡した直後のことである。時あたかも蝙蝠《コウモリ》の刻《とき》――王の夜毎《よごと》の慣習にしたがって、侍従がカップ一杯の香料入りワインを持って入室したところ、王が息をしていないことに気がついた。侍従は大あわてで、まずアリセント王妃のもとへ報告に走った。王妃の居住階は王の居住階のすぐ下にある。

数年後、当時の顚末《てんまつ》を記述した司祭《セプトン》ユースタスは、この侍従が王妃に——それも王妃のみに悲報を告げており、宮廷全体に知らせなかったことを指摘している。ユースタスは、これが純然たる偶然であったとは見ていない。王の死はしばらく前から予期されていたことだったため、アリセント王妃とその派閥、いわゆる〈翠装派《すいそう》〉は、その日が訪れたとき、いかに対処すべきかを、ヴィセーリス王の衛兵および侍従全員に周知徹底していたはずだと主張する。

〈こびとの道化〈キノコ頭《マッシュルーム》〉にいたっては、もっと邪悪なシナリオを示している。アリセント王妃が香料入りワインにひとつまみの毒を入れ、王を本来よりも早く旅立たせたというのである。ただし、王が身罷った晩に、〈マッシュルーム〉はキングズ・ランディングにおらず、ドラゴンストーン城でレイニラ王女にかしずいていた。そのことは認識しておかねばならないだろう）

悲報を聞いたアリセント王妃は、ただちに王の寝室へ赴いた。このとき、〈王の楯《キングズガード》〉の総帥サー・クリストン・コールも連れている。ヴィセーリス王の死が確認されるや、王妃は寝室を立入禁止とし、見張りをつけるように命じた。王が亡くなっていることを発見した侍従が監禁されたのは、この話を広めさせないためだった。サー・クリストンは〈白き剣の塔〉にもどり、〈王の楯《キングズガード》〉に属する誓約の兄弟たちに指示して、王の小評議会の面々を召集させた。これが梟《フクロウ》の刻《とき》のことである。

現在と同じく、当時の〈王の楯《キングズガード》〉を務める誓約の兄弟も、七人の騎士で構成されていた。いずれも絶対の忠誠を誇り、他を圧倒する武技を備え、王個人とその親族を身命を賭して護るという、厳格な誓いを立てた騎士たちである。ヴィセーリス王が亡くなった時点で、キングズ・ランディングにいた白きマントの騎士は五人だけだった。サー・クリストン・コール本人のほかには、サー・アリック・カーギル、サー・リカード・ソーン、サー・ステッフォン・ダークリン、サー・ウィリス・フェル、この五人しか王都にはいない。サー・エリック・カーギル（サー・アリックの双子の兄弟）とサー・

ローレント・マーブランドは、レイニラ王女を警護するためドラゴンストーン城におり、王都に残る誓約の兄弟たちが、夜の夜中に小評議会の参議たちの居宅を訪ね、寝ているところをたたき起こし、召集をかけてまわったことは知らないし、関与してもいない。

小評議会は〈メイゴルの天守〉にある王妃の私用区画で開かれた。その晩になされた発言と行為については、数多くの記録や風聞が伝わっている。いまのところ、そのなかでもっとも詳細かつ信用のおけるものは、上級学匠《グランド・メイスター》マンカンが著わした『双竜の舞踏、その真実』だろう。当時の史実を綴《つづ》るマンカンの労作が書かれたのは、〈舞踏〉の時代から一世代ののちのことだが、その内容は膨大な量の多彩な資料に基づいており——そのなかには、各学匠《メイスター》たちの編年史、回顧録、家宰たちの日誌、総数百四十七人におよぶ大事件当時の生き証人に面談し、採取した証言も含まれる——宮廷内部の状況については、グランド・メイスター・オーワイルが処刑される前にしたためた告白録に基づいている。うわさや伝聞、代々の言い伝えなどを情報源とする〈マッシュルーム〉やセプトン・ユースタスとは異なり、グランド・メイスターは当夜の会議に出席しており、小評議会の審議と決定において大きな役割を果たした。ただし、その告白録を記していたときのオーワイルは、自分に非がないことを訴え、自分が関与したことがらについて断罪されぬように、そして赦免してもらえるようにと、なによりもそれを念頭に置いていたことに留意しておかなくてはならない。マンカンの『その真実』は、その点、自分の前任者を好意的にとらえすぎているきらいがある。

上階の部屋で王の亡骸が冷たくなっていくあいだ、王妃の私用区画に集められたのは、以下の面々だった。

王妃自身。

サー・オットー・ハイタワー——王妃の父であり、〈王の手〉。

サー・クリストン・コール――〈王の楯《キングズガード》〉総帥。

グランド・メイスター・オーワイル。

ライマン・ビーズベリー公――蔵相、年齢八十歳。

サー・タイランド・ラニスター――海軍相、キャスタリーの磐城《ロック》城主の弟。

ラリス・ストロング――通称〈内反足〉のラリス、ハレンの巨城《ホール》の城主、密告者の長《おさ》。

ジャスパー・ワイルド公――通称〈鉄の棹〉、法相。

グランド・メイスター・マンカンは『その真実』で、この集まりを〈翠《みどり》の評議会〉と呼んでいる。

小評議会の開始にあたり、グランド・メイスター・オーワイルは、王の崩御にさいして行なうべきしきたりと手続きの説明からはじめた。その発言はこうである。

「まずはセプトン・ユースタスを呼ばなくてはなりません。終油の儀式を執り行ない、陛下の御魂《みたま》に平安あれと祈ってもらうのです。同時に即刻、使い鴉をドラゴンストーン城へ放ち、レイニラ王女にお父上の崩御をお伝えせねば。王妃殿下におかれましては、言伝《ことづて》をお書きいただきたく。この悲報を、なるべくやんわりと哀悼のことばでお包みくださいますよう。つぎに、王の崩御を知らしむ弔鐘《ちょうしょう》を鳴らさねばなりません。どなたか、手配をお願いできますか。そしてもちろん、急ぎ、レイニラ女王戴冠の準備にも取りかからねば――」

ここでサー・オットー・ハイタワーが口をはさんだ。

「諸々、一時棚上げにしてもらわねばならん――王位継承問題が解決するまでは」

〈王の手〉として、サー・オットーは王の声を代弁する権限を持つ。王の不在時には〈鉄の玉座〉にすわることさえできる。ヴィセーリス王は〈王の手〉に七王国を治める力を与えており、その権限は新王戴冠まで維持されることになっている。このとき当人が用いたことばを借りるなら、「われらが

新たな王陛下が戴冠なさるまで」だ。

「われらが新たな女王陛下が戴冠なさるまで、というべきでしょう」訂正の声があがった。

グランド・メイスター・マンカンの記述では、このことばはグランド・メイスター・オーワイルが発したものである。おだやかな口調で、批判めいた調子はまったくない発言だったとされる。だが、〈マッシュルーム〉とセプトン・ユースタスは、これがビーズベリー公の発言であり、辛辣な響きをともなっていたと主張する。

「王ですよ、女王ではなく」強調したのはアリセント王妃だった。「〈鉄の玉座〉は陛下の最年長の嫡男が受け継ぐべきものなの」

その晩、議論は明け方までつづいた、とグランド・メイスター・マンカンは記している。しかし、〈マッシュルーム〉とセプトン・ユースタスの記述は異なる。両者の記述では、レイニラ王女の肩を持ったのはビーズベリー公だけだった。ヴィセーリス王の治世の大半はもとより、王の祖父、先代のジェヘアリーズ老王時代にも蔵相を務めたビーズベリーの老公は、レイニラ王女が異腹の弟たちより年長であること、ターガリエンの血がより濃いこと、故ヴィセーリス王は王女を跡継ぎに選んでいたこと、アリセント王妃と〈翠装派〉のたび重なる嘆願にもかかわらず、跡継ぎの変更はそのつど拒否されたこと、AC一〇五年に王女が次代の王として決定され、何百人という貴族と土地持ちの騎士が王女に対して臣従礼をとり、その継承権を護ると厳格な誓いを立てたことなどを列挙した（グランド・メイスター・オーワイルの告白でも同じ経緯が記されているが、その発言の多くは、ビーズベリー老公ではなく、自身の口から出たことになっている。だが、そうではなかったことは、以後につづる展開を見れば明らかだろう）。

老公の力説は他の参議の耳に届かなかった。サー・タイランドは、レイニラ王女の継承権を護ると

誓った諸公や騎士など、大半はとうのむかしに死んでいるではないかと指摘した。

「なんといっても、二十四年もむかしの話だ。わし自身、そのような誓いを立ててはおらん。当時は子供だったからな」

法相である〈鉄の棹〉は、〈一〇一年の大評議会〉において、老王から見て次男の孫息子ではなく、三男の嫡男であるヴィセーリス王が太子に選ばれた例を引きあいに出し、遡って九二年には、老王が次男の娘であるレイニス王女よりも三男のベイロン王子を継承者に選んだこと、そこからまた遡って、話はエイゴン征服王とふたりの姉妹におよび、嫡出の男子はつねに嫡出の女子より継承権が上とするアンダル人の聖なる伝統を語った。

サー・オットーは、レイニラ王女の夫君《ふくん》がほかならぬデイモン王弟であることを指摘した。

「われわれはみな、あのご仁の性質を熟知しておる。ゆめゆめ判断を誤りたもうな。レイニラ王女が〈鉄の玉座〉につかれることになれば、かならずや〈蚤の溜まり場殿下〉がわれらを支配することになろう。昔日《せきじつ》のメイゴル王なみに残酷で容赦ない、〝女王の夫君〟がだぞ。真っ先に刎《は》ねられるのはわしの首だ。まちがいない。つづいて、王妃殿下も――わが娘も、あとを追うことになる」

アリセント王妃もそれに同調して、

「わたしの子供たちも生かしてはおかれないわ」といった。「エイゴンと弟たちは、みな王の嫡子。あの女の不義の子たちよりも継承順位は上よ。デイモンのことだから、もっともらしい理屈をつけて、わが子たちを皆殺しにしようとするでしょう――ヘレイナとまだ幼い三人の子供たちまでも。しかも、レイニラが産んだ三人の〝ストロング〟のひとりは、わたしのエイモンドの片目を抉《えぐ》りだしたのよ？そのことを忘れないで。たしかに、エイモンドはまだ子供で短慮だったわ。けれど、子供は成長しておとなになるのに対して、落とし子が大きくなっても、性質は怪物のまま」

ここでサー・クリストン・コールが口を開いた。白騎士が指摘したのは、王女が治者の座につけば、次代はジャセアリーズ・ヴェラリオンが継ぐことになるという事実だった。

「落とし子が〈鉄の玉座〉につこうものなら、〈七神〉はいかに思し召すことか」そして、レイニラ王女の理不尽な行ないと、その夫デイモンの悪名《あくみょう》を持ちだした。「あのふたりが権力を掌握すれば、赤の王城は娼館と化す。だれの娘であれ、ぶじではいられますまい。同様に、だれの妻も。そもそも、少年たちでさえ危うい……レーナーがどのような嗜好を持っていたかは知ってのとおりです」

ここまでの議論で、ラリス・ストロングがひとことでも発したことを示す記録はない。だが、彼が発言しないのはさほど異例ではなかった。いざとなればよくまわる舌を持っているが、この密告者の長《おさ》は通常、吝嗇家《りんしょくか》が貨幣を惜しむようにことばを惜しみ、口をきくより耳をすますことを好むのだ。

「こんな企てを強行したなら」グランド・メイスター・オーワイルは小評議会の全員に警告した、と『その真実』にはある。「確実に、戦争になりますぞ。王女殿下はそう簡単に引きさがりはしません。それに、王女殿下にはドラゴンたちがいます」

「加えて、味方もな」ビーズベリー公がいった。「名誉を重んずる者、殿下と父王君《ぎみ》に誓いを立てたことを忘れぬ者たちはまだまだいる。わしも老いた。が、ぬしらのようなやからが王女殿下の玉座を盗まんと企てるのを、ここに座して見過ごすほど老いてはおらぬ」

そういって、ビーズベリー公は立ちあがった。部屋を出ていくためだ。

そのあとになにが起こったのかは、資料によって異なる。

グランド・メイスター・オーワイルの告白録によれば、サー・オットー・ハイタワーの命を受けて、ビーズベリー公は戸口で取り押さえられ、地下牢に連行された。そのまま暗黒房に放りこまれた結果、審理を待つあいだに凍え死にしたという。

セプトン・ユースタスの記述は、これとは異なる。サー・クリストン・コールがビーズベリー公をむりやり椅子にすわらせ……短剣で公ののどを掻き切ったというのである。サー・クリストンでもビーズベリー公を殺したのはサー・クリストンであるとしているが、彼の口述では、老公はコールに襟首をつかまれ、窓から放りだされた結果、下の空壕《からぼり》にびっしりと植えこまれた鉄の逆杭《さかぐい》に貫かれて死んだことになっている。

ただし、三つの記録でひとつだけ一致する点がある。〈双竜の舞踏〉において最初に流された血が、七王国の蔵相兼商務相、ライマン・ビーズベリー公のものであったということだ。

ビーズベリー公が横死して以後の、小評議会での議論については、いずれにも差異は見られない。その晩はずっと、新王戴冠の計画立案に費やされ（早急に戴冠式まで持っていかねばならない点で、全員、意見の一致を見た）、レイニラ王女がエイゴン王の即位を認めなかった場合に、味方になるであろう者たち、敵にまわるであろう者たちの大雑把な一覧が作成された。出産を控えて、王女自身はドラゴンストーン城を出てこられない。それをいいことに、アリセント王妃を支持する〈翠装派〉は、ここぞとばかりに練れるかぎりの策を練りあげた。レイニラ側が王の死を知るのが遅ければ遅いほど、王女の対応は鈍くなる。

「うまくすれば、あの売女《ばいた》、子供を産んで死んでくれるかもしれないしね」

これはアリセント王妃のことばとして伝わっている（〈マッシュルーム〉によればだが）。

その晩は一羽の使い鴉も放たれていない。弔鐘も鳴らされることはなかった。王の崩御を知る侍従たちは地下牢に送られた。サー・クリストン・コールは宮廷にいる〈黒装派《こくそうは》〉を――レイニラ王女に味方すると見られる貴族や騎士を――拘留する役目をおおせつかった。

「乱暴なまねは禁物だぞ、抵抗されぬかぎりはな」サー・オットー・ハイタワーは白騎士に命じた。

「エイゴン王に対して臣従の礼をとり、忠誠を誓う者には、われらの手で危害を加えてはならぬ」

「では、忠誠を誓わぬ者は？」グランド・メイスター・オーワイルが問いかけた。

「叛逆者と見なす」これは〈鉄の棹〉だ。「叛逆者には、しかるべき形の死で報いねばならん」

ここでようやく、密告者の長《おさ》、ラリス・ストロング公が発言した。この集まりで〈内反足〉が口を開くのは、このときが最初で最後だった。

「まずはわれらが、いの一番に誓約を立てようではないか――このなかから叛逆者を出さぬために」

〈内反足〉は短剣を引き抜き、手の平にひとすじの傷をつけ、一同にうながした。「血盟だ。これによって結束を強め、誓約の兄弟と見なす。裏切り者には死を」

共謀者のひとりひとりが各自の手の平に傷をつけ、たがいの血のにじむ手を握りあい、誓約の兄弟たることを誓った。ただしアリセント王妃だけは、女性であるがゆえに、この誓約をまぬがれている。

やがて夜が明けそめるころ、アリセント王妃は〈王の楯《キングズガード》〉の騎士を派遣し、小評議会に参加させるため、子息エイゴンとエイモンドの両王子を迎えにいかせた（三人の王子のうち、最年少でもっとも温厚なデイロンは、いまはオールドタウンにいて、ハイタワー公に従士として仕えている）。〈隻眼《せきがん》のエイモンド〉は十九歳。迎えの者が見つけたときは武器庫にいて、鎖帷子《くさりかたびら》と板金鎧《いたがねよろい》をつけているところだった。王城の内郭《うちぐるわ》で朝の鍛練をするためだ。

「エイゴンが王になるのか？」迎えにきたサー・ウィリス・フェルに向かって、王子はそうたずねた。「それとも、おれたち全員、あの売女のクソババアの前にひざをついて、やつの女陰に口づけせねばならんのか？」

エイゴン王子の妹であり、妃であるヘレイナ王女は、白騎士がエイゴンを迎えにきたとき、三人の子供たちと朝食をとっているところだったが……エイゴン王子の所在をたずねられても、こう答えた

だけだった。

「わたしのベッドにいないことはたしかね。夜具の下まで、好きにお調べなさい」

このときエイゴン王子は〝酒宴にふけっていた〟と、マンカンは『その真実』で遠まわしの表現を用いている。『〈マッシュルーム〉の証言』はもっと明確に、サー・クリストンがやっと探しあてたとき、若き王候補は〈蚤の溜まり場〉にある獣《けもの》なぶり窖《あな》の見物席にいて、全裸になって飲んだくれ、やすりで歯を尖らせた浮浪児同士が咬みつきあい、切り裂きあうさまを眺めながら、どれほど高めに見積もっても十二歳にしか見えない娘に一物をしゃぶらせていたと主張する。こうした醜悪な絵面《えづら》を活写することこそ、〈マッシュルーム〉の〈マッシュルーム〉たるゆえんだが、ここではセプトン・ユースタスの記述を詳細に紹介しておこう。

この善《よ》きセプトンも、白騎士に探しあてられたエイゴン王子が愛人をともなっていたことは認めている。が、その愛人は裕福な商人の娘であり、しかるべきあつかいを受けていたとしている。さらに、王子が当初、母宮の計画に乗ることを拒否したとも述べる。

「世継ぎは姉だ、おれではない」というのが、ユースタスの記録に見える王子の返答である。姉とはもちろん、異腹のレイニラ王女のことだ。「どこの世界に、姉の生得の権利を奪う弟がいる」

ようやくエイゴンの気持ちが揺らいだのは、王女が王位を継げば、アリセント王妃の子らはすべて確実に処刑されてしまう——そんなサー・クリストンの指摘を受けてからのことだった。

「ターガリエン家の嫡子がおひとりでもご存命のうちは、ストロングの血を引く者が〈鉄の玉座〉につける望みはありません」とコールは説いた。「レイニラとしては、自分の即位後、落とし子どもに跡を継がせるなら、エイゴン殿下と弟君、妹君の御首を刎ねるしかないのです」

この説得を受けて、ここにおいてはじめて、エイゴンは小評議会の提案に乗り、王位を継ぐことを

受け入れた——善良なセプトンはそう記述する。

いっぽう、〈王の楯《キングズガード》〉の騎士たちがアリセント王妃の息子たちを探しているあいだ、ほかの使者は〈王都の守人《シティ・ウォッチ》〉の総帥と各守門長たちを赤の王城に呼び集めていた（守門長は、受け持つ市門ごとにひとりずつ、ぜんぶで七人いる）。その意志を問うた結果、五人はエイゴンの大義にしたがうことが判明した。もうふたりの守門長については、不忠者と断じられ、総帥ともども鎖に繋《つな》がれた。金色《こんじき》のマント新総帥に任命されたのは、〝忠義の五人〟でもっとも屈強なサー・ルーサー・ラージェントだ。筋骨たくましく、身長二メートル十のラージェントは、かつて軍馬を一発で殴り殺したとのうわさもある豪傑である。しかし、サー・オットーは用心深い〈王の手〉だったので、自分の息子のひとり、サー・グウェイン・ハイタワー（王妃の弟）を総帥の補佐としてつけ、サー・ルーサーにすこしでも不忠の動きがないか目を光らせているようにと命じている。

故ビーズベリー公に代わって蔵相に任命されたサー・タイランド・ラニスターは、ただちに国庫の確保を行ない、王室の黄金を四カ所に分割保管することに決めた。四分の一は安全に保管するため、ブレーヴォスの〈鉄の銀行〉に預け入れる。四分の一はキャスタリー・ロック城に、もう四分の一はオールドタウンに送って厳重な管理下に置く。残る四分の一は賄賂や贈り物の資金として、あるいは必要が生じたさいに傭兵を傭う資金として、王城に保管しておく。

蔵相に横すべりしたサー・タイランドに代わって、サー・オットーは新たな提督を鉄《くろがね》諸島に求め、〈赤きクラーケン〉こと、当時十六歳のドールトン・グレイジョイに宛てて使い鴉を送りださせた。果断にして血に飢えた〈パイク島の死神〉に海軍相の重職と小評議会の席を与え、それと引き替えに、味方に引きこもうともくろんだのである。

一日が経過し、さらに一日が経過した。どのセプトンも、どの沈黙の修道女《シスター》も、いまだ王の寝所へ

呼ばれてはいない。ベッドに横たわった王の亡骸は、腐敗して膨満しつつある。弔鐘も鳴らされてはいない。使い鴉はつぎつぎに飛びたっていくが、ドラゴンストーン城に送られるものは一羽もおらず、その行き先は、オールドタウン、キャスタリー・ロック城、リヴァーラン城、ハイガーデン城ほか、アリセント王妃が自分の息子を支持する素地ありと見ている、多くの貴族や騎士の封地《ほうち》だった。〈一〇一年の大評議会〉に関する記録が持ちだされ、検証を受け、どの貴族がヴィセーリスを、どの貴族がレイニスとレーナとレーナーを支持したかが書きだされた。大評議会に集まった諸公のうち、男系支持者と女系支持者の割合は二十対一だったが、後者にはレイニス王女の系統を強力に推奨した貴族たちがおり、戦《いくさ》になればそれらの家は、レイニラ王女を支持する可能性が高いと思われた。

サー・オットーの見積もりでは、レイニラ王女は義父の〈海蛇〉一族とその艦隊を自由に動かせる。東海岸側の諸公も王女に味方するだろう。バー・エモン、マッシー、セルティガー、クラブの諸公は確実だ。おそらく、タース島の〈夕星《ゆうずつ》〉すら王女につく。とはいえ、強大なヴェラリオン家を除けば、どれも小貴族でしかない。懸念すべきは、むしろ北部だった。ハレンの巨城《ホール》での大評議会において、ウィンターフェル城は公然とレイニスを支持したからである。スターク公の旗主、バロウトンの町のダスティン家や白い港《ホワイト・ハーバー》のマンダリー家も同様だった。アリン家の支持も期待できない。高巣城《アイリー》のいまの城主は女だからである。レイニラ王女の王位継承権を否定すれば、〈谷間《ヴェイル》の乙女〉、ジェイン女公自身の正当性までもが問題になってしまう。

最大の危険は嵐の果て城《ストームズ・エンド》にあると思われる。というのも、バラシオン家はつねに、レイニス王女とその子らの継承権を強硬に支持してきたからである。ボアマンドの老公はすでに亡くなったものの、その嫡男のボロス公は父親よりもさらに好戦的であり、従属する嵐の諸公はみなボロス公の意にそうだろう。

「となると、われらが王を奉ずるよう、なんとしてもボロス公を説き伏せなくては」

アリセント王妃はそういった。そのために呼びだしたのが、次男のエイモンドだった。

この日、嵐の果て城《ストームズ・エンド》に向かって飛びたったのは、使い鴉ではない。ウェスタロスでもっとも竜齢が高く、もっとも大きなドラゴン、ヴァーガーである。その背には、エイモンド・ターガリエン王子が乗っていた。失った右目の眼窩《がんか》に埋めこまれているのは大きな青玉《サファイア》だ。

「殿下のお役目は、バラシオン公の娘御のひとりを勝ちとることにあります」出立のまぎわ、祖父のサー・オットーは王子にいった。「四人の娘御のうち、だれでもよろしい。ひとりを口説き落とし、結婚に持ちこんでいただきたい。さすればボロス公と嵐の地は兄君につく。しかし、もし失敗すれば――」

「このおれが失敗などするものか」エイモンド王子は一蹴した。「きっと娘のひとりをわがものとし、嵐の地をエイゴン支持にまわらせてみせよう」

エイモンド王子が飛びたつころには、王の寝所からあふれる腐臭は〈メイゴルの天守〉全体にまでただよい、数々の不穏な憶測やうわさが宮廷と王城の中に広まりつつあった。赤の王城の地下牢にはおおぜいの男たちが不忠の廉《かど》で収監されており、総司祭《ハイ・セプトン》までもが行方不明者続出の風説を聞きつけ、オールドタウンの〈七芒星堂〉から一部の不明者に関して問いあわせをしてきたほどだった。サー・オットー・ハイタワーは、〈王の手〉としてものごとを着実に詰めてきただけに、もっと準備期間がほしいと思っていたが、アリセント王妃はぐずぐずしていられないことを承知していたし、エイゴン王子もじれてきていた。

「おれは王になるのか、ならないのか、どちらです」王子は母宮を問いつめた。「王になるのなら、早く戴冠してもらいましょうか」

弔鐘が鳴らされ、国王崩御が広く知らされたのは、AC一二九年、三の月、第十日のことである。ここにおいてようやく、グランド・メイスター・オーワイルは公然と使い鴉を飛ばすことを許され、何百羽もの黒い鳥が、七王国の津々浦々にエイゴン即位の報を伝えた。王の亡骸を火葬に付すため、沈黙の修道女たちが集められ、白馬《あおうま》に乗った騎兵たちがキングズ・ランディングじゅうを駆けまわり、「ヴィセーリス王崩御、エイゴン王よ、永遠なれ」と叫んでまわった。

その叫びを耳にして——とマンカンは書いている——泣く者もいれば、歓声をあげる者もいたが、庶民の大半は困惑し、警戒も露《あら》わに無言で言触《ことぶ》れを見つめた。ときおり、「女王さま、永遠なれ」の叫びも聞かれたという。

そのあいだにも、大急ぎで戴冠の準備は行なわれていた。戴冠場所に選ばれたのは〈竜舎〉である。〈竜舎〉の大円蓋の下には八万人がすわれる石造りの座席がずらりとならぶ。建屋の外壁は部厚く、天井も屋根も頑丈そのものだ。高くそそりたつ両開きの大扉は青銅製で、防御に適しており、儀式を妨害しようとする叛逆者の侵入を許さない。

戴冠式の当日、サー・クリストン・コール総帥は、エイゴン征服王が用いた鉄と紅玉《ルビー》の王冠を持ち、故ヴィセーリス王とアリセント王妃のあいだに生まれた嫡男の頭に戴せ、ターガリエン家のエイゴン、その名の二世、アンダル人・ロイン人・〈最初の人々〉の王にして、七王国の君主、王土の守護者に即位したことを宣言した。ついで、この瞬間から太后《たいこう》となった母宮《ははみや》、庶民に人気の高いアリセントは、みずからの王妃冠をはずし、自分の娘であり、エイゴンの妃にして妹、ヘレイナの頭にかぶせると、頬にキスをしてから、娘の前にひざまずき、こうべをたれてこう呼びかけた。

「わが王妃殿下」

戴冠の儀式を見に、どれほどおおぜいが訪れたのかは議論のあるところだ。グランド・メイスター

・マンカンは、グランド・メイスター・オーワイルの告白録を引用し、〈竜舎〉に詰めかけた庶民は十万人を越え、その歓声があまりにも大きかったので、部厚い外壁でさえ打ち震えたと記している。〈マッシュルーム〉の口述では、石の座席は半分が空席だった。オールドタウンのハイ・セプトンは、高齢すぎてキングズ・ランディングまでの旅に耐えられなかったため、エイゴン王の額に聖油を塗り、〈七神〉の名において祝福を与える秘蹟は、セプトン・ユースタスが代行したという。

　儀式を見にきていた者のなかで、ひときわ注意力の鋭い少数の者たちは、新王のかたわらに控える〈王の楯《キングズガード》〉が五人ではなく、四人しかいないことに気づいたかもしれない。じつはこの前夜のうちに、エイゴン二世は最初の離反者を出している。〈王の楯《キングズガード》〉のサー・ステッフォン・ダークリンが、従士、侍従二名、衛兵四名を連れ、夜陰に乗じて通用門のひとつから王都を脱出し、待たせておいた漁船でドラゴンストーン島へ向かっていたのだ。そのさい、王冠をひとつ盗みだしていた。青金《イエロー・ゴールド》製の、帯環に七種七色の宝石を嵌《は》めたその王冠は、故ヴィセーリス王が、その前にはジェヘアリーズ老王が用いていたものである。エイゴン王子がかぶろうと決めたのは、自分の名をいただいた征服王愛用の、鉄と紅玉《ルビー》の王冠だったため、アリセント王妃は前王の王冠を厳重にしまうよう命じたが、その仕事をまかされた侍従がこっそり持ちだして脱出組に加わり、王冠の流出を許してしまったのだった。

　戴冠式ののち、残っている四人の〈王の楯《キングズガード》〉は、エイゴン王をドラゴンのもとへ護送していった。きらびやかな黄金の鱗と浅紅色《せんこう》の飛膜を持ち、金色《こんじき》に燃える払暁の空のごとく、燦然《さんぜん》ときらめくこの騎竜は、名を〝旭日の炎《サンファイア》〟という。マンカンの記述によれば、エイゴン二世はこのドラゴンに乗って王都の上空を三度旋回したのち、赤の王城の郭《くるわ》に着地した。松明《たいまつ》で照らされた玉座の間に新王を先導したのは、サー・アリック・カーギルである。一千の諸公と騎士らが居ならぶなか、エイゴン二世は階段を昇り、〈鉄の玉座〉に着座した。同時にあがった大歓声は、玉座の間を鳴りどよもしたという。

いっぽう、ドラゴンストーン城であがっていたのは、歓声などではなかった。〈海竜の塔〉にある広間と階段吹き抜けには、ただ叫び声だけがこだましていた。叫び声の出どころは王女の居室である。レイニラ・ターガリエンが分娩三日めを迎え、身を震わせていきんでいたのだ。赤子が産まれるのは、月がもうひとめぐりしてからのはずだったが、王都からの凶報を受けた王女はどす黒い怒りに駆られ、その怒りで出産が早まったものと思われる。あたかも、子宮の中の赤子までもが憤慨し、一刻も早く世に出ようとしているかのようだった。分娩のあいだじゅう、レイニラは呪詛のことばを叫びつづけ、異腹の弟たちとその母に〈七神〉の怒りあれとわめきちらし、さんざん苦しめてから死なせてやると禍言《まがごと》を吐き、拷問の方法をことこまかに並べたてた。〈マッシュルーム〉によれば、レイニラは腹の中の赤子にも怒りの矛先を向け、メイスター・ジェラーディスと産婆がとめようとするのを振りきり、膨れた腹をかきむしって、「怪物め、怪物め、早く出ろ、早く出ろ、早く出ていけ！」と叫んでいたという。

ようやく産まれた女児の赤子は、レイニラのことばどおりであったことが判明した。赤子は死産で、からだが異様にねじれており、心臓があるべき位置には穴があいていたうえ、尻には鱗におおわれた短い尾が生えていたのだ。すくなくとも〈マッシュルーム〉はそう描写している。その述懐によれば、火葬に付すべく亡骸を郭《くるわ》へ運んでいったのは、道化本人だったという。死産の女児はヴィセーニアと名づけたと、翌日、レイニラ王女はそう発表した。罌粟《ケシ》の乳液を飲み、痛みが和らいでからのことである。

「あの子はわたしの唯一の娘。その娘を殺したのはあの者どもよ。わたしの王位を盗んだばかりか、わたしの娘までも殺したあの者どもに、きっとこの報いを受けさせてやる」

こうして〈舞踏〉の幕はあき、王女は自身の小評議会を召集する。ドラゴンストーン城で開かれた

王女の集まりを、『その真実』は〈黒の評議会〉と命名している。キングズ・ランディングにおける〈翠《みどり》の評議会〉に対比させてのことだろう。首座はレイニラ自身が務めている。その傍《かたわ》らに座すのは、叔父にして夫の、もはや王弟とは呼べないデイモン王子。反対側に座すのは、王女の信頼厚き顧問、メイスター・ジェラーディスだ。王女の三人の息子も出席していたが、成人している者はまだいない（ジェイスことジャセアリーズは十四歳、ルークことルケアリーズは十三歳で、最年少のジョフことジョフリーはまだ十一歳である）。室内には〈王の楯《キングズガード》〉の騎士二名が立っている。サー・エリック・カーギル（サー・アリックの双子の兄弟）と、西部人のサー・ローレント・マーブランドだ。

ドラゴンストーン城の城兵は、騎士三十、弩弓兵《クロスボウ》百、兵士三百で構成されている。通常であれば、これほどの堅城を護るには充分な兵数といえよう。

「とはいえ、征討戦を行なうための軍勢としては、われらが兵力は少々心もとない」

険しい顔でそういったのは、デイモン王子だった。

〈黒の評議会〉には、十余名の小貴族、旗主、ドラゴンストーン城の家士が参加し、席についていた。そのなかには、蟹爪《クロー》島のセルティガー家、深山鴉《ルークス・レスト》の巣城のストーントン家、石《ストーンダンス》舞城のマッシー家、尖《シャープ・ポイント》頭岬城のバー・エモン家、ダスケンデールの町を司るダークリン家の当主らも含まれる。だが、王女に忠誠を誓う人物のなかで最大の後ろ盾は、ドリフトマーク島のコアリーズ・ヴェラリオン公にほかならない。〈海蛇〉も老いてはいたが、当人が好んで口にしていた表現を借りるなら、「溺れる水夫が沈んだ船の破片にしがみつくようにして」いまも生にしがみついていた。「おそらくは、この最後の戦いのために、〈七神〉がわしを生かしておいてくださったのだろうな」

コアリーズ公のとなりには、公の妃、レイニス王女も出席していた。ジェヘアリーズ老王の初孫であるレイニスは、このとき五十五歳、ほっそりとした顔にはしわが刻まれており、黒髪にはひとふさ、

白髪が走っているが、いまもなお二十二歳当時の猛々しさと、恐れを知らない果断さを宿している。ヴィセーリス王との王位継承戦に敗れた彼女を、〈マッシュルーム〉は〈戴冠せざりし女王〉と呼ぶ。ここに道化の言を引用しよう。

〔レイニスにはなくてヴィセーリスにあったものはなにか？　ちっぽけなソーセージか？　ナニさえあれば王になれるのか？　それならこの〈マッシュルーム〉さまを王にしろ。おれのソーセージはな、やっこさんの三倍はでっかいぞ〕

〈黒の評議会〉に出席した面々は、王党派を以《もっ》て任じているが、エイゴン二世が自分たちを叛逆者と呼ぶことも重々承知していた。事実、各人はすでにキングズ・ランディングから召喚状を受けとり、ただちに赤の王城へ参じて新王に忠誠の誓いを立てよとの命令を受けている。ここに集まる者たちの全軍勢を糾合したところで、ハイタワー家一家だけで集められる軍勢にすら太刀打ちできない。兵力以外の面でも、エイゴンを立てる〈翠装派〉の優勢はゆるぎなかった。オールドタウン、キングズ・ランディング、ラニスポートは、王国全体でもひときわ大きく、もっとも富裕な都市だ。この三都はすべて〈翠装派〉に取りこまれている。それに、表面上、ありとあらゆる合法性は、エイゴンの側にあるかに見えた。エイゴンはすでに〈鉄の玉座〉にすわっており、赤の王城で暮らしているからだ。そのうえ征服王の王冠を戴き、征服王の宝剣を携え、数万人の面前で〈正教〉のセプトンから塗油の秘蹟を受けて祝福されている。王側の小評議会にはグランド・メイスター・オーワイルも名を連ねているほか、エイゴン王子の頭に王冠をかぶせたのは〈王の楯《キングズガード》〉の総帥そのひとだ。男であるがゆえに、多くの者の目には、エイゴンこそが正当な王であり、異腹の姉のほうが王位簒奪《さんだつ》をもくろむ者として映るだろう。

　相手方の強みがこれだけあるのに対して、レイニラ側の強みはすくない。年配の諸公のなかには、

いまもレイニラが〈ドラゴンストーン城のプリンセス〉に指名され、父王の跡継ぎに決まったとき、忠誠の誓いを立てたことを記憶している者もいるかもしれない。レイニラが貴族にも庶民にも人気が高く、〈王土の華〉としてもてはやされた時期もたしかにあった。そのころは、数多くの若い貴族や高貴な生まれの騎士らが競ってレイニラのご機嫌をうかがったものである。だが、いまやレイニラも結婚した身。張りのあった肢体ももう瑞々《みずみず》しくはなく、六度の出産を重ねて太ったいま、どれだけの諸公が王女のために戦ってくれるかは、だれにも見当のつけられない難問だ。さらに、父王の財産は異腹の弟に根こそぎ掌握されてしまっている。しかし、王女もヴェラリオン家の財産を自由に使える立場であり、〈海蛇〉の艦隊もあるので、海上では優勢のはずだった。それに夫のディモン王子は、踏み石諸島《ステップストーンズ》の平定に乗りだして成功した実績があり、敵の諸公を束ねたよりも豊富な戦争経験を持つ。最後に、これがいちばん大きな強みだが、レイニラのもとには何頭ものドラゴンがいた。

「その点はエイゴンも同じです」とメイスター・ジェラーディスが指摘した。

「こちらは数で勝っているわ」〈戴冠せざりし女王〉レイニス王女は答えた。レイニスはいまの世のだれよりも長くドラゴンに乗ってきている。「それに、こちらのドラゴンたちのほうが大きくて強い。ヴァーガーを除けばね。ドラゴンがもっとも繁栄できる場所はこのドラゴンストーン島なのよ」

レイニスはそういって、敵方のドラゴンの名をあげていった。

エイゴン王にはサンファイアがいる。みごとなドラゴンだが、まだ若い。〈隻眼のエイモンド〉はヴァーガーを駆る。元ヴィセーニア王妃の騎竜であったあのドラゴンの威力は侮りがたい。ヘレイナ現王妃の騎竜ドリームファイアは、かつて老王の姉、レイナ王女を乗せて雲中を飛んだ牝ドラゴンだ。デイロン王子の牝ドラゴンはテッサリオンといい、その飛膜は呉須色《コバルト》——濃い暗青色で、爪、頭冠、腹部の鱗は銅箔を張ったかのごとく銅《あかがね》色に輝く。

「戦える大きさのドラゴンは以上の四頭よ」とレイニスはいった。

ヘレイナ王妃が産んだ双子も自分のドラゴンを持っているが、どちらも孵《かえ》ったばかりの幼竜でしかない。王位簒奪者《さんだつしゃ》の末子メイラーのドラゴンは、まだ卵のままだ。

それに対して、デイモン王子にはカラクセスが、レイニラ王女にはシアラックスがいる。どちらも巨大で恐るべき猛竜である。とくにカラクセスは獰猛で、踏み石諸島の戦い以降、まさしく血と炎を体現してきた。レイニラ王女とサー・レーナー・ヴェラリオンのあいだに生まれた三人の子息たちもみな騎竜者で、各々のドラゴン、ヴァーマックス、アラックス、タイラクセスは順調に成育し、年々大きくなっている。レイニラ王女とデイモン王子のあいだに生まれた子息ふたりのうち、年長のほう、〈年若のエイゴン〉は、若竜ストームクラウドを愛竜として慈しんでいるが、まだ乗って空を飛んだことはない。弟のヴィセーリスは、どこへいくにもドラゴンの卵を携えていく。レイニス自身の牝竜〈赤の女王〉メレイズは、竜齢を重ねてだいぶ動きがものうげになってきたものの、ひとたび怒れば依然としてすさまじい猛威をふるう。デイモン王子とレーナ・ヴェラリオンのあいだにできた双子の女子も、いずれ騎竜者になると見られていた。双子のひとり、ベイラが持つ細身で淡い緑のドラゴン、ムーンダンサーは、十三歳のベイラを乗せて空を飛べるほど大きく成長する日も近い。双子の片割れ、レイナのドラゴンは、異様な形で孵化し、孵って数時間後には死んでしまった。が、シアラックスは最近、また一群の卵を産んだ。そのうちのひとつを託されたレイナは、夜毎、卵を抱いて眠っており、姉のムーンダンサーに負けない立派なドラゴンが孵るよう祈っているという。

以上に加えてもう六頭のドラゴンが、城の上の高み——竜の山《ドラゴンモント》の煙ただよう洞窟内に営巣している。

その内訳は、

シルバーウィング——かつては故アリサン博愛王妃の騎竜だったドラゴン。

シースモーク――かつてはサー・レーナー・ヴェラリオンの誇りであり、情熱の対象でもあった、淡灰色のドラゴン。

ヴァーミサー――竜齢を重ねて黄褐色が薄れてきたこのドラゴンは、かつてはジェヘアリーズ王の騎竜だったが、老王の死後は騎竜者がいない。

城から見て竜の山《ドラゴンモント》の裏手――東側にそそりたつ岩壁には、だれにも所有されておらず、生者であれ物故者であれ、まだ人を乗せたことのない野生のドラゴン三頭が住みついている。庶民がつけたその呼び名は、それぞれ、羊盗み《シープスティーラー》、灰色の亡霊《グレイ・ゴースト》、共喰い《カニバル》だ。

「シルバーウィング、ヴァーミサー、シースモークについては、新しい騎竜者を見つけさえすれば、即戦力になるわ。この三頭を加えると、こちらのドラゴンはぜんぶで九頭。それに対してエイゴン側には四頭のみ。野生のドラゴン三頭を調教して乗りこなせれば、こちらの総数は締めて十二頭になる。ストームクラウドとムーンダンサーを数に入れなくてもよ」レイニス王女は説明した。「これほどにドラゴンの数で優勢であれば、この戦いには勝てるでしょう」

セルティガー公とストーントン公も首肯《しゅこう》した。エイゴン征服王とその姉妹は、騎士と兵士の軍勢が炎と血には無力であることを証明しているからである。セルティガー公はレイニス王女に対し、即刻、キングズ・ランディングへ飛んで王都を灰燼《かいじん》に帰せしむようにとうながした。

「それでわれらになんの得があるのか、お聞かせねがおうか」〈海蛇〉が語気を強めた。「われらの目的は王都を支配することにある。焼きつくすことではない」

「これはことばの綾《あや》というもの、果敢に攻めたてられよというほどの意味でしかない。じっさいには、王都炎上とはなりますまい」セルティガーはゆずらなかった。「王位簒奪者側としては、自分たちのドラゴンで対抗するしかないのですからな。決着はドラゴン同士の戦いでつくことになる。こちらに

すくなくとも九頭がいる以上、向こうの四頭を圧倒するは必定」

「どれだけの犠牲と引き替えに？」レイニラ王女が疑念を呈した。「いっておくけれど、ドラゴンのなかの三頭にはわたしの息子たちも乗っていくのよ。それに九対四ではないわ。わたしが飛べるほど体力が回復するまでには、もうすこし時間がかかるもの。残った八頭のうちで、シルバーウィング、ヴァーミサー、シースモークにはだれが乗っていくというの？　あなたかしら、セルティガー公？　それはとうていむりでしょう。したがって、ドラゴンの数は五対四。そして、敵の四頭のうち一頭は、あのヴァーガーなのよ。とても有利とはいいがたいわ」

驚いたことに、レイニラ王女のことばを肯定したのは夫のデイモン王子だった。

「踏み石諸島では、わが敵どもめ、カラクセスの翼を認めるか、あれの咆哮を聞くかしたとたんに、そそくさと姿を隠すことを憶えおった……。まあ、やつらにはドラゴンがいなかったからな。人間がドラゴンを倒すのはたやすいことではない。しかし、ドラゴンならドラゴンを殺せるし、過去にその実例もある。ヴァリリア史をすこしでもかじったことのあるメイスターならば、先例を知っていよう。ほかにまったく打つ手がないかぎり、王位簒奪者に対してわれらがドラゴンを投入する気にはなれん。ドラゴンにはほかにいろいろと使い道がある。もっといい使い道がな」

ここでデイモン王子は、〈黒の評議会〉を前に自分の戦略を語った。まず、レイニラはエイゴンに対抗して、自身の戴冠式を執り行なわねばならない。その後ただちに、七王国全土へ使い鴉を送り、真の女王に忠誠を誓うよう諸公に働きかける。

「戦端を開く前に、まずは宣伝戦を行なわねばならん」と王子はいった。

王子の見解では、勝利の鍵を握るのは大貴族家だ。大貴族がしたがえる旗主や封臣は主君の意向にそう。王位簒奪者のエイゴンは、すでにキャスタリー・ロック城のラニスター公、ハイガーデン城の

タイレル公から支持を得ている。タイレル公はまだ産着にくるまれた赤子で、実権を握っているのは摂政を務める母親だが、タイレル家の強大無比の旗主、ハイタワー公と連携して、河間平野《リーチ》の軍勢を取りまとめることはまちがいない。とはいえ、王土各地の大貴族はまだ旗幟《きし》を鮮明にしていない――。

「嵐の果て城《ストームズ・エンド》はこちらにつくはずよ」とレイニス王女はいった。

嵐の果て城《ストームズ・エンド》は代々、バラシオン家の居城である。レイニス自身、母ジョスリン妃はバラシオン家の出であり、先代の故ボアマンド公はつねにもっとも忠実な味方でありつづけた。

デイモン王子には、〈谷間《ヴェイル》の乙女〉ことジェイン・アリン女公が、みずから城主を務める高巣城《アイリー》を筆頭に、アリン家の旗主諸公を率いて味方することを期待する理由――それも、充分な理由があった。

エイゴンは十中八九、パイク島に支持を要請するだろう。ヴェラリオン家の海上戦力を上まわるには、鉄《くろがね》諸島の支援が不可欠だからだ。しかし、鉄人《くろがねびと》は気まぐれなことで悪名《あくみょう》高いうえ、ドールトン・グレイジョイは血と戦《いくさ》を好む。あの男を王女側に抱きこむのは、むしろたやすいと見ていい。

北部は遠すぎて派兵は期待できない、というのが〈黒の評議会〉の判断だった。スターク家が旗主諸公を呼び集め、南へ進軍を開始するころには、戦争はもう終わっている可能性が高い。となると、ほかに頼れるのは河岸の諸公だが、あの地の諸公はてんでに自己主張をすることで知られ、名目上はリヴァーラン城のタリー家に臣従しているものの、すなおにいうことを聞く連中ではなかった。

デイモン王子はいった。

「河川地帯《リヴァーランド》にも友人たちはいるが――その全員が旗幟を鮮明にすることはなかろうな。いずれにせよ、本土のどこかに、味方の軍事拠点となる場所を確保する必要がある。大軍勢を収容できて、かつ王位簒奪者がどれほど大規模な軍勢を差し向けてきても持ちこたえられるほど、防備の厳重な場所をな」

デイモンはそこで、一同に地図を見せた。「それは、ここ――ハレンの巨城《ホール》だ」

こうして基本方針は定まった。デイモン王子はカラクセスを駆り、軍勢を指揮してハレンの巨城《ホール》を急襲奪取する。レイニラ王女はドラゴンストーン城に残り、体力の回復を待つ。ヴェラリオン艦隊はドラゴンストーン島とドリフトマーク島から出撃して、〈水道《ガレット》〉を封鎖し、ブラックウォーター湾へ出入りする海上交通を断つ。

「キングズ・ランディングを強襲するに足る戦力は、われらにはない」デイモン王子は一同にいった。「われらが敵にも、ドラゴンストーン城を占領できる見こみがないのと同様だ。しかし、エイゴンはまだ青い。青二才というのは挑発に弱いものでな。つついてやれば、不用意に飛びだしてくることもあろう」

〈海蛇〉が艦隊を指揮するいっぽうで、レイニス王女は〈赤の女王〉に乗り、艦隊上空を旋回して、敵のドラゴンから軍船を護る。その間《かん》にリヴァーラン城、高巣城《アイリー》、嵐の果て城《ストームズ・エンド》、パイク島へ使い鴉を放ち、各地域の統主から忠誠の誓いを取りつける。

ここで口を開いたのが、レイニラ王女の嫡男、ジャセアリーズだった。

「使者にはわれわれが立ちましょう」と若者はいった。「使い鴉よりドラゴンがきたほうが、諸公の反応もよいはずです」

弟のルケアリーズも同意し、自分とジェイスは成人一歩手前の年齢だから、この役目を果たすのに不足はないと主張した。

「母上の異母弟どもは、われわれをストロングと呼びますが、ドラゴンに乗っているところを見れば、諸公にもそれが嘘だとわかろうというもの。ドラゴンに乗れるのはターガリエンだけなのですから」

〈マッシュルーム〉いわく、〈海蛇〉はこれに異議を唱え、〝おまえたち三人はヴェラリオンだ〟とたしなめたが、その顔には笑みが浮かび、声には誇らしさがにじんでいたという。このとき最年少の

ジョフリーも兄たちに同意して、自分のドラゴン、タイラクセスに乗り、使者に立つと申し出ている。
レイニラはジョフリーの使者行を禁じた。ジョフがまだ十一歳だからだ。だが、ジャセアリーズは十四歳、ルケアリーズは十三歳。どちらも肝が太く、顔だちの整った若者で、武技にすぐれ、従士としての修業も長く積んでいる。

「今回いくとすれば、使者という立場でになるのよ、騎士としてではなく」レイニラはふたりに釘を刺した。「いかなる戦いにも、けっして関与してはなりません」

レイニラがようやく使者に立つことを許可したのは、ふたりの少年が『七芒星典』に則《のっと》り、厳格な誓約を立ててからのことだった。ふたりのうちで年長のジェイスには、より距離が長く、より危険な訪問先が任じられた。まず高巣城《アイリー》に飛び、谷間《ヴェイル》の守護者であるジェイン・アリン女公の支援を求め、つぎに白い港《ホワイト・ハーバー》に飛んでマンダリー公の支持を取りつけてから、最後にウィンターフェル城へ飛び、スターク公に面会する。ルークにはもっと距離が短く、安全性の高い任が与えられた。嵐の果て城《ストームズ・エンド》へ飛ぶことである。彼《か》の城では、ボロス・バラシオンの歓待を受けて手厚くもてなされるはずだった。

翌日、急仕立ての戴冠式が執り行なわれた。それに先立って、エイゴンの〈王の楯《キングズガード》〉を抜けてきたサー・ステッフォン・ダークリン一行が到着し、ドラゴンストーン城はおおいに転向者らを歓迎した。とりわけ、サー・ステッフォン以下の忠臣たちが（一行に賞金をかけたサー・オットーにいわせれば〝返り忠〟だが）盗みだしてきたジェヘアリーズ調停王の王冠は、格別の喜びをもって迎えられた。三百人が見まもる前で、デイモン・ターガリエン王子は、自分の妃の頭に老王の王冠を戴《の》せ、ここに妃が、ターガリエン家のレイニラ、その名の一世、アンダル人・ロイン人・〈最初の人々〉の女王となった旨を宣言した。デイモンはその場で、みずからをもって王土の守護者に任じ、レイニラ女王は嫡男のジャセアリーズを〈ドラゴンストーン城のプリンス〉、すなわち〈鉄の玉座〉の後継者に指名

した。

レイニラが女王として真っ先に行なったのは、サー・オットー・ハイタワーとアリセント前王妃の両人を大逆の謀叛人と断じることだった。

「わが異腹の弟たちと愛しい妹どのは」と女王は宣言した。「腹黒き者どもにより、邪《よこしま》な道に誘いこまれたにすぎぬ。わが召集に応じてドラゴンストーン城に参じ、わが前にひざをつき、わが赦しを請うならば、喜んで生命を保証し、ふたたびわが心の中に居場所を与えよう。なんとなれば、あの者どもにもわたしと同じ血が流れているからであり、いかなる男女も、血族殺しの汚名を着てはならぬからである」

レイニラ戴冠の報は、翌日、赤の王城にも届き、エイゴン二世をおおいに憤慨させた。

「わが異母姉とわが叔父は大逆罪に値する」若き王はそう宣言した。「やつらの私権を剥奪してやる。捕縛してやる。死なせてやる」

〈翠の評議会〉のなかで冷静な者たちは、話しあいによる解決を望んだ。

「王女にはご自分の大義に望みがないことを理解していただかねばなりますまい」そういったのは、グランド・メイスター・オーワイルである。「兄弟と姉妹同士、争うべきではありません。わたしを使者に立てて、王女のもとへお送りください。じっくりと道理を説いて、友好的な関係を打ち立ててまいります」

だが、エイゴンは聞く耳を持たなかった。セプトン・ユースタスによれば、このとき王はグランド・メイスターの不忠をなじり、地下の暗黒房へたたきこめと命じている。

「黒の信奉者どもがひしめく、暗き暗黒房へな」

だが、ここでふたりの王妃が——母宮であるアリセント太后と、王の妹で妃であるヘレイナ王妃が

オーワイルの申し出を評価したので、暴虐の若王は不承不承、これを受け入れた。かくしてグランド・メイスター・オーワイルは、平和旗をかかげ、和平交渉団をともなって、ブラックウォーター湾の向こうへ出発した。随行団の顔ぶれには、〈王の楯《キングズガード》〉のサー・アリック・カーギル、金色《こんじき》のマントの副総帥サー・グウェイン・ハイタワーの名も見られる。同行する書記やセプトン二十名のなかには、セプトン・ユースタスの名も含まれていた。

エイゴン王が提示した条件は寛大なものであった、と『その真実』の中でマンカンは述べている。その条件とはこうである。王女が自分を王として認め、〈鉄の玉座〉の前で恭順の意を示すならば、エイゴン二世は王女が以後もドラゴンストーン島を領有することを認め、王女の死後は島と城を嫡男ジャセアリーズが継ぐことを許す。次男ルケアリーズはドリフトマーク島のほか、ヴェラリオン家の所領と財産の正当な継承者と認める。王女とデイモン王子とのあいだに生まれた男子たち、すなわち〈年若のエイゴン〉とヴィセーリスについては、宮廷で名誉ある役目を与え、前者は王の従士とし、後者は王の酌人とする。王女を支持して真の王への謀叛に加担した諸公と騎士については、罪を赦す。

レイニラはこの条件を、無言のまま、石のような表情で聞いたのち、オーワイルに対し、おまえはわが父ヴィセーリス王のことを憶えているかとたずねた。

「もちろんでございますとも」グランド・メイスターは答えた。

「ならば、わが父王がだれを跡継ぎに指名したかも憶えていよう」と女王はいった。

女王の頭には王冠が戴せられている。

「あなたさまでございます」オーワイルは答えた。

それを受けて、レイニラ女王はうなずき、こういった。

「たったいま、そなたは自分自身の口で、眼前に座す女王を正当な君主と認めた。ならばなぜ、わが

異母弟、あの僭王めに仕えるのか」

　マンカンは、ここでオーワイルが、アンダル法や〈一〇一年の大評議会〉の議論を引用し、長々と衒学的《げんがく》な答えを返したと書いている。対照的に〈マッシュルーム〉は、オーワイルがしどろもどろになり、〝チビった〟と述べている。どちらが真実にせよ、オーワイルの答えは、レイニラ女王を満足させるものではなかった。

「グランド・メイスターたるもの、法を知悉《ちしつ》し、遵守《じゅんしゅ》せねばならぬ」女王はオーワイルにそういった。「そなたはグランド・メイスターの名には値せぬ。首にかけた頸飾《けいしょく》に対して恥辱と不名誉を体現する者にほかならぬ」

　弱々しく抗弁するオーワイルの首から、女王の騎士たちがグランド・メイスター職を表わす頸飾を剝ぎとり、強引にひざまずかせた。頸飾を受けとった女王は、それを自身に仕えているメイスター・ジェラーディスの首にかけ、こう告げた。

「汝、王土とその法に真《まこと》を尽くす者となり、忠実に仕えよ」

すごすごと引きあげていくオーワイルとその随員たちに、レイニラ女王の口から勁烈《けいれつ》の声が飛んだ。

「わが異母弟に伝えるがよい。わが玉座はかならず返してもらうとな。返さぬなら首をもらう」

〈舞踏〉が終わりを迎え、長い時がたつころ、吟遊詩人〈タースのルセオン〉は『さらば、兄弟』という題名の悲しい歌曲《バラッド》を作る。いまも歌い継がれるこの歌は、オーワイルの和平交渉団がキングズ・ランディングへ帰る船に乗りこむさいの、サー・アリック・カーギルとその双子、サー・エリック・カーギルとの別れをつづったものである。サー・アリックが忠誠を誓ったのはエイゴン二世であり、サー・エリックが忠誠を誓ったのはレイニラ女王だった。その歌曲の中で、双子はおたがいを自分の陣営に鞍替えさせようとして説得を試みる。しかし、結局はうまくいかず、ふたりは双方への愛情を

表明しあって別れを告げる――つぎに相見《あいまみ》えるときには、敵味方に分かれて戦わざるをえないことを覚悟して。この歌に描かれている別れが、この日、じっさいにドラゴンストーン島であった可能性もなくはない。しかし、手元にある資料のなかで、この別れに言及しているものはひとつもない。

エイゴン二世、このとき二十二歳。頭に血が昇りやすく、容赦というものをいっさい知らぬ若王は、レイニラに臣従を撥ねつけられたことで激昂した。

「名誉ある平和を申し出てやったというのに、あの娼婦め、おれの顔につばを吐きおった。かくなるうえは、あいつに同じ思いをさせてくれる」

こうして、事態は戦争に向けて動きだしたのだった。

2　息子には息子を

A Son for a Son

　エイゴン二世は〈竜舎〉で即位を宣言し、レイニラ女王はドラゴンストーン城で即位を宣言した。和解の努力はことごとく失敗し、〈双竜の舞踏〉はついに本格化の兆しを見せはじめる。

　ドリフトマーク島からは、〈海蛇〉の艦隊がハルとスパイスタウンの両港町を出航し、〈水道《ガレット》〉の封鎖に取りかかった。キングズ・ランディングへの海路による交易を封じるためである。その直後、ジャセアリーズ・ヴェラリオンが自分の騎竜ヴァーマックスに乗って北方へ——弟のルケアリーズ・ヴェラリオンはアラックスに乗って南方へ、女王の夫君として王配になったデイモンはカラクセスに乗り、三叉鉾河《トライデント》へ飛びたった。

　ここでまず、ハレンの巨城《ホール》に目を向けよう。

　ハレンが巨費を投じた壮大な建築物の大半は廃墟と化していたが、まわりに高くそそりたつ幕壁のおかげで、いまもなお河川地帯《リヴァーランド》のどの城にも劣らず堅固な城塞であることに変わりはない。とはいえ、空からの攻撃に手も足も出ないことはエイゴン竜王による攻撃で明らかになっている。城主ラリス・

ストロングがキングズ・ランディング内に詰めているいま、巨城にはわずかな守兵だけしかいない。ハレン暗黒王の二の舞にはなりたくない老城代、サー・サイモン・ストロングは(故ライオネル公の叔父であり、ラリス公から見れば大叔父にあたる)、カラクセスが〈王の火葬塔〉の頂に火をつけた時点で旗を降ろし、降伏の意を表わした。ディモン王配はまたたく間に、城のほか、ストロング家のけっしてすくなくない財産を奪いとり、十余名の重要人物を人質に取った。人質のなかには、サー・サイモン城代とその孫息子たちも含まれている。捕囚となったのは城に住んでいた庶民も同様だった。

その庶民のなかに、アリス・リヴァーズなる乳母がいた。

この乳母は何者か? 霊薬や呪《まじな》いの知識を持つ下働きの者であった、とマンカンはいう。セプトン・ユースタスにいわせれば、森の魔女である。〈マッシュルーム〉にいたっては、若さを保つために乙女たちの血風呂に浸かった邪悪な魔女だと説く。名前からすると私生児であるようだが……父親のことはほとんどわかっておらず、母親については皆目わからない。マンカンとユースタスがいうには、父親はライオネル・ストロング公で、公がまだ青二才だった時分に産ませた娘らしい。公の息子たち、ハーウィン〈骨砕き〉とラリス〈内反足〉の両者から見れば、異腹の姉妹にあたる。それでいて、〈マッシュルーム〉の言によると、アリス・リヴァーズは公の息子たちよりずっと年配で、ふたりに乳を含ませており、おそらくは一世代前に公本人の乳母も務めていたという。

当人の産んだ赤子はみな死産だったが、ハレンの巨城《ホール》の女たちが産んだ子は相当数がアリス・リヴァーズの乳房からは豊富に母乳が出たので、寝た相手は悪魔であり、産まれる赤子の命と引き替えに、悪魔の知識を得たのだろうか? それとも、セプトン・ユースタスが信じていたように、たんに身持ちの悪い愚かな女だったのか? あるいは、自分が調合した毒薬や霊薬で男たちの身も心もとりこにした、邪悪な女だったのか?

〈双竜の舞踏〉の期間、アリス・リヴァーズはすくなくとも四十に達していた。そこまではわかっている。じっさいには、もっと年嵩《としかさ》だった、というのは〈マッシュルーム〉だけだ。実年齢よりも若く見えた点では衆目が一致する。それが偶然なのか、それとも黒魔術を用いて得た結果であるのかは、いまもって議論されている。が、人を魅了する力の根源がなんであれ、デイモン・ターガリエンには通じなかったと思われる。王配がハレンの巨城《ホール》を掌握しているあいだは、黒魔術とおぼしきこの力のうわさが聞かれることはなかったからである。

〈黒のハレン〉の元居城が、これほど唐突に、無血で陥落したことは、レイニラ女王と〈黒装派《こくそう》〉にとり、大いなる勝利であったといえる。慄然とする恐怖とともに、この勝利はデイモン王配の武勇と、〈紅血の地竜《ワイアーム》〉カラクセスの猛威を満天下に思いださせ、女王に強力な攻略拠点をもたらしたからだ。巨城はウェスタロスの中心に位置するため、女王支持の軍勢を集結させやすい。そしてレイニラは、三叉鉾河《トライデント》が流れる河川地帯に支持基盤を持つ。デイモン王配が蜂起の檄《げき》を飛ばすや、トライデント河流域の騎士、兵士、身分の低い農夫たちがぞくぞくと立ちあがった。いずれも父王にいたく愛された〈王土の華〉——若い時分、河川ぞいを巡幸していたころ、だれにでもほほえみかけ、見る者の心をとらえた女王の姿を憶えている者たちだった。最初は数百人が、やがて何千人もが、あるいは剣帯を締めて鎖帷子《くさりかたびら》を着こみ、あるいは干し草用二叉、鍬《くわ》、粗末な板の楯を手にして、故ヴィセーリス王の小さな姫さまを護る戦いに参加すべく、ハレンの巨城《ホール》へ馳せ参じた。

トライデント河流域の諸公自体は、負ければ失うものが大きいため、迅速な反応は示さなかったが、やがて彼らも女王に賭ける腹をくくり、軍勢の動員にとりかかった。双子城《ツインズ》から出陣したのは、サー・フォレスト・フレイ——かつてレイニラ王女の手を取りたいと申し出た〈フレイの馬鹿〉である。いまではこの男もいっぱしの騎士へと成長している。かつて王女をめぐる決闘に敗れたサムウェル・

ブラックウッド公は、〈使い鴉の木《レイヴンツリー》〉城館《ホール》の上に女王旗をかかげた（なお、この決闘に勝利したサー・エイモス・ブラッケンのほうは、ブラッケン家自体がエイゴン支持を打ちだしたことにともない、当主の父にしたがっている）。ほかには、乙女の池《メイドンプール》の町のムートン家、ピンクの乙女《メイドン》城のパイパー家、ハロウェイ公の町のルート家、ダリー城のダリー家、海の護り《シーガード》城のマリスター家、旅人の休息所《ウェイフェアラーズ・レスト》城のヴァンス家（アトランタ城のヴァンス家は敵方につき、若きエイゴン王に味方する旨を宣言済だ）が、レイニラ支持を宣言した。ピンクメイドン城のごま塩の城主、ピーター・パイパー公は、おおぜいを代表して、このように忠誠を誓っている。

「わが剣にかけて、女王陛下に忠誠を誓う。老いたりといえども、かつて口にした誓約を忘れるほど耄碌《もうろく》してはおらぬ。そしてたまたま、わが手にはいまも剣がある」

トライデント河の管領、グローヴァー・タリー公は、〈一〇一年の大評議会〉のときでさえすでに老人だった。かの大評議会では、ヴィセーリス王子を推奨する論陣を張っている。いまはもうかなり衰えてはいるが、頑固さはむかしと変わらない。一〇一年の時点で、老公が主張したのは男子継承であり、年月を経てもその見解に変化はなかった。それゆえグローヴァー公は、リヴァーラン城は若きエイゴン王を奉じて戦うべきだと主張した。しかし、その主張が周囲に影響を与えることはなかった。老公は寝たきりで、もはやそう長く生きられないことはリヴァーラン城のメイスターが予告していたからである。

「老公もろとも、一族郎党を死なせたくはない」そういったのは孫のサー・エルモ・タリーだ。

リヴァーラン城にはドラゴンの炎に耐える防備がない、とサー・エルモは自分の子息らに語った。そして今回の戦いでは、両陣営がドラゴンに乗って戦うだろう、とも。ゆえに、グローヴァー老公がいくら死の床から怒鳴り、若王のために奮起せよと鼓舞しても、リヴァーラン城は門戸を固く閉ざし、

城壁の上に見張りを配して、ひっそりと息を殺していた。

　東部での展開は、これとはまったく異なる。〈アリンの谷間〉に母宮の女王を支持してもらうため、若竜ヴァーマックスで高巣城《アイリー》に舞いおりたのは、ジャセアリーズ・ヴェラリオンだった。ジェイン・アリン女公は年齢三十五歳、ジャセアリーズより二十歳も年上だ。結婚したことはない。三歳のとき、兄たちと父が山の民、石烏族《ストーン・クロウ》に殺されて以来、ずっと谷間《ヴェイル》を統治してきている。

　〈マッシュルーム〉によれば、この高名な乙女は、じつは生まれは高貴だが娼婦も同然で、男漁りが激しく、ジャセアリーズ王子に対し、舌で自分を絶頂に導くことができるなら、谷間は忠誠を誓うと告げたという。この道化らしい猥褻な物語である。セプトン・ユースタスは、一般に流布されていたうわさ、ジェイン・アリンが女性といることを好むとの風聞を記したうえで、それは真実ではないと述べている。われわれは、グランド・メイスター・マンカンの『その真実』に感謝せねばなるまい。なぜなら、記録者のなかでただひとりマンカンだけが、高巣城の寝室ではなく、〈高広間《ハイ・ホール》〉で起きたことに焦点を絞って記しているからである。

「これまでに三回、身内の者たちがわたしに取って代わろうとしたことがあるのよ」ジェイン女公はジャセアリーズ王子にいった。「従兄弟《いとこ》のサー・アーノルドは、〝女は軟弱だ、統治には向かん〟というのが口癖でね。どうなったか知りたい？　天空房《スカイ・セル》に放りこんであげたの。この独房は断崖絶壁に面していて、外壁がないから、油断すれば谷底にまっさかさま。あなたの義父《ちち》上《うえ》デイモン王配殿下は、最初の妃として迎えたわが旗主ロイス家の公女を邪険にあつかってくれたけれど……そんな男と結婚するほどあなたの母君の趣味が悪いにもかかわらず、それでも陛下はわれらが正当な女王。わたしと同じ血が流れていることでもあるしね。母君のご母堂はアリンの出なのよ。男が統べるこの世では、わたしたち女同士、手を携えていかなくてはならないわ。谷間とその騎士は女王陛下を支えますとも

……ただし、陛下がひとつだけ願いを聞いてくださったなら、だけれど」

ジャセアリーズ王子がその願いとはなにかとたずねると、ジェイン女公はこう答えた。

「ドラゴンよ。人間の軍勢など恐るるに足らず。どれほどの軍勢が大挙して押しよせてきたところで、〈血みどろの門〉で磨《す》り潰されるだけ。高巣城《アイリー》は難攻不落なことで知られているの。けれどあなたは、大空から舞いおりてきた――ウェスタロス征服にさいして、ヴィセーニア王妃がこの城に舞いおりてきたときと同じように。わたしにはあなたを抑止する力がなかったわ。この無力な状態というのが、わたしにはどうにもがまんならないのよ。だから騎竜者をここに常駐させて」

ジャセアリーズ王子はこれを是とした。するとジェイン女公は、すぐさま王子の前にひざまずき、臣下の戦士たちにもひざをつくようにと命じたうえで、ここにいる全員が剣にかけ、忠誠を尽くすと誓ったのだった。

ジャセアリーズは高巣城を飛びたち、岬が指状に並ぶフィンガーズと〈白浪湾〉を越えて北上した。途中、いったん三姉妹諸島の町シスタートンに立ち寄り、この町でボレル公とサンダーランド公から恭順の意を示され、三姉妹諸島の支援を取りつけている。

同諸島のつぎには白い港《ホワイト・ハーバー》を訪ね、領主デズモンド・マンダリー公から〈男人魚《マーマン》の間〉で歓待を受けた。

しかしマンダリー公は、それまでに会ったどの領主よりも格段にしたたかな男だった。

「ホワイト・ハーバーも、ご母堂の境遇に共感せぬ面がないわけではありません」とマンダリー公はいった。「わが先祖も、同じく政敵に生得の権利を奪われ、この寒い北部の海岸に放逐されたのです。ずっとむかし、老王陛下が訪ねてみえたさい、当家に対する過去の処置は不当であるとおっしゃり、是正を約束してくださいました。その証《あかし》として、陛下はご息女、ヴィセーラ王女殿下をわが曾祖父に

嫁《とつ》がせてくださることになり、これで当家は王家と一体になれるはずだったのですが……結婚の前にヴィセーラ殿下が亡くなられて、約束は忘れ去られてしまいました」

ジャセアリーズ王子にも、要求されている含みはわかった。王子がホワイト・ハーバーを発つのに先立って作成され、署名されたのは、一通の内約書である。そこに記された条件は、戦争が終わった暁には、マンダリー公の最若年の娘を、ジャセアリーズの弟、ジョフリー王子に嫁がせるというものだった。

最後にジャセアリーズ・ヴェラリオンは、ヴァーマックスに乗ってウィンターフェル城を訪問し、まだ若いが果断な城主、クリーガン・スターク公との交渉に臨んだ。

年月を経て、クリーガン・スタークは〈北の老翁《ろうおう》〉と呼ばれるようになるのだが、AC一二九年、ジャセアリーズ王子が会いにいった時点では、まだ二十一歳。クリーガンが城主の地位を継いだのは十三の齢、父リコン公がAC一二一年に亡くなったときのことだった。クリーガンが成人前とあって、叔父のベナードが摂政につき、北部を統治したが、AC一二四年にクリーガンが十六歳になっても、ベナードはいっこうに権力を手放そうとしない。両者の緊張は高まり、父の弟が自分に課した制約に対して、若き城主はいらだちをつのらせていった。とうとうAC一二六年、クリーガン・スタークは挙兵し、ベナードとその三人の息子を投獄して、ついには北部の統治権を取りもどす。ほどなくして、幼少の砌《みぎり》より親密だったレディ・アラ・ノレイと結婚するも、AC一二八年、愛妃は息子で跡継ぎの一子を産んだのち、産褥において他界してしまった。クリーガンは父親にちなみ、その子にリコンと名づけた。

〈ドラゴンストーン城のプリンス〉がウィンターフェル城を訪れたのは、秋もかなり深まったころのことだった。雪はすでに深く積もり、北からは厳しい寒風が吹きつのるなか、スターク公は来《きた》るべき

冬にそなえて準備の真っ最中だったが、それでもジャセアリーズ王子をあたたかく歓迎してくれた。雪と氷と寒さで、ヴァーマックスは不機嫌になっていたといわれ、王子はあまり長く北部人のもとにとどまれなかったものの、この短い滞在のあいだに、多くの興味深い逸話が生まれている。

マンカンの『その真実』によれば、クリーガンとジャセアリーズ王子はたがいに好意をいだいた。ウィンターフェル城城主から見て年下の、未成年の王子には、十年前になくなった弟を思いいださせるところがあったからだという。ふたりは酒を酌みかわし、ともに狩りをし、ともに武術の訓練をするうちに、血盟で結ばれた義兄弟の契りを交わした。この記述にはセプトン・ユースタスの記録よりも信憑性があると思われる。セプトンの記述では、王子は滞在中のほとんどの期間を、クリーガン公に対し、偽りの神々への信仰を捨て、〈七神〉信仰を受けいれるよう説得することに費やしたとされているからである。

なお、〈マッシュルーム〉の述懐に目を向ければ、ほかの記録では省略されている逸話が見られる。それも、興味をそそる逸話がだ。そこに登場するのは、若い乙女——〈マッシュルーム〉のことばを借りれば〝狼の娘〟である。名前はサラ・スノウといって、亡きリコン・スターク公の庶子だという。ジャセアリーズ王子はこの娘にひと目惚れし、ともに一夜を過ごした。客人により、自分の腹違いの妹が花を散らされたと知ったクリーガン公は、烈火のごとく憤ったものの、サラ・スノウの口から〝王子は自分を妃にするといった〟と聞かされ、やっと怒りを収めた。両人はウィンターフェル城の一角に設けられた〈神々の森〉に赴き、〈心の木〉の前に立って結婚の誓いを立てる。そして、古き神々が見まもるなか、積もった雪のただなかで、サラは毛皮に包まれたまま、自身を王子に捧げたという。

なんともロマンティックな物語ではあるのだが、〈マッシュルーム〉の語る逸話が多くそうである

ように、これもまた、歴史的な事実というよりも、この道化特有の、熱に浮かされたような夢物語の特徴を感じさせる。というのも、ジャセアリーズ・ヴェラリオンは、従妹のベイラと、当人が四歳、ベイラが二歳のときに婚約しており、われわれみなが知っているジャセアリーズの性格から察するに、婚約という厳格な約束ごとを破ってまで、なかば野蛮人であり、からだもろくに洗わず、ほんとうに乙女なのかどうかもわからない北部の庶子と結婚するとは、とうてい信じがたいからである。かりに、このサラ・スノウという人物が実在していたとしても、そして〈ドラゴンストーン城のプリンス〉がたまたまこの娘に手を出していたとしても、それは歴代王子たちが過去に行ない、先々にも行なうであろう火遊びでしかなく、結婚にまでいたるとはとても考えられない。

〈〈マッシュルーム〉はさらに、ヴァーマックスがウィンターフェル城で一群の卵を産み落としたと述べるが、これも同じく馬鹿げた話である。なるほど、生きているドラゴンの性別を判別することは不可能に近い。とはいえ、いずこであれ、ヴァーマックスが卵をただの一個でも産んだとする記述は、他の文献にはいっさい見あたらない。したがって、このドラゴンは牡であると見るのが妥当だろう。セプトン・バースは、ドラゴンが必要に応じて性転換をする存在であり、〝炎のように変幻なり〟と考察するが、さすがにこれはばかばかしすぎて、考慮にも値しない〉

確実にわかっているのは、以下のことがらだけである。クリーガン・スタークとジャセアリーズ・ヴェラリオンは合意に達して、グランド・メイスター・マンカンが『その真実』の中でいうところの〈氷と炎の条約〉を結び、議定書に署名した。条約を担保するものは結婚の約束だ。クリーガン公の子息リコンは、当時まだ一歳。ジャセアリーズ王子はいまだ結婚しておらず、子供がいなかったが、母宮のレイニラが〈鉄の玉座〉につけば、いずれ太子として結婚し、子をなすことになる。そうして最初の娘が生まれたら、七歳になるのを待って北部へ送り、ウィンターフェル城に養育を一任する。

やがて、その娘が適齢期を迎えたら、頃合いを見てクリーガン公の跡継ぎと結婚する。そういう約束だった。

ドラゴンにまたがって、冷え冷えとした秋空に舞いあがった〈ドラゴンストーン城のプリンス〉は、自分があげた実績の大きさを噛みしめていたことだろう。王子は今回の旅で、三人のひときわ強大な実力者とその旗主諸公を母后の味方に引き入れたのだ。十五歳の命名日はまだ半年ほど先だったが、早くもこの時点で、ジャセアリーズ王子はひとかどの男であり、〈鉄の玉座〉の後継者にふさわしい器の持ち主だと証明したことになる。

これに対して、弟の〝距離が短く安全な〟旅程での役目は、そううまくは運ばなかった。こちらも同じようにうまくいってさえいれば、あれほどの流血と悲嘆は避けられただろうに……。

嵐の果て城《ストームズ・エンド》でルケアリーズ・ヴェラリオンを襲った悲劇は、けっして計画的なものではなかった。この点は手元にある資料のすべてで一致している。〈双竜の舞踏〉最初の戦いは、鵞ペンと使い鴉、威嚇と約束、命令と甘言で争われた。〈翠の評議会〉でビーズベリー公が殺害されたことは、当時は広く知られていない。ほとんどの者は、公がどこかの地下牢で衰弱していると思っていた。宮廷では、いくつもの見知った顔がもはや見られなくなっていたが、城門の上に生首がかかげられることはなく、多くの者はいまなお、継承問題が平和裡に解決するだろうと期待していた。

だが、〈異客《まれびと》〉にはまた別の思惑があったと見える。死を司る〈異客〉の恐るべき手は、ふたりの若き王子が嵐の果て城《ストームズ・エンド》で鉢合わせするという不運を作りだした。ルケアリーズ・ヴェラリオンが騎竜アラックスに乗り、吹き寄せる嵐雲《らんうん》に追いたてられるようにして安全な城の郭に舞いおりてみれば、そこにはエイモンド・ターガリエンが先着していたのである。

ボロス・バラシオン公は、父親とはまったく異なる種類の人間だった。

〔ボアマンド公は硬く、強く、動かざること巌《いわお》のごとし〕とはセプトン・ユースタスの表現である。〔対するにボロス公は、風声猛々しき暴風。吹く方向定まらず、あちらへこちらへと吹きすさぶ〕

エイモンドが王都を出発したときには、現地でどのような対応をされるのか定かではなかったが、いざ嵐の果て城《ストームズ・エンド》に着いてみると、饗宴と狩猟と馬上槍試合の歓待が待っていた。

やがてボロス公は、王弟――つまりエイモンドに娘のひとりを嫁《とつ》がせようともくろんでいることがわかった。

「わしには四人、娘がおりましてな」ボロス公は王子に持ちかけた。「お好きな娘《こ》をお選びくだされ。カサンドラは長女で、真っ先に初花を咲かせましょう。顔立ちならばフローリスがいちばん。聡明な妃をご所望ならマリスがよろしかろう」

レイニラは長年、バラシオン家が味方について当然と思いこんできたが、いつまでもそうではない――ボロス公はエイモンド王子にそういった。

「たしかにレイニス王女はわが従妹です。なれど、王女の父君と結婚したバラシオン家のジョスリン叔母上に、わしは会ったこともない。その叔母上もご夫君も、すでにこの世におりません。それに、レイニラは……レイニスではない。そうでありましょう?」

ボロス公は先をつづけた。自分は女に反感を持っているわけではない、娘たちのことは愛している。娘というのもありがたいものだが、しかし……息子というのは別格の存在だ……神々が自分に対して、わが血を引く息子をお与えくださるのであれば、嵐の果て城《ストームズ・エンド》は娘たちでなく、息子が継ぐことになるだろう――。

「〈鉄の玉座〉もまたしかり」

近い将来、わが娘のひとりが王弟殿下《エイモンド》に嫁げば、嵐の果て城《ストームズ・エンド》に対するレイニラの影響力は失われる。

当人がそうと知った時点で、わしがみずからレイニラを説得してみせようではありませんか。弟君《ぎみ》にこうべをたれなされ、わが愛しの娘たちも、ときには女ならではの形で諍《いさか》いを起こすことはあれど、そのあとは仲が直るよう、いつもわしが取りもってきたのです、と説明して……。

　エイモンド王子が最終的に、どの公女を選んだかは記録にないが（〈マッシュルーム〉は「ひとりひとりの唇の甘美さを品定めするために」、四人の全員とキスをしたと述べている）、それがマリスでなかったことだけはわかっている。マンカンの記述によれば、ルケアリーズ・ヴェラリオンの騎竜が出現した日の朝、王弟《エイモンド》とボロス公は結婚式の日取りと持参金について押し問答をしている最中だった。最初にルケアリーズの接近に気づいたのはヴァーガーである。城の高く部厚い幕壁上で、胸壁ぞいに巡回していた見張りたちは、突然の恐怖に襲われ、各自、槍を握りしめた。牝竜ヴァーガーが突如として目を覚まし、すさまじい咆哮を放って、〈デュラン王の挑戦〉と呼ばれる堅城の基礎そのものを震撼《しんかん》させたからだ。アラックスさえもがその咆哮に怯《ひる》み、ルークは騎竜を落ちつかせるため、何度も竜鞭《りゅうべん》をふるわねばならなかった。

　〈マッシュルーム〉の迫真の描写を信じるなら、このとき、東の空に稲妻がほとばしり、篠突く雨が降りそそぐなか、ルケアリーズは母后の書簡を握りしめ、ドラゴンの背を飛びおりた。ヴァーガーの存在が意味するものには気づいたはずだから、〈円形の間〉に通され、エイモンド・ターガリエンと対面したときも、驚きはなかっただろう。〈円形の間〉には、ボロス公、その四人の娘、セプトンとメイスター各一名、四十名の騎士、衛兵、侍従がそろい、両者の邂逅《かいこう》を見まもっていた（そこには、ドーンとの境界地方《マーチズ》にある石兜城《ストーンヘルム》城主の次子、サー・バイロン・スワンも含まれる。この人物は、のちに〈舞踏〉において、ささやかながらそれなりの役割を果たすことになる）。ここにおける展開ばかりは、グランド・メイスター・マンカン、〈マッシュルーム〉、セプトン・ユースタスらの記述

のみに頼らずにすむ。この三人はだれも嵐の果て《ストームズ・エンド》城にはいなかったが、おおぜいが現場に立ち会っていたため、証言にはことかかないからである。

　ボロス公に対し、エイモンド王子は大声でいった。

「このみじめな小僧っ子を見られるがいい、ボロス公。チビのルーク・ストロング——不義の子だ」

　それから、これはルークに向かって、

「見ればびしょぬれではないか、不義の子よ。雨に降られたか、それとも恐怖でチビったか？」

　ルケアリーズ・ヴェラリオンは嘲弄を無視し、バラシオン公にのみ語りかけた。

「ボロス公閣下、わが母、女王陛下より、書簡を預かってまいりました」

「その女王とやらは、どうやらドラゴンストーン城の売女のことらしいな？」

　エイモンド王子はそういって、大股でルケアリーズに歩みより、その手から書簡を奪おうとした。が、そこでボロス公が命令を怒鳴り、騎士たちに割って入らせ、王子たちを引き離させた。ひとりがレイニラからの書簡を受けとり、一段高くなった公壇の上に差しだした。壇上には嵐の地《ストームランド》代々の王が使ってきた公座がすえてあり、ボロス公はそこにすわっている。

　この瞬間におけるボロス・バラシオン公の胸中はだれにも知りえない。現場にいた者たちの形容はばらばらで、たがいに著しく食いちがう。たとえば、ボロス公が顔を真っ赤にして恥じ入ったという者がいる。愛人と寝ている現場を妻に見つかった男のようだったというのだ。また、ボロス公がこの状況を楽しんでいたという者もいる。王と女王の両方から支援を求められ、虚栄心をくすぐられたというわけである。（その場にいなかった）〈マッシュルーム〉がいうには、公は酔っぱらっていた。（やはりその場にいなかった）セプトン・ユースタスは、公が恐怖にすくみあがっていたと記す。

　ただし、ボロス公がその場で口にしたこと、行なったことについては、全員の証言が一致している。

読み書きが得手でなかったボロス公は、女王の書簡をメイスターに手わたした。メイスターは即座に封蠟《ふうろう》を破り、書簡の内容を公の耳にささやいた。ボロス公の顔にじわじわと渋面が広がっていった。顎鬚《あごひげ》をしごきながら、険しい眼差しでルケアリーズを見つめる。

「で、ご母堂のご下命にしたがわば、どの娘が貴殿に嫁ぐことになるのかな、童《わらべ》どの？」そういって、公は四人の公女たちを指し示した。「ひとり選ばれよ」

ルケアリーズ王子は赤面し、こう答えた。

「閣下、わたしは身勝手に結婚できる立場にはありません。すでに従妹のレイナと婚約しておりますので」

「そんなことだろうと思ったわい」ボロス公はいった。「では、さっさと去《い》ね、小僧。帰って娼婦の母親に伝えろ。嵐の果て城《ストームズ・エンド》の城主はきさまの飼い犬にあらず、口笛ひとつで敵にけしかけようとて、そうはいかぬとな」

ルケアリーズ王子はやむなく背を向け、〈円形の間〉から出ていこうとした。

呼びとめたのはエイモンド王子である。王子は剣をすらりと引きぬき、

「待て、ストロング。逃げ帰る前に、借りを返してもらおうか」というと、眼帯をむしりとり、床に投げ捨てた。その下に現われたのは、輝く青玉《サファイア》の義眼だった。「きさまには短剣がある、あのときと同じように。その短剣で自分の目を抉《えぐ》れ。そうすれば帰してやろう。なに、片目だけで赦してやる。両目とも奪おうとまではいわん」

ルケアリーズ王子は母后との約束を思いだした。

「おまえとは戦わない。わたしは使者としてここへきたのだ。騎士としてではない」

「使者というより、臆病者だろうが。おまけに、叛逆者だ」エイモンド王子は嘲弄した。「まあいい。

片目と引き替えに、命だけは助けてやろう、ストロング」

　これにはボロス公も難色を示し、

「ここでは遠慮願いましょう」と、不快感もあらわな声でいった。「相手は使者としてきたのです。わが屋根の下で無用の流血はごめんこうむる」

　公のことばを受けて、衛兵たちが両王子のあいだに立ちはだかり、ルケアリーズ・ヴェラリオンは〈円形の間〉から護送され、ドラゴンを待たせてある郭に連れていかれた。そこでは雨の中、騎竜のアラックスがうずくまり、ルケアリーズを待ちわびていた。

　これで悶着の片はつくはずだった――マリスさえ挑発しなければ。だが、ボロス公の次女はほかの姉妹とくらべて容姿で劣り、エイモンドが自分よりもほかの姉妹たちを好んだことに腹をたてていたので、王子に向かってこう問いかけた。

「あなたさまが無くされたのは片目？　それとも玉の片方？」蜂蜜のように甘ったるい口調だった。

「あなたさまが選んだのがわたしでなくてよかった。夫に迎える方には、目も玉もちゃんとそろっていていただきたいもの」

　エイモンド・ターガリエンは怒りで口を歪ませ、荒々しくボロス公に向きなおると、退出の許可を願った。嵐の果て《ストームズ・エンド》城の城主は肩をすくめ、こう答えた。

「わが屋根の下でないかぎり、殿下がなさることに口出しできる筋合いではありませんのでな」

　それを受けて、公の騎士たちが道をあけ、エイモンド王子は扉に向かってだっと駆けだした。

　屋外では嵐が荒れ狂っている。雷鳴が城の外壁や城壁に反響し、滝のような雨で一寸先も見えない。雨水の壁に閉ざされた暗闇を薙ぎ払い、ときおり青白色の巨大な稲妻がかっとたばしっては、世界を真昼のように明るく染めあげる。ドラゴンでさえ空を飛ぶには向かない悪天候の中、ルケアリーズを

乗せて舞いあがったアラックスは、飛びつづけようとして懸命に羽ばたいていた。エイモンド王子がヴァーガーに打ちまたがり、追撃を開始したのはそのときである。天候さえ良好なら、ルケアリーズ王子も追撃をふりきれたかもしれない。アラックスのほうが若く、飛行速度で勝るからだ。しかし、〈マッシュルーム〉いわく、この日の空は〔エイモンド王子の心と同じくらい黒かった〕。かくしてここに、〈破船湾〉の上空で二頭のドラゴンが交戦する事態が出来《しゅったい》した。城壁の上から遠望していた見張りたちは、彼方で炎が噴きだすのを目撃し、雷鳴をもつんざく鋭い悲鳴を耳にした。つぎの瞬間、二頭の魔獣は組み討った。まわりではしきりに稲妻がほとばしり、雷声が轟いている。ヴァーガーはアラックスの五倍の体軀を有し、百箇度《ひゃっかど》の戦いで鍛えられた猛竜だ。たとえ戦いと呼ぶに足る戦いが成立したとしても、長くつづいたはずがない。

　アラックスはぼろぼろになり、ついに空中から落下して、嵐に逆巻く〈破船湾〉の荒浪に呑まれた。三日後、その頭と頸は嵐の果て城《ストームズ・エンド》が建つ絶壁の岩場に打ち上げられ、蟹と鷗《カモメ》が饗宴をくりひろげた。〈マッシュルーム〉によれば、ルケアリーズ王子の亡骸も岩場に打ち上げられており、エイモンドはその死体から眼球を両方とも抉りだして、海藻の敷物に載せ、レディ・マリスに差しだしたという。しかし、いくらなんでもこれは話を盛りすぎだろう。一説によると、ヴァーガーは空中戦の最中に、アラックスの背に乗ったルケアリーズを咥《くわ》え、丸呑みにしたといわれる。さらには、ルケアリーズは海に落ちたが、死にはいたらず、安全な場所まで泳ぎついたものの、その時点では記憶を失っていて、自分がだれかもわからなくなっており、残る人生を頭の弱い漁師として過ごした、とする説もある。『その真実』は、こうした説のすべてに対して、しかるべき敬意を払っている。すなわち、歯牙にもかけなかったということである。ルケアリーズ・ヴェラリオンは自分のドラゴンとともに死んだ、とマンカンは述べる。これは疑念の余地なく正しい。王子は当時、十三歳。その遺体が見つかることは

ついになかった。そして、彼の死をきっかけに、使い鴉と使者と政略結婚による闘争は終わりを告げ、炎と血による闘争が本格化していく。

なお、エイモンド・ターガリエンだが……以後、王弟は敵方から〈血族殺し〉として憎悪の対象となった。キングズ・ランディングに帰りついた王弟は、兄エイゴン二世のために嵐の果て《ストームズ・エンド》城の支持を取りつけるという手柄を携えるいっぽうで、レイニラ女王の不倶戴天の敵となっていた。英雄として歓待を受けるつもりでいたなら、エイモンドは失望しただろう。息子がしでかしたことを聞いたとき、アリセント太后は蒼白になり、こう叫んだという。

「〈天なる慈母〉よ、われら一同を救いたまえ」

サー・オットーもけっして歓迎はせず、

「殿下はまだ片目があるというのに」といって慨嘆したといわれる。「その目にはものごとの道理というものが見えぬのですか」

しかし、エイゴン二世自身は、ふたりの嘆きを分かちあわなかった。エイモンド王子の労を盛大な饗宴でねぎらったうえで、〝真のドラゴンの血を引く者よ〟と誉めそやし、〝すばらしき幕開け〟の宣言をしたという。

ドラゴンストーン城では、ルークの悲報を耳にしたとたん、レイニラ女王が卒倒した。ルークの弟ジョフリーは（ジェイスはまだ使者の任務で北部から帰ってきていない）、絶対にエイモンド王子とボロス公に復讐してやると苛烈な誓いを立て、ただちに自分のドラゴンに乗るべく、表へ飛びだしていきかけた。かろうじてそれを思いとどまったのは、〈海蛇〉とレイニラ女王が強く制止したからだ（〈マッシュルーム〉は、自分も制止にひと役買ったと主張している）。いかにして逆襲すべきか、〈黒の評議会〉が鳩首凝議《きゅうしゅぎょうぎ》しているおりもおり、ハレンの巨城《ホール》から使い鴉が到着した。

「目には目を、息子には息子を」デイモン王配の手紙はそうつづっていた。「ルケアリーズの復讐は果たさねばならぬ」

忘れてはなるまい。若い時分、デイモン・ターガリエンは〈王都のプリンス〉と呼ばれ、その顔と笑い声は、〈蚤の溜まり場〉の巾着切《きんちゃくき》り、娼婦、博打打ちのあいだで知らぬ者とてなかったことを。王配殿下はいまでもキングズ・ランディングの盛り場に友人を持ち、金色《こんじき》のマントにも息のかかった者たちがいる。エイゴン王も、〈王の手〉も、アリセント太后も知らないうちに、デイモンは宮廷に内通者を確保し、〈翠の評議会〉の中にすら、ひそかに味方を作っていた。そのほかにもうひとり、現地との橋渡し役として、デイモンが絶大な信頼を置く特別の友人がいる。その者は赤の王城の影にひしめく安酒場や獣《けもの》なぶり窖《あな》のことを、かつてのデイモンと同じくらいに知りつくしており、王都の影の中をやすやすと動きまわることができた。この得体の知れぬ白い影に、デイモンはいま、秘密の手段で接触した——恐るべき復讐を実行に移すために。

〈蚤の溜まり場〉の胡乱《うろん》な雑踏に、デイモン王配の橋渡し役は格好の道具を見つけた。そのひとりは、大柄で乱暴な〈王都の守人《シティ・ウォッチ》〉の元分隊長で、酔って激昂したさい、娼婦を殴り殺して金色のマントを失った男だ。もうひとりは赤の王城の鼠獲《ネズミと》りだった。両者の本名は歴史の闇に埋もれてしまっている。人々の記憶に残る呼び名は（こんな名前など、記憶されていなければよかったのに！）〈血狂《ちぐる》い〉に〈チーズ〉という。

「〈チーズ〉は赤の王城の内部を、自分の摩羅《まら》の形よりもよく知っていた」と〈マッシュルーム〉は述べている。メイゴル残酷王が仕込ませた隠し扉や秘密の抜け穴のことを、自分が獲る鼠たちと同じくらい知りつくしていたのだという。忘れられた通路を通り、〈チーズ〉と〈血狂い〉は、いっさい衛兵に見とがめられることなく、王城の心臓部に到達した。ふたりが狙う獲物は王本人だったとする

入れない仕組みになっているのだ。
説もあるが、エイゴン二世はどこへいくのにも〈王の楯《キングズガード》〉をともなっていたし、〈チーズ〉でさえ、〈メイゴルの天守〉に裏から出入りする方法は知らなかった。この天守は空壕《からぼり》で囲まれ、その底には鋭い鉄の逆杭《さかぐい》がびっしりと植えこんであり、その上に掛け渡された跳ね橋を通らないかぎり、中へは入れない仕組みになっているのだ。

しかし〈手の塔〉は、ここまで防備が厳重ではない。ふたりは槍兵が警備に立つ扉を避けて、壁の抜け道を這い進み、塔内に侵入した。サー・オットーの部屋に興味はない。ふたりが忍びこんだのは〈王の手〉の下の階層、サー・オットーの娘の――つまり太后の私用区画だった。ヴィセーリス王が亡くなったあと、〈メイゴルの天守〉へはエイゴン二世とその妹でもあるヘレイナ王妃が入ったため、アリセント太后はここに移ってきたのである。太后の寝室に入るや、〈血狂い〉が寝室付きの侍女を縊《くび》り殺し、そのかたわらで〈チーズ〉は太后に猿轡《さるぐつわ》をかけ、縛りあげた。それがおわると、ふたりはしばらく待った。いつもの習慣で、ヘレイナ王妃は毎晩、子供たちを寝かしつける前、太后のもとへあいさつをさせにくることを知っていたからだ。

赤の王城に夜のとばりが降りるころ、危険が迫っているとも知らず、王妃は三人の子供をともない、〈手の塔〉へやってきた。双子のジェヘアリーズとジェヘイラは六歳、メイラーは二歳。ヘレイナはメイラーの小さな手を引いて太后の部屋に入り、母の名前を呼んだ。〈血狂い〉が閂《かんぬき》を掛けたのはこのときである。即座に〈血狂い〉が王妃の護衛を殺した。同時に〈チーズ〉が現われ、メイラーを王妃の手からかっさらった。

「大声を出してみろ、皆殺しだ」〈血狂い〉が威しをかける。

このとき、ヘレイナ王妃は冷静さをたもち、

「何者です」とふたりの賊に問いかけたといわれる。

「借金の取り立て人さ」〈チーズ〉が答えた。「目には目を、息子には息子をってな。なに、ひとりだけでいいんだ。それでチャラにしてやる。ガキひとりのほかは、おめえら王族さまに手を出す気はねえよ、髪の毛一本もな。さ、差しだすのはどっちの小僧だ、王妃さま？」

賊の意図を知ったヘレイナ王妃は、殺すなら子供のかわりに自分をと嘆願した。

「女房は息子じゃねえ」と〈血狂い〉は答えた。「殺すのは小僧でねえとな」

〈チーズ〉が警告を出した。とっとと選ばねえと、〈血狂い〉がしびれを切らして、そこの娘っ子を犯しちまうぞ。

「さ、選びな」〈チーズ〉はうながした。「選ばねぇんなら皆殺しにするだけだ」

ヘレイナはがっくりとひざをつき、泣きながら、いちばん年下の息子、メイラーの名を口にした。おそらく、まだ二歳のメイラーは意味がわからないと思ったのだろう。おそらく、ジェヘアリーズはエイゴン王の嫡男で跡継ぎであり、〈鉄の玉座〉の継承者だったからだろう。

「聞いたか、ガキ？」〈チーズ〉が声をひそめて、メイラーに語りかけた。「おっかさん、おめえに死んでほしいとよ」

そこで〈チーズ〉はにたりと笑い、〈血狂い〉にあごをしゃくった。からだの大きな剣士崩れは、いきなりジェヘアリーズ王子に斬りつけ、ひとふりで少年の首を刎ねた。王妃が絶叫を張りあげた。

奇妙な話だが、鼠獲りと人斬りは約束を守った。ヘレイナ王妃にもほかの子供たちにもそれ以上は危害を加えずに、ジェヘアリーズ王子の生首だけ持って引きあげたのだ。王妃の泣き声を聞きつけた衛兵たちから、追え、逃がすな！　との怒声があがったが、〈チーズ〉は衛兵たちの知らない秘密の抜け道を知っており、ふたりの凶賊はまんまと逃げおおせた。〈血狂い〉がつかまったのは二日後のことだった。ジェヘアリーズの生首を鞍袋に入れ、〈神々の門〉からキングズ・ランディングを脱出

しようとしているところを見つかったのだ。拷問を受けた〈血狂い〉は、さんざんいたぶられたのち、王子の生首をハレンの巨城《ホール》まで持っていき、デイモン殿下から褒美を受けとることになっていた旨、白状した。そのさい、自分を雇った娼婦のことも明かしている。娼婦は年配の女で、訛《なま》りからすると異郷の出らしく、マントをまとい、フードをかぶり、肌の色が異様に白かった。そして、ほかの娼婦たちからは〈災禍《ミザリー》〉と呼ばれていたという。

十三日間におよぶ拷問のあげく、〈血狂い〉は死ぬことを許された。アリセント太后は密告者の長《おさ》〈内反足〉のラリスに命じ、この者の本名を調べよ、女房と子らの血風呂に浸かってやると告げたが、かりにそれが実現していたとしても、われわれの記録に記述はない。サー・ルーサー・ラージェント率いる金色のマントは、シルク通りを徹底的に捜索し、キングズ・ランディングの娼婦という娼婦を訊問したが、〈チーズ〉も〈白蛆〉も——これは〈災禍《ミザリー》〉の別名である——ついに発見されずじまいだった。悲嘆と憤慨のあまり、エイゴン二世は王都の鼠獲りを全員捕縛し、絞首刑に処すよう命じた。これは実行に移されている（サー・オットー・ハイタワーは、人間の鼠獲りの代わりとして、王城で百匹の猫を飼いはじめたという）。

〈血狂い〉と〈チーズ〉に命こそ取られはしなかったものの、ヘレイナ王妃の命脈は、事実上、あの運命の晩に断たれたといってよい。以後、王妃は食事ものどを通らず、湯浴みもせず、自分の部屋にこもりつづけた。息子のメイラーの顔を見ることもできなかった。死なせるようにといったことを、当人の目の前で聞かれてしまったからだ。王としては、王妃のそばからメイラーを引き離すほかなく、自分たちの母親、アリセント太后のもとへ連れていき、自分の子供同然に育ててくれるよう頼んだ。これ以後、エイゴンとヘレイナは別々に起居するようになり、ヘレイナ王妃はじわじわと狂気の淵に沈んでいった。そのいっぽうで、王は激昂し、酒に溺れ、ますます激昂する日々を送った。

3 緋竜《ひりゅう》と金竜《こんりゅう》 The Red Dragon and the Gold

〈双竜の舞踏〉は新たな段階に入る。きっかけはルケアリーズ・ヴェラリオンが嵐の地で殺害され、ジェヘアリーズ王子が赤の王城の中、母后の面前で殺されたことだった。〈黒装派《こくそう》〉も〈翠装派《すいそう》〉も相手の血で贖《あがな》わせよと叫び、各地の諸公は旗主《きしゅ》を集め陣容をととのえて、それぞれ進軍を開始した。河川地帯《リヴァーランド》では、〈使い鴉の木《レイヴンツリー》〉城館《ホール》を出撃したブラックウッド家の攻略勢が、レイニラ女王の旗を(註)

註　当初、〈鉄の玉座〉の継承権主張者は、双方ともにターガリエン家の紋章、黒地に赤で描かれた三頸《みつくび》ドラゴンの旗を用いていたが、AC一二九年末までには、エイゴンもレイニラも、自分の支持者を敵の支持者と区別するため、本来の意匠に変更を加えた旗を採用していた。王は旗に描かれたドラゴンの色を赤から金へと変更している。これは自分の騎竜サンファイアの、燦然と輝く黄金の鱗を祝してのことである。いっぽう女王は、ターガリエン家の紋章を四分割し、向かって左上と右下は従来のまま、右上にはアリン家の紋章を、左下にはヴェラリオン家の紋章をそれぞれ、母后と最初の夫に敬意を表しての図象である。

翻《ひるがえ》してブラッケン家の領地に侵入、横断しながら作物を焼きはらい、羊と牛を追い散らし、村々を掠奪しつつ、行く先々で遭遇する聖堂《セプト》という聖堂を破壊してまわった（ブラックウッド家は地峡《ネック》より南にあって、いまなお古《いにしえ》の神々を信仰する数少ない貴族のひとつなのである）。

　ブラッケン家はやっとのことで強力な軍勢を仕立て、反撃のために出撃したが、河岸の水車小屋のそばで夜営していたところをサムウェル・ブラックウッド公に急襲され、水車小屋に火をかけられる事態となった。炎上する小屋の赤い火光《かこう》を浴びて、敵味方が戦うこと数時間、多くがこの戦場で命を落とした。石垣《ストーンヘッジ》の町勢を率いるサー・エイモス・ブラッケンは、一騎討ちでブラックウッド公を降《くだ》し、討ち果たしたものの、どこからか放たれたウィアウッドの矢に兜の目穴を貫かれ、頭蓋を深く抉《えぐ》られて絶命した。矢を放ったのはおそらく、サムウェル公の十六歳の妹、いずれ〈黒のアリー〉として知られるようになるレディ・アリサンだったと思われる。しかし、それが真実なのか、たんなる家伝なのかを、われわれには知るすべがない。

　のちに〈燃える水車小屋の戦い〉と呼ばれるこの合戦で、双方ともに甚大な被害を出したのち……とうとうブラッケン側は撤退する。指揮をとったのはサー・エイモスの庶出の兄弟、サー・レイロン・リヴァーズだ。だが、ようやく自分たちの領地に逃げ帰ってみれば、留守中に石垣《ストーン・ヘッジ》の町は占領されていた。カラクセスに乗ったデイモン王配率いるダリー家、ルート家、パイパー家、フレイ家の強力な混成部隊が、ブラッケン家の戦力がほぼ出陣したあとを見はからい、急襲していたのである。領主のハンフリー・ブラッケン公と（サー・レイロンを除く）子らは、公の三番めの妃と身分の低い愛人とともに、俘虜《ふりょ》になっていた。公以下の身内に危害がおよぶのを避けるため、サー・レイロンは降人《こうにん》となった。こうしてブラッケン家は敗北し、無力化された。河川地帯においてエイゴン王を支持していた残りわずかな勢力は、ここに中核を失い、それぞれに剣を置く。

もっとも、この間《かん》、〈翠の評議会〉が漫然と指をくわえて事態を眺めていたと思ってはならない。サー・オットー・ハイタワーは、さらに多くの諸公を味方に引き入れ、傭兵部隊を傭い、キングズ・ランディングの防備を強化し、手を組む勢力を新たに確保すべく、調略にいそしむ日々を送っていた。グランド・メイスター・オーワイルの和平交渉を撥《は》ねつけられて以降、〈王の手〉は以前にも増して調略に邁進《まいしん》し、ウィンターフェル城、高巣城《アイリー》、リヴァーラン城、ホワイト・ハーバー、ガルタウン、惨劇の橋城《ビターブリッジ》、美麗城《フェアカースル》、そのほか五十もの城塞と城へ使い鴉を送っている。比較的ちかくの領地へは、夜を徹して早馬を走らせ、領主や城主の男女を宮廷に呼び寄せてエイゴン王に忠誠を誓わせてもいた。使い鴉はドーンへも送った。ドーンを統治する大公《プリンス》、クォーレン・マーテルは、かつて踏み石諸島でデイモンと戦ったことがあるからである。しかし、クォーレン大公には申し出を一蹴された。〝ドーンは以前にも、ドラゴンどもと戦った〟大公は返書でそう述べていた。〝もういちどやりあうくらいなら、蠍《サソリ》と寝たほうがましだ〟

これほど尽力しているにもかかわらず、サー・オットーはエイゴン二世の信頼を失いつつあった。調略活動を働きと認められず、用心深さを臆病の徴《しるし》と見なされたのである。セプトン・ユースタスによれば、あるときエイゴン王は〈手の塔〉に乗りこみ、きょうもきょうとて調略の書簡を書いていたサー・オットーを見るや、インク壺を祖父のひざにたたき落とし、こういったという。

「玉座を勝ちとるものは剣だ、ペンではない。流すなら血を流されよ、インクではなく」

ハレンの巨城《ホール》がデイモンに陥《お》とされたことに、エイゴン二世は大きな衝撃を受けた、とマンカンは記している。陥落の報を受ける瞬間まで、エイゴンは異腹の姉のごとき、自分に勝てるはずはないと高《たか》を括《くく》っていた。が、巨城の陥落は王にはじめて危機感をいだかせた。〈燃える水車小屋の戦い〉の敗北と石垣《ストーン・ヘッジ》の町を占領された痛手はさらなる衝撃をもたらし、ここにおいて王は、自分の立場が

当初思っていたよりも脆弱なものであったことを悟る。この恐怖は、南部の河間平野《リーチ》から帰ってきた使い鴉たちの返書でいっそう深まった。南部は〈翠装派〉の勢力がとくに強いと思われている地域で、オールドタウンのハイタワー家はエイゴン王の強力な後ろ盾であり、レッドワイン家のアーバー島も王の重要拠点なのだが……この両家を除く南部の諸公は、ハイタワー公の旗主も含め、レイニラ女王支持の宣言をぞくぞくと出していたのである。列挙すれば、三塔城《スリー・タワーズ》のコステイン公、高台城《アップランズ》のマレンドア公、角の丘城《ホーン・ヒル》のターリー公、黄金樹林城《ゴールデングローヴ》のロウアン公、灰色の楯島《グレイシールド》のグリム公などだ。

これらの叛逆者のなかでもとくに強硬なのは、サー・アラン・ビーズベリーだった。ライマン公の跡継ぎであるサー・アランは、祖父を地下牢から解放せよと要求していた。ほとんどの者が元蔵相はまだ投獄されているだけだと信じていた時期である。

直臣《じきしん》・陪臣《ばいしん》を含め、右の叛逆諸公を旗主としてしたがえる統主は、ハイガーデン城のタイレル家である。旗主たちの突きあげを食らい、まだ赤子のタイレル公を支える摂政の母宮《ははみや》、城代、執政たちは、急遽、エイゴン王への支持を見直したほうがいいと判断し、王家の内紛にいっさい関与せぬと決めた。ほどなく、エイゴン王は強いワインで恐怖をまぎらすようになったとセプトン・ユースタスは記す。サー・オットーは甥であるオーマンド・ハイタワー公に書簡を送り、オールドタウンの武力によって、河間平野に多発する造反を抑えるよう依頼している。

打撃はその後もつづいた。まず、谷間《ヴェイル》、ホワイト・ハーバー、ウィンターフェル城が女王についた。ブラックウッド家をはじめとする河岸の諸公は、デイモン王配の旌旗《せいき》が翻《ひるがえ》るハレンの巨城《ホール》に続々と流れこんでいる。〈海蛇〉艦隊によるブラックウォーター湾封鎖はまだつづいており、エイゴン王は毎朝、商人たちの泣きごとに悩まされていた。とはいえ、いくら泣きつかれても、王にはいかんともしがたく、強いワインを一カップあおっては、サー・オットーにこう命じるだけだった。

「なんとかしろ」

〈王の手〉は、先刻、手は打ってありますと答え、王をなだめた。事実、ヴェラリオン艦隊の封鎖を破る対策は講じてあった。レイニラ女王の大義を支える主柱の一本はデイモン王配だ。だが、同時に彼は最大の弱点でもある。王配はその冒険の過程を通じ、味方よりも敵を多く作っていたのである。その敵の最初期のひとりだったサー・オットー・ハイタワーは、〈狭い海〉の向こうへ使者を送った。相手はこれもまた王配の敵のひとつ、〈三嬢子《じょうし》王国〉だ。

王家の艦隊だけでは、〈海蛇〉艦隊による〈水道《ガレット》〉封鎖を破ることはできない。パイク島の統主、ドールトン・グレイジョイを小評議会に引きこむ交渉はつづけているものの、まだ鉄《くろがね》諸島を味方にできてはいなかった。しかし、タイロシュ、ライス、ミアの連合艦隊なら、ヴェラリオン艦隊と互角以上に戦える。サー・オットーは自由都市の大人《マジスター》たちに使者を派遣して、〈水道《ガレット》〉封鎖中の〈海蛇〉艦隊を駆逐し、海上交通路を開放してくれれば、キングズ・ランディングでの独占交易権を与えると請けあった。さらに、シチューの風味をいっそう引きたてるため、〈三嬢子〉に対し、踏み石諸島を割譲するとの約束を与えた――〈鉄の玉座〉が同諸島を領有したことなどないにもかかわらずである。

三頭市《トライアーキー》はなにごとにおいても動きが鈍い。真の王を欠いているため、三自由都市の〝王国〟では、重大事はすべて、三都市で作る〈高等評議会〉で決定される。評議会を構成する成員は、各都市から十一人ずつ選ばれる大人《マジスター》で、そのひとりひとりが自身の賢明さ、狡猾さ、重要性を誇示し、所属する都市にとってもっとも利益になる決定に誘導しようともくろむ者ばかりだ。五十年後、〈三嬢子〉に関する歴史書の決定版を著わしたグランド・メイスター・グレイドンは、その状況を、〝三十三頭の馬が思い思いの方向へ馬車を引っぱろうとするようなもの〟と喝破している。ゆえに、開戦、和平、同盟締結などのような、本来ならば機に臨み変に応ずるべきことがらについても、マジスターたちは

果てしなく議論をつづけるのが通例だった。そして、サー・オットーの使者たちが現地に着くまで、〈高等評議会〉は議論をはじめてさえいなかったのである。

交渉の進展のなさに、若きエイゴン二世は痺れを切らした。そして、祖父であるサー・オットーの弁明にとうとう我慢できなくなった。アリセント太后は懸命に父サー・オットーを弁護したが、王は実母の嘆願にも耳を貸さず、ある日、玉座の間にサー・オットーを呼びつけ、その首から役職を示す頸飾《けいしょく》をむしりとり、サー・クリストン・コールに投げ与えた。

「わが新たな〈手〉は鋼《はがね》の拳を持っていなければならぬ」というのが、そのとき王が口にしたことばだった。「書簡のやりとりなど、もううんざりだ」

サー・クリストンはただちに気骨のあるところを見せた。

「王たるもの、施しを求める物乞いのごとく、臣下の者どもに支援を請うなど、もってのほかです」サー・クリストンはエイゴンにいった。「あなたさまはウェスタロスの正当なる王。それを否定する者は叛逆者にほかなりません。そろそろ叛逆の代償を思い知らせるべき頃合いでございましょう」

最初に代償を払わされたのは、赤の王城の地下牢に投獄され、ひどく憔悴していた貴族たちだった。いずれも、そのむかし、レイニラ王女を護ると誓い、いまなおエイゴン王にひざを屈することを拒否している者たちである。ひとり、またひとりと、王に背く者たちは王城の内郭《うちぐるわ》に引きずりだされた。そこには王の処刑人が断頭斧を手にして待っていた。

各人は、王に忠誠を誓う最後の機会を与えられた。その機会にしがみついたのは、バターウェル公、ストークワース公、ロズビー公の三人だけだった。ヘイフォード公、メリーウェザー公、ハート公、バックラー公、キャスウェル公、フェル女公は、自身の命より誓約を惜しみ、順次、首を刎《は》ねられた。土地持ちの騎士八名と、侍従や侍女四十名も同様だった。刎ねられた首は鉄の大釘に刺され、王都の

各城門で門楼の上に晒《さら》された。

エイゴン王は〈血狂い〉と〈チーズ〉に殺された跡継ぎの報復として、ドラゴンストーン城攻略も求めた。ドラゴンに乗って彼《か》の島の城塞に降下し、腹違いの姉とその〝不義の子ら〟をかっさらうか殺すかしてやる――そう息まく王を翻意させるには、〈翠の評議会〉総出で説得する必要に迫られた。サー・クリストン・コールは、それよりも……と別の報復手段を勧めた。女王を僭称する王女は闇に乗じ、裏切り者を用いてジェヘアリーズ王子を暗殺した。ならば、こちらも同じことをすればよいと提案したのである。

「代償は、あの女が懐に持つ、血まみれの貨幣を用いて払わせてやりましょう」

〈王の楯《キングズガード》〉総帥が王の報復のために選んだその貨幣とは、総帥に仕える誓約の兄弟、サー・アリック・カーギルだった。女王側につき、ドラゴンストーン島に残るサー・エリックの兄弟である。

サー・アリックはターガリエン家古来の居城を知りつくしている。ヴィセーリス王の治世中、王の警護で何度もあの城を訪れていたからだ。ドラゴンストーン島に住む漁師の多くは、海に出なければ生計を立てられないとあって、この状況下でもブラックウォーター湾で漁に精出している。それゆえ、カーギルを漁船に潜ませ、城下にある漁村まで送りとどけるのは簡単な仕事だった。ひとたび漁村に着いてしまえば、女王のところへ簡単にたどりつける、彼ならではの手段がある。サー・アリックとサー・エリックは双子で、見た目に区別がつかない。〈王の楯《キングズガード》〉の誓約の兄弟たちでさえ、ふたりの見分けに苦慮するほどだ。それは〈マッシュルーム〉もセプトン・ユースタスも認めるところだった。ゆえに、現地で白騎士の装いに身を固めてしまえば、サー・アリックは自由にドラゴンストーン城を動きまわれる。以上がサー・クリストンの与えた説明だった。途中で出くわすどの衛兵も、おまえをサー・エリックとまちがえるだろう――。

サー・アリックもこの任務を嬉々として引き受けたわけではない。事実、セプトン・ユースタスの記すところによれば、サー・アリックは悩みに悩み、夜陰にまぎれて出帆するまぎわ、赤の王城内の聖堂《セプト》を訪ね、われらが〈天なる慈母〉に祈りを捧げて赦《ゆる》しを請うている。しかし、〈王の楯《キングズガード》〉として王と総帥に服従を誓った以上、一介の漁師の潮馴《しおな》れ衣《ごろも》をまとい、ドラゴンストーン城に出発するほか、名誉を守るすべはない。

サー・アリックの具体的な標的がだれであったのかは議論のあるところとなっている。グランド・メイスター・マンカンは、カーギルが暗殺を指示されたのはレイニラ女王本人であり、一撃で叛乱にとどめを刺すのが目的だったと見る。それに対して〈マッシュルーム〉は、カーギルの獲物は女王の息子たちだ、エイゴン二世は殺された嫡男への恨みを、不義の子である半甥たち、ジャセアリーズとジョフリーの〝ストロング〟兄弟の血で濯《すす》ぎたかったのだと主張する。

いずれにせよ、サー・アリックは見とがめられることなく、ドラゴンストーン島の海岸に到着し、鎧と白のマントを身につけ、双子のサー・エリックのふりをして、苦もなく堂々と城門の中へ入った。ここまではサー・クリストン・コール総帥の計画したとおりだ。ところが、王族の居住区画をめざし、ドラゴンストーン城の奥深くまで入りこんだところで、いかなる神々のいたずらか、サー・エリック本人とばったり鉢合わせしてしまった。兄弟の姿を見るなり、サー・エリックはただちにその目的を見ぬいた。吟遊詩人たちの歌によれば、そのときサー・エリックは、「さらばだ、愛しい兄弟よ」といいざま、剣の鞘を払ったという。それに対してサー・アリックも、「おれもだ、兄弟よ」と応じ、自分の剣を抜いた。

双子の剣戟《けんげき》は一時間ちかくもつづいた、とグランド・メイスター・マンカンは記述する。鋼《はがね》と鋼が打ち合う響きは、女王の宮廷の半数を目覚めさせたが、現場に駆けつけた廷臣や衛兵たちはその場に

立ちつくし、手をこまぬいて戦いを見ていることしかできなかった。なぜなら、どちらがどちらか、だれにも区別がつかなかったからである。最終的に、サー・アリックとサー・エリックは双方ともに致命傷を与え、たがいを抱きあって息絶えた。両者の頬には涙の筋が流れていた。

だが、〈マッシュルーム〉描くこの件《くだり》は、もっと短く、辛辣で、総じて醜い。戦いは一瞬でけりがついた、とわれらが道化はのたまう。兄弟愛を吐露しあうこともなく、たがいを謀叛人とののしるや、いきなり斬りあいになったのだそうだ。螺旋階段を降りてくる途中のサー・エリックは、兄弟よりも立ち位置が高く、先に致命傷を与える側となった。サー・アリックの肩に振りおろした強烈な斬撃で、皮一枚だけ残し、利き腕を付け根から切断したのである。前に倒れこみながらも、サー・アリックは兄弟の白いマントをひっつかみ、思いきり引きよせ、その腹に短剣を突きたてた。最初の衛兵たちが駆けつけてきたとき、サー・アリックは絶命していた。だが、腹部に深傷《ふかで》を負ったサー・エリックも、四日にわたってもがき苦しんだあげく、とうとう力つきた。その間《かん》ずっと、激痛にわめき、叛逆者の兄弟をののしりつづけていたという。

明白な理由から、吟遊詩人や語り部はマンカンの物語のほうを好む。かたや、メイスターやほかの研究者たちは、どちらの物語にいっそう信憑性があるか、各自の判断で見解を示さなくてはならない。この件でセプトン・ユースタスが述べているのは、カーギル家の双子が殺しあったこと、それだけだ。ゆえに、この件はこれまでとしよう。

キングズ・ランディングでは、エイゴン王の密告者たちの長《おさ》、〈内反足〉のラリス・ストロングが、レイニラの戴冠式出席のためドラゴンストーン城に集まった諸公の名と、〈黒の評議会〉を構成する要人の名を書きだしおえていた。セルティガー公とヴェラリオン公は島嶼《とうしょ》部に居城を持つ。エイゴン二世は、いうに足る海上兵力を持ってはいないので、両公に対しては怒りの矛先を向けようがない。

しかし、大陸本土に居城を持つ〈黒装派〉の諸公に対しては、そのかぎりではない。

王室の擁する騎士百騎、兵士五百に加え、歴戦の傭兵千八百を率いて、サー・クリストンは近隣の城をしたがわせるべく、進軍を開始した。最初に威しつけ、兵を提供することで王への忠誠を示せと強要した相手は、女王への忠誠を破ったばかりのロズビー家とストークワース家だった。これにより、戦力を増強したコールの軍勢は、つぎに囲壁で囲まれた港町、ダスケンデールに進軍、奇襲をかけて守兵を征圧した。町は掠奪され、港に舫《もや》われていた船はみな火をかけられ、領主ダークリン公は斬首された。ダークリン家のかかえる残存の騎士と兵士は、エイゴン王に忠誠を誓うか、ダークリン公の運命をたどるか、どちらかを選べと迫られた。ほとんどの者は王への忠誠を選んだ。

つづいてサー・クリストンが攻略目標としたのは、深山鴉の巣城《ルークス・レスト》だった。あらかじめ討伐軍がくる旨を警告されていたストーントン公は、固く城門を閉じ、籠城の構えを見せた。その城壁の内側から、ストーントン公は領地の畑や森や村が焼き討ちされ、羊や牛や庶民が斬殺されるのを眺めていることしかできなかった。いよいよ城内の兵糧が心もとなくなってくると、公はドラゴンストーン城宛てに使い鴉を放ち、援軍を要請した。

使い鴉が到着したのは、レイニラ女王と〈黒装派〉がサー・エリックの横死を悼み、刺客を放った〝王位簒奪者《さんだつしゃ》エイゴン〟に対してどのように報復したものかと頭を寄せ合っている真っ最中だった。自分を（あるいは自分の息子たちを）暗殺しようとの試みに憤慨しながらも、女王はまだキングズ・ランディングの攻略をためらっていた。マンカンによれば（彼が『その真実』を書いたのはこの内乱から何年もあとであることを忘れてはならない）、これは血族殺しの汚名を着ることを恐れたためだ。メイゴル残酷王は、甥のエイゴン王子を殺したがために、以後は血族殺しと罵《ののし》られ、それは簒奪した〈鉄の玉座〉の上で、血に染まって死ぬまでつづくことになる。いっぽう、セプトン・ユースタスは、

レイニラ女王には〝母性〟があり、それゆえ残っている息子たちの命が失われる危険を恐れ、攻撃をしぶったのだと説く。が、ほかの記録者たちとはちがい、道化の〈マッシュルーム〉は〈評議会〉の場にいた。その〈マッシュルーム〉にいわせれば、女王はまだ次男ルケアリーズの死で悲しみの淵に沈んでおり、軍議どころではなく、全軍の指揮を〈海蛇〉とその妃レイニス王女に委《ゆだ》ねていたのだという。

この件では、〈マッシュルーム〉の述懐にもっとも信憑性がありそうに思われる。なんとなれば、ストーントン公が援軍の手紙を出して九日後、海の彼方から皮革質の飛膜が羽ばたく音が響いたかと思うと、深山鴉の巣城《ルークス・レスト》の上空に緋竜《ひりゅう》メレイズが現われたからである。〈赤の女王〉という異名からもわかるように、メレイズは全身を緋色の鱗で鎧《よろ》われている。翼の飛膜は浅紅色《せんこう》で、頭冠部と角と爪は燦然と輝く銅《あかがね》色だ。そしてその背には、これもまた陽光を浴びて燦然と輝く鋼《はがね》と銅の鎧を身につけ、レイニス・ターガリエン——〈戴冠せざりし女王〉そのひとがまたがっていた。

〈王の手〉サー・クリストン・コールはうろたえなかった。このことあるを予期し、手を打っていたためだ。打ち鳴らされる戦鼓の指示に合わせ、多数の長弓兵と弩弓兵《クロスボウ》が進み出ていき、空中めがけていっせいに矢と太矢を放った。さらに、ドーンの地で以前メラクセスを撃墜したのと同種の小弩砲《スコーピオン》が何基も引きだされ、大きく仰角をとり、上空に向けて巨大な鉄の太矢を発射しだした。二十本ほどの矢が命中したものの、メレイズは矢ごときではびくともしない。それどころか、かえってその怒りをかきたてる結果となった。

緋竜は猛然と降下してくると、右に左に炎の息吹《ブレス》を撒き散らした。鞍にまたがる騎士たちが甲冑を着たまま炎に包まれ、乗馬の毛皮や鬣《たてがみ》や馬具もろともに炎上していく。兵士たちは槍を放りだし、逃げまどった。なかには楯の陰に隠れた者もいたが、樫と鉄枠の楯ごときでドラゴンの息吹《ブレス》を防げる

はずもない。サー・クリストンは白馬にまたがり、渦巻く煙と炎のなか、「騎竜者を狙え！」と叫びつづけている。その上空で、鼻孔から煙をたなびかせ、顎《あぎと》に四肢をばたつかせる軍馬を咥えたまま、メレイズが炎を吐き、すさまじい咆哮を放った。

その瞬間、別の咆哮が応えた。蒼天《そうてん》を見あげれば、翼を羽ばたかせた巨軀がもう二頭——王本人を乗せた金竜《こんりゅう》サンファイアと、王弟エイモンドを乗せたヴァーガーが舞っている。サー・クリストン・コールの仕込んだ餌にかかり、レイニスはまんまと罠の中に飛びこんでしまったのである。そして、その罠の顎《あぎと》はいま、がっちりと閉じられた。

それでもレイニス王女は逃げようとしなかった。それどころか、歓喜の雄叫《おたけ》びを発するや、騎竜にひと鞭くれ、二頭の敵に向けてメレイズの竜首を返した。相手がヴァーガー単体ならばメレイズにも勝機はあったかもしれない。だが、ヴァーガーとサンファイアの二頭が相手となると、敗北は必至となる。三頭のドラゴンは軍場《いくさば》の上空三百メートルで熾烈な戦いを開始した。空に炎の息吹《ブレス》が交錯し、火球がつぎつぎに花咲いていく。あまりのまばゆさに、地上から目撃していた者たちは、事後、空に無数の太陽が出現したかに見えたと証言している。つかのま、メレイズの深紅の顎《あぎと》がサンファイアの黄金の頸に咬みついた。が、からみあう二頭の上に、すぐさまヴァーガーが舞いおりてきた。三頭がひとかたまりになり、回転しながら地面に落下しだす。三つの巨体が大地に激突したさいの大音響と衝撃は、二キロ半離れた深山鴉《ルークス・レスト》の巣城の胸壁が崩落するほどすさまじいものだった。

落下地点のそばにいた者は、だれひとり生きて目撃談を語ることができなかった。生き延びられるほど遠くにいた者たちには、噴きあがる炎と猛煙でなにも見えなかった。ついに業火が収まったのは、それから何時間もたってからのことである。灰燼《かいじん》から無傷で現われたのはヴァーガー一頭だけだった。メレイズは絶命していた。落下の衝撃で骨折し、動けなくなったところで、ずたずたに引き裂かれた

らしい。サンファイアは――あの美麗な黄金竜は、いっぽうの翼が半分ちぎれた状態となり、乗っていた王は肋骨数本と腰骨が折れ、半身が焼けただれていた。最悪だったのは左腕である。ドラゴンの炎があまりにも高熱だったので、甲冑が融け、肉に張りついていたのだ。

交戦ののち、メレイズの死体のそばからレイニス・ターガリエンと思われる焼死体が発見されたが、黒焦げになり、すっかり炭化していたので、だれにも本人と確認することはできなかった。レディ・ジョスリン・バラシオンとエイモン・ターガリエン王子の愛しい娘、コアリーズ・ヴェラリオン公の貞淑な妃、母親にして祖母、〈戴冠せざりし女王〉は、一生をなにものも恐れることなく生きぬき、血と炎の中であの世に旅立った。享年、五十五だった。

この日は城の攻囲勢にも甚大な犠牲が出た。死者は騎士、従士、兵士、合わせて八百名。そう長い時間を経ずして、死者の数にはさらに百名が加わる。エイモンド王子とサー・クリストン・コールが深山鴉の巣城《ルークス・レスト》を攻め陥とし、守兵を殲滅《せんめつ》したのだ。ストーントン公の首はキングズ・ランディングに運ばれ、〈古昔《こせき》の門〉の上に晒《さら》された……が、見物に詰めかけた一般庶民たちをなによりも畏怖させ、沈黙させたのは、大型の荷車に乗せて王都内を引きまわされた緋竜メレイズの頭だった。セプトン・ユースタスの記述では、その後、数千人がキングズ・ランディングから逃げだし、流出はアリセント太后が市門をすべて閉鎖して、閂《かんぬき》をかけさせるまでつづいた。

エイゴン二世は、死にはしなかったが、火傷の痛みはすさまじく、一説によると、いっそ死なせてくれと願ったという。はたから負傷の度合いがわからぬよう、すべての窓を目隠しした車駕《しゃが》で王都に運びこまれた王は、その年が終わるまでベッドに寝たきりとなった。セプトンたちが王のために祈り、メイスターたちが水薬と罌粟《ケシ》の乳液を施すなか、エイゴン王は一日の大半を眠って過ごし、目覚めてわずかな栄養分をとっては、またすぐに眠ってしまうということをくりかえした。実母のアリセント

太后と〈王の手〉サー・クリストン・コールを除けば、治療の目的以外で王の寝所に立ちいることは禁じられた。ヘレイナ王妃は寝室に近づこうともしていない。ジェヘアリーズ王子を失った悲しみと狂気とで、王の身を案ずる能力をなくしていたのである。

王の騎竜サンファイアは、大きすぎるのと重すぎるのとで動かすことができず、といって、片翼がもげかけていては飛ぶこともかなわず、そのまま深山鴉の巣城《ルークス・レスト》付近の平地に残され、灰の上を巨大な黄金の地竜《ワイアーム》のようにのたくるばかりとなった。交戦後まもないころは、周囲に累々と横たわる死体を喰らって生きていたが、それも喰いつくしてしまうと、サー・クリストンの命でドラゴンの警護役に残された兵たちが仔牛や羊を運んでくるようになった。

「兄君がふたたび王冠をかぶれるほど回復なさるまでは、あなたさまに王土を統治していただかねばなりません」

〈王の手〉はエイモンド王子にそう告げた。同じことばを二度くりかえす必要はなかったとセプトン・ユースタスは書いている。こうして〈隻眼《せきがん》の血族殺し〉ことエイモンド王子は、エイゴン征服王の鉄と紅玉《ルビー》の冠をかぶることになった。そのさい、王弟がいったことばはこうである。

「この冠、兄者よりもおれのほうが似あうではないか」

しかし、エイモンドは王という形をとらず、〈王土の守護者にして摂政王子〉を名乗った。サー・クリストン・コールは依然として〈王の手〉のままだ。

この間《かん》に、ジャセアリーズ・ヴェラリオン王子が北への竜騎行で蒔《ま》いてきた種が芽吹きつつあった。数多くの兵士が、ホワイト・ハーバー、ウィンターフェル城、バロウトンの町、シスタートンの町、ガルタウン、そして月の門城へぞくぞくと集結していたのである。デイモン王配の指揮下にあって、ハレンの巨城《ホール》に集《つど》う河岸の諸公勢に北部のこの大戦力が加われば、キングズ・ランディングの頑丈な

囲壁といえども持ちこたえられますまい――サー・クリストンは摂政王子にそう懸念を伝えている。

南部から伝わる状況も不穏化の一途をたどりつつあった。叔父サー・オットーからの依頼を受け、オーマンド・ハイタワー公が、騎士一千、弓兵一千、兵士三千、その他何千人いるのかもわからない非戦闘従軍者、傭兵、自由騎兵、その他の有象無象を引き連れてオールドタウンを出撃したところ、たちまちサー・アラン・ビーズベリーとアラン・ターリー公の軍勢に翻弄されだしたのだ。兵力ではずっと劣るものの、両アランは昼も夜も遊撃戦を行ない、夜営地に夜襲をかけ、物見と見れば殲滅《せんめつ》し、ハイタワー勢が進む先々で火をかけてまわった。ずっと南では、コスティン公が三塔城《スリー・タワーズ》を出撃し、ハイタワー勢の輜重段列《しちょうだんれつ》を襲撃していた。かてて加えて、ハイタワー勢と同等の敵勢がマンダー河に南下してきているとの報告も入った。率いるは黄金樹林城《ゴールデングローヴ》の城主、サディアス・ロウアン公だという。ここにおいて、オーマンド・ハイタワー公は、キングズ・ランディングからの援軍がなければ進軍は不可能と判断した。

〝必要なのは王都のドラゴンたちです〟とオーマンド公は書き送っている。

おのが戦士としての武勇に加え、騎竜ヴァーガーの威力に絶大の自信をいだくエイモンド王子は、みずから敵勢のもとへ乗りこむといって逸《はや》った。

「ドラゴンストーン城の娼婦とて、わが脅威ではない。ましてや河間平野《リーチ》のロウアンと叛徒のごとき、なにほどのことやあらん。危険なのはわが叔父のみだ。デイモンさえ死ねば、わが異腹の姉になびく阿呆どもはみな各自の城に逃げ帰り、われらを悩ますことはなくなる」

そのころ、ブラックウォーター湾の東側にある島では、レイニラ女王が最悪の精神状態にあった。ただでさえ、妊娠、分娩、死産を経て消耗しきっていたのに、息子ルケアリーズの死によって大きな衝撃を受けており、そこへさらにレイニス王女の悲報が届いたためだ。女王と亡き先夫、レーナーの

父であるコアリーズ公のあいだには、激したやりとりが交わされたという。公妃戦死の悲報に触れて、〈海蛇〉は女王をなじり、怒声をあげた。

「救援には陛下が赴かれるべきだったのだ！　ストーントン公が援軍を求めたのはあなたなのだぞ。それなのに、救援をわが妃にまかせ、あまつさえ息子たちが同行することをも禁じた」

これは城の者も全員が知っていることだった。たしかに、ジェイスとジョフは、自分たちも各自のドラゴンに乗り、レイニス王女とともに深山鴉の巣城《ルークス・レスト》へ飛ぶといきまいたのである。

〔陛下をお慰めできるのは自分ひとりだけだった〕〈マッシュルーム〉は『証言』の中でそう述べている。〔すっかり塞ぎこんだ孤独の時期、おれは女王の相談相手となり、道化の笏《しゃく》ととんがり帽子を置いて、ありったけの知恵をふるい、行くべき道を示し、気持ちをこめて慰めた。みんな知らないが、王室ってやつを支配してたのは、おれという道化――まだら服を着た見えない王さまだったんだよ〕

小さなこびとにしては、大きなことをいうものである。これを裏づける記述は、他のどの記録にも見当たらないし、事実に照らしてみても、とてもこのようなことがあったとは思われない。そもそも、このとき女王は、けっして孤独ではなかった。女王のもとには生きている息子が四人いたからである。その四人のことを、女王は〝わが力と慰めの源〟と呼んでいる。そのうちのふたり――デイモン王配との子、〈年若のエイゴン〉とヴィセーリスは、それぞれ九歳と七歳。ジョフリー・ヴェラリオンもまだ十一歳だが……〈ドラゴンストーン城のプリンス〉ジャセアリーズ・ヴェラリオンは、もうじき十五歳の命名日を迎えようとしていた。

ＡＣ一二九年も終わりに近づくころ、女王方の中心人物となっていたのは、このジェイスである。〈谷間《ヴェイル》の乙女〉との約定を重視したジェイスは、ジョフリー王子に対し、騎竜タイラクセスに乗ってガルタウンへ飛ぶように指示した。マンカンの推測では、ジェイスが下したこの決断の裏には、主に

弟を戦場から遠ざけておきたいとの思いがあったようだ。ジョフリーは当初、兄のこの指示に難色を示した。自分も戦いで役にたつところを見せようと決意していたからである。それでも、不承不承、ガルタウン行きを呑んだのは、〈谷間の乙女〉をエイゴン二世のドラゴンどもから護るのがおまえの役目だと説得されたからだった。ジョフリーの同行者には、デイモン王配とレーナ・ヴェラリオンの夫婦に生まれた双子の片方、レイナ十三歳が選ばれた。自由都市で生まれ、〈ペントスのレイナ〉として知られるレイナは、いまだ騎竜者ではない。揺りかごに入れられた卵から孵化したドラゴンは、数年前に死んでしまっている。だが、谷間へは三つの卵を持っていくことになっており、そこで夜毎、新たなドラゴンの孵化を祈ることになっていた。

レディ・レイナの双子であるベイラはドラゴンストーン城に残る。十年以上前からジャセアリーズ王子と婚約していたベイラは、王子を残して去ることを拒否し、自分も騎竜で戦うといいはったのだ。もっとも、彼女の騎竜ムーンダンサーはまだ幼竜で、ベイラを乗せて飛ぶことはできなかったのだが。ベイラはすぐにでもジェイスと結婚すると宣言したが、実現にはいたらなかった。この戦いが終わるまで、王子は結婚したくなかったのだろう、とマンカンは述べるが、〈マッシュルーム〉はといえば、これはすでにジャセアリーズがリコン・スターク公の謎多き庶子、ウィンターフェル城の〝狼の娘〟、サラ・スノウと結婚していたからだと主張する。

〈ドラゴンストーン城のプリンス〉は、異父弟の安全にも気を配った。〈年若のエイゴン〉は九歳、ヴィセーリスは七歳。父親であるデイモン王配は、〈狭い海〉の向こうの自由都市ペントスに滞在中、多くの友人を作っていたため、ジャセアリーズはペントスの貴公子《プリンス》に書簡を送って、レイニラ女王が〈鉄の玉座〉につくまで、ふたりの王子を養育してくれるよう依頼し、了承を得た。ＡＣ一二九年も押しつまるころ、まだ子供の両王子は、一本マストの交易船《コグ》《無鉄砲《ゲイ・アバンダン》》に乗りこみ——エイゴンは

愛竜ストームクラウドをともない、ヴィセーリスは卵を抱きしめて——エッソス大陸へと船出した。このとき〈海蛇〉は、王子たちがぶじペントスに着くよう、七隻の軍船を護衛につけている。

ほどなく、ジャセアリーズ王子は〈潮《しお》の主《ぬし》〉コアリーズ公を帷幕《いばく》に加え、〈女王の手〉に任命した。そして、ともにキングズ・ランディング攻略の作戦を練りはじめた。

深山鴉の巣城《ルークス・レスト》付近の戦いで、サンファイアが重傷を負って飛べなくなり、テッサリオンはデイロン王子とともにオールドタウンにいるため、王都を守る成竜は二頭しかいない。しかも、二頭の片方、ドリームファイアは、騎竜者であるヘレイナ王妃が心神喪失状態にあり、ただ泣き暮らしているため、脅威にならない。となれば、残るはヴァーガーのみ。現存するいかなるドラゴンも、体軀でも獰猛さでも、ヴァーガーに対抗しうる個体はいないが、もしヴァーマックス、シアラックス、カラクセスの三頭が協調してキングズ・ランディングに舞いおりれば、〝あの老耄《おいぼれ》のクソ牝竜《ヴァーガー》〟といえども抗することはできないだろう、とジェイスは主張した。

懸念を呈したのは〈マッシュルーム〉である。

「三は一より多い数、そいつはなるほどごもっとも」〈ドラゴンストーン城のプリンス〉を相手に、自分はそう意見した、とこびとはいう。「しかれど四は、三より多く、六は四よりまだ多い。いかな道化の阿呆とて、こいつは真理としたり顔」

これに対してジェイスは、ストームクラウドはまだ人を乗せたことがなく、ムーンダンサーは孵化したばかり、タイラクセスははるか遠く、ジョフリー王子とともに谷間にいることを指摘したうえで、これ以上どうやってドラゴンを増やせるというのか、と〈マッシュルーム〉に問いかけた。こびとは笑いながら、こう答えたと述懐する。

「ターガリエン家の方々は、いく先々でこっそりと、銀のお種を蒔かれたのでは？」

ターガリエン家がドラゴンストーン島を治めるようになって、すでに二百年以上にもなる。初代はヴァリリアから五頭のドラゴンを引き連れてきたエイナー・ターガリエンだ。兄弟と姉妹、従兄弟《いとこ》と従姉妹《いとこ》同士で結婚するのがターガリエン家の習わしだが、若い血というものは滾《たぎ》りやすく、いったいどれほど多くの若者が快楽を求め、家臣の娘たちに（それどころか、妻たちに）手をつけ、さらには竜の山《ドラゴンモント》のふもとにいくつかある村の平民に——陸《おか》では農婦に、海では漁婦に——手をつけてきたのか、わかったものではない。じっさい、ジェヘアリーズ王の治世を迎えるまで、古代からつづく初夜権の行使はあらたまらず、それはおそらく、七王国のどの地でよりもドラゴンストーン島で盛んだった。当時のアリサン博愛王妃がこのことを耳にしていたら、きっと卒倒していただろう。

アリサン王妃が自分の主導した〈女だけの王妃懇談会〉で知ったように、よその地域では初夜権がかならず顰蹙《ひんしゅく》を買っていた。しかし、ドラゴンストーン島ではそのような反発がほとんどなかった。というのも、この島では当然のように、ターガリエンの一族は並の人間よりも神々に近い存在として崇められていたからである。初夜を奪われた花嫁はむしろ羨《うらや》まれ、その種《しゅ》の契《ちぎ》りで産まれた子らは、ふつうの契りで産まれた子よりもありがたがられた。ドラゴンストーン城の城主たちがしばしばその子の母親を祝福し、黄金、シルク、領地などの贈り物を惜しみなく与えるのだから、歓迎されるのは当然だろう。そういう恵まれた落胤《らくいん》たちは〝ドラゴンのお種で産まれた子〟と呼ばれ、やがてそれが略されて〝お種〟と呼ばれるようになった。初夜権廃止のあとでさえ、同島のターガリエン家の者は一部が宿屋の娘や漁師の女房らと色事にふけり、〝お種〟や〝お種の息子〟がドラゴンストーン島にひしめくことになった。

道化にうながされ、ジャセアリーズ王子が目を向けたのは、そういう者たちだった。そこで王子は、ドラゴンを乗りこなせた者には、だれであれ土地と報奨金を与え、騎士に叙すると宣言した。さらに、

その者の息子たちは折を見て貴族に取り立て、娘たちは貴族に嫁《とつ》がせる。そして騎竜者となった当人には、〈ドラゴンストーン城のプリンス〉と肩をならべ、僭王エイゴン二世や僭王を支持する謀叛人どもと戦う栄誉を与える――。

王子の呼びかけに応えた人間は全員が〝お種〟というわけではなく、〝お種〟の息子や孫息子でもなかった。女王が召しかかえる騎士のうち二十名も騎竜者になりたいと申し出たのだ。そのなかには、〈女王の楯《クイーンズガード》〉の総帥、サー・ステッフォン・ダークリンの名もあった。ほかに、従士、厨房の下働き、水夫、兵士、役者に加えて、侍女もふたり名乗り出ている。これにつづく勝利と悲劇を、マンカンは〈蒔いた種の刈り取り〉と呼び（この公募はジャセアリーズの発案だとして、〈マッシュルーム〉の名は出していない）、ほかの者は〈血の収穫〉と呼んだ。

名乗り出た者のうち、もっとも騎竜者として場ちがいだったのは、〈マッシュルーム〉本人だろう。その『証言』において、〈マッシュルーム〉はいかにして老竜シルバーウィングに乗ろうとしたかを詳細に語っている。道化がこの老竜を選択した理由は、乗り手のいないドラゴンのなかで、もっとも従順そうに思えたからだという。おそらくは、以下もまた、こびとの滑稽な作り話のひとつだろうが、その顚末の締めくくりで、ドラゴンの息吹《ブレス》により、半ズボン《パンタルーン》の尻に火がついた〈マッシュルーム〉は、ドラゴンストーン城の育竜場を走りまわったあげく、火を消そうとして井戸に飛びこみ、あわや溺れそうになっている。そのような事態にいたったとはとうてい思えないが……この滑稽な顚末の記述がなかったなら、騎竜者を増やす試みの描写は凄惨な場面のみに終始していただろう。

ドラゴンは馬ではない。やすやすと背中に人を乗せはしないし、怒鳴られたり威嚇されたりすれば攻撃する。マンカンの『その真実』は、この〈刈り取り〉で十六人が死亡したと伝えている。火傷を負った者、重傷を負った者はその三倍にのぼる。サー・ステッフォン・ダークリンはシースモークに

乗ろうとして炎を吐かれ、焼死した。ゴーモン・マッシー公も、ヴァーミサーに近づこうとして同じ運命をたどった。目と髪の〝お種〟らしさから、〈銀のデニス〉と呼ばれ、メイゴル残酷王の落胤の子を自称していた男も、シープスティーラーに片腕を喰いちぎられた。血止めをしようと息子たちがあわてて駆けよったとたん、上空からカニバルが舞いおりてきて、シープスティーラーを押しのけ、〈銀のデニス〉と息子たちをひと呑みにしてしまったという。

いっぽう、シースモーク、ヴァーミサー、シルバーウィングは人に慣れており、人を乗せることに寛容で、ひとたび背中に這いあがった者を、新たな騎竜者として受けいれるだけの下地ができていた。ヴァーミサーは老王の騎竜で、鍛冶屋に生まれた落胤、〈鉄鎚《ハマー》のヒュー〉または〈金剛のヒュー〉と呼ばれる大男が背に乗ることを許した。また、ある白髪の兵士――（その白髪から）〈白のアルフ〉、（その大酒飲みぶりから）〈酒浸《さかびた》りのアルフ〉などと呼ばれる男は、アリサン博愛王妃の愛竜だったシルバーウィングに乗せてもらえた。かつてサー・レーナー・ヴェラリオンが乗っていたドラゴン、シースモークは、〈ハルのアダム〉として知られる十五歳の少年を背中に乗せた。この少年の出自については、今日《こんにち》にいたるも歴史家のあいだで議論が交わされている。

アダムとその（一歳年下の）弟アリンは、某船大工の若くて器量よしの娘、マリルダが産んだ子である。マリルダは父親の造船所でよく姿を見かけられており、むしろ〈鼠〉と呼ぶほうが通りがいい。「小さくてすばしこくて、いつでもちょろちょろと足もとを走りまわり、仕事のじゃまをしていた」からである。このマリルダがアダムを出産したのは、十六歳のとき――AC一一四年のことだった。翌AC一一五年には、十八歳になったばかりでアリンを産んでいる。ハルの港町の私生児ふたりは、母親と同様、小柄ではしこく、ともに銀髪と紫の目を持っていた。〝血の代わりに潮が流れている〟点も早期に裏づけられている。祖父の造船所で育ったことも手伝って、八歳になる前に下働きとして

船に乗り組むようになっていたからである。祖父が他界したのは、アダム十歳、アリン九歳のときのことだった。財産を相続した母親は、造船所を売却し、それで得た資金で自分の交易船《コグ》を購入、この船に《鼠《マウス》》と名づけた。抜け目のない商人と大胆な船長の顔を兼ねそなえた〈ハルのマリルダ〉は、AC一三〇年には七隻の船を持つまでになり、ふたりの私生児はいつもいずれかの船に乗る暮らしを送っている。

アダムとアリンがドラゴンの〝お種〟であることはだれの目にも明らかだったが、母親は頑《かたく》なに、父親の名前を明かすことを拒みつづけた。そのマリルダがついに沈黙を破ったのは、ジャセアリーズ王子が新たな騎竜者を募る呼びかけをしてからのことである。じつはふたりは、故サー・レーナー・ヴェラリオンの落とし子だ、というのがマリルダの主張だった。

たしかにふたりには故人の面影があった。じっさい、サー・レーナーはハルの造船所をよく訪ねていたことが知られている。にもかかわらず、ドラゴンストーン島とドリフトマーク島の住民の多くはマリルダの主張に疑念を持った。サー・レーナー・ヴェラリオンが女性に興味を示さなかったことも、人々はよく憶えていたからである。もっとも、マリルダを嘘つき呼ばわりする者はだれもいなかった。〈刈り取り〉の場に臨ませようとして、ふたりの少年をジャセアリーズ王子のもとに連れてきたのが、ほかならぬサー・レーナーの父、コアリーズの老公本人だったとあっては、文句のつけようがない。子供たちに先立たれ、従甥《じゅうせい》たちと従妹に裏切られた〈海蛇〉としては、新たに見つかったこの孫息子たちを推したい気持ちがひときわ強く働いたのだろう。そして〈ハルのアダム〉がサー・レーナーの騎竜だったシースモークに乗れたことは、母親マリルダの主張が正しかったことの証明と思われた。

グランド・メイスター・マンカンもセプトン・ユースタスも、サー・レーナーがアダムの父親だとすんなり認めている。以上の理由からすれば、その結論も驚くにはあたらない。しかし、例によって

〈マッシュルーム〉は両者と異なる見解を述べている。『証言』の中でこびとが提示しているのは、〔チビッコのネズミども〕の父親が、〈海蛇〉の息子などではなく、〈海蛇〉本人であるという説だ。コアリーズ公はサー・レーナーとは性的嗜好を共有していない、と道化は指摘する。そして、ハルの造船所はコアリーズ公にとって別邸ともいうべき場所であり、サー・レーナーが頻繁に訪れていたといっても、父親の比ではなかっただろうとも。公妃であるレイニス王女は、ターガリエン家の多くの者に見られる激しやすい気性の持ち主であり、自分の半分の年齢でしかない娘ごときに――それも、一介の船大工の娘ごときに――夫が私生児を産ませたと知れば、ただではすまさなかったはずだ、と〈マッシュルーム〉はいう。そこで、アリンが産まれたあと、コアリーズ公は用心深く、〈鼠〉との〝造船所での逢い引き〟に幕を引き、子供たちを城には近づけさせないようにと〈鼠〉に指示した。落とし子たちを表舞台に出しても安全だと判断したのは、レイニス王女が戦死してからのことだった――。

ことこの件に関しては、道化の物語のほうが、セプトンとグランド・メイスターのつづる物語より信憑性があるように思われる。レイニラ女王の宮廷にも、この説と同じ疑念を持った者は多かったにちがいない。たとえそうでも、鉗口令《かんこうれい》が敷かれていたのだろう。〈ハルのアダム〉がシースモークを飛ばせて血筋を証明してからさほどたたないうちに、コアリーズ公はレイニラ女王に対し、アダムと弟につきまとう私生児の汚名を晴らすよう要請している。この要請にジャセアリーズ王子も口添えをしたことで、レイニラ女王は受け入れざるをえなくなった。その結果、ドラゴンの〝お種〟であり、私生児で通ってきた〈ハルのアダム〉は、ドリフトマーク島の跡継ぎとしてアダム・ヴェラリオンを名乗ることになったのである。

しかし、〈血の収穫〉はまだ成果を出してはいない。やがて起こる、これまで述べてきたものより

いっそう凄惨なできごとは、七王国全体を震撼させる壮絶な事態を招くことになる。

ドラゴンストーン島に棲息する野生のドラゴン三頭は、かつて騎竜であった経験を持つドラゴンにくらべ、ずっと駕御《がぎょ》しにくかったが、それでも乗りこなしの試みはなされた。羊盗み《シープスティーラー》――老王がまだ若かったころに孵化した、醜悪な〝泥茶色〟の体色で知られるこのドラゴンは、羊の肉が好物で、ドリフトマーク島からウェンドウォーター川の範囲にかけ、羊飼いが追う群れを見つけては舞いおり、一頭を捕食するのがつねだった。捕食をじゃまされないかぎり、羊飼いを襲うことはまずなかったが、ときおり牧羊犬を丸呑みすることでも知られていた。灰色の亡霊《グレイ・ゴースト》は、竜の山《ドラゴンモント》の東側の高みで煙を噴く噴気孔に棲みついており、魚を好む。姿を目撃されるのは、〈狭い海〉の海上を低く飛んで、海中の魚を漁《すなど》るときが多い。体色は淡い灰白色――朝靄の色である。人嫌いで知られ、人と人の業《わざ》に近づくことを避けるため、目撃例は数年ほど絶えることもめずらしくない。

野生のドラゴンのうち、最大でもっとも竜齢を重ねているのは共喰い《カニバル》だ。この呼び名はドラゴンの死体を好んで喰うことと、ドラゴンストーン城の孵化場に舞いおりてきては、孵りたての幼竜や卵を貪《むさぼ》ることからつけられた。全身、黒炭のような黒一色の巨軀に、凶悪に光る緑の目を持つカニバルは、一部の島民によれば、ターガリエン一族が訪れる前からドラゴンストーン島に巣を作っていたという（グランド・メイスター・マンカンもセプトン・ユースタスも、ともにそれはありえないと否定する。これには筆者も同感である）。この凶竜を乗りこなそうと、これまでに十何度も挑戦者が現われた。その結果が、カニバルの巣に散らばる無数の人骨だ。

ドラゴンの〝お種〟のなかには、〈刈り取り〉にさいし、さすがにカニバルを騎竜にしようとする愚か者はいなかった（たとえいたとしても、ぶじに帰ってきて冒険談を語り伝えた者はいなかった）。グレイ・ゴーストを求めて山に入った者はいたが、いずれも見つけられず、帰ってきている。早々に

察知され、逃げられてしまうからだろう。シープスティーラーも近づけばすぐに飛びたってしまうが、これは獰猛で攻撃的なドラゴンで、城飼いの三頭を合わせたよりもたくさんの〝お種〟を殺していた。そんなシープスティーラーを騎竜にしようと試みた者のなかに（グレイ・ゴーストを探しにいったが、見つからなかったのだ）〈ハルのアリン〉もいた。当のシープスティーラーはアリンを寄せつけず、巣からまろびでてきたアリンのマントは炎に包まれていた。どうにか命が助かったのは、兄の迅速な行動のおかげにほかならない。シースモークに野生のドラゴンを追いはらわせるいっぽう、アダムは自分のマントを使い、弟の火を消しとめたのだ。アリンはそれからの長い人生を、背中と脚に受けた傷をかかえて生きていくことになる。それでも彼は幸運だったと思っていた。シープスティーラーの背に乗ろうという大それた望みをいだいたほかの〝お種〟や騎竜者志望者は、シープスティーラーの背ならぬ腹に収まったのだから。

最終的に、この泥茶色のドラゴンも人を乗せる。その偉業を実現したのは、気転がきいて忍耐強い、十六歳の〝小柄な茶色の娘〟だった。毎朝、絞めたばかりの羊をシープスティーラーに届けるうちに、ドラゴンも彼女を受け入れ、来訪を待つようになっていた。マンカンはこの異色の騎竜者のことを、〈刺草《イラクサ》〉と呼んでいる。〝人をいらつかせる《ネトルズ》〟者というほどの意味で刺草《ネトル》からとったのかもしれない。〈マッシュルーム〉によれば、この娘はネティという名の身元不明の私生児で、波止場近くの娼館で産まれたという。名前はどうあれ、黒髪、茶色の目、茶色の肌を持ち、ガリガリに痩せ、口が悪く、恐れを知らないこの少女は……シープスティーラーの最初で最後の騎竜者となった。

かくして、ジャセアリーズ王子は目的を達した。おおぜいが死に、重軽傷を負い、何人もの寡婦が作られ、死ぬまで残る火傷を負った者たちも出たとはいえ、新たに四人の騎竜者が見つかったのだ。AC一二九年の年の瀬を控え、王子はキングズ・ランディング攻略の準備に着手した。王子が攻撃の

日に定めたのは、新年最初の満月の日である。

だが、人の立てる計画は、神々にとっての玩具にすぎない。ジェイスが作戦を練っているさなか、新たな脅威が東から迫りつつあった。サー・オットー・ハイタワーの調略が実を結び、タイロシュで会合を開いた三頭市《トライアーキー》の〈高等評議会〉が、サー・オットーの働きかけに応じ、同盟を組むことを承知したのである。〈三嬢子〉の旗を翻し、踏み石諸島を出発した軍船九十隻は、帆走と櫂走を併用して、一路、〈水道《ガレット》〉を目ざしていた。いかなる神々の悪戯か、途中で偶然に出くわしたのは、ペントスの交易船《コグ》だった。それも、ターガリエン家の王子ふたりを乗せたあの交易船《コグ》――《無鉄砲《ヴィ・アバンダン》》である。コグ船はまっしぐらに艦隊の顎《あぎと》へ飛びこんでいく形となった。

コグ船の護衛船はみな沈められるか、占領されるかの運命をたどり、《無鉄砲》自体も拿捕《だほ》された。ドラゴンストーン城に悲報を持ち帰ったのは、愛竜ストームクラウドの頸《くび》にしがみついてきた王子、〈年若のエイゴン〉である。少年は恐怖で蒼白になっていたと〈マッシュルーム〉は語る。がたがた震えていて、失禁のにおいをただよわせていたとも。まだ九歳とあって、ドラゴンに乗って飛ぶのはこのときがはじめてであり……以後はもう飛ぶことはないだろうと思われた。というのは、乗るべきドラゴンが虫の息だったからだ。エイゴンを乗せて《無鉄砲》を飛びたったさい、ドラゴンは大量の矢を射かけられ、ドラゴンストーン城に着いたときには腹部が針鼠のようになっており、頸には一本、小弩砲《スコーピオン》の放った巨大な鉄の太矢も突き刺さっていた。危惧されたとおり、到着して一時間とたたないうちにストームクラウドは死んだ――傷口から灼熱の黒い血と煙を吐き、苦悶の声をあげながら。

エイゴンの弟ヴィセーリス王子については、コグ船を脱出するすべがなかった。賢い子だけあって、即座にドラゴンの卵を隠し、潮馴《しおな》れたぼろ服に着替え、船の下働きを装ったものの、本物の下働きのひとりに裏切られて、あえなく虜囚になってしまう。マンカンによれば、最初に王子と見ぬいたのは

タイロシュ人の船長だが、艦隊提督を務めるライス人、シャラコ・ロハールにより、すぐさま自分の獲物として横取りされたという。

〈水道《ガレット》〉攻略にあたり、ライス人の提督は艦隊を二手に分けた。一隊はドラゴンストーン島の南から、もう一隊は北から、島の手前で左右に分かれて〈水道《ガレット》〉に突入する作戦だった。エイゴンの征服から百三十年め、第五日の払暁、海戦の戦端は開かれた。シャラコ艦隊は昇る朝陽を背に〈水道《ガレット》〉へ突入、まばゆい光にまぎれてヴェラリオン公のガレー艦隊に奇襲をかけ、数多くの損害を出させた。衝角で沈める場合もあれば、引っかけ鉤を敵艦の舷側《げんそく》にかけ、縄伝いに乗りこみ、白兵戦に持ちこむ場合もあった。こうしてドラゴンストーン島の海上戦力を抑えている隙に、南側の艦隊から分かれた支隊はドリフトマーク島の海岸を襲い、陸戦隊をスパイスタウンに上陸させ、港に舫《もや》われた船を焼き討ちし、迎撃に出てくる船をかたはしから燃やしにかかった。午前もなかばごろには、スパイスタウンは火に包まれ、ミアとタイロシュの陸戦隊は高潮城の大門にまで攻め寄せていた。

そのときである——ジャセアリーズ王子がヴァーマックスを駆り、陸戦隊を上陸させたライス人のガレー艦隊に襲いかかったのは。ガレー艦隊の乗員は即座に応戦した。空に向かって無数の槍を投げ、矢を射かける。三頭市の水夫は踏み石諸島でデイモン王子と闘争をくりひろげたさい、ドラゴンとも戦った経験があり、それゆえ、ヴァーマックスを見ても怯《ひる》む者はいない。手持ちの武器でドラゴンの炎に対抗する心がまえはできていた。

「乗り手を殺せ！　乗り手を失えばドラゴンは去る！」

各船の船長と水夫頭《かこがしら》たちは口々に怒鳴った。一隻が炎上し、もう一隻が燃えあがる。それでも自由三都市の水夫は果敢に戦いつづけた……が、それも恐怖に満ちた叫び声があがるまでのことだった。叫び声に驚き、だれもが空を見あげる——そこに見えたものは、翼を羽ばたかせる複数の巨体だった。

竜の山《ドラゴンモント》をまわりこみ、いくつもの巨軀が艦隊に向かってきている。

相手がドラゴン一頭ならば善戦できるかもしれない。これが五頭ともなると、話はまったくちがう。シルバーウィング、シープスティーラー、シースモーク、ヴァーミサーが猛然と襲ってくるのを見た三頭市の水夫たちは、たちまち戦意を失った。一隻、また一隻と、ガレー艦があたふたと向きを変え、戦列を乱しだす。そこへドラゴンが落雷のごとくに襲いかかり、つぎからつぎへと火球を吐出した。青と橙、赤と金——ひとつ吐くたびに、火球はますますまばゆく、ますます威力を高めていく。その爆炎に呑まれ、あちこちでガレー艦が爆散し、あるいは一瞬で燃えつきた。炎に包まれた水夫たちが悲鳴をあげて海に飛びこみだす。やがて一帯の海上には無数の黒煙だけが天高くそそりたっていた。艦隊の支隊は壊滅したかに見えた……いや、事実、一隻残らず沈んでしまっていた。

このとき一頭だけ、ドラゴンに被害が出ている。ジャセアリーズ王子の駆るヴァーマックスである。なぜ、どのようにドラゴンが落とされたかについては諸説あり、真相はわからない。説のひとつは、ある弩弓兵《クロスボウ》が、一頭のドラゴンの目を太矢で射貫《いぬ》いたとするものだ。しかしこの説は、そのむかし、ドーンでメラクセスが殺されたときの状況に酷似しすぎている。ほかには、ミアの水夫に帰する説もある。ミアのガレー艦で檣頭《しょうとう》の見張り座についていた水夫が、艦隊に向かってきたヴァーマックスをめがけ、引っかけ鉤を投擲《とうてき》した。偶然、鉤の一本が鱗と鱗の隙間に食いこみ、ドラゴン自身の高速で強烈に引っぱられた。水夫はひっかけ鉤の鎖をしっかりとマストに結わえておいたので、船の重みとヴァーマックスの推力とで鎖がぴんと張り——鉤がドラゴンの腹部を長々と切り裂く結果となった。ドラゴンの発した怒りの咆哮は、戦いのさなかにあったスパイスタウンでさえ聞きとれたといわれる。そこでとうとう、さしものドラゴンもそれ以上は飛べなくなり、悲惨な最期に向けて落下しだした。腹の傷から濛々《もうもう》と煙を噴き、足の鉤爪を振りたてながら、ヴァーマックスは悲鳴を引いて落ちていく。

生存者たちの証言では、ドラゴンは必死に舞いあがろうとしていたが、どうしても果たせず、やがてついに、燃えるガレー艦に頭から激突した。木片が飛散し、マストがへし折れ、索《つな》にからめとられたドラゴンがのたうつ。ほどなく、ガレー艦は横にかしいでいき、最後には沈没し——その船体に引きずりこまれて、ヴァーマックスも道連れとなった。

このとき、ジャセアリーズ・ヴェラリオンは空中でドラゴンから海に飛びおり、しばらくのあいだ、くすぶる板きれにつかまっていたが、手近のミア船に乗っていた弩弓兵たちから太矢を射かけられた。そのうちの一本が命中し、さらに一本が命中した。ますます多くの弩弓兵が太矢を射かけだすなか、とうとう一本が王子の首を貫き、ジェイスはそのまま波間に消えて見えなくなった。

そのあいだも、〈水道の海戦《ガレット》〉はドラゴンストーン島の北と南で熾烈をきわめ、夜を迎えてもまだつづいていた。この戦いが歴史上もっとも激烈な海戦のひとつといわれるゆえんである。シャラコ・ロハール提督が踏み石諸島から率いてきた、ミア、ライス、タイロシュの連合艦隊は九十隻。だが、満身創痍《まんしんそうい》で母港に帰還した船は二十八隻にすぎず、そのうちライス船以外の軍船は三隻しかなかった。この結果を受けて、ミアとタイロシュの未亡人たちは、ライス人の提督がほかの二都市の船を死地に追いやるかたわら、ライスの軍船だけは連れ帰ってきたことを責め、これを機に都市間の軋轢《あつれき》が発生、三頭市の同盟関係は二年後に破綻し、相互の反目はやがて〈三孃子戦争〉へ発展していくことになる。しかし、それはまた別の物語である。

三頭市艦隊がドラゴンストーン島を迂回したのは、古くから存在するターガリエン家の牙城が強力すぎて、とても攻めきれないと判断したためだ。代わりに襲われたドリフトマーク島は甚大な被害を受けた。スパイスタウンは徹底的に掠奪され、路上で虐殺された男、女、子供たちの死体はそのまま放置されて鷗《カモメ》と鼠と鴉の餌になり、家々は焼きつくされた。この町が再建されることはもはや二度と

ないと思われた。高潮城も火をかけられた。〈海蛇〉が東の大陸から運んで蓄えてきた財宝の数々はすべて焼失し、火から逃げようとした使用人はみな斬殺された。ヴェラリオン艦隊も三分の一近くを失い、死者は数千人を数えた。だが、かくも甚大な損害といえども、瑣末な問題にしか見えない——ジャセアリーズ・ヴェラリオン、〈ドラゴンストーン城のプリンス〉にして〈鉄の玉座〉の後継者が失われた大打撃にくらべれば。

レイニラ女王の最年少の王子も亡くなったと見なされた。海戦の混乱の中、どの船にヴィセーリス王子がとらわれていたのかを憶えている生存者はひとりもいなかったからである。どちらの陣営も、王子は溺死したか焼死したか斬殺されたか——いずれにせよ、死んだと見なした。ヴィセーリスの兄〈年若のエイゴン〉は、ドラゴンストーン城に逃げ帰ってきて無事だったが、精神状態は悲惨だった。ストームクラウドに飛び乗り、弟を敵の手に残して逃げてきた自分を、少年は一生、許さないだろう。まがりなりにも敵を撃退したことで、勝利の祝宴が開かれた。そのさい、祝勝のことばをかけられた〈海蛇〉は、こういったとされる。

「これを勝利と呼ぶならば、わしは二度と勝利などせぬことを祈る」

〈マッシュルーム〉によれば、この晩のドラゴンストーン島には、城下のいまだ火災による煤煙臭が残る酒場で、祝杯をあげるふたりの人間がいたという。騎竜者〈鉄鎚《ハマー》のヒュー〉と〈白のアルフ〉である。それぞれ、ヴァーミサーとシルバーウィングを駆って出撃し、ぶじに生き延びたことを祝って酒を酌みかわしていたのだ。

「これでおれらも本物の騎士さまだぜ」と〈金剛のヒュー〉はいった。アルフは笑ってこう答えた。

「騎士なんぞ、小さい小さい。おれたちゃな、お貴族さまになるんだよ」

十六歳の少女〈刺草《イラクサ》〉はこの喜びを分かちあわなかった。彼女もまたシープスティーラーに乗って

空を飛び、勇敢に戦い、ほかの者と同様、敵を焼き殺したが、ドラゴンストーン城に帰還したとき、煤で真っ黒になったその顔には涙の筋が残っていたという。

アダム・ヴェラリオン、元〈ハルのアダム〉は、戦いのあとで〈海蛇〉を探しだし、なにごとかを告げた。このとき両者がなにを話しあったのかに、〈マッシュルーム〉は触れていない。

二週間後、河間平野《リーチ》では、オーマンド・ハイタワー率いる軍勢がふたつの軍勢の挟み撃ちにあっていた。黄金樹林城《ゴールデングローヴ》の城主サディアス・ロウアン、および惨劇の橋城《ビターブリッジ》の落とし子トム・フラワーズらの率いる騎士勢が北東から大挙して騎行してくるいっぽうで、サー・アラン・ビーズベリー、アラン・ターリー公、オーウェン・コステイン公も各自の軍勢を連携させ、ハイタワー勢がオールドタウンへ撤退できないよう、退路を断っていたのだ。女王方による挟撃戦である。ハニーワイン河の岸に追いつめられて、逃げ場を失ったハイタワー勢は、前後から敵勢にはさまれる形となった。もはや全滅もやむなし、とオーマンド公が覚悟したそのとき……。

ひとつの影が、すーっと戦場をよぎった。

その直後、鋼《はがね》と鋼が打ちあう剣戟《けんげき》の響きを切り裂いて、血も凍る咆哮が響きわたった。

ドラゴンが飛来したのである。

ドラゴンはテッサリオン——呉須色《コバルト》と銅《あかがね》色も鮮やかな〈青の女王〉だった。その背に乗るのは、アリセント太后の子息三人中、最年少の王子、デイロン・ターガリエン、十五歳——オーマンド公の従士を務める、あの心やさしく物静かな少年である。デイロン王子は、敵方のジャセアリーズ王子にとっての乳兄弟でもあった。

デイロン王子とドラゴンの出現により、戦いの潮目《しおめ》は変わった。喊声《かんせい》をあげて敵に襲いかかるのは、こんどはオーマンド公勢の番だった。女王方が逃げまどいだす。その日の晩までには、ロウアン公は

残存の軍勢をともなって北に撤退し、トム・フラワーズは戦死して葦《アシ》のあいだで焼け焦げ、ふたりのアランは虜《とりこ》となり、コステイン公は〈豪傑〉ことサー・ジョン・ロクストンの黒剣〈孤児作り《オーファン・メイカー》〉で斬られた傷がもとで瀕死の状態にあった。狼と鴉の群れが戦死者の饗宴に与《あずか》るなかで、オーマンド・ハイタワー公はデイロン王子を野牛《オーロクス》と強いワインでねぎらい、手ずから騎士に叙し、ヴァリリア鋼の伝説の長剣〈不寝番《ヴィジランス》〉を授けたうえで、〈勇敢なるサー・デイロン〉の名を与えた。これを受けて、王子は謙虚にこう答えた。

「わが君のご厚情、ありがたく思いますが、今回の勝利の立役者はテッサリオンとぞんじます」

ハニーワイン河の惨敗を知ったドラゴンストーン城では、〈黒の評議会〉に失意と敗北感が色濃くたれこめていた。バー・エモン公にいたっては、これはもうエイゴン二世にひざを屈する頃合いかと慨嘆したほどだ。しかし、女王は取りあわなかった。人の心を知るのは神々のみであり、女性の心は不思議で満ちている。子息のひとりを亡くしたことで失意の底にあったレイニラ・ターガリエンは、ふたりめを失ったことで新たな原動力を得たらしい。ジェイスの死は女王の心を頑《かたくな》にさせ、恐怖を燃やしつくし、怒りと憎悪だけを残したのである。異母弟よりもまだ多くのドラゴンを擁する女王は、いかなる犠牲をも顧みず、全竜を投入する覚悟を固めた。エイゴン二世とその支持者たち全員に炎と死の雨を降りそそがせる——女王は〈黒の評議会〉でそう宣言した。エイゴン二世をなんとしてでも〈鉄の玉座〉から引きずりおろすのだ。放逐するか、敗れて死ぬか、ふたつにひとつ——。

ブラックウォーター湾をはさんで西側では、重傷の床についたエイゴンの名において統治しているエイモンド・ターガリエンも同様の覚悟を固めていた。ただし、〈隻眼のエイモンド〉は異腹の姉を軽視している。真の脅威と見なしているのは、女王の王配であり、自分の叔父でもあるデイモンと、叔父がハレンの巨城《ホール》に集結させた大軍勢のほうだ。みずからの旗主諸公と〈翠の評議会〉を召集した

エイモンド王子は、叔父に戦いを挑み、反抗的な河岸の諸公に鉄鎚を下す意志を宣言した。

このとき王子が提示したのは、東と西から河川地帯を挟撃し、三叉鉾《トライデント》河流域の諸公をして二正面を相手に戦わざるをえなくするという戦術だった。すでにジェイスン・ラニスターは西部の丘陵地帯に大軍勢を集めている。甲冑をまとった騎士一千騎と、それに七倍する弓兵と兵士である。この軍勢が高地から駆け下り、行く手に火をかけながら、立ちはだかる敵を薙ぎはらい、赤の支流を渡河する。同時に、サー・クリストン・コールは王領の軍勢を率いてキングズ・ランディングを出撃し、これにヴァーガーに乗ったエイモンド王子も同行する。この両軍勢は、東西からハレンの巨城《ホール》に挟撃をかけ、〝トライデント河の叛徒ども〟を打ち砕く。もし巨城の城壁内から騎竜にまたがったデイモン叔父が現われようとも——きっと現われるはずだが——ヴァーガーでならカラクセスを圧倒できるはずだ。そして、エイモンド王子はデイモン叔父の首級《しゅきゅう》を携え、王都に帰還する。

エイモンドの大胆な作戦を、〈翠の評議会〉の全員が評価したわけではない。〈王の手〉、サー・クリストン・コールの支持は得た。サー・タイランド・ラニスターの支持もだ。しかし、グランド・メイスター・オーワイルはまず嵐の果て城《ストームズ・エンド》に書簡を送り、バラシオン家の軍勢も加えて臨むべきだと進言した。〈鉄の棹〉こと法相のジャスパー・ワイルド公は、〝二頭の騎竜のほうが一頭より優勢に戦える〟という理由で、南部からハイタワー公とデイロン王子を招請し、合流すべきだと主張した。アリセント太后も慎重策を支持し、兄王とそのドラゴン、黄金竜サンファイアの怪我が癒え、戦線に復帰できるまで待つようにとうながした。

だが、エイモンド王子はぐずぐずしていることをきらい、兄と弟の力などは無用、兄弟のドラゴンたちの力もいらぬと宣言した。エイゴンはそう簡単には復帰できない重傷だし、デイロンは若すぎる。たしかにカラクセスは恐るべき敵だ。獰猛で狡猾で、豊富な戦闘経験を持つ。しかし、ヴァーガーの

ほうが甲羅を経ており、いっそう猛々しく、体軀は倍もある。セプトン・ユースタスが述べるには、〈血族殺し〉のエイモンドはおのれの勝利を信じて疑っておらず、兄弟たちとも、ほかのだれとも、栄光を分かちあうつもりはなかったという。

だれにも異論を差しはさむことはできなかった。いずれエイゴン二世が治療をおえ、ふたたび剣を握る日がくるまでは、摂政であるエイモンドが全権を握っているのだ。自分の覚悟を実行に移すべく、二週間後、エイモンド王子は四千の軍勢を率い、〈神々の門〉から王都を出発した。

「ハレンの巨城《ホール》まで行軍十六日の旅程だ」エイモンド王子は宣言した。「十七日めには、われら一同、〈黒のハレン〉の大広間で饗宴にふけっているだろう。槍先に突き刺された叔父の首がうらめしげに見おろす前でな」

王土の反対側、西の端では、王弟の指示にしたがい、キャスタリー・ロック城の城主ジェイスン・ラニスターが西の丘陵地帯を出発、全軍で斜面を下り、赤の支流と河川地帯の中心部めざして進軍を開始していた。河岸の諸公としては、いやでもラニスター勢を迎え討たざるをえない。

老獪《ろうかい》で幾度となく死線をくぐりぬけてきた歴戦の勇士デイモン・ターガリエンは、ハレンの巨城《ホール》の城壁がいくら部厚くて頑丈でも、城壁の内側に漫然とすわっていたりはしなかった。デイモン王配はいまもキングズ・ランディングに友人たちを持ち、自分の甥の作戦は、エイモンドが王都を出発する以前からつかんでいたという。そして、エイモンドとサー・クリストン・コールが王都を出発したと知るや、高らかに打ち笑い、

「このときを待ちわびたぞ」といったと伝えられる。

事実、デイモン王配は長らくこの瞬間を待ち望んでいたのである。

まず行なったのは、ハレンの巨城《ホール》のねじれた各塔から多数の使い鴉を送りださせることだった。

赤の支流を目前にしたジェイスン・ラニスター公は、河の対岸にピンクの乙女《メイドン》城の城主、ピーター・パイパー老公と、旅人の休息所《ウェイフェアラーズ・レスト》城の城主、トリスタン・ヴァンス公の軍勢が布陣しているのを目《ま》のあたりにした。西部勢は数で勝るものの、河岸の諸公には土地鑑がある。ラニスター勢が赤の支流を渡河しようとすること三度、三度とも押し返された。しかも、三度めの試みでは、ジェイスン公自身、半白の従士〈ロングリーフのペイト〉に致命傷を負わされている（合戦後、パイパー公は自身の手でペイトを騎士に叙し、獅子の紋章を持つラニスター公を討ったことで〈獅子殺しのロングリーフ〉を名乗らせている）。

が、四度めの攻勢で、ラニスター勢は正攻法を避けた。今回討たれたのは河岸のヴァンス公だった。功労者は西部勢の指揮を引き継いだサー・エイドリアン・ターベックである。サー・エイドリアンは百人の騎士を厳選し、重装の板金鎧《いたがねよろい》を脱ぎ捨てさせ、自身が率先して戦場のずっと上流を泳いで渡り、大きく迂回したのち、ヴァンス公の軍勢を背後から突いたのだ。河岸の諸公の陣列が崩れたところで、西部勢数千が一気に赤の支流を押し渡った。

いっぽう、死にゆくジェイスン公とその旗主の与《あずか》り知らぬところでは、鉄《くろがね》諸島を発した長船《ロングシップ》の軍船団がラニスター領の海岸を襲撃する事態が勃発していた。率いるはパイク島の宗主ドールトン・グレイジョイ。〈鉄の玉座〉継承者を主張する両陣営から秋波を送られていた〈赤きクラーケン〉が、ついに旗幟《きし》を鮮明にしたのである。

鉄人《くろがねびと》の持つ戦力では、ひとたびレディ・ジョハナ・ラニスターが城門を固く閉ざしてしまえば、キャスタリー・ロック城を陥とすことはできない。かわりに、港湾都市ラニスポートに舫《もや》われていた船舶の四分の三を奪取し、残りを沈めるという行動に出た。つづいて、ラニスポートの囲壁を越えてなだれこみ、掠奪のかぎりを尽くしたあげく、莫大な財貨と六百人以上もの婦女子を奪っていった。

掠奪されたなかには、ジェイスン公の愛妾と婚外子の娘たちも含まれていた。

　おりしも王土の別の場所では、ウォリース・ムートン公が騎士百騎を率いて乙女の池《メイドンプール》の町を出陣し、鋏み割りの蟹爪岬《クラッククロー・ポイント》に根を張って野蛮の気風を濃く残すクラブ家とブルーン家の二家、および蟹爪《クロー》島のセルティガー家、これらの軍勢と合流を果たしていた。松林におおわれ、霧に閉ざされた丘陵地帯を大急ぎで通りぬけ、ムートン勢が急襲したのは、王側に奪取された深山鴉の巣城《ルークス・レスト》だった。突如として現われたムートン勢に、守備隊は不意を突かれた。城を奪還したムートン公は、そのまま勇猛果敢な戦士たちを率い、城の西側に広がる灰におおわれた一帯——ドラゴンたちが戦った跡地に向かった。そこに残るドラゴン、サンファイアを仕留めるためだ。

　ドラゴンの息の根を止めんものと血気に逸《はや》るムートン勢は、戦いの跡地でサンファイアに餌をやり、世話をし、保護するために残されていた警備兵の小集団をやすやすと蹴散らしたが、サンファイアは予想していたよりもずっと恐ろしい怪物だった。ドラゴンというものは、地上では真価を発揮できず、といって片翼が根元から裂けた巨大な〝黄金の地竜《ワイアーム》〟には空へ舞いあがることもできない。それゆえムートン勢は、遠目に見てドラゴンが息も絶えだえの状態にあると踏んだ。だが、ドラゴンは眠っていただけだった。そして、剣戟《けんげき》の響きと馬蹄の轟きに目覚め、投擲された槍の一本が刺さったことで怒りをかきたてられた。ぬかるんだ泥にまみれ、周囲一帯に散らばるおびただしい羊の骨の中で身をのたうたせながら、サンファイアは蛇が鎌首をもたげるようにして長い頸をもたげ、鞭のように尾をふるい、寄せ手に向かって金色《こんじき》の炎を何度か吐きかけると、懸命に空へ飛びあがろうとした。空中に浮かびあがること、三度——そのつど地に落下するようすを見たムートン勢は、剣で、槍で、斧で、いっせいに打ちかかり、無数の傷を負わせた。が、その攻撃はドラゴンの怒りをますますかきたてるだけにおわった。死者数が六十人に達した時点で、生き残った者たちはついに逃げだした。

焼き殺された者のなかには、メイドンプールの町の領主、ウォリース・ムートン公も入っていた。二週間後、弟のマンフリッドによって発見された公の遺体は全身黒焦げになり、融けた板金鎧と癒着して、蛆《ウジ》がたかっていた。しかし……大量の灰が積もり、勇猛な戦士たちの死体と、表面が焼け焦げ、腐敗・膨満した馬百頭の死体が散らばる平地から、エイゴン王の騎竜は消えていた。サンファイアの姿は影も形もなくなっていたのである。いずこかへ這っていったのであれば、地面に跡が残っているはずだが、それも見当たらない。とすれば、黄金竜サンファイアは翼の傷が癒えたのだと思われる。もっとも、どこへ飛び去ったのかは杳《よう》として知れなかったが。

そのころ、デイモン・ターガリエン王配は騎竜カラクセスに乗り、南へ急いでいた。進軍してくるサー・クリストン・コールの軍勢に見つからぬように大きく迂回し、神の目《ゴッズ・アイ》湖の西岸上空を飛んで、ブラックウォーター河を越え、そこで東に向きを変えて、河ぞいに下流のキングズ・ランディングを目ざす。同じころ、ドラゴンストーン城では、レイニラ・ターガリエンが光沢のある漆黒の小札鎧《こざねよろい》を身にまとい、騎竜シアラックスに打ちまたがって、暴風雨が荒れ狂うなか、ブラックウォーター湾を横断しつつあった。やがて王都の上空高く、女王と王配は合流し、〈エイゴンの高き丘〉の上を旋回しだした。

二頭が天に舞う光景は、王都の街路にいた者たちを恐慌に陥れた。庶民は瞬時に理解したのである——恐れていた襲撃の日がとうとうやってきたことを。サー・クリストンはハレンの巨城《ホール》を奪還しに軍勢を連れて出陣してしまっているから、キングズ・ランディングには防衛の戦力が残っていない。〈血族殺し〉のエイモンド王子も、強力無比の騎竜ヴァーガーを駆り、ハレンの巨城《ホール》攻めに同行しているため、女王方の二頭にドラゴンで対抗しようにも、王都にはドリームファイアのほか、幼竜よりましという程度の若竜が数頭いるのみだ。若竜はいまだ人を乗せたことがなく、ドリームファイアの

騎竜者であるヘレイナ王妃は心神喪失の状態にある。つまり王都には、ドラゴンがいないに等しい。

しかも、天に出現したドラゴンは二頭だけではなかった。

女王につづいて、東からもう四頭のドラゴンが飛来し、ともに王都上空を旋回しだしたのである。

王都各門から何千もの庶民が避難しだした。子供を背負っている者もいれば、生活家財をかついでいる者もいる。郊外に逃げれば安全と考えたのだろう。かと思えば、粗末な家の下に坑《あな》や隧道《すいどう》を掘り、じめじめした窖《あなぐら》に潜りこむ者もいる。王都が炎上しても、土の中にいれば助かると思ったのだろう（グランド・メイスター・マンカンの記述では、キングズ・ランディングの地下に数知れず交錯する隠し通路や地下室の下の隠し地下室は、このときに掘られたものだという）。〈蚤の溜まり場〉では暴動が発生した。やがてブラックウォーター湾の東に、〈海蛇〉の指揮する軍船の帆が無数に現われ、ブラックウォーター河の河口に迫ってくるにおよび、王都じゅうの聖堂《セプト》という聖堂の鐘が鳴りだして、暴徒は街路にあふれ、行く先々で掠奪を働いた。金色《こんじき》のマントたちがやっとのことで暴動を鎮圧したときには、何十人もの死者が出ている始末だった。

王土の守護者も〈王の手〉もおらず、エイゴン王自身はひどい火傷を負って伏せったまま、罌粟《ケシ》の乳液で夢を見ている。こういった状況下で王都の防衛を司れる人物は、アリセント太后しかいない。太后はこの挑戦に応えるべく、王城と王都の門をすべて閉じさせ、金色のマントたちを城壁上に配し、エイモンド王子を見つけて連れ帰るよう命じたうえで、早馬を送りだした。

同時にグランド・メイスター・オーワイルを呼びつけ、多数の使い鴉を飛びたたせて、〝われらに忠実な諸公すべて〟に対し、ただちに王都へ馳せ参じよ、真の王を護れとの檄《げき》を飛ばすように命じた。が、オーワイルが自分の区画に急いでもどると、そこには金色のマントが四名、待ちかまえていた。叫び声をあげようとしたオーワイルは、すかさずひとりに口を押さえられ、ほかの三人に殴られて、

縛りあげられた。ついで、頭に袋をかぶせられ、暗黒房に連れていかれた。

アリセント太后が送りだした早馬の使者たちも、王都の門からそう遠くへいくことはできなかった。行く手に立ちはだかった金色のマントたちにより、残らず捕えられてしまったからだ。カラクセスが赤の王城上空に現われた瞬間、太后の知らぬ間に、エイゴン王に忠誠を誓った七人の守門長も、全員、拘禁されるか殺されるかしてしまっていた。平《ひら》の金色のマントたちは、いまなお、かつて自分たちを指揮した〈王都のプリンス〉ことデイモン・ターガリエンを慕っていたのである。

アリセント太后の弟で、金色のマントの副総帥を務めるサー・グウェイン・ハイタワーは、太后に急を告げるべく、厩《うまや》へ走った。が、そこでやはり彼も取り押さえられ、武装を解除され、総帥であるサー・ルーサー・ラージェントのもとへ引っ立てられた。裏切り者め、とハイタワーにののしられたサー・ルーサーは、薄く笑いながら、

「このマントをおれたちに与えてくれたのはデイモンなのでな」と答えた。「それに、このマントは裏切れも金色なのさ」

それだけいうと、サー・ルーサーはすらりと剣を引き抜き、サー・グウェインの腹に突きたてた。ついで、部下たちに王都の全市門を開放せよと命じた。たちまちのうちに、〈海蛇〉の軍船を降りた兵たちが王都になだれこんできた。

自慢の堅牢な囲壁に囲まれているにもかかわらず、キングズ・ランディングは一日とたたぬうちに占領された。〈川の門〉では短いが熾烈な戦闘が起きていた。ハイタワーの騎士十三人と兵士百人が、同門を開放していた金色のマントを追い払い、門戸を固く閉ざして徹底抗戦しだしたのだ。王都内外からの攻撃に対し、持ちこたえること、じつに八時間近く――。だが、ハイタワー勢の英雄的奮戦もむなしく、王都にあるもう六つの門からは、いっさい抵抗を受けることなく、レイニラ女王の軍勢が

ぞくぞくとなだれこんできていた。上空を旋回する女王のドラゴンたちの光景に、なおも残っていたエイゴン王に忠実な者たちは抵抗の気力を失い、隠れるか、逃げるか、投降するか、いずれかの道をとった。

頃合いを見て、一頭、また一頭と、ドラゴンたちが舞いおりてきた。示威行動として、手はじめにシープスティーラーが〈ヴィセーニアの丘〉の頂に火をつけた。シルバーウィングとヴァーミサーは〈レイニスの丘〉にある〈竜舎〉の壁に炎を吐きかけた。デイモンは赤の王城に屹立する数棟の塔のまわりを周回していたが、やがてカラクセスを外郭《そとぐるわ》に降着させた。それでもなお、守兵が攻撃してはこないと見たデイモンは、ここでようやく、妃であり、女王であるレイニラに対し、シアラックスを降下させるよう合図を送った。アダム・ヴェラリオンはまだ空中にとどまり、シースモークに囲壁のまわりを旋回させている。巨大な皮革質の飛膜が羽ばたく音は、すこしでも抵抗の気配を見せれば、たちまち炎に包まれることを肝に銘じさせた。

もはや抵抗は絶望的と悟り、アリセント太后が〈メイゴルの天守〉から外に出てきた。父親のサー・オットー・ハイタワー、およびサー・タイランド・ラニスター、〈鉄の棹〉こと法相のジャスパー・ワイルドもいっしょだった（ただし、ラリス・ストロングの姿はない。密告者の長《おさ》は、どのようにしてか、いずこかへ姿をくらませていた）。セプトン・ユースタスは、このあとにつづくできごとの目撃者として、アリセント太后が義理の娘とこのように交渉しようとしたと証言している。

「大評議会を召集しようではありませんか、かつての老王のように」太后は女王にそう語りかけた。「そして、王位継承問題を、全国から集まってきた諸公の判断に委ねるのです」

レイニラ女王は、この申し出を鼻先でせせら笑い、撥ねつけた。

「わたしを道化《マッシュルーム》とまちがえているのか？　おたがい知っているはずだぞ。大評議会の裁定はな」

そして女王は、義理の母に選択肢を突きつけた。服従か、焚刑か。好きなほうを選べ。アリセント太后は敗北を認めてこうべをたれ、城の鍵束を差しだし、自分の騎士と兵士たちに剣を置くようにと命じた。

「王都は一時、あなたのものになったわ、レイニラ王女」このとき、太后はそういったと記録にある。「けれど、長続きはしない。鼠どもが好き勝手できるのも、猫のいぬ間だけのこと。いずれわが息子エイモンドがもどってきます——炎と血とともに」

レイニラの臣下たちは、敵方の王の妃、狂えるヘレイナ王妃が寝室に閉じこめられているところを発見した。だが、王の居室の扉を押し破って侵入したところ、見つかったのは〝からっぽのベッドと中身があふれんばかりの寝室用便器〟だけだった。エイゴン二世王はすでに逃亡していたのである。その子供たち——六歳のジェヘイラ王女と二歳のメイラー王子も、〈王の楯《キングズガード》〉のウィリス・フェル、およびリカード・ソーンとともに姿を消していた。太后でさえ、王一行の行方は知らなかったらしい。金色のマントのルーサー・ラージェントは、どの市門からも出ていった王族はいないと誓った。

さすがに〈鉄の玉座〉を運びだす方法まではなかったと見えて、玉座は所定の場所に残っていた。レイニラ女王も父親の玉座に収まるまではおちおち眠れなかったことだろう。こうして、玉座の間に多数の松明《たいまつ》が灯《とも》され、レイニラ女王は鉄の階段を上へと昇っていき、〈鉄の玉座〉に——自分の前はヴィセーリス王が、その前には老王が、昔日《せきじつ》にはメイゴル王が、エイニス王が、そしてエイゴン竜王そのひとがすわっていた〈鉄の玉座〉に腰をおろした。なおも鎧を身につけたまま、いかめしい顔で高みにすわる女王の面前に、入れ替わり立ち替わり、赤の王城じゅうの男女が連れてこられ、ひざをつかせられ、赦しを請わされて、身命と剣と名誉を女王に捧げると誓わされた。

セプトン・ユースタスによれば、この儀式は夜を徹してつづけられた。レイニラ・ターガリエンが

〈鉄の玉座〉から立ちあがり、段を降りはじめたときには、夜も白々と明けていたという。〔デイモン王配に手をとられて、玉座の間から退出するとき、女王の両脚と左の手の平には切り傷が見られた〕とセプトン・ユースタスは記している。〔女王が歩を進めるにつれ、その傷口からは血がしたたった。それを見た者たちはみな顔を見交わしあったが、真実を声に出していう者はいなかった。真実とはすなわち——女王は〈鉄の玉座〉に拒否されたのであり、女王の時代が長くはつづかないということである〕

4 レイニラ大勝
Rhaenyra Triumphant

　レイニラ・ターガリエンとそのドラゴンたちの来襲により、キングズ・ランディングを占領されたにもかかわらず、エイモンド王子とサー・クリストン・コールは依然としてハレンの巨城《ホール》への西進をつづけており、エイドリアン・ターベック率いるラニスター勢もやはり迅速に東進をつづけていた。殻斗城館《エイコーン・ホール》に近づいたとき、西部勢は短い交戦を強いられた。城主ジョーゼス・スモールウッド公が、ラニスター勢を追ってきたパイパー公の残存兵力に合流すべく、城から打って出たのである。だが、パイパー公はこの戦いで力つき（〈マッシュルーム〉によれば、溺愛する孫の頭が槍で貫かれるのを見て心の臓が張り裂け、落馬して死んだという）、スモールウッド公は軍勢を引き連れて城内へ撤退、そのまま籠城した。

　つぎの戦いが起こるのは三日後である。河岸の諸公が残った戦力を再編し、再度、ラニスター勢を攻撃したのだ。各残存部隊を取りまとめ、全体の指揮にあたったのは、サー・ハリー・ペニーという草臥《くさぶ》しの騎士だった。樹下で雨をしのぎ、野宿で草の上に臥す流浪の騎士が総大将とは、ずいぶんと

柄に合わぬ大役を得たものだが、この騎士は結局、戦死してしまう。しかし、自分の命と引き替えに、ラニスター勢の総大将エイドリアン・ターベックを討つという大金星をあげている。もっとも、この戦いでもラニスター勢は敵を圧倒し、総崩れの河岸勢に容赦なく追い討ちをかけた。ハレンの巨城《ホール》に向かって東進を再開した西部勢を率いるのは、老齢のハンフリー・レフォード公だ。ご老体は戦傷で満身創痍になっていたため、車駕《しゃが》の上から指揮をとっていた。

しかし、それから時を置かずして、西部勢がさらに苛酷な試練に遭遇しようとは、レフォード公も予想だにしなかっただろう。レイニラ女王の四分割旗を翻《ひるがえ》し、北方からいきなり襲いかかってきた新手の軍勢は、剽悍無比《ひょうかんむひ》の北部勢二千だった。陣頭に立つのは、バロウトンの町の領主ロデリック・ダスティン——〈襤衣《らんい》のロディ〉の異名をとる、高齢で総白髪の兇猛な戦士である。ロデリック公の兵はみな半白の顎鬚《あごひげ》を生やし、使い古した鎖帷子《くさりかたびら》とずたぼろの毛皮をまとっており、ひとりひとりが百戦練磨の古兵《ふるつわもの》で、全員が騎馬を駆っていた。この軍団は、みずからを称して〈冬の狼〉という。

「ドラゴンの女王のおんために命を捨てるべく、われらは来た」

双子城《ツインズ》を訪れたさい、ロデリック公はそう宣言している。サビサ・フレイ女公が城門の外へ出て、〈冬の狼〉を出迎えたときのことである。

いっぽう、ぬかるんだ道と暴風雨で、エイモンド勢の進軍速度は鈍っていた。軍勢の大半は徒士《かち》で、長い輜重段列《しちょうだんれつ》をなす各荷車を人力で引いていたためだろう。もっとも、サー・クリストンの軍勢は、とくにこれといった抵抗に遭うこともなかった。せいぜい、神の目湖《ゴッズ・アイ》の湖岸において、先鋒がサー・オズワルド・ウッドやダリー公、ルート公の軍勢と遭遇し、短いが激烈な戦いを制したくらいだった。十九日におよぶ行軍ののち、軍勢はハレンの巨城《ホール》に到達した。だが、その城門は大きく開け放たれており、デイモン王配とその軍勢は影も形もなかった。

エイモンド王子は行軍のあいだじゅう、ヴァーガーとともに軍勢主力の隊列付近にとどまっていた。叔父がカラクセスで急襲してくることを警戒しての対策だ。それがゆえに、巨城への到着はコールの一日あとになった。到着日の晩、エイモンドは大々的な祝勝会を催し、デイモンと〝河の浮きかす〟どもめ、わが怒りに恐れをなして逃げ去ったと宣言した。この宣言が仇《あだ》で、キングズ・ランディング陥落の報が届くや、エイモンド王子の面目は丸つぶれとなり、大恥をかかされる。王子の憤慨も無理からぬところではあったが、その怒り狂いようは目もあてられないほどすさまじいものだったという。

最初に忿怒《ふんぬ》の矛先を向けられた相手は、巨城が陥落したさい降人《こうにん》となり、デイモン・ターガリエン撤収後は城に捨て置かれた城代、サー・サイモン・ストロングだった。ただでさえ、ストロング家の者というだけで、エイモンド王子は好感を持っていない。そのストロングが、あまりにもあっさりとデイモンに巨城を明けわたしたことで、老城代を謀叛人と決めつけたのだ。サー・サイモンは懸命に無実を訴え、自分は王の偽りなき忠実なしもべだと主張し、自分の又甥《またおい》であるラリス・ストロングはハレンの巨城《ホール》の城主で、エイゴン王に仕える密告者の長《おさ》である旨、切々と訴えかけた。が、こうした無実の訴えによって、かえってエイモンド摂政王子は疑念をかきたてられ、〈内反足〉のラリスめも叛逆者であると断じた。さもなければどうして、デイモンとレイニラは、キングズ・ランディングがもっとも手薄な時期を狙いすましたかのように襲撃してこられたのか。小評議会のだれかが内通しているからにちがいない。ラリスは〈骨砕き〉の弟であり、その〈骨砕き〉はレイニラの密通相手で、ラリスは不義の子らの叔父にあたる——。

ここでエイモンドは、サー・サイモンに剣を与えよと命じ、

「きさまが真実を話しているかどうかは神々に決めていただく」といった。「きさまが無実ならば、〈戦士〉はきさまに、このおれを打ち負かすだけの力を与えてくださるだろう」

そのあとの戦いがきわめて一方的なものであったことは、すべての資料で一致を見ている。王弟は老人をずたずたに斬り刻み、ヴァーガーの餌にした。サー・サイモンの孫息子たちも祖父より長くは生きられなかった。ひとり、またひとりと、おとなと子供を問わず、ストロングの血を引く男は郭《くるわ》に引きずりだされ、死刑に処された。やがて積みあがった首の山は高さ一メートルにも達したという。

こうして、栄華あるストロング家――〈最初の人々〉の子孫を標榜《ひょうぼう》していた高貴なる古き血統は、ハレンの巨城《ホール》の郭で無惨に栄華を散らされた。ストロング家の嫡子はもとより、庶子もひとりとして処刑をまぬがれなかった。例外はただひとり……奇妙な話ながら……アリス・リヴァーズだけだった。エイモンド王子は、自分の倍の年齢だというのに（〈マッシュルーム〉の言辞を信用するなら三倍である）、ハレンの巨城《ホール》奪還の戦利品として、この乳母を閨《ねや》に連れこんでいた。城内にいたほかのどの女よりも気にいったらしい。自分の年齢にふさわしい多数の乙女がいたにもかかわらずだ。

ハレンの巨城《ホール》の西方では、ラニスター勢がなおも河川地帯で戦いつづけ、徐々に兵を進めていた。高齢と戦傷とで、采配をふるうレフォード公が機敏に兵を動かせず、蝸牛《かぎゅう》の進みではあったものの、それでも軍勢は巨城をめざして進軍をつづけ、とうとう神の目湖《ゴッズ・アイ》の西岸に到達して、湖岸ぞいに北上しようとしていた。その矢先、ラニスター勢はまたもや新手と遭遇するはめになった。北への進路を大きくさえぎって、行く手に大軍が待ちかまえていたのである。

今回の敵勢には、〈襤衣《らんい》のロディ〉が率いる〈冬の狼〉勢に加え、〈関門橋《クロッシング》〉の領主フォレスト・フレイ公と、〈赤のロブ・リヴァーズ〉こと〈使い鴉の木の射手《レイヴンツリーいて》〉が、それぞれに軍勢を引き連れて参陣していた。ロディ公の北部勢は二千、フレイ公が率いるのは騎士二百と徒士《かち》六百、リヴァーズが率いるのは長弓兵三百。だが、この敵と干戈《かんか》を交えるべく、レフォード公の軍勢が停止するやいなや、こんどは南からさらなる新手が現われた。〈獅子殺しのロングリーフ〉率いる度々《どど》の合戦の残党と、

そこに合流したビグルストーン公、チェインバーズ公、ペリン公の軍勢である。

南北の敵にはさまれたレフォード公は、どちらに攻めかかるべきか決めかねた。どちらを攻めても、もういっぽうの敵に背後を突かれてしまうからだ。そこで公は、湖岸を背に陣を敷き、防戦の構えをとると同時に、ハレンの巨城《ホール》のエイモンド王子に使い鴉を送り、援軍を請おうとした。が、放たれた十数羽の使い鴉のうち、王弟のもとにたどりついたものは一羽もいなかった。ウェスタロスじゅうで最高の射手と呼び名も高い〈赤のロブ・リヴァーズ〉が、その長弓をふるい、ことごとく射落としてしまったからである。

翌日にはさらに多数の河岸勢が現われた。サー・ガリボールド・グレイ、ジョン・チャールトン公、〈使い鴉の木《レイヴンツリー》〉城館《ホール》の新城主で十一歳のベンジコット・ブラックウッド公、この三者の軍勢である。新手により、兵力を増強した女王側は、決戦に踏みきる決断を下した。

「ドラゴンがくる前に、獅子を片づけるのが上策であろう」これは〈襤衣のロディ〉のことばだ。

〈双竜の舞踏〉において、ひときわ壮絶に血の雨が降った陸戦は、翌払暁、日の出とともに始まった。〈知識の城《シタデル》〉の年譜では、これは〈湖岸の戦い〉と呼ばれるが、激戦を生き延びた者たちはつねに、この戦いを指して〈魚の餌撒き《えさま》〉と呼んだ。

三方から攻撃された西部勢は、神の目湖の浅瀬にじりじりと追いこまれていった。葦《アシ》の合間で戦ううちに数百人が斬殺され、湖に逃げようとして数百人が溺死した。日が暮れるまでに死者数は二千に達し、そのなかには、数多くの大物も含まれていた。フレイ公、レフォード公、ビグルストーン公、チャールトン公、スウィフト公、レイン公、サー・クラレント・クレイクホール、サー・エモリー・ヒルこと〈ラニスポートの落とし子〉などである。最終的に、ラニスター勢は磨りつぶされ、虐殺の憂き目を見たが、女王側が払った犠牲も甚大で、累々と横たわる屍《かばね》を見た〈使い鴉の木《レイヴンツリー》〉城館《ホール》の少年

城主ベンジコットは涙したという。もっとも深刻な被害を出したのは北部勢である。〈冬の狼〉は、先駆けの名誉をわれらにといってゆずらず、ラニスター勢がずらりと槍先をならべた陣列をめがけ、五度も先陣を切って突撃をかけたのである。〈襤衣《らんい》のロディ〉ことダスティン公について北からきた軍勢の三分の二以上は、ここで死ぬか深傷を負うか、どちらかとなった。

戦闘は王土のほかの地域でも行なわれたが、神の目《ゴッズ・アイ》湖湖畔の大規模な合戦にくらべれば、いずれも小競《こぜ》り合《あ》い程度でしかなかった。河間《リーチ》平野では、ハイタワー公とその被後見人である〈勇敢なるサー・デイロン〉、つまりデイロン王子の軍勢がなおも破竹の快進撃をつづけ、黄金樹林《ゴールデングローヴ》城のロウアン公、古き樫《オールド・オーク》城のオークハート公、楯諸島の四島主を降伏に追いこんだ。〈青の女王〉、テッサリオンを相手にあえて戦おうという者など、どこにもいはしなかった。

ボロス・バラシオン公は、王側に立つとの誓約を守ると称して、旗主諸公を動員し、嵐の果て《ストームズ・エンド》城に六千の兵を集め、キングズ・ランディングへ進軍するそぶりを見せたが、じっさいに向かった先は、北の王都ではなく、南の山中だった。ドーンが嵐の地に侵攻するのを防ぐためと標榜していたものの、このとき公が心変わりしたのは、前方の王都には何頭ものドラゴンがいるのに対し、後方のドーンはドラゴンを持たないからにちがいない——それが世間の、もっぱらの評判だった。

大陸西側の日没海では、〈赤きクラーケン〉率いる長船《ロングシップ》の水軍がフェア島を急襲し、島の端から端まで徹底的に掠奪してまわっていた。島主のファーマン公は城壁の内側に閉じこもり、くるはずのない救援を求めて嘆願書を送りつづけた。

そのころ、ハレンの巨城《ホール》では、エイモンド・ターガリエンとクリストン・コールが、女王の攻勢にどうやって対処するかを議論していた。〈黒のハレン〉の巨城はきわめて防備が固いから、正攻法で陥《お》とせるものではなく、河岸の諸公もヴァーガーを恐れて城を攻囲しようとはしない。だが、王側も

糧秣《りょうまつ》の不足が深刻化しており、飢餓と病気で兵力が減りつつある。巨城の部厚く巨大な城壁の外には、見わたすかぎりどこまでも、黒焦げになった畑と焼けた村々しか残っていない。遠くまで糧秣調達に出た部隊は一兵も帰ってこなかった。サー・クリストンは、南部へ――エイゴン王の支持がいちばん厚い地域への撤退を進言したが、王弟はこれを拒否した。

「叛逆者から逃げるのはな、臆病者のすることだ」

キングズ・ランディングを奪取され、〈鉄の玉座〉をも奪われたことで、ただでさえ憤慨していた王土の守護者エイモンドは、〈魚の餌撒き〉の悲報がハレンの巨城《ホール》に届くや、報告を携えてきた少年従士を絞め殺しかけた。愛人アリス・リヴァーズが取りなさなければ、少年は縊《くび》り殺されていたことだろう。エイモンド王子は即刻キングズ・ランディングへ進軍せよと主張した。女王のドラゴンどもごとき、ヴァーガーの敵ではない。

サー・クリストンは、それは愚行だと諭した。

「一対六の戦いを挑むなど、愚者の所業でしかありません、殿下」

そういって王弟を制したサー・クリストンは、あらためて、ここは南部に向かい、ハイタワー公の軍勢と合流すべきですとうながした。そうすれば、弟君デイロン王子および騎竜テッサリオンと共闘できます。エイゴン陛下がレイニラのもとから脱出なさったことはわかっているのですから、陛下もやがて、サンファイアとともに戦える状態に復帰なさり、殿下たちのもとへ合流なさることでしょう。王都に残る味方も、ヘレイナ王妃殿下をお救いする手立てを見つけるかもしれません。そうなれば、王妃殿下のドリームファイアを戦闘に加えていただける。ドラゴンが四頭いれば、敵の六頭にも充分対抗できます。なにしろ、そのうちの一頭はヴァーガーなのですから。

エイモンド王子は〝臆病者の策〟など検討に値せぬと退け、サー・クリストンとたもとを分かった。

このとき、王の摂政であるエイモンドは、〈王の手〉に自分の命令を強制することもできたはずだが、そうはしていない。マンカンはその理由を、王弟が年長者に敬意を払ったのだと説明する。いっぽう〈マッシュルーム〉は、ふたりは乳母のアリス・リヴァーズをめぐって恋敵同士の関係にあったが、それはリヴァーズが惚れ薬と媚薬を使い、両者の劣情をかきたてたからだと述べている。セプトン・ユースタスの見解は、一部でこびとのそれと重なるが、リヴァーズに執着したのはエイモンドだけであり、城に残るといいはる乳母を置いて立ち去ることはできなかったのだとしている。

理由はどうあれ、サー・クリストンとエイモンド王子は、ここにおいてそれぞれの道を進みだした。コールは全軍を率いて南部へ向かい、オーマンド・ハイタワー公とデイロン王子との合流を目ざす。摂政王子はこれに同行せず、単独で戦いをつづけ、叛逆者どもに空から火の雨を降らせる。そうしていれば、早晩、〝不義の女王〟は空襲を阻止するために、一頭か二頭、ドラゴンを送りこんでくる。それをヴァーガーでたたきつぶせばいい。

「ドラゴンを一頭残らず差し向けてはこまい」とエイモンドはいった。「そんなことをすれば王都が丸裸になり、無防備になる。それに、あの娼婦めがみずからシアラックスに乗って出てくることも、最後に残った愛しい息子とドラゴンを送りだすこともあるまい。レイニラは女王を名乗るが、女王というからには女だ。女の弱い心、母親としての恐怖からは逃れられん運命にある」

こうして王の擁立者と〈血族殺し〉が別れ、それぞれの運命に向かって歩みだしたころ、赤の王城ではレイニラ・ターガリエンが支持者への論功行賞を行ない、同時に異母弟に仕えていた者たちへの厳しい懲罰を実施していた。金色《こんじき》のマントの総帥サー・ルーサー・ラージェントは貴族に列せられた。サー・ローレント・マーブランドは〈女王の楯《クィーンズガード》〉の総帥に任命され、手足となる六人の有能な騎士を選べと命じられた。グランド・メイスター・オーワイルは地下牢送りとなり、女王は〈知識の城《シタデル》〉に

対して、以後は自分に〝忠実なしもべ〟ジェラーディスを、〝唯一正当なグランド・メイスター〟として仕えさせるようにとの書簡を送付した。オーワイルを放りこんだ地下牢からは、生き残っていた〈黒装派〉の貴族や騎士を解放し、領地、役職、名誉を与えた。

〝エイゴン二世を僭称する王位簒奪者《さんだつしゃ》〟の捕縛につながる手がかりを提供した者には、巨額の賞金が約束された。ほかに、僭称者の娘ジェヘイラ、僭称者の息子メイラー、〝まがいものの騎士〟であるウィリス・フェル、リカード・ソーン、そして〈内反足〉のラリス・ストロングたちにも賞金がかけられた。賞金だけでは捗々《はかばか》しい結果が出ないとわかると、女王は〝騎士審問官〟の一団を送りだし、網の目を逃れた〝叛逆者と悪党ども〟の探索にあたらせ、叛徒逃亡に手を貸したことが判明した者は、だれであれ処罰させた。

アリセント先王妃には手首と足首に黄金の枷《かせ》と鎖をかけたが、〝かつておまえを愛したわが父王に免じて〟命まではとらなかった。だが、アリセントの父親、サー・オットー・ハイタワーはそれほど運がよくなかった。〈王の手〉として三人の王に仕えてきたこの人物は、叛逆者として真っ先に斬首されたのである。つぎは〈鉄の棹〉の番だった。斬首台に首を載せられる段になっても、ジャスパー・ワイルドはなお、〝王位継承には女子より男子が優先されるのが定法《じょうほう》である〟といいつづけていた。サー・タイランド・ラニスターは、王家の財宝をいくぶんなりとも取りもどせるかもしれない望みに賭けて、死刑には処されず、拷問にかけられた。

ロズビー公とストークワース公の両人は、当初は〈黒装派〉であったが、斬首されそうになって、〈翠装派〉に鞍替えし、いままた〈黒装派〉への復帰を試みた。だが、女王は〝信なき味方は敵より悪い〟として、ふたりの〝嘘をつく舌〟を抜いたのち、処刑するよう命じた。しかし、ふたりの死はやっかいな継承問題をもたらした。たまたま、この〝信なき味方〟二名には、どちらにも娘がいた。

ロズビーの娘十二歳、ストークワースの娘六歳。そこでデイモン王配は、ロズビーの娘を鍛冶の息子〈金剛のヒュー〉に（以前は〈鉄鎚《ハマー》のヒュー〉の名でも呼ばれていたが、いまではヒュー・ハマーを名乗っている）嫁《とつ》がせ、ストークワースの娘を〈酒浸《さかびた》りのアルフ〉に（いまではアルフ・ホワイトと自称している）嫁がせてはどうかと提案した。そうすれば両家の領地は〈黒装派〉のまま維持され、戦いで武勇を示したふたりには適切な褒美となり、子孫を残させることもできるだろう――。

これには〈女王の手〉コアリーズ公が反対した。どちらの娘にも弟がいたからである。レイニラの〈鉄の玉座〉継承権が正当であるのは特例にほかならない、と〈海蛇〉は主張した。父王が跡継ぎに指名したからこそ、レイニラは正当な女王になれたのだ。かたやロズビー公もストークワース公も、娘を次期当主にすえるという宣言はしていない。息子を廃嫡し、娘を跡継ぎにするのは、何世紀にもわたる法と先例の否定につながり、ひいてはウェスタロス全土において、おおぜいの貴族の継承権を危ういものにしてしまう。それはすなわち、諸公の継承権が姉の継承権に劣るということなのだから。

マンカンは『その真実』の中で、女王がデイモン王配よりもコアリーズ公の意見を採用したのは、そうした貴族たちの支持を失うことを恐れたためだと述べている。ゆえにロズビー、ストークワース両家の領地、城、財産は、処刑された両当主の息子ふたりに受け継がせ、ヒュー・ハマーとアルフ・ホワイトは騎士に叙し、ドリフトマーク島に小さな所領を与えることで決着がついた。

〈マッシュルーム〉によれば、ハマーは騎士に叙された祝いにシルク通りの娼館へくりだし、そこで女王直属のさる騎士と――若い乙女の花をどちらが散らすかで――口論になり、相手を撲殺している。また、アルフ・ホワイトもべろんべろんに酔っぱらい、騎士のしるしである黄金の拍車だけをつけ、あとは全裸で馬に乗って、〈蚤の溜まり場〉の裏路地を練り歩いたという。これらの話は、おそらく〈マッシュルーム〉が好んで語るいつもの裏話で、真実かどうかはたしかめるすべがないのだが……

キングズ・ランディングの市井《しせい》の者たちが、まもなく女王の新しい騎士ふたりを蔑みはじめたことは、疑念の余地なき事実である。

このふたりよりもさらに嫌われたのが――そんなことがありうるとしての話だが――女王が新たな蔵相兼商務相に任じた人物、長年の女王支持者、蟹爪《クロー》島の島主、バーティモス・セルティガーだった。セルティガー公はこの役職にぴったりの人材であるように思われた。一貫してゆらぐことなく女王を支持してきたこの人物は、融通がきかず、賄賂もきかず、創意工夫の才に富んでいた。その点では、衆目が一致する。しかも彼は非常に裕福でもあった。このような人物の確保が焦眉《しょうび》の急《きゅう》となった背景には、女王の財政がそこまで逼迫《ひっぱく》していたという事情がある。故ヴィセーリス王の崩御にともない、エイゴン二世は王冠とともに国庫を引き継いだ。その時点で、国庫には黄金がうなっていたのだが、当時の蔵相だったタイランド・ラニスターは、その富を〝安全に保管する〟ため、四分の三をよそへ移してしまった。キングズ・ランディングに保管されていた残り四分の一は、エイゴン王がきれいに使いはたしていたため、女王が王都を奪い、王が密かに逃亡した時点で、金庫の中はからっぽの状態だった。その他の黄金は、四分の一がオールドタウンのハイタワー城に、四分の一がラニスター家のキャスタリー・ロック城に、四分の一がブレーヴォスの〈鉄の銀行〉に保管してあり、女王には手が出せない。

セルティガー公はただちに、この問題を解決するための手を打った。その手とは、ジェヘアリーズ一世の即位後、母后《ぼこう》が摂政をしていた時期に蔵相であった先祖、エドウェル公が行なったのと同様に、税を重くし、さらに新税をあれこれ課すことである。酒税は倍になり、港湾使用料は三倍になった。王都の囲壁内にある商店は営業権維持料をとられ、旅籠はベッド一床につき銀貨一枚を徴収された。ジェヘアリーズ一世時代の蔵相で、〈空中楼閣公〉と呼ばれたリーゴ・ドラズが課した税、王都への

出入りにともなう通行税まで復活した。それも、三倍増しになってだ。資産税も徴収された。豪邸に住む裕福な商人にもあばら家に住む物乞いにも、占有している土地の面積に応じた税が課せられた。「こりゃあ、娼婦も安閑としてらんねえな」市井の者たちは語りあった。「おつぎは女陰保有税で、そのつぎは淫行税だ。じきに鼠まで税金をとられるぞ」

セルティガー公による課税をとりわけきつく感じたのは、小売り商と交易商だった。ヴェラリオン艦隊が〈水道《ガレット》〉を封鎖したとき、相当数の商船がキングズ・ランディングの港湾内に閉じこめられた。女王の新蔵相は、それらの船が出帆するにあたって、高額の出港税をかけたのだ。船長のなかには、すでに必要な入出港税や、港湾使用料、関税等は払ってあると抗議し、証拠の書類を突きつける者もいたが、セルティガー公はこういって訴えを一蹴した。

「王位簒奪者に税を収めたとなれば叛逆罪に問われるが、それでもいいのか？　そんなものを払っていたところで、われらが慈悲深き女王陛下に収める税が割り引かれるはずはなかろうが」

支払いを拒否した者、支払い能力のなかった者は、船と積荷を差し押さえられ、売却された。

処刑でさえ収入源となった。セルティガー公はこう宣言した――これよりのちは、謀叛人、叛逆者、人殺しの斬首を〈竜舎〉の中でのみ行ない、その死体は女王陛下のドラゴンに喰わせる。悪党を待つ運命を見届けたい者は身分の別なく歓迎するが、〈竜舎〉の門をくぐるさい、青銅貨三枚を徴収する。

こうしてレイニラ女王は財源を確保したわけだが、それには大きな代償をともなった。エイゴンもエイモンドも、けっして王都の民衆から敬愛されていたわけではなく、キングズ・ランディング人の多くは女王の帰還を歓迎した……のだが、愛情と憎悪は同じ貨幣の表と裏である。日々、鉄の大釘に刺されて市門の上に晒《さら》される生首とともに、容赦のない苛税が増えていくにつれて、貨幣はしだいに裏返っていった。むかしは都人《みやこびと》が〈王土の華〉と讃えたあの少女も、長じて貪欲で悪辣な女になって

しまった、女王の残酷さは代々のどの王にも引けをとらないぞ——徐々に浸透していったのは、そのような評価だった。市井の某《なにがし》は、レイニラに〈おっぱいのあるメイゴル王〉という呼び名を奉った。以来、百年にわたり、〈メイゴルのおっぱい〉は、キングズ・ランディング人に共通の罵倒語として定着する。

ともあれ、王都、王城、玉座を掌握し、六頭のドラゴンで守りを固めたいまなら、息子たちを呼びよせてもよいだろう、とレイニラは考えた。まず、十余隻の小艦隊がドラゴンストーン島をあとにし、女王の側役《そばやく》の貴婦人ら、〝気に入りの道化〟〈マッシュルーム〉、子息〈年若のエイゴン〉を王都に運んできた。女王がエイゴン少年を自分の酌人としたのは、なるべくそばから離さないための措置だ。ガルタウンからは別の小艦隊が、ジョフリーを——サー・レーナー・ヴェラリオンと女王のあいだにできた子息三人のうちで最後に残った王子を運んできた。ドラゴンのタイラクセスもいっしょだった（デイモン王配の娘レイナは、アリン女公の被後見人として谷間《ヴェイル》に残ったが、レイナの双子で騎竜者であるベイラは、ドリフトマーク島とドラゴンストーン島を行き来して過ごしていた）。こうして、一族がほぼ王都にそろうと、レイニラはジョフリーを正式に〈ドラゴンストーン城のプリンス〉とし、〈鉄の玉座〉の後継者にするため、惜しみなく費用を投じての盛大な祝祭を開く計画を立てはじめた。

宮廷には〈白蛆《しろウジ》〉までもが加わっていた。〈白蛆〉こと、ライス人の娼婦ミサリアは、影の中から忽然と姿を現わして、赤の王城内に住みついた。公式には女王の小評議会に参画したことがないが、いまや〈災禍の淑女《レディ・ミザリー》〉として知られるこの魔女は、事実上、〝密告者の女王〟となっており、王都のあらゆる娼館、居酒屋、安酒場だけでなく、有力者の広間や寝所にも目と耳を持っていた。かつてはきわめて柔軟で敏捷だった肢体も、年月を経て豊満になっていたが、デイモン王配はいまでも彼女にぞっこんで、毎晩、その閨《ねや》にしけこんでいた。レイニラ女王もそれを黙認していたようだった。

「デイモンには好きに餓《かつ》えを満たさせてやりましょう」女王はそういったと伝えられる。「わたしはわたしで餓えを満たすだけよ」

(セプトン・ユースタスは、少々辛辣な筆致で、女王にとっての餓えとは、砂糖菓子や各種の甘味、八目鰻《ヤツメウナギ》のパイなどであり、キングズ・ランディングに帰還してからというもの、女王は前にも増してふくよかになったと記している)

勝利に酔うレイニラ・ターガリエンは、自分に残された時間がさほど長くはないことに気づいてはいなかった。彼女が〈鉄の玉座〉にすわるたびに、残酷な無数の刃《やいば》が手や腕や脚を切り裂き、新たな鮮血を流させる。それはだれの目にも明らかな兆しだった。セプトン・ユースタスは、女王の没落がはじまったのは、〈豚頭亭《とんとうてい》〉という旅籠《はたご》でおきた椿事《ちんじ》からだと述べている。この旅籠がある場所は、マンダー河の北岸に位置する惨劇の橋《ビターブリッジ》の町――この町の名の由来となった古い石橋の近くだ。

このときオーマンド・ハイタワーは、ビターブリッジの町から南西方向に進むこと約百五十キロのロングテーブル城を攻囲しており、そのため、町はハイタワー勢の進路上から逃げこんできた男女でごったがえしていた。かつてビターブリッジの町で領主をしていたキャスウェル公は、レイニラへの忠誠を捨てろと強要され、拒否したため、エイゴン二世により、キングズ・ランディングで斬首刑に処せられた人物である。その未亡人として公位を引き継いだキャスウェル女公は、町の中にある城の門を固く閉ざし、避難してきた聖別ずみの騎士や貴族すらも中に通そうとしなかった。マンダー河の南では、夜になると林の中に無数の焚火が見えた。難民が炊事しているのだ。町の聖堂《セプト》には何百人という負傷者が収容されていた。旅籠という旅籠は満室で、〈豚頭亭〉のような豚小屋同然の安宿屋でさえも客を断わっている状況だった。ゆえに、北から杖をつき、幼い少年を背負った男が訪れたとき、宿屋の主人はもう客を入れる余地がないと断わったのだが……それは男が、巾着から牡鹿銀貨一枚を

取りだすまでのことだった。主人は手の平を返し、厩《うまや》でいいならあんたと息子さんを泊めてやれるが、馬糞は自分で片づけてもらわなきゃならないぜ、といった。男はそれでいいと答え、荷物とマントを厩の中に置き、馬と馬のあいだに入っていくと、鋤と熊手で馬糞を片づけだした。

宿屋の主人とその同類が業突く張りであることはよく知られている。〈豚頭亭〉の主人で、ベン・バターケイクスという名の小悪党は、牡鹿銀貨一枚を出せるなら、懐には何枚もあるのではないかと考えた。そこで、厩で汗を流している男に、のどが渇いたろう、エールの大酒杯《タンカード》でもどうだいと声をかけた。男は好意に甘えようと答え、主人の意図をすこしも疑うことなく食堂までついていったが、主人はこのとき、男の荷物を探り、もっと銀貨がないかどうか調べておけ、と厩番に指示していた。この厩番については〈狡《ずる》〉という名前しかわかっていない。〈狡〉が荷物をあさったところ、銀貨はなかったが、それよりはるかに貴重なものが見つかった。最初に目についたのは、上等な白ウールの部厚いマントだった。白い繻子《サテン》の縁取りがある。そのマントの中にくるまれていたのは大きな卵——淡いグリーンの地に銀の渦巻き紋が走る、ドラゴンの卵だった。じつは、男の〝息子〟はメイラー・ターガリエン——エイゴン二世王の最年少の王子であり、男はサー・リカード・ソーン——エイゴン王の忠実な楯にして護衛、〈王の楯《キングズガード》〉の騎士だったのである。

ベン・バターケイクスは悪事の報いを受ける。〈狡〉が白のマントと卵を手にして、こんなものがあったと叫びながら食堂に駆けこんでくるや、男はタンカードに残った澱《おり》を宿屋の主人の顔にかけ、鞘から長剣を引き抜きざま、のどから股間にかけて、ざっくりとバターケイクスを斬り裂いたのだ。酒場で酒を呑んでいた客のうち、何人かが剣や短剣を引き抜いたが、そのなかに騎士はおらず、サー・リカードは迅速に道を斬り開いた。くすねてきた貴重なお宝を放りだし、〝息子〟をかつぎあげて厩まで駆け、馬を一頭盗み、宿屋を脱出する。懸命に馬を駆って目ざすのは、古い石橋、そしてその

向こうに広がるマンダー河の南岸だ。とにもかくにも、両者はここまで逃げてきた。あと百五十キロ南にいけば——ロングテーブル城を攻囲し、城の付近に野営しているハイタワー公のもとまでいけば——身の安全は保証される。

とはいえ、百五十キロは百五十万キロも同然だった。マンダー河にいたる道が封鎖されていたからである。ビターブリッジの町はレイニラ女王の支配下にあるのだ。おりしも背後から追跡の叫び声が聞こえてきた。宿屋にいた者たちが馬に乗り、リカード・ソーンを追いかけてきたらしい——口々に「人殺しだ、謀叛人だ、人殺しだ」と叫びながら。

叫びを聞きつけ、石橋の橋詰めに立つ見張りたちがサー・リカードを制止しようとした。かまわず押し通ろうとする白騎士。見張りのひとりが手綱をつかもうとしたので、その腕を肩から斬り離し、石橋を猛然と駆けぬけにかかる。が、見張りは橋の南詰めにもおり、横列を組んで立ちはだかった。橋の北と南から、何人もが顔を真っ赤にして怒鳴りつつ、剣や戦斧《せんぷ》をふりかざし、長槍を突きだして押し迫ってくる。ソーンは盗んだ馬に円を描かせ、前後の敵を斬り払い、突破口を探した。メイラー王子は泣き叫びながらその腰にしがみついている。

奮戦するソーンを仕留めたのは弩弓《クロスボウ》だった。一本の太矢が腕に突き刺さったかと思うと、二本めがのどを貫いたのだ。サー・リカードはもんどり打って鞍から落ち、口から血のあぶくを吐いて果てた。最後のことばは血のあぶくに呑まれて聞きとれなかった。ことされてからも、白騎士は護ると誓った王子をしっかりと抱きしめており、泣き叫ぶ王子をやっとのことでソーンの腕から引き離したのは、〈重石のウィロウ〉と呼ばれる洗濯女だった。

騎士を殺し、幼い少年を捕えはしたものの、見張りも町の者も、この戦利品をどうすればよいのかわからない。〝そういえば、レイニラ女王はこの子の首にすごい賞金をかけていたな〟と思いだした

者がいたが、キングズ・ランディングははるか遠く、ハイタワー公の軍勢のほうがずっと近くにいる。きっとハイタワー公はもっと褒美をくれるだろう。褒美をもらうには、子供の生死を問わないんじゃなかったかとだれかがいった。しかし、〈重石のウィロウ〉はメイラーをいっそう強く抱きしめて、〝あたしの新しい息子にはだれにも指一本触れさせないよ〟とのたまう〈マッシュルーム〉いわく、この洗濯女が体重二百キロにちかい化け物で、頭が弱いうえ気がふれており、その通り名は河で石を洗濯物にたたきつけて洗うところからきたそうだ）。そこへ、群衆をかきわけ、主人の血で真っ赤に染まった〈狡〉が前に進み出てきて、王子は自分のものだ、ドラゴンの卵を見つけたのは自分だぞと主張した。それを聞いて、サー・リカード・ソーンを射《い》殺《ころ》した弩弓兵が、いいや、騎士を殺したのはおれだ、だから王子はおれのものだといいだした。こうして、騎士の死体を前にして、怒鳴りあいとこづきあいがはじまった。

　石橋の上には相当数の人間がいたので、メイラー・ターガリエンの運命にかかわる記録がまちまちなのは驚くにあたらない。〈マッシュルーム〉は、〈重石のウィロウ〉があまりにも強い力で王子を抱きしめて背骨をへし折り、死なせてしまったと述懐している。セプトン・ユースタスの記録には、〈重石のウィロウ〉の名前すら出てこない。そこに見られるのは、町の肉屋が肉切り庖丁をふるって王子の身体を六つに切り分け、権利を主張する人間全員に肉片がいきわたるようにしたという記述だ。グランド・メイスター・マンカンの『その真実』には、少年は群衆によって手足をすべてもがれたとあるが、とくに関係した者の名前は出てこない。

　確実にわかっているのは、キャスウェル女公とその騎士たちが到着し、群衆を追いはらった時点で、王子は死んでいたということである。女公はその無惨な光景に血の気を失い、〈マッシュルーム〉によれば、「この残酷な行為によって神々は人を呪われるだろう」と嘆いたとされる。その後、女公の

指示で、厩番の〈狡〉と〈重石のウィロウ〉は古い石橋の中央部分から吊るされた。このとき、サー・リカードが宿屋から盗んだ馬の持ち主も逃亡を助けた廉《かど》で（誤認だが）いっしょに吊るされている。これもまたキャスウェル女公の指示によって、サー・リカードの死体は白騎士のマントにくるまれ、メイラー王子の首ともどもキングズ・ランディングに送られた。ドラゴンの卵はロングテーブル城を攻囲しているハイタワー公のもとへ送られたが、これは公の怒りをやわらげられるかもしれないとの期待からだった。

　女王を敬愛していた〈マッシュルーム〉は、〈鉄の玉座〉にすわるレイニラが、目の前に置かれたメイラーの小さな生首を見るなり、涙を流したと述べている。いっぽう、女王に好意を持っていないセプトン・ユースタスは、女王がにんまりと笑い、この首を火葬に処すように命じたと記している。

「なぜなら、これもまたドラゴンの血を引く者だからだ」

　王子の死が公表されることはなかった。にもかかわらず、その死は王都全体に広まった。まもなく、新たな物語がまことしやかに語られるようになった。レイニラ女王がメイラーの首を、母后へレイナ王妃のもとへ届けたというのである――それも、寝室用便器に入れて。そこには一片の真実もないが、この話はやがて王都じゅうの口の端《は》にのぼった。〈マッシュルーム〉はこれを〈内反足〉のしわざと断じている。以下にその節を引用する。

「あいつは密告者どもを使って、にせのうわさを広めさせたんだ」

　王都の囲壁の外では、七王国じゅうで戦乱がつづいていた。美麗城《フェアカースル》はドールトン・グレイジョイの手に落ち、これによって鉄人《くろがねびと》に対するフェア島の、最後の抵抗はついえた。〈赤きクラーケン〉はファーマン公の娘のうち四人を側妾《そばめ》――彼らのことばでいう塩の妻とし、五人めを（〝器量の悪い〟娘だった）弟のヴェロンに与えた。ファーマン公と息子たちは、身代金として各自の体重相当の銀と

引き替えに、キャスタリー・ロック城へ送られた。

河間平野《リーチ》では、ロングテーブル城のメリーウェザー女公が、オーマンド・ハイタワー公の攻囲勢に降伏した。ハイタワー公は和議の条件を守り、女公にも一族にも危害を加えなかったが、城の財産のほか、食料をことごとく奪いとり、数千の兵の腹を満たさせたのち、攻囲を解いてビターブリッジの町へと進軍した。

押しよせたハイタワーの軍勢を前にして、ビターブリッジ城の胸壁に現われたキャスウェル女公は、開城すればメリーウェザー女公と同じあつかいを受けられるかとたずねた。ハイタワー公がデイロン王子に返させた返答はこういうものだった。

「おまえが受けるのは報いだ——わが甥メイラーにしたことへの」

キャスウェル女公には、ビターブリッジの町が掠奪されるのを眺めていることしかできなかった。真っ先にドラゴンの炎で燃やされたのは〈豚頭亭〉である。つづいて、宿屋という宿屋、各ギルドの会館という会館、倉庫という倉庫、貴賤を問わず家という家がドラゴンの炎によって焼きつくされた。聖堂《セプト》でさえ、中にいる何百人もの負傷者もろとも炎に包まれた。破壊されなかったのは石橋だけだが、これはマンダー河を渡るのに必要だったからである。戦おうとした者も逃げようとした者も含めて、町じゅうの人間が斬殺され、あるいは河に追いこまれて溺死した。

キャスウェル女公は城壁の上から凄惨な光景を目に収め、城門を開放するよう命じた。

「いかなる城も、ドラゴンの炎には抗すべくもない」これが、女公が城兵に語ったことばである。入城しようとしたハイタワー公は、女公が首に輪縄をかけ、門楼の上に立つ姿を認めた。

「どうか、わが子らに慈悲を——」

願いを口にするや、女公は門楼を飛びおり、みずから首を括《くく》った。おそらくそれがオーマンド公の

心を動かしたのだろう、女公の幼い息子たちと娘たちは助命され、鎖につながれてオールドタウンに護送されていった。だが、城兵たちが慈悲を施されることはなく、ひとり残らず剣の錆となった。

河川地帯では、サー・クリストン・コールがハレンの巨城《ホール》を捨てて、神の目湖《ゴッズ・アイ》の西岸ぞいに南下を開始していた。引き連れている兵の数は三千六百だった(戦死、病死、脱走などにより、キングズ・ランディング出発時の四千はここまで減っていたのである)。エイモンド王子はすでにヴァーガーに乗り、飛び去ったあとだ。

からっぽになったハレンの巨城《ホール》には、三日とたたずにサビサ・フレイ女公が来襲し、城を占領した。城内に残っていたのはアリス・リヴァーズだけだった。エイモンド王子が巨城滞在中に、夜の相手を務めていた女——魔女とのうわさもある、あの乳母である。聞けば腹に王子の子を宿しているという。

「わたしの中には、ドラゴンの落とし子がいるのよ」〈神々の森〉に全裸で立ち、片手を膨れた腹にあてがって、アリスはいった。「この子の炎が、子宮の中を舐めているのが感じられるわ」

エイモンド・ターガリエンが火種を仕込んだのは、この胎児だけではなかった。もはや城にも軍勢にも縛られず、自在に好きなところへ飛んでいけるようになった隻眼《せきがん》の王子は、気の向くままに火をかけてまわった。それはエイゴン征服王と二姉妹がかつて行なったのと同じ戦い方だった。秋空から何度もヴァーガーを急降下させては、ドラゴンの炎を噴き出させ、河岸の諸公の領地を、村を、城を炎上させ、荒廃させていく。ダリー領は真っ先に王子の怒りを向けられた地だった。秋の実りを収穫していた農夫たちは、いきなり作物が燃えだすなか、炎に包まれて逃げまどい、ダリー城も炎の嵐に襲われて焼尽した。ダリー公妃と幼い子供たちは城の地下に避難して生き延びたが、ダリー公とその跡継ぎは、四十人の誓約の剣士や弓兵ともども、城壁の上で焼死している。三日後、ハロウェイ公の町が煙をあげて灰燼《かいじん》に帰した。ついで、領主の水車場《すいしゃば》のほか、黒尾錠《ブラックバックル》、尾錠《バックル》、泥の沼《クレイプール》、豚の浅瀬《スワインフォード》、

蜘蛛の樹《スパイダーウッド》などの村々も……。ヴァーガーの怒りはつぎつぎに天から降りそそぎ、河川地帯の城や村は半数が燃え盛っているかに見えた。

サー・クリストン・コールも炎に直面していた。軍勢を率いて河川地帯を南進中、前後に煙の柱が立ち昇りはじめたのだ。差しかかる村という村は焼かれ、廃棄されていた。やがてコール勢の縦列は森を通過しだした。ほんの数日前まで青々としていたその森も、いまでは黒焦げになった樹々だけが立ち残っていた。河岸の諸公がコール勢の行く手に先まわりしては、火をかけてまわった結果だった。遭遇する小川も泉も村の井戸も、すべて死にあふれており、膨満して腐臭を放つ馬の死体、牛の死体、人の死体が、水を汚染している状況だった。放たれた物見たちは、いく先々で奇っ怪な〝活人画《タブロー》〟に出くわした。朽ちかけた服を身につけ、鎧をまとったいくつもの死体が、樹々の下で不気味な饗宴のまねごとをしていたのである。〝饗宴〟にふけっているのは、〈魚の餌撒き〉で死んだ兵士の死体で、錆び兜の下でにたにた笑いを浮かべている髑髏《どくろ》からは、ぐずぐずに腐った肉がたれ落ちていた。

ハレンの巨城《ホール》を出て四日が過ぎたころ、敵襲がはじまった。樹々のあいだに身を潜めた弓兵たちが、物見や落伍者を長弓で射貫《いぬ》きはじめたのだ。何人もが死んだ。何人もが落伍した。後衛に取り残され、二度と姿を見られぬ者も続出した。何人もが逃げた。楯も槍も放りだして、森の中へ消えていった。敵に寝返る者も多く出た。

交差した楡《クロスト・エルムズ》の村の広場では、またもや活人画を模した、死体たちの奇怪な饗宴が見つかった。サー・クリストンの物見たちは、もはやこの光景を見慣れていたので、朽ちかけた死体に顔をしかめつつ、前を通りすぎようとした。死体たちがいっせいに立ちあがり、襲いかかってきたのはそのときである。それが詭計だと気づいたときには十余人が死んでいた。これがヴァンス公の傭った役者あがりの傭兵、ミアからきた〈黒のトロンボ〉による計略であったことは、のちに判明する。

しかし、こうした敵の遊撃はまだ前奏曲にすぎない。大攻勢をかけるため、三叉鉾《トライデント》河流域の諸公が戦力を集めていたからである。神の目《ゴッズ・アイ》湖の湖岸をあとにして、ブラックウォーター河へと進みだしたサー・クリストンは、岩がちの高台で待ちかまえる大軍勢に遭遇した。その陣容は、鎧に身を固めた騎士が三百騎、長弓兵が同数、弓兵三千、連戦で疲弊しながらも槍を手にした河岸勢が三千、戦斧《せんぷ》、戦鎚《せんつい》、棘つき鉄棍《てっこん》、古びた鉄剣をふりかざす北部勢が数百だった。敵勢の上で無数に翻っているのは、レイニラ女王の旗だ。

「あれは何者でしょう？」出現した敵を見て、従士のひとりが問いかけた。

敵勢が立てているのは女王旗のみで、各家の旗はひとつも見られない。

「われらの死神さ」とサー・クリストン・コールは答えた。

敵勢は、歴戦の者も充分に英気を養い、栄養状態も騎馬の状態もよく、武装でも勝るうえ、高台に陣どっている。それに対して味方の軍勢は、疲労困憊し、病の者も多く、士気も低い。

エイゴン王の〈王の手〉は、和議交渉の旗をかかげ、高台の手前に馬を進めた。高台からは三騎が降りてきた。中央の人物は凹みだらけの板金鎧と鎖帷子を身につけたサー・ガリボールド・グレイ、左右を固めるのは、ジェイスン・ラニスターを討った〈獅子殺し〉こと〈ロングリーフのペイト〉と、〈魚の餌撒き〉で傷だらけになった〈襤衣《らんい》のロディ〉ことダスティン公だった。

サー・クリストンは三人に問うた。

「王の金竜旗《こんりゅうき》を降ろせせば、わが兵の命を保証してくれるか？」

「おれは死んだ者どもに約束した」答えたのは、サー・ガリボールドだった。「謀叛人どもの骨で、きっと聖堂《セプト》を建ててやるとな。まだまだ聖堂を建てるだけの骨は集まっておらぬ」

「一戦交えるとなれば、そちらにもそうとうの死傷者が出よう」とサー・クリストンは答えた。

北部人のロデリック・ダスティン公は相手のことばを一笑に付し、こう応じた。

「死ぬるためにこそ、われらはきた。遠からず冬がくる。往くべき時ぞ来《きた》れり。剣を手に死ぬよりも雄々しい死に方があるか?」

サー・クリストンは長剣の鞘を払った。

「ならば、好きにしろ。いまこの場で、四人で戦おうではないか。こちらはひとり、そちらは三人。華々しい合戦の皮切りにふさわしい勝負とは思わぬか?」

だが、〈獅子殺しのロングリーフ〉は応じなかった。

「もう三人、おまえのいう勝負とやらに加わらせてもらおうか」

その刹那、高台の上で〈赤のロブ・リヴァーズ〉ほか二名の長弓兵が大弓を構え、ひょうと射た。三本の矢は宙を飛び、狙いたがわずコールの腹、首、胸に命中した。

「きさまの雄々しい死にざまなど、勲《いさお》しにさせてやるものか、僭王の擁立者が」〈ロングリーフ〉は吐き捨てるようにいった。「きさまのために何万人もが死んだのだぞ」

そういわれた相手は、すでにこときれていた。

つづく戦いは、〈舞踏〉でも稀に見る一方的な殺戮劇となった。ロデリック公が戦角笛《いくさつのぶえ》を口にあて、突撃命令を吹き鳴らす。たちまち、女王方の軍勢が、怒濤のごとくに高台を駆け降りてきた。先鋒を務めるのは毛深い北部馬を駆る〈冬の狼〉勢と、馬鎧を着せた重軍馬を駆る直兜《ひたかぶと》の騎士勢だ。サー・クリストンが討たれて大地に伏したいま、ハレンの巨城《ホール》からついてきた軍勢は中核を失って総崩れとなり、楯を放って逃げだした。後方から追撃する女王勢は容赦なく武器をふるい、数百人を斬殺した。戦いののち、サー・ガリボールドはこういったとされる。

「きょうのあれは戦《いくさ》にあらず。虐殺だ」

のちにこの発言を聞いた〈マッシュルーム〉は、この戦いを〈虐殺舞踏会〉と呼ぶ。以後、これはこの戦いの呼び名として定着することになる。

同じころ、〈双竜の舞踏〉でもひときわ興味深いできごとのひとつが起きていた。伝説によれば、〈英雄の時代〉、〈鏡の楯のサーウィン〉がアーラックスなるドラゴンを退治するため、磨きあげた鏡の楯の陰にしゃがみこみ——ドラゴンには鏡に映る自分の姿しか見えない——そうっと忍びよって——間近まで近づいたとき、魔獣の片目に槍を突きたてた。この機略により、ドラゴン退治の英雄は、われわれの知っている形で名を残すことになる。石兜《ストーンヘルム》城城主の次子サー・バイロン・スワンも、この伝説を聞き知っていたことには疑いの余地がない。槍一本と白銀に磨きあげた鋼の楯一枚を持ち、従士ひとりだけを連れて、サー・バイロンはサーウィンと同じ方法でドラゴンを殺そうと試みた。

ただし、この話には混乱がある。マンカンによれば、スワンが殺そうとしたのはヴァーガーである。エイモンド王子が空から行なう奇襲をやめさせようとしたのだという。しかし、マンカンの記述は、グランド・メイスター・オーワイルの告白録に大きく依拠しており、このできごとが起きた時点では、オーワイルは地下牢にいた。そのことを忘れてはならないだろう。赤の王城で女王のそば近くにいた〈マッシュルーム〉の述懐では、サー・バイロンが近づこうとした魔獣はレイニラのシアラックスになっている。セプトン・ユースタスは、自身のつけていた記録で言及してはいないが、数年後、ある手紙の中で、この騎士が退治しようとしたのはサンファイアだったと記していた。もっとも、これは確実にセプトンの勘ちがいだろう。この時点では、サンファイアの居場所はまだ不明だったのだから。三者の記述で一致するのは、〈鏡の楯のサーウィン〉が不朽の名声を得た奇策は、サー・バイロン・スワンの死を招いただけだったという点である。狙われたドラゴンは——それがどの個体であれ——騎士が近づいてきたことに興奮し、炎を吐いた。磨きあげた楯は融け、その陰にしゃがんでいた男は

黒焦げになってしまった。サー・バイロンは悲鳴をあげて死んでいったという。

　AC一三〇年の〈乙女の日〉、オールドタウンの〈知識の城《シタデル》〉は三百羽の白い使い鴉を王国各地に放った。冬の到来を告げるためである。だが、〈マッシュルーム〉とセプトン・ユースタスは、この時期こそレイニラ・ターガリエン女王の絶頂期《ハイ・サマー》であったと口をそろえる。キングズ・ランディング人からきらわれていたとはいえ、王都も玉座も女王のものだった。〈狭い海〉の向こうでは、三頭市《トライアーキー》がたがいを切り裂きはじめており、海はふたたびヴェラリオン家のものになった。雪は〈月の山脈〉を越える山道を閉ざしつつあったが、〈谷間の乙女〉は約束を守る人物であることを証明して、海路、女王勢に援軍を派遣してきた。白い港《ホワイト・ハーバー》からも別の船団が戦士たちを送ってきていた。率いるのはマンダリー公自身の公子、メドリックとトーレンだ。レイニラ女王の力は全方面で増大するいっぽうだったのに対し、エイゴン王方の力は細りつつあった。

　とはいえ、いかなる戦争も、敗北を認めぬ敵が残っているかぎり、勝利は確定しない。王擁立者のサー・クリストン・コールは討たれたが、王土のいずこかには、サー・クリストンが王に祭りあげたエイゴン二世が潜み、命脈を保っている。エイゴンの娘、ジェヘイラも健在のはずだ。〈内反足〉のラリス・ストロング――〈翠の評議会〉でもっとも謎多き狡猾な参議は、どこへともなく姿を消したままでいる。嵐の果て《ストームズ・エンド》城ではいまも、女王に敵対的なボロス・バラシオン公がにらみをきかせていた。ラニスター家も、いまなお強力な敵のひとつに数えなければならない。もっとも、〈魚の餌撒き〉でジェイスン公が戦死し、西部騎士の大半が討たれ、あるいは散りぢりになり、〈赤きクラーケン〉にフェア島と大陸西岸を好き放題に掠奪されている状況ゆえ、キャスタリー・ロック城も著しい苦境に置かれているのだが。

　エイモンド王子は三叉鉾河《トライデント》の恐怖となっていた。空から降下してきて、河川地帯に炎と死を驟雨《しゅうう》の

ごとく降らしては、悠然と去っていく。翌日には、二百五十キロ離れたところに出現し、同じように炎と死をばらまく。ヴァーガーの猛炎は古柳《オールド・ウィロウ》の地と白柳《ホワイト・ウィロウ》の地を灰燼に帰せしめ、豚城館《ホッグホール》を黒焦げの石塊に変えてしまった。メリーダウン・デルの地では、人間三十人、羊三百頭がドラゴンの炎に呑まれて死んだ。ここで〈血族殺し〉は、大方の予想を裏切り、ハレンの巨城《ホール》に舞いもどって、城の木造建築部をことごとく焼きはらった。ドラゴンを撃退しようとした騎士六人と兵士四十人は、みな焼き殺された。そのあいだ、サビサ・フレイ女公は厠《かわや》に隠れて難を逃れ、ドラゴンが立ち去ると、ほうほうのていで双子城《ツインズ》に逃げ帰ったが……せっかくわがものとした魔女のアリス・リヴァーズは、エイモンド王子に連れ去られてしまった。各地が空からドラゴンの奇襲を受け、壊滅しているといううわさが広まると、諸公は恐怖の表情で空を見あげ、つぎはだれの番かと、戦々兢々《せんせんきょうきょう》とする日々を送った。乙女の池《メイドンプール》の町のムートン公、ダスケンデールの町のダークリン女公、〈使い鴉の木《レイヴンツリー》〉城館《ホール》のブラックウッド公は女王に急使を送り、居城防衛のためドラゴンを送ってほしいと懇請している。

しかし、レイニラ女王の統治にとってなによりも大きな脅威は、〈隻眼のエイモンド〉ではなく、その弟、〈勇敢なるサー・デイロン〉ことデイロン王子と、オーマンド・ハイタワー公率いる南部の大軍勢だった。

ハイタワー勢はマンダー河を越え、ゆっくりとキングズ・ランディングに近づいてきつつあった。いつであれ、どこであれ、進軍途上に女王方の拠点があればこれを蹂躙し、降人《こうにん》となった城主には、例外なく麾下《きか》に加わるよう強要した。主力に先行してテッサリオンとともに飛び、敵方の動静を逐一オーマンド公に報告することで、デイロン王子は物見としてもかけがえのない存在であることを証明している。女王方の兵は、遠くに〈青の女王〉の翼を見たとたん、どこかへ逃げ散ってしまうこともめずらしくなかった。グランド・メイスター・マンカンによれば、この時点で、マンダー河にそって

じわじわと上流へ向かう南部勢は二万を越えており、その十分の一は騎馬に乗った騎士だったという。

この脅威をすべて把握していた〈女王の手〉、コアリーズ・ヴェラリオン老公は、レイニラ女王に〝そろそろ講和の態勢作りに入ってもよいのではないか〟と進言した。手はじめに、バラシオン公、ハイタワー公、ラニスター公には、ここでひざを屈して忠誠を誓い、〈鉄の玉座〉に人質を差しだすなら、罪を赦そうと持ちかけてはどうか。アリセントとヘレイナについては〈正教〉の預かりとし、余生を祈りと黙想で過ごさせればよかろう。ヘレイナの娘ジェヘイラは自分が後見人として預かり、適齢期を迎えれば〈年若のエイゴン〉に嫁《とつ》がせよう。そうすれば、ふたつに分かれたターガリエンの家系をふたたびひとつに統合することができる――。

「では、わが異母弟たちは？」〈海蛇〉の構想を聞かされて、レイニラは問うた。「僭王エイゴンと〈血族殺し〉のエイモンドは？　よもや、わが玉座を盗みとり、わが息子たちを殺したあの者どもも赦せというのではないでしょうね？」

「命だけは助けてやり、〈壁〉送りにすることとです」コアリーズ公は答えた。「あやつらには黒衣をまとわせ、聖なる誓約で縛り、〈冥夜の守人〉《ナイツ・ウォッチ》として一生を終わらせればよろしい」

「すでに誓いを破った者が、いかにとて誓約に縛られるというのですか」レイニラ女王はいいはった。「あの者どもは躊躇なく誓いを破り、わたしの玉座を奪ったのよ」

デイモン王配も女王の懸念に同調した。叛逆者と謀叛人に赦免を与えれば、新たな叛逆の種を蒔くだけでしかない、とデイモンはいった。

「謀叛人どもの首が大釘に刺され、〈王の門〉の上に晒《さら》されてはじめて戦争は終結する。それまでは平安が訪れることはない」

つづけてデイモンは述べた。エイゴン二世はいずれ〝どこかの岩の下にでも〟隠れているところを

見つかるだろう。それよりも、エイモンドとデイロンの首をとることに集中すべきだ。ラニスターの一族とバラシオンの一族も滅ぼさねばならん。やつらの領地や城はもっとも忠誠心を示した者たちに与えればよかろう。嵐の果て城《ストームズ・エンド》はアルフ・ホワイトに、キャスタリー・ロック城は〈金剛のヒュー・ハマー〉に与えてはどうか。

王配の提案に、〈海蛇〉は憮然とした表情で異論を唱えた。

「それほど残酷な処置を断行し、ひときわ古く高貴な両家をとりつぶそうものなら、ウェスタロスの諸公は半数がわれらに反旗を翻しますぞ」

王配と〈手〉と、どちらの進言を選ぶか。その判断は女王に委ねられた。レイニラは中庸へと舵を切った。嵐の果て城《ストームズ・エンド》とキャスタリー・ロック城に使者を送り、好条件で赦免を与える。ただしそれは、いまも戦場にあって反抗している王位簒奪者の弟たちを処刑してからとする。

「あのふたりさえ死なせば、残りの者は降伏するはずよ。旗標《はたじるし》にしているドラゴン両名の首を、わが玉座の間の壁に飾ってあげましょう。これから何年間も、謀叛の代償がどれだけ高くつくものかを、謁見にくる者たちは見せつけられることになるのよ」

当然、キングズ・ランディングを無防備のままにするわけにはいかない。そこで、レイニラ女王はシアラックスと王都にとどまる。命の危険にさらすわけにはいかないエイゴン王子とジョフリー王子、両者もだ。まだ十三歳にもなっていないジョフリーは、戦士としての能力を発揮したいと望んだが、敵ドラゴンの襲来を受けたとき、女王が赤の王城を防衛するにあたり、タイラクセスにはその支援をしてもらわねばならないと説得され、かならず王都を守りぬいてみせると誓った。〈海蛇〉の跡継ぎ、アダム・ヴェラリオンも、騎竜シースモークともども王都に残留することになった。ドラゴンが三頭いれば、キングズ・ランディングを防衛するには充分だろう。そして、他のドラゴンはすべて戦場に

投入する方針が決定された。

デイモン王配自身はカラクセスにまたがり、シープスティーラーを駆る少女〈刺草《イラクサ》〉をともなって三叉鉾河《トライデント》に赴く。そこでエイモンド王子とヴァーガーを探しあて、引導を渡す。アルフ・ホワイトと〈金剛のヒュー・ハマー〉は、キングズ・ランディングから見れば二百五十キロほど南西に位置するタンブルトンの町――王都の防衛線としてハイタワー公勢に抵抗する、女王に忠実な勢力にとっては最後の拠点に飛び、町と城の防衛を支援し、デイロン王子とテッサリオンを討つ。コアリーズ公は、デイロンを生け捕りにできるなら人質に使えるのではないかと提案したが、レイニラ女王は頑としてゆずらなかった。

「人はいつまでも子供のままではいないのよ。成人すれば、早晩、わたしの息子たちに復讐しようともくろむはずだわ」

この方針はたちまちアリセント先王妃の耳にも入り、彼女を慄然とさせた。息子たちの身を案ずるあまり、先王妃は〈鉄の玉座〉の前に膝行することもいとわず、和平を請うた。今回、鎖に繫がれた先王妃が提示したのは、王土を分割する案だった。キングズ・ランディングと王領、北部、アリンの谷間、トライデント河流域全体、島嶼《とうしょ》のすべては、レイニラが統治する。いっぽう、嵐の地、西部、河間平野《リーチ》は、エイゴン二世がオールドタウンから統治する――。

レイニラは義母の提案をにべもなく撥《は》ねつけた。

「おまえの息子たちも、信義にもとる行為さえしなければ、わが宮廷で名誉ある地位を得られていたかもしれぬ」とレイニラ女王はいった。「しかし、あの者どもはわが生得の権利を盗み、あまつさえ、わが愛しい息子たちをみずからの手にかけた」

「戦《いくさ》ならば血が流れもしましょう。だいいち、流れたのはしょせん、私生児の血ではありませんか」

女王の頑な態度に、アリセントは思わず語気を強めた。「わたしの息子の息子たちは、なんの罪科《つみとが》もないというのに、惨たらしく殺されました。復讐の渇きを癒すため、あとどれだけの血を流せば気がすむのです」

アリセントのことばに、レイニラ女王はいっそう怒りをかきたてられ、

「虚妄の痴《し》れ言《ごと》、二度とは聞かぬ」と、憤然と応じた。「あと一度でも私生児と申してみよ、その舌、引き抜いてくれる」

すくなくとも、セプトン・ユースタスの記録では、こうしたやりとりがなされたことになっている。マンカンも『その真実』の中で同様の描写をしている。

しかし、ここでもまた〈マッシュルーム〉の弁は食いちがう。こびとがいうには、レイニラは舌を抜くと威したのではなく、その場で舌を抜けと命じた。それを思いとどまらせたのは〈災禍の淑女《レディ・ミザリー》〉こと〈白蛆〉のひとことだった。〈マッシュルーム〉いわく、〈白蛆〉はもっと残酷な懲罰を提案し、エイゴンの妃と母親を鎖につないで娼館に住まわせ、客をとらせるように勧めたというのだ。値段はうんと高めにする。アリセント先王妃はドラゴン金貨一枚、先王妃よりも若くて美人のヘレイナ妃はドラゴン金貨三枚。とはいえ、それで先王妃やヘレイナ妃を抱けるなら安いものだと思う男が、王都にはおおぜいいただろう、と〈マッシュルーム〉は述べている。

「子を孕《はら》むまで娼館住まいとしましょう」〈災禍の淑女《レディ・ミザリー》〉はそういったとされる。「こうも声高に、私生児、私生児、といいつのるのが好きなら、自分たちにも私生児を産ませてやればよいのです」

男の劣情と女の残酷さについては反駁《はんばく》の余地がないが、〈マッシュルーム〉のこの述懐を裏づける証拠もない。右のようなうわさ話が、キングズ・ランディングの居酒屋や安酒場で交わされたことは想像に難くないものの、それはのちにエイゴン二世が、みずからの残酷な行ないを正当化せんとして

流布させた作り話である可能性もある。こびとがこれらの物語を口述した時期が、問題のできごとが起こってのち何年もたってからであり、記憶の錯誤がある可能性も忘れてはならない。したがって、先王妃とヘレイナ妃の客取り物語はここまでとし、このへんで戦場へ飛ぶドラゴンたちのことに話をもどしたい。

カラクセスとシープスティーラーが飛んだ方角は北、ヴァーミサーとシルバーウィングが向かった方角は南西だった。

タンブルトンの町は大河マンダー河の源流ちかくにあり、市場町《いちばまち》として栄える。この町を高台から見おろすフットリー家の居城は、頑丈だが小ぶりで、城兵は本来、四十人ほどしかいない。ところがいまは、ビターブリッジの町、ロングテーブル城、さらにもっと南からマンダー河ぞいに逃げのびてきた女王方の兵が加わって、町周辺には数千人が野営していた。それに加えて、河岸の諸公の強力な軍勢も加わることで、総勢はますます膨れあがり、兵の士気はいっそう高まった。〈虐殺舞踏会〉で赫耀《かくやく》たる勝利をあげ、サー・クリストン・コールの首級《しゅきゅう》を槍先に刺し、意気揚々と転戦してきたのは、サー・ガリボールド・グレイと〈獅子殺しのロングリーフ〉が率いる河岸の諸公勢だ。〈赤のロブ・リヴァーズ〉とその長弓兵隊、〈冬の狼〉の残党をはじめ、ブラックウォーター河ぞいに封地を持つ騎士や弱小貴族二十余名も、手勢を率いて参陣している。そのなかには、〈ヨーアのモスランダー〉、ミドルトンのサー・ギャリック・ホール、〈豪勇〉のサー・メレル、オワイン・ボーニー公といった、世に名の響く者たちも見られた。

『その真実』によれば、レイニラ女王の旗標のもと、こうしてタンブルトンの町に集《つど》った兵の総数は九千。ほかの記録では、最大で一万二千、最小で六千だが、どの数字でも、女王方がハイタワー公の大軍勢より著しくすくないことはたしかである。それゆえ、ヴァーミサーとシルバーウィングという

二頭のドラゴンが騎竜者とともに飛来したことで、タンブルトン防衛戦力の士気が飛躍的に高まったことは想像に難くない。この時点では、世にも恐ろしいあの惨劇が起ころうとは、みな夢にも思っていなかっただろう。

のちに〈タンブルトンの反逆〉として知られるようになる悲惨な背信が、いつ、なぜ、どのように起こったかについては、いまもっておおいに議論されているところであり、全貌が明らかになる日はこないだろう。ひとつ確実だと思われるのは、ハイタワー公の軍勢に追いたてられ、町におおぜいで逃げこんできた難民の一部が、じつはハイタワー勢の尖兵であり、防衛側陣営に食いこむ浸透戦術の一環だったろうということだ。南へ進軍する河岸勢に加わった新手のうちのふたり――先にも触れたオワイン・ボーニー公、そしてもうひとり、サー・ロジャー・コーン――この両名がエイゴン二世の隠れ支持者であったことには疑いの余地がない。しかし、両者の裏切りの効果などたかが知れていただろう――もしもこの戦場で、サー・アルフ・ホワイトとサー・ヒュー・ハマーが敵方に寝返りさえしなければ。

両人についてわかっていることの大半は、〈マッシュルーム〉の述懐を通じて得られるものである。両騎竜者の性根の卑しさについて、こびとの舌鋒はとどまるところを知らず、アルフを飲んだくれ、〈金剛〉を人でなしの外道と表現している。そしてどちらも腰抜けだった、と〈マッシュルーム〉はいう。ハイタワー公の大軍勢が、はるか後方まで連綿とつづく長大な縦列をなし、槍の穂先を陽光にきらめかせてものものしく進軍してくる光景を目にしたとたん、両名はこの大軍に敵するのではなく、味方することに決めたという。もっとも、ドリフトマーク島沖の海戦では、槍と矢の嵐にも怖《お》じず、敵を攻撃する胆力を見せてもいる。もしかすると両者の心変わりは、テッサリオン攻撃を命じられたことに起因するかもしれない。〈水道《ガレット》〉では、すべてのドラゴンが味方だった。ドラゴンとはじめて

戦うことを考えれば、恐れをなした可能性はありうる。ただし、ヴァーミサーとシルバーウィングはデイロン王子のドラゴンより竜齢を重ね、体格も大きかったので、いざ戦いとなれば勝てる可能性は大きかっただろう。

それもあってか、ここにひとつ、異なる説が提示されている。ホワイトとハマーが裏切ったのは、臆病だったからではなく、強欲だったからだとする説だ。ふたりにとって、名誉などはありがたみがなく、欲してやまないのは富と権力だった。〈水道《ガレット》〉の戦いとキングズ・ランディング陥落ののち、ふたりは騎士に叙せられたが……期待していたのは貴族の地位であり、レイニラ女王から与えられたちっぽけな所領ごときではとても満足できなかった。ロズビー公とストークワース公が処刑される前、両公の娘とホワイトおよびハマーを結婚させ、その所領と城を受け継がせるという話も出ていたが、女王は結局、当の叛逆者の息子たちを跡継ぎにしてしまった。のちには、嵐の果て城《ストームズ・エンド》とキャスタリー・ロック城を目の前にぶらさげられたこともあったが、この恩賞もまた、恩知らずの女王によって、ないことにされている。

エイゴン二世王が〈鉄の玉座〉を奪還する手助けをすれば、よりよく報いてもらえるのではないか――両者はそう期待したのだろう。あるいは両人とも、〈内反足〉のラリス公か公の手の者を通じて、すでに確約を得ていたのかもしれない。といっても、それを示す証拠はなく、いまとなっては証明のしようもないのだが。ふたりとも読み書きができなかったので、〈大逆の双徒〉が（これが両者の、歴史に残る呼び名である）なぜあのような行動に出たのか、その動機を推し量る書きつけもない。

ただし、〈タンブルトンの戦い〉については、詳細な経過がわかっている。戦場でハイタワー公の軍勢に相対し、陣列を組んだ女王勢は六千。率いるはサー・ガリボールド・グレイだった。両軍勢が勇猛に干戈《かんか》を交えることしばし、やがてハイタワー公の弓兵隊が雨と降らす矢を浴びて、戦列が薄く

なってきたところへ、南部の騎士勢が馬鎧を着せた重軍馬を駆り、地響きを轟かせて猛然と女王方に突入した。蹴散らされた女王勢がほうほうのていで町の囲壁内へ逃げ帰りだす。このとき、撤退する味方の援護でおおいに活躍したのが、〈赤のロブ・リヴァーズ〉率いる長弓兵隊だった。

撤退してきた味方があらかた市門の内側に収まるや、〈艦衣《らんい》のロディ〉と〈冬の狼〉が通用門から出撃し、北部特有の血も凍る蛮声を発して寄せ手の左翼に懸《か》け入《い》った。つづく混乱のなか、北部勢は十倍する南部勢のただなかを突っ切り、軍馬にまたがるオーマンド・ハイタワー公のもとへ急迫した。目ざすはその上に翩翻《へんぽん》と翻《ひるがえ》るエイゴン王の金竜旗《こんりゅうき》と、オールドタウンおよびハイタワー家の旗標だ。

吟遊詩人の歌うところ、〈艦衣《らんい》のロディ〉ことバロウトンの町の領主ロデリック公は、頭から爪先まで朱《あけ》に染まり、オーマンド公に肉迫した。楯は砕け、兜も割れていたが、戦いに酔い痴れるあまり、負傷に気づいてさえいないようだったという。ロデリック公とその家臣団の前に立ちはだかったのは、オーマンド・ハイタワー公の従弟の、サー・ブリンドン・ハイタワーだった。サー・ブリンドンは、長柄斧《ながえおの》で渾身の一撃を加え、〈艦衣《らんい》〉の左腕を肩から切断した。が、ロデリック公の猛進はとまらず、勢いに乗ってサー・ブリンドンもオーマンド公も一挙に葬り去った。息絶えたのはそのあとである。ハイタワー公の軍旗が倒れるのを町の囲壁上から見た者たちは、これで戦いの潮目《しおめ》が変わったと思い、大歓声を張りあげた。

戦場後方に忽然とテッサリオンが現われたのはそのときだった。

ドラゴンの偉容を見ても女王方はたじろがなかった。味方にも二頭、ドラゴンが控えていることを知っていたからだ。ところが……大空に舞いあがったヴァーミサーとシルバーウィングが炎を吐いた先は、なんとタンブルトンの町だったのである。歓声はたちまち悲鳴に変わった。

「それは規模の小さな〈火炎が原〉であった」とグランド・メイスター・マンカンは記している。

タンブルトンは炎上した。店も、家も、聖堂《セプト》も、人も、なにもかもがかたはしから燃えあがった。兵士は燃えながら門楼や胸壁から落下した。人々が悲鳴をあげて街路をよろめき歩く姿は、さながら生ける松明《たいまつ》のごとし——。いっぽう、囲壁の外では、デイロン王子がテッサリオンを駆って降下してきた。〈ロングリーフのペイト〉は落馬して蹂躙され、サー・ガリボールド・グレイは弩弓《クロスボウ》の太矢で射貫かれて、最後の仕上げにドラゴンの息吹《ブレス》で包まれた。そのあいだにも、〈大逆の双徒〉は、町の端から端へと炎の鞭を浴びせつづけている。

サー・ロジャー・コーンとその手勢が、隠していた旗幟《きし》を鮮明にしたのはこのときである。市門の門衛を斬り伏せ、門を開放し、寄せ手を引き入れたのだ。城内に詰めていたオワイン・ボーニー公も同様に正体を現わし、〈豪勇〉のサー・メレルに槍を突きたて、背中から穂先を突きださせた。

それにつづく掠奪と破壊は、ウェスタロス史でも稀なほどの、暴虐の限りをつくしたものとなった。富み栄えていた市場町は灰燼《かいじん》に帰した。何千人もが焼死し、難を逃れようとマンダー河に飛びこんだ者は何千人もが溺死した。のちに、そうやって死んだ者はまだ運がよかったといわれることになる。かろうじて生き延びた者を待っていたのは、いっそう凄惨な運命だったからである。フットリー公の兵士たちは剣を捨てて投降したが、容赦なく縛りあげられ、斬首された。大火を逃れた町の女たちは、成年にもいたらぬ少女たちが何度も強姦され、老人と少年はひとり残らず斬殺された。それをよそに、囲壁の内側では、ドラゴンたちが焼けてくすぶる犠牲者たちの肉を喰らい、饗宴をくりひろげていた。その後、タンブルトンが往時の形で復興することはなかった。のちにフットリー家が廃墟の上に町を再建しようとしたものの、〝新たな町〟は、かつて栄えた町の十分の一の大きさにもなっていない。庶民たちがこの地は呪われているといって忌避したためだ。

ここから北へ七百七十キロ離れた地では、トライデント河の上空で、ほかのドラゴンたちが咆哮を

発していた。ドラゴンに乗って一帯を哨戒しているのは、〈隻眼のエイモンド〉を索敵中のデイモン・ターガリエン王配ともうひとり、〈刺草《イラクサ》〉と呼ばれる小柄な茶色の肌の少女である。いまのところ、敵の発見にはいたっていない。ふたりが拠点にしているのは乙女の池《メイドンプール》の町だった。いつヴァーガーが舞いおりてくるかわからず、生きた心地もせずにいたマンフリッド・ムートン公が、大喜びで招いてくれたのである。この間《かん》にエイモンド王子は、〈月の山脈〉のふもとにあるストーニーヘッドの村、緑の支流ぞいにあるスウィートウィロウの村、赤の支流ぞいにあるサリーダンスの村を急襲しており、さらに、矢頃橋《ボウショット・ブリッジ》を焼き払い、古の船着き場《オールド・フェリー》と〈老媼《ろうおう》の水車場《すいしゃば》〉を消し炭にし、ベチェスターにある女子修道会の母院を破壊していた。いずれの場合も、デイモンたちが駆けつけたときは、王子ははや空の彼方へ消えたあとだった。ヴァーガーは現場にぐずぐずしていなかったし、生存者の証言も、ヴァーガーがどちらへ去ったかについてはまちまちのことが多かった。

　毎朝、早暁、カラクセスとシープスティーラーはメイドンプールの町を飛びたち、河川地帯上空の高みに昇って、徐々に旋回半径を広げつつ、索敵を行なう。眼下にヴァーガーの姿が見つかることをあてにしてのことだったが……毎夕、敗北感をいだいて帰還するのがつねだった。『メイドンプール年代記』には、ムートン公は無謀にも、騎竜者を二手に分けてはどうか、そうすれば索敵範囲が倍になるではないかと提案したとある。デイモン王配はこれを退け、エイゴン征服王やその姉妹とともにウェスタロスへ渡ってきたドラゴン三頭のうち、ヴァーガーはいまも生きる最後の一頭だと説いた。一世紀前よりも動きが鈍ってはいるが、その巨軀はかつての〈黒い恐怖〉に迫るほど巨大化している。その炎は石をも融かすほど熱く、獰猛さの点でもカラクセスやシープスティーラーではおよばない。ゆえに、対抗するには、二頭がそろっていなくてはならない。デイモンが少女〈刺草〉をかたときも離すことなく、昼も夜も、空でも城でも、つねにそばに侍らせているのはそのためだ。

だが、デイモン王配が〈刺草〉を常時そばに置いていたのは、はたしてほんとうにヴァーガーへの対策ゆえだろうか？　〈マッシュルーム〉はちがうと主張する。こびとの述懐によれば、デイモン・ターガリエンは小柄な茶色の私生児を愛するようになっており、褥に連れこんでいたのだという。

はてさて、道化の証言にどれほど信用が置けるものか――。なにしろ、〈刺草〉はせいぜい十七歳、デイモン王配は四十九歳なのだ。しかし、乙女の魅力が年配の男の春機《しゅんき》をそそることはよく知られている。そして、デイモン・ターガリエンが女王以外の女性にも手を出すことをわれわれは知っている。ふだんはこうしたことに寡黙な男、われらがセプトン・ユースタスでさえ、王配が王城にいるときは、夜な夜な〈災禍の淑女《レディ・ミザリー》〉を訪ね、褥をともにしていたと記している。うわさによれば、これは女王も公認だったとのことだ。また、若い時分、キングズ・ランディングじゅうの娼館の主人のあいだで、〈蚤の溜まり場殿下〉の乙女好みは有名で、新しい娘たちが入るたびに、最年少でいちばん可愛い、無垢そうな娘の花を散らさせるため、主人はわざわざ取り分けていた。そのことも忘れてはなるまい。〈刺草〉という娘が若かったことに疑いの余地はないが（もっとも、王配が若いころに花を散らした娘たちほど若くはなかったはずだ）、ほんとうに乙女だったかどうかは疑わしい。スパイスタウンとハルの路上で、家も母も金もなく育った娘ともなれば、初花を迎えてそう遠くないうちに（さすがにそれ以前ということはないだろう）、青銅貨一、二枚やパンひとかたまりと引き替えに、乙女でなくなった可能性はかなり高いと思われる。それに、シープスティーラーを手なずけるために〈刺草〉が与えた何頭もの羊だが……それほど多くの羊を調達するとなると、羊飼いの前でスカートをまくってみせるほかにどのような手段があったのだろう。〈刺草〉またはネティがほんとうに可愛かったとはかぎらない。［ひどく痩せた泥色のドラゴンに乗るひどく痩せた茶色の娘］とグランド・メイスター・マンカンは『その真実』の中で描写している（じっさいに本人を見てはいないのだが）。セプトン

・ユースタスは、〈刺草〉は歯ならびがきわめて悪く、その鼻には盗みの罪で切られたさいの傷痕がくっきり残っていたと記している。これではとても、王子であり王配である男の愛人にはふさわしくない、とだれもが思うだろう。

しかし、例によって『〈マッシュルーム〉の証言』の記述は、これらと食いちがう。そして、ことこの例に関しては、ムートン公のメイスターが記した『メイドンプール年代記』との一致が見られる。メイスター・ノーレンの記録によれば、〔王配殿下とお供の私生児〕とは、毎晩、夕食をともにし、毎朝、ともに朝食をとり、となりあった寝室で就寝しており、そのようすは、まるで王配が〔父親が娘を慈しむように、茶色の娘を慈しんでいる〕かのようで、〔常識的な礼儀〕を指導してもいるし、ドレスの着こなしや髪の梳《と》かし方を教え、〔象牙の持ち手がついたヘアブラシや、白銀を磨きあげた手鏡、繻子《サテン》の縁どりがある上等な茶色いベルベットのマント、騎竜用のバターのように柔らかな革の長靴《ちょうか》一足〕を贈ってもいる。さらに王配は、〈刺草〉にからだを洗うことを教えこんだとノーレンは記す。そして、ふたりのために湯を運んだ使用人の女たちの証言として、王配がしばしば〈刺草〉とともに湯浴みをし、〔背中を流したり、髪に染みついたドラゴン臭を洗い流したりしておいででした、おふたりとも産まれたときそのままのお姿でした〕ということばを記載している。

以上のどれをとっても、デイモン・ターガリエン王配が出生不明のこの娘と情交を結んだ証拠にはならないが、のちのできごとに照らしてみれば、〈マッシュルーム〉の説がもっとも信憑性が高いと断じざるをえない。いずれにせよ、このふたりの騎竜者が夜をどのように過ごしたのであれ、日中は大空を飛びまわり、エイモンド王子とヴァーガーを探す活動に専念したことは事実だ。だが、成果はいっこうにあがらなかった。ゆえに、しばし両騎竜者のことは忘れて、一時ブラックウォーター湾に目を向けることにしよう。

ドラゴンストーン城の城下にある港に、《ネッサリア》なる破損著しい交易船《コグ》が入ってきたのは、ちょうどこの時期のことである。入港の目的は、破損箇所を修理し、食料や水を補給することだった。乗組員たちいわく、《ネッサリア》はペントスから古都《オールド》ヴォランティスへ帰航する途中で嵐に遭い、航路をそれたのだという。ここまでであれば、よくある海の危険の物語だが……ヴォランティス人はさらに、奇妙な物語をつけくわえた。《ネッサリア》が西へ西へと押し流され、沈みゆく夕陽を背に、巨大な竜の山《ドラゴンモント》のシルエットがそそりたったとき……船乗りたちは相争う二頭のドラゴンを見たという。二頭の咆哮は、垂直に切りたった黒い絶壁——煙を吐く東側の岩壁にこだましていた。海辺のありとあらゆる居酒屋、宿屋、娼館は、船乗りの目撃談で持ちきりとなり、尾ひれがつきながら広まって、とうとうドラゴンストーン島の島民では知らぬ者がなくなった。

オールド・ヴォランティスの人間にとって、ドラゴンは驚異以外のなにものでもない。ましてや、二頭のドラゴンが戦う光景は、《ネッサリア》の船乗りにとって忘れられない光景となっただろう。ドラゴンストーン島の住民たちはといえば、産まれたときからドラゴンを見慣れて育っているので、そこまで驚異には感じないが……そうはいっても、《ネッサリア》の船乗りの話は、島民の好奇心をかきたてるに充分なものだった。一夜明けて翌朝、何人かの漁民がそれぞれの漁船を出し、竜の山にそって船を走らせ、帰ってきて報告した。それによれば、山の麓に、あちこちが焼け、異様な角度に折れ曲がった、ドラゴンの死体があった。飛膜と鱗の色からすると、それは灰色の亡霊《グレイ・ゴースト》の死体だったらしい。死体はまっぷたつに裂かれて横たわっており、部分的に喰われたあとがあった。

この知らせを聞かされたサー・ロバート・クウィンスは——女王が王都へ出発するのにさいして、ドラゴンストーン城の城代に任じていった、人好きのする肥満の騎士である——ただちにこの事件が共喰い《カニバル》のしわざだと断定した。ほとんどの者はこれに同意する。カニバルはこれまでに、自分よりも

小さなドラゴンを襲うことで知られていたからだ。しかし、これほど酷《むご》い殺し方はめずらしかった。漁民のなかには、つぎは自分たちがドラゴンに喰われはしないかと恐れて、サー・クウィンスに対し、カニバルの巣へ騎士の一団を派遣して退治してくれるよう願った者もいたが、城代は願いを退けた。

「こちらから刺激しなければ、カニバルは悪さをせんよ」

安全策を徹底するため、城代は竜の山東側の絶壁下で漁をすることを禁じた。そこでは、殺されたドラゴンの死体が腐りはじめていた。

しかし、城代の禁令を、彼が保護責任を負うベイラ・ターガリエンは納得しなかった。デイモン・ターガリエンと最初の妃レーナ・ヴェラリオンの娘であるベイラは、十四歳の奔放で利かん気の強い乙女で、レディというよりは男勝りの、あの父にしてこの子ありという感じの娘だった。細身で背は低かったが、恐れを知らず、舞踏と鷹狩りと騎乗を好む。もうすこし子供のころは、郭で従士たちと格闘訓練をしているところを見つかっては叱られていたものだが、昨今では、やはり従士たち相手に、キス・ゲームにも興じるようになっていた。女王の宮廷が（レディ・ベイラをドラゴンストーン城に残して）キングズ・ランディングに移ってからそれほどたっていないころ、ベイラは厨房の下働きの少年とたわむれ、胴着の中に右手をつっこまれているところを見つかった。城代のサー・ロバートはかんかんに怒り、少年を刑場に送って、不埒な右手を斬り落とさせた。首を刎ねられずにすんだのは、ベイラが涙ながらに助命を嘆願したおかげだった。

〔ベイラ殿下は、過度に男の子好きなのが困りものです〕事件ののち、城代はベイラの父、デイモン王配に書き送っている。〔ふさわしからぬ相手に貞操を捧げられてはことですので、早々にご結婚をなさるべきかと考えるしだいです〕

しかし、そんなレディ・ベイラが男の子よりいっそう愛したのは、空を飛ぶことだった。はじめて

自分の騎竜ムーンダンサーに乗って空を飛んだのは、つい半年前のことである。それ以来ベイラは、一日も欠かすことなくドラゴンに乗りつづけ、ドラゴンストーン島を隅々までめぐり、海峡を越えてドリフトマーク島に渡ったりしていた。

つねに冒険を求めてやまないこの少女は、発見されたドラゴンの死体を調べにいきたい、竜の山《ドラゴンモント》の東側でなにが起きたのか、自分の目で真相をつきとめてきたい――そうサー・ロバートに申し出た。カニバルなんて怖くない。ムーンダンサーのほうが若くて速いから襲われても簡単に振りきれる、と少女はいった。しかし城代は、そのような危険を冒すことを禁じ、城兵に対して、レディ・ベイラが城を出ていかぬよう厳重に見張れと指示しておいた。はたせるかな、その晩、さっそく城代の禁令を破って城外に出ようとしているところを見つかった。制止されたベイラは、怒って抵抗したものの、私室に閉じこめられてしまった。

しごく順当な措置ではある。しかし、その後のできごとを知った目で見れば、これは残念な措置であったといわざるをえない。なぜなら、もしもレディ・ベイラがその晩に飛ぶことを許されていれば、ドラゴンストーン島の東側にまわりこむ一隻の漁船に気がついたはずだからである。その漁船には、〈もつれ鬚《ひげ》のトム〉なる老漁師と、〈もつれ舌のトム〉なるその息子、およびドリフトマーク島からきたふたりの〝従兄弟《いとこ》〟――スパイスタウンが破壊されて住む家をなくしたふたりの男が乗っていた。息子のほうのトムは、投網のあつかいには弱いが酒には強く、前夜、ヴォランティスの船乗りたちに酒をふるまってやりながら、たっぷりと時間をかけ、船乗りたちが目撃したというドラゴンの特徴を聞きだしていた。船乗りのひとりはこう話したという。

「一頭は灰色で、一頭は金色だったな。夕陽を浴びて、きらきら光ってた」

それを受けて、ふたりのトムはいま、サー・ロバート城代の禁止令にもかかわらず、〝従兄弟〟の

ふたりとともに、ドラゴンストーン島の東側の岩場に上陸しようとしていた。そこには焼けただれてずたずたになったドラゴンの死体が横たわっていた。一行の目的は、この惨死体《ざんしたい》を作ったドラゴンを見つけることにあった。

そのころ、ブラックウォーター湾を隔てて西、大陸の海岸では、〈タンブルトンの戦い〉の結果と裏切りの報がキングズ・ランディングに届いていた。現地の顛末を聞いたとき、アリセント先王妃は高笑いしたといわれる。

「自分の蒔いた悪事の報いが、何倍にもなってもどってきたわけね」

〈鉄の玉座〉についたレイニラ女王は蒼白になり、いまにも失神しそうなありさまとなって、王都の市門すべてを閉鎖し、しっかり閂《かんぬき》をかけるよう命じたため、以後は何者もキングズ・ランディングへの出入りができなくなってしまった。

「いかなる返り忠にも、わが都に侵入し、わが市門をあけて謀叛人どもを導き入れはさせぬ」

これが、そのとき女王が口にした宣言である。オーマンド・ハイタワー公勢は、明日か明後日には囲壁の外にまで迫っているかもしれない。ドラゴンを駆る裏切り者どもについては、もっと早く到着する可能性がある。

この窮境に、ジョフリー王子は興奮して、

「くるならこい!」と言い放った。少年に特有の傲慢さと、殺された兄たちの復讐に逸《はや》る気持ちとで、その顔は紅潮していた。「ぼくがタイラクセスで迎え討ちます」

王子のことばに、実母の女王は不安をおぼえ、

「おまえは戦ってはならぬ」ときつく申しわたした。「戦うには若すぎる」

それでも女王は、少年が〈黒の評議会〉に出席して、接近してくる敵にどう対処するのが最良かの

議論に加わることを許可した。

キングズ・ランディングには六頭のドラゴンが残っているが、赤の王城には一頭のみ、女王自身の牝竜シアラックスしかいない。住まわせている場所は、馬をよそへ移動させてあけた外郭《そとぐるわ》の厩舎だ。足には極太の繋竜鎖《けいりゅうさ》を繋いであり、鎖の長さは、厩を出て外郭を歩きまわれる程度には長いが、地上から飛びたてるほどではない。空に舞いあがれるのは、騎竜者が乗り、鎖の足枷がはずされるときにかぎられる。シアラックスはそれなりに長い期間ここにおり、鎖にも慣れていた。餌はいつも潤沢に与えられているので、狩りはもう何年もしたことがない。

ほかのドラゴンたちは〈竜舎〉の中に収容されていた。建屋の巨大な天蓋を支える部厚い環状壁は、ぜんぶで四十の区画に分割されて、それぞれが空洞になっている。もとは〈レイニスの丘〉の岩体を大きくて部厚い環状壁の形に削りだし、壁の中に空洞を掘ったもので、この人為的洞窟の、内壁側と外壁側には、それぞれ頑丈な鉄扉《てっぴ》が設置してあった。内周側の鉄扉が通じている先は〈竜舎〉中央の広大な円形砂地、外周側の鉄扉が通じている先は丘の斜面だ。各空洞は竜房として用いられており、カラクセス、ヴァーミサー、シルバーウィング、シープスティーラーが戦地に向かって飛びたつ前は、ここの竜房に収容されていた。いまなお残るドラゴンは五頭——ジョフリー王子のタイラクセスと、アダム・ヴェラリオンの淡い灰色の体色を持つシースモーク、(逃亡中の)ジェヘイラ王女の騎竜になるはずだったモルグル、ジェヘイラの双子で(亡くなった)ジェヘアリーズ王子の騎竜になるはずだったシュライコス……そして、ヘレイナ王妃の愛竜、ドリームファイアである。〈竜舎〉の中にはすくなくともひとりの騎竜者が住みこむのがかなり前からの習慣になっている。必要が生じた場合、すぐさま王都防衛に飛びだせるようにするためだ。レイニラは息子たちをそばに置くのを好んだので、〈竜舎〉への常駐はアダム・ヴェラリオンの役目となっていた。

しかしいま……〈黒の評議会〉で疑念の声があがりだした。サー・アダムの忠誠心に対する疑念である。アルフ・ホワイトとヒュー・ハマーは敵に寝返った。裏切り者はこの両人だけですむのか？〈ハルのアダム〉は？　あの娘〈刺草《イラクサ》〉はどうだ？　あのふたりもやはり、素性の知れない落とし子ではないか。はたして信用できるのか？

バーティモス・セルティガー公は〝信用できない〟と考えた。

「私生児はその出生からいって、裏切りやすいやからです。あの連中にはそういう血が流れている。出自のたしかな者に忠誠心が染みついているように、私生児に染みついているのは逆心だ」

バーティモス公はそういって、生まれの卑しい両名をただちに捕縛すべし、ドラゴンを連れて敵のもとに走る前に、と女王に進言した。

ほかの参議たちも同様の見解を示した。〈王都の守人《シティ・ウォッチ》〉の総帥サー・ルーサー・ラージェントも、〈女王の楯《クィーンズガード》〉の総帥サー・ローレント・マーブランドもである。ホワイト・ハーバーから派遣されてきたふたり、強猛な騎士サー・メドリック・マンダリーと、頭の切れる太った弟、サー・トーレンでさえ、信用はしないほうがいいと進言した。

「博打は打たぬほうがよろしかろう」とサー・トーレンはいっている。「敵にもう二頭、ドラゴンが増えれば、われらの負けです」

ドラゴンの〝お種〟を弁護したのは、コアリーズ公とグランド・メイスター・ジェラーディスだけだった。グランド・メイスターは、〈刺草〉とサー・アダムに背信の証拠はない、なんらかの決定を下すには、まず証拠を探すのが叡知の道だと述べた。コアリーズ公はいっそう強く肩を持ち、サー・アダムとその弟アリンは〝真のヴェラリオン〟であり、ドリフトマーク島の跡継ぎにふさわしい、とまでいいきっている。あの娘、〈刺草〉にしても、たしかに薄汚れてはいるが、〈水道の海戦《ガレット》〉では

果敢に奮戦したではないか——。

「それはあの裏切り者ふたりも同様でしょう」反論したのはセルティガー公だった。

結局、〈王の手〉の熱弁も、グランド・メイスターの冷静な注意喚起も、徒労におわった。女王がすでに猜疑心をいだいてしまっていたからである。

〔女王はあまりにも多くの者により、あまりにも頻繁に裏切られてきたため、それがだれであろうと、最悪の行動をとりかねない者だと指摘されれば、すぐさま信じるようになっていたのだ〕とセプトン・ユースタスは記している。〔だれに裏切られても、女王はもう驚かなくなっていた。むしろ、人は当然のように裏切るものだと思うようになっていた。たとえ相手が深く愛する者であろうとも〕

女王の心理はそのとおりだったのかもしれない。しかし、レイニラはただちには行動に出なかった。かわりにミサリアを——事実上の密告者の長《おさ》である、元娼婦にして踊り子の女を呼んだ。乳のように白い肌を持つ〈災禍の淑女《レディ・ミザリー》〉は、紅血色のシルクで縁どった黒いベルベットのローブを身にまとい、フードをかぶって小評議会に姿を現わすと、立ったまま、うやうやしくこうべをたれ、女王の下問を聞いていた。サー・アダムと〈刺草〉が裏切りを企んでいるかどうか、そなたの考えはいかに——。下問を受けて、〈白蛆〉は顔をあげ、おだやかな声でこう答えた。

「あの娘はすでに陛下を裏切っております、わが君。こうしているいまも、あの娘は王配殿下と褥をともにしておりますゆえ、もうじき腹に不貞の子を宿すことでございましょう」

レイニラ女王は怒髪天をついた、とセプトン・ユースタスは書いている。そして、サー・ルーサー・ラージェントに対し、氷のように冷たい声で、金色《こんじき》のマント二十名を連れて〈竜舎〉に赴き、サー・アダム・ヴェラリオンを捕縛せよと命じた。

「徹底的に訊問を行ない、あやつの忠誠が本物か偽物か、疑いの余地なくはっきりさせよ」ついで、

〈刺草〉については、「あれは下賤の出、その身には妖術のにおいが染みついている。わが夫があのような卑賤のやからと寝ようはずがない。あの者にドラゴンの血など一滴も流れておらぬことは一目瞭然。おおかた妖術でドラゴンを呪縛しているのであろう。わが高貴なる王配に対しても同じことをしているにちがいない」

あの娘に呪縛されているかぎり、デイモン王配をあてにはできない、と女王はつづけた。ゆえに、ただちに乙女の池《メイドンプール》の町へ使い鴉を送り、領主のムートン公に対してのみ命令を伝えよ——。

「食事中か就寝中の娘を捕え、首を刎《は》ねさせるのだ。それではじめて、わが王配は解放される」

こうして裏切りは新たな裏切りを誘発し、女王の立場を悪化させていった。

やがてサー・ルーサー・ラージェントと金色《こんじき》のマント二十名が女王の召喚状を携え、騎馬を駆って〈レイニスの丘〉を駆け昇ったとき、行く手の〈竜舎〉で外扉がいきなり外へ開け放たれた。そしてそこからシースモークが出現し、淡い灰色の翼を大きく広げ、鼻孔から煙を噴いて空に舞いあがった。サー・アダム・ヴェラリオンが、何者かから警告を受け、間一髪のところで脱出に成功したのである。役目を果たしそこねたサー・ルーサーは歯噛みし、即座に赤の王城へ引き返すや、〈王の手の塔〉に踏みこんで、高齢のコアリーズ公を乱暴に捕縛した。口にしたのは謀叛の咎《とが》だった。コアリーズ公もそれを否定しなかった。縛りあげられ、殴打されながらも、コアリーズ公は沈黙を通し、なされるがままに地下牢へ連れていかれ、暗黒房に投獄されて、審理と処刑を待つばかりとなった。

女王の猜疑心はグランド・メイスター・ジェラーディスに対しても向けられた。〈海蛇〉と同様、ドラゴンの〝お種〟を弁護したからだ。当人は、コアリーズ公の裏切りに加担するなど滅相もないと否定した。長年の忠勤に鑑み、レイニラもグランド・メイスターを地下牢送りにまではしなかったが、小評議会からは除名し、即刻、ドラゴンストーン城へ送り返すとの沙汰を出した。

「そなたがわが面前でぬけぬけと嘘をつくとは思わぬ」女王はジェラーディスにいった。「しかし、完全には信用の置けぬ者をそばに侍らせておくわけにもいかぬ。そなたを見るにつけ思いだすのは、饒舌に〈刺草〉を弁護したときのようすだ」

この間《かん》に、タンブルトンの虐殺の話は王都じゅうに広がり……それとともに、恐怖も広がっていた。つぎはキングズ・ランディングの番ではないのか、と都人《みやこびと》はうわさしあった。ドラゴンとドラゴンが戦えば、こんどは王都が火の海になるだろう。いずれ起こるであろう敵襲を恐れて、何百人もが王都から逃げだそうとした。が、金色のマントたちにより、全員が各市門で追い返された。王都の囲壁に閉じこめられた都人のなかには、炎の嵐が荒れ狂うことを恐れ、深い地下室に逃げ場所を求める者もいたし、一心に祈る者もいれば、酒浸《さけびた》りになる者、女の股に慰めを求める者もいた。日が暮れるまでには、王都の酒場、娼館、聖堂《セプト》は、慰めと逃げ場を求め、恐怖のうわさをしあう男女であふれていた。

王都じゅうが恐怖におののいたその晩、〈靴屋広場〉において、ひとりの托鉢の修道士《ブラザー》がゆらりと立ちあがった。足は素足のままで、馬巣《ばす》織りの毛衣と粗織りのズボン《ラフスパン》を身につけ、カカシのごとくに痩せ細った修道士は、不潔でからだを洗っておらず、豚小屋のにおいをただよわせており、首からは托鉢用の鉢を革ひもでぶらさげていた。右手が手首から断ち切られ、ぼろぼろの革でくるまれているところを見ると、かつては盗っ人だったのだろう。グランド・メイスター・マンカンは、この人物は〈窮民《プア・フェローズ》〉だったのではないかと考察している。この組織は、だいぶ前に非合法化されてはいたが、散りぢりになった〈窮民〉、またの名を〈星〉は、いまもなお七王国のあちこちに潜み住んでいる。この修道士がどこからきたかをわれわれは知らない。本名でさえ歴史の中に埋没している。修道士の説法を聞いたことのある者たちは、のちにその悪行を記す者たちと同様、〈羊飼い〉という呼び名でしかこの男のことを知らなかった。〈マッシュルーム〉はこの男を〈羊飼いの屍《しかばね》〉と呼んでいるが、

これは墓土の中から起きあがったばかりの死体のように、すっかり血の気が失せ、腐臭を放っていたからだと述べている。

素性がどうあれ、生者であれ死者であれ、隻手《せきしゅ》の〈羊飼い〉は悪霊のようにゆらりと立ちあがると、いきなり「破滅と破壊がレイニラ女王を襲う！」と叫んだ。声を聞いてやってきたすべての者に対し、疲れを知らず、恐れを知らず、〈羊飼い〉は夜っぴて説法をつづけ、夜が明けてもそれはつづいた。怒りに満ちたその声は、〈靴屋広場〉じゅうに響きわたった。

ドラゴンはまっとうな生きものではない、と〈羊飼い〉は呼びかけた。あれはヴァリリアの邪悪な呪法により、七つの地獄の窖《あなぐら》から呼びだされた魔獣にほかならぬ。

「兄弟姉妹がまぐわって、母は息子と同衾し、男は魔物にまたがって、出陣していくその陰で、女は大股おっぴろげ、犬をば迎える汚物だめ——そんな地獄ぞ、やつらの住《す》み処《か》は」

ターガリエンどもは〈破滅〉を逃れ、海を越えてドラゴンストーン島に逃げてきた。しかし、「神々のお目はごまかせぬ」

もういまにも第二の〈破滅〉が訪れようとしている——。

「紛《まが》いの王に売女《ばいた》の女王、やつらをともに廃すべし、悪行すべてともろともに、やつらの魔獣もこの世から、残らず壊滅させねばならぬ」

〈羊飼い〉は声を嗄《か》らして説法をつづけた。われらの行く手を邪魔する者はすべて死なさねばならぬ。キングズ・ランディングのドラゴンと主人どもを一掃することでのみ、ウェスタロスはヴァリリアの運命から逃れることができるのだ——。

聴衆は一時間ごとに膨れあがっていった。十人だった聴衆は二十人になり、百人になり、夜が明けそめるころには何千人もが広場に詰めかけ、押しあいへしあいしながら説法に耳をそばだてていた。

松明を持っている者もおおぜいおり、ふたたび日が暮れるころには、〈羊飼い〉は炎の環に囲まれて、その中央に立っていた。野次で説法をやめさせようとした者たちは周囲の聴衆から袋だたきにあった。金色のマントでさえ、四十人で駆けつけてきて、槍の穂先で群衆を広場から追いだそうとしたものの、むなしく追い返された。

いっぽう、南西に二百五十キロほど離れたタンブルトンの町では、また別の混沌が生まれていた。キングズ・ランディングの住民が恐怖に怯えていたのに対して、この町の住民が恐れるのは、町から一歩も進軍していかない南部勢だった。エイゴン王に忠実な者らは全体の指導者を欠き、分裂、反目、疑念に取り憑かれていたからである。オーマンド・ハイタワーは戦死して地に転がっている。従弟のサー・ブリンドン——オールドタウンを代表する大騎士もだ。オーマンド公の子息たちは五千キロも彼方のオールドタウンにおり、そもそもまだ若くて軍勢を指揮できるほどではない。それはデイロン王子も同様だった。オーマンド公はデイロン・ターガリエンに〈勇敢なるデイロン〉の二つ名を奉り、戦場における勇敢さを讃えたが、とはいえ、デイロンはまだ少年である。母宮《ははみや》アリセントの最年少の息子デイロンは、兄たちの影で育ち、命令を与えるよりも受けることに慣れている。軍勢の中で唯一生き残ったハイタワー家の年長者は、これもオーマンド公の従兄弟のひとり、サー・ホーバートだが、いままで輜重段列《しちょうだんれつ》の指揮しかまかされたことがない。〝太いだけにのろい〟といわれるホーバート・ハイタワーは、齢《よわい》六十になるまで、さしたる功績をあげずに生きてきた。そんな人物が、ハイタワー一族のひとりというだけで、大軍を指揮する立場に立たされることになってしまった。

アンウィン・ピーク公、〈豪傑〉のサー・ジョン・ロクストン、オワイン・ボーニー公らの三者も、指揮する立場に立とうと自己主張した。ピーク公は、高名な戦士を輩出した名家の末裔であることが自慢で、自家の旗標《はたじるし》のもとに、騎士百騎、兵士九百をしたがえている。サー・ジョン・ロクストンは、

癇癪を起こしたときの常軌を逸した怒りようで恐れられているが、もうひとつ恐れられているのが、ヴァリリア鋼を鍛えた黒剣〈孤児作り《オーファン・メイカー》〉だった。味方を装って囲壁内に入りこみ、派手に裏切ったふたりのうちの片割れ、オワイン公の言い分は、タンブルトンの町を攻略できたのは自分の狡猾さのおかげではないか、ならばキングズ・ランディングを攻略できるのも自分だけだというものだった。しかし、どの総大将候補も、流血と掠奪に飢えた兵士たちを統率するだけの実力と人望を欠いていた。だれが上に立ち、戦利品を多く取るかで三人が揉めているうちに、その配下はほかの兵士らに加わり、掠奪、強姦、破壊の饗宴にふけるありさまだった。

　その時期における町の住民の恐怖たるや、筆舌に尽くしがたいものだっただろう。七王国の歴史において、一部が裏切ったあとのタンブルトンほどに長く、苛烈で野蛮な掠奪の限りを尽くされた町はほかにない。兵を統制する強力な統率者なくしては、善人でさえけだものに変わる。ここでもそれが起きた。兵士の集団は飲んだくれて街路をうろつき、家や店にかたはしから押し入っては掠奪を働き、とめようとした家人を皆殺しにした。女という女は、老若を問わず、獣欲の餌食となった。富裕者は手ひどく拷問され、黄金や宝石の隠し場所を吐かされて、死ぬままに放置された。赤ん坊は例外なく母親の腕から奪いとられ、槍の先に串刺しにされた。聖なる司祭女《セプタ》はすべてはだかに剝《む》かれ、路上を追いまわされたあげく、犯された。それも、ひとりだけにではない。何百人にもだ。沈黙の修道女《シスター》も凌辱された。死者でさえも例外ではなかった。死体は埋葬されることもなく、腐るままに放置され、鴉や野犬の餌となった。

　セプトン・ユースタスもグランド・メイスター・マンカンも、デイロン王子はこの地獄絵図に肝をつぶし、サー・ホーバート・ハイタワーにこのような暴虐は即刻やめさせるよう命じたものの、サー・ホーバートの無能さも手伝い、ハイタワー勢は無力だったと主張する。庶民というものは、先頭に

立つ貴族のまねをするものだ。そして、オーマンド公の後継者になろうとする者たちは、みずからが掠奪と流血と暴慢のとりことなった。〈豪傑〉のサー・ジョン・ロクストンは、タンブルトンの町の領主フットリー公の妃、美貌のレディ・シャリスに目をつけ、〝戦利品〟としてよこせと要求した。フットリー公が抗議するや、サー・ジョンは黒剣〈孤児作り〉を引き抜いて、「この剣は寡婦を作ることもできるのだぞ」というなり、公をほぼまっぷたつに断ち斬り、泣き崩れるレディ・シャリスのガウンを引き裂いたという。それからほんの二日後には、ピーク公とボーニー公が軍議で口論となり、ついにはピーク公が短剣を抜いてボーニー公の片目に突きたて、こう宣言する事態にいたった。

「ひとたび返り忠の汚名を着た者は、いつまでたっても返り忠のままだ」

そのようすを、デイロン王子とサー・ホーバートは慄然として見つめていた。

だが、タンブルトンで行なわれた最悪の犯罪は、〈大逆の双徒〉――生まれの卑しい騎竜者ふたり、サー・ヒュー・ハマーとサー・アルフ・ホワイトが犯したものである。サー・アルフは大酒にふけり、〔酒池肉林に溺れていた〕。〈マッシュルーム〉によれば、サー・アルフは毎晩、三人ずつの乙女を犯したという。自分を満足させなかった乙女はドラゴンの餌にした。レイニラ女王に叙された騎士の身分だけでは満足できず、デイロン王子にビタープリッジの領主にしてやるといわれたときにも納得しなかったが、それも道理で、その野望はもっとだいそれたところにあった。あろうことか、この男、ハイガーデン城の城主の座に目をつけていたのである。タイレル家は〈舞踏〉でなんの働きもあげていないではないか、ならば当主を叛逆者として告発すべきだ、というのがその主張だった。

しかし、サー・アルフの野望といえども、同じく返り忠仲間のヒュー・ハマーにくらべれば、まだ可愛げがあったといわざるをえない。庶民の出であり、鍛冶の家に生まれたハマーは偉丈夫で、手の力がおそろしく強く、鋼の線を束ねてねじり、腕環にすることもできたといわれる。戦い方の訓練は

ほとんど受けていなかったが、その巨軀と膂力《りょりょく》のおかげで屈強な戦士となった。ふるう得物は戦鎚《せんつい》だ。これで敵を打ち砕き、撲殺する。戦場においてはヴァーミサーを駆る。このドラゴンは、かつて老王そのひとを乗せた騎竜で、ウェスタロスにいるドラゴンのうち、竜齢と体軀で勝る個体はヴァーガーしかいない。

こうした理由から、ハマー公は（いまはこう名乗っている）王冠を夢見るようになっていた。

「王になれるというのに、なんで一介の城主に甘んじねばならんのだ」

集まってきた取り巻きたちに、ハマーはそういったといわれる。おりしも野営地では、古代からのこのような予言が流布しだしていた。

〝ドラゴンに鉄鎚《ハマー》下るとき、新たな王、生まる。その王の行く手をはばむ者なし〟

このことばが流布しだした発端は謎に包まれているが（ハマー自身のことばではない。読み書きができなかったハマーに、このようなことばを吐けるはずがないからだ）、それから数日のうちには、タンブルトンじゅうの人間がこのことばを耳にするようになっていた。

〈大逆の双徒〉はともに、デイロン王子のキングズ・ランディング攻めに乗り気ではなかったようだ。たしかに味方は大軍勢だし、ドラゴンも三頭いるが、女王方にも（ふたりの知るかぎり）ドラゴンが三頭いる。デイモンが〈刺草《イラクサ》〉を連れて王都にもどれば、それが五頭に増える。ピーク公にしても、バラシオン公が嵐の果て《ストームズ・エンド》城の軍勢を率いて合流してくるまでは、王都進軍を見合わせたがっていたし、サー・ホーバートも、急速に減っていく兵糧を補充するため、いったん河間平野に帰りたがっていた。要するに、軍勢は日々痩せ細っていき、朝露のように消滅しつつあるというのに、それを案ずる者はだれもいなかったのである。ゆえに、ますます多くの兵士が、掠奪した戦利品を持てるだけかかえてひそかに脱走し、故郷へ逃げていくのを放置する状態になっていた。

はるか北方、〈蟹の入江〉を一望する某城では、また別の貴族が苦境に陥っていた。その貴族とは、乙女の池《メイドンプール》の町の領主、マンフリッド・ムートンである。キングズ・ランディングから使い鴉が到着し、携えられてきた書簡を開封してみれば、そこには〝私生児〈刺草〉の首を女王のもとへ届けよ〟との女王の勅令が書いてあったのだ。私生児の大逆が発覚したという。

〝わが王配、ターガリエン家のデイモンに、いっさい危害がおよばぬよう留意せよ〟と女王は命じていた。〝処刑がすみしだい、ただちに王配をわがもとへ送りだせ。急ぎ、王配の力が必要である〟

『メイドンプール年代記』の記録者、メイスター・ノーレンは、以下のように記している。女王陛下からの勅令を一読なさったとたん、閣下はひどく動揺なさり、絶句なさった。ようやくお声を出せるようになったのは、カップ三杯のワインを飲んでからのことだった——。

そこでムートン公は、衛兵長、弟、騎士筆頭のサー・フロリアン・グレイスティールを呼び集め、メイスターにもその場に残るよう指示した。全員がそろうと、公は一同に勅令を読み聞かせ、各自の意見を求めた。

「造作もないことでありましょう」衛兵長がいった。「王配殿下はいつもあの娘と褥に入られますが、殿下ももはやお若くはありません。娘の捕縛に抵抗なさったとて、三人もいればおとめできましょう。念のため、六人、連れてまいります。閣下におかれては、今夜のうちに断行することをお望みで？」

「六人であろうが、六十人であろうが、あのお方はデイモン・ターガリエンだぞ」ムートン公の弟が反対した。「それよりは、夕べのワインに眠り薬を盛るほうが賢い。殿下が目覚められたとき、娘は死んでいるという寸法だ」

「あの娘はまだ子供です。いかに謀叛の疑いありとて、かように忌まわしきまねはいかがなものか」そういったのは老騎士サー・フロリアンだった。これは半白で厳格な人物だ。「老王ならば、名誉を

重んずる人間に対し、このような仰せはなさらなかったでしょう」

「いまは忌むべき時代だからな」ムートン公は答えた。「そして、女王陛下から受けたのは忌むべきご指示だ。あの娘はわが屋根の下に迎えた客——陛下のご命令にしたがえば、メイドンプールの町は永遠に呪われる。といって、したがわねば裏切り者の烙印を押され、当家は滅亡する」

これに対して、公弟はこう答えた。

「どちらを選ぼうが、滅亡はまぬがれますまい。殿下はあの茶色の娘を愛《め》でておられる。騎竜もすぐそばにいる。賢明な領主なら、ふたりともに殺してしまうべきところでしょう。さもなくば、殿下の怒りを受けて、メイドンプールは火の海になります」

ムートン公は弟にこう指摘した。

「女王陛下は殿下に危害を加えることを固く禁じておられるのだぞ。同じ褥で眠るわが客をふたりも殺害すれば、その忌まわしさはひとりを殺害する場合の倍だ。呪いも倍になる」そこでムートン公はためいきをついた。「こんな手紙など、読まずにすめばよかったものを」

ここで、メイスター・ノーレンが口を開いた。

「じっさい、閣下は、〝お読みにならなかった〟のではありますまいか……？」

そこから先のやりとりを『メイドンプール年代記』は伝えていない。われわれにわかっているのは、二十二歳とまだ若いメイスターが、その晩、夕食をとっているデイモン王配と〈刺草〉に女王からの手紙を見せたということである。年代記にいわく、

「わたしがお部屋に入っていったとき、成果のない探索の長い一日をおえて疲れきったおふたりは、茹で牛肉と茹でたビーツ《ボイルド・ビーフ》の質素な食事をとりながら、静かな声で話しておられた。その内容について触れることはできない。王配殿下は、わたしを丁重に迎えてくださったが、手紙をお読みになると、

その顔から血の気が失せ、目に悲しみが宿るのが見えた。重すぎて背負い切れない重しがずっしりとのしかかったかのようだった。なにが書いてあるのと娘がたずねると、殿下はこう答えられた。

「書かせたのは女王だが、書かれた中身は下種《げす》の沙汰だ」

そこで、殿下は剣を抜かれ、廊下には自分を捕縛するため、ムートン公の衛兵が待機しているかとたずねられた。わたしはこう答えた。

「わたしひとりでまいりました」そして、自分を除けば、この羊皮紙に書いてある内容を知る者は、ムートン公閣下はもとより、メイドンプールにはただのひとりもおりません、と嘘の誓いを立てた。

「どうぞお赦しを、王配殿下。わたしはメイスターの誓いを破り、書簡を盗み読んでしまいました」

すると、デイモン殿下は剣を収められ、こうおっしゃった。

「最低のメイスターもいたものだな。しかし、人としては最上といえる」

ついで、ただちに立ち去るよう、わたしに命じられた——

「明日《みょうにち》まで、ムートン公にもだれにも、けっしてこのことは口外するな」と念を押されたうえで」

王配と出生不明の娘が、ムートン公の屋根の下で最後の晩をどのように過ごしたのかは記録にない。翌払暁、ふたりはそろって内郭《うちぐるわ》に現われ、デイモンの手を借りて、〈刺草〉がシープスティーラーに乗った。デイモンが騎乗を手伝うのも、これが最後のことになる。毎朝、〈刺草〉は飛びたつ前に、シープスティーラーに餌を与えることを日課にしていた。ドラゴンというものは、腹がくちくなったほうが御しやすいからだ。この朝、〈刺草〉が食べさせたのは雄の黒羊だった。メイドンプールでもいちばん大きな羊ののどを、〈刺草〉は手ずから裂いた。ほどなく〈刺草〉がドラゴンにまたがったとき、革の騎竜鞍《きりゅうぐら》は血に濡れているのが見えた、とメイスター・ノーレンは記録している。そして、「その頰は涙で濡れていた」とも。王配と少女のあいだに別れのことばが交わされることはなかった。

しかし、シープスティーラーが皮革質の茶色い飛膜を羽ばたかせ、朝焼けの空に舞いあがったとき、カラクセスが頭をもたげて、悲痛な鳴き声を発した。その声は〈ジョンクィルの塔〉の窓という窓を一枚残らず打ち砕いたという。やがて、町の上空高くに浮かんだ〈刺草〉は、竜首を〈蟹の入江〉に向け、朝靄の中へ消えていった。その後、だれの宮廷にも城にも、二度と姿を見せることはなかった。

デイモン・ターガリエンは城にもどり、出立までの短い時間に、ムートン公と朝食をともにした。「これがおれの見納めとなろう」王配はムートン公に語りかけた。「貴公の歓待に感謝する。貴公の領地全域に、おれがハレンの巨城《ホール》へ飛ぶことを周知させてはもらえぬか。わが甥《おい》エイモンドがおれに挑むというなら、かの城で対戦することになる——おれ単独でな」

それだけ言い残し、デイモン王配はメイドンプールの町をあとにした。王配が町から飛びたつのは、これが最後となった。

王配が飛び去ると、メイスター・ノーレンはムートン公のもとへいき、こういった。

「この首から学鎖を剝奪し、それで両手を縛っていただけますか。そのうえで女王陛下に突きだしてください。叛逆者の娘に警告し、逃がした時点で、わたしも叛逆者になってしまいました」

するとムートン公は、こう応じた。

「学鎖はつけていなさい。この城にいる者は、もはや全員が叛逆者だ」

その晩、メイドンプールの町の市門では、門の上ではためくレイニラ女王の四分割旗が降ろされ、代わってエイゴン二世の金竜旗《こんりゅうき》が掲揚されることになる。

いっぽう、デイモン・ターガリエンについてだが、王配がハレンの巨城《ホール》を自分のものとするため、天から舞いおりてみれば、黒焦げになった各塔にも、あちこち倒壊した外壁にも、一本の旗も翻って いなかった。少数の不法居住者が城の深い地下室や地下貯蔵庫に居ついていたものの、カラクセスの

翼の羽ばたきを耳にするや、たちまち逃げだしていった。最後のひとりがいなくなると、デイモン・ターガリエンはひとりの供も連れず、ただドラゴンだけをともなって、ハレンの居城に数ある洞窟のような大広間をめぐり歩いた。日が暮れると〈神々の森〉へいき、経過日数を記すため〈心の木〉の樹皮に傷をつけた。これは翌日からの日課となった。いまもなおウィアウッドの樹皮に見える傷痕の数は十三――いずれも深く黒ずんだ古傷である。だが、デイモンの時代から長い年月を閲《けみ》したのちも、ハレンの巨城《ホール》を受け継いだ歴代城主たちは、春がくるたびに、樹皮が新たに〝血〟を流すという。

王配が警戒待機をはじめて十四日めの夕暮れちかく、城の上空をすーっとひとつの影がよぎった。夜天を流れゆく黒雲よりもなお黒い影。〈神々の森〉の鳥という鳥が恐怖していっせいに飛びたち、空から吹きつけてきた熱風が郭の落ち葉を舞い散らす。

ついにヴァーガーが飛来したのである。

ドラゴンの背には、隻眼《せきがん》のエイモンド・ターガリエンが打ちまたがっていた。その身を包むのは、黄金の糸象嵌《いとぞうがん》が紋様を描く、闇よりも黒い直黒《ひたぐろ》の甲冑だ。

エイモンドはひとりではなかった。その背後には、長い黒髪をなびかせて、アリス・リヴァーズが乗っていた。腹が大きく膨れているのは、王子の子供を宿しているためだ。エイモンド王子は二度、ハレンの巨城《ホール》の塔群を周回してから、外郭《そとぐるわ》にヴァーガーを降ろした。カラクセスが待機しているのは、そこからつい百メートルほどの位置だ。二頭のドラゴンが猛々しく睨《にら》みあう。ついで、カラクセスがばっと翼を広げ、シャーッと威嚇の声を発した。その鋭い歯列のあいだには炎が躍っている。

エイモンド王子は、背後の女がヴァーガーから降りるのに手を貸すと、みずからも地に降り立ち、叔父に顔を向けた。

「叔父御。おれたちを探していると聞いてな」

「おまえだけだ。女は知らん」デイモンは応じた。「おれがここにいることをだれに聞いた」

「わが愛しの君《きみ》にさ」エイモンドは答えた。「晩飯を作る焚火の中に、わが君が叔父御の姿を見た。嵐雲《らんうん》に包まれて黄昏《たそがれ》に沈む山中の湖畔に叔父御がいるという。いろんなものが見えるんだよ、おれのアリスはな。ひとりでくるとは愚かな男だ」

「おれひとりでなければ、おまえはこなかったろうが」

「ちがいない。だが、いまはひとりだろう。そしておれはここにいる。あんたは長く生きすぎたのさ、叔父御」

「それにはおれも同感だ」とデイモンは答えた。

それを最後に、年嵩《としかさ》のプリンスはカラクセスのもとへ歩いていき、頸《くび》を下げさせ、重々しい動きで竜の背に登った。その間《かん》に、若きプリンスは愛する女にキスをすると、軽々とヴァーガーに跳び乗り、ベルトと騎竜鞍《きりゅうぐら》をつなぐ四本の短い安全鎖を入念に調整した。デイモンは安全鎖をつないでおらず、ぶらぶらさせたままだ。カラクセスがふたたびシャッと威嚇の声を放ち、一帯の空気を炎で満たした。ヴァーガーはそれに咆哮でもって応えた。ついで二頭のドラゴンは、まるで一体であるかのように、まったく同時に空へ舞いあがった。

デイモンは先端に鋼《はがね》をかぶせた竜鞭《りゅうべん》をふるい、カラクセスを急上昇させ、雲堤《うんてい》に飛びこんで消えた。長く竜齢を重ね、図体もずっと大きなヴァーガーは、そのぶん動きが鈍く、巨体を重々しく動かして、旋回範囲を広げつつ、ゆっくりと上昇していく。やがて、神の目《ゴッズ・アイ》湖の湖水上空に出た。夕陽は地平にかたむいて、日が昏《くら》くなるときも近い。凪《な》いだ湖面は波ひとつ立たず、銅箔の光沢をたたえている。上へ、高みへ――カラクセスを求めてヴァーガーは上昇した。眼下にはハレンの巨城《ホール》がそそりたち、〈王の火葬塔〉の頂からは、アリス・リヴァーズがエイモンドの駆る牝竜を見まもっている。

攻撃がはじまったのはその刹那だった。カラクセスが雷火のごとく、ヴァーガーをめがけて急降下してきたのだ。カラクセスの放った耳をつんざく竜吼《りゅうこう》は、二十キロの彼方でも聞きとれた。襲撃してきたのはエイモンドの右目側からだった。沈みゆく巨大な夕陽に眩惑されて、右側はただでさえ見えにくいうえ、右目には青玉《サファイア》がはまっているため、死角になっている。〈紅血の地竜《ワイアーム》〉は、すさまじい勢いで老竜に激突した。両竜ともに、神の目《ゴッズ・アイ》湖上空に咆哮を轟かせ、血の色に染まった夕空を背景に、黒々としたシルエットとなって組み合い、引き裂きあっている。二頭が吐く炎はあまりにもまばゆく、湖面で漁をしていた漁師たちは、雲そのものが燃えだしたのかと震えあがった。もつれあった二頭のドラゴンは、やがてくるくると回転しながら湖上に落ちてきた。〈紅血の地竜《ワイアーム》〉はヴァーガーの頸に喰らいつき、漆黒の鋭い歯列を自分よりも大きな牝竜の肉に深々と食いこませている。ヴァーガーはヴァーガーで、鋭い鉤爪で相手の腹をかきむしり、自身の鋭利な歯列で相手の飛膜を咬み裂いている。カラクセスがさらに深く牙を立て、傷口にいっそう深く喰らいついた。両者の下から、湖は恐ろしい速さでぐんぐんせりあがってくる。

まさにその瞬間——と、物語にはいう——プリンス・デイモン・ターガリエンは、騎竜鞍から立ちあがり、カラクセスの背からヴァーガーの背に飛び移った。手に握っているのは〈暗黒の姉妹《ダーク・シスター》〉——ヴィセーニア王妃のものであったあの剣だ。〈隻眼のエイモンド〉が恐怖の表情で叔父を見あげた。安全鎖で鞍に固定されているため、王子は逃げるに逃げられない。つぎの瞬間、デイモンは剣で甥の兜を跳ね飛ばし、青玉《サファイア》の目に渾身の力でその切先を突きたてた。剣は若きプリンスの頭部を刺し貫き、うなじから大きく後方に剣身を突き出させた。鼓動半分ののち、両竜は湖面に激突し、巨大な水柱を噴きあげた。その高さは〈王の火葬塔〉と同じほどにも達したという。

これほどの衝撃ともなれば、人間もドラゴンも、とても生き延びられるはずがない——現場を目撃

した漁師たちはそう語りあった。事実、人もドラゴンも、生き延びられはしなかった。カラクセスはかろうじて湖岸にたどりつくまでは生きていた。が、はらわたを抉《えぐ》りだされ、片翼を咬みちぎられた体軀からも、周囲の水面からも、湯気を立ち昇らせている状態だった。そののち、〈紅血の地竜《ワイアーム》〉はどうにか湖の岸に這いあがるだけの力をふりしぼったが、ハレンの巨城《ホール》の城壁まで這いずっていった時点で力つきた。牝竜ヴァーガーの死体は湖底に沈み、ぱっくりと開いた頸の傷から流れ出る灼熱の血は、彼女の最後の安息場所のまわりで湖水を沸騰させた。数年ののち、〈双竜の舞踏〉が終わったあとになって発見されたヴァーガーの死体には、甲冑を着たまま白骨化したエイモンド王子の死体が鎖で鞍に固定されたままになっていた。〈暗黒の姉妹〉は柄《つか》までもその眼窩に突きたてられていた。

　デイモン王配が死亡したことにも疑いの余地はない。その死体はついに見つからなかったが、この湖には気まぐれな水流があり、腹をへらした魚も無数に棲んでいる。吟遊詩人は、年嵩のプリンスが落下を生き延び、その後、あの娘〈刺草《イラクサ》〉のところへたどりつき、彼女のもとで余生を送ったと歌う。そうした物語は、歌の文句としては魅力的だが、歴史としては信憑性がない。〈マッシュルーム〉でさえ、そんな物語はあてにならないとしている。いわんや、われわれにおいてをや。

　双竜が神の目《ゴッズ・アイ》湖の上で舞い、死んだのは、ＡＣ一三〇年、五の月、第二十二日のできごとである。デイモン・ターガリエンの享年、四十九。エイモンド王子はまだ二十歳になったばかりだった。〈黒い恐怖〉バレリオンが死亡してのち、ターガリエン家で最大のドラゴンであったヴァーガーは、この世に生まれてから百八十一年を閲《けみ》していた。かくして、エイゴン王の征服時代から生存していたドラゴン最後の一頭は、黄昏と宵闇が〈黒のハレン〉の呪われた巨城を蒼然と包みゆくなか、ここに命の灯《ともしび》を失った。この闘争を見ていた目撃者はごく少数だったので、デイモン王配の最後の戦いが広く知られるまでには、それなりの時間がかかったにちがいない。

5　レイニラ敗北
Rhaenyra Overthrown

キングズ・ランディングでは、新たな裏切りのたびに、レイニラ女王がますます孤立感を深めつつあった。返り忠と目されたアダム・ヴェラリオンは、訊問を受けさせる前に逃亡した。逃亡したこと自体、裏切っていたことの証拠よ、と〈白蛆《しろウジ》〉がぼそりといった。セルティガー公はそれに同意したうえで、財源確保の手段として、結婚生活で婚外子が生まれるたびに課す懲罰的新税を導入しようと提案した。この新税導入で、国庫が潤うだけでなく、王土に生まれる私生児を何千人も減らせるかもしれません――。

しかし女王には、国庫などよりも急を要する問題があった。アダム・ヴェラリオンの捕縛を命じた結果、ドラゴン一頭と騎竜者一名を失っただけでなく、自身の後ろ盾であった〈女王の手〉をも失い、戦力低下を招いたことだ。なにしろ、〈鉄の玉座〉を掌握するため、ドラゴンストーン城から軍船で乗りこんできた軍勢の半数以上は、ヴェラリオン家に忠誠を誓った家士なのである。コアリーズ公が赤の王城の地下牢に閉じこめられ、衰弱しているとのうわさが広まるや、その家士たちは何百人もが

離反しはじめた。なかには〈靴屋広場〉に出向き、〈羊飼い〉の周囲に集《つど》う群衆に加わる者もいたし、こっそり通用門を抜け、あるいは囲壁を乗り越えて、ドリフトマーク島へ帰る者もいた。残った者にしても、女王に味方するとはかぎらなかった。それは〈海蛇〉に忠誠を誓った剣士のうちのふたり、サー・デニス・ウッドライトとサー・ソーロン・トゥルーが、主君解放のため地下牢へ斬りこもうとしたことからも明らかだった。ふたりの計画は、サー・ソーロンと馴染みの娼婦が〈災禍の淑女《レディ・ミザリー》〉に密告したために発覚し、主君を救出できぬうちに捕縛され、両人とも絞首刑となった。

ふたりが死んだのは夜明けである。赤の王城の城壁から吊るされた両者は、絞縄《こうじょう》に首を絞められて足をばたつかせ、もがき苦しんだあげくに息絶えた。その日、陽が沈んでまもないころ、別の恐怖が女王の宮廷を襲う。ヘレイナ・ターガリエン――エイゴン二世王の妹であり、妃であり、王妃であり、エイゴン二世の子供たちの母でもある女性が、〈メイゴルの天守〉の窓から身を投げ、真下の空壕《からぼり》に植えこまれていた鉄の逆杭《さかぐい》に刺されて孔だらけとなり、死亡したのである。享年は二十一だった。

囚われの身となって半年たち、なにゆえにこの晩、エイゴン王の妃はみずからの命を絶たなくてはならなかったのか。〈マッシュルーム〉はその理由を、ヘレイナは昼も夜も娼婦として客をとらされ、子供を身籠ったからだと断言するが、この説明は、先王妃と前王妃の客取り物語を信じる場合にのみ成立する。ということは、とりもなおさず、まったく考慮に値しないということである。グランド・メイスター・マンカンは、サー・ソーロンとサー・デニスの死にざまを見た恐怖で自死にいたったと信じているが、若きヘレイナは両者を自分の軟禁者としてしか知らないはずであり、そもそも彼女が両者の死にざまを見たとする証拠はない。セプトン・ユースタスは、レディ・ミサリア、またの名を〈白蛆〉が、この晩を選び、ヘレイナの息子メイラーの死を――それも、身の毛もよだつ死にざまを語ったのだと推測している。しかし、いかなる動機でそのようなまねをしたのかとなると、純然たる

悪意以外、理由を考えつかない。

メイスターたちにしてみれば、以下のような主張には真実味がないと思えるだろうが……その晩、キングズ・ランディングの通りや裏路地、旅籠《はたご》や娼館や安酒場では——さらには神聖な聖堂《セプト》でも——とある気の滅入るうわさがささやかれていた。ヘレイナは自殺ではなく、息子たちと同じように殺害されたというのである。デイロン王子とそのドラゴンたちは、もうじき王都の門上に現われるだろう。それとともにレイニラ女王の支配はおわる。若い前王妃《クィーン》を生かしておいて反旗を翻されては、年輩の女王《クィーン》も失脚をまぬがれない。そこで女王は、サー・ルーサー・ラージェントを派遣して、そのごつく大きな手により、ヘレイナをつかませ、下の逆杭めがけて投げ落とさせたのだ——。

この悪意に満ちた誹謗《ひぼう》の出どころはどこか、と疑問を持つ向きもあるだろう（これが事実ではなく誹謗であることはまずまちがいない）。グランド・メイスター・マンカンは、その責を〈羊飼い〉に負わせている。これが女王のしわざだと糾弾する〈羊飼い〉の説法を何万人もが聞いている以上は、そう見なすのもむりはない。しかし、この虚言は〈羊飼い〉が自分で考えたものなのか？　それとも他者の口から出た虚言を反復しただけなのか？　〈マッシュルーム〉は後者だと力説する。これほど胸くその悪い中傷をたれ流す外道はラリス・ストロングしか考えられない……なにしろ、この時期、〈内反足〉は（すぐに明らかになるように）キングズ・ランディングを離れてはおらず、王都の闇に融けこみ、ひそかに謀略をめぐらしてはうわさを流していたんだから、というのがこびとの主張だ。

ヘレイナの死は殺人であったのか？　可能性はある……だが、それがレイニラ女王の指図であったとは考えにくい。ヘレイナ・ターガリエンはすでに心が壊れており、女王にとってなんらの脅威ではなくなっていたからである。入手できるどの史料を繙《ひもと》いても、両者のあいだに格別の確執があったと述べているものはない。レイニラ女王が潜在的な脅威の殺害に踏みきっていたとしたら、逆杭に投げ

落とされたのはアリセント先王妃だったはずだ。そのうえ、ヘレイナが死んだとき、犯人と疑われるサー・ルーサー・ラージェントは、〈神々の門〉付近にある〈王都の守人《シティ・ウォッチ》〉の宿舎にいて、三百名の金色《こんじき》のマントと食事をとっていた。それを示す証拠は山ほどある。

にもかかわらず、ヘレイナ〝殺害〟のうわさは、たちまちキングズ・ランディングの住民のうち、半数の口にのぼった。この話があまりにも急速に広まったことは、王都の民がかつては敬愛していた女王にすっかり背を向けていたことの証左であろう。レイニラは憎まれていた。ヘレイナは愛されていた。王都の庶民は、ジェヘアリーズ王子が〈血狂い〉と〈チーズ〉によって無惨に殺されたことも、メイラー王子が惨劇の橋《ビターブリッジ》で非業の死をとげたことも、ともに忘れてはいない。ヘレイナの死はむしろ、すみやかだったという点で慈悲深いものだったといえる。逆杭の一本がヘレイナののどを貫いたため、前王妃は悲鳴をあげるひまもなく死んだからである。彼女が死ぬ瞬間に、王都内の北側にそびえる〈レイニスの丘〉の頂で、その騎竜ドリームファイアが急に立ちあがり、壮烈な咆哮を放った。その咆哮は〈竜舎〉を揺るがし、牝竜は自身を繋ぐ繋竜鎖《けいりゅうさ》のうち二本を断ち切った。娘の死を知らされたアリセント先王妃は着ていた服を引き裂き、女王を呪って慄然とする呪詛のことばを吐いたという。

キングズ・ランディングで流血の暴動が起こったのは、その晩のことだった。

暴動は〈蚤の溜まり場〉の小路や裏路地からはじまった。安酒場や獣《けもの》なぶり窖《あな》、居酒屋よりあふれ出てきた男女は何百人にものぼり、みな怒り、酔いどれ、怯《おび》えていた。暴徒たちは死んだ王子たちや殺された王妃のための公正な裁きを叫び、路地から王都全体に散らばっていった。車輪つきの屋台や荷台がひっくり返され、店舗は荒らされ、家々は掠奪されて火までかけられた。暴動を鎮圧しようとした金色《こんじき》のマントたちは、取りかこまれて袋だたきにされ、血まみれになった。道ゆく者は、貴賤を問わず標的にされた。貴族はゴミを投げつけられ、騎士は馬の上から引きずりおろされた。レディ・

ダーラ・デディングズは、三人の酔いどれ馬丁に襲われて強姦されそうになり、助けに入った兄弟のダヴォスが片目を貫かれるところを目《ま》のあたりにした。市門を封鎖されて船に帰れなくなった船乗りたちは〈川の門〉を押し破ろうとして暴れ、〈王都の守人《シティ・ウォッチ》〉と大立ちまわりをくりひろげた。船乗りたちを追い散らすには、サー・ルーサー・ラージェント総帥と四百人の守人《もりうど》が槍をふるわねばならず、その時点で、門は騒乱で半壊しており、死者や瀕死の重傷者が百人ほど出た。その四分の一は金色のマントだった。

　バーティモス・セルティガー公には、〈川の門〉とちがって、救援にきてくれる者がいなかった。塀で囲まれた公の屋敷には、六人の番人のほか、あわてて武器をとった使用人数人しか人手がなく、しかもその者たちは忠誠心など持ち合わせていなかったため、押し寄せてきた暴徒が塀を乗り越えて侵入してくるや、あるいは武器を捨てて逃げだし、あるいは暴徒に加わった。嫡子で十五歳の少年、アーサー・セルティガーは、勇敢にも剣を抜いて戸口に立ちはだかり、喚声をあげる暴徒たちを押しとどめたが、それもわずかな時間稼ぎにしかならなかった。主人を裏切った使用人の女が、裏口から屋敷内に暴徒を通したのである。勇敢な少年は背後から槍で刺されて死んだ。バーティモス公自身は厩まで血路を切り開いたものの、馬はみな殺されるか盗まれるかしたあとだった。女王の蔵相として庶民の怨嗟《えんさ》の的であったセルティガー公は、とうとう取り押さえられ、柱に縛りつけられたあげく、さんざんにいたぶられ、財産のありかもすべて吐かされた。最後に、ワットという名の革鞣《かわなめ》し職人が、

「蔵相閣下におかれては、〈男根税〉を払いやがらなかった、ついては、科料として、国庫に一物を納めてもらわにゃならん」と告げた。

〈靴屋広場〉では、四方八方から暴徒の喚声があがっていた。〈羊飼い〉は深く怒りを孕《はら》んだ声で、予言したとおり、破滅の時は目睫《もくしょう》に迫ったと宣言した。

「まもなく神の怒りが落ちようとしている——娼婦の唇を心やさしき異母妹の血で濡れ濡れと光らせ、みずからも血を流しながら〈鉄の玉座〉にすわる、あの紛《まが》いの女王の上に」

群衆の中からひとりのセプタが大声で叫び、王都を救ってくださいと懇願した。その叫びを受けて、〈羊飼い〉は答えた。

「汝を救えるのは〈慈母〉の慈悲のみぞ。しかるに汝は〈慈母〉をこの王都から追いだした——汝の高慢さと欲望と強欲とで。いまこそ〈異客《まれびと》〉は来《きた》る。黒き馬の背にまたがり、目を爛々《らんらん》と燃えたたせ、彼はくる。御手《みて》に怒りの炎持ち、この罪の窖《あなぐら》から悪魔どもと悪魔にかしずくすべての者どもを一掃せんがために。聞け！　あの火を噴く馬蹄の音が聞こえるか？　彼は来《きた》る！　彼は来る!!」

群衆はいっせいに大声で唱和した——「彼は来《きた》る！　彼は来る!!」

その叫び声のなかで広場を満たすのは、煙をともなって黄色い光を投げかける、一千本の松明《たいまつ》だ。まもなく群衆の叫びは収まり、それと入れ替わるようにして、夜の闇に鋪石《しきいし》を踏む鉄蹄《てってい》の音が轟いた。

それがだんだん大きくなってくる。

〈マッシュルーム〉は『証言』の中でこう述懐している。

「駆けつけてきた彼、すなわち〝異客《まれびと》〟は、ひとりではなく、五百だった」

黒の環帷子《リングメイル》と鋼の兜を身につけ、長い金色のマントを翻して駆けつけてきた騎馬の〈王都の守人《シティ・ウォッチ》〉五百は、小剣、槍、棘つき棍棒で武装しており、広場の南側に展開すると、楯と槍衾《やりぶすま》の防壁を作って布陣した。陣頭に立つのは、馬鎧で被《おお》った軍馬にまたがるサー・ルーサー・ラージェントだ。手には抜き身の長剣を引っさげている。その威容を見ただけで、何百人もが小路や路地や脇道に逃げこんでいった。サー・ルーサーが金色のマントに前進の号令を出すや、さらに数百人が逃げだした。

それでもまだ、広場には一万人が残っている。人波はぎっしりと詰まっているため、ほんとうなら

逃げていたはずの者も身動きがとれず、押しあいへしあいするばかりだ。ほどなく、左右の者と腕を組み、大声で罵声を発しながら、守人《もりうど》の隊列に向かってくる者が出はじめた。守人側は隊列を組み、ゆっくりとした太鼓の音に合わせ、槍を突きだし、じわじわと前進しだした。

「道をあけろ、馬鹿者！」〈羊飼い〉にしたがう仔羊の群れに向かって、サー・ルーサーは吠えた。「家に帰れ。おとなしく帰れば危害は加えぬ。家に帰れ。用があるのはそこの〈羊飼い〉だけだ」

一部の記録によれば、最初に死んだのはパン職人の男だった。槍先を突きたてられ、前掛けが赤く染まっていくのを見て、驚きの唸り声を発したという。ほかの記録によれば、最初の犠牲者は小さな女の子で、サー・ルーサーが乗る軍馬に踏みにじられたとされている。真相はどうあれ、ややあって群衆のあいだから石が投げられ、槍兵の額に命中した。つづいて、叫び声と怒号がつぎつぎにあがり、まわりの屋根の上から、棒、石、おまるが投げつけられてきた。広場の一端からは、ひとりの弓兵が矢を射かけだしている。一本の松明が守人に押しつけられ、金色に輝くマントがたちまち炎上した。

〈靴屋広場〉の北側では、〈羊飼い〉が〝使徒〟たちに囲まれ、北へ逃がされようとしていた。

「やつを逃がすな！　つかまえろ！　逃がしてはならぬ！」

叫ぶや、サー・ルーサーは軍馬に拍車をかけ、群衆のただなかに躍りこんだ。金色のマントたちが槍を捨てて剣を抜きつれ、あるいは棘つき棍棒に持ち替える。〈羊飼い〉の信奉者たちが悲鳴をあげ、攻撃されて倒れる者や逃げまどう者らが続出した。だが、短剣やナイフ、大木槌や棍棒、折れた槍や錆びた剣などをふるい、反撃に出た者たちもいる。

金色のマントは大柄な男ぞろいで、齢も若く、膂力《りょりょく》にすぐれ、規律がとれており、武器、鎧ともに充実している。突入して二十メートルかそこらまでは守人が作る楯の防壁も機能し、通過したあとに死者と瀕死の重傷者を残しながら、群衆に血まみれの突入路をうがつことができた。しかし、守人が

五百人しかいないのに対して、〈羊飼い〉の説法を聞きに集まった群衆は一万人だ。守人のひとりが倒れた。ついで、またひとりが。つぎの瞬間、〈羊飼い〉の信奉者たちは、隊列の隙間をすりぬけ、守人たちのあいだに割りこんできた。そして大声で罵声を発しながら、ナイフや石をふるい、武器のない者は歯を使って、隊列の前から、うしろから、まわりから、〈王都の守人〉たちに襲いかかった。屋根の上や建物の露台からも瓦が飛んでくる。

暴徒の鎮圧は混戦となり、やがて虐殺に変わった。全周から人の波に閉じこめられ、圧迫されて、金色のマントたちは武器をふるう余地がない。自分の剣尖《けんせん》で死ぬものがつぎつぎに出た。そうでない者もずたずたにされ、蹴り殺され、踏みにじられ、鍬《くわ》や肉切り庖丁で切り刻まれて絶命した。さしも強猛なサー・ルーサーといえども、虐殺を逃れることはできなかった。剣を奪われ、鞍から引きずり降ろされ、さんざんに腹を刺されたあげく、剝がした舗石《しきいし》で何度も殴られて惨死してしまったのだ。兜も頭もぐしゃぐしゃに潰されており、あくる日、死体回収の馬車がきたときには、その体軀でしかサー・ルーサーと見分けられない状態になっていた。

この長い一夜のあいだ、セプトン・ユースタスによれば、〈羊飼い〉が王都の半分以上を占領するいっぽうで、他の地域では、仮初《かりそ》めの〝諸公〟や〝王たち〟が支配権をめぐってせめぎあっていた。数百人の男たちを引き連れた〈革鞣《かわなめ》しのワット〉は、盗んだ白馬にまたがり、セルティガー公の首と切りとった血まみれの一物をこれみよがしにふりまわしながら、もう税は一銭も払わなくていいぞと叫んでまわっていた。シルク通りにある娼館の一軒では、娼婦たちが自分たちの王をかつぎあげた。白い髪を持つ四歳の男の子で、名前はゲイモン。行方不明のエイゴン二世の落とし子という触れこみだった。ゲイモンに負けじと、〈蚤のサー・パーキン〉なる草臥《くさぶ》しの騎士が、自分の従士で十六歳になったばかりの若者トリスタンに王冠をかぶせ、故ヴィセーリス王のご落胤だと宣言した。いかなる

騎士であれ、他の者を騎士に叙することができる。トリスタンの襤褸旗《ぼろばた》のもとへおおぜいが集まってくると、サー・パーキンは傭兵、盗人、職人の見習いを問わず、だれかれとなく騎士に叙してまわり、やがて〝ご落胤〟の周囲には、その大義に殉ずることを誓う成人男子や男児で構成された、数百人の特異な騎士の一団が成立していた。いわゆる〝卑賤《ひせん》の騎士〟である。

夜が明けそめるころには、王都のいたるところで火の手があがっていた。〈靴屋広場〉には無数の死体が転がり、〈蚤の溜まり場〉のごろつきどもがいくつもの徒党を組んであちこちの店舗や家屋に押し入っては、まっとうに生きる者たちに出くわすたびに乱暴狼藉を働いていた。生き残った金色のマントたちが宿舎に立てこもるいっぽう、わがもの顔で通りという通りを占拠するのは、卑賤の騎士たち、仮初《かりそ》めの王たち、狂える預言者たちだ。

だが、蜚蠊《ゴキブリ》のごときこの者どもは、習性までもが蜚蠊のごとく、光が射すとすばやく逃げ去って、隠れ家や地下室の中に身を潜め、掠奪品を分配し、ひと眠りして酔いを醒まし、手についた血を洗い落としてしまった。〈古昔《こせき》の門〉と〈ドラゴンの門〉を守る金色のマントたちは、それぞれの守門長、サー・ベイロン・バーチと〈裂創のサー・ガース〉の号令一下、勢いの衰えた信奉者たちに突入し、真昼までには、〈レイニスの丘〉の北と東の街路で、多少とも秩序らしきものを取りもどしていた。王都の北東側、〈エイゴンの高き丘〉から〈鉄の門〉の地域でも、サー・メドリック・マンダリーの率いる白い港隊《ホワイト・ハーバー》百名が奮戦し、やはり秩序を取りもどしてのけた。

だが、キングズ・ランディングの他の区画はいまだ混沌としていた。北部勢を率いて鉤《かぎ》の手《て》通《どお》りを南下したサー・トーレン・マンダリーは、〈魚屋広場〉と川通りにひしめくサー・パーキンの卑賤の騎士たちと遭遇した。〈川の門〉の門楼上には、胸壁にトリスタン〝王〟の襤褸旗がはためいており、その門楼から、守門長と副長三名の死体が吊るされているのが見えた。〈川の門〉は〈泥の門〉とも

呼ばれ、そこを守る金色のマントは〝泥足番〟と呼ばれるが、生き残った泥足番たちは全員、サー・パーキンの組下に鞍替えしている状況だった。サー・トーレンは懸命に血路を切り開き、かろうじて赤の王城にたどりついたものの、兵の四分の一を失う痛手をこうむった。だが、〈女王の楯《クイーンズガード》〉総帥の一隊とくらべれば、それでも被害は小さいほうであったといえる。サー・ローレント・マーブランド総帥に率いられ、〈蚤の溜まり場〉に突入した騎士と兵士百名のうちで生還した者は、わずか十六名だけだった。その十六名のなかに、サー・ローレントの名はなかった。

夕暮れまでには、レイニラ・ターガリエン女王はもはや八方塞がりで、自分の統治が終焉を迎えたことを悟っていた。

〔女王は泣いた。サー・ローレントの死にざまを聞かされて泣いた〕〈マッシュルーム〉はそう証言している。〔いっぽうで、乙女の池《メイドンプール》の町が敵側に寝返ったと聞いたときには怒り狂った。あの小娘、〈刺草《イラクサ》〉が逃げたことと、愛する王配が自分を裏切ったことを知ったときにもだ。レディ・ミサリアから、昏《くら》くなってのちはご用心を、今夜は昨夜よりもいっそう荒れましょう、と警告されたときには恐れおののいた。けさの夜明け時には、玉座の間に百人の者が詰めていたが、ひとり、またひとりと脱け出していき、夜のとばりが降りるころになると、女王のそばにいるのは王子ふたりとおれだけになっていた。

「わたしの忠実な〈マッシュルーム〉」女王はおれにそう呼びかけた。「世の男が、みんなあなたのように忠実ならよかったのに。あなたをわたしの〈手〉にしてあげましょうか」

むしろ王配にしていただきたく、と答えると、女王は笑った。あんなにも耳に心地よい声がまたとあろうか。女王が笑うのを聞くのはいいものだ〕

マンカンの『その真実』には、女王が笑ったことは一語も触れられていない。女王は怒りと絶望の

あいだを行き来し、〈鉄の玉座〉の肘かけをぐっと握りしめていたために、陽が沈むころには両手が血まみれになっていたと記しているのみだ。女王は金色のマント全体の指揮を〈古昔《こせき》の門〉の守門長サー・ベイロン・バーチに委《ゆだ》ね、ウィンターフェル城と高巣城《アイリー》に応援を要請する使い鴉を送らせて、メイドンプールの町を統べるムートン家の私権剝奪を命ずると同時に、〈女王の楯《クィーンズガード》〉の新総帥に若きサー・グレンドン・グードを任命した（これは〈白き剣〉になってまだ月がひとめぐりもしていない二十歳の新参者だが、この日の昼間、〈蚤の溜まり場〉の戦いで獅子奮迅の働きを見せた人物である。サー・ローレントの亡骸が毀損《きそん》されないよう、王城まで運んできたのもこの男だった）。

道化の〈マッシュルーム〉がいたことは、〈最後の日〉を記したセプトン・ユースタスの記録にも、マンカンの『その真実』にも出てこないが、どちらの記録にも、女王の息子ふたりについての描写は存在する。〈年若のエイゴン〉はいつも女王のそばにひっついていたが、めったに口をきかなかった。かたやジョフリー王子は、十三歳ながら従士の鎧を身につけ、〈竜舎〉まで騎馬で駆けさせてほしい、タイラクセスに乗って出撃したいと強く願った。

「母上のために戦いたいのです、兄上たちがそうしたように。兄上たちにも劣らぬほど勇敢であると証明する機会をわたしにください」

だが、王子のことばは、レイニラ女王をいっそう頑《かたくな》にさせただけだった。

「あの子たちは勇敢だったわ。だからこそ命を落として、いまはもうこの世にいない。ふたりともよ。わたしの愛しいあの息子たちは、もうどこにもいないの」

そして今回もまた、王子が城を出ることを禁じたのだった。

日没とともに、キングズ・ランディングに巣食う害獣どもは、苫屋《とまや》から、隠れ家から、地下室から、ふたたびわらわらと表に這い出てきた。今夜は昨晩よりもはるかに人数が増えていた。

〈ヴィセーニアの丘〉では、娼婦の一団が〈白き髪のゲイモン〉を〝王〟として祭りあげ、この子に剣の忠誠を誓った者には、無料《ただ》でお相手してあげると宣伝しだした（王都のいかがわしい地区では、この子供は〝女陰《にょいん》の王様〟と呼ばれた）。〈川の門〉ではサー・パーキンが、みずから騎士に叙した卑賤の騎士たちに掠奪した食いものをたっぷり食わせたあと、川岸まで連れていき、波止場や倉庫、たまたまそのとき停泊していた船をかたはしから掠奪しはじめた。〈革鞣《かわなめ》しのワット〉でさえもが、喚き叫ぶごろつきどもを引き連れて〈神々の門〉に襲いかかった。キングズ・ランディングご自慢の部厚い囲壁や頑丈な側防塔は、外敵の攻撃から護るためのものであり、囲壁内から攻撃されることは想定されていない。なかでも〈神々の門〉はひときわ弱体化していた。守門長と守人の三分の一が、昨日、〈靴屋広場〉の暴動鎮圧で、サー・ルーサー・ラージェントとともに死亡していたからである。残った守人も負傷者が多く、たちまち制圧された。ワットのごろつきどもは〈神々の門〉から王都の外へあふれだし、旗標のかわりにしていた腐りゆくセルティガー公の首も放りだして、〈王の道〉をしゃにむに進みだした……どこへいくのか、ワット自身にも定かではないままに。

それから一時間とたたないうちに、〈王の門〉と〈獅子の門〉も開け放たれた。〈王の門〉を守る金色のマントたちはただ逃げただけだったが、〈獅子の門〉を守る〝獅子〟たちは暴徒に加わった。こうして、キングズ・ランディングの囲壁に設けられた七つの門のうち、三つまでもが、陸路でくるレイニラの敵に開放された。

しかし、女王の統治にとってなによりも恐るべき脅威は、王都の中にあることが証明された。夜のとばりが降りるころ、〈羊飼い〉がまたしても〈靴屋広場〉に現われ、説法を再開したのだ。記録によれば、昨夜の戦いで出た死者は昼間のうちに片づけられていたが、片づけられる前に、死体からは衣服、貨幣、その他の貴重品が剝ぎとられており、なかには首を斬られて持ち去られた死体もあった。

この晩は、長い槍や尖らせた杖の先に刺された百の生首が風に揺れつつ、隻手《せきしゅ》の預言者が金切り声を張りあげ、赤の王城に巣食う〝下劣な女王〟を糾弾する姿を見つめていたという。〈羊飼い〉を囲む群衆の数は、セプトン・ユースタスいわく、前夜の二倍に膨れあがり、兇暴さは三倍に増大していた。同時に〈羊飼い〉の〝仔羊たち〟は、自分たちが嫌悪する女王自身と同じように、夜が明ける前には、大軍勢を引き連れたエイゴン王のドラゴンたちが襲ってくるのではないかと、戦々兢々《せんせんきょうきょう》として空を見あげていた。群衆はもう女王が護ってくれるとは思っていない。それゆえ、〈羊飼い〉が救済してくれることに一縷《いちる》の望みを託していたようだ。

　だが、預言者はこう答えた。

「ドラゴンきたりなば、汝らの肉は焼けただれ、火脹《ひぶく》れが生じ、やがて灰燼《かいじん》に帰すであろう。汝らの女房たちは炎の衣をまとって踊り狂い、悲鳴をあげて焼け死んでいく。炎の衣の下は一糸もまとわぬみだらな姿だ。汝らの幼子《おさなご》たちは涙を流し、じきにその目も熔けて流れだし、どろどろになって頬をつたい落ちたあげく、ついには顔の薄桃色の肉までもが黒焦げになり、ひび割れ、骨から剝離する。〈異客《まれびと》〉は来《きた》る。彼は来る、彼は来る、われらが罪を懲らすために。どれほど祈ろうとも彼の怒りは鎮められぬ、涙でドラゴンの炎を消せぬように。鎮める力を持つのは血だけだ。汝らの血、われの血、きゃつらの血だけだ」

　ここで〈羊飼い〉は、手首から先のない右腕を高々とかかげ、その先端をすっと、背後にそびえる〈レイニスの丘〉に——丘の頂で星々を背にして黒く屹立する〈竜舎〉に突きつけた。

「あそこに、あの高みにこそ魔物は巣食う。炎と血、血と炎。この都はきゃつらの都。ここを汝らのものにしたいと欲するなら、まずは魔物どもを滅ぼさねばならぬ。汝の罪を浄めたいと欲するなら、まずはドラゴンの血に浸からねばならぬ。なんとなれば、地獄の炎を消せるのは血だけだからだ」

一万の群衆の口から、いっせいに叫び声があがった。

「魔物を殺せ！　魔物を殺せ！」

あたかも一万対の脚を持った巨獣のごとく、仔羊の大群は動きだした。押しあいへしあい、松明《たいまつ》をかかげ、剣やナイフ、間にあわせの武器をふりたてて、通りや路地を走りぬけ、あるいは歩いていく。目ざすは〈竜舎〉だ。なかには、これはただごとではすまないと気づき、群衆を抜けだして家に帰る者もいたが、ひとりが抜けるたびに、三人がこの殺竜集団に加わった。〈レイニスの丘〉のふもとに達するころには、群衆の数は倍に膨れあがっていたという。

王都を隔てて東にある〈エイゴンの高き丘〉に目を転じれば、頂にそびえる〈メイゴルの天守〉の屋上に、女王、その王子たち、何人もの廷臣たちとともに、〈マッシュルーム〉が立ち、彼方でくりひろげられる襲撃のようすを眺めていた。夜は暗く、ぬばたまの闇に閉ざされるなかで、〈竜舎〉をめざす松明の数は慄然とするほど多く、道化のことばを借りれば、

〔星々がこぞって夜天から降ってきて、〈竜舎〉を襲っているかのようだった〕

〈羊飼い〉率いる血に飢えた群れがどこへ向かっているかの報告が届くや、レイニラ女王はただちに、〈古昔《こせき》の門〉を守るサー・ベイロンと〈ドラゴンの門〉を守るサー・ガースのもとへ騎馬の使い番を走らせておいた。仔羊どもを蹴散らし、〈羊飼い〉を捕縛し、王家のドラゴンたちを守らせるためだ。だが、王都は混乱のきわみにある。使い番たちが目的地にたどりつけたかどうかはおおいに疑わしい。たとえたどりつけていたとしても、いまも女王に忠実な金色のマントはあまりにもすくなく、とても命令を果たすことはできなかっただろう。〈マッシュルーム〉はこう述べている。

〔陛下におかれては、ブラックウォーター河の流れを塞きとめよと命じられたに等しい〕

ここにおいて、ジョフリー王子が母宮《ははみや》に懇願した。自分に王家の騎士とホワイト・ハーバーからの

騎士を率いさせ、〈竜舎〉に向かわせてほしい――。だが、女王はこれを退けた。

「〈レイニスの丘〉が陥《お》ちれば、つぎに襲われるのはこの城よ。王城を守るには、手持ちの全戦力が必要になるわ」

「ですが、放っておけばドラゴンたちが殺されてしまいます」ジョフリー王子は食いさがった。

「むしろ殺されるのは、ドラゴンを襲撃する側でしょう」女王は動じることなく答えた。「せいぜい焼かれてしまうがいいわ。王都には無用の者どもだもの」

「しかし母上、タイラクセスが殺されたらどうします?」

女王は言下に否定した。

「あの連中は害獣よ。酔っぱらいに愚か者、どぶ鼠ばかり。ドラゴンの炎を味わえば、たちまち逃げ帰るわ」

ここで〈マッシュルーム〉が意見を述べた。

「酔っぱらいかもしれません。しかし、酔った人間は恐怖を忘れるもの。愚か者ではありましょう。なれど、愚か者は平気で王を殺せます。どぶ鼠であることにも異論はありませんが、どぶ鼠でも千匹集まれば熊をも殺せる道理。以前、この目でそんな惨劇を見ました。〈蚤の溜まり場〉での話です」

道化の警鐘に、こんどはレイニラ女王も笑わず、その舌を切られたくなくば口を閉じていよと命じ、胸壁の外に向きなおった。このとき、ジョフリー王子が思いつめた顔をして屋上から立ち去っており、〈マッシュルーム〉だけが(『証言』を信用できるならば)それに気づいたが……口を閉じていろと命じられていたため、こびとはなにもいえなかった。

屋上から見ていた者たちが、王子がいないと気がついたのは、シアラックスの咆哮が轟いてからのことだった。そのときにはもう手遅れだった。

「だめよ！」このとき、女王がそういったと記録にはある。「禁じたのに、禁じたのに」

だが、女王がそうつぶやくあいだにも、女王の騎竜は翼を羽ばたかせて内郭《うちぐるわ》から舞いあがり、鼓動半分のあいだ、王城の城壁の上に浮かんだのち、夜闇の中へ飛翔していった。その頸には、抜き身の剣を手にしたジョフリー王子がしがみついていた。

「追いかけなさい！」レイニラは叫んだ。「全員よ！　おとなも子供も、ひとり残らず、馬に、馬に乗って、あの子を追いかけて！　連れもどしなさい、連れもどすの！　あの子にはわかっていない。ああ、息子よ、愛しいわが子よ……」

その晩、七騎の騎馬が赤の王城を出て坂を駆け下り、王都に蔓延《まんえん》する狂気のただなかに懸《か》け入《い》った。マンカンによれば、この七人は名誉を重んじる者で、おのが務めを遵守《じゅんしゅ》し、女王の指示にしたがった忠士たちだという。それに対してセプトン・ユースタスは、この七人は息子を思う母の心に打たれ、それゆえ行動に出た義士たちだと説く。いっぽう〈マッシュルーム〉は、この七人を考えなしの阿呆呼ばわりし、潤沢な褒美をもらえると思いこんで〔自分たちが死ぬかもしれない可能性に思いいたらなかった馬鹿ども〕と評している。しかし、すくなくとも一点で、三人の記録者の記述はめずらしく一致していた。

われらがメイスター、われらがセプトン、われらが道化の記述には、例外なく同じ名前が記されていたのである。〈騎行七勇士〉の名は以下のとおり。

サー・メドリック・マンダリー――白い港《ホワイト・ハーバー》の跡継ぎ。

サー・ロレス・ランズデールとサー・ハロルド・ダーク――〈女王の楯《クイーンズガード》〉の騎士。

リード家のサー・ハーモン――またの名を〈鉄棍《てっこん》〉。

サー・ジャイルズ・アイアンウッド――ドーンから追放されてきた騎士。

サー・ウィラム・ロイス——世に名高いヴァリリア鋼の名剣〈哀歌《ラメンテーション》〉をふるう剛剣の使い手。
サー・グレンドン・グード——〈女王の楯《クイーンズガード》〉総帥。

以上の七勇士に加え、従士が六騎に、金色のマントが八騎、兵二十騎が同行しているが、なんとも残念なことに、その名前はつまびらかになっていない。

〈七勇士の騎行〉は数多くの吟遊詩人が数多くの歌に歌っており、周囲でキングズ・ランディングが炎上し、〈蚤の溜まり場〉の路地という路地が血で赤く染まるなか、敢然と王都を横切る一行が直面した危険の数々は、さまざまな歌や物語に見られる。そのたぐいのなかには一面の真実を含むものもある。だが、ここでそれらを詳述することは、われわれの目的とするところではない。歌のなかには、ジョフリー王子の最後の飛行を歌いあげたものもある。〈マッシュルーム〉いわく、吟遊詩人というやからは厠の中にも栄誉の種を見つけられるものであり、真実を声高に口にするのは愚か者の謗《そし》りをまぬがれない。王子の場合、その勇敢さは疑うべくもないが、とった行動は愚か者のそれだった。

騎竜と騎竜者との絆について、多少とも理解しているそぶりはすまい。われわれより知恵に秀でる先賢たちが何世紀にもわたって考察してきたにもかかわらず、この神秘についてはいまにいたるも、よくわかっていない。しかし、確実にわかっていることがある。ドラゴンは馬とはちがうということである。馬ならば、鞍をつけた状態でなら、たいていの人間を背中に乗せる。だが、シアラックスは女王のドラゴンだ。いまだかつてレイニラ女王以外の騎竜者を乗せたことはない。見た目と匂いから、ジョフリー王子のことは知っており、馴じみ深い存在ではあったので、繋竜鎖《けいりゅうさ》をいじられてもとくに警戒心をいだきはしなかったが、かといって、巨大な黄色の牝竜としては、王子を乗せるつもりなど毛頭なかった。引きとめられないうちに飛びたとうとあせるあまり、王子は騎竜鞍《きりゅうぐら》もつけず、竜鞭《りゅうべん》を持つこともせず、シアラックスの背中に飛び乗った。その意図は、シアラックスを駆って戦いの場に

乗りこむか、でなければ、こちらのほうが可能性が高いが、王都を横切って〈竜舎〉に飛び、自分の騎竜タイラクセスのもとへいくことだったのではあるまいか。おそらく、〈竜舎〉内の他のドラゴンたちを解き放つ意図もあっただろう。

しかしながら、ジョフリーは〈レイニスの丘〉までたどりつけなかった。空中に飛びたってすぐ、シアラックスは慣れぬ騎竜者を振り落とそうと抗《あらが》い、身をよじりだしたのである。しかも地上からは、〈羊飼い〉の血に飢えた仔羊たちから石や槍を投擲され、矢を射られて、ドラゴンはますます怒りをかきたてられた。ほどなく、〈蚤の溜まり場〉から六十メートル上で、ジョフリーはドラゴンの背中をすべり落ち、地上へまっさかさまに落下する。

王子が落下し、血まみれの最期を迎えたのは、五本の路地が交わる地点の付近だった。まず最初に、王子は傾斜のきつい屋根に激突し、その上を転がり落ちて軒から放りだされ、雨のように降りそそぐ割れた屋根瓦の破片とともに、もう十メートルほど落下したのち、地面にたたきつけられた。伝わるところによれば、王子は落下時の衝撃で腰の骨を折り、降ってくるナイフのように鋭い破片で全身を刺されたあげく、手から離れた抜き身の剣で腹を貫かれたという。〈蚤の溜まり場〉ではいまなお、王子を抱きしめ、ずたぼろになって死にゆく王子に慰めのことばをかけつづけた、蠟燭《ろうそく》作りを父親に持つ娘、ロビンの物語が語り継がれている。この物語は史実というよりも民間伝承に近い。虫の息のジョフリーは、今際《いまわ》の際《きわ》に「母よ、赦したまえ」とかすれ声でつぶやいたとされるが……ここでいう〝母〟が女王である自分の母親のことなのか、〈天なる慈母〉のことであるかは、いまもって議論のあるところだ。

ここにジョフリー・ヴェラリオン、〈ドラゴンストーン城のプリンス〉、すなわち〈鉄の玉座〉の跡継ぎである王子は息絶えた。この王子をして、レーナー・ヴェラリオンの種によるレイニラ女王の

最若年の息子というべきか……それとも、サー・ハーウィン・ストロングの種による最若年の息子というべきかは、どちらを真実と信じたいのか、受けとる側の考えひとつである。

暴徒はたちまち、落ちた王子の死体に群がった。蠟燭作りの男の娘ロビンは、たとえ実在だったとしても、その場から追いはらわれた。暴徒たちは王子の足から長靴《ちょうか》を剝ぎとり、腹部に刺さった剣を奪いとり、血に染まった上等な服を剝ぎとった。もっと野蛮な者たちにいたっては、残された肉体に群がっている。通りのクズどもが両手を切りとったのは、王子の手に輝く指輪に目をつけてのことだ。ある者は王子の右足を足首から切断し、肉屋の見習いは首を切り落としはじめた。鉄蹄《てってい》の音を轟かせ、〈騎行七勇士〉が決然と突入してきたのはこのときである。〈蚤の溜まり場〉の悪臭がただようなか、ジョフリー王子の死体を争って、泥と血にまみれた戦いがはじまった。

熾烈な戦いの末、女王の騎士たちは王子のずたずたにされた亡骸の回収に成功したが——ただし、切断された片足だけは取りもどせていない——その過程で、七勇士のうち三人までもが命を落とした。死んだひとり、ドーン人のサー・ジャイルズ・アイアンウッドは、馬から引きずりおろされ、棍棒で滅多打ちにされて死亡した。サー・ウィラム・ロイスは、屋根の上から男に飛びかかられて落馬し、背中から地に落ちたところを殺された（そのさい、手にしていた名剣〈哀歌〉は何者かにもぎとられ、以後、二度と見つかることはなかった）。三人のうちでだれよりも悲惨な最期を迎えたのは、サー・グレンドン・グードだろう。背後から男に松明を押しあてられ、純白の長いマントに火がついて燃えあがり、それで怯《おび》えた乗馬が棹立《さおだ》ちになった結果、サー・グレンドンはうしろざまに放りだされ——そこへいっせいに群がってきた暴徒により、文字どおりばらばらに寸断されてしまったのだ。サー・グレンドンはまだ二十歳、〈女王の楯《クィーンズガード》〉の総帥になって数時間での横死だった。

〈蚤の溜まり場〉で血の雨が降っているさなかにも、〈レイニスの丘〉の上にそびえる〈竜舎〉では

別の戦いが荒れ狂っていた。

〈マッシュルーム〉はまちがっていなかった。飢えた鼠の大群は、数さえ充分なら、たしかに牡牛も熊も獅子も倒せてしまう。牡牛や熊にいくら潰されようとも、鼠の群れは尽きることなく、あとからあとから襲いかかり、巨大なけものの脚を咬み、腹に喰らいつき、背中に這いあがる。この晩も同じことが起こった。〈羊飼い〉の率いる鼠の大群は、槍、長柄斧《ながえおの》、棘つき棍棒、そのほか五十種類もの武器を携えており、そのなかには長弓や弩弓《クロスボウ》もあった。

〈ドラゴンの門〉を守る女王に忠実な金色のマントは、丘を守ろうとして宿舎をあとにしたが、どうしても暴徒の集団を突破することができず、やむなく引き返した。〈古昔《こせき》の門〉に派遣された使者も現地にはたどりつけなかった。〈竜舎〉自体は独自の警備組織を持つ。〈守竜士〉である。しかし、この誇り高き戦士たちは、総勢わずか七十七名。しかもこの晩、〈竜舎〉に詰めていた〈守竜士〉は五十名に満たなかった。〈守竜士〉たちの剣は、暴徒の血を大量に吸いはしたものの、多勢に無勢はいかんともしがたい。〈羊飼い〉の仔羊たちがつぎつぎに扉を押し破り（青銅と鉄の枠をかぶせた、高くそびえる巨大な総門はきわめて頑丈で、とうてい押し破れるしろものではなかったが、〈竜舎〉全体には二十の小さめの門が設けられていた）、別の者は壁を攀《よ》じ登って窓からなだれこんだため、〈守竜士〉たちは圧倒され、またたく間に虐殺された。

おそらく暴徒はドラゴンの寝込みを襲えると踏んでいたのだろうが、これほど騒々しく侵入しては、ドラゴンたちも眠っていられるはずがない。〈竜舎〉を襲撃した暴徒のうち、生き残った者がのちに語ったのは、構内を満たす阿鼻叫喚、宙に蔓延する血臭、間にあわせの破城槌《はじょうつい》や無数の斧に打たれて飛び散った、樫板や鉄枠のおびただしい破片のことなどだった。

「これほど多くの群衆が、進んでみずからの火葬壇に飛びこんでいった例はほかに類を見ない」そう

記したのはグランド・メイスター・マンカンである。〔しかし、暴徒は狂気に取り憑かれていた〕

当時、〈竜舎〉内には四頭のドラゴンがいた。そして、暴徒の先頭集団が敷砂の上になだれこんだ時点で、四頭が四頭とも目覚め、覚醒しており、いらだっていた。

その晩、〈竜舎〉の大天蓋の下で死んだ男女の人数については、どれひとつとして一致する記録がない。二百人から二千人までと、大きな幅がある。いずれにしても、死者ひとりにつき、火傷を負いながらも生き延びた人間が十人はいたという。〈竜舎〉の内部に閉じこめられ、周囲と上方を壁面と大天蓋に囲まれ、極太の繋竜鎖で繋がれたドラゴンたちは、外へ飛びたつこともままならず、襲撃を避けるため翼を羽ばたかせ、〈竜舎〉内で飛びあがることも、敵めがけて舞いおりることもできない。やむなく、角や爪牙《そうが》をふるい、あちこちへ向きを変えながら、必死に戦った――〈蚤の溜まり場〉の獣《けもの》なぶり窖《あな》で奮闘する牡牛のように。ただし……この牡牛は炎を吐く。

〔〈竜舎〉は火炎地獄と化し、立ちこめる煙の中、火柱となった人々が悲鳴をあげてよろめき歩いた。焦げた肉が剝げ落ちたあとからは、黒焦げの骨があらわになった〕セプトン・ユースタスはそう記す。〔しかし、ひとり死ぬたびに、新たに十人が現われる――ドラゴンは死なさねばならぬと叫びながら。そして、一頭、また一頭と、ドラゴンたちは死んでいった〕

最初に殺されたドラゴンは牝竜シュライコスである。〈木挽《こび》きのホブ〉として知られる森の民が、シュライコスの頸に飛び乗り、頭に斧をたたきつけたのだ。シュライコスは咆哮を発して身をよじり、ホブを振りとばそうとした。ホブは頸にしっかりと両脚をからめ、竜頭に斧をたたきつけること七度、一回斧をふるうたびに、〈七神〉の一柱の名を叫んだという。ドラゴンの息の根をとめたのは七度め、〈異客《まれびと》〉の名を叫んで振りおろしたさいの一撃だった。斧の刃先は鱗と頭骨を打ち砕き、ドラゴンの脳に食いこんだという……ただし、ユースタスのいうことを信じるならば、である。

モルグルを死なせたのは、のちに〈火柱の騎士〉と呼ばれる、全身を板金鎧で固めた大兵《だいひょう》の剽悍《ひょうかん》な男だったと記されている。この男は槍を手に、ドラゴンの吐く炎の中へ飛びこんでいき、モルグルの片目に何度も何度も穂先を突きたてた——自身もドラゴンの炎で炙《あぶ》られ、融けゆく鋼の鎧に包まれて、中の生身を蒸し焼きにされながら。

ジョフリー王子の愛竜タイラクセスは自身の竜房に引っこみ、ドラゴン殺《スレイヤー》しになろうと竜房に駆けこんでくる者をつぎつぎに焼き焦がしたため、竜房の入口はたちまち死体で塞がれ、通れなくなった。だが、ここでわれわれは、人間の造った洞窟状の竜房にふたつの出入口があったことを思いださねばならない。いっぽうは〈竜舎〉の敷砂側に面しており、もういっぽうは丘の斜面に口を開いている。信奉者たちに〝裏口〟から突入するよう指示したのは〈羊飼い〉自身だった。何百人もがその指示にしたがい、ただよう煙の中、手に手に剣や槍や斧をふりかざし、雄叫びをあげて外側から竜房に突入した。タイラクセスは外側に向きなおったが、そのさい、からまった繋竜鎖が鋼の網となり、動きを封じられる結果となった。事後には、ドラゴンの息の根をとめたのは自分だと、(女ひとりを含む)六人が名乗り出ている(騎竜者のジョフリーと同じく、死んだのち、タイラクセスも徹底的に尊厳を踏みにじられた。〈羊飼い〉の信奉者たちにより、翼から飛膜を切りとられ、雑な細切れにされて、〝ドラゴン皮のマント〟に仕立てあげられたのだ)。

〈竜舎〉の四頭のうち最後の一頭、ドリームファイアは、そう簡単には死ななかった。伝承によれば、このドラゴンはヘレイナが亡くなったさい、繋竜鎖のうちの二本を引きちぎっている。そしていま、暴徒の集団が向かってくるのを見たとたん、残っていた数本の繋竜鎖を固定柱ごと壁から引き抜くと、猛然と暴徒に躍りかかり、鋭い牙と鉤爪をふるって、かたはしから人間たちをずたずたに切り裂き、手足を引きちぎり、何度となく炎を吐いておおぜいを焼きはらった。それでも怯《ひる》むことなく、新手が

押しよせてくるや、こんどは翼を広げて天井に舞いあがり、巨大な洞窟を思わせる〈竜舎〉の内部を飛びまわって、急降下してきては敷砂上の暴徒たちを血祭りにあげた。タイラクセス、シュライコス、モルグルが何十人も殺したことには疑いの余地がない。だが、ドリームファイア一頭が殺した人数は、他の三頭が殺した人数の合計を上まわっていた。

牝竜の猛炎に恐れをなして、何百人もが恐怖し、逃げだした。が、酒に酔ったか狂気に血迷ったか、それとも〈天なる戦士〉の神勇《しんゆう》でも宿ったのか、さらに何百人もの新手が押しよせてきた。大天蓋のすぐ下まで上昇しているとはいえ、その程度の高さなら、長弓の矢も弩弓《クロスボウ》の太矢もやすやすと届く。ドリームファイアがどこへ移動しても、矢や太矢が大量に射かけられた。さほどの距離がないため、なかには鱗を貫く矢も出はじめた。どこへ降りても、たちまち暴徒が群がってくるため、ドラゴンはふたたび舞いあがることを余儀なくされる。二度、巨大な青銅の大門のもとへ向かったが、門は固く閉ざされており、おびただしい槍で守られているのを再確認するだけにおわった。

外へ出るに出られず、ふたたび攻撃に転じたドリームファイアは、襲いくる人間を八つ裂きにし、薙ぎはらい、ついには〈竜舎〉の敷砂上に黒焦げになった死体の山が築かれ、構内には濛々《もうもう》たる煙と肉の焼けるにおいが充満するまでになった。それでも槍と矢の雨は収まらない。やがて一本の太矢がドラゴンの片目を射貫《いぬ》くにおよび、ついに幕切れが訪れた。片目を失ったうえ、それよりは軽い傷を十数カ所に受けて猛り狂ったドリームファイアは、翼を大きく広げ、大天蓋に向かってまっしぐらに飛びあがった。大天蓋を突き破り、開けた大空に飛びだそうと、最後の賭けに出たのである。何度もドラゴンの炎を浴びて脆くなっていた大天蓋が、激突の衝撃でひび割れ、一拍おいて、天蓋の半分が崩れ落ちた。ドラゴンとドラゴン殺したちは何トンもの石の破片と瓦礫の下敷きになり、もろともに押しつぶされた。

こうして〈竜舎襲撃〉は終幕を迎えた。甚大な犠牲と引き替えに、〈竜舎〉の中にいたドラゴンは四頭とも死に絶えた。とはいえ、〈羊飼い〉はまだ勝ち誇れる状況にはなかった。女王自身の騎竜、シアラックスは健在で、しかも繋竜鎖を解かれて空に放たれていたからである。〈竜舎〉の大虐殺をかろうじて生き延び、火脹《ひぶく》れと鮮血にまみれ、煙立つ瓦礫からふらふらと歩み出てきた生存者たちは、突如として天から舞いおりてきたシアラックスに猛然と襲いかかられるはめになった。

〈マッシュルーム〉はレイニラ女王とともに、〈メイゴルの天守〉の屋上からそのさまを眺めていた。〔一千の悲鳴と絶叫が王都に谺《こだま》し、ドラゴンの怒吼《どこう》と入り混じっている。〈レイニスの丘〉の頂で、〈竜舎〉は黄色い炎の冠を戴いていた。あまりのまばゆさに、太陽が昇ったかと錯覚するほどだった。その光景を眺めながら、女王でさえわなわなと身を震わせており、その頬には涙の筋が光っていた。業火に包まれたあの頂ほど恐ろしくも輝かしい光景は、あとにも先にも見たことがない〕

こびといわく、屋上にいた女王の側仕《そばづか》えたちは、多くが逃げてしまっていた。まもなく王都全体が――〈エイゴンの高き丘〉の上に建つ赤の王城までもが――猛火に呑まれることを恐れたと思われる。王城を逃げださなかった者は城内の聖堂《セプト》にこもり、一心に神の救済を祈った。レイニラ自身は屋上にとどまって、生き残った最後の息子、〈年若のエイゴン〉を引きよせ、王子が苦しみをおぼえるほど強く胸に抱きしめていた。女王はそうやって、いつまででも王子を抱きしめていただろう……もしもシアラックスが死を迎える恐るべき瞬間が到来しなかったなら。

繋竜鎖を解かれ、騎竜者もいないシアラックスは、そのまま悠々と、眼下に広がる狂気の坩堝《るつぼ》から飛び去ることもできただろう。大空は彼女のものだから、赤の王城へもどることもできただろうし、王都を去ってドラゴンストーン城まで飛ぶこともできただろう。にもかかわらず〈レイニスの丘〉に向かったのは、死にゆくドラゴンたちの咆哮と悲鳴に呼び寄せられたためだろうか、それとも燃える

肉のにおいに引かれたのだろうか。われわれには知りえない。そして、なぜシアラックスがわざわざ〈羊飼い〉が煽る暴徒の上に舞い降り、鋭い歯列と鉤爪で何十人をも殺戮したのかも。牝竜としては、空にとどまり、安全な上空から炎を吐くだけでもよかったはずである。空の高みにいる彼女を害せる人間など、いはしないのだから。しかし、われわれにできるのは、〈マッシュルーム〉、セプトン・ユースタス、グランド・メイスター・マンカンらが、現実に起きたと書き記した内容を、それぞれの形でありのままに報告することだけだ。

　女王のドラゴンの死因については、たがいに矛盾する物語がさまざまに語られている。マンカンは〈木挽きのホブ〉の斧で殺されたとしているが、これはほぼ確実に誤りだろう。同じ晩に同じ男が、同じやりかたで二頭のドラゴンを殺せたとはとうてい思えない。一説によれば、〈血まみれ巨人〉と呼ばれた本名不詳の槍兵が、〈竜舎〉の大きく陥没した大天蓋からドラゴンの背中に飛び降り、息の根をとめたという。また別の説では、サー・ウォリック・ホイートンなる騎士がヴァリリア鋼の剣を（十中八九、〈哀歌〉だっただろう）ふるい、シアラックスの飛膜を斬り裂いて飛べなくしたという。のちには、ビーンという名前の弩弓《クロスボウ》兵が、あのドラゴンを仕留めたのはおれだとあちこちの安酒場や居酒屋で吹聴し、その結果、自慢話にうんざりした女王の忠士に舌を切りとられている。

　おそらく、シアラックスの死には、こうした面々も（ホブだけは除き）なんらかの役割をはたしたかもしれないが、キングズ・ランディングでもっともよく聞かれたのは、〈羊飼い〉本人がドラゴン殺しであったとする物語だ。ほかの者たちが逃げだすなか、隻手の預言者は恐れることなく、荒ぶる魔獣と単身で対峙し、〈七神〉に加護を訴えつづけ、ついにその願いに応えて、〈戦士〉そのものが降臨、身の丈十メートルの巨軀を顕現させた。そして、手にした煙の刃を一瞬にして鋼の黒剣に変じさせると、その剣をふるい、シアラックスの頭を胴体から断ち斬った。すくなくとも、物語ではそう

描かれている。セプトン・ユースタスでさえも、当時の暗い日々をつづった記録にこの物語のことを記しており、以後、吟遊詩人たちは長年にわたって、この物語を歌いつづけることになる。

愛竜と愛息をともに失ったレイニラ・ターガリエンは、顔面蒼白になり、絶望の水底《みなそこ》に沈んだ――〈マッシュルーム〉はそう述べている。かしずく臣下がもはやこの道化のみとなった状況で、女王は〈マッシュルーム〉を連れ、自室に引きこもった。いっぽうで、小評議会の参議たちは頭をかかえた。キングズ・ランディングはもう終わりだ――この点で、全員の意見が一致していた。かくなるうえは、王都を捨てねばならぬ。説得に訪れた参議たちの進言を、女王もしぶしぶ受け入れ、夜明けとともに脱出することに同意した。だが、〈泥の門〉は暴徒の手に落ち、河縁の船はことごとく燃やされるか沈められるかしてしまっている。そのため、レイニラと少数の随員は、〈ドラゴンの門〉から王都の外に出た。沿岸ぞいに北上し、ダスケンデールの町に避難するのが当面の目標だった。同行するのはマンダリー家の二兄弟、生き残っている〈女王の楯《クィーンズガード》〉四名、金色のマントの守門長サー・ベイロン・バーチと部下二十名、女王の側役のうちの四名、女王の生き残った最後の子息〈年若のエイゴン〉、これだけだ。

〈マッシュルーム〉は宮廷に残った。ほかの廷臣たちも同様だった。そのなかには〈災禍の淑女《レディ・ミザリー》〉やセプトン・ユースタスも含まれていた。〈ドラゴンの門〉を守る金色のマントの守門長〈裂創のサー・ガース〉は王城の警備をまかされたが、まったくやる気のなかったことが、のちに明らかになる。女王一行が王都を脱出して半日もたたぬころ、〈蚤のサー・パーキン〉と卑賤の騎士たちが大手門の前に現われ、開城を要求した。女王の城兵は、戦力的には十分の一ながら、本来ならば徹底抗戦したところだろうが、サー・ガースはレイニラの旗を捨て、門を開き、敵の慈悲に身を委ねる道を選んだ。だが、〈蚤〉は慈悲など持ち合わせてはいなかった。〈裂創のサー・ガース〉は〈蚤〉の前に引き

すえられ、斬首された。なおも女王に忠誠を誓う二十名の騎士も同じ運命をたどった。そのなかには、〈騎行七勇士〉の一角をなすリード家のサー・ハーモン、すなわち〈鉄棍〉の名もあった。密告者の女王を務める〈災禍の淑女《レディ・ミザリー》〉こと、ライスのレディ・ミサリア、またの名を〈白蛆〉も、女だからといって容赦はされなかった。逃げようとしていたところをつかまって、全裸に剝かれ、赤の王城から〈神々の門〉にいたるまで、背中を鞭打たれながら横断していくように通告されたのだ。門についた時点でまだ生きていれば、罪を赦し、そのまま放免してやろう、とサー・パーキンは約束した。だが、その半分の距離も進まないうちに、〈白蛆〉は舗石の上に倒れ伏し、息絶えた。背中の白蠟《はくろう》のように白い肌は、もうわずかたりとも残っていなかった。

　セプトン・ユースタスは自身の命も危ういのではないかと恐れており、「助かったのは〈慈母〉のお慈悲だ」と述懐している。もっとも、彼が命を奪われなかったのは、サー・パーキンが〈正教〉の憎しみを買いたくなかったからだろうと思われる。〈蚤〉はこのとき、地下牢に閉じこめられていた囚人もすべて解放した。具体的にはグランド・メイスター・オーワイルや、〈海蛇〉ことコアリーズ・ヴェラリオン公などである。ふたりは翌日、サー・パーキンのひょろりとした従士トリスタンが、ずうずうしくも〈鉄の玉座〉にすわっているところを目にしている。解き放たれた囚人のなかには、ハイタワー家のアリセント先王妃もいた。また、通常の地下牢より深い暗黒房に、サー・パーキンの部下たちは、エイゴン王の蔵相、サー・タイランド・ラニスターも見いだした。サー・タイランドはまだ息があったが……レイニラの拷問者たちに目をつぶされており、手足の生爪はぜんぶはがされ、両の耳朶《じだ》を斬り落とされていたうえ、男性自身も切除されていた。

　エイゴン王の密告者の長《おさ》であり、ハレンの巨城《ホール》の城主である〈内反足〉のラリス・ストロングは、はなはだ良好な状態でひょっこりと現われた。ずっと隠れていたどこかから、健康体で出てきたのだ。

墓から復活した人間のごとく、いままで雲隠れしていたことなどうそのように、ラリスは赤の王城のあちこちの広間をめぐり歩き、〈蚤のサー・パーキン〉の歓待を受け、新たな〝王〟のそばに控える名誉ある地位を得た。

だが、女王が脱出したあとも、キングズ・ランディングに平和はもどってこなかった。

〔この時点で、王都は三人の王が支配していた。各王がひとつずつ、丘を拠点とする形だった。だが、それぞれの不幸な〝臣民〟たちには、法もなければ正義もなく、保護もなかった〕『その真実』にはこう書いてある。〔どの〝臣民〟の家も安全ではなかった。どの乙女の純潔も同様だった〕

この混沌は、月がひとめぐり以上するほども長くつづいた。

当時について論述するメイスターやその他の研究者たちは、しばしばマンカンの表現を踏襲して、この時期を〈三王の月〉と呼ぶが（ほかには、〈狂気の月〉という呼称を好む研究者たちもいる）、この呼称はあやまりだ。〈羊飼い〉はみずからを王と名乗ったことはない。〈七神〉の子を名乗っていた。もっとも、だからといって、〈竜舎〉の廃墟を拠点に何万という人々を支配したことは否定のしようもないのだが。

五頭のドラゴンの首は、信奉者たちの手で切り落とされ、柱の上に刺されて、晒《さら》しものになった。そして、夜毎《よごと》、〈羊飼い〉がそのあいだに現われては、説法を行なった。王都のドラゴンが死に絶え、もはや焼き殺される恐れがなくなったいま、預言者の怒りは貴族と富者に向けられた。神々の殿堂をその目で見られるのは貧しき者、身分卑しき者のみだ、と〈羊飼い〉は説いた。諸公と騎士と富裕者どもは、その傲慢と強欲ゆえに、地獄へ堕とされるであろう——。

「シルクもサテンも脱ぎ捨てよ、裸身に粗織り《ラフスパン》をまとえ」〈羊飼い〉は信奉者たちにそう呼びかけた。「靴を捨てよ、はだしで世界を歩め、〈厳父〉は汝らをそのように創りたもうたのだ」

何千人もがそれにしたがった。が、この呼びかけに背を向ける者も何千人とおり、夜毎、神からの預言を聞きにくる者の数は減っていった。

いっぽう、〈レイニスの丘〉から姉妹通りを下り、突きあたりにある〈ヴィセーニアの丘〉では、〈白き髪のゲイモン〉の奇妙な王国が花咲いていた。四歳になる私生児の王の宮廷を構成するのは、娼婦、役者、盗人であり、その〝統治〟を護るのは、ごろつき、傭兵、酔っぱらいなどだ。幼年王の〝居城〟、〈口づけの館〉からは、つぎからつぎへと勅令が発布され、それはあとになるほど常軌を逸したものになっていった。ゲイモンの勅令はこんなぐあいである。これよりのちは、家督や財産の継承において、女子も男子と同等の権利を有する。飢饉にさいしては貧者にパンとエールを施さねばならない。戦で手足を失った者は、その者が負傷した戦いにおいて従軍していた貴族により、終身、食住を提供されねばならない。さらに、妻を打擲した夫は、いくらその妻が打擲されてもしかたない行為を働いたのであれ、自身も打擲されねばならぬとする勅令も出た。〈マッシュルーム〉の述懐が信用できるなら、これらの勅令はほぼ確実に、幼年王の母親エッシーの愛人であった、シルヴェナ・サンドというドーン人娼婦の考案になるものだ。

勅令は〈エイゴンの高き丘〉の頂からも、サー・パーキンが祭りあげて〈鉄の玉座〉にすわらせた手先、トリスタンの名において発せられたが、その性質はまったく異なるものだった。従士王はまず、レイニラ女王の悪評ふんぷんだった各種税金を廃止し、国庫にあった貨幣を信奉者たちに分配した。さらに、徳政令を発布してすべての負債を破棄させ、卑賤の騎士六十名を貴族に叙爵し、飢えている者たちにパンとエールを無料で施すゲイモン〝王〟の施策に対抗して、〈王の森〉で兎、野兎、鹿を（箆鹿《ヘラジカ》と猪は不可）狩る権利を貧しい者たちに与えた。その間《かん》ずっと、〈蚤のサー・パーキン〉は、生き残った金色のマントたちに声をかけ、トリスタンの旗標《はたじるし》のもとに集《つど》わせて、その武力を背景に、

〈川の門〉に加え、〈ドラゴンの門〉、〈王の門〉、〈獅子の門〉と、王都の囲壁に設けられた七つの門のうち四つと、囲壁に点在する側防塔の半数以上を掌握した。

女王の脱出からそれほど日を置かないうちは、〈羊飼い〉も王都の三〝王〟で最強の存在だったが、一夜が過ぎるたびに、信奉者の数は減少していった。

〔王都の庶民は悪い夢から覚めたかのようだった〕とセプトン・ユースタスは記している。〔酔って乱痴気騒ぎをくりひろげたのち、しらふになり、われに返った罪人《つみびと》のように、庶民たちは恥じ入り、おたがいから顔を隠して痴態を忘れてしまおうとした〕

ドラゴンは死に絶え、女王も逃亡したとはいえ、〈鉄の玉座〉の威光は絶大である。空腹と恐怖に苦しむとき、庶民は赤の王城をあてにするものだ。そのため、〈レイニスの丘〉に座す〈羊飼い〉の影響力が衰えていくのとは対照的に、〈エイゴンの高き丘〉に座すトリスタン・トゥルーファイアの（いまではこう名乗っている）影響力はいや増した。

そのころタンブルトンの町では、ますます多くの凄惨な事態が起きつつあった。つぎにわれわれが注目しなければならないのはこの町である。キングズ・ランディングの騒乱がデイロン王子の軍勢に伝わるや、多くの若手貴族は一刻も早く王都に進軍せねばと逸《はや》った。その中心となったのは、サー・ジョン・ロクストン、サー・ロジャー・コーン、アンウィン・ピーク公らだが……サー・ホーバート・ハイタワーは慎重に構えるべきだと異を唱え、〈大逆の双徒〉は自分たちの目的に見あわないとの理由から攻撃に加わることを拒否した。ここで思いだしてもらわねばならない。〈双徒〉の片割れ、アルフ・ホワイトの目的は〝巨城ハイガーデン城を領地と収入ごと自分のものとすること〟であり、〈金剛のヒュー・ハマー〉の目的は〝自身が王位につくこと〟である。高望みここに極まれり。

エイモンド・ターガリエンがハレンの巨城《ホール》で死んだ――遅まきながら、この悲報がタンブルトンに

届くと、こうした陣営内の軋轢は一挙に表面化した。キングズ・ランディングが異腹の姉レイニラの手に落ちて以来、エイゴン二世の姿が目撃されたことはなく、うわさも聞かれなかったので、女王に人知れず殺されたのではないか、血族殺しの悪評が立つのを恐れた女王によって、死体はいずこかに隠されているのではないかと案ずる者も多くいた。もし王が殺されており、王弟エイモンドまでもが殺されたのだとしたら、〈翠装派〉は戴くべき王も指導者も失ったことになる。次位の王位継承権を持つのはデイロン王子だ。ピーク公はただちにデイロン少年が〈ドラゴンストーン城のプリンス〉の地位につくべきだと主張した。ほかの者たちは、エイゴン二世が亡くなった以上、デイロンが王位を継ぐべきだと主張した。

〈大逆の双徒〉も王の必要性を感じてはいたが……デイロン・ターガリエンは、ふたりが望む王ではなかった。

「必要なのは、おれたちを率いる屈強な男だろうが。成人してもいない小僧っ子ではない」そう言い放ったのは、〈金剛のヒュー・ハマー〉である。「玉座はこのおれがもらう」

〈豪傑〉サー・ジョン・ロクストンが、いったいなんの権利があって王を名乗れるつもりなのか、と問いただすと、ハマー公はこう答えた。

「征服王と同じ権利さ。おれにはドラゴンがいる」

じっさい、ヴァーガーがついに死亡したいま、ウェスタロス全土でもっとも竜齢を重ね、もっとも大きなドラゴンは、かつて老王の騎竜であり、いまは落とし子〈金剛のヒュー〉の騎竜となっているヴァーミサーである。ヴァーミサーはデイロン王子の牝竜テッサリオンの、三倍もの大きさを持つ。二頭がいっしょにいるところを見た者は、例外なく、ヴァーミサーのほうがはるかに恐ろしい魔獣と見なすだろう。

生まれの卑しさを考えれば、ハマーの大望はこのうえなく分不相応に思われるが、この落とし子がそれなりにターガリエンの血を引いており、戦いの場では剽悍無比《ひょうかんむひ》、自分についてくる者には気前がよく、死体が蠅《ハエ》の群れを引きつけるように、統率者として人を引きつける器の大きさがあったことは否めない。たしかに、集まってきたのは最低のやから——傭兵や盗賊騎士をはじめ、からだに血臭が染みつき、生まれも定かならず、戦いのための戦いに喜びをいだき、強奪と掠奪のために生きている、最底辺の者たちではある。その多くは、鉄鎚《ハマー》がドラゴンの頭を打ち砕くという予言を聞き知っており、それを根拠に〈金剛のヒュー〉の勝利はあらかじめ定められていると信じこんでもいる。

しかし、オールドタウンと河間平野《リーチ》の諸公や騎士は、大逆のハマーの尊大さを腹にすえかねていた。とりわけ憤懣《ふんまん》やるかたなかったのがデイロン・ターガリエン王子そのひとで、ある日ついに、持っていたカップから〈金剛のヒュー〉の顔にワインをひっかけてしまった。ホワイト公が、あたら上等なワインをむだになさるものだ、と肩をすくめたのとは対照的に、ハマー公はこういった。

「おとながしゃべっているとき、小僧っ子どもは良い子にして口をつぐんでいるものだ。親父どののしつけがなっとらんな。あまりぶたれずに育ったと見える。親父どのに代わっておれがしつけをする気にならぬよう、せいぜい良い子にしていることだ」

〈大逆の双徒〉はそろって席を立ち、ハマーの戴冠について計画を練りはじめた。翌日、人前に姿を現わしたとき、〈金剛のヒュー〉は黒鉄の冠をかぶっており、デイロン王子と高貴な生まれの諸公や騎士をますます憤慨させた。

そのなかのひとり、サー・ロジャー・コーンは、大胆にもハマーの頭から冠をはたき落とすという挙に出た。サー・ロジャーいわく、

「冠をかぶったからとて、人が王になれるとでも思うか。きさまごときに、馬蹄を頭に戴《の》せているのが

お似合いだ、この鍛冶職人めが」

　愚かなまねをしたものである。腹を立てたヒュー公の命令一下、手下たちがサー・ロジャーを地に押さえつけた。鍛冶の息子でありターガリエンの落胤でもある男は、そうやって押さえられた騎士の頭に蹄鉄を打ちこんだ。それも、ひとつならず、三つもだ。急いでコーンの友人たちが止めに入り、双方が短剣や長剣を抜きつれての立ちまわりとなって、三名が死亡し、十余名が負傷した。

　デイロン王子に忠実な諸公は、ここにおいてついに我慢の限界を超えた。アンウィン・ピーク公は、この期《ご》におよんでも腰が引けているサー・ホーバート・ハイタワーを語らい、タンブルトンのとある旅籠の地下室に十一名の貴族と土地持ちの騎士らを呼び集め、生まれの卑しき騎竜者どもの増上慢を押さえこむ方策を練った。陰謀者たちは、アルフ・ホワイトについては排除がたやすいと見ており、この点では全員の意見が一致した。ホワイトはしじゅう飲んだくれているし、武術の腕がある側面を見せたためしがないからだ。より危険なのはハマーのほうだろう。ハマーはこのところ、昼も夜も、腰巾着、非戦闘従軍者の娼婦たち、あるじの歓心を買いたくて汲々《きゅうきゅう》としている傭兵どもに囲まれている。ゆえにホワイトを先に殺し、ハマーを生かしておくのは上策ではない、とピーク公は指摘した。先に殺さねばならないのは〈金剛のヒュー〉のほうだ――。諸公が集まった旅籠には、〈血まみれの鉄菱亭〉なる看板がかかっており、その店の地下室で、諸公は最良の方策を求め、口角沫《あわ》を飛ばして、延々と議論をつづけた。

「どんな人間であれ、かならず殺すことはできる」といったのは、サー・ホーバート・ハイタワーである。「しかし、ドラゴンはどうだ？」

　キングズ・ランディングの大騒乱を聞き知っていたサー・タイラー・ノークロスは、テッサリオン一頭だけでも〈鉄の玉座〉を取りもどすのに充分だろうと意見を述べた。それに対してピーク公は、

ヴァーミサーとシルバーウィングがいたほうが勝利が確実になると答えた。マーク・アンブローズは、まず王都を奪還し、勝利をたしかなものにしてからホワイトとハマーを始末すればよいと提案したが、リチャード・ロドンは、そのようなやりかたは名誉に悖《もと》ると異議を唱えた。

「ともに血を流すよう請うておきながら、あとで殺すようなまねはできん」

この議論の落としどころを口にしたのは、〈豪傑〉ジョン・ロクストンだった。

「まずは早急に、あの落とし子どもを殺すことだな。そののち、われらのうちでもっとも勇敢な者がやつらのドラゴンを掌握し、その背に乗って戦いに赴けばよい」

この〝もっとも勇敢な者〟がロクストンを指していることに疑いを持つ者は、地下室にはひとりもいなかった。

デイロン王子はこの会合の場にいなかったが、〈鉄菱衆〉は（のちに陰謀者らはこの名で呼ばれることになる）、たとえ王子の賛同と了承が得られなくとも、計画を進めると誓いを立てた。その後、林檎酒城館《サイダー・ホール》の城主オーウェン・フォソウェイが王子を呼んでくる役目を帯びて、夜陰に乗じ、王子を起こしてこの地下室へ連れてきた。陰謀者の計画を説明するためである。アンウィン・ピーク公が、〈金剛のヒュー・ハマー〉およびアルフ・ホワイトの処刑令状を差しだしたとき、かつて温厚だった王子は怯《ひる》むことなく、むしろ積極的に印璽《いんじ》を押した。

人は策を立て、謀《はかりごと》をめぐらし、計略を練るが、同時にその成就を祈らねばならない。なぜなら、人の立てるいかなる計画も、天なる神々の気まぐれを阻止することはできないからだ。会合の二日後、〈鉄菱衆〉が計画を実行に移そうとしたまさにその当日、夜の夜中に無数の悲鳴と叫び声があがり、タンブルトンの眠りを破った。町の囲壁外を見れば、いくつもの天幕が炎上している。北と西からは、甲冑に身を固め、騎馬を駆る騎士の縦列が突入し、血風《けっぷう》をふりまいていた。曇天から降りそそぐ雨は、

よく見れば矢の雨だ。しかも、空から急降下してきた恐るべき魔獣はドラゴンではないか。

ここに〈第二次タンブルトンの戦い〉の戦端が開かれたのである。

ドラゴンはシースモークだった。その背にまたがっている騎竜者は、落とし子が不忠者ばかりではないことを示す覚悟を固めたサー・アダム・ヴェラリオンにほかならない。〈大逆の双徒〉が謀叛を起こしたがために、サー・アダムまでもが汚名を着せられた。その汚名をすすぐうえで、なによりも効果の覿面《てきめん》な手立ては、双徒からタンブルトンを取り返すことだ。吟遊詩人たちは、サー・アダムがキングズ・ランディングから神の目《ゴッズ・アイ》湖へと飛び、聖なる〈顔のある島〉に降着して、〈緑の人々〉の助言を仰いだと歌う。だが、研究者たる者、受容するのは判明している事実のみに限らねばならない。そして、われわれにわかっているのは、サー・アダムが膨大な距離をすさまじい速さで飛んで各地を巡り、女王に忠実な貴族が城主を務める大小の城に降下して、一大軍勢を糾合したということだけだ。

三叉鉾《トライデント》河流域の各地では、すでに多くの合戦や小競り合いが頻発しており、どこの城にも村にも、臣下としての務めを血で支払う余裕はほとんどなかったが、アダム・ヴェラリオンが容赦なく厳しい交渉態度と弁舌の才を併用して説得に努めたことに加え、河岸の諸公は、タンブルトンの町を襲った恐怖をだれよりもよく知っていた。それゆえ、サー・アダムが空からタンブルトンを急襲する準備を整えたときには、背後に四千の軍勢がつづいていたのだった。

四千の軍勢には、〈使い鴉の木《レイヴンツリー》〉城館《ホール》の城主、まだ十二歳のベンジコット・ブラックウッド少年も加わっていた。未亡人として双子城《ツインズ》の城主になった、サビサ・フレイ女公もだ。そして女公の出身家、ヴァイプレン家の父や兄弟たちも。さらにスタントン・パイパー公、ジョーゼス・スモールウッド公、デリック・ダリー公、ライオネル・デディングズ公らも、新たに掻き集めた老人と少年たちからなる徴募兵を引き連れていた。この秋の連戦で、どの城主も疲弊している。旅人の休息所《ウェイフェアラーズ・レスト》城の若き城主、

ヒューゴー・ヴァンスが連れてきたのは、自前の兵三百に加えて、〈黒のトロンボ〉が率いるミアの傭兵部隊だ。

ひときわ目を引いたのはタリー家の参陣である。シースモークが空からリヴァーラン城に舞いおり、サー・アダムが説得した結果、出陣をしぶっていた戦士サー・エルモ・タリーは、伏せっている祖父、城主グローヴァー公の意図にそむく形で、とうとう重い腰をあげ、女王のために戦う旨、旗主諸公に宣言したのである。

「郭に降りきたったドラゴンは、われらが懸念を鮮やかに解消してくれた」

サー・エルモはそう宣言したと報告されている。

タンブルトンの囲壁のまわりに野営している大軍勢は、兵力では寄せ手を大きく上まわっていたが、いかんせん、ひとところに長居しすぎていた。規律がすっかりゆるんでいたうえ（野営地では飲酒が横行し――と、グランド・メイスター・マンカンは記述している――病気も流行っていたという）、オーマンド・ハイタワー公が戦死して以来、タンブルトンを占領した軍勢は統率者を欠いたままで、その地位を襲おうともくろむ諸公はいがみあってばかりいた。相互の軋轢と葛藤たるや、本当の敵がだれか忘れてしまうほど激しかったという。それゆえ、サー・アダムの夜襲には完全に虚をつかれる格好となった。デイロン王子の兵は、攻撃を受けていると気づきすらしないうちに敵の浸透を許してしまい、天幕からふらふらと出てきたところを蹂躙され、軍馬にあたふたと鞍をつけているところを襲われ、あわてて鎧を着こみ、剣帯を締めようとしているところを突かれて斬殺された。

とりわけ猛威をふるったのはドラゴンである。シースモークは何度も何度も天から降下してきては炎を吐いた。百張りもの天幕がたちどころに炎上した。サー・ホーバート・ハイタワー、アンウィン・ピーク公、デイロン王子の豪奢なシルクの大天幕も燃えていく。タンブルトンの町自体も無事では

すまなかった。〈第一次タンブルトンの戦い〉ではドラゴンの炎をまぬがれた店も、家も、聖堂《セプト》も、つぎつぎに燃えあがっていった。

夜襲が始まったとき、デイロン・ターガリエンは自分の大天幕で眠っていた。アルフ・ホワイトはタンブルトンの町にいて、自分の居所も同然にしている〈淫翁亭《いんおう》〉という旅籠で夜酒にふけり、酔いつぶれていた。〈金剛のヒュー・ハマー〉も町の囲壁の中におり、〈第一次タンブルトンの戦い〉で討たれた騎士の未亡人と褥をともにしていた。そして三人の持つドラゴンは、三頭が三頭とも、町の外——それも野営地のさらに外にいた。

何人かがアルフ・ホワイトを揺り起こそうとしたが、どうしても目を覚まさない。結局ホワイトは、不名誉きわまりないことに、テーブル下に転がったまま、戦いのあいだじゅう高いびきをかいていた。いっぽう〈金剛のヒュー・ハマー〉はずっと機敏な反応を見せた。半裸のまま階段を駆け降りて郭に飛びだすや、戦鎚と鎧を持て！　馬を引け！　と叫んだのだ。ただちに町の外へ出てヴァーミサーに乗るためだった。シースモークの炎で厩も燃えていたが、それでも手下たちは急ぎ指示にしたがった。不運だったのはジョン・ロクストン公がすでに軍装束《いくさ》を身につけ、郭に出ていたことだ。公は自分が殺した元領主、フットリー公の寝室で未亡人とともに起居しており、郭に出てきやすかったのである。〈金剛のヒュー〉が飛びだしてきたのに気づいたロクストンは、これぞ絶好の機会と判断し、横から声をかけた。

「ハマー公、お悔やみを申しあげる」

ハマーはロクストンに向きなおり、唸るような声で問うた。

「お悔やみ？　だれのだ？」

「戦《いくさ》に散った貴公へのだ！」いうなり、〈豪傑〉ジョンは黒剣〈孤児作り《オーファン・メイカー》〉を引き抜き、ハマーの

腹に深々と突きたて、落とし子の鼠蹊部《そけいぶ》からのどにかけてざっくりと斬り裂いた。
その時点では、〈金剛のヒュー〉の手下が十何名か駆けつけてきており、あるじが殺される現場を目撃していた。いかに〈孤児作り〉がヴァリリア鋼の名剣であろうとも、十倍する敵を相手に戦えるものではない。三人まで斬り伏せたところで、〈豪傑〉ジョン・ロクストンも斬り殺された。地面にとぐろを巻く〈金剛のヒュー〉のはらわたに足を取られ、体勢が崩れたために討たれたとされるが、これはあまりにも皮肉すぎる話で、とても真実とは考えがたい。
デイロン・ターガリエン王子の死にざまについては、三通りの食いちがう説が存在する。もっとも有名なものは、寝間着に火がつき、大天幕から転《まろ》び出てきた瞬間、ミア人の傭兵〈黒のトロンボ〉に殺されたとする説である。顔面に星球棍をたたきつけられ、あえなく絶命したというのだ。この説は〈黒のトロンボ〉自身が好んだもので、本人がいたるところでおおっぴらに吹聴している。二番めの説でも、状況はおおむね同じながら、殺害に使われた武器は星球棍ではなく、剣であり、殺したのは〈黒のトロンボ〉ではなく、名も知れない一兵士となっている。その兵士は十中八九、自分がだれを殺したのかもわかってはいなかっただろう。三番めの説では、〈勇敢なるデイロン〉として知られた少年王子が、大天幕の外へ出ることもできず、燃え落ちる布地に包まれて死んだとするものである。この説はマンカンの『その真実』で支持されている。その点はわれわれも同様である。(註)
町の上空を飛んでいたアダム・ヴェラリオンは、敵が総崩れになるようすを見てとることができた。敵の騎竜者三名のうち、ふたりが死亡していることは、サー・アダムには知る由もない。とはいえ、敵のドラゴンのようすはまちがいなく見えていたはずである。三頭は町の外で、繋竜鎖《けいりゅうさ》で拘束されることもなく、放《はな》ち竜《りゅう》の状態にあった。勝手に周辺地へ飛んでいき、獲物を狩れるようにするためだ。シルバーウィングとヴァーミサーはしばしばタンブルトンの南に広がる草原でとなりあい、長い頸《くび》を

とぐろ状に巻いて眠っていたのに対して、テッサリオンは町の西にあるデイロンの野営地の、王子の大天幕から百メートルと離れていないところで眠り、餌をとっていた。

ドラゴンというものは、炎と血の生きものである。周囲で沸き起こる戦いの喧噪に、三頭はすべてむくりと起きあがった。伝承によれば、ひとりの弩弓兵《クロスボウ》がシルバーウィングに向けて太矢を射かけたという。また、騎士四十騎が、剣、騎槍、戦斧を構えて、ヴァーミサーに突進したとの伝承もある。まだ半覚醒状態で地上にいるドラゴンならば始末してしまえると思ったのだろう。この愚行の報いを、騎士たちはみずからの命で支払うことになる。

西の草地では、テッサリオンが空中に舞いあがり、金切り声を発しつつ、炎を吐き散らしていた。アダム・ヴェラリオンはそれに立ち向かうべく、シースモークを急行させた。

ドラゴンの鱗は炎耐性が高く（高いのであって、完全に防げるわけではない）、その下の耐熱性が低い皮下組織や筋肉を保護している。ドラゴンが竜齢を重ねるにつれて、炎の息吹《ブレス》はいっそう温度が高温かつ高威力になっていき（卵から孵化したばかりの幼竜でも藁を燃やすくらいのことはできるが、バレリオンやヴァーガーになると、全出力で吐いた炎は鋼鉄や石をも融かすことができた）、それに合わせて、竜鱗《りゅうりん》も部厚く、硬く、防御力も炎耐性も高くなっていく。したがって、二頭のドラゴンが命がけで闘争するときは、しばしば炎以外の武器もふるうことになる。すなわち、鉄のように黒く、剣のように長く、剃刀のように鋭い鉤爪と、騎士のまとう鋼の板金鎧すらたやすく咬み砕ける鋭い顎《あぎと》、

註　その死にざまがどのような形であったにせよ、ヴィセーリス一世王とアリセント王妃の最年少の王子、デイロン・ターガリエンは、〈第二次タンブルトンの戦い〉で死亡した。エイゴン三世の治世中に現われた〝デイロン王子〟たちは、いずれも騙《かた》りであったことが決定的に証明されている。

そして鞭のように鋭くふるえば一撃で馬車を粉砕し、重軍馬の背骨をへし折り、人を十五メートルも撥ね飛ばすことのできる、長大な尾だ。

しかしながら、テッサリオンとシースモークの戦いは様相がちがった。

歴史はエイゴン二世とその異母姉レイニラ女王の戦いを〈双竜の舞踏〉と呼ぶ。だが、真に舞踏と呼ぶべき戦いがくりひろげられたのは、タンブルトンでの戦いにおいてのみである。テッサリオンとシースモークはともに若竜で、竜齢を経た老竜たちよりも空中での機動が俊敏だった。二頭は何度も何度も急接近しては、あわや激突のまぎわ、いっぽうがひらりと体をかわす。まるで鷲のように舞い、鷹のように急降下し、たがいに円を描き、歯を咬み鳴らし、咆哮を発し、炎を吐きあうが、どちらもけっして肉弾戦を挑みはしない。途中、〈青の女王〉テッサリオンが雲堤《うんてい》に飛びこんで姿をくらまし、一瞬ののちにまた雲から現われ、シースモークの後方から急降下してきて、その尾を焼き焦がすべく、コバルトブルーの炎を吐く一幕があった。シースモークはすばやく身をひねり、からだを大きく横に傾斜させて旋回すると、そのまま旋回をつづけ、いまにもテッサリオンの真下に差しかかるまぎわ、急角度で上昇し、相手の後方にぴたりとつけた。その状態で、高く、高く、二頭のドラゴンは空へと駆け昇っていく。その光景を、タンブルトンの住民は屋根の上から何百人もの人数で見まもっていた。のちにそのひとりが語ったところによれば、テッサリオンとシースモークの飛翔は、戦いというより求愛の旋舞のように見えたという。おそらく、そのとおりだったのだろう。

だが、この舞踏は唐突に幕切れを迎える。地上にいたヴァーミサーが突如として怒吼を発し、空に浮かびあがったからだ。

竜齢百年に迫り、天を翔《かけ》る若竜二頭を合わせたほどの巨軀を持つ黄褐色のヴァーミサーは、巨大な淡褐色の飛膜を大きく広げ、怒りに燃えて宙に浮揚した。その全身に穿《うが》たれた十数カ所の傷口からは

血混じりの煙が噴きだしている。

騎竜者を欠くヴァーミサーには敵と味方の区別がつかない。ゆえに、まわりじゅうの全員を敵と見なし、右に左に炎を吐きかけ、自分に向けて槍を投げようとする不埒な人間がいれば荒々しくそちらに顔をふりむけた。あわてて馬首《ばしゅ》を返し、逃げようとしたある騎士は、瞬時に顎《あぎと》で咥《くわ》えられ、駆けている騎馬の上から奪い去られた。小高い隆起の上でともに馬上にあり、攻撃の指揮をとっていたパイパー公とデディングズ公は、〈黄褐色の忿怒《ふんぬ》〉にたまたま目をつけられ、従士、従者、誓約の楯もろともに焼き殺された。

シースモークが急降下してきたのはその直後のことだった。

この日、戦場にいたドラゴン四頭のうち、唯一シースモークだけには騎竜者が乗っていた。サー・アダム・ヴェラリオンである。その目的は、女王に忠誠を示すため、〈大逆の双徒〉と二頭の騎竜を討ち滅ぼすことにある。そして、そのうちの一頭がすぐ下におり、自分の味方である寄せ手を襲っている。ゆえにアダムは、味方を護る務めを強く感じたにちがいない。と同時に、心の底では、自分のシースモークが竜齢を重ねたドラゴンに抗すべくもないとわかっていたのだろう。

この戦いは舞踏などではない。命がけの死闘だ。シースモークが黄褐色のドラゴンに激突したのは、ヴァーミサーがまだ戦場から五、六メートルほど上を飛んでいたときのことだった。ヴァーミサーは悲鳴をあげて地面に押しつけられた。二頭はそのままもつれあい、たがいを爪で切り裂きあいながら地上を転げまわった。あたりにいた老兵と少年兵たちは恐怖して逃げまどい、下敷きになって死んでいく。二頭は尾で鋭く空を切り、巨大な翼で空気を打ったが、たがいにしっかり絡みあっているため、相手をふりほどくことができない。五十メートル離れたところでは、ベンジコット・ブラックウッド少年が馬上から凄絶な激闘を見まもっていた。

「ヴァーミサーの巨体と体重を前にしては、シースモークは圧倒的に分が悪かった――」何年ものち、

ブラックウッド公はグランド・メイスター・マンカンに語っている。「――このままでは、銀灰色のドラゴンはずたずたにされてしまう……まさにそう思ったときだったよ、天からテッサリオンが舞いおりてきて戦いに加わったのは」

ドラゴンの心中をだれに推し量れよう？　〈青の女王〉を参戦させたものは、たんなる血に飢えた闘争心だったのか？　それとも牝竜テッサリオンは、戦う二頭の片方に加勢しようと参戦したのか？　もしそうだとしたら、どちらに加勢するために？　騎竜と騎竜者との絆はきわめて深く、ドラゴンは乗り手の愛情と憎悪を分かちあうとの説がある。しかし、テッサリオンの場合は、どちらが味方で、どちらが敵であったのか？　そもそも、騎竜者のいないドラゴンに敵と味方の区別がつくのか？

こういった疑問に対する答えは、われわれには知りえない。歴史がわれわれに伝えるのは、三頭のドラゴンが、〈第二次タンブルトンの戦い〉のさなか、泥と血と煙にまみれて闘争をくりひろげたということだけだ。最初に死んだのはシースモークだった。ヴァーミサーがシースモークの頸に食らいつき、がっちりと歯列を食いこませ、ついに頭を咬みちぎったのだ。ちぎると同時に、切断した頭を顎《あぎと》に咥えたまま、黄褐色のドラゴンは空に舞いあがろうとした。が、飛膜がずたずたになっていて、巨体を浮かすことができない。その直後、ヴァーミサーはくずおれ、絶命した。残った〈青の女王〉テッサリオンは、日没まではかろうじて命脈をたもっていた。その間《かん》、三度、空に羽ばたこうとして、三度とも失敗している。太陽が大きく西にかたむくころには、苦しげなようすを見せはじめたので、ブラックウッド公は家中一の弓の名手、ビリー・バーリーなる長弓兵を呼びよせ、テッサリオンから百メートルの距離をとらせたうえで（死にゆくドラゴンの炎が届く範囲外である）、地上で身動きもままならぬ牝竜の片目に三本の矢を射こませた。

黄昏《たそがれ》までにはすべての戦闘が終わっていた。河岸の諸公が失った兵は百人足らずであったのに対し、

オールドタウンと河間平野《リーチ》勢の死者は一千人を超えた。とはいえ〈第二次タンブルトンの戦い〉は、寄せ手の完全勝利とまではいかなかった。町の占領にはいたらなかったからである。タンブルトンの囲壁は破られておらず、王方勢がひとたび囲壁内に立てこもり、門という門を固く閉ざしてのちは、女王方に攻略するすべはなかった。攻囲に必要な準備もドラゴンもなかったからである。とはいえ、混乱して算を乱した敵をおおぜい討ちとり、天幕をすべて焼きはらい、輜重《しちょう》の荷馬車、馬糧《ばりょう》、糧食のほぼすべてを焼くか奪うかし、軍馬の四分の三を追い散らし、王子を殺し、王側のドラゴンのうちの二頭を死なせるという、赫耀《かくやく》たる大戦果をあげたことは事実だった。

　月が昇るころ、河岸の諸公勢は軍場《いくさば》の後始末を腐肉食らいの鴉にまかせ、丘陵地帯に引きあげた。その河岸勢のひとり、ベンジコット・ブラックウッド少年は、騎竜シースモークのそばで見つかったサー・アダム・ヴェラリオンの無惨な亡骸を回収し、地元まで運んでいった。サー・アダムの遺骨は、〈使い鴉の木《レイヴンツリー》〉城館《ホール》に八年間保存されていたが、ＡＣ一三八年、サー・アダムの弟アリンが引きとり、ドリフトマーク島へ運んでいって、出生地であるハルの港町に埋葬している。その墓標にはひとこと、〈忠義の士〉とだけ刻まれていた。その装飾的な墓碑銘の字の下には、ヴェラリオン家の紋章である〈竜《タツ》の落とし子〉と、母親を示す〈鼠〉の浮き彫りが施されていた。

　戦いの翌朝、タンブルトンの町の征服者たちは囲壁から外を一望し、敵がいなくなっていることを知った。死体は町のまわりに累々と横たわっており、そのなかには三頭のドラゴンの巨体も見られた。残っているドラゴンは一頭のみ——過去においてアリサン博愛王妃の騎竜であったシルバーウィングのみだ。町の外で虐殺がはじまったとき、シルバーウィングは夜空に舞いあがり、地上のあちこちで花開く炎が生んだ熱い上昇気流に乗って、戦場の上空を何時間も旋回していた。空から降下してきて、死んだドラゴンたちのそばに舞いおりたのは、日も昏《くら》くなってからのことだった。後世の吟遊詩人は、

シルバーウィングが三度、鼻づらの先でヴァーミサーの翼を持ちあげようとした、死んだドラゴンをふたたび飛ばせようとするかのように、と歌ったが、これはまず作り話だろう。翌朝、陽が昇ると、シルバーウィングは戦場の上をものうげに飛びまわり、軍馬、戦士、牡牛の死体を漁る姿が見られている。

〈鉄菱衆〉については、十三人中の八人が当日に死んだ。そこには、オーウェン・フォソウェイ公、マーク・アンブローズ、〈豪傑〉ことジョン・ロクストンの名もあった。リチャード・ロドンは首に矢を受けており、翌日になってから死亡した。残る陰謀者は四人。そのなかには、サー・ホーバート・ハイタワーとアンウィン・ピーク公も含む。〈金剛のヒュー・ハマー〉は死亡し、その死とともに王位への夢も潰《つい》えたが、〈大逆の双徒〉の片割れは生き残った。酔夢から目覚めてみれば、アルフ・ホワイトはこの場で最後の騎竜者となり、最後のドラゴンの持ち主となっていたのだ。

「ハマーは死んだ。あんたのおだいじな王子さまもだ」ホワイトはピーク公にそういったといわれる。「あんたの切札は、もはやおれしかいない」

ピーク公が、これからどうするつもりだとたずねると、ホワイトはこう答えた。

「進軍するんだよ、あんたのお望みどおりにな。あんたは王都をとる。おれはやくたいもない玉座につく。それでどうだ?」

翌朝、サー・ホーバート・ハイタワーがキングズ・ランディング攻略作戦の細部を詰めたいからと、ホワイトのもとを訪ねた。そのさい公は、ワインをふた樽、贈り物として用意していった。ひと樽はドーン産の赤ワイン、ひと樽はアーバー・ゴールドだった。〈酒浸《さかびた》りのアルフ〉は、好みとは異なる酒に口もつけないが、甘口のヴィンテージには目がないことで知られる。ゆえにサー・ホーバートは、アルフ公がアーバー・ゴールドをがぶ飲みするだろうと想定していた。だから自分は酸味のある赤を

飲んでいればよい、そうすれば安全だとも。だが、ハイタワーの態度のなにかが気になったのだろう――のちに給仕を務めた従士が証言したところでは、サー・ホーバートはひどく汗をかいていたし、ことばを詰まらせがちで、愛想もよすぎるほどよかったという――ホワイトは疑念を持ち、用心深く、ドーン産の赤ワインはあとであけるよう従士に指示し、ともにアーバー・ゴールドを味わえ、とサー・ホーバートに強要した。

歴史上、あまり評価されることのないサー・ホーバート・ハイタワーだが、その死にざまに議論の余地はない。仲間の〈鉄菱衆〉を裏切るかわりに、サー・ホーバートは腹をくくり、従士にアーバー・ゴールドをカップに満たすよう命じると、一気に飲み干し、二杯めを所望したのだ。ハイタワーが飲み干すのを見て、〈酒浸りのアルフ〉はその通り名にふさわしく、たてつづけに三杯、一気に酒を飲み干した。あくびしはじめたのはそれからのことだ。ワインに盛られた毒は遅効性だったのである。アルフ公が二度と目覚めぬ眠りにつくと、サー・ホーバートはふらつきながら立ちあがり、ワインを吐こうとした。が、もはや手遅れだった。サー・ホーバートの心臓は一時間とたたぬうちに停止した。

「サー・ホーバートの剣を恐れる人間などいなかったが」この人物を称して、〈マッシュルーム〉はそう述べている。「そのワインのカップはヴァリリア鋼の剣よりも恐ろしい武器となった」

そののちアンウィン・ピーク公は、シルバーウィングを乗りこなせた生まれ卑しからざる騎士にはドラゴン金貨一千枚を与えると呼びかけた。呼びかけに応じたのは三人の男だった。が、ひとりめが片腕を咬みちぎられ、ふたりめが炎の息吹《ブレス》で焼き殺されると、三人めは考えなおした。そのころには、ピーク公の軍勢――というよりも、デイロン王子とオーマンド・ハイタワー公が遠くオールドタウンから率いてきた大軍勢の名残《なごり》はすっかり痩せ細っていた。大量の兵が、持てるかぎりの掠奪品を持ち、タンブルトンを脱走してしまったからである。これでは勝てぬと、アンウィン公は諸公や兵長たちを

呼び集め、撤退を命じた。

返り忠の汚名を着せられたアダム・ヴェラリオン、〈ハルのアダム〉としてこの世に生まれた男は、こうして女王の敵からキングズ・ランディングを救った……みずからの生命と引き替えに。しかし、女王がその武勲を知ることはいっさいなかった。レイニラの都落ちは困難の連続だったからである。ロズビー城に近づいたときには門を固く閉じられた。城主の座を弟へと譲らされた姉の腹いせだった。そこからやや北東に進んだストークワース城では、若い城主の城代が城内に入れてはくれたものの、滞在は一夜しか認められなかった。

「いずれ追手がまいりましょう」城代は女王にそういった。「追手を押し返すだけの兵力が当城にはありません」

王都を出るとき同行していた金色《こんじき》のマントは、すでに半数が逃げていなくなっていた。ある晩には、逃亡兵の小集団に夜営地を襲われた。騎士たちが撃退はしたものの、サー・ベイロン・バーチが矢を受けて斃《たお》れた。〈女王の楯《クイーンズガード》〉の若き騎士サー・ライオネル・ベントリーも頭に矢を受け、兜にひびが入るほどの打撃で意識不明となり、翌日、一日じゅう苦しんだあげくに息絶えた。女王はしゃにむにダスケンデールの町へ進むことを余儀なくされた。

ダスケンデールを統べるダークリン家は、レイニラのもっとも強力な支持家のひとつであったが、その支持にともなう代価は甚大だった。領主のガンサー公は女王方の軍勢に加わって戦死しており、それは叔父の〈女王の楯《クイーンズガード》〉で総帥を務めた）サー・ステッフォンも同様だった。ダスケンデールの町自体、サー・クリストン・コールの軍勢による掠奪を受けている。それゆえ、女王が囲壁の門前に現われたとき、ガンサー公の未亡人、レディ・メレディスは、およそ歓迎のそぶりを見せなかった。それでもなんとか囲壁の内側に入れてもらえたのは、〈女王の楯《クイーンズガード》〉の騎士サー・ハロルド・ダークの

取りなしがあったからである(ダーク家はダークリン家の遠縁の一族で、サー・ハロルドはかつて、故サー・ステッフォンの従士をしていた時期があったのだ)。ただし、長くは滞在しないとの条件をつけられた。

ダスケンデールの奥には、港町を一望するダン要塞がそびえている。ようやく要塞内という安全な場所に落ちついたレイニラ女王は、ダークリン公妃のメイスターを呼びだし、ドラゴンストーン城のグランド・メイスター・ジェラーディスに宛てて迎えの船をよこすように伝えよと指示した。三羽の使い鴉が放たれた、と町の年譜にはたしかにある……が、何日たっても迎えの船は現われなかった。それどころか、ドラゴンストーン城のジェラーディスからは返事すらこなかったので、女王は憤慨し、またもグランド・メイスターの忠誠心に疑いをいだきはじめた。

もっとも、ドラゴンストーン城以外からは好意的反応が得られていた。ウィンターフェル城からはクリーガン・スターク公が、できるかぎり早期に軍勢を仕立て、南へ救援に向かう旨、返書を送ってきていた。ただし、軍勢を集めるにはしばし時間がかかることも書き添えられていた。というのも、〝わが領地は広大ゆえ、冬が差し迫ったいま、最後の穫り入れに人手がいるのです。穫り入れをしておかねば、雪が降り積もったのちは、みなが餓死することになるゆえ〟。しかし北部総督は、〝わが〈冬の狼〉よりも若く精悍な者どもを〟一万人送ると約束していた。

〈谷間《ヴェイル》の乙女〉も、冬季に過ごす城、月の門城から支援の約束をしてきたが……王領にいたる山道は雪で閉ざされているため、騎士を送るには海路に頼らねばならない。ヴェラリオン家が鷗《ガルタウン》の町にまで輸送船団を差し向けてくれれば、ただちに軍勢をダスケンデールに送れる、とジェイン女公は返書にしたためていた。船団の用意が無理なら、ブレーヴォスやペントスから船団を傭わねばならないが、それには費用がかかる……。

レイニラ女王には資金も船団もなかった。コアリーズ公を地下牢送りにしたがために艦隊を失い、命からがらキングズ・ランディングを脱してきたため、金貨の一枚すら持ちだすひまがなかったのだ。状況に絶望し、恐怖におののいた女王は、泣きながらダン要塞の城壁の上を歩いた。頭にはめっきり白髪が増え、頬もげっそりとこけていた。夜も満足に眠れなければ、食欲もない。最後に生き残った子息、エイゴン王子のことは、かたときもそばから離そうとしなかった。そして少年は、昼も夜も、〝あたかも小さな白い影のように〟、母親のそばに寄りそいつづけた。

もう充分に長くご逗留されたのではないか、とレディ・メレディスに退去をほのめかされた女王は、ブレーヴォスの商船《ヴァイオランド》の船賃を捻出するため、女王の冠を売却せねばならなかった。サー・ハロルド・ダークは谷間のアリン女公のもとへ身を寄せるように進言し、サー・メドリック・マンダリーは自分や弟のサー・トーレンとともにホワイト・ハーバーへいくよう説得したが、女王はどちらも拒否した。ドラゴンストーン城へ帰ることに固執していたのである。城に帰りさえすれば、まだドラゴンの卵が見つかるかもしれない——自分に忠実な臣下たちに、女王はそう説いた。新たなドラゴンを育てなければ、すべてが失われてしまう——。

強風によって、《ヴァイオランド》は女王がはらはらするほどドリフトマーク島の岩壁近くに吹きよせられ、三度、〈海蛇〉の軍船の、呼びかければ声が届くほど至近距離を通過したが、レイニラは船室に閉じこもり、甲板に姿を見せぬことでやりすごした。夕暮れを迎えるころ、ブレーヴォス船はようやくのことで竜の山《ドラゴンモント》山麓の港に入り、埠頭に接舷した。女王はあらかじめ、ダスケンデールから使い鴉を飛ばさせ、帰還を告げてあったので、埠頭には出迎えの一団が待っていた。女王はエイゴン王子、自分の側役たち、〈女王の楯《クィーンズガード》〉の騎士三名とともに船を降りた（キングズ・ランディングから同行してきた金色のマントたちはダスケンデールに残るいっぽう、ここまで同行してきたマンダリー

兄弟は《ヴァイオランド》に残り、同船ですぐさまホワイト・ハーバーに向かっている)。

女王一行が上陸したときには雨が降っており、埠頭に立つ出迎えの者の顔はほとんど見えなかった。埠頭界隈の娼館でさえ、灯が消えて人気《ひとけ》がなかったが、女王は気づきもしなかった。裏切りの連続で、レイニラ・ターガリエンは心もからだも病んでおり、ただただ自分の居城にもどることしか頭になく、ドラゴンストーン城の中に入りさえすれば、自分も息子も安全だと思いこんでいたのである。よもやこれから、最後にしてもっとも手ひどい裏切りに遭おうとは予想だにしていなかった。

出迎えたのは四十名の城兵だった。率いているのはサー・アルフレッド・ブルーム――レイニラがキングズ・ランディング攻めに出発したとき残していった騎士だ。ブルームはドラゴンストーン城の騎士でも最年長で、老王の治世中、ここの城兵に加わった男である。そうした経緯から、レイニラが〈鉄の玉座〉奪取のため出発したときには城代に任じられると期待していたのだが……気むずかしく無愛想なサー・アルフレッドは愛情も信頼も得にくい男だったので――これは〈マッシュルーム〉の表現である――女王は城代の役目を人あたりのいいサー・ロバート・クウィンスにまかせてしまった。上陸したレイニラが、なぜサー・ロバートは出迎えにこないのかと問うと、サー・アルフレッドは、〝われらがよく肥えた友人〟は城門でお出迎えします、とだけ答えた。

そのことばどおり、女王はクウィンスと対面することになる……ただし、城門に見たのは、だれかわからないほど黒焦げになった人体だった。それでもクウィンスとわかったのは、その体形からだ。サー・ロバートはとんでもなく肥えていたのである。クウィンスの焼けた死体は門楼の胸壁から吊されていた。そのとなりには、ドラゴンストーン城の家宰、城兵長、武術指南役……そしてグランド・メイスター・ジェラーディスの惨死体《ざんしたい》もあった。グランド・メイスターは上半身だけで、肋骨から下がなくなっており、なにかにちぎられたような切断面からは、はらわたが何本もの黒い蛇のように

たれさがっていた。

　ぶらさげられたいくつもの死体を見たとたん、女王の頬からすーっと血の気が引いた。その死体がなにを意味するのか、真っ先に気づいたのは若きエイゴン王子だった。だが、「母上、逃げて！」と叫んだときにはもはや手遅れだった。

　サー・アルフレッドの手の者たちが、突如として女王の護衛に襲いかかってきたからである。サー・ハロルド・ダークが剣の鞘を払おうとした。が、剣を抜ききらないうちに、戦斧《せんぷ》で首を刎《は》ねられた。サー・エイドリアン・レッドフォートはうしろから槍で胸を貫かれた。サー・ロレス・ランズデールだけは敏捷に動き、女王を護って応戦したが、向かってきたふたりまで斬り伏せたところで、自身も斬殺された。サー・ロレスの死により、〈女王の楯《クイーンズガード》〉は全員が討たれたことになる。エイゴン王子がすかさずサー・ハロルドの剣を拾いあげたものの、その剣は即座に、蔑み顔のサー・アルフレッドにはたき落とされてしまった。

　王子、女王、側役の貴婦人たちは、槍先を突きつけられ、ドラゴンストーン城の大手門をくぐり、郭に入った。そこに一行が見たものは（何年ものち、〈マッシュルーム〉が見てきたかのように述懐したところでは）、「死に体の男と、死にかけたドラゴン」だった。

　サンファイアの鱗は、いまも陽光を浴びた金箔の色に燦然と輝いていた。だが、育竜場の溶融したヴァリリア黒岩の上で縮こまる巨体の惨状からは、もはや生ける屍も同然であることが見てとれた。かつてウェスタロスの空を舞ったドラゴンのうちで、もっとも美麗な姿を誇ったサンファイアだが、レイニス王女の騎竜メレイズとの戦いでちぎれかけた片翼が異様な角度で胴体と癒着しているうえ、背中には真新しい傷がいくつもあり、身動きするたびに、そこから煙と血が出ているありさまだったからである。女王らがはじめてその姿を見たとき、サンファイアは長い頸《くび》を巻いて身を丸めていたが、

一行に気づいて身じろぎをし、頭をもたげた。その長い頸が大きく抉《えぐ》れているのがわかった。ほかのドラゴンに肉を咬みちぎられたのだろう。腹部のそこここには、竜鱗が剝がれたあとに瘡蓋《かさぶた》ができており、右目があったところにはぽっかりと眼窩があいて、そこに黒ずんだ血の痕がこびりついていた。いったいなにがあって、このようなありさまになったのか。レイニラ女王ならずとも、この惨状を見ればだれもがそう問いかけただろう。

いまのわれわれは、このときの女王が知らなかった背景をなにかと知っている。この点についてはグランド・メイスター・マンカンに感謝しなければならない。瀕死のエイゴン二世がどのようにしてドラゴンストーン城にやってきたのかは、マンカンの『その真実』に詳述されているからだ。そしてその記述は、元をただせば、グランド・メイスター・オーワイルの告白録に負うところが大きい。

女王のドラゴンたちが最初にキングズ・ランディング上空へ現われたとき、王と王子たちに王都を出るようにと勧めたのは〈内反足〉のラリス・ストロング公だった。王都の門のどれかから出れば、姿を目撃され、追手がかかる恐れがあるため、それを避けるべく、ラリス公は自分だけが知っている秘密の通路――メイゴル残酷王が造らせた抜け道の一部を通って王都の外へ脱出させた。

逃亡者たちを複数の集団に分かれさせたのもラリス公だった。たとえひとつの集団がつかまっても、ほかの集団は逃げのびられる可能性があるからだ。サー・リカード・ソーンは二歳のメイラー王子をハイタワー公のもとへ連れていくよう命じられた。愛らしくて純真なジェヘイラ王女六歳を託されたサー・ウィリス・フェルは、かならずや嵐の果て城《ストームズ・エンド》に姫をお連れすると誓った。双方ともに、相手がどこへ向かうかを知らないから、もしつかまっても口を割りようがない。

エイゴン二世王本人については、上等の服を脱がされ、漁師の潮馴れ衣《しおなれごろも》に着替えさせられたのち、釣り船の鱈《タラ》に埋もれる形でひそかにドラゴンストーン島へと運ばれた。王の護送をまかせられたのは、

ドラゴンストーン城と縁のある某落とし子の騎士だった。このことを知っていたのもラリス公だけだ。王がいなくなっていると知れば、レイニラ女王はかならず追手を差し向ける。しかし、小さな釣り船ならば逃走経路をたどりにくいし、追手の者たちも、よもやエイゴン王が異母姉の領有する島に——それも女王の牙城そのものの影の中に——潜んでいるとは思うまい。それが〈内反足〉の読みだった。以上のすべては、グランド・メイスター・オーワイルがストロング公自身の口から聞いた話であるとマンカンは伝えている。

　エイゴンはそうやって影に潜んだまま、痛みをワインで和らげ、部厚いマントで火傷の跡をくるみ、ずっと静養していられたかもしれない——もしもサンファイアがドラゴンストーン島に帰ってきさえしなければ。多くの者たちと同じように、いったいなにがサンファイアを竜の山《ドラゴンモント》に引きつけたのか、ここで考えてみてもいいだろう。深傷を負ったドラゴンは、ちぎれかけた翼が多少とも癒えた段階で、生まれ故郷に帰ろうとするなんらかの原始的な本能に導かれ、自分が卵から孵った場所、煙をあげる山へ帰巣したのだろうか？　それとも、どのようにしてか、ドラゴンストーン島にエイゴンがいると察知し、何百キロもの距離と嵐の波濤を飛び越えて騎竜者のもとへ合流しようとしたのだろうか？　セプトン・ユースタスにいたっては、サンファイアがエイゴンの切実な〝欲求〟を感じとったとまで踏みこんでいる。しかし、ドラゴンの心中をだれに量ることができよう。

　ウォリース・ムートン公は、深山鴉の巣城《ルークス・レスト》の外に広がる灰と骨におおわれた一帯でドラゴンを襲い、惨憺たる目に遭ったが、それを機に、サンファイアはいずこかへと飛び去った。歴史は半年以上ものあいだ、その所在を見失う（クラブ家やブルーン家の大広間でささやかれていたうわさからすると、この時期しばし、鋏み割りの蟹爪岬《クラッククロー・ポイント》の暗い松林や洞穴群にサンファイアが潜んでいた可能性がある）。ちぎれかけた翼は、空を飛べる程度には治っていたものの、異様な角度にくっついており、いまだに

体力は回復していなかった。サンファイアはもはや、高く飛ぶことも長く滞空していることもできず、わずかな距離を飛ぶだけでも必死に羽ばたかねばならない状況だった。道化の〈マッシュルーム〉は残酷にも、ドラゴンなるものは鷲のように華麗に空を舞うが、サンファイアは〔必死に羽ばたいては丘から丘へ跳び移るのがせいぜいの、火を吐くばかでかい金色の鶏《ニワトリ》でしかない〕と形容している。

とはいえ、この〝火を吐く鶏〟が、ブラックウォーター湾の波濤を越えたことはまちがいない……ヴォランティスからきた交易船《コグ》《ネッサリア》の船乗りが見たドラゴン、戦う二頭のうちの一頭は、サンファイアだったのである。サー・ロバート・クウィンスは、灰色の亡霊《グレイ・ゴースト》を殺したのは共喰い《カニバル》だと思っていたが……〈もつれ舌のトム〉は、しゃべりがうまくないぶん聞き上手で、ヴォランティスの船乗りたちにエールを奢り、目撃談を聞きだして、〝いっぽうを攻撃していたドラゴンが黄金の鱗におおわれていた〟という話が出るつど記録をつけた。トムもよく知っていたように、カニバルは炭のように真っ黒なドラゴンだ。ゆえに〈もつれ舌のトム〉は、父である老漁師〈もつれ鬚《ひげ》のトム〉の妹が某騎士に花を散らされて産んだ私生児、サー・マーストン・ウォーターズだけだったからだ）と〝従兄弟たち〟（〝たち〟といっては誇張になるか——従兄弟といえるのは、〈もつれ鬚のトム〉のともに、小さな釣り船を出し、グレイ・ゴーストを殺したドラゴンを探しにいった。

大火傷を負った王と大怪我を負ったドラゴンとは、それぞれがたがいに新たな目的を見いだした。竜の山《ドラゴンモント》の荒涼とした東側斜面にある、はたからは見つけにくい巣穴から、エイゴンは毎朝、夜明けになると、深山鴉の巣城《ルークス・レスト》以来となる飛行に挑戦した。そうと知った〈ふたりのトム〉と従兄弟のサー・マーストン・ウォーターズは、島の西側に引き返し、エイゴンがドラゴンストーン城を奪取するのに必要な協力者を探しはじめた。長らくレイニラ女王の牙城であったドラゴンストーン城にも、女王を快く思わない人間はおおぜいいる。〈魚の餌撒き〉や〈水道《ガレット》の海戦〉で兄弟、息子、父を殺されて、

女王を恨んでいる者、報賞金に目がくらんだ者、息子の継承権は娘よりも優先されるべきだとの信念から、エイゴンのほうが継承権が上だと考える者と、もっともな事情から身勝手な理由まで、思いはさまざまだった。

女王は優秀な人材を選りすぐってキングズ・ランディングに連れていった。ドラゴンストーン島は〈海蛇〉の軍船団に護られており、ドラゴンストーン城自体もヴァリリア様式の高い城壁に囲まれて、難攻不落と見なされていたので、女王が城を守るために残していった城兵はすくなく、その大半は、留守居のほかに使い道のない者――老人や少年、足の悪い者、頭がまわらない者、手や足を失った者、負傷して療養中の者、忠誠心に疑いのある者、臆病と見られている者などだった。それを束ねる者としてレイニラ女王が任命したのが、サー・ロバート・クウィンス――老齢に入り、太ってはいたが、有能な人材だった。

クウィンスが女王のゆるぎなき支持者であったことはだれもが認めるところだが、部下のなかには忠誠心に悖《もと》る者がおり、一部には過去の仕打ちに対して、事実であれ思いこみであれ、憤懣や不平をいだいている者もいた。ひときわその傾向が著しかったのが、サー・アルフレッド・ブルームである。エイゴン二世が玉座に返り咲いた暁には、貴族の地位、領地、黄金、すべて望みのままだと持ちかけられたブルームは、むしろ積極的に裏切り行為を主導した。ドラゴンストーン城の城兵勤めが長く、城の戦力、弱点、守兵の状況を把握しており、だれに賄賂が効き、だれが弱いか、だれを殺すべきであり、だれを投獄すべきかを、王方の手の者にくわしく報告したのだ。

いよいよ謀叛決行の日、ドラゴンストーン城は一時間とかからず敵の手に落ちた。ブルームの息のかかった者たちが城壁の裏門をあけ、サー・マーストン・ウォーターズおよび〈もつれ舌のトム〉の率いる占領部隊を密かに城壁内へ迎え入れたのは、亡霊の刻《とき》のことである。一隊は武器庫を掌握し、

一隊は女王に忠実な城兵と武術指南役を拘束するいっぽうで、サー・マーストンは使い鴉舎にいき、グランド・メイスター・ジェラーディスを即座に取り押さえたので、襲撃を他所に通報される恐れはなくなった。サー・アルフレッド自身は、手の者を率いて城代の寝こみを襲い、部屋に踏みこむや、ベッドから飛び起きかけたサー・ロバート・クウィンスの大きな白い腹に槍を突きたてた。両人とも知る〈マッシュルーム〉によれば、サー・アルフレッドはサー・ロバートを憎んでおり、かねてより含むところがあった。この話は信用に値する。よほど憎しみをこめて突きたてたのだろう、槍は勢いあまってサー・ロバートの背中から突きだし、羽ぶとんとその下の藁ぶとんをも貫通して、床にまで達していたという。

ただし、ある一点について、占領作戦は失敗した。〈もつれ舌のトム〉と配下のごろつきたちが、レディ・ベイラをとりこにしようと寝室のドアを押し破ったとき、ベイラが即座に窓から脱け出して、屋根づたいに城壁の上へあがり、そこから育竜場に降りたからだ。王派の者たちは用意周到に、城のドラゴンが収容されている竜房確保のために兵を配していたが、ドラゴンストーン城育ちのベイラは余人の知らない抜け道を知りつくしており、追手が追いついてみれば、すでにもうムーンダンサーの繋竜鎖《けいりゅうさ》をはずし、騎竜鞍《きりゅうぐら》の腹帯《はるび》を締めおえていた。

計画どおりなら、この時点で、王派の手により、女王派の者は全員、殺されるか拘留されるかして、ドラゴンストーン城はぶじ確保されているはずだった。エイゴン二世としては、サンファイアに乗り、煙を噴く竜の山の山頂を飛び越え、一族の城に堂々の凱旋を果たすだけでよかった。ところが、王が降下してきたところ、右のような経緯で、城から上昇してくる別のドラゴンと対峙するはめになった。ムーンダンサーを駆るのはベイラ・ターガリエン——デイモンとレディ・レーナのあいだに生まれた、父と同じく恐れを知らぬ娘だ。

ムーンダンサーはまだ若いドラゴンで、体色は淡い緑色、角と頭冠部と翼支骨は真珠色をしている。大きな飛膜を除けば、その体軀は軍馬ほどしかなく、体重はもっと小さいが、そのぶん敏捷だった。対するサンファイアはずっと大きいものの、片翼が異様な形でくっついているため、飛ぶのに困難をともない、グレイ・ゴーストとの戦いで受けた傷もまだ生々しい。

黎明を間近に控えた暁闇《ぎょうあん》の中、両竜は邂逅《かいこう》し、両者が吐く炎は闇々《あんあん》たる夜空を煌々と染めあげた。ムーンダンサーは相手の吐く炎をかいくぐり、顎《あぎと》を躱《かわ》し、把持力のある足趾《そくし》に生えた鉤爪をすりぬけ、背中側にまわりこむと、自分より大きなドラゴンのうしろから襲いかかり、背中に長大な傷を抉《えぐ》って、傷の癒えきらない飛膜をあらためて引き裂いた。下から見ていた者たちは、サンファイアが空中で、まるで酔っぱらいのようによろめき、墜落すまいとあがきはじめたと証言している。いったん前方へ飛びすぎたムーンダンサーは旋回し、正面から直進して、炎を吐いた。サンファイアも応戦すべく、灼熱の炎を吐いた。金色《こんじき》の炎はおそろしくまばゆく、第二の太陽のように下の育竜場を照らしだし、ムーンダンサーの双眸《そうぼう》を直撃した。その瞬間、おそらく若竜は視力を失ったと思われるが、それでも飛びつづけ、サンファイアに真っ向から激突し、双方の飛膜と鉤爪がもつれあう形で落下しだした。落下しながらも、ムーンダンサーはサンファイアの頸に何度となく咬みつき、そのつど顎いっぱいの肉片を咬みちぎった。サンファイアはサンファイアで、鋭利な鉤爪を牝竜の腹に食いこませている。炎と煙の衣に包まれ、視力をなくし、腹から血を流しながら、ムーンダンサーは相手から離れようと必死に翼を羽ばたかせたが、いくらあがいても落下の速度を遅らせるのがせいいっぱいだった。

頭上を見あげていた者が安全な場所を求めて逃げまどうなか、二頭は育竜場の硬い岩場に激突した。さしも敏捷なムーンダンサーも、地上での戦いではサンファイアの巨体と体重にかなわず、淡緑色のドラゴンはたちまち倒れ伏し、ぐったりと動かなくなった。黄金のドラゴンは勝利の雄叫びを発し、

ふたたび空に舞いあがろうとした。が、あちこちの傷口からは灼熱の血潮が噴きだしており、もはや立つこともできず、結局、そのまま岩場にくずおれた。

二頭がまだ空中五メートルの高さにあるとき、エイゴン王はとっさに騎竜鞍から飛びおりていたが、着地の衝撃で両脚ともに骨折してしまった。レディ・ベイラはといえば、地上に激突するまでずっとムーンダンサーの背にまたがったままだった。全身、火傷と打ち身だらけになりつつも、少女はなお、自力で騎竜鞍の安全鎖を解き、ドラゴンの上から降りるだけの気力を残していた。ムーンダンサーは激痛にあえぎ、自分の死を悟って体軀を丸めている。アルフレッド・ブルームが少女を殺そうと剣を抜くのを見て、マーストン・ウォーターズがその手から剣をもぎとった。少女をメイスターのもとへ運んでいったのは〈もつれ舌のトム〉だ。

こうして、エイゴン二世はターガリエン家古来の牙城を勝ちとった。だが、その代償はあまりにも大きかった。サンファイアはもう二度と空を飛べないだろう。黄金のドラゴンは落下してきた育竜場から動けず、そばで息絶えたムーンダンサーの死体を喰いつくしてからは、城兵たちが処理した羊を喰って生きた。エイゴン二世自身は、死ぬまでの時間をひどく苦しんで過ごすことになる。ただし、彼の名誉のために付言しておくと、グランド・メイスター・ジェラーディスから鎮痛剤として罌粟《ケシ》の乳液を差しだされたとき、王はきっぱりと拒否した。

「もう二度と、その手の薬にはたよらぬ。それに、いかなるものであれ、おまえが用意した薬を服《の》むほど愚かではない。おまえはわが姉の犬なのだからな」

レイニラ女王がグランド・メイスター・オーワイルの首から剝奪し、ジェラーディスに与えた頸飾《けいしょく》――役職を示す鎖は、王の命令で、当人を吊るし首にするために用いられた。首に頸飾をかけられた状態で勢いよく城壁から突き落とされたなら、首の骨が折れて即死できただろうが、それは許されず、

ジェラーディスは首を括《くく》られたまま、育竜場の岩場で吊りあげられ、必死に足をばたつかせ、延々ともがき苦しみつづけたあげく、もうすこしで息絶えるというところで岩場に降ろされること、三度。三度めのあとは腹を裂かれ、はらわたを引きずりだされて、サンファイアの目の前にぶらさげられた。ドラゴンは両脚と腹を炎で焼き、咬みちぎった。だが、そこで王は、グランド・メイスターの死体はなるべく多く残しておかねばならぬといって、それ以上は食わせぬように中止を命じた。

「この男には、わが愛しの姉を出迎えてもらわねばならんからな」

それからさほど日を置かずして、王が〈石造りの円塔〉の大広間に横たわり、折れた両脚に副木《そえぎ》をあて、繃帯《ほうたい》を巻いて療養しているときのこと、レイニラ女王がダスケンデールから送らせた使い鴉のうちの一羽が到着した。異母姉が《ヴァイオランド》に乗ってくることを知ったエイゴンは、サー・アルフレッド・ブルームに命じ、姉の帰還のため、〝しかるべき歓迎準備〟をしておけと命じた。

以上のすべてを、いまのわれわれは知っている。しかし、ドラゴンストーン島に上陸し、異母弟の罠に足を踏み入れたとき、女王は以上についてなにひとつ知らなかった。

（女王にいっさいの愛情を持たない）セプトン・ユースタスは、このときレイニラ女王が、黄金の竜サンファイアの無惨な姿を見て笑ったと記している。

「これはだれのお手柄？」女王のことばとして、ユースタスはこう記す。「だれであれ、その者には感謝をしなくてはね」

いっぽう、（女王を愛してやまない）〈マッシュルーム〉の記述にあるのは、このようなことばだ。

「いったいどうして、こんな酷《むご》い姿に？」

しかし、どちらの記録でも、このあとにエイゴン王の口から出たことばは一致している。

「姉上」高みにある露台の上から、エイゴンは呼びかけた。歩くはおろか、立つこともままならない

エイゴンは、露台まで椅子に乗せて運ばれてきていた。深山鴉の巣城《ルークス・レスト》付近の戦いで腰骨がへし折れ、そのからだが歪んでいるうえに、かつての整っていた顔だちは、罌粟《ケシ》の乳液で（むろん、グランド・メイスター・ジェラーディスから与えられたものではない）むくみ、半身は火傷でただれていたが、それでもレイニラは、相手がエイゴンだと即座に見てとり、こういった。

「愛しい弟よ。死んでいてくれればいいと願っていたのに」

「先に逝《い》くのは」とエイゴンは応じた。「年長者さまからなのが筋だろう」

「うれしいわ、年長者だと憶えていてくれて。どうやらわたしたちは、あなたの虜囚となったようね……けれど、いつまでも虜囚にしておけるなどとは思わないことよ。この身に忠実な諸公が、いずれわたしを探しだすから」

「七つの地獄まで探しにいけるものならな」

王がそう答えるとともに、配下のだれかがレイニラを息子の腕から引き離した。この点については、記録によって異なる。レイニラの腕をつかんだ人間がサー・アルフレッド・ブルームだとする記録もあれば、〈ふたりのトム〉——父親の〈もつれ鬚〉と息子の〈もつれ舌〉だったとする記録もある。サー・マーストン・ウォーターズは顚末《てんまつ》の一部始終を見ていた。白いマントに身を包んでいるのは、エイゴンに武勇を見こまれ、〈王の楯《キングズガード》〉に任命されたからだ。

このウォーターズも、育竜場にいたほかの騎士や貴族たちも、ひとことも異論を唱えてはいないが、このときエイゴン二世が与えた指示は、異腹の姉を自分のドラゴンに与えることだった。最初のうち、サンファイアは差しだされた〝餌〟に関心を示さなかった。だが、ブルームが短剣の先で女王の胸をつついたとたん、ただよう血臭に気を引かれ、女王のにおいを嗅いだかと思うと——突如として口を開き、女王に炎を浴びせかけた。予想外の急な動きに、マントに火がついたサー・アルフレッドは、

あわてて飛びのくはめになった。

レイニラ・ターガリエンはきっと露台をふりあおぎ、鋭くひとこと、異母弟に向け、呪詛をこめた最後の罵倒を投げかけた。つぎの瞬間、サンファイアの顎《あぎと》がばくんと閉じ、レイニラの片腕を肩から咬みちぎった。

セプトン・ユースタスの記述によれば、金竜《こんりゅう》は女王を六口で喰らいつくし、左脚の脛《すね》から下だけを〈異客《まれびと》〉のために残した」という。レイニラ女王の側役のなかで、もっとも若く、もっとも穏和であったエリンダ・マッシーは、凄惨な光景にみずからの両目を抉《えぐ》りだすいっぽう、女王の息子である〈年若のエイゴン〉は身動きもならず、恐怖に気死《きし》したようになり、母が喰われる図を見つめていた。

レイニラ・ターガリエン——かつて〈王土の華〉と讃えられ、半年だけの女王として君臨した女性は、エイゴンの征服から百三十年め、十の月、第二十二日において、この悲哀に満ちた憂き世を去った。享年、三十三だった。

サー・アルフレッド・ブルームは、エイゴン王子も殺そうと訴えたが、エイゴン王はそれを禁じた。まだ十歳でもあり、王子には人質としての価値があるというのがその理由だった。異母姉は死んだが、その支持者はまだ多く、エイゴン二世がふたたび〈鉄の玉座〉につこうと思えば、まずはその者らに対する方策を講じなくてはならない。そのため、エイゴン王子は、首、手首、足首に枷《かせ》をかけられ、ドラゴンストーン城の地下牢に収監された。亡き女王の側役だった貴婦人たちはみな〈海竜の塔〉に閉じこめられ、身代金が届くのを待つことになった。

「雌伏の時は終わった」ここにエイゴン二世王は宣言した。「使い鴉を放ち、僭王の死を触れさせ、真の王が父王の玉座につくべく帰還する旨、王土じゅうに知らしめよ」

6 返り咲くも短命に終わった、エイゴン二世の悲惨な治世
The Short, Sad Reign of Aegon II

「雌伏の時は終わった」エイゴン二世王はドラゴンストーン城で異腹の姉をサンファイアに喰わせたのち、このように宣言した。「使い鴉を放ち、僭王の死を触れさせ、真の王が父王の玉座につくべく帰還する旨、王土じゅうに知らしめよ」

とはいえ、真の王にとっても、いうは易く、行なうには難いことがある。エイゴン二世がようやくドラゴンストーン城を出立できたのは、月がいったん満ちたのち欠けていき、ふたたび満ちてからのことだった。

キングズ・ランディングへ赴くには、ブラックウォーター湾全域を横断せねばならない。途中にはドリフトマーク島もあるし、ヴェラリオン家の軍船が何十隻も遊弋《ゆうよく》している。〈海蛇〉がキングズ・ランディングでトリスタン・トゥルーファイアの〝客〟となり、サー・アダムがタンブルトンで死亡したいま、ヴェラリオン艦隊を掌握しているのはアダムの弟のアリン——船大工の娘だった〈鼠〉の、若いほうの息子だ。年齢はまだ十五歳のはずだが……エイゴン王はいぶかった。この男、味方と見る

べきか、敵と見るべきか？　兄アダムは女王のために戦って死んだ。とはいえ、アリンたちの祖父である〈海蛇〉を地下牢送りにしたのは女王自身だし、その女王ももはやこの世にはいない。そのため、何羽もの使い鴉がドリフトマーク島へ送られ、これまでさんざん王に敵対してきたヴェラリオン家を赦す旨が伝達された。ただし赦免には、〈ハルのアリン〉がドラゴンストーン城まで出頭し、臣従を誓うのなら、という条件が付された。臣従を受け入れるとの回答が得られぬかぎり、エイゴン二世が船で湾を渡り、捕まる危険を冒すのは愚行としかいえない。

それに、エイゴン王自身、船によるキングズ・ランディング入りを望んではいなかった。異母姉が死んでからの日々において、王はなおも、サンファイアがふたたび空を飛べるまでに回復することを期待していたのである。だが、期待とは裏腹に、ドラゴンはますます衰弱していくように思われた。じきに頸《くび》の傷は腐臭を放ちだした。吐気の煙にも腐臭が混じりはじめ、死期が間近に迫るにつれて、もうなにも食べようとはしなくなった。

AC一三〇年、十二の月第九日、かつてエイゴン王の栄光であった荘厳に輝く金色《こんじき》のドラゴンは、戦いで落ちてきた場所、つまりドラゴンストーン城の育竜場において死亡した。王は嗚咽《おえつ》を漏らし、従妹のレディ・ベイラを地下牢から連れてこさせ、いますぐ死刑に処せと命じた。すんでのところで気が変わったのは、ベイラの頭が斬首台に載せられてからのことである。王付きのメイスターから、ベイラの母親はヴェラリオン家の一員であり、〈海蛇〉の娘であったことを思いださせられたのだ。新たな使い鴉がドリフトマーク島へ送りだされた。今回、先方に送りつけられたのは、脅迫状だった。〈ハルのアリン〉が二週間のうちに出頭し、エイゴン王に臣従礼をとらないかぎり、従妹のレディ・ベイラは首を失うことになるだろう――。

そのころ、ブラックウォーター湾を隔てた本土側では、〈三王の月〉が唐突に終焉を迎えていた。

キングズ・ランディングを取りまく囲壁の外に、突如として軍勢が出現したのである。半年以上ものあいだ、王都はいまにもオーマンド・ハイタワーの軍勢が襲いくるのではないかと戦々兢々《せんせんきょうきょう》としていたが……ついに現われた軍勢は、オールドタウンから惨劇の橋《ビターブリッジ》とタンブルトン双方の町を経由してきた南部勢ではなく、嵐の果て城《ストームズ・エンド》から〈王の道〉を北上してきた軍勢だった。女王の死を聞きつけたボロス・バラシオンが、妊娠したばかりの公妃と四人の娘を居城に残し、騎士六百と徒士《かち》四千を引き連れて〈王の森〉を抜けてきたのである。

　ブラックウォーター河ごしにバラシオンの尖兵が発見されるや、〈羊飼い〉は信奉者たちに対し、河岸に急行してボロス公の軍勢を渡河させるなと命じた。かつては数万人を集めて説法をした托鉢の修道士だったが、その呼びかけに応えた者はせいぜい数百人、しかもじっさいに河岸で応戦した者はごくわずかだった。〈エイゴンの高き丘〉からは、いまはトリスタン・トゥルーファイア王を名乗る従士が、ラリス・ストロングおよび〈蚤のサー・パーキン〉とならんで城壁の上に立ち、河向こうで徐々に増えていく嵐の地《ストームランド》勢を眺めていた。

「あれほどの軍勢に対抗できる戦力はないな、王さま」少年〝王〟にそういったのは、〈内反足〉のラリス・ストロングである。「しかし、剣で太刀打ちできなくとも、舌先でやりすごせる場合がある。おれを使者に立たせろ。交渉してみる」

　その提案どおり、〈内反足〉は休戦旗とともに河の対岸へ送りだされた。同行したのはグランド・メイスター・オーワイルとアリセント太后だ。

　嵐の果て城《ストームズ・エンド》の城主は、〈王の森〉のはずれに立てた大天幕で三人を迎えた。林縁でボロス公の兵が樹々を伐採しているのは、渡河に使う筏《いかだ》を組むためにほかならない。そこでアリセント太后は朗報を聞かされた。自分の子息エイゴンと娘ヘレイナの子供のうち、ただひとり生き残ったジェヘイラが、

〈王の楯《キングズガード》〉のサー・ウィリス・フェルにより、ぶじ嵐の果て城《ストームズ・エンド》へ送り届けられていたというのである。太后は随喜の涙を流した。

幾多の背信と婚姻の約束を経て、ボロス公、ラリス公、アリセント太后のあいだに協定が結ばれた。証人として立ち会ったのは、グランド・メイスター・オーワイルだ。〈内反足〉は僭王トリスタンを除く〈蚤のサー・パーキン〉一党の全員について、大逆、叛逆、掠奪、殺人、強姦も含め、いかなる罪にも問わないという条件のもと、〈蚤〉と卑賤《ひせん》の騎士たちを嵐の地勢《ストームランド》に協力させ、エイゴン二世を〈鉄の玉座〉に返り咲かせるのに手を貸すと約束した。アリセント太后は、エイゴン王の新たな妃として、ボロス公の長女、レディ・カサンドラを迎えることを受け入れた。さらに、ボロス公の別の娘、レディ・フローリスについては、ラリス・ストロングに嫁《とつ》がせることも決まった。

ヴェラリオン艦隊がもたらしうる脅威については、それなりの時間を費やして協議された。「〈海蛇〉も引きずりこまねばなるまいな」記録には、バラシオン公がそういったとある。「新たに若い女房をあてがえば、老公も喜ぼう。まだ名をあげていない娘が、わしにはもうふたりいる」

「あれは三度も寝返った男なのよ」アリセント太后が異を唱えた。「それに、レイニラがキングズ・ランディングを奪取できたのは、あの男が協力したからこそ。わが息子たる王はけっしてそのことを忘れないわ。死なすべきです」

「どのみち、余命いくばくもないご老体ですからな」ラリス・ストロング公が答えた。「いまは手を結んでおいて、できるかぎり利用させてもらいましょう。万事が落ちついて、もうヴェラリオン家は用済みとなれば、いつなりと〈異客《まれびと》〉の手に委《ゆだ》ねればよろしい」

こうして合意はなった。大半が恥ずべき内容だった。まず、使者たちがキングズ・ランディングに帰り、そのすぐあとから、なんの抵抗も受けることなく、嵐の地勢《ストームランド》がブラックウォーター河を渡り、

王都入りをはたした。ボロス公の見るところ、王都の囲壁に守兵は配されておらず、各門にも門衛の姿はなく、どの通りも広場もがらんとして、あるのは死体だけのありさまだった。旗持ちと家士勢を引き連れて、〈エイゴンの高き丘〉を登っていく途中、ボロス公が赤の王城の城壁上に見たものは、門楼の胸壁から従士トリスタンの襤褸旗《ぼろばた》が降ろされ、代わってエイゴン二世王の黄金のドラゴン旗が掲揚される光景だった。ボロス公が城門をくぐると、アリセント太后みずからが出迎えた。背後には〈蚤のサー・パーキン〉も控えていた。

「僭王めはどこだ？」外郭で下馬しながら、ボロス公はたずねた。

「捕縛して鎖をかけてあります」答えたのはサー・パーキンだった。

ドーン人とのたびかさなる境界紛争で鍛えられ、新たなる〈禿鷹の王〉討伐戦に勝利したばかりのボロス・バラシオン公は、王都入りしたのち、時を移さず治安回復に乗りだした。赤の王城で静かな祝宴の一夜を過ごしたのち、翌日は早くも〈ヴィセーニアの丘〉に乗りこんで、〝女陰《にょいん》の王様〟こと〈白き髪のゲイモン〉の排除にあたっている。丘のふもとの三方から頂上に向けて、鎧を身につけた騎士たちの縦列を登らせ、ごろつき、傭兵、酔漢たちを上へ上へと追いやっていき、幼年王の周囲に追いつめて殲滅《せんめつ》したのである。つい二日前に五回めの命名日を祝ったばかりの幼年王は、捕縛され、鎖をかけられたのち、馬の背の上へ横ざまに——腹が鞍にあたる格好で——載せられて、赤の王城へ運んでいかれた。その間《かん》ずっと、幼年王は泣きどおしだった。馬の背後につづくのは幼年王の母親だ。その手はつねに、ドーン人の娼婦、シルヴェナ・サンドの手を握りしめていた。ふたりのさらに背後には、娼婦、魔女、巾着切り、こそ泥、飲んだくれのほか、生き残った〈白き髪〉の〝廷臣〟たちが長い列をなしていた。

翌日の夜は〈羊飼い〉を排除する番だった。娼婦たちとその幼年王の運命を知り、危機感を持った

預言者は、〝裸足の軍勢〟に対し、〈竜舎〉の周囲に集《つど》え、〈レイニスの丘〉を〝血と鉄〟で守れと呼びかけた。だが、〈羊飼い〉の星ははや地に墜《お》ちており、呼びかけに応えて集まった者は三百人に満たず、その多くは攻撃がはじまると同時にたちまち逃げ散っていった。ボロス公の率いる騎士勢が丘の西側から攻め登ったのに対し、サー・パーキンと卑賤の騎士勢は、〈蚤の溜まり場〉を発して、さらに傾斜のきつい南側の斜面を攻め登った。薄い防衛陣を突破し、〈竜舎〉の残骸になだれこんだ寄せ手がそこに見たものは、（腐敗がそうとうに進んだ）ドラゴンたちの頭部のただなかで、松明《たいまつ》の輪に囲まれ、なおも破滅と荒廃について警鐘を鳴らし、説法をつづける、預言者の姿だった。軍馬にまたがるボロス公を認めた〈羊飼い〉は、手のない腕を公に突きつけ、呪詛のことばを吐いた。

「地獄で相まみえようぞ――この年の終わらぬうちに」

そののち、托鉢の修道士ならではのみすぼらしい身なりをした預言者は、〈白き髪のゲイモン〉と同じく生け捕りにされ、鎖に繋がれて、赤の王城へ連行された。

こうして、キングズ・ランディングに一応の平和がもどってきた。アリセント太后は、その実子、〝われらが真の王エイゴン、その名の二世〟の名において戒厳令を敷き、日没後の外出を違法とした。戒厳令を強制するため、〈蚤のサー・パーキン〉を総帥として〈王都の守人《シティ・ウォッチ》〉が再建されるとともに、ボロス公が率いる嵐の地勢《ストームランド》は王都を取りまく囲壁の各市門に配置され、門楼の上で見張りに立った。三つの丘からそれぞれ引きずりおろされた三人の偽りの〝王〟は、地下牢に放りこまれて憔悴しつつ、真の王の帰還を待った。しかし、王帰還の成否は、ドリフトマーク島を拠点とするヴェラリオン家の腹ひとつにかかっている。赤の王城を囲む城壁の内側で、アリセント太后とラリス・ストロング公は〈海蛇〉に対し、もしエイゴン二世を王と認め、ひざを屈し、ドリフトマーク島の軍勢と軍船を提供するならば、身の自由を保証し、叛逆も全面的に赦免し、王の小評議会に席を与えようと持ちかけた。

老公は驚くほどの食えなさを見せつけた。

「寄る年波でな、硬くなったわがひざは、そうたやすく曲げることができん」

コアリーズ公はそのように前置きしたうえで、自分の条件を並べた。まず、赦免は自分だけでなく、レイニラ女王のために戦った者全員に施されるべきこと。そして、〈年若のエイゴン〉をジェヘイラ王女と結婚させ、ふたりにエイゴン王の跡継ぎを儲けさせること。

「王土は分断されておる」と〈海蛇〉はいった。「われらはそれをひとつにもどさねばならぬ」

また、〈海蛇〉はバラシオン公の娘たちにまったく興味を示さず、ただちにレディ・ベイラを解放するようにとも要求した。

アリセント太后はヴェラリオン公の〝尊大さ〟に憤慨したと『その真実』は伝えている。とりわけ、自分のエイゴンの跡継ぎに、レイニラ女王のエイゴンをすえろという要求には怒髪天をついたという。むりもない。〈舞踏〉において、三人の息子のうちのふたりに加え、ひとり娘まで失ったというのに、敵対する側の息子がひとりでも生き延びるなど、たしかに耐えがたかっただろう。立腹した太后は、コアリーズ公に対し、自分は二度、レイニラに和議を申し入れたが、提案は二度とも、蔑みをもって退けられたことを指摘した。見かねて割って入る役目は、〈内反足〉ことラリス公のものとなった。バラシオン公の大天幕で話しあった内容を静かに思いださせたうえで——用済みになればうんぬんの話である——ここは〈海蛇〉の要求を呑むよう、太后を説得したのである。

翌日、〈海蛇〉コアリーズ・ヴェラリオン公は、〈鉄の玉座〉にあがる階段の下のほうに、子息である王の名代として座したアリセント太后の前でひざをつき、ヴェラリオン家を代表して王に忠誠を尽くすことを誓った。神々と人々の眼前にて、太后は公と公家に恩赦を施し、小評議会における元の地位、つまり海軍相兼提督に復帰させた。使い鴉がドリフトマーク城とドラゴンストーン城に放たれ、

融和がなったことを伝えた。あと一日遅ければ、伝達はむだになっていただろう。というのも、若きアリン・ヴェラリオンは艦隊を動員し、いままさにドラゴンストーン城とエイゴン二世王を攻撃する寸前だったからである。このとき、エイゴン王はまたも従妹のベイラを斬首しようとしていたことがわかっている。

Ａ Ｃ 一三〇年も末になるころ、エイゴン二世王はついにキングズ・ランディングへ帰還した。同行してきたのはサー・マーストン・ウォーターズ、サー・アルフレッド・ブルーム、〈ふたりのトム〉、レディ・ベイラ・ターガリエンだった（鎖を解けば王を襲う恐れがあったので、レディはいまも鎖に繋がれたままである）。ヴェラリオン家の戦闘ガレー船十二隻に護衛された王が乗る船は、《鼠《マウス》》という名のひどく傷んだ老朽交易船《コグ》で、その船主兼船長を務める人物は〈ハルのマリルダ〉といった。〈マッシュルーム〉の述懐が信用できるなら、この船の選択は意図的なものである。「アリン公としては、《エイサン公の栄光》や《朝の潮《モーニング・タイド》》、さらに《スパイスタウンの娘》など、最上級の船を出す選択肢もあったが、そこをあえて〝鼠〟に乗せ、こっそり王都へ忍びこむようすを見せたかったのだ」とこびとはいう。「アリン公は高慢な若僧で、自分の王を愛してはいなかった」

王の帰還は、およそ凱旋などといえるものではなかった。いまだ歩くことさえできない王は、窓を目隠しした車駕《しゃが》により、〈川の門〉からひっそりとした王都に運びこまれ、がらんとした道づたいに、廃棄された家々や掠奪された店々の前を通り、〈エイゴンの高き丘〉を登って赤の王城に到着した。〈鉄の玉座〉にあがる階段は急角度で幅もせまく、これもまた自力で登ることはできなかった。以後、復位した王は、真の玉座にあがる階段の下に彫刻を施された木の玉座を置き、その上に厚く詰め物をした敷物を敷いて腰をかけ、骨が砕けてねじれた脚の上に布をかぶせて宮廷に臨むことになる。

激しい苦痛にさいなまれつつも、王は二度と寝室に閉じこもろうとはしなかったし、夢見《ドリーム》ワインや

罌粟《ケシ》の乳液にも頼ろうとはせず、〈狂気の月〉のあいだキングズ・ランディングを支配した三人――短時日で儚《はかな》く消えた〝蜉蝣《カゲロウ》の王〟たちについてただちに沙汰を下した。最初に王の怒りを向けられた相手は従士のトリスタンで、大逆の罪で死刑を宣告された。怖《お》じることを知らない少年であった従士トリスタンは、〈鉄の玉座〉の前に引きすえられたときでさえ挑戦的だったが、それも王のとなりに立っている〈蚤のサー・パーキン〉を見るまでのことだった。少年は呆気《あっけ》にとられた顔になった、と〈マッシュルーム〉は述べている。だが少年は、自分は無実だと訴えることも慈悲を乞うこともせず、死ぬ前に騎士にしてほしいとの願いを口にした。エイゴン王がこの願いを聞き入れたことで、少年は（落とし子同士の誼《よし》みで）サー・マーストン・ウォーターズにより、（少年が僭越にも名乗った名前、〝トゥルーファイア〟にちなんで）サー・トリスタン・ファイアの名を与えられた。そしてその直後、サー・アルフレッド・ブルームのふるう〈黒き炎《ブラックファイア》〉――エイゴン征服王の剣で首を落とされた。

〝女陰《にょいん》の王様〟こと、〈白き髪のゲイモン〉を待っていたのは、これほど苛烈ではない運命だった。まだ五歳という年齢も考慮されて、情状酌量され、王の被後見人として預けられることになったのだ。その母親であるエッシーは、息子の短い治世のあいだ、勝手にレディ・エッシリンを名乗っていたが、拷問を受けて、それまで標榜していたこととは異なり、ゲイモンの父親は王ではなく、ライスの交易ガレー船から陸《おか》にあがって客となった、銀髪の漕手《そうしゅ》であったことを白状した。エッシーとドーン人の娼婦シルヴェナ・サンドは生まれが卑しく、剣で斬首するに値しないと判断され、ゲイモン〝王〟の宮廷で廷臣となっていた二十七人――盗っ人、飲んだくれ、役者、物乞い、娼婦、ポン引きなどの、ろくでなしの一団とともに、赤の王城の城壁から吊るされた。

エイゴン二世が最後に怒りを向けた相手は〈羊飼い〉だった。刑宣告のため、〈鉄の玉座〉の前に引きすえられた預言者は、罪を悔い改めることも、叛逆を認めることも拒否し、手のない手首を王に

突きつけて、捕縛されたさい、ボロス・バラシオンにいったのと同じことばを口にした。

「地獄で相まみえようぞ——この年の終わらぬうちに」

その傲慢さゆえに、エイゴンは〈羊飼い〉の舌を灼《や》いたヤットコで引き抜かせ、〈羊飼い〉とその〝叛逆的な信奉者ども〟に焚刑《ふんけい》を宣告した。

〈靴屋広場〉から北東にある〈竜舎〉にかけては、舗石《しきいし》を敷いた幅の広い通りが走っている。この年最後の日、二百四十一名の〝裸足の仔羊〟——〈羊飼い〉のもっとも熱烈で献身的な信奉者たちは、全身に瀝青《ピッチ》を塗りたくられ、通りの両脇に立てられた鉄の柱に鎖で繋がれた。そして、王都じゅうの聖堂《セプト》でいっせいに鐘が鳴らされるなか——旧年が終わり、新年が到来したことを告げる鐘である——エイゴン二世は車駕に揺られて通りを進んでいき、その左右に縦列を作って騎乗する騎士たちが手にした松明で柱に繋がれた〝仔羊〟たちに火をつけ、王のゆく道を照らしだした（その日まで丘通りと呼ばれていたこの道は、以後、〈羊飼い〉の道と呼ばれるようになる）。王はやがて、丘の頂上まで登りつめた。たどりついた〈竜舎〉の瓦礫の中では、五頭のドラゴンの頭部に囲まれて、〈羊飼い〉本人が鉄の柱に鎖で繋がれていた。左右からふたりの〈王の楯《キングズガード》〉に支えられ、詰め物入りの椅子から立ちあがったエイゴン王は、そうやって支えられたまま、柱に繋がれた預言者の眼前までよたよたと歩いていき、みずからの手で〈羊飼い〉に火をつけた。

「女王を騙るレイニラは死亡し、そのドラゴンたちも死に絶え、傀儡《かいらい》の王たちもみな倒れたが、王土にはいまだ平和は訪れていない」

火刑の直後、セプトン・ユースタスはそう書いている。異腹の姉が死亡し、ただひとり残ったその子息も宮廷で身柄を預かっているいま、エイゴン二世としては自分に敵対する勢力が雲散霧消すると期待するのも当然であったろうし……じっさい、王がヴェラリオン公の助言を容《い》れ、女王側で戦った

諸公や騎士全員に恩赦を与えていれば、そのとおりになっていたかもしれない。

残念ながら、エイゴン二世に敵を赦すだけの度量はなく、母宮アリセント太后に指嗾《しそう》されるままに、かつて自分を裏切り、退位に追いこんだ者たちに断固たる報復を行なう覚悟を固めていた。真っ先に手をつけたのは王領である。自身の軍勢とボロス・バラシオンの嵐の地《ストームランド》勢を差し向けて、ロズビー城、ストークワース城、ダスケンデールの町をはじめ、周辺の小城や村に圧力をかけたのだ。それぞれの家宰や城代の助言を受けて、各城の城主は即座にレイニラの四分割旗を降ろし、エイゴンの金竜旗《こんりゅうき》をかかげたものの、順次鎖をかけられ、キングズ・ランディングに引きたてられ、王の前で服従を強要された。ようやく解放されたのは、莫大な身代金を納め、王家にそれなりの人質を差しだしてからのことだった。

この高圧的な措置は、深刻な過ちであることが明らかとなった。亡き女王に味方した陣営の、王に対する反抗心を強めただけだったからだ。ほどなく王都に届いた報告によれば、ウィンターフェル城、バロウトンの町、ホワイト・ハーバーに大軍が集まりつつあるという。河川地帯では、高齢で長らく病の床についていたグローヴァー・タリー公がとうとう息を引きとり（〈マッシュルーム〉によれば、〈第二次タンブルトンの戦い〉において、自分の家が正当な王の軍勢と戦ったと聞き、卒中の発作を起こして息絶えたのだという）、とうとうリヴァーラン城の城主となった孫息子のサー・エルモが、ロズビー家、ストークワース家、ダークリン家の二の舞になるのを防ぐため、三叉鉾《トライデント》河流域の諸公にふたたび合戦に臨むようにと呼びかけた。その呼びかけに応えて参集した諸公は以下のとおりである。

〈使い鴉の木《レイヴンツリー》〉城館《ホール》城主ベンジコット・ブラックウッド——齢十三歳にして早くも戦場往来の猛者。

その気性の激しい妙齢の叔母〈黒のアリー〉——彼女も三百の長弓兵を率いて参着している。

サビサ・フレイ女公——容赦を知らず貪欲な、双子城《ツインズ》の女城主。

ヒューゴー・ヴァンス公――旅人の休息所《ウェイフェアラーズ・レスト》城の城主。
ジョラー・マリスター公――海の護り《シーガード》城の城主。
ローランド・ダリー公――〈ダリー家のダリー〉。

そしてなんと、それまではエイゴン王を奉じていたブラッケン家を代表して、石垣《ストーン・ヘッジ》の町の領主、ハンフリー・ブラッケン公までもが反王勢力に加わっていた。

谷間《ヴェイル》からは、以上よりはるかに深刻な報告が届いた。ジェイン・アリン女公が、騎士千五百、兵士八千を召集したうえで、ブレーヴォスに使者を送り、軍兵《ぐんぴょう》をキングズ・ランディングに送りこむため、輸送船を雇う手配をしたというのである。しかも谷間勢には、一頭のドラゴンも同行してくる手はずだった。勇敢なベイラの双子の姉妹、ターガリエン家のレディ・レイナは、谷間に身を寄せるさい、ドラゴンの卵を三つ持ちこんでおり、そのうちのひとつはぶじに孵化して、黒い角と黒い頭冠を持つ、淡い東雲《しののめ》色の幼竜に育っていた。レイナはその牝竜にモーニングと名づけた。

モーニングが騎竜者を乗せて戦場に出撃できるほどの大きさになるには、まだまだ何年もかかる。とはいえ、新たなドラゴンの誕生は、王都の〈翠《みどり》の評議会〉に大きな動揺をもたらした。ドラゴンを旗標《はたじるし》に押し立ててくる叛徒側に対し、王側にそれができないようならば――とアリセントは指摘した――庶民は叛徒側に正統性を認めるだろう。

その指摘を聞いたエイゴン二世はこういった。

「ドラゴンが要《い》る」

レディ・レイナの幼竜を別にすれば、ウェスタロスじゅうを探しまわっても、現存するドラゴンは三頭しかいない。そのうちの一頭、シープスティーラーは、騎竜する娘〈刺草《イラクサ》〉とともにいずこかへ消えたが、鋏み割りの蟹爪岬《クラッククロー・ポイント》か〈月の山脈〉のどこかに棲息していると考えられている。カニバルは

いまもなお竜の山《ドラゴンモント》の東側絶壁に巣食ったままだ。シルバーウィングは、最後に寄せられた報告では、荒廃したタンブルトンを離れ、河間平野《リーチ》に飛び去って、〈赤い湖〉の中央にある小さな岩がちの島に営巣しているといわれる。

アリサン王妃の白銀の牝竜は、第二の騎竜者を認めたではありませんか、とボロス・バラシオンは指摘した。これはシルバーウィングのことである。

「ならば、三人めも受け入れないはずはありますまい。あのドラゴンを乗りこなせば、王位は安泰というもの」

だが、いまだ歩くことも立つこともできないエイゴン二世が、ドラゴンにまたがり、乗りこなせるわけがない。それに、はるばる王土を越えて〈赤い湖〉まで旅をするだけの体力は、エイゴン王にはもはやなかった。だいいち、現地へいくまでの経路には、叛逆者、逆徒、逃亡兵がひしめいている。

ボロス公の提案が考慮に値するものでないことは明らかだった。

「シルバーウィングではいかん」王はきっぱりと否定した。「必要なのは新たなサンファイアだ——それも、先代より誇り高く、獰猛なドラゴンでなくてはならん」

かくして、ドラゴンストーン城に向けて使い鴉が放たれた。同城の地下霊廟や地下室には、いまもターガリエン家の所有するドラゴンの卵が——一部はそうとうに古く、石化してしまっていたが——保管されていたのである。現地のメイスターは、とくに孵化を期待できそうな卵の中から、（神々にちなんで）七個を選び、キングズ・ランディングに送ってきた。エイゴン王はそれを自分の居住区に置いて孵化に努めたが、ひとつとして孵ることはなかった。

〈マッシュルーム〉によれば、エイゴン王は一昼夜のあいだ、孵化することを祈念して、〔紫と金の大きな卵の上にすわりつづけたが、紫と金の大きな糞《クソ》の上にすわっているも同然だった〕

ここで、グランド・メイスター・オーワイルが地下牢から解放されて、ふたたび役職を示す頸飾《けいしょく》をつけることを許されたため、以降は再結成された〈翠の評議会〉の内部から見たようすを詳細に知ることができる。この苦難の時期においては、赤の王城内でさえ恐怖と疑念が渦巻いていた。なにより団結が必要不可欠な時期だというのに、エイゴン二世王の周囲に侍る参議同士は深い溝で隔てられ、集《つど》いつつある大嵐《たいらん》の雲にどう対処するのが最良か、意見の一致を見られない状況にあった。

和議、赦免、平和の道を提唱したのは〈海蛇〉である。

ボロス・バラシオンはそれを弱者の道だと鼻先で笑い、叛逆者どもを戦場で打ち破ってみせる、と王と小評議会の前で豪語した。だが、そのためには兵力の増強が必要だ。キャスタリー・ロック城とオールドタウンには、ただちに新手の兵を募ってもらわねばならん——。

これに対して、盲目の蔵相サー・タイランド・ラニスターは、ライスかタイロシュに輸送船を出し、一、二個の傭兵団を傭ってはどうかと提案した（エイゴン二世に資金の不足はない。レイニラ女王が王都と国庫を掌握する前に、サー・タイランドは国庫の四分の一ずつを、キャスタリー・ロック城、オールドタウン、ブレーヴォスの〈鉄の銀行〉に分割保管していたからである）。

ヴェラリオン公は、貴公らの提案は無益だと喝破した。

「われらに時間はない。オールドタウンとキャスタリー・ロック城の当主には先代の子らがついた。もはや両家の支援はあてにできん。最強の自由傭兵団は、契約により、ライス、ミア、タイロシュに縛りつけられている。たとえサー・タイランドが金で釣って契約できたとしても、ここへ連れてくるころにはすべてが手遅れだ。わが艦隊を出せば、アリン勢を玄関口から出さぬよう、封じこめておくことはできる。しかし、北部勢と三叉鉾《トライデント》河流域の諸公はどうする？　すでにやつらは進軍を開始しているのだぞ？　やはり講和の方向に舵を切らねばならん。陛下、陛下としては、諸公の犯罪と叛逆を

すべて赦免なさったうえで、レイニラのエイゴンをその跡継ぎとなさり、ただちにジェヘイラ王女と結婚させるべきです。ほかに手立てはありません」

老公の提言を容《い》れる者はいなかった。アリセント太后は不承不承、自分の孫娘をレイニラの息子と結婚させることには同意したものの、実現には王の承認が必要となる。その王には別の考えがあった。自分がすぐにでもカサンドラ・バラシオンと結婚することを希望したのである――〝あの娘ならば、〈鉄の玉座〉にふさわしい屈強な息子を何人も与えてくれるだろう〟という理由のもとに。〈年若のエイゴン〉王子と自分の娘の結婚を許す気もなかった。ふたりのあいだに孫息子たちが生まれれば、王位継承問題はまたもや泥沼に落ちるからだ。

「やつには黒衣をまとわせ、〈壁〉で余生を送らせればよい」〈年若のエイゴン〉への処遇として、王はそういった。「それを断わるのなら、一物を切りとらせ、宦官として王に仕えさせる。どちらを選ぶかは当人しだいだ。いずれにしても、あれが子を儲けることはない。わが異母姉の血統はやつで絶える」

サー・タイランドの感覚では、これすらも寛大にすぎる措置だったと見えて、〈年若のエイゴン〉王子の即時処刑を主張した。

「あの者が息をしているかぎりは、脅威として残りつづけます」とラニスターはいった。「あの者の首さえ刎ねてしまえば、叛逆者どもは露《つゆ》と消える。戴くべき女王はすでにおらず、王も王子もいなくなるのですからな。処刑が早ければ早いほど、この叛乱に終止符が打たれるのも早くなる道理」

ラニスターのことばはもとより、王のことばにも辟易したヴェラリオン公は、老いたりといえども〈海蛇〉ならではの、〔落雷を思わせる怒声を轟かせ〕、王と小評議会の面々に対して、「ここには愚か者、虚言者、誓約破りしかおらぬのか！」と痛烈になじり、憤然と部屋を出ていった。

その直後、ボロス・バラシオンが〝あの老爺の首を取ってまいりましょう〟と申し出て、エイゴン二世がいまにも承認する寸前になったとき、ラリス・ストロング公がふいに口を開き、一同に対して、〈海蛇〉の跡を継ぐ若きアリン・ヴェラリオンが、ドリフトマーク島という小評議会の力もおよばぬところで睨《にら》みをきかせている事実を思いださせた。

「ご老体を殺そうものなら、あの若いのは離反しましょう」と〈内反足〉はいった。「むろんのこと、快速を誇るあの家の軍船も一隻残らず」

それよりも、いまはコアリーズ公をなだめ、ヴェラリオン家を味方につけておくべきではないか。「そのためには、ご老体の提案どおりに婚約を結ばせることです」〈内反足〉は王にそううながした。「婚約したからといって、かならずしも結婚するわけでなし。ここはひとつ、〈年若のエイゴン〉を跡継ぎとしてご指名ください。太子は王ではありません。歴史を顧みれば、跡継ぎに指名されながら、玉座につくまで生きられなかった太子のなんと多いことか。ヴェラリオン家とは、陛下の政敵どもが滅び去り、陛下の潮が充分に満ちた時を見はからって、あらためて話をつければよろしい。その時はまだきておりません。いましばらくお目こぼしをいただき、ご老体には丁重に接せられることです」

マンカンの書が伝えるオーワイルの告白録には、ラリス公はそう提言したと書いてある。セプトン・ユースタスは小評議会の場にいなかった。その点は道化の〈マッシュルーム〉も同様ではあったが、にもかかわらず、『証言』でこう述べている。

「〈内反足〉ほど人の心を惑わすことに長《た》けた男が、かつていただろうか。ああ、道化の道を選んでさえいれば、あれは稀代の名道化になれただろうに。この男の唇からしたたることばたるや、蜂の巣からしたたる蜜のように甘い。あまりにも甘いので、だれもそこに潜む毒の味に気づかない」

〈内反足〉ことラリス・ストロングという謎の塊は、何世代にもわたって歴史家を当惑させてきた。

そのような人物ともなれば、ここでその本心を暴くことなどできはしない。この男が心底から忠誠を捧げていた相手はだれなのか？　ほんとうはなにを企図していたのか？　この男は〈双竜の舞踏〉のあいだじゅう、あちらにつき、こちらにつき、現われては消え、消えては現われ、独自の複雑な道をたどりながら、つねにうまく生き延びてきた。〈内反足〉の発言のうち、どれだけが謀略用の虚言であり、どれだけが本音なのか？　この男はそのときどきの卓越風に乗って船を進めていただけなのか、それとも船出した時点で、しっかりと行き先までを見定めていたのか。いくら問いかけたところで、その答えはけっして得られることがない。ストロング家最後のひとりは、けっして秘密を明かさない男だったのである。

いまのわれわれにわかっているのは、この男が狡猾であり、秘密主義者でもあるが、必要とあらばもっともらしいことを口にし、愛想よくふるまえたということである。ラリス公のことばを受けて、王と小評議会は方針を変えた。アリセント太后が方針転換に異論を唱え、いましがた議論が紛糾し、憤然と席を立ったばかりのコアリーズ公をどうやって説得するのかと問いかけると、ストロング公はこう答えた。

「その任はわたしにおまかせを、太后さま。コアリーズ公はかならずやわたしのことばを聞きいれるでしょう。それはお約束します」

そして、そのことばどおりになった。当時はだれも知らなかったのだが、小評議会が解散したのち、〈内反足〉はその足で〈海蛇〉を訪ね、王の真意を告げたのである。王はコアリーズ公の提案をみな呑むつもりでいる――そして、戦争が終結したのちは、公を殺すつもりなのだ、と。剣を引っさげ、血で裏切りを贖《あがな》わせんものと、荒々しく部屋を飛びだしていきかける老公を、ラリス公はおだやかなことばと笑顔で制した。

「もっとよい方法がありますぞ」

そういって公が耳打ちしたのは、〝この場は隠忍自重すること〟だった。こうして〈内反足〉は、欺瞞と裏切りの操《く》り糸をつむぎ、双方の敵意を煽っていった。

エイゴン二世の周囲ではさまざまな計略と逆計が渦を巻き、敵勢力が四方からじりじりと迫りくるなか、当の王は蚊帳《かや》の外に置かれていた。王は万全の状態にない。深山鴉の巣城《ルークス・レスト》付近の戦いで負った火傷の痕は半身をおおっている。〈マッシュルーム〉によれば、火傷によって不能にもなったという。さらに、歩くことができない。ドラゴンストーン城の戦いで、サンファイアの背から飛びおりたさい、右脚の骨が二カ所で折れ、左脚の骨は細かく砕けた。右脚の骨折は癒えた、とグランド・メイスター・オーワイルは記録している。しかし、左脚はついに治らなかった。左脚の筋肉は萎縮し、膝関節は固まりかけ、わずかに肉をまとうだけの萎《しな》びた棒状になっており、しかもひどくねじれているため、オーワイルはいっそ根元から切断したほうがよろしいのでは、と進言したという。しかし、王は耳を貸そうとせず、どこへいくにも車駕に乗って移動した。かろうじて松葉杖の助けを借り、左脚を引きずりながらも歩けるようになったのは、死期が間近に迫ってからのことである。

人生最後の半年間、つねに苦痛にさいなまれていたエイゴンには、予定されている結婚だけにしか楽しみがなかったと思われる。王付きの道化たちがいくら剽《ひょう》げた言動をしてみせても、王を笑わせることはできなかった――とは、王付き道化の筆頭であった〈マッシュルーム〉の言である。もっとも、こびとはこのようにも述懐している。

〔王もときどき、おれの警句を聞いて苦笑することはあったし、憂さを晴らすためと、服を着替える手伝いをさせるため、おれをそばに置いておくことを好んだ〕

こびとによれば、火傷により、もはや性的交渉は望みようのないからだになっていたエイゴンだが、

そんな状態でも肉欲はおぼえたようで、しばしば帳《とばり》の陰から、寵臣たちが侍女や宮廷の貴婦人と睦《むつ》む光景を盗み見ていたという。王のためにこの役目を買って出たのは、たいていの場合、〈もつれ舌のトム〉だったようだ。が、王家詰めの特定の騎士たちがこの不名誉な役を申しつけられることもあり、〈マッシュルーム〉自身も、三度、この役を押しつけられたと語る。道化によれば、この窃視《せっし》行為をするたびに、王は恥じ入って涙を流し、セプトン・ユースタスを呼んで罪の赦しを求めたそうである（もっともユースタス自身は、エイゴンの治世末期につけた記録において、そのような話には一語も触れていないが）。

この時期、エイゴン二世王は〈竜舎〉の修復と再建を命じ、亡くなったふたりの弟、エイモンドとデイロンの巨大な彫像を建てることを決め（ふたりの彫像はブレーヴォスのタイタン像よりも大きく、金箔をかぶせるようにとの指示が出された）、いっぽうで、〝蜉蝣《カゲロウ》の王〟たち、すなわちトリスタン・トゥルーファイアと〈白き髪のゲイモン〉が出したすべての勅令と布告を公開焚書に処している。

この間《かん》に、王の敵たちは進軍をつづけていた。地峡《ネック》からはウィンターフェル城城主のクリーガン・スタークが大軍を引き連れて南下していた（セプトン・ユースタスは、この軍勢を指して、〝毛皮をまとい、雄叫びをあげる二万の野蛮人〟と記しているが、マンカンの『その真実』の中では、兵力は八千であったと下方修正されている）。〈谷間《ヴェイル》の乙女〉も、ガルタウンから自身の軍勢一万を出発させていた。指揮をとるのはレオウィン・コーブレイ公と、弟のサー・コーウィンだ。後者は世に名高いヴァリリア鋼の名剣〈孤独の淑女《レディ・ファローン》〉の持ち主でもある。

しかし、なにより差し迫った脅威は、トライデント河流域諸公の軍勢だった。エルモ・タリー公の呼びかけに応え、リヴァーラン城に集まった旗主諸公の軍勢は、六千人近くに達した。あわれにも、

エルモ公は行軍途中に水あたりを起こし、リヴァーラン城城主の座にわずか四十九日間ついただけで他界してしまい、城主の座は長子のサー・カーミット・タリーに受け継がれる。これは戦士の武名をあげんと逸《はや》る、猪突猛進型の若き荒武者だった。

河岸の諸公勢が〈王の道〉を南下し、あと六日の行軍でキングズ・ランディングに到達する距離に迫ったとき、これを迎え撃つべく王都を出発したのは、ボロス・バラシオン公率いる嵐の地勢《ストームランド》だった。この軍勢は、ストークワース城、ロズビー城、ヘイフォード城、ダスケンデールの町の各領で募った徴募兵と、〈蚤の溜まり場〉の貧民街で急遽集められ、槍と安物の鉄兜をあわただしく支給された、成人と未成年の男子二千で増強されていた。

両勢が会敵したのは、王都から二日の距離を隔てた、〈王の道〉が森と低い丘のあいだを通過する地点でのことだった。数日来の篠突《しの つ》く雨で草はびしょ濡れになり、地面はゆるんでぬかるんでいた。ボロス公は勝利を確信した。物見の者たちから、河岸勢を率いるのは女子供ばかりとの報告を受けたからである。敵勢がうっすらと見えたのは、黄昏《たそがれ》も間近に迫ったころだったが、それでもボロス公は攻撃を命じた。ところが……ボロス勢の行く手には堅固な垣楯《かいだて》の壁が連なっており、向かって右手の丘の上には数多くの長弓兵が伏せられていたのである。ボロス公はみずからが陣頭に立ち、騎士勢に楔形《くさびがた》隊形をとらせ、鉄蹄《てってい》の音を轟かせて敵本陣に突撃を敢行した。目ざすは赤と青の波模様地の上で銀色の鱒《マス》が躍るタリー家の旗だ。そのとなりには亡き女王の四分割旗も見える。騎士勢のあとからは、エイゴン王の金竜旗《こんりゅうき》を押し立てて多数の徒士《かち》勢がつづいた。

〈知識の城《シタデル》〉はこれを〈王の道の戦い〉と命名したが、現地で戦った者たちは〈泥土の混迷〉と呼ぶ。呼び名はどうあれ、〈双竜の舞踏〉最後の会戦は、一方的な殺戮戦に終始した。丘の上から長弓兵がいっせいに放った矢は、突撃するボロス公の騎士勢の上から驟雨《しゅうう》のごとく降りそそぎ、多数の軍馬を

行動不能に陥らせ、垣楯《かいだて》の壁に到達できた騎馬は当初の半数にも満たないありさまだった。ようやくたどりついた騎馬にしても、気づけば楔形隊形を崩され、突破力を大きく削《そ》がれていたうえ、泥土で馬蹄はすべりやすく、踏んばりがきかない。それでも嵐の地勢《ストームランド》は奮闘し、騎槍と剣と長柄斧《ながえおの》とで敵の前衛に血の雨を降らせた。だが、河岸方の前衛は頑強に持ちこたえ、戦列に穴があくたびにすかさず新手が補充に入り、突破を許さない。ここでやっとバラシオン家の徒士勢が追いついてきて、戦闘に加わった。多重の垣楯が波打ち、後退しだし、いまにも突破されるかに見えた……まさにそのとき、〈王の道〉左手に広がる森で壮烈な鬨《とき》の声と雄叫びがあがり、林縁から何百もの河岸勢があふれでてきた。率いるのは戦狂《いくさ》いの少年城主、ベンジコット・ブラックウッド公だ。この日の戦いで、少年は〈流血のベン〉の二つ名を獲得し、この先ずっと、長い一生のあいだ、その名で知られることになる。

ボロス公自身は、この殺戮のさなか、なおも馬上にあり、戦況が著しく不利と見てとるや、従士に戦角笛《いくさつのぶえ》を鳴らすよう命じた。予備兵力に突入の合図を出したのである。ところが、角笛を聞くなり、ロズビー勢、ストークワース勢、ヘイフォード勢は王の金竜旗を捨ててその場を動かず、キングズ・ランディングで掻き集められた下層民の兵らはばらばらに逃げ散るいっぽう、ダスケンデールの町の騎士勢にいたっては河岸方につき、嵐の地勢を後方から討つ行動に出た。鼓動半分のうちに、合戦は剿滅戦《そうめつせん》となり、エイゴン王最後の軍勢は完膚なきまでに磨り潰された。

ボロス・バラシオンは乱戦の中に斃《たお》れた。〈黒のアリー〉と長弓兵が放った矢の雨により、騎馬をなくしたボロス公は、徒立《かちだ》ちで戦いつづけ、兵士多数、騎士十余名、マリスター公とダリー公を斬り伏せたものの、カーミット・タリーが現場で遭遇したとき、もはや疲労困憊して身動きもままならず、兜も失い（打撃で凹みだらけになった兜をみずからかなぐり捨てていたのだ）、全身、二十カ所から血を流して、いまにもくずおれそうなありさまになっていた。

「降伏されよ」リヴァーラン城の城主は嵐の果て《ストームズ・エンド》城の城主に呼びかけた。「戦はわれらの勝ちぞ」

バラシオン公は悪罵で応え、こうつづけた。

「きさまの降人《こうにん》となるくらいなら、地獄で踊ったほうがましだ」

いうなり、ボロス公は突進し……カーミット公のふるう星球棍の、棘だらけの鉄球でもろに顔面を強打され、鮮血と骨片と脳漿《のうしょう》の凄惨な飛沫《しぶき》を盛大に撒き散らした。かくして、嵐の果て《ストームズ・エンド》城の城主は、〈王の道〉のぬかるみのただなかで戦死した——剣の柄《つか》を握りしめたまま。(註)

使い鴉が惨憺たる敗戦の知らせを赤の王城にもたらすや、ただちに〈翠の評議会〉が召集された。〈海蛇〉の警告はすべて正鵠《せいこく》を射ていたことが判明した。キャスタリー・ロック城、ハイガーデン城、オールドタウンは、王の増援要請にもなかなか返書をよこさず、ようやく返書が届いたかと思えば、それは約束を守るものではなく、あれこれと言い訳を連ねて出兵を渋る内容だった。ラニスター家は〈赤きクラーケン〉への抗戦で兵を割く余力がないと伝えてきた。ハイタワー家はあまりにも多くの将兵をなくして、もはや指揮をとれるだけの人材がいないという。タイレル家は、幼いタイレル公に代わり、母親が返書を送ってきた。その内容は、息子に対する旗主諸公の忠誠心が危ぶまれており、〝自分はただの女ゆえ、軍勢を率いて戦に赴くこともかないません〟というものだった。そのうえ、海外の傭兵を確保するため、〈狭い海〉を越えて、ペントス、タイロシュ、ミアへ派遣されたサー・タイランド・ラニスター、サー・マーストン・ウォーターズ、サー・ジュリアン・ワームウッドは、まだもどってきていない。

エイゴン二世王がやがて敵勢に対して丸裸になることは、王側につくだれの目にも明らかだった。〈流血のベン〉ことベンジコット・ブラックウッド、カーミット・タリー、サビサ・フレイのほか、大勝の勢いに乗った河岸の諸公は、ふたたび王都への進軍を開始しようとしていた。河岸勢に遅れる

ことわずか二、三日の距離には、クリーガン・スターク公率いる北部勢も迫りつつある。アリン勢を乗せたブレーヴォスの輸送船団もすでにガルタウンを出港し、〈水道《ガレット》〉に向かって接近してきていた。その行く手をはばめるのは若きアリン・ヴェラリオンだけだが……ドリフトマーク島の忠誠心にも、もはや万全の信用を置けるものではない。

「陛下」かつては誇り高かった〈翠の評議会〉の参議らが集まったところで、〈海蛇〉は直言《じきげん》した。「降伏なさるべきです。いまひとたび掠奪を受ければ王都は持ちません。陛下の臣民と陛下ご自身の安全をお考えいただきたく。ここで退位なさり、エイゴン王子に王位を譲られるなら、陛下は黒衣をまとうことを許され、〈壁〉において名誉ある生をまっとうできましょう」

「はたして許されるものか？」マンカンによれば、王のことばには期待がにじんでいたという。だが、母后《ぼこう》はそのような期待など微塵もいだかず、

「陛下は王子の母親をドラゴンに食わせたのですよ」と子息に指摘した。「その一部始終をあの子はずっと見ていた。それを忘れないで」

王は絶望の表情で母宮《ははみや》に顔を向けた。

「では、どうしろといわれる？」

「陛下には人質がいるではありませんか」太后は答えた。「エイゴン王子の片耳を削いでタリー公の

註　神々の嘉《よみ》したまうところにより、この七日後、嵐の果て《ストームズ・エンド》城において、ボロス公待望の跡取り息子を公妃が産む。ボロス公は出陣に先だち、産まれたのが男子であれば、現王にちなんでエイゴンと名づけるよう言い残していった。だが、夫が戦死したことを知ったバラシオン公妃は、エイゴンの名を避け、自身の父君の名をもらってオリヴァーと名づけた。

もとへ送ってやりなさい。一キロ進むごとに、王子は別の部位を失うことになると申し添えて」

「なるほど」エイゴン二世はいった。「それはいい。では、そのように」

王はドラゴンストーン城で自分によく仕えたサー・アルフレッド・ブルームを呼びだすと、指示を与えた。

「ただちに命じられたとおりにせよ」

騎士が立ち去ると、王はコアリーズ・ヴェラリオンに向きなおった。

「貴公の落とし子どのに奮戦するよう伝えてくれるか。湾口の防衛に失敗して、ブレーヴォスの船が一隻でも〈水道《ガレット》〉を通過しようものなら、貴公の大事なレディ・ベイラもどこかの部位を失うことになろうぞ」

〈海蛇〉は慈悲を請いはしなかった。罵倒することも威嚇することもしなかった。ただぎくしゃくとうなずき、立ちあがると、退出の許可を得て出ていっただけだった。〈マッシュルーム〉によれば、このとき〈海蛇〉は〈内反足〉と目配せを交わしたという。しかし、〈マッシュルーム〉はその場にいなかったし、コアリーズ・ヴェラリオンほど甲羅を経た人物が、これほど重大な場面でそのように不用意な真似をするとはとても思えない。

当人はまだ気づいていなかったが、エイゴン王の命脈はすでに尽きていた。みずからの陣営に潜む謀叛人たちが、〈王の道〉におけるバラシオン公の敗北を知った瞬間、秘密の計画を実行に移そうと動きだしたからである。

エイゴン王子は〈メイゴルの天守〉に軟禁されている。〈天守〉に入ろうと空壕にかかる跳ね橋を渡りだしたサー・アルフレッド・ブルームは、〈蚤のサー・パーキン〉と卑賤の騎士六名に行く手を塞がれた。ブルームは命じた。

「王の名において、道をあけろ」
「おれたちにゃな、もう新しい王さまがいるんだよ」
サー・パーキンはそう答え、さりげなくサー・アルフレッドの肩に手をかけると……思いきり強く押しやった。サー・アルフレッドは大きくよろけ、跳ね橋から落下し、空壕に植わる鉄の逆杭《さかぐい》に突き刺された。そこで延々ともがき苦しみつづけ、ついに死んだのは二日後のことだったという。

同じころ、〈内反足〉のラリス・ストロング公が送りこんだ手の者らによって、レディ・ベイラ・ターガリエンは安全な場所に移されていた。〈もつれ舌のトム〉は王城の郭で、厩から出ようとしていたところを襲われ、その場で首を刎ねられた。〈マッシュルーム〉はいう。
〔終生、もつれ舌であったこの男は、死に際のことばを発するときも舌をもつれさせていた〕
父親である〈もつれ鬚のトム〉はこのとき王城におらず、鰻《ウナギ》小路の酒場にいるところを発見された。取り押さえられたトムは、〝自分はただの漁師だ、ここへはエールを飲みにきた〟と抗弁したので、捕縛した者たちはエールの樽に頭からトムをつっこみ、溺死させた。

以上はみな、あまりにも手際よく、迅速かつ隠密裡に行なわれたため、キングズ・ランディングの市井《しせい》の者たちは、赤の王城でなにが起きているのかにすこしも気づかなかったし、異変を感じとった者がいたとしても、なにか妙だなくらいにしか思わなかった。王城の内部でさえ、緊迫したようすはいっさい感じられなかった。廷臣たちが日常どおり、仕事の邪魔をされることなく、異変に気づきもしないまま、あらかじめ死なすべき者として名をあげられていた者はみな殺された。殺された人数は、セプトン・ユースタスの記録によれば二十四人、マンカンの記した『その真実』によれば二十一人。〈マッシュルーム〉は王の毒味役が殺される場面を目撃したと主張している。アメットという名の、ひどく太った男で、道化は同じ運命をたどるまいとして、小麦粉の樽に隠れることを余儀なくされ、

翌晩、〔全身、粉にまみれて真っ白のおれを見つけた厨房担当の端《はし》た女《め》は、キノコ《マッシュルーム》のお化けが出たと大騒ぎした〕という（ただしこれは、どうも作り話くさい。なぜ陰謀者たちが、わざわざ道化などを殺そうともくろまねばならなかったのか？）。

アリセント太后は自分の居室にもどろうとして、曲折階段を登っている途中に捕縛された。捕えた者たちは胴着《ダブレット》にヴェラリオン家の〈竜の落とし子《タツ》〉紋をつけており、警護の衛兵二名を斬殺したが、太后自身にも側役の貴婦人らにも危害は加えなかった。〈鎖に繫がれた太后〉はふたたび鎖に繫がれ、地下牢に連れていかれて、そこで新たな王による処断を待つことになった。この時点で、太后の最後まで生き残った息子、すなわちエイゴン王も死んでいた。

最後の〈翠の評議会〉ののち、エイゴン二世王はふたりの屈強な従士によって郭に運ばれていった。そこにはいつものように、愛用の車駕が用意されていた。左脚が萎《な》えているため、松葉杖を使っても車内に乗りこむことはできない。このとき護衛隊の指揮をとっていた〈王の楯《キングズガード》〉のサー・ジャイルズ・ベルグレイヴは、車駕に運びこまれる王が異様に憔悴しており、顔が〝土気色になって、やつれておられた〟と証言している。そのさい王は、居室にではなく、王城の聖堂《セプト》に連れていくようにとサー・ジャイルズに指示した。

〔おそらく王陛下は、ご自身の死期が近いことを感じとられたのだろう〕とセプトン・ユースタスは書いている。〔ゆえに、ご自身が犯してきた罪の赦しを求めて祈りたいと思われたにちがいない〕

おりしも郭には寒風が吹いており、車駕が動きだすと、王は風を締めだすため窓の垂れ布を閉じた。車内にはいつものように、エイゴンが好む甘口のワイン、アーバー・レッドの細口瓶が用意してあり、車駕が郭を横切っていくあいだ、王はワインを小さなカップについで、飲んだ。

サー・ジャイルズと車駕引きたちは、聖堂に到着するまで、いかなる異変も感じなかったという。

しかし、車駕が止まっても、垂れ布は開かれない。

「着きましてございます、陛下」

サー・ジャイルズは報告した。返事がない。車駕の中はひっそりとしている。もういちど呼びかけ、さらに三たび、呼びかけたが、依然として返事がなかったため、サー・ジャイルズ・ベルグレイヴはやむをえず垂れ布を引きあけた。敷物の上で、王はこときれていた。

「唇には血がついておられたが」と騎士は証言している。「それ以外の点では眠っておられるように見えた」

メイスターたちや庶民たちはいまなお、犯行に使われた毒はなにか、王のワインに毒を入れたのはだれかと、議論かまびすしい（毒を入れられる立場にあったのはサー・ジャイルズだけだったとする説があるが、〈王の楯《キングズガード》〉の騎士が守ると誓った王の命を奪うとは考えにくい。王の毒味役のアメット——殺されるところを目撃したと〈マッシュルーム〉が主張するあの人物のほうが、まだ犯人として信憑性がある）。しかし、アーバー・レッドに毒を仕込んだ実行犯についてはしりえなくとも、その毒を仕込ませた人物がだれであるかについては議論の余地がない。ラリス・ストロングである。

かくして、ターガリエン王朝のヴィセーリス一世王とハイタワー家出身のアリセント太后の第一子、ターガリエン家のエイゴン、その名の二世は、ここに毒殺された。王の治世は極端な苦難の連続で、その苦難の極端さに劣らぬほど、極端に短いものでもあった。享年二十四。在位期間は二年だった。

二日ののち、タリー公勢の尖兵がキングズ・ランディングの囲壁外に現われたとき、コアリーズ・ヴェラリオン公は馬上にあり、タリー勢を迎えに出ている。その横では、陰気なエイゴン王子も馬を駆っていた。

「王は崩御された」タリー勢に向かって、〈海蛇〉は重々しく告げた。「新王に讃えあれ」

そのころ、ブラックウォーター湾を隔てた湾口の、〈水道《ガレット》〉のただなかでは、アリン勢を指揮するレオウィン・コーブレイ公が、ブレーヴォスから輸送船として雇ってきた大型交易船《コグ》の船首に立ち、行く手を封鎖するヴェラリオン艦隊の戦列を眺めやっていた。見ているうちに、艦隊の各艦に翻っていたエイゴン二世の金竜旗がするすると降ろされ、代わってエイゴン一世の赤竜旗がかかげられた。〈舞踏〉がはじまるまで、これはすべてのターガリエン王が掲げていた旗である。

ついに戦争が終わったのだ（もっとも、このあと訪れる平和が〝平和的〟と呼ぶにほど遠いものであることは、まもなく明らかになるのだが）。

征服後一三一年、七の月、第七日、神々にとって聖なる日と見なされるこの日、オールドタウンのハイ・セプトン立ち会いのもと、〈年若のエイゴン〉王子――レイニラ女王とその叔父デイモン王配とのあいだに生まれた長子と、ジェヘイラ王女――ヘレイナ王妃とその兄エイゴン二世とのあいだに生まれた娘との、結婚の誓いが立てられた。ここに、相対立するターガリエン家の二系統は合一し、二年におよぶ叛逆と殺戮は終わりを告げる。

こうして〈双竜の舞踏〉は終焉を迎えた。

そして、ターガリエン王朝エイゴン三世王の、憂いに満ちた治世が幕をあけたのだった。

（「竜の絆、いまは遠く」了）

大乱の余波〈狼の刻《とき》〉
Aftermath – The Hour of the Wolf

七王国の庶民がターガリエン家のエイゴン三世について何か思い起こそうとすると、エイゴン不運王、エイゴン不幸王、そして（もっともよく使われる）エイゴン滅竜王という呼び名が出てくる。いずれの異名もふさわしいが、その治世の大半のあいだ彼に仕えた上級学匠《グランド・メイスター》マンカンの〈欠落王〉という呼び名はさらにしっくりくる。〈鉄の玉座〉についた歴代の王のなかでも、おそらく彼は今日《こんにち》にいたるまで、もっとも謎めいた人物である。記録に残ることばは少なく、業績はさらに少ない影のごとき君主であり、そしてその一生は悲嘆と憂愁に満ちていた。

エイゴン三世はレイニラ・ターガリエンの第四子、そして彼女の叔父《おじ》で二番めの夫だったデイモン前王配との子供のうちでは最年長であり、征服後《AC》一三一年に〈鉄の玉座〉につき、AC一五七年に衰弱死するまで二十六年間、国を治めた。ふたりの妻を娶《めと》り、五人の子供（息子ふたりと娘三人）を儲けたが、結婚にも父であることにもほとんど喜びを見出さなかったようだ。実のところ、彼ほど索漠たる人生を送った人間もそういないだろう。狩猟も鷹狩りもせず、旅のときしか乗馬せず、ワインも

飲まず、食に無関心なあまり食事を取るよう呼びかけねばならないなどということも一度や二度ではなかった。馬上槍試合の開催は許したが、自分では出場者としても観客としても参加しなかった。大人《おとな》の男にしては服装は簡素で、色はたいてい黒、そして王にふさわしい天鵞毛《ベルベット》と繻子《サテン》の下に、苦行者のような毛衣を着ていることで知られていた。

しかしこれらは、エイゴン三世が成人を迎え、七王国を手中に収めてから何年もあとのことである。AC一三一年にその治世が始まったとき、彼は十歳の少年だった——歳のわりには背が高く、〝色が淡すぎてほとんど白同然の銀髪と、暗すぎてほとんど黒同然の紫色の目をしていた〟といわれている。子供の時分からエイゴン王子はめったにほほえむことはなく、声を出して笑うことはさらに少なかったと道化の〈キノコ頭《マッシュルーム》〉は語り、必要に応じて礼儀正しく優雅にふるまうこともできたが、その内にはけっして晴れない闇があったという。

この少年王の治世が始まった当時は、幸先良いとはとうていいえない情勢だった。王都にはエイゴン二世の最後の軍勢を〈王の道の戦い〉で破った河岸の諸公が迫っており、キングズ・ランディングは臨戦態勢にあった。だが、戦うかわりにコアリーズ・ヴェラリオン公とエイゴン王子は、和平の旗をかかげて諸公との会談に出向いた。「王は崩御された。新王に讃えあれ」とコアリーズ公はいい、王都を彼らに明け渡した。

いまでもそうだが、河岸の諸公は気むずかしく、内輪揉めが多い。リヴァーラン城の城主カーミット・タリー公が彼らの主君であり、名目上の総大将だったが、思いだされねばならないのは、この人物が弱冠十九歳という、北部人なら〝夏草のように青い〟といいかねない歳だったことだ。その弟オスカーは〈泥土の混迷〉で三人を斃《たお》し、合戦後にその場で騎士に叙されたが、こちらはさらに青二才で、次男によくありがちな面倒くさい自尊心に囚われていた。

タリー家はウェスタロスの大貴族のなかでも独特の地位にあった。エイゴン征服王は彼らの一族を三叉鉾河《トライデント》の管領に任じたものの、さまざまな面で、臣下である多くの旗主《きしゅ》諸公の陰に隠れたままになっていた。ブラッケン家、ブラックウッド家、ヴァンス家はいずれもタリー家より広大な領地を有し、はるかに多くの兵を揃えることができた。成り上がり者である双子城《ツインズ》のフレイ家も同様である。海《シー》の護り城《ガード》のマリスター家は家柄で勝り、乙女の池《メイドンプール》の町を治めるムートン家は圧倒的に裕福で、ハレンの巨城《ホール》は呪われ荒れ果てた廃墟と化してさえ、リヴァーラン城よりも堅固な城であり、広さもその十倍はあった。代々のタリー公の凡庸ぶりは、先二代の当主の性格によっていよいよ極まった……しかし、ここへ来て神々は、タリー家の若い世代を表舞台に登場させた。城主としてのカーミット公と戦士としてのサー・オスカーという、自分たちの価値を証明しようと決意したふたりの誇り高き若者たちである。

ふたりと並んでトライデント河の岸辺からキングズ・ランディングの市門まで駆けたのは、さらに年下の人物だった。〈使い鴉の木《レイヴンツリー》〉城館《ホール》の城主ベンジコット・ブラックウッドである。〈流血のベン〉と呼ばれた彼はわずか十三歳。この年頃の少年は、きわめて高貴な家柄の出でも、まだ従士として働き、仕える騎士の馬を世話したり、鎖帷子《くさりかたびら》の錆取りをしたりしているのがふつうだが、彼の父サムウェル・ブラックウッド公が〈燃える水車小屋の戦い〉でサー・エイモス・ブラッケンに討たれたことで、城主の座は少年の彼に受け継がれた。その若さにもかかわらず、この少年城主は年長者に権力を預けようとしなかった。〈魚の餌撒き〉の虐殺では膨大な戦死者を目にして涙ぐんだと評判が立ったが、それ以降も戦いから逃げることなく、むしろ積極的に臨んだ。ブラックウッド勢がサー・クリストン・コールの馬糧徴発隊を狩り立て、コールをハレンの巨城《ホール》から追いだすのにひと役買ういっぽうで、ベンは〈第二次タンブルトンの戦い〉で寄せ手中央を指揮し、〈泥土の混迷〉では森から出

撃して敵の側面を突き、バラシオン公麾下《きか》の嵐の地勢《ストームランド》を打ち破って、味方を勝利に導いた。宮廷用の装いをまとったベンジコット公は歳相応の少年であり、年齢のわりに背は高いものの、体つきは華奢で、繊細そうな顔と内気で控えめな態度をしていたといわれている。だが、鎖帷子と板金鎧に身を包んだ〈流血のベン〉はまるで別人で、十三歳にして、たいていの人間が一生のうちに目にするよりも多くの戦場を見てきていた。

なるほど、AC一三一年のその日、コアリーズ・ヴェラリオンが〈神々の門〉の外で対峙した河岸勢のなかには、ほかの諸公や名のある騎士もおり、その全員が〈流血のベン〉やタリー家の兄弟よりも年嵩《としかさ》で、彼らより聡明な者たちも何人かはいただろう。だが、この三人の若者は〈泥土の混迷〉のなかで疑いようのない指導者としての才能を発揮し、頭角を現わしていた。戦いを通じて結ばれた三人の絆は強固なもので、家臣たちは彼らをまとめて〈三人衆〉と呼びならわしはじめた。

彼らの支持者のなかには、ふたりの傑出した女性がいた。アリサン・ブラックウッド——通称〈黒のアリー〉は、故サムウェル・ブラックウッド公の妹、すなわち〈流血のベン〉の叔母であり、サビサ・フレイ——双子城の女公は、フォレスト・フレイ公の未亡人にして、公の跡継ぎの母だった。〔鼻も尖っていれば舌鋒も鋭く尖ったヴァイプレン家の鬼女で、踊りよりも遠乗りが好き、シルクの代わりに鎖帷子を着る、男を殺して女に接吻するのが大の好物〕とは〈マッシュルーム〉の述懐である。

〈三人衆〉はコアリーズ・ヴェラリオン公を評判でしか知らなかったが、その評判は戦慄すべきものだった。攻囲か強襲で陥とすほかないか、と覚悟を決めてキングズ・ランディングに着いた彼らは、王都が金塗りの盆に載せて差し出されたことに（驚きはしたが）安堵し……エイゴン二世が亡くなったことを知った（しかしベンジコット・ブラックウッドとその叔母は、ともに王の死にざまを聞いて

動揺した。毒は臆病者の武器と見なされ、名誉に欠けていたからである)。国王崩御の知らせが広まっていくにつれ、歓喜の叫び声が野にこだまし、ひとり、またひとりと、トライデント河流域の諸公とその同盟諸公は前に進み出てエイゴン王子の前にひざをつき、自分たちの王として受け入れた。

河岸の諸公が王都内に乗り入れると、庶民たちは屋根の上や露台から歓呼の声を上げ、美しい少女たちは小走りに前方に飛び出して、解放者たちにキスの雨を降らせた(笑劇の役者のように、という〈マッシュルーム〉のことばは、これらがすべてラリス・ストロングの演出だったとほのめかしている)。金色《こんじき》のマントをまとった〈王都の守人《シティ・ウォッチ》〉は通りに整列し、〈三人衆〉が通ると槍の穂先を下向きにして、抵抗の意がないことを示した。赤の王城に入った〈三人衆〉は、〈鉄の玉座〉の下にある棺台に横たえられた王の亡骸と、そのそばですすり泣く王母、アリセント前太后を目にした。エイゴン二世の宮廷に残った者たちは大広間に集まっており、そのなかには〈内反足〉のラリス・ストロング公、グランド・メイスター・オーワイル、〈蚤のサー・パーキン〉、〈マッシュルーム〉、司祭《セプトン》ユースタス、サー・ジャイルズ・ベルグレイヴと三人の〈王の楯《キングズガード》〉、そして有象無象の小貴族やその家中の騎士がいた。オーワイルが代表として口を開き、河岸の諸公を解放者として讃えた。

王領と〈狭い海《ナロー・シー》〉沿岸のほかの場所でも、残存する亡き前王の忠臣たちが降伏していた。ブレーヴォスの輸送船がダスケンデールの町にレオウィン・コーブレイ公と、谷間《ヴェイル》のアリン女公が送った兵の半分を降ろし、もう半分を公の弟サー・コーウィン・コーブレイとともにメイドンプールの町に降ろした。ふたつの町はアリン家の軍勢を祝宴と花で歓迎した。ストークワース城とロズビー城は無血開城し、前王の金竜旗《こんりゅうき》を降ろして、かわりにエイゴン王子の赤竜旗をかかげた。ドラゴンストーン城の守兵はもう少ししぶとく、城門を閉ざして抵抗を誓ったが、立てこもること三日と二晩、三日めの晩に、城の馬丁や料理人、使用人が武装して前王派に反旗を翻《ひるがえ》し、城兵が眠っている隙に、その大部

分を殺害すると、残りを鎖につなぎ、若きアリン・ヴェラリオンに引き渡した。

セプトン・ユースタスは〔奇妙な幸福感〕がキングズ・ランディングを包んだと伝えている——〈マッシュルーム〉は率直に〔王都の半分が飲んだくれた〕と述べている。エイゴン二世の遺体は火葬に付され、そのさいには、同王の治世が生んだ害悪と憎悪が亡骸とともに燃え尽きるようにとの願いがこめられた。何千人もが〈エイゴンの高き丘〉を登り、新王となるエイゴン王子が平和は取り戻されたと宣言するのに耳を傾けた。王子のために豪華な戴冠式とそれに続くジェヘイラ王女との挙式が予定されていた。続いて、赤の王城から使い鴉の大群が飛び立ち、オールドタウンや河間平野《リーチ》、キャスタリーの磐城《ロック》、嵐の果て城《ストームズ・エンド》に残っている、毒殺された前王の忠臣たちに対し、キングズ・ランディングに参集して、新たな君主に忠誠を誓うよう訴えた。道中の安全は保証する、全面的な恩赦も約束すると付け加えて。王国の新たな為政者たちはアリセント前太后をどうするかで意見が分かれはしたものの、それ以外は万事つつがなく、親睦も深まっていったように見えた……おおむね二週間のあいだは。

〈偽りの曙光〉——グランド・メイスター・マンカンは『その真実』のなかで、この時期をまだ暗いうちに現われる微光になぞらえ、そう命名している。たしかに、めでたい時期ではあったが、それも長くは続かなかった……クリーガン・スターク公が麾下の北部勢を引き連れて、キングズ・ランディングに到着したのである。ここにおいて、祝賀気分は終わり、明るい未来への展望は崩れはじめた。このウィンターフェル城城主は二十三歳で、リヴァーラン城の城主とほんの数歳しか違わなかったが、スターク公が一人前の男に見えるのに対して、十三歳のブラックウッド公はもとより、タリー公でさえ子供同然に思えた、と一堂に会する城主たちを見た者たちは感じたようだった。〈三人衆〉はスタークの前では萎縮していたと〈マッシュルーム〉は述べている。

〈北の狼〉が部屋につかつかと入ってくると、〈流血のベン〉は自分がほんの十三歳にすぎないことを思い出し、タリー公とその弟は〈狼〉に食ってかかっては言い返されて口ごもり、自分の赤毛と同じくらい真っ赤になっていた」

キングズ・ランディングは河岸の諸公とその兵を祝宴と花と敬意でもてなしたが、北部人たちに対してはそこまで丁重ではなかった。なにより、彼らは大人数だった。〈三人衆〉が連れてきた軍勢の倍はおり、それにぞっとするような風評もあった。鎖帷子《くさりかたびら》とぼさぼさの毛皮の外套をまとい、口元が隠れるほどもつれた濃い顎鬚《あごひげ》を生やした彼らは、鎧を着た熊の大群のように王都を闊歩した、と〈マッシュルーム〉は述べている。キングズ・ランディングが北部人について知っていることの大半は、サー・メドリック・マンダリーとその弟サー・トーレンを見て学んだものだったが、このふたりは上品で話術も巧み、服装は優美で、規律正しく、なにより〈七神〉を信仰していた。ウィンターフェル城の者たちは真の神に敬意すら示さない、とセプトン・ユースタスは恐怖をこめて書き残している。彼らは〈七神〉を軽蔑し、祭日を無視し、聖なる書を嘲笑い、司祭《セプトン》や司祭女《セプタ》になんの敬意も払わず、木々を崇拝していると。

二年前、クリーガン・スタークはジャセアリーズ王子に対し、レイニラ女王に加勢する約束を交わしていた。いま彼はその約束を果たしにやってきたが、王子とその母である先女王はどちらも亡くなっていた。

「北は約束を決して忘れぬ」

エイゴン王子とコアリーズ公、それに〈三人衆〉が歓迎を伝えたとき、スターク公はそう宣言した。

それに対して〈海蛇〉は、

「貴殿は遅すぎた」と反論した。「戦争は終わり、前王は身罷《みまか》られたのだ」

この会見に立ち会っていたセプトン・ユースタスの記録によれば、ウィンターフェル城の城主は、〈この老〈潮の主《しおぬし》〉を冬の嵐のように冷たい灰色の双眸《そうぼう》で睨《ね》めつけ、「いったいだれの手で？　だれのことばで戦争が終わったというのだ？」といった。この野蛮人たちが血と戦いを求めて現われたということを、悲しいかな、まもなくわれわれ全員が知ることとなる〕

この明敏なセプトンはまちがっていなかった。ほかの連中が始めた戦争ではあるが、自分はそれを終わらせるため南へ引き続き進軍し、エイゴン二世を〈鉄の玉座〉につかせ、その権勢を維持するために戦った〈翠装派《すいそう》〉の残党を一掃する――クリーガンはそういったという。手始めに嵐の果て城《ストームズ・エンド》を陥《お》とし、それから河間平野を越えてオールドタウンを制圧する。ハイタワー城が降伏したら、麾下の狼たちに日没海《サンセット・シー》沿岸の街道を北上させ、キャスタリー・ロック城を攻囲する、と。

「大胆な計画です」これを聞いたグランド・メイスター・オーワイルは、ことばを選びつつ感想を述べた。

〈マッシュルーム〉はこれを〔狂気の沙汰〕と呼ぶことを好んだが、こうも付け加えている。〔エイゴン竜王が全ウェスタロスを平定すると口にしたときも、人は王を狂っているといったものだがな〕

カーミット・タリーは、嵐の果て城《ストームズ・エンド》やオールドタウン、キャスタリー・ロック城はスターク公のウィンターフェル城に匹敵する堅固さを誇り（ウィンターフェル城がそこまでの堅城かは知らないが）、そうやすやすとは陥とせまい（そもそも陥とせたらの話だが）と指摘した。

若きベン・ブラックウッドがこれに賛同して、

「貴公の兵の半数が死ぬぞ、スターク公」というと、灰色の目をしたウィンターフェル城の狼はこう返した。

「おれの兵は進軍を始めたその日に死んだのだ、小僧」

〈舞踏〉のさいに派遣されてきた〈冬の狼〉同様、クリーガン公と南へ進軍してきた男たちの大部分は、ふたたび故郷を目にできるとは期待していなかった。地峡《ネック》以北はすでに雪深く、寒風が強まっており――北部じゅうの砦や城や小村では、貴人も庶民も等しく顔を象《かたど》ったウィアウッドの彫り物に祈りを捧げ、この冬が短いことを願っていた。空が雲で閉ざされた暗い日々には、養う口が少ないほど暮らしは楽になるので、北部では初雪が降ると、老人、長男以外の息子、未婚の者、子供のいない者、宿なし、落伍者は、家族のもとを去るのが長年の習慣になっており、そうすることで親族が次の春を目にするまで生き延びる余地を作っていた。冬に追われた男たちの群れにとって、勝利は二の次だった――彼らは栄光と冒険と掠奪と、そしてなにより栄《は》えある死に場所を求めて進軍してきたのである。

いまいちど、〈潮の主〉コアリーズ・ヴェラリオンは和平と恩赦と調停を呼びかけなければならなかった。

「殺戮はもう充分すぎるほど続いた」と老人はいった。「レイニラ女王もエイゴン王も亡くなられた。おふたりの死をもってこの確執を終わらせようではないか。貴殿は嵐の果て城《ストームズ・エンド》にオールドタウン、さらにキャスタリー・ロック城まで陥とすというが、開戦時の城主たちはみな戦いで命を落とした。いまその座についているのは幼い少年と乳飲み子で、われらにはなんの害もない。名誉ある条件を保証してやれば、その者たちの後ろ盾もひざを屈することだろう」

しかしスターク公は、かつてのエイゴン二世やアリセント太后と同じく、そんな話には耳を貸そうとしなかった。

「男児はいずれ一人前の男になる」とスターク公はいい返した。「そして幼子《おさなご》は母の乳といっしょに母の憎しみを吸う。いま敵を根絶やしにせねば、二十年後にその幼子が父親の剣を帯び、仇を探し求めてやってきたとき、われらのうちでまだ墓に入っていない者は、その迂闊さを悔やむことになろ

う」

ヴェラリオン公は引き下がろうとしなかった。

「エイゴン王も同じことをいいつのられ、そのために亡くなられた。王がわれわれの忠告に耳を傾けられ、敵に和平と恩赦を与えておられたなら、今日《きょう》この場にわれわれと列席されていたやもしれぬ」

「だから毒を盛ったというのか、どうなのだ?」

ウィンターフェル城の城主は問いただした。クリーガン・スタークは〈海蛇〉とのあいだに、よい意味でも悪い意味でも個人的な接点はなかった。しかし、コアリーズ公がかつてレイニラに〈女王の手〉として仕えたものの謀叛の疑いで投獄され、その後エイゴン二世に解放されて、その小評議会の席に収まった経緯は知っていた……そして、おそらくそれが、最後にはエイゴン二世の毒殺を招くきっかけとなったことも。

「貴殿が〈海蛇〉と呼ばれるのも不思議はないな」とスターク公は続けた。「あちらこちらと擦り寄るが、はっ、貴殿の牙には毒がある。エイゴンは誓いを破りし者、血族殺し、王位簒奪《さんだつ》者だが、それでも王だ。その王が貴殿ら臆病者の忠言を聞き入れなかったからといって、臆病者らしく、恥知らずにも毒で亡き者にした……ゆえに、いま、貴殿らはその責を負うことになる」

スターク公の手の者が小評議会の議事室になだれこみ、扉口の衛兵を武装解除したのは、その直後のことである。北部兵たちは老〈海蛇〉を椅子から引きずり下ろし、地下牢へ連行していった。すぐに〈内反足〉のラリス・ストロングも、グランド・メイスター・オーワイルも、〈蚤のサー・パーキン〉も、セプトン・ユースタスも、その他、貴賤を問わず、五十人ほどが、スターク公に不信の念を起こさせたという理由で地下牢送りとなった。

〈おれも小麦粉の樽に戻ろうかという気になったが、さいわい狼の大将に気づかれるには、からだが

小さすぎたようだ」と〈マッシュルーム〉は述べている。前に小麦粉の樽に隠れて難を逃れたことを踏まえての述懐だ。

〈三人衆〉でさえ、クリーガン公の怒りを免れられなかった。建前上は友軍にもかかわらず、である。「おまえたち産着のままの赤子ときたら、花と祝宴と甘いことばで手なずけられていたのか？」スタークは三人を叱責した。「戦争が終わったと誰にいわれた。〈内反足〉か？〈海蛇〉か？なぜ終わったと思った。連中がそう望んだからか？おまえたちが泥のなかでちっぽけな勝利をつかんだからか？戦争が終わるのは敗者がひざを屈するときだ。それまでは終わらん。オールドタウンが降伏したか？キャスタリー・ロック城が王室の黄金を返したか？おまえたちは王子を前王の娘ジェヘイラと結婚させるというが、その娘は嵐の果て城《ストームズ・エンド》にとどまり、おまえたちの手の届かないところにいる。束縛もされず未婚のままなら、バラシオンの後家がジェヘイラをエイゴンの世継ぎたる女王として擁立するのをどう阻止する」

タリー公が、嵐の地勢《ストームランド》は敗北し、もはや新たな兵を出す余力はないと指摘すると、クリーガン公はエイゴン二世が〈狭い海〉の向こうに送り出した三人の使節のことを思い出させた。

「そのうちの誰かが、明日にでも数千の傭兵を連れて戻ってくるかもしれん」レイニラ先女王はキングズ・ランディングを奪取したときに勝利を確信し、エイゴン二世は姉をドラゴンの餌にしたことで戦争は終わったと考えた——北部人はそう語った。しかし、女王の陣営は女王本人が亡くなったあとも残り、「エイゴンの行き着いた先は骨と灰だ」

気づけば、〈三人衆〉は気圧《けお》されていた。ひるんで譲歩し、嵐の果て城《ストームズ・エンド》に進軍するスターク公の戦力に加わることに同意した。マンカンによれば、彼らはずいぶんと前向きで、この狼のごとき大貴族のいうことにも一理あると納得していたという。

〔勝利にのぼせた若き城主たちは、それ以上を望んだ〕と『その真実』には書かれている。〔彼らはさらなる栄光に、戦いのなかでしか得られない、若者の夢想する名声に飢えていた〕〈マッシュルーム〉はもっと皮肉めいた見解で、若き小貴族どもは、要するにクリーガン・スタークが怖かったのだとほのめかしている。

理由はどうあれ、結果は同じことだった。

〔この都市は彼のもの、彼の思うがままだった〕とセプトン・ユースタスは書いている。〔この北部人は剣を抜くことも、矢をつがえることもなく、王都を手に入れた。前王派であれ先女王派であれ、嵐の地人《ストームランド》であれ〈竜の落とし子《ヴェラリオン》〉紋の一族であれ、河岸の諸公であれ卑賤の騎士であれ、貴人であれ庶民であれ、騎士と兵士とを問わず、生まれつきそう定められていたかのように彼に従った〕

六日間、キングズ・ランディングは北部の剣を突きつけられて震えていた。〈蚤の溜まり場〉の居酒屋や安酒場では、〈内反足〉、〈海蛇〉、〈蚤〉、前太后の首がいつまで持つかで賭けが行なわれていた。次から次へとうわさが王都を駆けめぐった。ある者はスターク公がエイゴン王子をウィンターフェル城に連れ去って、自分の娘のひとりと結婚させようとしているといい（これは明らかな嘘である。当時、クリーガン・スタークに血のつながった娘はいなかったからだ）、またある者はスターク公が王子を処刑し、自身がジェヘイラ王女と結婚して〈鉄の玉座〉につくつもりだといった。北部人たちは王都の聖堂《セプト》を焼き、キングズ・ランディングを力ずくで古《いにしえ》の神々への信仰に戻す気だ、とセプトンたちは断言した。ウィンターフェル城の城主には野人の妻がいて、自分の敵を狼の巣穴に投げこみ、貪られるのを見物しているといううわさまであった。

浮かれた雰囲気は消し飛んでいた──ふたたび、恐怖が王都の通りを支配しだしたのだ。〈羊飼い〉の再来と称する男が貧民街から現われ、不信心な北部人を破滅させたまえ、と祈った。この男は

以前の〈羊飼い〉に少しも似ていなかったが（そもそも手が両方ともあった）、何百人もが男の話を聞こうと集まってきた。別の場所では、ある娼婦をめぐり、タリー公の兵のひとりとスターク公の兵のひとりが喧嘩をはじめ、やがて友人や兵士仲間を巻きこんだ流血の乱闘に発展し、その結果、シルク通りの娼館が一軒焼け落ちた。貴族でさえ、きな臭さを増した地区では安全でいられなかった。スターク公の旗主であるホーンウッド公の下の息子は、ふたりの連れと〈蚤の溜まり場〉で馬鹿騒ぎをしたのち、姿を消した。〈マッシュルーム〉を信じるなら、彼らは二度と見つからず、ごった煮《ボウル・オブ・ブラウン》の具となったのではないかということである。

直後、レオウィン・コーブレイ公がダスケンデールの町を発ち、ムートン公、ブルーン公、サー・レニファー・クラブを従えてキングズ・ランディングに向かっているとの知らせが王城に届いた。同時期にサー・コーウィン・コーブレイもメイドンプールの町を出立し、行軍中の兄に合流した。彼の陣営にはクレメント・セルティガー——老バーティモス公の息子にして跡継ぎと、深山鴉の巣《ルークス・レスト》城城主の未亡人、レディ・ストーントンがいた。ドラゴンストーン城では若きアリン・ヴェラリオンがコアリーズ公の釈放を要求し（おおむね真実）、もし老人が害されることがあれば、麾下の艦隊でキングズ・ランディングを強襲すると脅した（半分だけ真実）。ほかにもラニスター勢が進軍してくる、ハイタワー勢が進軍してくる、サー・マーストン・ウォーターズがライスやオールド・ヴォランティスから連れてきた一万の傭兵を上陸させたなど、あれこれうわさが流れた（どれひとつとして真実ではない）。そして〈谷間《ヴェイル》の乙女〉ことジェイン・アリン女公もまた鷗の町《ガルタウン》から出港し、レディ・レイナ・ターガリエンとそのドラゴンを伴っているという（真実）。

以上の軍勢が押しよせ、一触即発の状態になりつつあるころ、クリーガン・スターク公は赤の王城に居すわり、エイゴン二世殺害に関する査問を指揮しながら、亡き前王の残党を討伐する計画を練っ

ていた。いっぽうエイゴン王子は〈メイゴルの天守〉に軟禁され、話し相手は〈白き髪のゲイモン〉少年しかいない状態にあった。王子がなぜ自分が外出できないのか知りたがると、スターク公は王子の身の安全のためだと答えた。

「この都は毒蛇の巣窟です」とクリーガン公は王子にいった。「宮廷には二枚舌、返り忠、毒殺者が幾人もおり、殿下を隙あらば殺そうと手ぐすねを引いているのです。自分たちの権力を保持せんがため、叔父君を殺したように」

エイゴン王子が、コアリーズ公やラリス公やサー・パーキンは友人だと抗議すると、ウィンターフェル城の城主は、偽りの友は王にとってどんな敵よりも危険だ、〈海蛇〉や〈内反足〉、〈蚤〉は王子を利用するために救い出したにすぎず、エイゴン王子の名を借りてウェスタロスを支配しようとしているのだ、と答えた。

確定した後世の視点を通じて数世紀前を振り返っているわれわれからすれば、すでに〈舞踏〉は終わっていたといえるだろうが、この暗く危険な大乱の余波を生きていた人々にとっては、それほど自明なことではなかった。セプトン・ユースタスとグランド・メイスター・オーワイルが地下牢に幽閉された結果(ここでオーワイルが書きはじめた告白録が、のちにマンカンが不朽の名作『その真実』を書き上げるための下地となる)、宮廷の記録と勅令以上の情報をわれわれに伝える人物は〈マッシュルーム〉だけである。

〔偉大なるお貴族さまがたは、おれたちにもう二年、戦乱の世をお与えくださるところだった〕と道化は『証言』で述べている。〔和睦を結んだのは女たちだった。〈黒のアリー〉、〈谷間の乙女〉、〈三人寡婦《かふ》〉、ドラゴンの双子娘だ。女たちは剣や毒ではなく、使い鴉やことばや口づけでこの難局を乗り切った〕

コアリーズ・ヴェラリオン公によって、〈偽りの曙光〉のあいだに蒔かれた種子が、風に運ばれて地に根を張り、甘い果実を実らせつつあった。一羽、また一羽と使い鴉が戻り、老人の和平を求める申し出への回答を運んできた。

最初に反応したのはキャスタリー・ロック城だった。戦死したジェイスン・ラニスター公には六人の子供がいた。五人の娘と、ひとり息子のローレオンである。ローレオンが四歳の少年だったこともあり、西部の支配権は公妃のレディ・ジョハナとその父である岩山城《クラッグ》の城主ローランド・ウェスタリングに引き継がれた。〈赤きクラーケン〉の長船《ロングシップ》が、依然、沿岸を脅かしている状況下では、ラニスター家の関心は〈鉄の玉座〉をめぐる争いを継続することよりも、ケイスの町をいかに防衛し、フェア島をどのようにして奪還するかに向いていた。レディ・ジョハナは〈海蛇〉の条件をすべて受け入れ、戴冠式ではみずからキングズ・ランディングに赴いて新王に恭順の意を示すと約束すると、新王妃の側役《そばやく》として（また、のちのちの忠誠を保証する人質として）娘ふたりを赤の王城に遣わせた。さらに、義弟サー・タイランド・ラニスターが保管のため西部に送った分の王室財産を返還することにも同意したが、それと引き換えに、サー・タイランド本人の恩赦を得た。いっぽうで、ジョハナは〈鉄の玉座〉に〝グレイジョイ公に自領の島々に引き返すよう命じ、フェア島を正当な島主のもとに返還させ、連れ去った女を全員、あるいはせめて高貴な生まれの者だけでも解放させてほしい〟と要望するのも忘れなかった。

〈王の道の戦い〉で生き残った者の多くは、その後、嵐の果て城《ストームズ・エンド》に戻ってきた。空腹で、疲れ切った、傷だらけの敗残兵たちは、ひとり、または少数で固まってふらふらと帰り着き、ボロス・バラシオン公の未亡人レディ・エレンダは、その姿を見ただけで、兵たちから戦意が失われてしまったことを悟った。彼女自身も、生まれたばかりの息子オリヴァーを——バラシオン家の未来である、胸に抱いた

幼い城主を——危険にさらしたくはなかった。エレンダの長女レディ・カサンドラは、自分が王妃になれないと知って悔し涙を流したといわれているが、レディ・エレンダはすぐさま和睦の条件に同意した。産後でまだ弱っていることから、戴冠式のためみずから王都には赴けないと記しはしたが、夜《ナイ》の詩《トソング》城城主である父親を出向かせて自分の代わりに忠誠を誓わせると同時に、三人の娘を人質として差し出した。一行にはサー・ウィリス・フェルが同伴し、さらに彼の〝貴《とうと》き預かり物〟、エイゴン二世の最後に残った子にして新王の未来の妃である、八歳のジェヘイラ姫も連れていくことになっていた。

　最後に返事をしたのはオールドタウンだった。エイゴン二世のもとに集結した大貴族のなかでももっとも裕福なハイタワー家は、ある意味で、いまだ最大の勢力である。彼らにはオールドタウンの庶民から新たに大軍勢を募る資金があり、また自前の軍船と、縁戚関係にあるアーバー島のレッドワイン家の軍船を合わせて、相当な規模の艦隊を編成することもできた。さらに、王室の黄金の四分の一は依然としてハイタワー城の奥深くにある金櫃にしまわれており、その黄金を使えば新たに同盟を結び、傭兵団をいくつも傭《やと》い入れることさえ容易だった。オールドタウンには戦争を継続する力があった——欠けているのは意志だけだった。

　オーマンド公は最初の妃を〈舞踏〉の数年前に産褥で亡くしており、〈舞踏〉が始まったときには、ふたりめの妃を迎えたばかりだった。タンブルトンの虐殺でオーマンド公が戦死すると、その領地と城主の地位は長男のライオネルに受け継がれた。ライオネルは十五歳の少年で、一人前の男のとば口に立ったばかりである。次男のマーティンはアーバー島を治めるレッドワイン公の従士だった。三男はハイガーデン城でタイレル公のお付き兼その母君の酌人として養育を受けていた。三人はいずれもオーマンド公と最初の妃の子供である。ヴェラリオン公の申し出がライオネル・ハイタワーの元に届

いたとき、若き城主はメイスターの手から羊皮紙を奪い取ると細かく引き裂き、〈海蛇〉を斬った暁には、その血で返信をしたためてやると誓ったという。

しかし、ライオネルの若き義母には別の考えがあった。レディ・サマンサは角の丘《ホーン・ヒル》城のドナルド・ターリー公と黄金樹林《ゴールデングローヴ》城から嫁いだレディ・ジェイン・ロウアンの娘で、両家は〈舞踏〉のあいだ、女王側について戦っていた。苛烈で情熱的で美しく、強い意志を持ったこの妙齢の女性には、オールドタウンの女公にしてハイタワー城の女城主という自分の地位をあきらめる気は毛頭なかった。ライオネルは年下とはいえほんのふたつであるし、（〈マッシュルーム〉によれば）サマンサがライオネルの父と結婚するためにオールドタウンに来たときから、彼女に夢中だった。以前はライオネル少年のたどたどしい口説き文句をかわしていたレディ・サム（サマンサはこの呼び名で長らく知られることとなる）だったが、ここにきて彼の求愛を受け入れ、結婚する約束をしようとしていた……ただし、ライオネルが和平を結ぶという条件つきである。

「また夫を失ったら、悲しみのあまりきっと死んでしまいますもの」

〔土の下で強張った父親の死体か、腕のなかで熱っぽく迫る生きた女か〕という二択に直面し、〔少年はこれほど高貴な身分の者としては驚くべき分別を発揮して、名誉より愛を選んだ〕と〈マッシュルーム〉は述べる。

ライオネル・ハイタワー公は降伏し、コアリーズ公の提示したすべての条件に同意した。そのなかには王室の黄金の返還も含まれていた（これに激怒したのがその黄金の大部分を持ちだしてきた従兄のサー・マイルズ・ハイタワーだったが、この話はここでは重要でないので割愛する）。若き城主が父親の未亡人、すなわち義母と結婚すると発表したことは大醜聞となり、ついには当代の総司祭《ハイ・セプトン》がこの結婚を一種の近親相姦として禁じたが、そんなことではこの若き恋人たちを引き裂くことはできな

かった。結婚を禁じられたあとも、ハイタワー城城主にしてオールドタウンの守護者はレディ・サムを愛人として十三年間自分のそばに置き、彼女とのあいだに六人の子供を儲け、やがて新たなハイ・セプトンが〈七芒星堂〉の長となり、前任者の教令を覆したことでとうとう彼女を妻として迎えた。(註)

ハイタワー城を離れてふたたびキングズ・ランディングに目を移すと、クリーガン・スターク公が、戦争に向けた自分の計画が〈三人寡婦〉によってすべて白紙に戻されたことに気づいたところだった。

「もの申す声はほかにもあった――赤の王城の広間に静かにこだまする、ひときわ穏やかな声が」と〈マッシュルーム〉はいう。

〈谷間《ヴェイル》の乙女〉が、ドラゴンを肩に乗せた自分の被後見人レディ・レイナ・ターガリエンを連れてガルタウンから到着したのである。暴徒と化して王都のドラゴンを殺し尽くしてからまだ一年も経っていないというのに、キングズ・ランディングの庶民はこのドラゴンを目にして狂喜した。レディ・レイナと双子の姉ベイラは一夜にして王都じゅうの人気者となった。スターク公はエイゴン王子にしたように双子を城に軟禁することもできず、やがて双子を押さえつけることもできないと悟った。双子

註　いずれにせよ、これは〈マッシュルーム〉が語った話である。なお、マンカンの『その真実』はライオネル公の心変わりに別の要因があったと見ている。ハイタワー家はその富と権力にもかかわらず、ハイガーデン城のタイレル家に忠誠を誓った旗主であり、ライオネル公の弟ガーマンドがそこで従士として仕えていたことを思い出さねばならない。タイレル家は〈舞踏〉には参加していなかったが（当時の城主はまだ産着の赤ん坊だった）、ことここにいたって同家も立ち上がり、ライオネル公にタイレル家の許しなく旗揚げすることや戦《いくさ》に参加することを禁じた。もし逆らえば、ガーマンドは叛逆の報いを自分の命で支払うことになる……ある賢者がかつていったように、被後見人は人質でもあるのだから。真偽はさておき、そのようにグランド・メイスター・マンカンは断言している。

が〝わたしたちの愛しい弟〟に会う許可を求めたときには、レディ・アリンがふたりを後押ししたこともあり、ウィンターフェル城の狼は降参した（「やや不承不承のていで」とは〈マッシュルーム〉の言（註））。

〈偽りの曙光〉は訪れたかと思うと去っていったが、いまや〈狼の刻《とき》〉（グランド・メイスター・マンカンの命名による）というべき日々の闇も白みかけていた。状況も王都もクリーガン・スタークの手から滑り落ちていた。レオウィン・コーブレイ公とその弟がキングズ・ランディングに到着して統治評議会に加わり、彼らの意見がアリン女公や〈三人衆〉の声と合わさると、ウィンターフェル城の狼は自分が孤立しているのを感じることが多くなった。王土の各所で頑《かたくな》な前王の忠臣がいまだにエイゴン二世の金竜旗をはためかせていたが、彼らはもはや取るに足りない存在だった。〈舞踏〉は終わった、和平を結び王国を元に戻す時が来たということで、スターク公を除く全員の意見は一致していた。

　しかし一点だけ、クリーガン公が頑として譲らないものがあった。王の殺害者たちを無罪放免してはならないということである。エイゴン二世は王として不適格だったが、王の殺害は大逆罪であり、その首謀者たちは報いを受けなければならない。彼のあまりの剣幕、あまりの頑固さに、ほかの者たちも折れた。

「貴公の思うようにするがいい、スターク」カーミット・タリーがいった。「わたしはこれに関知しないが、リヴァーランが正義を妨げたなどといわせるつもりはないぞ」

　いかなる城主にもほかの城主を死刑に処する権利はない。そのため、まずはエイゴン王子がスターク公を〈王の手〉に任命し、彼に全権を委《ゆだ》ねる必要があった。これがすむと、残りはクリーガン公がいっさいを取り仕切り、ほかの者たちは傍観した。さすがのスタークも〈鉄の玉座〉には座ろうとせ

ず、その下に置いた簡素な木製の長椅子に腰かけ、そこにエイゴン二世の毒殺に加担したと目される者がひとりずつ連れてこられた。

セプトン・ユースタスが真っ先に引っ立てられてきて、真っ先に解放された――証拠がなにもないためだった。グランド・メイスター・オーワイルはそれほどうまくはいかなかった。拷問にかけられて〈内反足〉に毒を渡したことを白状してしまったのである。

「閣下、わたしはなにに使うのか知らなかったのです」とオーワイルは弁解した。

「しかし、用途を尋ねもしなかった」スターク公は切り返した。「おまえは知りたくなかったのだ」

グランド・メイスターは共謀者とみなされ、死罪を宣告された。

サー・ジャイルズ・ベルグレイヴもまた死罪となった――たとえみずから王のワインに毒を入れていなかったとしても、不注意もしくは故意に目をつぶることで毒殺を許したという理由だった。

「王が非業の死を遂げたというのに、〈王の楯《キングズガード》〉の騎士の一員が生きながらえるべきではないだろう」とスタークは言い渡した。ベルグレイヴの誓約の兄弟三名も、陰謀への関与は証明されなかったにもかかわらず、エイゴン二世毒殺の場に居合わせたことで同様に有罪とされた（王都にいなかった残り三名の〈王の楯《キングズガード》〉は無罪とされた）。

二十二名の使用人たちもまた、エイゴン二世の殺害でなんらかの役割を果たしていたことが判明した。そのなかには王の車駕引きもいれば、紋章官も、王室のワイン蔵の番人も、王の細口瓶をつねに

註　しかし、この会見は双子が望んだようにはうまくいかなかった。王子はレディ・レイナの騎竜モーニングを目にすると蒼白になり、自分を警固していた北部人に「そのおぞましい生き物をわたしの目の届かないところに連れ出せ」と命じた。

満たしておくのが仕事の使用人もいた。全員が死罪と見なされた。王の毒味役アメットを斬った者たちや（犯人たちに不利な証拠をほかでもない〈マッシュルーム〉が提供した）、〈もつれ舌のトム〉を殺し、その父親をエールの樽で溺死させた者たちも同罪とされた。この者たちの多くは卑賤の騎士や傭兵、流浪の兵であり、暴動のどさくさにまぎれて〈蚤のサー・パーキン〉から胡乱《うろん》な形で騎士に叙された、路地のごろつきたちだった。その全員がひとり残らず、サー・パーキンの命令で動いていたといいはった。

〈蚤〉自身の罪状については疑うべくもなかった。

「一度寝返った者は、生涯寝返る」クリーガン公はそういった。「きさまは正統な女王に対する叛乱を主導して、かの御方を王都から追い出し、死に追いやるのに加担したうえ、王位に自分の従士をすえると、最後はくだらぬわが身かわいさにその従士を見捨てた。きさまが消えれば、この王国もましになるだろう」

サー・パーキンがそれらの罪はエイゴン二世に赦しを得ていると反論すると、スターク公はこう返した。

「おれは赦していない」

王城の曲折階段でアリセント前太后を捕縛した者たちは、ヴェラリオン家の〈竜の落とし子《タツ》〉紋を着けており、いっぽうレディ・ベイラ・ターガリエンを監禁状態から解放した者たちは、ラリス・ストロング公の手の者だった。前太后の捕縛者たちは彼女の護衛を殺したことで死罪を宣告されたが、レディ・ベイラの救出者たちは、扉の前に詰めていた王の部下を斬り、おのが剣を血に染めたにもかかわらず、ベイラ本人の熱心な嘆願によって同じ運命をまぬがれた。

「ドラゴンの涙をもってしてもクリーガン・スタークの凍り付いた心は融かせないとは、よくいった

もの」〈マッシュルーム〉は述べている。〔しかし、レディ・ベイラが剣を振りかざし、〝自分の恩人を害そうとする者は、誰であれ、その手を斬り落とす〟と宣言すると、一部始終を見ていた者たちの前でウィンターフェル城の狼は破顔し、姫がこの犬どもをそこまでお気に入りなら、飼うのを許しましょう、と嘆願を受け入れた〕

最後に〈狼の審判〉（マンカンは『その真実』のなかで、この処断をそう呼んでいる）に向き合ったのは、この陰謀の中心にいたふたりの大貴族だった。ハレンの巨城《ホール》の城主、〈内反足〉ことラリス・ストロングと、ドリフトマーク城の城主にして〈潮の主〉、〈海蛇〉コアリーズ・ヴェラリオン公である。

ヴェラリオン公は自分の罪を否認しようとしなかった。

「わしがしたことはみな、王国のためによかれと思ってのことだ」と老人はいった。「たとえやりなおせても、やはり同じことをするだろう。狂気は終わらせねばならなかった」

ストロング公はそれほど協力的ではなかった。グランド・メイスター・オーワイルはストロング公に毒を渡したと証言していたし、〈蚤のサー・パーキン〉は〈内反足〉の手足となり、なにもかも公の命で行なっていたと宣誓していたが、ラリス公はこれらの告発を認めも否定もしなかった。スターク公が、なにか弁明はあるかと尋ねると、ラリス公は、

「いまだかつて、狼がことばで心動かされたことがあったか？」とだけ口にした。

こうした次第で、クリーガン・スターク公――いまだ〈戴冠せざる王の手〉は、ヴェラリオン公とストロング公に対し、殺人、弑逆《しいぎゃく》、大逆の罪を宣告し、その罪は命でもって償わねばならぬと言い渡した。

ラリス・ストロングはつねに独立独歩の人で、自分の意見は明かさず、人がマントを替えるように

主君を替えてきた。いったん有罪を言い渡されると、ラリス公には味方がおらず、擁護する声のひとつも挙がらなかった。しかし、コアリーズ・ヴェラリオンのほうはまったく話が違った。老〈海蛇〉には多くの友や賛同者がおり、〈舞踏〉のあいだ刃を交えた相手でさえ、いまは彼の弁護にまわった……この老人に対する親愛の情から味方についたであろう者もいれば、愛する祖父（あるいは父）が処刑された場合、若き跡継ぎアリン・ヴェラリオンが何をしでかすかとの懸念から弁護する者もいた。スターク公に考えを変える気がないとわかると、一部の者は公を通さず、未来の王、エイゴン王子その人に直訴しようとした。その急先鋒は、王子の腹違いの姉にあたる双子ベイラとレイナで、もしコアリーズ公があのように動かなければ、いまごろ王子は片耳を、もしかするとそれ以上のものも失っていたかもしれないと説得した。

〔ことばは風のごとし〕と『〈マッシュルーム〉の証言』にはある。〔しかし猛風は樫の大木をひっくり返し、うるわしい少女たちが漏らす吐息は王国の運命をも変える〕

エイゴン王子は〈海蛇〉の助命を聞き入れるだけでなく、小評議会の席も含め、彼の役職と名誉を回復させることまで約束したのだった。

しかし、王子はわずか十歳にすぎず、まだ王ではなかった。戴冠しておらず、王として聖油の秘蹟を受けてもいない主君の命《めい》に法の重みは伴わない。たとえ戴冠しても、十六歳の命名日までは摂政やその小評議会の言いなりである。それゆえスターク公は、その気になりさえすれば、自分の権限の範囲内で悠々と王子の命令を聞き流し、コアリーズ・ヴェラリオンの処刑を進めることもできた。彼がそうしなかったことは、後世の学者の好奇心をかき立てている。セプトン・ユースタスは〔〈慈母〉がその夜、彼の心に哀れみを呼び覚ました〕というが、クリーガン公は〈七神〉を信じていなかった。ユースタスはこの北部人がアリン・ヴェラリオンの海軍力を恐れ、刺激するのを避けたとも書いてい

るが、これもわれわれの知るスタークの性格とはかけらも一致しない。新たな戦争をスターク公が懸念するはずがない——じつのところ、ときには自分から望んでいたふしさえある。

このウィンターフェル城の狼が唐突に見せた慈悲にもっとも明快な解釈を加えているのは〈マッシュルーム〉である。スターク公を揺さぶったのは王子でも、ほの見えるヴェラリオン艦隊の脅威でも、ドラゴンの双子姉妹の懇願ですらなく、ブラックウッド家のレディ・アリサンこと、〈黒のアリー〉との取引だった、とこの道化は主張する。

〔この女は背が高くやせていた〕こびとはそう語っている。〔鞭のように細く、少年のように胸は真っ平ら、しかし脚は長く、腕っぷしは強い。おまけに黒々とした豊かな長い巻き毛をおろすと腰元まで垂れ下がった〕

女狩人にして調馬にも長《た》け、さらには並ぶ者なき射手《いて》と、〈黒のアリー〉は女の柔弱さとはほぼ無縁だった。多くの人々からサビサ・フレイの同輩と思われていたが、じっさいふたりは頻繁に行動をともにし、行軍のときには同じ天幕で寝たことで知られている。しかし、キングズ・ランディングで若い甥のベンジコットに付き添って宮廷や小評議会に出入りするうちにクリーガン・スタークと出会い、この厳めしい北部人に好意を抱くようになった。

そして、男やもめとなって三年になるクリーガン公もまた、同じ反応を示した。〈黒のアリー〉は誰から見ても〈愛と美の女王〉とはいえなかったが、その大胆さ、不屈の意志、はすっぱな口調はウィンターフェル城城主の琴線に触れ、すぐに大広間や内郭《うちぐるわ》で彼女の付き添いを買って出るようになった。

「あの女からは花でなく、薪の煙の匂いがする」とスタークは親友といわれるサーウィン公に話している。

こうした次第で、レディ・アリサンが王子の命令を受け入れるようスタークに頼みにきたとき、彼は聞き入れた。しかし、伝え聞くところでは、最初に嘆願を持ちかけられたとき、スターク公はこう尋ねたという。

「なぜおれがそんなことをせねばならん？」

「王国のために」とレディ・アリサンは答えた。

「謀叛人は死んだほうが王国のためになるだろう」

「では、わたしたちの殿下の名誉のために」

「殿下は子供だ。こんなことに首を突っこまれるべきではない。殿下の名誉を汚しているのはヴェラリオンのほうだろう。いずれ殺人によって玉座に就いたと終生そしられることになるのだぞ」

「では、平和のために」とレディ・アリサン。「アリン・ヴェラリオンが復讐を誓ったなら、まちがいなく殺される人々のために」

「もっとひどい死に方はある。〝冬来たる〟だ、マイ・レディ」

「なら、わたしのために」と〈黒のアリー〉はいった。「この頼みをかなえてくれたら、わたしはそれ以上、なにも望まないわ。お願いよ、そうすればあなたがその強さに劣らぬ賢明さを、勇猛さに劣らぬ慈しみを持っていると信じてあげる。かなえてくれたら、あなたが望んだものはなんでもあげましょう」

〈マッシュルーム〉によれば、クリーガン公はこのことばに眉をひそめたという。

「おれがきみの処女を望んだらどうする、マイ・レディ？」

「持っていないものはあげられないわ」とレディ・アリサンは答えた。「十三の歳に鞍の上でなくしてしまったから」

「きみが馬に入れこんで、本来なら未来の夫に捧げるべきものをくれてしまったという者もいるな」

「愚者のたわごとね」〈黒のアリー〉は答えた。「それにあの子はいい馬だった。わたしが見てきた、たいていの夫よりも」

彼女の返事を気に入ったクリーガン公は、呵々大笑《かかたいしょう》していった。

「覚えておくことにする、マイ・レディ。いいだろう、きみの願いをかなえよう」

「それで、見返りは？」

「おれの望みは、きみのすべてを、永遠に」ウィンターフェル城城主は改まった口調でいった。「きみの手を取り、結婚を申しこむ」

「首を取るかわりに手を取るというわけ」と〈黒のアリー〉はほくそえみながらいった……なぜほくそえんだかといえば、〈マッシュルーム〉によれば、最初からそれが彼女の狙いだったからである。

「決まりね」

かくして、話はまとまった。

処刑の朝は明け方から薄曇りで湿気っていた。死罪を宣告された者たちは全員、鎖でつながれ、地下牢から赤の王城の外郭に連れ出された。そこで罪人たちはエイゴン王子と彼の廷臣が見守るなか、両膝をつかされた。

セプトン・ユースタスの導きのもと、死ぬ定めの者たちが祈りを捧げ、〈慈母〉に自分たちの魂の救済を懇願するうちに、雨が降りはじめた。

〔雨足は猛烈で、ユースタスが延々と誦読を続けるものだから、おれたちは罪人どもが首を斬り落とされる前に溺れ死にやしないかとひやひやしだした〕と〈マッシュルーム〉は述べている。

ようやく祈りがすむと、クリーガン・スターク公は一族の誇りであるヴァリリア鋼の大剣〈氷《アイス》〉を

抜いた。北部の野蛮な習慣では、判決を下した当人が剣を執らなければならない。それによって、罪人の血の重みを自分のみが受けとめるのである。

名家の貴族であれ平民の首斬り役人であれ、この雨の朝のクリーガン・スタークほど多くの死刑囚と向き合った者はそうはいない。とはいえ一瞬にして、おおぜいを斬首する必要はなかった。死刑囚は誰が最初に死ぬか籤《くじ》を引き、一番手は〈蚤のサー・パーキン〉に決まった。クリーガン公がこの狡猾ならず者に〝言い残すことはあるか〟と尋ねると、サー・パーキンは黒衣をまといたいと言明した。相手が南部の城主だったなら、この要望を聞き入れたかもしれないし、聞き入れなかったかもしれないが、スターク家は北部の人間であり、かの地では〈冥夜の守人《ナイツ・ウォッチ》〉への志願は尊重されている。

それを受けて、クリーガン公は部下に命じ、〈蚤〉を足元に転がさせた。願いを容れたのだ。ほかの死刑囚たちはそこに活路を見出し、サー・パーキンの要望をまねした。

〔全員がいっせいに叫びだした〕と〈マッシュルーム〉はいう。〔まるで半端に覚えた歌をがなりたてる酔っぱらいの合唱だったな〕

卑賤の騎士や、兵士、王の車駕引き、使用人、紋章官、王室のワイン蔵の番人、三人の〈王の楯《キングズガード》〉の白騎士――みながみな、突然、〈壁〉を守りたいとの心からの願いを表明した。グランド・メイスター・オーワイルまでもが、この必死の合唱に加わっていた。〈冥夜の守人〉には剣を握る者と同じく羽ペンを握る者も必要だということで、彼もまた処刑を免れた。

その日に死んだのはふたりだけだった。ひとりは〈王の楯《キングズガード》〉の騎士、サー・ジャイルズ・ベルグレイヴ。誓約の兄弟たちとは違い、サー・ジャイルズは白のマントを黒のマントと取り替える機会を断わった。

「たしかに、貴公は誤ってはいない、スターク公」処刑に際し、サー・ジャイルズはいった。「〈王《キン》

の楯《グズガード》〉の騎士が、自分の王より長く生きるべきではない」

クリーガン公は〈氷〉を一閃させ、サー・ジャイルズの首を落とした。

次に（そして最後に）死んだのは、ラリス・ストロング公だった。黒衣をまといたいかと尋ねられると、彼は答えた。

「いいや、ごめんこうむる。お望みどおり、おれはもっと暖かい地獄へ行く……だが、おれにもひとつ、最後の頼みがある。おれが死んだら、この内反足を貴公の大剣で切り落としてくれぬか。一生こいつを引きずってきたからな、せめて死んでからは自由になりたい」

スターク公はこの願いを聞き入れた。

かくして、ストロング家の最後の末裔がこの世を去ったことで、古《いにしえ》から続く由緒正しき一族は終焉を迎えた。ラリス公の亡骸は沈黙の修道女《シスター》たちに委《ゆだ》ねられた。何年も経ったのち、その遺骨はハレンの巨城《ホール》に最後の安息の場を見出すことになる——ただし、内反足を除いて。スターク公は足をほかの部位と別にして、無縁墓地に埋めるよう命じていたが、命令が実行される前に足は消えた。〈マッシュルーム〉は、盗まれた足がさる妖術師に売られて、呪文をかけるのに使われたと語っている（まったく同じ話がジョフリー王子の切り落とされた足の話として〈蚤の溜まり場〉で語られているが、足という足に面妖な力が宿っていると考えでもしなければ、どちらも信憑性は疑わしい）。

ラリス・ストロング公とサー・ジャイルズ・ベルグレイヴの首は赤の王城の門前、大手門の両脇に晒された。ほかの罪人は地下牢に戻されて、〈壁〉へ送り出す準備が整うまで閉じこめられた。こうして、エイゴン二世の痛ましい治世の歴史は最後の一行にたどり着いたのである。

クリーガン・スタークがエイゴン王子の〈戴冠せざる王の手〉を務めた短い期間はこの翌日終わりを告げ、スタークは〈王の手〉の証である頸飾《けいしょく》をエイゴン王子に返した。このまま何年も〈王の手〉

に留まることも容易だったし、若きエイゴンが成人するまで摂政を務めることもできたはずだが、公は南部にはいっさい関心を持たなかった。

「北部で雪が降っている」とスタークは告げた。「そしておれの居場所はウィンターフェル城だ」

摂政時代
Under the Regents

1 頭巾を被った〈王の手〉

2 戦争と平和と淑女品評会

3 アリン・オークンフィストの航海

1 頭巾を被った〈王の手〉

The Hooded Hand

クリーガン・スタークは〈王の手〉の職を辞して、ウィンターフェル城に戻ると宣言したものの、南部を出発する前に厄介な問題を抱えていた。

スターク公は大軍勢を率いて南下してきたが、その大部分は北部に居場所がなく、不要とされた者たちから成っていた。その兵たちが北へ戻れば、あとに残した愛する家族へ負担がふたたびのしかかり、ともすれば死にすらつながりかねない。言い伝えによれば（そして〈マッシュルーム〉によれば）、兵たちの処遇に関する解決策を提案したのはレディ・アリサンだという。彼女はスターク公に三叉鉾河《トライデント》沿岸の土地が未亡人で溢れていることを思い出させた。その多くは幼い子供を抱え、夫を戦《いくさ》のためにどこかの城主のもとに送り出したものの、そのまま死なれてしまっていた。冬を間近に控え、強い足腰とよく動く手を持つ男は多くの所帯で歓迎されることだろう、と。

最終的に、千人以上の北部人が王の挙式のあと、河川地帯へ戻る〈黒のアリー〉とその甥ベンジコット公についていった。

〔後家という後家に一匹ずつ狼があてがわれた〕と〈マッシュルーム〉はまぜっかえしている。〔冬には妻の床を温め、春が来たらその骨をかじる〕

しかし〈使い鴉の木《レイヴンツリー》〉城館《ホール》やリヴァーラン城、石の聖堂《ストーニイ・セプト》の町、双子城《ツインズ》、フェアマーケットの町などで開催された、いわゆる〈後家の見本市〉では何百という結婚が成立している。結婚を望まなかった北部人はかわりに衛兵や兵士として大小の貴族に剣を捧げた。悲しむべきことに無法者と化し、悲惨な最期を遂げた者もいるにはいたが、大多数の者にとってレディ・アリサンの媒酌は大きな成功を収めた。新たな落ち着き先を見つけた北部人たちは自分たちを歓迎してくれた河岸の諸公、とりわけタリー家とブラックウッド家の力になっただけでなく、地峡《ネック》以南に古《いにしえ》の神々の信仰を復活させ、広めるきっかけにもなった。

〈狭い海《ナロー・シー》〉の向こう側で新たな人生と未来を探すことを選んだ北部人たちもいた。スターク公が〈王の手〉を返上してから数日後、サー・マーストン・ウォーターズが傭兵を傭《やと》うために送りこまれたライスからひとり戻ってきた。サー・マーストンは過去の罪への恩赦に感謝すると、ミア、ライス、タイロシュの三都市による三頭市《トライアーキー》の体制が崩壊したと報告した。三都市間の戦争が始まった直後に、各都市がわれ先に自由契約の傭兵団を傭い入れたことで、サー・マーストンが張り合う気も起こらないほど傭兵の賃金が高騰していたのである。クリーガン公が率いてきた北部人の多くは、これを好機と捉えた。〈狭い海〉の向こうに金《かね》が待っているのに、いったい誰が冬に閉ざされた土地に戻って、凍えたり飢えたりするだろう？　その結果、ひとつといわずふたつの自由傭兵団が誕生した。ハリス・ホーンウッド、人呼んで〈狂乱のハル〉と、フリントの指城の落とし子ティモティ・スノウが率いる〈群狼〉は全員が北部人で構成されている。いっぽう、サー・オスカー・タリーが資金提供と指揮を行なう〈征嵐〉には北部人だけでなくウェスタロス各地の出身者も含まれていた。

こうした傭兵たちがキングズ・ランディングを離れる準備をしているあいだにも、エイゴン王子の戴冠式と婚儀のために、羅針盤の指すあらゆる方位から人々が王都に集《つど》っていた。西部からはレディ・ジョハナ・ラニスターとその父、岩山《クラッグ》城城主ローランド・ウェスタリング。河間平野《リーチ》からはオールドタウンのハイタワー家の縁戚四十名が、ライオネル公とその父の未亡人である女傑レディ・サマンサに率いられて来訪した。結婚こそ禁じられていたものの、そのころにはライオネルとレディ・サムのあいだに燃えたぎる情熱は知れ渡っており、醜聞のあまりの反響に、総司祭《ハイ・セプトン》はふたりと同道するのを拒否して、レッドワイン公やコスティン公、ビーズベリー公とともに三日遅れで到着した。

ボロス公の未亡人レディ・エレンダは幼い息子とともに嵐の果て《ストームズ・エンド》城に残ったが、バラシオン家の名代として娘のカサンドラ、エリン、フローリスを遣わせた。（次女のマリスは沈黙の修道女《シスター》に加わったと、セプトン・ユースタスの記述にはある。〈マッシュルーム〉の説明では、彼女の母君に舌を抜かれてそうなったということだが、その身の毛もよだつ詳細について真剣に受け取る必要はないだろう。沈黙の修道女《シスター》に舌がないというのはたんなる俗説にすぎない——修道女たちの沈黙を保っているのは敬虔さであって、赤熱するヤットコではないのである）。レディ・バラシオンの父で、夜の詩《ナイトソング》城城主にしてドーンとの境界地方《マーチズ》の総監であるロイス・キャロンが娘たちを王都まで護衛し、彼女たちの庇護者として滞在することになっていた。

アリン・ヴェラリオンがドリフトマーク城から到着し、マンダリー兄弟も白い港《ホワイト・ハーバー》から青緑のマントを着た騎士百名を連れて戻ってきた。〈狭い海〉の向こう側からも、ブレーヴォスやペントス、〈三嬢子〉の各都市、オールド・ヴォランティスの人々が来訪した。夏諸島《サマー・アイランズ》からは背の高い漆黒の王子三人が羽毛のマント姿で到着し、その豪勢さで目にした者たちを驚嘆させた。王都じゅうの旅籠や厩はすぐに満員となり、囲壁の外には宿を確保できなかった者たちのために天幕や大天幕ででき

た町が生まれていた。浴びるほど酒が飲まれ、山ほど密通が起きたと〈マッシュルーム〉は語り、祈りや断食や善行が山ほどなされたとセプトン・ユースタスは書き残している。しばらくのあいだ、王都の旅籠の主人たちは幸せのあまり太ってつや光りしていたし、〈蚤の溜まり場〉の娼婦たちやシルク通り沿いの高級娼館の娘たちも同じく喜んでいたが、一般庶民は騒音と悪臭に不平を鳴らした。

婚儀までの数日間、必死に取り繕ったつかのまの友情といった気配がキングズ・ランディングに垂れこめていた。王都の安酒場や一杯飲み屋で隣り合って押し合いへし合いしている者たちの多くは、一年前には戦場で対立する陣営に属していたのである。

［もし血でしか血を洗えないなら、キングズ・ランディングは洗っていないやつらで満杯だ］と〈マッシュルーム〉は述べている。路上での乱闘はあったものの、おおかたの予想より少なく、死者も三人にとどまっていた。王土じゅうの城主たちも、ようやく戦争に倦んできていたようだった。

〈竜舎〉の大部分が暴動で破壊されて以来、まだ廃墟のままだったため、エイゴン王子とジェヘイラ姫の婚儀は〈ヴィセーニアの丘〉の頂上に屋外式場を設《しつら》えて挙行されることとなった。式場には高くそびえる観覧席が設置され、高貴な身分の男女はそこにくつろいで腰かけながら、遮るものもなく眺めを楽しめるようになっていた。婚儀の当日は寒い日だったが、太陽は出ていたとセプトン・ユースタスは記録している。エイゴンの征服から一三一年め、七の月、第七日、実に縁起のよい日取りだった。オールドタウンのハイ・セプトンがみずから儀式を執り行ない、王子と姫が結ばれたことを宣言すると、庶民から耳を聾せんばかりの歓声があがった。道端に詰めかけた何万という人々の喝采を浴びながら、エイゴンとジェヘイラは天蓋のない車駕に乗って赤の王城へ向かい、そこで王子は簡素で飾り気のない青金《イエロー・ゴールド》の王冠を戴冠され、ターガリエン家のエイゴン、その名の三世、アンダル人・ロイン人・〈最初の人々〉の王、七王国の君主として宣誓した。幼い花嫁の頭にはエイゴン自身の

手で冠が授けられた。
少年にしてはしかつめらしい表情をしていたが、新王はまちがいなく美丈夫で、引き締まった顔と肉体に銀白の髪と紫色の目をしており、いっぽうの王妃は美しい子供だった。ふたりの結婚式は〈竜舎〉で執り行なわれたエイゴン二世の戴冠以降、七王国で催されたどの式典にも劣らず華やかで壮観だった。欠けていたものがあるとすればドラゴンである。エイゴン三世の治世ではこののちも、凱旋飛行としてドラゴンで囲壁の上空をひと巡りしたり、城の内郭《うちぐるわ》に颯爽と着陸したりすることは一度もなかった。さらに、人一倍目ざとい者たちは、もうひとつ足りないものに気づいていた。ジェヘイラの祖母、アリセント・ハイタワーとして列席しているはずの前太后がどこにも見当たらなかったのである。

まだ十歳ということもあり、新王の最初の仕事は自分を保護し守り抜く者、また成人するまで代わりに政治を司る者を指名することだった。ヴィセーリス王時代の〈王の楯《キングズガード》〉で唯一生き残ったサー・ウィリス・フェルが〈白き剣〉の総帥に任命され、サー・マーストン・ウォーターズがその副総帥となった。両名は〈翠装《すいそう》派〉と見なされたので、〈王の楯《キングズガード》〉の残りの席は〈黒装《こくそう》派〉で埋められた。先だってミアから帰還したサー・タイランド・ラニスターが〈王の手〉に、レオウィン・コーブレイ公が王土の守護者に任ぜられた。前者は〈翠装派〉、後者は〈黒装派〉である。このふたりの上に摂政たちによる小評議会が置かれ、谷間《ヴェイル》のジェイン・アリン女公、ドリフトマーク城のコアリーズ・ヴェラリオン公、岩山城《クラッグ》のローランド・ウェスタリング公、夜の詩城《ナイトソング》のロイス・キャロン公、乙女の池《メイドンプール》の町のマンフリッド・ムートン公、ホワイト・ハーバーのサー・トーレン・マンダリー、そしてオーワイルがつけていた上級学匠《グランド・メイスター》の頸飾《けいしょく》を受け継ぐため、〈知識の城《シタデル》〉から新たに選出されたグランド・メイスター・マンカンがその成員となった。

（信頼できる筋によれば、クリーガン・スターク公もまた摂政の席を打診されたが、断わったという。小評議会から明らかに除外された人々としては、カーミット・タリー、アンウィン・ピーク、サビサ・フレイ、サディアス・ロウアン、ライオネル・ハイタワー、ジョハナ・ラニスター、そしてベンジコット・ブラックウッドがいるが、選ばれなかったことに本気で怒ったのはピーク公だけだったとセプトン・ユースタスは主張している）

　この小評議会の人選にセプトン・ユースタスは心から賛同していた。

「六人の壮健な男性とひとりの聡明な女性、この七人が〈七神〉が天から皆人《みなひと》を統治したもうように、地上のわれらを統治する」

〈マッシュルーム〉はそれほど感銘を受けなかった。「七人の摂政の六人は余分だろう」と道化は語る。「われらが哀れな王様もお気の毒に」

　道化の不安をよそに、おおかたの列席者はエイゴン三世の治世は期待の持てる門出を迎えたと感じているようだった。

　戴冠式と婚儀が終わると、ＡＣ一三一年の後半は諸公が帰途につくために費やされ、ウェスタロスの大貴族たちはひとりまたひとりとキングズ・ランディングを去って、自身の居城へ帰っていった。最初に旅立った者たちのなかには〈三人寡婦〉のレディ・ジョハナもおり、お付き兼人質として新王と王妃に仕えるために残る娘や息子、兄弟、従兄弟たちと出発前に涙の別れを交わした。クリーガン・スタークは式から二週間と経たないうちに、だいぶ数の減った軍勢を率いて、〈王の道〉を通り北部へ戻っていった――その三日後にはブラックウッド公とレディ・アリサンが〈使い鴉の木《レイヴンツリー》〉城館《ホール》に向けて出発し、その後ろにはスタークの元配下だった千人の北部人が従っていた。ライオネル公とその愛人レディ・サムはハイタワー家の縁戚とともにオールドタウンへと南下し、いっぽう、ロウアン、

ビーズベリー、コスティン、ターリー、レッドワインの諸公はハイ・セプトンの護衛を務めながら同じ目的地を目ざした。カーミット・タリー公とその騎士はリヴァーラン城に帰り、弟のサー・オスカーは傭兵団〈征嵐〉とともにタイロシュおよび〈戦乱の地〉へと船出した。

しかし、予定どおりに出立しない者がひとりいた。サー・メドリック・マンダリーは〈壁〉行きの罪人たちをホワイト・ハーバーまで同家のガレー船《北極星《ノース・スター》》で運ぶことを承諾していた。そこから罪人たちの一行は陸路を進み、黒の城《カースル・ブラック》まで行く予定になっている。ところが、《北極星》の船出の朝、罪人たちの人数を確認していた際に、ひとり姿を消していることが発覚した。どうやら前グランド・メイスターのオーワイルが黒衣をまとうことに対して心変わりを起こしたようだった。オーワイルは牢番のひとりに賄賂をつかませて足枷をゆるめさせ、物乞いの襤褸《ぼろ》に着替えて王都の雑踏のなかに行方をくらませた。これ以上長居をしたくなかったサー・メドリックは、オーワイルを逃がした牢番に彼の代わりを務めるよう宣告し、《北極星》は海へと漕ぎだした。

セプトン・ユースタスは、AC一三一年の暮れまでには〝灰色の平穏〟がキングズ・ランディングと王領を覆っていたと伝えている。エイゴン三世は用があるときは〈鉄の玉座〉に座したが、それ以外ではほとんど姿を見せなかった。王国防衛の務めは王土の守護者レオウィン・コーブレイに、日々の退屈な政務は目の不自由な〈王の手〉タイランド・ラニスターにそれぞれ一任されていた。かつてのサー・タイランドは今は亡き双子の兄ジェイスン公に似て、長身金髪の堂々たる体軀の持ち主だったが、その肉体はレイニラ女王の拷問吏に痛めつけられて見る影もなくなり、宮廷に新しく入った侍女はサー・タイランドの姿を見て卒倒するといわれていた。侍女たちを怯えさせないようにと、〈王の手〉は公式の場では絹の頭巾を被った。これは誤った判断だったかもしれない。というのも、頭巾のせいでサー・タイランドは不気味な風貌となり、ほどなくしてキングズ・ランディングの庶民たち

は赤の王城に住まう、覆面をした邪悪な妖術師のうわさを口にしはじめたからだ。

しかし、サー・タイランドの機知は依然として冴えていた。拷問から生還したことで彼は復讐に燃える執念深い人物になったと思われていたが、これは実情とはほど遠かった。そこで、〈王の手〉は記憶が妙なふうに欠落していると主張した。誰が〈黒装派〉で誰が〈翠装派〉に属していたか思い出せないと言い張り、自分を拷問にかけた当のレイニラ先女王の息子に一貫して忠誠を示しつづけた。そのまたたく間に、サー・タイランドはレオウィン・コーブレイに対する暗黙の優位を確立した。そのコーブレイについて〈マッシュルーム〉は、〔首も太けりゃ肝っ玉も太いが、こんなにでかい屁をこく人間をいまだかつて見たことない〕と語っている。法によれば、〈王の手〉と王土の守護者は摂政たちによる小評議会の権威に従うことになっていたが、日々が過ぎ、月が繰り返し満ち欠けするにつれ、摂政たちが集まることはしだいに減り、対照的に疲れを知らない、目の不自由な頭巾姿の〈王の手〉タイランド・ラニスターはますます実権を握っていった。

しかし、〈王の手〉が対峙する数々の課題は気が遠くなりそうなものだった。当時、ウェスタロスを襲っていた冬は四年ものあいだ続くことになる、七王国史上でも有数の冷たく荒涼とした冬だった。王国の通商は〈舞踏〉のあいだに断たれており、放棄されるか破壊されるかした村、町、城は数えきれず、無法者や敗残兵の一団が街道や森に出没していた。

それ以上に差し迫った問題は、前太后アリセント・ハイタワーが新王との和解を拒否したことだった。自分の息子、それも最後のひとりだったエイゴン二世が殺されたことで、アリセントの心は石と化していた。摂政の誰ひとり、前太后が処刑されるのを見たいとは思っていなかった。ある者は同情心からそう考え、また別の者はそうした処刑がまた戦争の火種になるのではないかと恐れてのことである。とはいえ、前太后は以前のように宮廷生活を送ることは許されなかった。新王への呪詛を雨霰《あられ》

と降らせたり、不注意な衛兵から短剣をくすねたりすることが多発したためである。信用が置けないあまりに、幼い王妃に付き添うことも許されなかった――最後に王妃との食事を許されたとき、前太后はジェヘイラに寝ている夫の首を切るよういいつけて、幼い王妃に悲鳴を上げさせた。サー・タイランドはやむをえず、前太后を〈メイゴルの天守〉にある前太后の自室に幽閉した。軟禁ではあったが、幽閉であることに変わりはない。

つづいて、〈王の手〉は王国の通商の復旧と再建に取りかかった。大貴族も庶民も等しくレイニラ先女王とセルティガー公に課せられた税の廃止を歓迎した。王室の財源をふたたび確保するいっぽうで、サー・タイランドは〈舞踏〉のあいだに自領を荒らされた領主への融資として使うために、ドラゴン金貨百万枚を別途残しておいた（しかし、多くの領主がこの融資を利用したことから、〈鉄の玉座〉とブレーヴォスの〈鉄の銀行〉とのあいだに不和を招くこととなった）。サー・タイランドはまた、キングズ・ランディング、ラニスポート、鷗の町《ガルタウン》に巨大で厳重に警備した穀物倉庫をそれぞれ建てさせ、倉庫を満たすだけの穀物を買い入れた（後者の布告は穀物の価格を急激に吊り上げ、小麦やオート麦、大麦を売る町や領主は喜んだが、旅籠や居酒屋の経営者、そして多くの貧乏人や飢えた者たちの怒りを買った）。

エイゴン二世が命じたエイモンド王子とデイロン王子の巨像は建造をやめさせる（両王子の頭部はもうできあがってしまっていたが）いっぽうで、サー・タイランドは何百という石工、木工、鳶《とび》職を集めて〈竜舎〉の修繕と復元の仕事を進めさせた。キングズ・ランディングの門も〈王の手〉の命で強化され、門の外からの攻撃だけでなく、門の内からの攻撃に対してもうまく対処できるようになった。つづいて、〈王の手〉は五十隻の戦闘ガレー船を新造する費用を王室の財源から捻出すると宣言した。摂政たちに理由を問われると、〈王の手〉は造船所に仕事を与え、ミア、ライス、タイロシュ

の三都市が擁する艦隊から王都を防衛するためだと語った……しかし多くの者たちは、サー・タイランドの真意は、王室が海上戦力をドリフトマーク島のヴェラリオン家に依存している状態を脱することではないかと疑っていた。

船大工に造船を依頼したとき、〈王の手〉の脳裏には西部で続く戦争のこともあったかもしれない。エイゴン三世が即位したことで、〈双竜の舞踏〉でももっとも凄惨な殺戮には終止符が打たれたものの、若き王の戴冠で七王国に平和がもたらされたと断じるのは早計である。西部での戦争は少年王の治世が始まってからも三年間続き、キャスタリーの磐城《ロック》のレディ・ジョハナは息子であるローレオン公に代わり、ドールトン・グレイジョイ配下の鉄《くろがね》人《びと》による掠奪と闘っていた。この戦いの詳細は本書の目的を外れるので割愛する（興味のある向きには、大学匠《アーチメイスター》マンカスターの『海魔・鉄《くろがね》諸島における〈溺神〉の子らの歴史』の関連する章を特に勧める）。〈赤きクラーケン〉は〈舞踏〉のあいだは〈黒装派〉にとって貴重な友軍だったが、いざ両陣営の和平が成立してみれば、鉄《くろがね》人《びと》たちは〈翠装派〉も〈黒装派〉も見境なく襲ってきたと語れば、あとは想像がつこう。

公然と鉄《くろがね》諸島の王を名乗ることこそ思いとどまったものの、ドールトン・グレイジョイにはエイゴン三世戴冠後の数年間に〈鉄の玉座〉から届いた勅令のどれひとつ、従おうとしなかった。おそらく、王がまだ少年であり、〈王の手〉がラニスターの一員だからだろう。掠奪をやめるよう命じられても、グレイジョイは以前と変わらず奪いつづけた。鉄《くろがね》人《びと》が連れ去った女たちを解放するよう命じられれば、

「男と塩の妻たちの絆を断ち切れるのは〈溺神〉だけだ」

と答え、フェア島を元の領主に返還するよう指図されると、

「かつての持ち主が海の底からふたたび浮かび上がってきたなら、喜んで返そう」と答える始末だっ

た。

ジョハナ・ラニスターが新たに艦隊を建造して鉄人《くろがねびと》に戦いを挑もうとすると、〈赤きクラーケン〉はラニスター家の造船所を襲撃して建造中の軍船を燃やし、ついでとばかりまた女を百人攫《さら》っていった。〈王の手〉は怒って非難の書状を送ったが、ドールトン公から届いた返事はこのようなものだった。

「西部の女はどうも、臆病者の旗にいる獅子より鉄《くろがね》の男が好みらしく、海に飛びこんで連れていってくれと頼まれたのでな」

ウェスタロスの彼方、〈狭い海〉の向こう側にも戦乱の風が吹こうとしていた。ライスのシャラコ・ロハール提督はタイロシュ、ライス、ミアの三頭市《トライアーキー》艦隊が大敗を喫した〈水道《ガレット》の海戦〉で陣頭指揮をとっていたが、その提督が殺されたことが火種となって、〈三嬢子〉間の対立が激化し、三者のあいだに燻《くすぶ》っていた対抗意識が全面戦争にまで発展したのである。現在ではシャラコの死は個人的な怨恨によるものだったと一般には見なされている——傲慢な提督は〈黒鳥《ブラック・スワン》〉として知られる高級娼婦に入れこんだことで、恋仇のひとりに殺されたのだった。しかし、当時は謀殺と見なされ、ミア人の仕業と疑われた。ライスとミアが戦争に突入すると、タイロシュはこの戦争を踏み石《ステップストーンズ》諸島の支配権を確立する好機ととらえた。

この計画を実現するため、タイロシュの執政官はかつて三頭市の軍を率いてデイモン・ターガリエンに立ち向かった大胆不敵な総大将、ラカリオ・リンドゥーンを呼び出した。ラカリオはまたたく間に踏み石諸島を占領し、当地を治めていた〈狭い海の王〉を処刑した……ところが、そこでラカリオは王冠をわが物とすることを決意し、執政官と故郷であるタイロシュを裏切ったのだった。紛糾した四つ巴の戦争は〈狭い海〉の南端にも波及して、貿易は途絶し、キングズ・ランディング、ダスケン

デールの町、メイドンプールの町、ガルタウンは東方の商流から切り離された。同じくこの戦争の影響を受けたペントス、ブレーヴォス、ロラスの各都市はキングズ・ランディングに使節団を送り、ラカリオ、そしていがみ合う〈三嬢子〉に対抗する大同盟を〈鉄の玉座〉と結びたいと願い出た。サー・タイランドは使節を惜しみなく歓待したが、同盟の申し出は断わった。

「自由都市の終わりなき争いに巻きこまれることは、ウェスタロスにとって重大な過ちとなるだろう」〈王の手〉は摂政たちにそう語った。

ＡＣ一三一年という宿命的な年は、七王国の東西の海が炎に染まり、ウィンターフェル城と北部が猛吹雪に襲われるなか、終わりを告げた。キングズ・ランディングもまた晴れやかな雰囲気とはいえなかった。王都の庶民が早くも少年王と幼い王妃に幻滅しはじめたのである。ふたりは婚儀以来姿を見せず、頭巾を被った〈王の手〉にまつわる怪しいうわさが広まっていた。例の〈羊飼い〉の〝生まれ変わり〟は〈王都の守人《シティ・ウォッチ》〉に連れていかれて舌を抜かれたが、また別の者たちが取って代わると、〈王の手〉がいかに禁忌の術を行使し、幼児の血を啜っているか、そして〝ねじくれた顔を神々と人々から隠している怪物〟であるかを説いた。

赤の王城、その壁の内側でも、王と王妃のことはうわさされていた。この王族同士の結婚は初めから問題が山積みだった。新王も王妃も子供――エイゴン三世は現在十一歳、ジェヘイラはわずか八歳である。いったん結婚してしまうと、ふたりはほぼ没交渉となり、公式な行事では同席したものの、その機会もそう多くはなかった。幼い王妃が自分の部屋を離れるのをいやがったからである。

「ふたりともなにかが欠けているのです」とグランド・メイスター・マンカンは賢人会議《コンクレイヴ》に宛てた手紙で明言した。王妃は双子の兄であるジェヘアリーズ王子が〈血狂い〉と〈チーズ〉の手で殺されるのを目撃していた。王は四人の兄弟を全員亡くし、しかも叔父によって目の前で母親をドラゴンの餌

にされていた。「王も王妃もまっとうな子供ではありません」とマンカンは書く。「ふたりとも喜ぶということがありません――声を上げて笑うこともなければ、遊びもしません。王妃は夜尿をし、叱られると慰めようのないほど泣きじゃくります。侍女たちも、八歳なのに四歳といっても通じると話しています。婚儀の前にわたしがミルクに〈甘い眠り〉を混ぜておかなければ、あの子は式典中に倒れていたと確信をもっていえます」

新任のグランド・メイスターは続けて王についても書いている。「エイゴンは王妃にもほかの娘にもほとんど関心を示しません。王は乗馬も狩りも馬上槍試合もせず、かといって読書や舞踏、歌といった室内での娯楽も嗜《たしな》みません。知力は相当なもののようですが、自分から話し出そうとはせず、話しかけられたときも受け答えはごく短いので、話すという行為そのものが苦痛なのかと余人に思わせるほどです。私生児の少年〈白き髪のゲイモン〉のほかに友人はおらず、一晩じゅう安眠することもまれです。〈狼の刻《とき》〉の時期は、よく窓際に立って星々を見上げていたので、アーチメイスター・ライマンの『空の王国』を差し上げたのですが、なんの関心も示しませんでした。エイゴンはめったに微笑まず、声を上げて笑ったことは一度もありませんが、いっぽうで怒りや恐怖の色を見せることもありません。唯一ドラゴンに関しては、口に上《のぼ》せただけでそうそうないほど怒り狂います。オーワイルはよく陛下を冷静沈着と評していましたが、わたしにいわせれば、あの少年は心の内側が死んでいます。王が赤の王城の広間を歩く姿はまるで幽霊のようです。知識の兄弟たちよ、率直に申し上げねばなりません。わたしはわれらの王が、そしてその王国が心配です」

なんたることだろう、マンカンの不安は的中することとなる。AC一三一年にも増して、つづく二年はいよいよ不吉の色を強めていった。

その前兆は、前グランド・メイスターのオーワイルがシルク通りの下手《したて》近くに位置する〈お袋の

店〉という売春宿で見つかったという、縁起の悪い報告から始まった。髪と顎鬚《あごひげ》を剃り、頸飾も今はない、オールド・ワイルという偽名を使った前グランド・メイスターは、店の掃き掃除や磨き掃除、客が梅毒を持っていないかの検査、月茶とヨモギギクやペニーロイヤルの精油を調合して〈お袋〉の〝娘〟たちに望まない子供ができなくするなどの仕事で糊口《ここう》をしのいでいた。誰もオールド・ワイルを気に留めていなかったが、それも彼が〈お袋〉に断わりもなく若い娘たち数名に字の読み方を教えるまでのことだった。教わった娘のひとりが〈王都の守人〉の兵長にこの新しく覚えた能力を披露したことから、不審に思った兵長が老人を訊問のため連行したのである。すぐさま真相は明らかとなった。

〈冥夜の守人《ナイツ・ウォッチ》〉から脱走した罰は死罪である。オーワイルはまだ誓いを口にしていなかったが、おおかたの見解では誓いを破った者に該当した。〈壁〉に向かう船に乗せるのは論外だった。スターク公が下した本来の死罪が適用されなければならないということで、摂政たちは合意した。サー・タイランドはこの結論を否定はしなかったが、王の首斬り役人の座がまだ埋まっていないこと、そしてみずから剣を振るおうにも目の不自由な自分は不適任であることを指摘した。こうした口実を使い、〈王の手〉はオーワイルを死刑に処するかわりに、「しかるべき首斬り役人が見つかるときまで」塔の独房（広々として風通しもよいので、居心地がよすぎると非難した者もいた）に幽閉した。セプトン・ユースタスも〈マッシュルーム〉も〈王の手〉の口実には欺かれなかった——なにしろ、オーワイルはエイゴン二世の〈翠の評議会〉でサー・タイランドとともに参議を務めていたのだから。この〈王の手〉の決定には、ふたりが培ったかつての友誼や思い出があきらかに働いていた。前グランド・メイスターにはさらに告白録を書き続けられるようにと、羽ペン、インク、羊皮紙まで与えられた。こうしてオーワイルは実際に二年近く執筆を続け、ヴィセーリス一世とエイゴン二世の治世に関する長

い情報源となる。
大な歴史を書き残し、のちにそれは彼の後継者であるマンカンの『その真実』にとってかけがえのな

それから二週間も経たないうちに、〈月の山脈〉から山の民が大挙してアリンの谷間《ヴェイル》に押し寄せ、荒らしまわっているとの知らせが届き、ジェイン・アリン女公は自領と民を守る手立てを講じるため、宮廷を離れてガルタウンに向けて出航した。ドーンとの境界地方《マーチズ》でも不穏な動きがあった。ドーンの新たな支配者アリアンドラ・マーテルは、自身を臆面もなく〝新たなナイメリア〟になぞらえる十七歳の少女で、〈赤の山脈〉以南の若い貴族たちは誰もがアリアンドラの寵愛を得ようと競い合っていた。ドーンの侵略に対処するため、キャロン公もまたキングズ・ランディングを離れ、ドーンとの境界地方《マーチズ》にある夜の詩城《ナイトソング》に帰還した。こうして、七人いた摂政は五人になった。このなかでもっとも影響力を持っていたのはまちがいなく〈海蛇〉コアリーズ・ヴェラリオンで、その富、経験、血縁において同輩から抜きん出ていた。それ以上に大きかったのは、若き王が信頼を寄せているのがどうやらコアリーズ公だけだったという点である。

こうした諸々の理由から、AC一三二年、三の月、第六日、王国は大きな打撃をこうむった。〈潮《しお》の主《ぬし》〉コアリーズ・ヴェラリオンが赤の王城の曲折階段を登っている途中で転倒したのである。グランド・メイスター・マンカンが治療に駆けつけたときには、〈海蛇〉は亡くなっていた。享年七十九、四人の王とひとりの女王に仕え、帆を揚げれば地の果てまで船出し、ヴェラリオン家の富と権力を空前の域にまで高め、女王となっていたかもしれない姫と結婚し、騎竜者の父となり、町を作り艦隊を建造して、戦時には武勇を、平時には叡智を発揮した。七王国がコアリーズ公に匹敵する人物を目にすることは二度とないだろう。彼が亡くなったことで、千々に裂け目の入っていた七王国の下地に、巨大な穴が穿たれたのだった。

コアリーズ公の亡骸は〈鉄の玉座〉の下に正装した状態で七日間安置された。その後、亡骸は〈ハルのマリルダ〉とその息子アリンが船長を務める《人魚の口づけ《マーメイズ・キス》》に乗せられ、ドリフトマーク島へと送られた。そこでマリルダたちは老船《海蛇《シー・スネーク》》のぼろぼろになった船体をふたたび海に浮かべ、ドラゴンストーン島の東の遠海まで曳航していき、そしてコアリーズ・ヴェラリオンを彼の二つ名の元となった船とともに沈め、水葬に付した。船体が沈んでいく途中でドラゴンストーン島に棲むドラゴンの共喰い《カニバル》が頭上に姿を現わし、その黒く大きな翼を広げて最後のあいさつを送ったと伝わっている（感動的な場面だが、後世の脚色である可能性がかなり高い。われわれの知るかぎり、カニバルなら遺体にあいさつを送るよりむさぼり食うほうが似合っている）。

庶出である〈ハルのアリン〉、いまではアリン・ヴェラリオンと名乗る青年が〈海蛇〉の指名した後継者だったが、彼の相続はすんなりとはいかなかった。ヴィセーリス王の時代に、コアリーズ公の甥サー・ヴェイモンド・ヴェラリオンがドリフトマーク城の正統な継承者として名乗り出たことを思い出してもらいたい。この家督争いはヴェイモンドの首で贖《あがな》われることになったが、彼は妻と息子たちを残していた。サー・ヴェイモンドは〈海蛇〉の長兄の息子だったが、〈海蛇〉のほかの兄弟が儲けた五人の甥もまた、継承権を主張したことがあった。しかし、この甥たちは病んで衰えつつあるヴィセーリス王に陳情した際、同王の孫の嫡出を疑うという重大な過ちを犯した。ヴィセーリスはこの無礼に対して、五人の甥たちの舌を抜いたが、首は残してやった。この〝沈黙の五人〟のうち三人は〈舞踏〉でエイゴン二世側に立ってレイニラと戦い、亡くなっている。しかし、残りふたりは〈舞踏〉を生き延び、サー・ヴェイモンドの息子たちとともに〈海蛇〉の死を好機と見て表舞台に登場すると、〝母親がどこぞの鼠である〈ハルの落とし子〉〟よりも自分たちのほうが正統であると主張した。

サー・ヴェイモンドの息子デイミオンとデイロンは自分たちこそ正統であるという訴えをキングズ・ランディングの小評議会に提出した。〈王の手〉と摂政たちがこの主張を退けると、賢明にもふたりはこの決定を受け入れることを選び、アリン公と和解して、船をアリン公の艦隊に提供することを条件にドリフトマーク島の領地を与えられた。残った〝沈黙〟の従兄弟たちは別の道を選んだ。〔舌が欠けては訴えもできないと、やつらは剣で黙らせる手をとった〕と〈マッシュルーム〉はいう。

しかし若き城主アリン公を暗殺しようとする企みは、ドリフトマーク城の衛兵が〈海蛇〉に対する追懐の情と彼の選んだ後継者に忠義立てしたことで不首尾に終わった。〝沈黙〟の従兄弟のひとり、サー・マレンタインは暗殺を実行しようとして逆に殺され、捕縛されたその弟サー・ロウガーは死罪を宣告されたが、黒衣をまとうことで刑を免れた。

〈鼠〉こと〈ハルのマリルダ〉が産んだ落とし子アリン・ヴェラリオンは、正式に〈潮の主〉とドリフトマーク城城主の座に就いた。そこで、アリン公は小評議会に〈海蛇〉が持っていた席を要求しようとキングズ・ランディングに向かった（少年時代から、アリン公は怖い物知らずだった）。〈王の手〉はアリン公に礼を述べて送り返した……アリン・ヴェラリオンはAC一三二年のこの時点ではわずか十六歳であるから、当然の結果である。コアリーズ公の小評議会での席は、すでにもっと年上で、年季の入った人物に譲られていた。星嶺《せいれい》城、ダンストンベリー城、白き森《ホワイトグローヴ》城の城主アンウィン・ピークである。

AC一三二年のサー・タイランドはそんなことよりはるかに切迫した不安を抱えていた。王位継承問題である。老いて衰えていたとはいえ、コアリーズ公の突然の死は誰であれ不意に亡くなってもおかしくないという厳然たる事実を思い出させた。たとえエイゴン三世のような、見るからに健康な若き王であっても。戦争、病、事故……死に方はいくらでもある。もし王が亡くなったら、誰がその跡

を継ぐのか？
「もし世継ぎがないまま陛下が亡くなれば、われわれはふたたび舞い踊ることになるだろう。その調べがどれだけ不愉快なものであってもな」マンフリッド・ムートン公は同輩の摂政たちにそう警告している。ジェヘイラ王妃の継承権は王のそれに匹敵し、一部の者たちの心中ではそれ以上の力を持っていたが、あの愛らしく、頭の弱い、臆病者の子供を〈鉄の玉座〉に据えるという考えは、狂気の沙汰だと誰もが認めていた。エイゴン三世自身に尋ねてみたところ、自分の酌人〈白き髪のゲイモン〉の名前を挙げ、摂政たちにこの少年も「以前は王だった」と思い出させた。当然、この案も問題外だった。

　実際のところ、王国が受け入れられそうな王位継承者はふたりしかいなかった。デイモン前王配とその最初の妻レディ・レーナ・ヴェラリオンの双子の娘、王の腹違いの姉にあたるベイラ・ターガリエンとレイナ・ターガリエンである。この少女たちはこのとき十六歳で、背は高く細身で銀髪、王都ではたいへんな人気者だった。エイゴン三世が戴冠式のあと赤の王城からめったに外出せず、幼い王妃も自分の部屋をけっして離れようとしないことから、AC一三一年の催しの大半にはレイナかベイラが姿を見せ、狩猟や鷹狩りに行き、貧者に施しを与え、使節を歓待し、〈王の手〉と諸公を訪ね、祝宴（ほとんど開かれなかった）や仮面舞踏会や舞踏会（まだ一度も開かれていない）の主人役を務めていた。双子は人々が目にする唯一のターガリエン家の者たちだった。

　しかしここでも、小評議会は困難に直面し、意見は割れた。レオウィン・コーブレイが、「レディ・レイナは美しい女王になられるだろう」というと、サー・タイランドはベイラのほうが先に母の子宮から出てきたと指摘した。

「ベイラ殿下は奔放にすぎる」とサー・トーレン・マンダリーが切り返す。「自分を律することもで

きない方が、どうして王国を治められる？」

サー・ウィリス・フェルもこれに同意した。

「レイナ殿下で決まりだろう。レイナさまはドラゴンをお持ちだが、姉君はそうではない」

コーブレイ公が「ベイラ殿下はドラゴンを乗りこなされたが、レイナ殿下は卵を孵されただけではないか」と反論すると、今度はローランド・ウェスタリングが口を開いた。

「われらの前王が高所から飛びおりて両足を骨折されたのは、ベイラ殿下のドラゴンに襲われたからだ。王国の多くの者はこのことを忘れまい。ベイラ殿下が戴冠なされば、古傷をふたたび開かせることになる」

しかし、ここでグランド・メイスター・マンカンが議論に終止符を打つべく口を開いた。

「みなさまがた、そう難しい話ではありません。ベイラさまもレイナさまも娘、すなわち女性です。あの大乱から学んだ数少ないことがあるではありませんか？　〈一〇一年の大評議会〉で定められたとおり、嫡男相続を遵守すべきです。男子の継承権は女子に優先する」

そこでサー・タイランドがいった。

「それで、その男子継承者は誰なのだ？　われわれが殺し尽くしてしまったようだが」

マンカンはこれには答えられず、この問題について研究するとだけいった。こうして王位継承という重大な問題は未解決のままとなった。

こうした先行きの不透明さにもかかわらず、双子には王の第一後継者と目されるふたりと親しくなりたいという求婚者や友人、側役、そのほか同種のおべっか使いから、媚を含んだ好意が引きも切らずに押し寄せたが、双子はこうしたご機嫌伺いにまったく違った反応を見せた。レイナが宮廷生活の主役となったことを喜んだのに対し、ベイラはおだてられると逆に苛立ち、自分に蛾のごとく付きま

とう求婚者たちをあざけり苦しめることに喜びを覚えているようだった。

幼いころの双子は一心同体、引き離そうとしても引き離せないほどだったが、いったん道が分かれると、ふたりの人生はまるで違った方向に形作られていった。谷間《ヴェイル》でレイナは快適な生活とジェイン女公の被後見人としての特権を享受していた。侍女たちはレイナの髪を梳いて湯を張り、吟遊詩人はレイナの美を称える頌歌を作り、騎士たちはレイナの好感を得ようと馬上槍試合に臨んだ。キングズ・ランディングでも状況は変わりない。何十という勇敢な若い貴族がレイナの笑顔を勝ち取ろうと競い合い、画家たちはレイナの肖像画を描く許可を請い、王都でも指折りの仕立屋たちがレイナのドレスを作る名誉を得ようとした。そしてレイナがどこへ行くときも、たいてい彼女の若きドラゴン、モーニングが肩掛けのように肩に巻き付いていた。

ドラゴンストーン城時代のベイラはレイナほど恵まれず、同地での最後の日々は炎と血で締めくくられた。宮廷に来るころには、ベイラは王国じゅうのどの若い娘よりもたくましく強情になっていた。レイナはほっそりとして優美、対してベイラは引き締まって敏捷。レイナが踊りを愛するいっぽうで、ベイラは乗馬、そして空を飛ぶことが生きがいだった……もっとも、後者の機会は彼女の騎竜であるムーンダンサーが死んだときに失われてしまっていたが。ベイラは銀髪を少年のように短く刈って、馬に乗るとき顔に当たらないようにしていた。何度も何度も側役の貴婦人たちから逃げ出しては、ベイラは冒険を求めて街中に繰り出した。姉妹通り沿いで開催される酒豪同士の馬競争に参加したこともあれば、ブラックウォーター河を泳ぎ切る月下の水泳にも熱中し（流れが速く、多くの泳ぎ自慢を溺れさせたことで知られている）、〈王都の守人〉と兵営で飲み交わしたかと思えば、〈蚤の溜まり場〉の獣《けもの》なぶり窖《あな》で貨幣や、ときには着衣を賭けたりもした。一度は三日間も姿を消し、戻ってきてもどこにいたか白状しなかった。

さらに深刻なことに、ベイラには身分に似つかわしくない友人を作る趣味があった。その友人たちをまるで野良犬のように赤の王城に連れて帰り、王城での地位を与えるか、自分の従者に加えるよう主張するのである。このお気に入りのなかには顔立ちの端整な若い軽業師、ベイラが見惚れるほどたくましい鍛冶屋の徒弟、ベイラが哀れんだ両足のない物乞い、ベイラが本物の魔術師と思いこんだ安っぽい手品師、草伏《くさぶ》しの騎士の地味な従士、はては売春宿から連れてきた双子の少女までいた。双子を連れてきたときには、「わたしたちと同じね、レイ」とレイナにいったという。一度などは劇団をまるごと引き連れてきたこともあった。ベイラの信仰と道徳に関する教育を仰せつかっていた司祭女《セプタ》エマリスは匙を投げ、セプトン・ユースタスでさえベイラの奔放さを抑えることはできないようだった。

「ベイラ殿下には結婚していただかねばなりません、それもいますぐに」とセプトン・ユースタスは〈王の手〉に訴えた。「さもなければ、残念ながら、あの方はターガリエン家に不名誉をもたらし、ひいては弟君である陛下に恥をかかせかねません」

サー・タイランドはセプトンの忠告ももっともだと考えた……しかしこれは危険を伴った。ベイラは求婚者に事欠かなかった。彼女は若く、美しく、健康で富もあり、もっとも高貴な血筋の者である。七王国のどの城主であれ、喜んでベイラを妻に迎えるだろう。しかし誤った選択は重大な結果を生みかねない。なにしろ、ベイラの夫は玉座のすぐそばに立つのである。不実で金のために動く、あるいは過度の野心を持った配偶者を持てば、無数の戦争と悲劇を呼ぶだろう。レディ・ベイラの手を取ろうとする約二十名の花婿候補が摂政たちによって検討された。タリー公、ブラックウッド公、ハイタワー公（父親の未亡人を愛人として囲っていたが、未婚ではあった）は全員候補に入っていたし、このほかにもっと見こみの薄い選択肢も数名——ドールトン・グレイジョイ（〈赤きクラーケン〉）は塩

の妻が百人いると吹聴していたが、岩の妻はひとりも娶ったことがなかった）やドーン女大公の弟、さらにはラカリオ・リンドゥーンのような悪漢まで――含まれていた。結局は全員があれこれと理由をつけて却下された。

最終的に〈王の手〉と摂政たちによる小評議会はレディ・ベイラを黄金樹林《ゴールデングローヴ》城の城主サディアス・ロウアンに嫁がせると決定した。これは確かに賢明な選択である。ロウアンは二番めの妻を前年亡くし、先妻に代わる、しかるべき若い乙女を探していることで知られていた。ロウアンの精力については疑問の余地がなかった――最初の妻とのあいだに息子をふたり、二番めの妻とのあいだにさらに五人儲けている。娘はひとりもいなかったので、ベイラは黄金樹林城でまずまちがいなく女主人として受け入れられることだろう。下の四人の息子たちはまだ家を出ておらず、女手が必要だった。ロウアン公の子供が全員男子という事実が決め手となった――もしレディ・ベイラとのあいだに息子ができれば、エイゴン三世は明確な後継者を得ることになる。

サディアス公は無愛想だが豪快で気のいい人物であり、好感を持つ者も尊敬する者も多く、愛妻家で、息子たちにとってはよき父だった。〈舞踏〉ではレイニラ女王側に立って戦い、みごとな武勇を打ち立てた。誇り高いが傲慢ではなく、怨恨ではなく分別に従い、友に誠実であり、宗教的なことがらについては過度にのめりこむことなく義務を果たし、尊大な野心にとりつかれてもいない。玉座がレディ・ベイラに受け継がれることがあれば、ロウアン公はうってつけの王配となり、裏から操ろう、君主としての正統な地位を簒奪しようなどとは考えず、全身全霊でベイラを支えることだろう。セプトン・ユースタスは摂政たちが自分たちの熟慮の結果にたいへん満足していたと語っている。

縁組を聞かされたベイラ・ターガリエンは同じようには喜ばなかった。

「ロウアン公は四十歳も年上だし、石みたいに禿げているし、お腹なんかわたしよりも重そう」うわ

さでは、ベイラは〈王の手〉にそう話したという。つづけてこうも付け加えた。「公の息子ふたりとも寝たわ。長男と三男だったと思うけれど。ふたり同時には寝てないわ。不道徳だものね」

この話に一片でも真実が含まれているかどうか、われわれにはわからない。レディ・ベイラはときどきわざと挑発的になることで有名だった。もしこの場での目的がそうだったとしたら、大成功だった。〈王の手〉はベイラを自分の部屋に帰すと、衛兵を扉口に配置させ、摂政たちが集まるまで確実に閉じこめておくよう命じた。

しかし翌日、ベイラがなんらかの秘密の手段で城を抜け出したと判明し、〈王の手〉は狼狽した（のちに、窓をくぐって外に出ると、洗濯女と服を交換して、正門から歩いて出ていったことがわかった）。追手の声が上がるころには、漁師を雇ってブラックウォーター湾をなかば横断しており、そのままドリフトマーク島まで運ばせた。そこでベイラは自分の従兄である〈潮の主〉アリン・ヴェラリオンに窮状を打ち明けた。二週間後、アリン・ヴェラリオンとベイラ・ターガリエンはドラゴンストーン城の聖堂《セプト》で結婚した。花嫁は十六歳、花婿はもうすぐ十七歳だった。

摂政のうち数人は激怒し、ハイ・セプトンに結婚の無効を訴えるようサー・タイランドに迫ったが、〈王の手〉の反応は当惑交じりのあきらめだった。そのいっぽうでサー・タイランドは抜け目なく、レディ・ベイラの結婚が王と宮廷によって用意されたものであるとのうわさを流した。誰を配偶者に選んだかよりも、レディ・ベイラの反抗のほうが醜聞だと考えたからである。

「あの若者は高貴な血を引いている」と〈王の手〉は摂政たちを納得させた。「そして、兄と同じく忠義の士であろうとわしは信じる」

サディアス・ロウアンの傷ついた誇りは、〈嵐の四姉妹〉として知られるボロス・バラシオン公の四人の娘でも一番の器量よしで名高い十四歳の乙女、フローリス・バラシオンとの婚約でなだめられ

た。フローリスにとっては、〝嵐の〟は似つかわしくない呼び名だった。フローリスはいくぶん軽薄なところがありながらも優しい少女だったが、二年後に産褥で命を落とすこととなる。嵐の結婚と呼ぶにふさわしかったのはドラゴンストーン城のほうだったと、のちの年月が証明している。〈王の手〉と摂政たちにとって、ベイラ・ターガリエンが真夜中にブラックウォーター湾を渡って逃げ出したことは、ベイラに関する疑惑をすべて裏付けることとなった。

「ベイラ殿下はわれらの恐れていたとおり、奔放で、頑固で、好色な方でした」サー・ウィリス・フェルは嘆かわしげにいいはなった。「そしていま、殿下はコアリーズ公の不遜な落とし子と結婚なさいました。蛇を父に、鼠を母に……このような者がわれらの王配となりえますか？」

摂政たちの意見は一致した――ベイラ・ターガリエンはエイゴン三世の後継者たりえない。

「レディ・レイナしかおられない」ムートンが断言した。「ただし結婚が前提だが」

今度は〈王の手〉サー・タイランドの強い意向もあり、レディ・レイナ本人が花婿を決める議論に加わった。姉の頑固さに対して、レイナは従順そのものだった。レイナはもちろん王と小評議会が望んだ相手と結婚するつもりだったが、こう言い添えた。

「子供を授かれないほどお歳の方や、寝床で潰されるくらい太った方でなければいいのだけれど。親切で、紳士で、高貴な方なら、きっと愛せます」

これまで求婚してきた城主や騎士のなかに気に入った者はいたかと〈王の手〉が尋ねると、レイナはアリン女公の被後見人だったころ、谷間で初めて会ったサー・コーウィン・コーブレイが「一番好き」と告白した。

サー・コーウィンは理想の選択肢からはほど遠かった。次男であるし、先妻とのあいだに娘がふたりいる。三十二歳という一人前の男で、若々しい少年ではない。しかしコーブレイ家は由緒ある誉れ

高き家系で、サー・コーウィンは名高い騎士として、亡き父親からコーブレイ家に伝わるヴァリリア鋼の剣〈孤独の淑女《レディ・ファローン》〉を譲られていた。兄のレオウィン公は、通常は王が担う王土の守護者を務めている。このことだけでも摂政たちは異議を唱えるのが難しかっただろう。こうして縁組は成立した。婚約も急なら、二週間後にはもうあわただしく婚儀が行なわれた（〈王の手〉としてはもっと婚約期間を長く設けたかったが、摂政たちはベイラがすでに子供を授かっているかもしれないと考え、レイナを一日も早く結婚させてしまったほうが賢明だと考えたのだった）。

ＡＣ一三二年に結婚した貴婦人は双子ばかりではなかった。同年の後半、〈使い鴉の木《レイヴンツリー》〉城館《ホール》城主ベンジコット・ブラックウッドは随員とともに〈王の道〉経由でウィンターフェル城にたどり着き、そこで叔母アリサンとクリーガン・スターク公の結婚の立会人を務めた。北部はいまだ冬の猛威にさらされており、旅は予定の三倍近くかかった。吠えたける雪嵐に隊列が立ち往生しているあいだに、乗り手の半数は馬を失い、そのうえ荷馬車は三度も無法者の集団に襲撃され、食糧の大半と結婚祝いの品をすべて奪われてしまった。しかし、婚儀そのものは盛大だったといわれている――〈黒のアリー〉とその夫である〝狼〟はウィンターフェル城の氷に閉ざされた〈神々の森〉において、〈心の木〉の前で結婚の誓約を交わした。そのあとの祝宴では、クリーガン公の最初の妻との息子である四歳のリコンが新しい継母のために歌を披露したという。

嵐の果て城《ストームズ・エンド》の未亡人、レディ・エレンダ・バラシオンもまた、この年に新たな夫を迎えた。ボロス公が亡くなり、息子のオリヴァーはまだ幼いという状況につけこんで、ドーンの嵐の地への襲撃はますます増えており、そのうえ〈王の森〉の無法者たちも悩みの種となっていた。レディ・エレンダは平和を維持するため、力強い男の手を必要としていた。彼女が選んだのはグリフィンの寝ぐら《ズ・ルースト》城城主の次男、サー・ステッフォン・コニントンである。レディ・エレンダより二十歳も年下だったが、コ

ニントンはボロス公の〈禿鷹の王〉との戦役で武名を馳せ、顔立ちの端整さに劣らず勇猛との評判だった。

別の場所では、男たちは結婚よりも戦争に関心を抱いていた。〈日没海《サンセット・シー》〉沿岸では〈赤きクラーケン〉と配下の鉄人《くろがねびと》が引きつづき襲撃と掠奪を行なっていた。タイロシュ、ミア、ライス、さらにブレーヴォス、ペントス、ロラスの三頭同盟が踏み石諸島《ステップストーンズ》や〈戦乱の地〉のいたるところで衝突し、いっぽうラカリオ・リンドゥーンの海賊王国は〈狭い海〉の最南部を押さえることで海上交通をせき止めていた。キングズ・ランディング、ダスケンデールの町、メイドンプールの町、そしてガルタウンでは貿易が干上がった。商人や貿易業者は王に陳情しようと王城にやってきたが、謁見を断わられるか、許されないか、依拠する記録にもよるが、そのどちらかだった。クリーガン・スタークとその旗主諸公は食料の蓄えが尽きていくのを見守ることしかできず、飢饉への不安が北部を覆った。〈壁〉の向こうから侵入してくる野人は、〈冥夜の守人《ナイツ・ウォッチ》〉が押し返してはいたものの、しだいに数を増していた。

この年の後半、恐るべき疫病が三姉妹諸島《スリー・シスターズ》に蔓延《まんえん》した。冬の熱病と呼ばれたこの病はシスタートンの人口の半分を死にいたらしめた。生き残った半数はこの病気が〈イッベン港〉から来た鯨獲りによって自分たちの浜に持ちこまれたと信じ、激昂してイッベンの船乗りを手当たりしだい虐殺すると、その船に火を放った。なんの効果もなかった。病が〈白浪湾〉を越えてホワイト・ハーバーに持ちこまれると、セプトンの祈りもメイスターの秘薬も等しく無力だと判明した。何千人もが亡くなり、そのなかにはデズモンド・マンダリー公も含まれていた。デズモンド公の誉れ高き息子、北部随一の騎士サー・メドリックは父親より四日だけ長く生き延びた末、同じ病に屈した。サー・メドリックに子供がいなかったため、この死はさらなる不幸を招いた。弟のサー・トーレンが領主としてホワイト

・ハーバーの統治を引き継ぐため、摂政の座をあきらめざるをえなくなったのである。かつて七人の摂政がいた場に残ったのは、これで四人となった。
〈双竜の舞踏〉のあいだに大小問わずあまりに多くの貴族が命を落としたことから、〈知識《シタデル》の城〉はこの時期をその背景にふさわしく〈寡婦の冬〉と名づけている。七王国の歴史を通じて、これ以前にも以後にも、これほど多くの女性がこれほど大きな権力を握ったことはない。未亡人たちは死んだ夫や兄弟、父親に代わり、まだ産着《うぶぎ》を着ていたり、乳を吸っていたりする息子のために領地を統治した。この未亡人たちにまつわる物語はアーチメイスター・エイブロンの大著『女たちが支配するとき：大乱後の貴婦人たち』に数多く収録されている。エイブロンは何百という未亡人を扱ったが、われわれはもっと少人数に絞らなければならない。ＡＣ一三二年後半から一三三年初頭にかけて、そうした四人の女性が良きにつけ悪しきにつけ、王国の歴史上、重要な役割を果たした。

その筆頭は幼い息子ローレオン公に代わりラニスター家の所領を統治していたキャスタリー・ロック城の未亡人、レディ・ジョハナである。レディ・ジョハナは何度も何度も亡き夫の双子の弟であるエイゴン三世の〈王の手〉に掠奪者に対抗するための援助を要請してきたが、援軍はいっこうに来なかった。民を守ろうと死に物狂いになったレディ・ジョハナは、ついに男物の鎖帷子をまとい、ラニスポートとキャスタリー・ロック城の兵を率いて敵に立ち向かった。レディ・ジョハナがケイスの町の囲壁そばで十人あまりの鉄人《くろがねびと》人を斬り倒したと歌には謳われているが、これは酔っぱらった吟遊詩人の作として捨て置いてかまわない（ジョハナは戦場に剣ではなく旗を携えていった）。とはいえ、レディ・ジョハナの勇気に奮い立った西部人は掠奪者たちをたちどころに打ち破り、ケイスの町は救われた。死者のなかには〈赤きクラーケン〉のお気に入りの叔父もいた。

タンブルトンの町を治める未亡人、レディ・シャリス・フットリーは荒れ果てた町を復興させた功

績によって、また異なる名声を打ち立てた。赤ん坊の息子（〈第二次タンブルトンの戦い〉の半年後、レディ・シャリスは元気な黒髪の男児を出産し、この子こそ亡き夫フットリー公の嫡子と宣言したが、この少年の父親は〈豪傑〉ジョン・ロクストンである可能性のほうがはるかに高い）に代わって、レディ・シャリスは商店や民家の焼けた骨組みを取り壊し、町の囲壁を再建し、死者を弔い、かつて野営地だった野原に小麦や大麦や蕪《カブ》を植え、さらに二頭のドラゴン、シースモークとヴァーミサーの遺骸の頭部を洗って剝製を作り、町の広場に展示することで、旅人に拝観料としてかなりの貨幣を落とさせた（閲覧は青銅貨一枚、触れるには星紋銅貨一枚）。

オールドタウンではハイ・セプトンとオーマンド公の未亡人レディ・サマンサ、通称レディ・サムの関係が悪化の一途をたどっていた。義理の息子のベッドから立ち退き、みずからの罪業を懺悔するため沈黙の修道女《シスター》として誓いを立てよというハイ・セプトンの命令を、レディ・サムが無視したからである。自分の怒りを正当と考えるハイ・セプトンは、オールドタウンの未亡人を恥知らずの姦婦と非難し、彼女が悔い改めて赦しを請うまで〈七芒星堂〉に足を踏み入れることを禁じた。すると、レディ・サムは軍馬にまたがり、ハイ・セプトンが祈りを先唱している最中に〈七芒星堂《セプト》〉に飛びこんだ。ハイ・セプトンがなんのつもりかと問いただすと、レディ・サムは聖堂に足を踏み入れるのは禁じられたが、馬の蹄についてはなにもいわれなかったと返した。さらに、レディ・サムは騎士たちに聖堂の出入口を封鎖するよう命じた。もし聖堂が自分に対して閉ざされるのなら、何人《なんぴと》たりとも入らせるわけにはいかない。ハイ・セプトンは怒りに震え、激昂し、「この馬にまたがった娼婦」に罵詈《ばり》雑言《ぞうごん》を浴びせたが、結局は折れるほかなかった。

四人めの（そしてわれわれにとっては最後の）瞠目《どうもく》すべき女性はハレンの巨城《ホール》、この神の目《ゴッズ・アイ》湖の湖畔にある広大な廃城の、ねじくれた塔と荒れ果てた天守から姿を現わした。デイモン・ターガリエン

とその甥エイモンドがふたりの最後となった飛行で相まみえて以来、人も近寄らぬまま忘れられていたハレン暗黒王の呪われた居城は、無法者や盗賊騎士、逃亡兵の溜まり場となっており、盗賊たちは城壁の背後から現われては、旅人や漁師や農夫を餌食にしていた。一年前はその数もわずかだったが、最近では人数も増え、さらに女妖術師、それも恐るべき力を持つ魔女の女王が盗賊たちを支配しているとうわさされていた。こうした風聞がキングズ・ランディングに届くと、サー・タイランドは今こそあの城を取り戻すときだと決意した。この任を〈王の手〉は〈王の楯《キングズガード》〉の騎士のひとり、サー・リージス・グローヴズに与え、サー・リージスは歴戦の兵五十名を連れて王都を出発した。途中で立ち寄ったダリー城では、サー・デーモン・ダリーが率いるほぼ同数の兵が加わった。軽率にも、サー・リージスは蟠踞《ばんきょ》する盗賊数匹を相手取るにはこれでも充分以上と考えた。

しかしハレンの巨城《ホール》の城壁に着いてみれば、城門は閉ざされ、胸壁には数百人の武装した男たちがあふれていた。少なくとも城内には六百、その三分の一が戦いの務まる年齢である。サー・リージスが盗賊たちの頭目との対話を申し出ると、子供を連れたひとりの女が姿を現わし、彼の相手をした。ハレンの巨城《ホール》の〝魔女の女王〟とは、ほかでもない、アリス・リヴァーズだった。卑しい生まれの乳母で、虜囚になったのち、エイモンド王子の愛人となり、そしていまではエイモンド王子の未亡人を名乗っていた。この子はエイモンド殿下の子です、とアリスは騎士にいった。

「落とし子か？」サー・リージスは返した。

「嫡子で世継ぎよ」とアリス・リヴァーズは食ってかかった。「そしてウェスタロスの正統な王」

アリスは騎士に「王の御前でひざまずき」、剣にかけて忠誠を誓いなさいと命じた。サー・リージスはこれを嘲笑って答えた。

「落とし子にひざまずきはしない。ましてや血族殺しと乳母の落とし子の小僧になど」

その後、何が起こったかについてはいまだに議論を呼んでいる。ある者はアリス・リヴァーズがたんに手を振り上げただけで、サー・リージスは頭を抱えて絶叫しはじめ、ついには頭蓋が破裂して血と脳漿《のうしょう》をまき散らしたという。別の者によれば、未亡人の仕草は合図で、胸壁にいた弩弓兵《クロスボウ》が放った太矢がサー・リージスの片目を貫いたのだという。〈マッシュルーム〉（このときは数百キロの彼方にいたが）は、おそらく城壁にいた男たちのなかに投擲紐《スリング》の扱いに長《た》けた者がいたのだろうと語る。柔らかな鉛玉を充分に強い力で発射すると爆発のような現象を引き起こすことが今では知られており、グローヴズの部下はそれを見て妖術のなせる業と考えたのだろう。

いずれにせよ、サー・リージス・グローヴズは即死した。鼓動半分の間《ま》をおいてハレンの巨城《ホール》の城門が開け放たれると、馬に乗った盗賊の大群が王の軍勢に突入してきて、血みどろの戦いが始まった。エイゴン三世の軍勢は惨敗を喫した。サー・デーモン・ダリーは馬も装備もよく、鍛練を積んでもいたので、逃げ出せた数少ない人間のひとりとなった。魔女の女王の配下はサー・デーモンを一晩じゅう追いまわしたのち、追跡をあきらめた。ダリー城に生きて戻ってこられたのは、出発した百名のうち三十二名だった。

その翌日、三十三人めが姿を現わした。ほかの十数名とともに捕虜になり、兵士仲間が拷問で次々と死んでいくのをむりやり見せられたあと、警告を伝えるために逃がされたのだという。「あの女のいったことをお伝えします」逃がされた兵は固唾を呑んだ。「ですが、笑わないでください。あの後家女はわたしに呪いをかけました。誰かひとりでも笑ったら、わたしは死にます」

サー・デーモンが誰も笑わないと伝令役の兵を納得させると、男は語り出した。

「ひざをつくつもりがなければ二度と来るな、とあの女はいいました。城壁に近づいた者は誰であれ死ぬ、と。城壁の石には力が宿っていて、あの女がそれを覚醒させたんです。七神よ、われらみなを

救いたまえ、しかもあの女はドラゴンを飼っています。わたしは見たんです」

この伝令役の名は伝わっていない。そして彼を笑った男の名も。しかし、そのダリー公の名も知れぬ部下は笑ってしまった。伝令役は打ちひしがれた表情で笑った男を見つめ、それからのどを押さえてあえぎはじめた。呼吸ができず、しばらくして伝令役は亡くなった。定説によれば、彼の肌には女の指のあとが浮き出ており、まるで部屋のなかにいた魔女の女王が絞め殺したかのようだったという。〈王の楯《キングズガード》〉の騎士が亡くなったことでサー・タイランドは大いに心を悩ませたが、アンウィン・ピークはサー・デーモン・ダリーの魔術やドラゴンの話を一笑に付し、リージス・グローヴズや部下の死を無法者の仕業と考えた。ほかの摂政たちもこれに同調した。この〝平穏な〟ＡＣ一三二年が終わりを迎えようとするころ、盗賊たちをハレンの巨城《ホール》から一掃するにはもっと強大な武力が必要だということで、摂政たちの議論はまとまった。しかしサー・タイランドがそうした討伐隊を組織したり、それどころかサー・リージスの後任として、新たな〈王の楯《キングズガード》〉を誰にするか検討しだす前に、〝魔女の女王〟などよりはるかに恐ろしい脅威が王都を襲った。ＡＣ一三三年に入って三日めのこと、冬の熱病がキングズ・ランディングに到来したのである。

この熱病が、三姉妹諸島《スリー・シスターズ》の住人が信じているように、イブ島の暗い森で生まれ、鯨獲りによってウェスタロスに持ちこまれたのかどうかはともかく、港から港へ移動しているのはまちがいなかった。ホワイト・ハーバー、ガルタウン、メイドンプールの町、ダスケンデールの町は順番に感染していった――報告では、ブレーヴォスでも猛威を振るっているという。この病の最初の徴候は顔の火照りで、寒い冬の日、凍るような空気にさらされたときによく起きる、頬の紅潮とまちがえやすい。しかしつづいて、熱が出る。最初は微熱だが、徐々に熱は上がっていき、そのまま上がりつづける。瀉《しゃ》血《けつ》しても熱は下がらず、大蒜《ニンニク》も、どんな薬や湿布やチンキ剤も効かない。罹患者を雪と氷水で満たし

た浴槽に入れることで、熱の上昇は遅くなるようだが、止めることはできない。この病と格闘したメイスターたちはすぐにその事実を悟った。二日めには患者はひどく震えだし、寒いと訴えるが、体に触れると燃えるように熱い。三日めに入ると錯乱し、血の汗を流す。四日めに患者は死ぬ……もしくは、熱が下がれば回復していく。冬の熱病を生き延びられるのはわずか四人にひとり。ジェヘアリーズ一世の御代《みよ》にウェスタロスに蔓延した瘧《おこり》以来、これほど凶悪な疫病は、七王国ではついぞ見られなかった。

キングズ・ランディングでは、この死にいたる熱病の最初の徴候は河岸沿いで見つかった。ブラックウォーター河付近で商売に励んでいた水夫や渡し守、漁師兼魚屋、港の人足、荷役、波止場の娼婦のあいだで広まったのである。大半の罹患者は自分が病気だと自覚する前に、貧富の分け隔てなく、王都のいたるところに感染を広めてしまっていた。宮廷に知らせが届くと、グランド・メイスター・マンカンは一部の患者の診察にみずから赴き、これがまぎれもない冬の熱病であり、別の毒性の弱い病気でないことを確かめた。目の前の光景に慄《おのの》いたマンカンは、四十人もの熱を出した娼婦や人足に触れたことで自分も感染したのではないかと疑い、そのため王城には戻らず、かわりに〈王の手〉に宛てて急報を持たせた従者を送った。サー・タイランドは即座に行動に移り、〈王都の守人《シティ・ウォッチ》〉に王都を閉鎖させ、熱病の流行が収まるまで誰も出入りさせないよう命じた。赤の王城の大手門も同様に封鎖させ、病から王と宮廷を守ろうとした。

なんということか、冬の熱病は城門にも衛兵にも城壁にも敬意を払わなかったのである。熱病は南へ移動するうちに、いくぶん毒性が弱まっていったようだったが、それでもつづく数日のうちに数万人が発症し、そのうち四分の三は命を落とした。グランド・メイスター・マンカンは幸運な四分の一に入っていて回復したが、〈王の楯《キングズガード》〉の総師サー・ウィリス・フェルはふたりの誓約の兄弟とともに

病死した。王土の守護者レオウィン・コーブレイは感染すると私室に引きこもり、香料入りワインで治そうとしたが、愛人や使用人数名とともに亡くなった。ジェヘイラ王妃の侍女もふたり、熱を出して亡くなったが、幼い王妃本人は元気なままだった。〈王都の守人〉の総帥も亡くなった。九日後にはその後継者が後を追うように墓に入っている。摂政たちも例外ではなかった。ウェスタリング公とムートン公がともに病に冒された。ムートン公の熱は引いて生き延びたが、ひどく衰弱してしまい、年嵩《としかさ》だったローランド・ウェスタリングのほうはこの世を去った。

ある人物の死は救いとなったかもしれない。ヴィセーリス一世の二番めの妻であり、エイゴン二世、エイモンド王子、デイロン王子、ヘレイナ王女の母であった前太后アリセント・ハイタワーは、ウェスタリング公が亡くなったのと同じ夜、セプタに自分の罪を告白したのち亡くなった。前太后は自分の子供たちの誰よりも長生きし、人生最後の年は居室に閉じこめられ、セプタと、食事を運ぶ小間使いの娘たちと、扉の外の見張りだけを相手に過ごした。本と針や糸が差し入れられたが、見張りによれば読書をしたり縫い物をしたりするより、すすり泣いていた時間のほうが長かったという。ある日には持ち衣装をすべて引き裂いてしまった。年の瀬の頃には独り言を口にしはじめ、翠《みどり》という色に深い嫌悪を抱くようになっていた。

最後の日々の前太后は、正気を取り戻したようだった。

「また息子たちに会いたいわ」と前太后はセプタに話した。「それにわたしの可愛いヘレイナ……そうそう、ジェヘアリーズ陛下にも。わたしが若かったときにしたみたいに、陛下に本を読んで差し上げるの。あの方はよく愛らしい声だといってくださった」

(奇妙なことに、最後のときにアリセント前太后が話したのはジェヘアリーズ老王のことばかりで、夫であったヴィセーリス王のことは一度も口にしなかった)

雨降りしきるある夜の狼の刻《とき》、〈異客《まれびと》〉は前太后のもとを訪れた。

こうした数々の最期はいずれも、後世にあらゆる偉大な諸公や貴婦人たちの感動的な末期《まつご》のことばを伝えようと心を砕いたセプトン・ユースタスによって、忠実に記録されている。〈マッシュルーム〉も死者の名前を挙げてはいるが、それより生者の愚行のほうを多く語っている。例えば、ある不器量な従士は美人の侍女に貞節を捧げさせようと、自分は熱病に罹っていると偽り、「四日後におれは死ぬが、愛を一度も知らずには死ねない」といったという。この作戦は大成功し、従士はこの手をほかの六人の娘にも繰り返し使った……しかし、いっこうに死なないことでうわさになりはじめ、ついに企みは露呈した。なお、〈マッシュルーム〉は、自分が熱病を生き延びたのは酒のおかげといっている。

「たらふくワインを飲めば、自分が病気だなんてわからないし、自分の知らないものなんかちっとも怖くないってのは、道化のあいだでは常識さ」

この暗鬱な日々、ふたりの思いがけない英雄が短いあいだではあったが活躍した。ひとりはオーワイルで、ほかの多くのメイスターたちが熱で伏せってから、牢番によって独房を出されたのである。老齢と不安と長い拘禁生活で、オーワイルはかつて彼だった人間の抜け殻と成り果てており、ほかのメイスターたちと同じくその治療も薬も効き目はなかったが、それでもオーワイルは休みなく働き、救える者は救い、救えない者は安らかに逝けるよう手を尽くした。

もうひとりの英雄は、誰もが驚いたことに、若き王その人だった。〈王の楯《キングズガード》〉は怖れおののいたが、エイゴン三世は連日、病の床にある者を訪れては、何時間もそばに座り、ときには病人たちの手を握ってやったり、額の熱を濡れた冷たい布で和らげてやった。王はめったに口を開かなかったが、病人たちと沈黙を分かち合いもすれば、病人たちがこれまでの人生を語り、王に赦しを請い、勝利や善行

や子供たちを自慢するのに耳を傾けもした。王が見舞った者の大半は命を落としたが、生き延びた者たちはその後、王の〝癒しの手〟に触れたことで助かったと考えるようになる。

しかし、王の手に実際なんらかの魔力があったとしても――多くの庶民はそう信じているが――その力はもっとも肝心なときには効かなかった。エイゴン三世が最後に訪れたのはサー・タイランド・ラニスターの枕元だった。王都がもっとも暗鬱な日々を送るあいだ、サー・タイランドは〈手の塔〉に留まって、昼となく夜となく〈異客〉と闘っていた。目も体も不自由な彼だったが、この難局をもうすぐ乗り切れるというときまで、すこし疲れたくらいにしか感じていなかった……しかし、残酷な運命が往々にしてそうであるように、流行が峠を越し、冬の熱病の感染者も皆無といえるほど減ったある朝、サー・タイランドは使用人に窓を閉めるよう命じた。

「ここは寒すぎる」サー・タイランドはそういった……しかし暖炉には火が燃えさかり、窓はすでに閉まっていた。

その後、〈王の手〉は急速に弱っていった。熱病は普通なら四日かかるところを、二日のうちにサー・タイランドの命を奪っていった。臨終の間際、〈王の手〉のそばにはセプトン・ユースタスと、そして彼の仕えた少年王がいた。エイゴン三世に手を取られながら、サー・タイランドは息を引き取った。

サー・タイランド・ラニスターは、愛されるということと無縁の人であった。レイニラ先女王の死後、サー・タイランドはエイゴン二世に女王の息子エイゴン王子も処刑するよう促し、そのために〈黒装派〉の一部から憎まれていた。しかし、エイゴン二世が死ぬと、サー・タイランドはそのままエイゴン三世に仕え、そのことで〈翠装派〉の一部からも憎まれていた。母親の子宮から双子の兄ジェイスンより鼓動にして数回分遅れて生まれてきたことで、城主の栄光もキャスタリー・ロック城の

黄金もサー・タイランドを拒み、世界に自分自身の居場所を求めるほかなかった。サー・タイランドは結婚もせず、子供も作らなかったので、病没しても悼む者はほとんどいなかった。自分の醜い顔を隠すために被った頭巾は、その下の顔が邪悪な怪物だといううわさの種となった。ウェスタロスを〈三嬢子戦争〉から遠ざけ、西部ではグレイジョイ家の掣肘《せいちゅう》にほとんど動かなかったことから、彼を臆病者と呼ぶ者もいた。エイゴン二世の蔵相だったときに王室の黄金の四分の三をキングズ・ランディングから動かしたことで、タイランド・ラニスターはレイニラ先女王の没落の種を蒔き、やがてその工作の代償に自分は目と耳と健康を失い、手を下した女王のほうは玉座とみずからの命を失った。けれども、タイランド・ラニスターがそのレイニラの息子に〈王の手〉として誠実に、よく仕えたことは言及しておかなければなるまい。

2
戦争と平和と淑女品評会
War and Peace and Cattle Shows

エイゴン三世はまだ十三回めの命名日も迎えていない少年だったが、サー・タイランド・ラニスターが亡くなってからというもの、年齢以上の大人らしさを発揮した。王はまず、〈王の楯《キングズガード》〉の副総帥だったサー・マーストン・ウォーターズを尊重せず、サー・ロビン・マッシーとサー・ロバート・ダークリンに白のマントを授け、マッシーを総帥に任命した。グランド・メイスター・マンカンが冬の熱病にかかった患者の世話をするため、まだ市街に下りていたので、王はその前任者であるオーワイルのところへ赴き、使い鴉を飛ばしてサディアス・ロウアン公を王都に召喚するよう命じた。

「余はロウアン公を〈王の手〉に迎える。サー・タイランドはわが姉を嫁がせようとするほどロウアン公を高く買っていた。だから公が信頼できることはわかっている」

王はベイラにも宮廷に戻ることを望んだ。

「アリン公にはその祖父と同じく、余の提督になってもらいたい」

オーワイルは王の特赦への期待もあったのか、急いで使い鴉を飛ばせた。

しかし、エイゴン王の行動は摂政たちに相談していないものだった。このとき、キングズ・ランディングに残っている摂政はピーク公、ムートン公、グランド・メイスター・マンカンの三人だけである。マンカンはサー・ロバート・ダークリンが城門をふたたび開くように命じると、すぐさま赤の王城に取って返した。マンフリッド・ムートンはまだ床から離れられず、熱病との闘いで衰弱した体力を取り戻しているところで、ジェイン・アリン女公が谷間《ヴェイル》から、ロイス・キャロン公がドーンとの境界地方《マーチズ》から戻ってこられるようになるまで、いかなる決定も先延ばしにするよう要望した。しかし、ほかの摂政たちはこれを聞き入れず、ピーク公などは、ジェイン女公やキャロン公たちはキングズ・ランディングを離れたことで小評議会の席を返上したのだと言い張った。グランド・メイスター・マンカンの支持もあり（マンカンはのちに、ここで黙従したことを悔やむことになる）、アンウィン・ピークは王の行なった任命や取り決めを、十二歳の少年がこうした重大な決断をひとりで行なう能力はないとの理由で、あとからすべて取り消してしまった。

マーストン・ウォーターズが〈王の楯《キングズガード》〉の総帥として承認されるいっぽう、サー・マーストンが自身で選んだ騎士を〈王の楯《キングズガード》〉に任命するため、ダークリンとマッシーは白のマントを返上するよう命じられた。前グランド・メイスターのオーワイルは独房に戻され、処刑を待つこととなった。ロウアン公が気分を害さないように、摂政たちはロウアン公に小評議会の席と大司法官兼法相の役職を与えた。が、アリン・ヴェラリオンには同じようなご機嫌取りはしなかった。そもそもこのような青二才の、血統も怪しい輩《やから》を提督に任命するというのは問題外だったのである。以前は別々だった〈王の手〉と王土の守護者の役職はいまや一体となり、ほかでもないアンウィン・ピーク本人がその座に就いた。

〈マッシュルーム〉の話によれば、エイゴン三世は摂政たちの決定を不機嫌そうに黙って受け入れた

が、ただ一点だけ、マッシーとダークリンの免職には抗議したという。

「〈王の楯《キングズガード》〉は生涯仕えるものであろう」という少年王に、ピーク公はこう答えた。

「それは適切に任命されたときだけの話でございます、陛下」

これとは別に、セプトン・ユースタスの伝えるところによれば、王はこの決定を〝慇懃に〟聞き入れ、ピーク公の配慮に感謝したという。

「卿らも知ってのとおり、余はまだ若輩であるから、こうした問題に指図してもらう必要がある」

もし真意は別のところにあったとしても、エイゴンはそれを吐露しようとはせず、かわりに沈黙と消極性のうちに閉じこもっていった。

それから成人するまでのあいだ、エイゴン三世王は国政にほとんど参加せず、ただ自分の署名を入れたり、ピーク公が差し出した書類に玉璽《ぎょくじ》を押したりするだけだった。公的な式典の折には連れ出されて〈鉄の玉座〉に腰かけたり、外交使節を歓迎したりしたが、それ以外は赤の王城のなかでさえめったに姿を見せず、城壁の外にはけっして出なかった。

ここでいったん話を中断し、このあと三年近くにわたり、摂政、王土の守護者、〈王の手〉として七王国を実質的に支配することとなる、アンウィン・ピークに目を向けておかねばならない。

ピーク家は河間平野《リーチ》でも最古の一族のひとつであり、その起源は古く、歴史と絡み合いながら〈英雄の時代〉と〈最初の人々〉にまで遡る。数々の輝かしい祖先たちのなかには〈楯潰し〉のサー・ウラソン、メリン筆写公、〈黄金杯〉のイルマ女公、〈包囲の立役者〉サー・バーケン、大エディスン公、小エディスン公、エメリック復讐公といった伝説的な当主もいる。河間平野がウェスタロスでもっとも豊かで力を持っていたころ、ピーク家はハイガーデン城の相談役を数多く輩出していた。マンダリー家の名声と権力が増大してきたときに、その鼻をへし折って北部に追放したのはロリマー・ピ

ークであり、その功績からガードナー王朝のパーシオン三世はダンストンベリーにあるマンダリー家の元居城と、それに付随する領地をロリマー公に与えた。パーシオン王の息子グウェインもロリマー公の娘を妻に迎えている。彼女は〈緑の手〉の一族に嫁いだピーク家七番めの乙女となり、〈全河間平野《リーチ》の王妃〉として君臨した。何世紀ものあいだ、ピーク家の娘たちはレッドワイン家やロウアン家、コスティン家、オークハート家、オズグレイ家、フロレント家、さらにはハイタワー家にまで嫁いでいった。

この栄華のすべてが、ドラゴンの到来で終わりを告げた。アーメン・ピーク公とその息子たちは、〈火炎が原〉の合戦でマーン王やその息子たちもろとも討ち死にした。ガードナー家は滅び、エイゴン征服王はハイガーデン城と河間平野の支配権をガードナー家の執政だったタイレル家に与えた。タイレル家とピーク家には血縁関係がなく、ゆえにタイレル家がピーク家を厚遇する理由もない。こうして、この誇り高い一族の緩やかな没落が始まった。エイゴンの征服から一世紀後、ピーク家はまだ三つの城を持ち、領地は広く、領民も多かったが、とくに裕福とはいえず、もはやハイガーデン城の旗主《きしゅ》のなかで筆頭格というわけでもなかった。

アンウィン・ピークはこの現状を是正し、ピーク家に往年の威光を取り戻そうと決意した。〈一〇一年の大評議会〉で多数派についた父のように、アンウィン公は男たちの上に女が立つことをよしとしなかった。〈双竜の舞踏〉の時期にはアンウィン公は〈翠装派《すいそう》〉の急先鋒となり、剣と槍を持った兵千を率いて出陣し、エイゴン二世を〈鉄の玉座〉に留まらせた。オーマンド・ハイタワー公が〈タンブルトンの戦い〉で斃《たお》れると、アンウィン公は軍勢の指揮権が自分に渡ると考えたが、狡猾な競争相手のためにかなわなかった。このことをアンウィン公はけっして許さず、返り忠オワイン・ボーニーを刺し殺し、騎竜者ヒュー・ハマーとアルフ・ホワイトの殺害を企てた。〈鉄菱衆〉の主犯格（し

かしこのことは広くは知られていない）であり、生き残った三人のひとりであるアンウィン公は、軽んじられるべきではない男であることをタンブルトンで証明した。そのことをいま、キングズ・ランディングでもふたたび証明しようとしていた。

　サー・マーストン・ウォーターズを〈王の楯《キングズガード》〉の総帥に昇格させたことから、ピーク公はウォーターズを説き伏せて、自分の身内ふたりに白のマントを授けさせた。甥である星嶺《せいれい》城のサー・エモーリー・ピークと、自分の腹違いの弟サー・マーヴィン・フラワーズである。〈王都の守人《シティ・ウォッチ》〉はタンブルトンで亡くなった〈鉄菱衆〉の一員の息子であるサー・ルーカス・レイグッドの指揮下に置いた。冬の熱病と〈狂気の月〉で亡くなった守人《もりうど》の人員を補充するため、〈王の手〉は自分の部下五百名を金《こん》色《じき》のマントに任命した。

　ピーク公は他人を信じるという性分を持ち合わせておらず、タンブルトンで目にしたあらゆるもの（そこには自分が加わった計画も含まれている）のせいで、少しでも隙を見せれば敵に寝首を掻かれるという確信を抱いていた。自身の安全をいつも気にしていたピークは、個人的な護衛として自分（と気前よく払った金）にのみ忠実な傭兵十人に身辺を固めさせ、やがてこの傭兵たちは〈指〉の通称で知られるようになった。傭兵たちの隊長であるテッサリオという名のヴォランティス人傭兵の顔と背中には、奴隷戦士の印である虎縞の刺青《いれずみ》が入っていた。人々は面と向かってはテッサリオを〈虎〉と呼んで喜ばせたが、陰では〈マッシュルーム〉が彼につけたあだ名の〈親指のテッサリオ〉と呼んでいた。

　いったん自分の身の安全を確保すると、新たな〈王の手〉は自分の郎党や身内や友人を宮廷に呼び寄せ、忠誠心の不確かな者たちと入れ替えていった。ピーク公の叔母で未亡人の、クラリス・オズグレイはジェヘイラ王妃の世話係の責任者として、侍女や使用人を監督した。星嶺城の武術指南役だっ

たサー・ガレス・ロングは赤の王城でも同じ役職を与えられ、エイゴン王に騎士道を教える役目を仰せつかった。聖なる城館《ホーリーホール》城主ジョージ・グレイスフォード公は審問長に、〈鉄菱衆〉でピーク公以外の数少ない生き残りであるリスリーの林間地《グレイド》城の騎士サー・ヴィクター・リスリーは王の首斬り役人に任ぜられた。

〈王の手〉はセプトン・ユースタスまで免職し、もっと年若いセプトン・バーナードを招いて宮廷の精神面での世話にあたらせ、また王の宗教や道徳に関する教育を監督させた。バーナードもまたピーク公の縁者で、高祖父の妹の血筋である。職務を解かれたセプトン・ユースタスはキングズ・ランディングを発って生まれ故郷の石の聖堂《ストーニー・セプト》の町に戻り、そこで（いくぶん退屈で、わかりにくいところのある）大著『ヴィセーリス王、その名の一世の治世、および王の治世後に訪れた〈双竜の舞踏〉』の執筆に専念した。残念ながら、セプトン・バーナードは宮廷のうわさ話を書き留めるより聖楽を作曲するほうが好きだったので、バーナードの著作には歴史家も学者もほとんど関心を示していない（そして口にするのは心苦しいが、聖楽の愛好家はそれ以上に関心を示していない）。

こうした変化のどれひとつ、若き王を喜ばせることはなかった。とりわけ〈王の楯《キングズガード》〉には不満を抱いていた。新しく任命されたふたりに好感も信頼も持てなかったうえ、サー・マーストンが、母親が殺されたその場にいたことを王は忘れていなかった。〈王の手〉の〈指〉たちのことは（これ以上嫌うことができるものならば）〈王の楯《キングズガード》〉の面々に輪をかけて嫌っており、とくにぶしつけで口汚い隊長〈親指のテッサリオ〉は大嫌いだった。この嫌悪はサー・ロビン・マッシー――王が〈王の楯《キングズガード》〉に任命しようとした、若き騎士のひとり――が、買おうとした馬をめぐってこのヴォランティス人に殺されたとき、憎悪へと変わった。

王は新たな武術指南役にもすぐに強い反感を募らせた。サー・ガレス・ロングは剣の達人だったが

指導は厳しく、星嶺城では教え子の少年たちへの苛烈な教育で有名だった。サー・ガレスの基準に満たない者たちは睡眠なしで何日も訓練させられ、たらいに入った氷水に顔を浸けさせられ、髪をすっかり剃られ、殴打されることもしょっちゅうだった。ただし、こうした体罰はどれも新しい役職では使えなかった。エイゴンは扱いにくい生徒で、剣技や戦術にほとんど興味を示さなかったが、王族に暴力を振るうわけにはいかない。サー・ガレスが大声を出したり厳しすぎたりすると、王は剣と楯を放り出してあっさりと逃げ出した。

エイゴンには唯一気にかけている友人がいたようだった。六歳になる酌人兼毒味役の〈白き髪のゲイモン〉である。いつも王と食事をともにするだけでなく、よく連れ立って郭《くるわ》に出ていたが、これを見逃すサー・ガレスではなかった。娼婦から生まれた落とし子として、宮廷では重要視されていないのをいいことに、サー・ガレスがピーク公にあの小僧を王の身代わりにしたいと頼むと、〈王の手〉は喜んで応じた。それ以降、エイゴン王が無作法だったり、怠けたり、反抗的だったりすると、その報いは友への体罰となって返ってきた。ゲイモンの血や涙はガレス・ロングのどんなことばよりも王に届き、ほどなく、城の内郭で見かけた誰もが目を見張るほどの上達ぶりを示したが、王が指南役へ向ける嫌悪は深まるばかりだった。

タイランド・ラニスターは目も体も不自由だったが、いつも王に敬意を払って接し、優しく語りかけ、指図するよりも導こうとした。アンウィン・ピークはもっと厳格な〈王の手〉だった——無愛想で冷たく、若き君主の未熟さに少しも斟酌《しんしゃく》せず、〈マッシュルーム〉のことばを借りれば「王というよりむくれた少年のように」扱い、あえて王を日々の国政に関わらせなかった。エイゴン三世が沈黙と孤独と鬱々とした消極性に閉じこもっていけばいくほど、〈王の手〉は嬉々として王を無視し、王の列席が必要な公《おおやけ》の式典のときだけ声をかけた。

その是非はともかく、サー・タイランド・ラニスターは弱々しく無能な、それでいてなぜか同時に不気味で狡猾な、怪物的ですらある〈王の手〉だったと思われていた。新たに〈王の手〉に就任したアンウィン・ピーク公は自分の力と公正さを誇示しようと決めた。

「この〈手〉は目も見えれば頭巾も被っておらず、身体も欠けておらん」ピーク公は王と廷臣の前でそう宣言した。「この〈手〉はいまだ剣をとることもできる」

そういってピーク公は長剣を鞘から抜き、全員に見えるよう高々とかかげた。広間を囁き声が駆け抜けた。公の持つ剣はありきたりの剣ではなく、ヴァリリア鋼を鍛えたものだったのである。名剣〈孤児作り〉《オーファン・メイカー》が衆目に触れるのは、タンブルトンの郭で〈金剛のヒュー・ハマー〉の部下に切りつける〈豪傑〉ジョン・ロクストンの手にあったとき以来のことだった。

一年のうちで、〈われらが天なる厳父の日〉は刑を執行するのにうってつけの日であると、セプトンたちはいう。征服後《AC》一三三年、新たな〈王の手〉は、この日を〝これまで判決を受けた者たちがようやく罪に応じた罰を受ける日にする〟と布告を出した。王都の牢獄ははち切れそうなほど満杯で、赤の王城の地下深くにある牢獄でさえ、これ以上収監する余地を失いかけていた。アンウィン公は牢を空にした。罪人たちが赤の王城の門前まで行進させられるか、あるいは引きずられていくと、そこには何千という王都の民が集まって、罪人たちが報いを受けるのを見にきていた。陰気な若き王と厳格な〈王の手〉が胸壁から見下ろすなか、王の首斬り役人は仕事に取りかかった。ひとりで執行するには死刑囚の数があまりに多すぎるので、〈親指のテッサリオ〉や部下の〈指〉たちも仕事を手伝った。

「蝿通りの肉屋なら、もっと早く仕事を終えただろうに」と〈マッシュルーム〉は述べている。「なにしろ、切り刻み、引き裂くのが仕事なんだから」

四十人の盗賊が両手を切り落とされた。八人の強姦魔が去勢され、自分の性器を首にぶら下げたまま河岸まで裸で行進させられると、そこから〈壁〉へ船で送られた。冬の熱病は〈七神〉がターガリエン家を近親相姦の罪で罰するために送りこんだと説教する〈窮民《プア・フェローズ》〉とおぼしき者は、舌を引き抜かれた。梅毒持ちの娼婦ふたりは何十人もの男に梅毒を移した罪により、言語に絶する方法で八つ裂きにされた。主人から盗みを働いたかどで有罪となった使用人六人は鼻を削がれ——七人めは壁に穴を開けて主人の娘たちの裸をのぞき見たため、鼻に加えてのぞいたほうの目をくりぬかれた。

つづいては殺人犯の番だった。引っ立てられた七人のうち、ひとりは宿屋の主人で、一部の客（主人が逃がすまいと判断した者たち）を殺しては金品を奪うことを老王の時代から続けていた。ほかの殺人犯たちがすぐに吊るされたのに対し、この男は両手を切り落とされて目の前で燃やされ、それから絞縄《こうじょう》で吊るされながら腸《はらわた》を引きずり出された。

最後に、群衆が待ち望んでいた、もっとも注目を集める三人の囚人が登場した。またも現われた〝〈羊飼い〉の生まれ変わり〟、冬の熱病をシスタートンからキングズ・ランディングに持ちこんだかどで訴追され、有罪とされたペントスの商船長、そして有罪判決を受けた叛逆者であり〈冥夜の守人《ナイツ・ウォッチ》〉からの脱走者である前グランド・メイスター、オーワイルである。王の首斬り役人サー・ヴィクター・リスリーはみずから三人の処刑を執行した。ペントス人と偽〈羊飼い〉には首斬り役人用の斧を用いたが、オーワイルのときはその歳と高貴な出自、そして長年宮廷に仕えたことに免じて、剣で処刑する栄誉を与えた。

〔刑の執行が終わり、群衆が城門前から散っていくと、〈王の手〉はご満悦の様子だった〕そう記したセプトン・ユースタスは、この翌日、王都を発ち、石の聖堂の町《ストーニィ・セプト》へ向かっている。〔庶民たちは家や掘っ立て小屋へ帰ると、断食をして祈りを捧げ、おのが罪への赦しを請い願った……そう書ければ

よかったのだが、真実はそれとはほど遠い。血に上気した庶民たちはかえって罪の根城を目ざし、王都の居酒屋や安酒場や娼館は満員となった。こうした場所こそ、人間の罪悪そのものだからである〕

〈マッシュルーム〉も同じ光景について語っているが、彼らしい物言いになっている。

〔人が処刑されるのを見るといつも、ワインと女がほしくなる、まだ生きてるって自分にいいきかせるためにな〕

エイゴン三世王は門楼の胸壁に立って、〈われらが天なる厳父の日〉の一部始終を眺めながら、一言も口をきかず、眼下の惨劇から目をそらすこともなかった。

〔かの王は蠟人形も同然だった〕とセプトン・ユースタスは述べている。

グランド・メイスター・マンカンもまた、ユースタスの見解に賛同している。

〔陛下は義務として出席なさっていたが、どういうわけか同時に遠く彼方におられるようでもあった。数名の死刑囚が胸壁に顔を向けて慈悲を請う叫び声を上げたが、陛下は罪人たちをごらんになってもいなければ、その絶望に満ちた声が聞こえてもおられぬようだった。まちがいあるまい。この饗宴は〈王の手〉がわれわれに供したものであり、しゃぶり尽くしたのもまた〈王の手〉だった〕

その年もなかばを過ぎたころには、王城も王都も、そして王も、すべてが新たな〈王の手〉の掌中にあった。庶民たちは平静を取り戻し、冬の熱病は去って久しく、ジェヘイラ王妃は自分の部屋にこもりきりで、エイゴン王は朝は郭で鍛錬に励み、夜は星を見つめていた。しかし、キングズ・ランディングの囲壁の向こう側では、この二年間、国土を悩ませてきた災厄が深まるばかりだった。貿易は消滅寸前まで衰退し、西部では戦《いくさ》が続き、北部の大半を飢饉と熱病が襲い、南ではドーン人がいよいよ勢いづいて面倒ごとを増やしていた。いまこそ〈鉄の玉座〉がその威を示すべきときだ、ピーク公はそう決意した。

サー・タイランドが建造させていた大型軍船十隻のうち八隻の建造は完了していたので、〈王の手〉は〈狭い海〉の航路を開き、貿易を再開させようと決めた。王の艦隊の総大将に、ピーク公は自分の叔父のサー・ゲドマンド・ピークを任命した。サー・ゲドマンドは歴戦の闘士で、愛用の武器から〈大斧のゲドマンド〉の名で知られている。戦士としての技量はうわさにたがわぬものだったが、サー・ゲドマンドは船に関する知識も経験もほとんどなかったので、アンウィン公は悪名高い雇われ船長のネッド・ビーン（その黒くて濃い顎鬚《あごひげ》から、〈黒き豆《ブラックビーン》〉の名で呼ばれた）も召集し、〈大斧〉の補佐役として海事全般に関する助言を行なわせた。

サー・ゲドマンドと〈黒き豆〉が出港したころの踏み石諸島《ステップストーンズ》の状況は、控えめにいっても混沌としていた。ラカリオ・リンドゥーンの海賊船団は海の大部分から掃討されていたが、ラカリオは依然として最大の島であるブラッドストーン島と、そのほかいくつかの小島を押さえていた。タイロシュはラカリオを制圧する一歩手前までいったが、そこでライスとミアが講和を結び、共同でタイロシュを攻撃しはじめたことで、執政官は船と兵を呼び戻さざるをえなくなった。ブレーヴォス、ペントス、ロラスの三頭同盟は、すでにロラスが手を引いていたことで頭のひとつを失っていたが、ペントスの傭兵団はラカリオの配下が支配している島を除く踏み石諸島全域を占領し、そのあいだの海域はブレーヴォスの軍船団が押さえていた。

ウェスタロスが海戦でブレーヴォスに勝つ見こみがないことは、アンウィン公もわかっていた。アンウィン公が公表したところによれば、船団派遣の目的はならず者ラカリオ・リンドゥーンとその海賊王国に終止符を打ち、ブラッドストーン島に拠点を確立することで、〈狭い海〉の出入口が二度と封鎖されないようにすることだった。八隻の新造軍船、それに二十数隻の旧式の交易船《コグ》とガレー船で構成された王の艦隊はこの目的を成し遂げるのに充分とは言いがたい規模だったので、〈王の手〉は

ドリフトマーク城に書状を送ると、〈潮の主〉に〝貴公の祖父の艦隊を集め、有能なるわが叔父ゲドマンドが海路再開の任をなせるよう、その指揮下に編入せよ〟と命じた。

踏み石諸島への進出はまさしくアリン・ヴェラリオンが、そしてアリン以前には〈海蛇〉が長年望んでいたことだったが、書状を読んだ若き領主は激昂し、

「これはいまや、おれの艦隊だ。それに、ゲドマンド叔父とやらよりも、ベイラの飼っている猿にでも指揮させたほうがまだましというものだ」と断言した。

それでもアリン公は命じられたとおり、六十隻の戦闘ガレー船、三十隻の長船《ロングシップ》、そして百隻以上の大小コグ船からなる艦隊を編成し、キングズ・ランディングを出港してきた王の艦隊に合流させた。大艦隊が〈水道《ガレット》〉を抜けると、サー・ゲドマンドは〈黒き豆〉をヴェラリオン公の旗艦《レイニス女王《クィーン・レイニス》》によこした。〝この者の長年の経験を活用できるように〟と〈黒き豆〉にヴェラリオン艦隊の指揮権を与える旨の書状を持たせて。アリン公は〈黒き豆〉を送り返した。そのさい、サー・ゲドマンドに宛てたこのような返書を持たせている。〝もうすこしでこの男を吊るすところだったが、豆ころ相手に、質のよい麻縄を無駄にするのは気が進まなくてな〟

冬の〈狭い海〉にはよく強い北風が吹くことから、艦隊が南に向かうには絶好の時期だった。タース島を通過したところで、さらに〈夕星《ゆうずつ》〉のブリンダミーア公率いる十数隻の長船が加わり、艦隊戦力はさらに増大した。しかし、公がもたらした知らせは歓迎しかねるものだった。ブレーヴォスの海頭《シーロード》とタイロシュの執政官、ラカリオ・リンドゥーンの三者は協力関係を結んだ――そして、踏み石諸島を共同支配し、ブレーヴォスやタイロシュとの貿易を認可された船だけが通行できるようにするという。

「ペントスはどうした?」アリン公はたずねた。

なるからな」

「見捨てられたそうだ」〈夕星《ゆうずつ》〉は答えた。「三等分のパイのほうが、四等分よりも一切れが大きくなるからな」

〈大斧のゲドマンド〉とあだ名をつけられた〉（航海のあいだひどい船酔いにあっていたため、水夫たちに〈蒼白のゲドマンド〉とあだ名をつけられた）は、対立していた自由都市間に新たな協定が結ばれたことを〈王の手〉に知らせなければならないと判断した。すでに〈夕星《ゆうずつ》〉がキングズ・ランディングに使い鴉を飛ばしていたので、ゲドマンドは返信あるまで、艦隊はタース島に留まるよう命じた。

「それではラカリオの不意を打つ機会を完全に逸してしまう」とアリン・ヴェラリオンは抗議したが、サー・ゲドマンドは譲らなかった。ふたりの艦隊司令は憤慨しながら別れた。

翌日、日が昇ったころ、〈黒き豆〉がサー・ゲドマンドを起こし、〈潮の主〉が姿を消したと知らせた。ヴェラリオン艦隊は全艦船が夜のうちにいなくなっていた。〈大斧のゲドマンド〉は鼻を鳴らした。

「どうせ、ドリフトマーク島に逃げ帰ったのだろう」

ネッド・ビーンも同意して、ヴェラリオン公を〝臆病風に吹かれた小僧〟と呼んだ。

ゲドマンドたちの推測は的外れもいいところだった。アリン公は麾下の艦隊を、北ではなく、南に進めていたからだ。三日後、〈大斧のゲドマンド〉と王の艦隊がまだタース島の沿岸で使い鴉を待っていたころ、踏み石諸島の小島で、離れ岩で、からみあった水路で、戦端が開かれた。アリン公の攻撃はブレーヴォス人の不意をついた。大提督と四十人の船長たちは、ラカリオ・リンドゥーンやタイロシュの使節とともに、ブラッドストーン島で祝宴を催していたのである。半数のブレーヴォス船が奪われるか、燃やされるか、沈められるか、いずれかの運命を辿った。まだ錨を下ろしていたり、桟橋に舫《もや》われていたりしているあいだに襲われた船もあれば、帆をかかげて出港しようとするところを

狙われた船もいた。

正面きっての戦闘がまったくないわけではなかった。塔のごとくそびえ、櫂四百丁を有するブレーヴォスの高速大型船《ドロモンド》《大いなる挑戦《グランド・ディファイアンス》》は、六隻の小型ヴェラリオン軍船を切り抜けて沖合に出たが、そこではじめてアリン公その人の旗艦が向かってくるのに気づいた。時すでに遅く、ブレーヴォス人は攻撃してくるアリン公の船に舳先《へさき》を向けようとしたが、巨体の大型帆船は海上では鈍重で反応も遅く、櫂をすべて出して水をかきまわしているその横腹に《レイニス女王》が突き刺さった。《女王》の船首は巨大なブレーヴォス船の舷側《げんそく》を〝巨大な樫材の拳《オークンフィスト》のように〟粉砕したと、ある目撃者はのちに書き残している。《女王》の一撃は櫂を飛び散らせ、厚板も船体も突き破り、マストを傾かせ、ドロモンド船の巨体をほぼまっぷたつに引き裂いた。アリン公が自船の漕手《そうしゅ》たちに後退するよう叫ぶと、海水が《女王》の生み出した大きな傷口にどっと流れこみ、《大いなる挑戦》はわずかな間を置いて〝海頭の膨れ上がった自尊心もろとも〟沈んでいった。

アリン・ヴェラリオンの完勝だった。アリン公の失った船は三隻（悲しいことに、そのうちの一隻《赤心《トゥルー・ハート》》の船長だった公の従兄デイロンは、乗艦が沈んだときに命を落とした）、それに対して、沈めたブレーヴォス船は三十隻以上、拿捕した船はガレー船六隻、コグ船十一隻。加えて捕虜が八十九人、大量の食料と酒と武器と金貨、さらには海頭の動物園に送られるところだった象が一頭。〈潮の主〉はこれらすべての戦利品をウェスタロスに持ち帰った。そして同時に、残りの長い人生をともにすることとなる名前も――すなわち、オークンフィストである。アリン公が《レイニス女王》でブラックウォーター湾を横断し、海頭のものだった象の背に乗って〈川の門〉をくぐると、王都の通りに詰めかけた何万という人々が公の名を叫び、新たな英雄を一目見ようとした。赤の王城の門前では、エイゴン三世王がじきじきに姿を現わし、アリン公を歓迎した。

しかし、いったん城内に入ると様子が異なった。アリン・オークンフィストが玉座の間に到着してみれば、どういうわけか若い王の姿はなく、かわりにアンウィン・ピーク公が〈鉄の玉座〉の高みから自分をにらみつけていた。アンウィン公が口を開いた。

「この馬鹿者、底なしの大馬鹿者が。できるものなら、きさまの愚かな頭を切り離してやるところだ」

〈王の手〉がこれだけ怒るのには、充分な理由があった。どれだけ民衆がオークンフィストを盛大に称えようと、若き大胆な英雄の逸《はや》った攻撃は王国を弁明の余地のない状況に追いこんでしまっていたのだ。ヴェラリオン公は大量のブレーヴォス船と象一頭を手に入れたかもしれないが、ブラッドストーン島も、ほかのどの島も押さえてはいなかった——そうした占領に必要な騎士や兵士は、公がタース島の沿岸に置き去りにした王の艦隊に属する大型船に乗っていたからである。ラカリオ・リンドゥーンの海賊王国の撃滅がピーク公の狙いだったというのに、それはかなわず、ラカリオは今まで以上に存在感を増したようだった。逆に〈王の手〉が一番避けたかったのは、自由九都市でもっとも裕福かつ強大なブレーヴォスとの戦争だった。

「だが、それを貴公が招いた」ピークは怒鳴りちらした。「貴公はわれらに戦《いくさ》をもたらしたのだぞ」

「それと象一頭をな」アリン公は横柄に返した。「どうかあの象も忘れないでいただきたいですな、閣下」

この発言にはピーク公の腹心たちもこっそり忍び笑いを漏らしたが、〈王の手〉はにこりともしなかったと〈マッシュルーム〉は語る。

「笑うのがお好きでない御仁だった」とこびとはいう。「そして、笑われるのはもっとお嫌いだった」

ほかの人間なら、アンウィン公の不興を買うのを恐れたかもしれないが、アリン・オークンフィストは自分の力に自信を持っていた。ようやく成人したばかりの落とし子ではあったが、王の腹違いの姉と結婚し、ヴェラリオン家の権力と富を自在に操り、いまや庶民の人気者となった男である。摂政であろうとなかろうと、踏み石諸島の英雄に手を出して無事ですむと思うほど、アンウィン・ピークは愚かではなかった。

〔若者はみな、自分が不死かもしれないと考えている〕とグランド・メイスター・マンカンは『その真実』に記している。〔そして、若き戦士が勝利という強いワインをひとたび味わえば、その思いは確信に変わる。だが、若者の確信も老練な奸智の前ではたいした力を持たない。アリン公は〈王の手〉の叱責こそ笑い飛ばせたかもしれないが、すぐに〈王の手〉の褒美が恐るべきものだと知ることになる〕

マンカンの言及は先を見通していた。キングズ・ランディングに勝利の凱旋を行なってから七日後、アリン公は赤の王城で催された豪華な式典で、〈鉄の玉座〉に腰かけるエイゴン三世王と廷臣、そして王都の半分から注目を浴びながら表彰された。〈王の楯《キングズガード》〉の総帥サー・マーストン・ウォーターズがアリン公を騎士に叙した。摂政にして〈王の手〉であるアンウィン・ピークは、提督を表わす黄金の頸飾を公の首に掛け、また勝利の記念として《レイニス女王》の銀製の模型を授けた。王からは、自分の小評議会に海軍相として加わってくれないかとじきじきにたずねられた。アリン公は恐縮しながら承諾した。

〔このとき、〈王の手〉の指がアリン公の喉にかかった〕と〈マッシュルーム〉は語る。〔声はエイゴンのものだが、ことばはアンウィンのものだった〕

ここで、若き王は語りだした。西部にいる自分の忠実な臣下が、長年、鉄《くろがね》諸島の掠奪者たちに悩

まされつづけている。新しい提督をおいてほかに〈日没海《サンセット・シー》〉に平和をもたらせる人間がいるだろうか？　こうして、誇り高く頑固な若者アリン・オークンフィストは、気づけば自分の艦隊を率いてウエスタロスの南端をまわり、フェア島を奪還して、ドールトン・グレイジョイ公と配下の鉄人《くろがねびと》の脅威を退けることに同意するほかなくなっていた。

　巧妙に仕組まれた罠だった。航海は危険に満ちたもので、ヴェラリオン艦隊にも多大な犠牲者が出るだろう。踏み石諸島には敵がひしめき、二度と不意をつくことはできまい。踏み石諸島をなんとか抜けても、そこはドーンの不毛な海岸で、安全な港は見つけられそうもない。そして〈日没海〉にたどり着いたとしても、〈赤きクラーケン〉が長船を率いて待ち構えているだろう。もし鉄人《くろがねびと》が勝てばヴェラリオン家の権威は永久に失墜し、ピーク公が〝樫材の拳《オークンフィスト》〟などと呼ばれる小僧の無礼なふるまいに悩まされることも二度となくなる。もしアリン公が勝利した場合、フェア島は正当な領主のもとに返り、西部が今後蹂躙されることもなく、七王国の諸公はエイゴン三世王とその新たな〈王の手〉に刃向かうことの代価を学ぶことになる。

〈潮の主〉は自分の象をエイゴン三世王に献上すると、キングズ・ランディングを発った。ドリフトマーク島にあるハルの町に帰還して艦隊を編成し、長旅のための食糧を積みこんでから、妻であるレディ・ベイラに別れを告げる。ベイラは旅立とうとする夫と口づけを一度交わし、子供ができたことを知らせた。

「男の子なら祖父の名にちなんでコアリーズと名づけよう」アリン公はベイラにいった。「いつかその子が〈鉄の玉座〉に座るかもしれない」

　それを聞いたベイラは笑った。

「女の子なら母の名にちなんでレーナにするわ。いつかこの子がドラゴンを駆るかもしれないわね」

コアリーズ・ヴェラリオン公は《海蛇》に乗り、名高い九つの航海を成し遂げたことで語り継がれている。アリン・オークンフィスト公は六つの航海を成し遂げることになるが、そのつど別の、六隻の船に乗った。〝わがレディたち〟――アリン公はその六隻をそう呼んだ。ドーンを経て、ラニスポートを目ざす航海では、踏み石諸島で拿捕した櫂二百丁を有するブレーヴォス製の戦闘ガレー船に座乗し、若妻にちなんで《レディ・ベイラ》と改名した。

　ブレーヴォスとの戦争が迫っているというのに、ピーク公が七王国最大の艦隊を追いやったことを奇異に思う者もいるかもしれない。サー・ゲドマンド・ピークと王の艦隊はタース島から〈水道《ガレット》〉に呼び戻され、万が一ブレーヴォスがキングズ・ランディングに報復しようとした場合に備えてブラックウォーター湾への入口を固めていたが、〈狭い海〉に面するほかの港や都市は北から南まで無防備のままだったため、〈王の手〉は同輩の摂政であるマンフリッド・ムートン公をブレーヴォスに派遣し、海頭に象を返還するとともに、交渉にあたらせた。六人の名門貴族がムートン公に同行し、さらに六十人の騎士、護衛、使用人、書記、セプトン、六人の吟遊詩人……それに〈マッシュルーム〉が付きしたがった。〈マッシュルーム〉は赤の王城の陰鬱さを逃れ、「人間が笑い方を覚えている場所を探す」ため、交渉団の船に積まれたワイン樽に隠れていったらしい。

　当時もいまと同様、ブレーヴォス人は実際的な人々だったが、それはブレーヴォスが逃亡奴隷の都市であり、一千柱もの邪神を敬いながら、本当に崇拝されているのは金のみという街だったからである。ブレーヴォスを構成する百もの島々では、利益は誇り以上の意味を持つ。到着早々、ムートン公とその一行は有名な巨像に驚愕し、名高い造兵廠《ぞうへいしょう》に案内され、軍船が一日で完成するのを目《ま》のあたりにした。

　海頭はムートン公に得意げに語った。

「われわれはすでに、貴国の少年提督が盗むか沈めるかした船をすべて補充しました」

しかし、こうしてブレーヴォスの地力を見せつけつつも、海頭は懐柔策に喜んで応じた。和平協定についてムートン公が交渉にあたるいっぽうで、フォラード公とクレッシー公は豪華な賄賂を鍵主《キイホルダー》、大人《マジスター》、神官、交易王たちにばらまいた。とうとう、相当な額の賠償金と引き換えに、ブレーヴォスはヴェラリオン公の〝不当な犯罪〟を赦し、タイロシュとの同盟を解消したうえ、ラカリオ・リンドゥーンとの関係をいっさい断ち切り、さらに踏み石諸島を〈鉄の玉座〉に譲ることに同意した（当時、踏み石諸島はラカリオとペントス人に占拠されていたので、海頭は実際には所有していない物を譲渡したわけだが、こうした交渉はブレーヴォスでは珍しいことではない）。

ブレーヴォスへの使節団はこれ以外にも波乱つづきだった。フォラード公はブレーヴォスの高級娼婦に入れこんで、ウェスタロスに帰るよりこの娼婦のそばに残るほうを選び、サー・ハーマン・ローリングフォードは自分の胴衣の色を侮辱したブレーヴォス人と決闘して殺され、サー・デニス・ハートは謎めいた〈顔のない男たち《フェイスレス・メン》〉を雇ってキングズ・ランディングの競争相手を暗殺するよう依頼したらしい……と〈マッシュルーム〉は主張している。当の〈マッシュルーム〉は海頭を大いに楽しませたことで、ブレーヴォスに残らないかという気前のよい申し出を受けた。

［ここだけの話、そそられはした。ウェスタロスでは、絶対笑わない王を笑い転げさせようとして頭をひねったところで損だが、ブレーヴォスならみんながおれを愛してくれる……愛されすぎて怖いくらいだ。どの高級娼婦もおれをほしがるし、そのうちどこかのブレーヴォス人がおれの一物の大きさに腹を立てて、やつの小さくて尖ったこびと串で刺してくるんじゃないか。そんなわけでこの〈マッシュルーム〉、赤の王城まで大急ぎで逃げてきた。我ながらまったく大馬鹿者だ］

こうしてムートン公は平和を手にしてキングズ・ランディングに帰還したが、代償は大きかった。

海頭の要求した多大な賠償金を支払うために国庫の財が激減した結果、ピーク公は王室の負債を返済するため、すぐにブレーヴォスの〈鉄の銀行〉から借り入れをしなければならなくなり、さらにそのつけとして、サー・タイランド・ラニスターが廃止したセルティガー公の税の一部を復活させざるをえなくなったのだ。このことは貴族と商人のどちらも怒らせ、庶民のあいだでも〈王の手〉の評判は悪くなった。

　この年の後半はほかにも災難が続いた。レディ・レイナがサー・コーブレイとの子供を身籠った知らせに宮廷は沸いたが、月がひとめぐりしたあとに流産とわかり、喜びは悲しみに変わった。北部からは広範囲にわたる飢饉の報告が届き、また冬の熱病がバロウトンの町を襲った。ここまで内陸に広まった例は初めてだった。また、〈残虐のサイラス〉という野人の賊が三千の野人を率いて〈壁〉を襲撃し、王妃の門《クイーンズゲート》を守る黒衣の兄弟を破って〈贈り物《ギフト》〉にまで進出したことで、ついにクリーガン・スターク公がウィンターフェル城から出陣し、深林の小丘城《ディープウッド・モット》のグラヴァー家、山岳地帯のフリント家とノレイ家、さらに〈冥夜の守人《ナイツ・ウォッチ》〉の哨士《レンジャー》百人と合流し、野人たちを掃討して事態を収拾した。その五千キロメートル南では、サー・ステッフォン・コニントンが少人数からなるドーンの掠奪隊を探して、風吹きすさぶ境界地方《マーチ》を狩りまわっていた。しかしサー・ステッフォンはあまりに速く、そして遠くまで駆けてしまい、前方から襲来する隻腕のワイランド・ワイルに気づいていなかった。サー・ステッフォンは命を落とし、レディ・エレンダはふたたび未亡人となった。

　西部では、レディ・ジョハナ・ラニスターがケイスの町での勝利に続いて、〈赤きクラーケン〉にもう一撃加えようと考えていた。レディ・ジョハナは祝宴の炎城《フィーストファイア》の城壁下に広がる海に、漁船とコグ船からなる寄せ集めの船団を並べ、百人の騎士と三千の兵士を乗船させると、鉄人《くろがねびと》からフェア島を奪還させるため闇にまぎれて送り出した。計画では島の南端に気づかれずに上陸する手はずになって

いたが、裏切り者がいたのだろう、そこには長船《ロングシップ》の船団が待ち構えていた。この不幸な結末を迎えた航海を指揮していたのは、プレスター公、ターベック公、サー・アーウィン・ラニスターの三人だった。ドールトン・グレイジョイはあとから三人の首をキャスタリーの磐城《ロック》に送りつけたが、そのさい、こういったという。

「こいつは叔父貴にしてくれたことへの返報だ。まあ、実のところ、叔父貴は大食らいの大酒飲みだったから、鉄《くろがね》諸島はやつがいなくなってせいせいしているがな」

しかし、こうしたことはどれも、宮廷と王に降りかかった悲劇に比べればなんでもなかった。AC一三三年、九の月の第二十二日、ターガリエン家のジェヘイラ、七王国の王妃にしてエイゴン二世の最後に残った子が、齢《よわい》十にして非業の死を遂げた。幼い王妃はちょうど母ヘレイナ前王妃と同じように、〈メイゴルの天守〉の窓から眼下の空濠《からぼり》に並ぶ鉄の逆杭《さかぐい》めがけ、身を投げて死んだのである。逆杭に胸と腹を貫かれ、半刻ほど苦悶に身をよじってから助け出されたが、その後すぐに黄泉路《よみじ》へ旅立った。

キングズ・ランディングは、この都市にしかできない形で王妃の死を悼んだ。ジェヘイラは臆病な子供で、冠を帯びたその日から赤の王城に閉じこもっていたが、王都の庶民たちは婚儀での幼い少女がどんなに凛々《りり》しく、また美しく見えたかを思い出して涙し、やがて号泣して自分たちの衣服を引きちぎると、何か慰めとなるものを求めて聖堂や居酒屋や娼館に詰めかけた。ヘレイナ前王妃が同じ死に方をしたときもそうだったように、すぐさまうわさが飛び交った。幼い王妃はほんとうに自分で命を絶ったのか？　赤の王城の内部でさえ、憶測が引きも切らなかった。

ジェヘイラは孤独な子供で、すぐ泣きべそをかき、少しばかり頭も弱かったが、侍女と側役《そばやく》、仔猫たちと人形に囲まれて自分の部屋で過ごすことに満足している様子だった。いったい何が、窓からあ

の残酷な逆杭に身を投げるほどの怒りや悲しみをもたらしたのか？　ある者はレディ・レイナの流産が生きていたくなくなるほどに王妃の心をかき乱したのだという。これに対し、もう少し皮肉なひねりを利かせて、レディ・ベイラの胎内で育つ子供への嫉妬心が王妃をあのような行動に走らせたという推測もある。〝王のせいだ〟とさらにまた別の者はいう。〝王妃は心の奥底から王を愛していたのに、王は王妃に目もくれず、何の愛情も見せず、部屋をともにすることさえしなかったのだから〟

そしてもちろん、ジェヘイラがみずから命を絶ったことを否定する者たちも数多くいた。〝王妃は殺されたのだ〟とその者たちはうわさする。〝母君と同じように〟

しかし、仮にそれが真実だったとして、下手人は誰なのか？

容疑者にはことかかなかった。伝統的に、王妃の私室の前に配置されるのはつねに〈王の楯《キングズガード》〉の騎士である。この騎士にとってみれば、部屋に忍びこんで子供を窓から投げ落とすことなど造作もないことだろう。もしそうだとすれば、命じたのは王自身にちがいない。エイゴンは王妃が泣いたりわめいたりするのにうんざりして、新しい妃を欲しがっていたと人はいう。あるいは自分の母親を殺した前王の娘に復讐したかったのかもしれない。少年は気難しく陰鬱で、その本性を真に知る者は誰ひとりいなかった。メイゴル残酷王の故事がおおっぴらに人の口に上った。

幼い王妃の側役のひとり、レディ・カサンドラ・バラシオンを責める者もいた。〈嵐の四姉妹〉の最年長だったレディ・カサンドラは、エイゴン二世の人生最後の年というごく短期間ながら、前王と婚約していた（それ以前にはおそらくその弟である〈隻眼のエイモンド〉とも）。幻滅がレディ・カサンドラを意地の悪い人間に変えてしまったと批判者たちは語る——かつては嵐の果て城《ストームズ・エンド》で父の跡継ぎだったというのに、キングズ・ランディングではほとんど顧みられず、泣き虫で幼稚な子供王妃の世話を焼かなければならないことに憤慨して、自分の不運をすべて王妃になすりつけたというのであ

る。

王妃の侍女のひとりも、ジェヘイラの人形二体と真珠のネックレスを盗んでいたことが露見して、容疑がかけられた。昨年、幼い王妃にスープをこぼして折檻された給仕の少年も告発された。ふたりとも審問長の訊問を受け、最終的に無罪を宣告された（しかし少年は訊問中に死亡し、少女は窃盗の罪で片手を失った）。〈正教〉の聖職者ですら容疑を免れられなかった。王都のとある司祭女《セプタ》はかつて、頭の弱い女は頭の弱い子しか産めないから、王妃は子供を持つべきではないといっていたのを聞かれていた。このセプタもまた金色のマントに連行され、地下牢に消えた。

悲しみは人を狂わせる。後世の知見から、このうちの誰ひとり、幼い王妃の悲しむべき死に関知していなかったとほぼ確証を持っていえる。もし実際にジェヘイラ・ターガリエンが殺された（そしてその証拠の一片も見つからなかった）とすれば、その殺人は唯一それが実現可能な犯人の命《めい》によって行なわれたにちがいない——すなわち、摂政にして星嶺城、ダンストンベリー城、白き森《ホワイトグローヴ》城の城主、王土の守護者、〈王の手〉アンウィン・ピークによって。

ピーク公もまた前任者と同じく、王位継承問題で悩んでいたのは周知の事実だった。エイゴン三世には子供がなく、生きている兄弟も（知られているかぎりでは）おらず、この王が幼い王妃に世継ぎを産ませられそうもないことは、両目のついた人間なら誰でも察しがついた。王が子供を作らないかぎり、王の腹違いの姉妹がもっとも近い血縁者となるが、ピーク公は女が〈鉄の玉座〉につくのを許すつもりはなかった。つい最近まで、まさにそれを阻止するために戦い、血を流してきたのだから。もし双子のどちらかが息子を産めば、なるほどその男児はすぐに継承権第一位となるだろう……しかし、レディ・レイナは結局流産してしまい、残るはドリフトマーク城のレディ・ベイラの胎内で育っている子供のみ。王冠が〝淫婦と落とし子の息子〟に渡るなど、アンウィン・ピーク公にはとうてい

受け入れがたいことだった。

王が自分の血を分けた世継ぎを作れば、そうした惨事も避けられるかもしれない……しかしそうなる前に、王が再婚できるよう、ジェヘイラを排除しなければならない。たしかに、ピーク公は王妃が死んだとき王都の別の場所にいたので、自分で窓から突き落とすことはできなかった……しかしその夜、王妃の部屋の前に配置されていた〈王の楯《キングズガード》〉の騎士はマーヴィン・フラワーズ、ピーク公の腹違いの弟だった。

フラワーズが〈王の手〉の手先だったのだろうか？　その可能性は充分ありうる。これから論じていくこのあとの出来事を考えれば、なおさらだ。庶出だったサー・マーヴィンは〈王の楯《キングズガード》〉の一員としておおむね忠実だが、とりたてて勇敢というわけではなかった――勇士でも英雄でもなかったが、熟練の戦士であり、長剣の扱いは相当なもので、うわさどおりの誠実な男だった。しかし、ことキングズ・ランディングでは、人はみな、見た目どおりとは限らない。フラワーズをよく知る者たちは彼の別の顔を知っていた。非番のときのフラワーズはワインを好んでいたと、飲み仲間として知られていた〈マッシュルーム〉は語る。純潔を誓っておきながら、〈白き剣の塔〉の自室にいるとき以外はめったにひとりで寝なかった。やや不細工ではあったが、洗濯女や小間使いの少女を引き寄せる荒々しい魅力があり、酔っぱらうとどこかのやんごとなきご婦人と寝たという自慢さえしていた。多くの落とし子たちと同様、血の気が多く短気で、誰も思ってもみないようなところを侮辱と受け取りがちだった。

しかし、この事実のどれひとつとして、フラワーズが眠れる子供をベッドから引きずりだしておぞましい死に追いやることのできる、ある種の怪物だと示唆するものはない。どんな人間に対しても最悪の想像を働かせるのが習い性の〈マッシュルーム〉でさえ、そう述べている。サー・マーヴィンが

王妃を殺すなら、枕でやっていただろうと道化は主張し……それにつづき、はるかに邪悪で、しかもありえそうな可能性をほのめかしている。フラワーズは王妃を窓から突き落としはしなかったが、誰かが王妃の部屋に入るのを看過したのではないか。そしてその誰かとは、フラワーズの見知った人物……おそらくは〈親指のテッサリオ〉か、〈指〉の一員だった。テッサリオたちが〈王の手〉の命令で来たといえば、幼い王妃になんの用があるのか尋ねる必要性も感じなかっただろう。

このように道化は語るが、しかしこれらがすべて空想であるのもたしかだ。ジェヘイラ・ターガリエンの最期に関する真相はけっして明かされることはないだろう。もしかするとジェヘイラは、子供っぽい絶望の衝動に駆られて、みずから命を絶ったのかもしれない。しかし、もし実際に王妃の死が殺人だったなら、あらゆる動機から、その背後にいる人物はアンウィン・ピーク公以外ではありえない。しかし証拠がない以上、こうしたことを並べ立てても罪の証明とはならなかっただろう……〈王の手〉がそのあとに行なったことさえなければ。

幼い王妃の遺体が火葬に付されてから七日後、アンウィン公はグランド・メイスター・マンカン、セプトン・バーナード、そして〈王の楯《キングズガード》〉のマーストン・ウォーターズを引き連れて、嘆き悲しむ王のもとを訪れた。アンウィン公は王に〝王国のため〟喪服を脱ぎ、再婚しなければならないと告げにきたのだった。そのうえ、新たな王妃はもう決まっていた。

アンウィン・ピークは三度結婚し、七人の子供を作っていた。そのうち、生き残っているのはひとりだけだった。最初の息子は幼くして亡くなり、二番めの妃とのあいだの娘ふたりもそれにつづいた。年長の娘は嫁入り時まで育ったが、十二歳のとき産褥で亡くなっている。二番めの息子はアーバー島に養子に出され、小姓を経て従士になるまでレッドワイン公に仕えていたが、十二歳のときに航海中の事故で溺死した。星嶺城の跡継ぎだったサー・タイタスは、アンウィン公の息子のうち唯一成人ま

で育ち、〈ハニーワイン河の戦い〉では武勇を示して、〈豪傑〉ジョン・ロクストンから騎士に叙されたものの、そのほんの六日後に、物見で遭遇した敗残兵の一団と無意味な小競り合いを交わし、命を落とした。〈王の手〉に最後に残った子供は娘のミリエルだけだった。

ミリエル・ピークがエイゴン三世の新たな王妃候補だった。ミリエルは理想的な候補者だと〈王の手〉は主張した――王と同い年であるし、〝愛らしい少女でしかも礼儀正しく〟、王国でも有数の高貴な一族に生まれ、セプタから読み書きと算術を習っている。母親は子沢山だったから、ミリエルが元気な息子を何人も産まないはずがない。

「余がその娘を好かなかったら、どうする？」エイゴン王はいった。

「陛下がこの者をお好きになる必要はございません」とピーク公は答えた。「ただ結婚し、床をともにし、息子を儲けてくだされればよいのです」

そして恥ずかしげもなく、こう付け加えた。

「陛下は蕪《カブ》がお好きでないが、料理番が出せば召し上がる、そうでありましょう？」

エイゴン王はむっつりとうなずいた……しかしこうした話が往々にしてそうであるように、この話もまた外部に漏れ、不幸なレディ・ミリエルはたちまち七王国じゅうに〈蕪のレディ〉として知れ渡ってしまった。

そして、ミリエルが〈蕪の王妃〉になることはついになかった。

アンウィン・ピークは図に乗りすぎてしまったのだ。同じく摂政であるサディアス・ロウアンとマンフリッド・ムートンは、ピーク公があえて自分たちに相談しなかったことに激怒した――こうした重大な問題こそまさしく摂政たちによる小評議会が扱うものだというのに。アリン女公は谷間《ヴェイル》から毒を含んだ書き付けを送ってきた。カーミット・タリーはこの婚約が〝不遜〟だと宣言した。ベン・ブ

ラックウッドはこの縁談の性急さを問いただした――エイゴンは少なくとも半年は亡き王妃を悼む期間をお持ちになるべきであると。ウィンターフェル城のクリーガン・スタークからは、北部はこうした縁組には賛成できないと示唆する簡潔な信書が届いた。ついにはグランド・メイスター・マンカンまでもが心揺らぎはじめた。

「レディ・ミリエルは華やかな少女ですし、きっと美麗な王妃になることでしょう」とマンカンは〈王の手〉にいった。「ですが、体面を考慮なさらなければなりません、閣下。閣下にお仕えする名誉を得たわれらは、閣下が陛下をわが子のように愛し、そしてかの方と王国のために全力を尽くされているのを存じていますが、外部の者たちは閣下がもっと恥ずべき理由から……権力やピーク家の栄光のためにご自分の娘を選んだと、当てつけるやもしれません」

われらが聡明なる道化〈マッシュルーム〉は、扉のなかには、開けないのが一番よいものがあると述べている。なぜなら、〔何が入ってくるかわかったものではない〕からだという。ピークは王妃への扉を娘のために開いたが、ほかの諸公にも娘はおり（さらに姉妹や、姪や、従姉妹や、たまたま未亡人の母や未婚の伯母さえも）、その全員が扉が閉まりきる前にいっせいに押し通ろうと、自分の血統のほうが〈蕪のレディ〉よりも王の配偶者にふさわしいと主張しだしたのである。

名乗りを上げたすべての家名を詳述していたら本書の全頁を費やしてもまだ足りないだろうが、いくつかは言及に値する。キャスタリー・ロック城では、レディ・ジョハナ・ラニスターが鉄人《くろがねびと》との戦争を脇に置いてまで〈王の手〉に書状を送り、自分の娘セレルとタイシャラは高貴な家柄の乙女で、しかも年頃だと訴えた。ふたたび未亡人となった嵐の果て城《ストームズ・エンド》のレディ・エレンダ・バラシオンは自分の娘カサンドラとエリンを推薦した。カサンドラはかつてエイゴン二世と婚約しており、〝王妃の務めを果たす支度が調っている〟とレディ・エレンダは書き送った。白い港《ホワイト・ハーバー》からはトーレン公の使

い鴉が届き、〝残酷な偶然によりかなわなかった〟ドラゴンと〈男の人魚〉の結婚による和睦というむかし話を持ち出し、エイゴン王がマンダリー家の娘を娶ることで、かつての約束を果たせるかもしれないと匂わせた。タンブルトンの町を治める未亡人シャリス・フットリーは、大胆にも自分自身を推薦した。

おそらく、もっとも大胆な手紙は、オールドタウンの自信に満ち満ちたレディ・サマンサからのものだろう。それによると、レディ・サムの妹サンサラ（ターリー家）は〝元気がよく健康で、〈知識《シタ》の城《デル》〉のメイスターの半数よりも多くの書物を読んで〟おり、義理の妹のベサニー（ハイタワー家）は〝とても美人で、なめらかな柔肌とつややかな髪を持ち、物腰の柔らかさは随一〟だが、同時に〝実のところ、自堕落で愚かしいところもあるが、妻にそういうものを望む殿方もおられるようです〟。最後にレディ・サムは、エイゴン王が両方の娘と結婚して、〝ジェヘアリーズ王にとってのアリサン女王のように、ひとりには自分のそばで統治させ、もうひとりとは臥所《ふしど》で励む〟のはどうかと提案している。そしてこのふたりでは、〝理由はともあれ、ご期待に添えない〟場合にはと、懇切丁寧に、ハイタワー家、レッドワイン家、ターリー家、アンブローズ家、フロレント家、コブ家、コステイン家、ビーズベリー家、ヴァーナー家、それにグリム家の、王妃にふさわしいうら若き乙女三十一名の名前を付け加えていた（〈マッシュルーム〉はレディ・サムが厚かましくも、〝陛下がそちらの気《け》をお持ちであれば、可愛い少年も幾人か存じておりますが、恐れながらその者たちでは、お世継ぎはなせないかと存じます〟と追伸を添えていたと書いている。しかし、ほかの史料にはこのような厚顔無恥な言及はなく、またレディ・サムの手紙は現存していない）。

ここまでの騒動を前にして、アンウィン公も考えなおさざるをえなかった。娘ミリエルを王と結婚させる決意は固かったが、支持が必要な諸公を刺激しないように事を運ぶ必要があった。やむをえず、

アンウィン公は〈鉄の玉座〉にあがり、こう述べた。

「今後も御心のなかの愛すべきジェヘイラ妃に取って代わる女性が現われることはあるまいが、民草のため、陛下は新しい妻を迎えなければならぬ。王国でも選りすぐりの麗しき花々という名誉に、多くの名が挙がっている。エイゴン王と結婚する娘はジェヘアリーズ王にとってのアリサン、フロリアンにとってのジョンクィルとなろう。その者は王のそばで眠り、王の子を産み、王の労苦を分かち合い、王が病のときはその苦しみを和らげ、王とともに老いるだろう。それゆえ、この選択は陛下ご本人にお委《ゆだ》ねするほかにない。来る〈乙女の日〉、われらはヴィセーリス王の御代以来、キングズ・ランディングの何人《なんぴと》も目にすることのなかったほどの大舞踏会を開く。七王国の隅々より来りし乙女たちが御前に列すれば、陛下がその生涯と愛を分かち合うにふさわしい最上のひとりをお選びになるだろう」

この知らせが出まわると、宮廷と王都は興奮の坩堝《るつぼ》と化し、その熱狂は王国じゅうへ広まっていった。ドーンとの境界地方《マーチズ》から〈壁〉にいたるまで、親馬鹿の父親たちとうぬぼれの強い母親たちは、年頃の自分たちの娘を見てはこの子が選ばれるのではないかと想像し、ウェスタロスのやんごとなき娘たちは誰もがいそいそと着飾ったり、縫い物を始めたり、髪にカールをかけたりしながら、〝わたしも脈があるんじゃないかしら？　王妃になれるかもしれない〟と考えていた。

けれどもアンウィン公は〈鉄の玉座〉にあがる前から、星嶺城に使い鴉を送り、娘のミリエルに王都へ来るよう告げていた。〈乙女の日〉は月が三めぐりしてからのことだが、ミリエルを宮廷に置いておき、娘が王と親しくなって、その心を虜にすることで、舞踏会の夜に選ばせようというのが公の魂胆だった。

ここまではよく知られた話だが、以下で語るのはうわさである。ミリエルの到着を待つあいだにも、

アンウィン・ピークは娘の有力な競争相手と見なした乙女たちの評判を傷つけ、中傷し、やる気を削ぎ、貶《けな》そうと、あれこれ秘密の陰謀と計画をめぐらせていたといわれている。カサンドラ・バラシオンが幼い王妃を突き落として殺したという風聞がふたたび出まわり、また別のさる若い娘たちについて、真偽を問わず、悪評が宮廷にばらまかれた。イザベル・ストーントンのワイン好きが言いふらされ、エリノア・マッシーが処女ではないことが何度も話題にのぼり、ロザマンド・ダリーはコルセットの下に六つの乳首を隠している（おそらくロザマンドの母親が犬と寝たせいで）といわれ、ライラ・ヘイフォードには幼児の弟を嫉妬に駆られて窒息死させた疑いがかかり、〝三人のジェイン〟（ジェイン・スモールウッド、ジェイン・ムートン、ジェイン・メリーウェザー）は従士の格好をしてシルク通りのさまざまな娼館を訪れては、そこで少年のように娼婦たちに口づけし、そのからだを愛撫しているとうわさされた。

こうした誹謗の数々は王の耳にも届いており、そのうちのいくつかは〈マッシュルーム〉の口から伝わったが、道化はエイゴン三世がこうした娘たちにもその他の娘たちにも嫌悪感を抱くよう〝たんまりと〟金をもらっていたと告白している。このこびとはジェヘイラ王妃の死後、王に付き従うことが多くなった。道化の冗談は王の陰鬱さを払拭するにはいたらなかったが、〈白き髪のゲイモン〉を喜ばせたので、エイゴンはこの少年のために道化をよく呼びつけた。『証言』のなかで〈マッシュルーム〉は〈親指のテッサリオ〉に〔銀貨か鋼《ナイフ》か〕を選ばされ、〔恥知らずにも、ナイフを鞘に収めてくれと頼み、ずしりと重い銀貨の袋をつかんだ〕と述べている。

アンウィン公が王の心をめぐる秘密の戦争に勝ち抜こうと取った手段は、うわさが真実なら醜聞だけではなかった。舞踏会が告知されてからまもなく、ひとりの馬丁がタイシャラ・ラニスターと寝ているところを発見された。レディ・タイシャラはその馬丁が呼ばれもしないのに窓から押し入ってき

たと主張したが、グランド・メイスター・マンカンが検査した結果、処女は失われていると判明した。ルーシンダ・ペンローズは城から半日と離れていないブラックウォーター湾沿岸で鷹狩りをしていたところを無法者に襲われた。鷹は殺され、馬は盗まれ、ルーシンダは男のひとりに押さえつけられ、もうひとりに鼻を切り裂かれた。可憐なファレナ・ストークワースは潑剌《はつらつ》とした八歳の少女で、ときおりジェヘイラ王妃と人形遊びをしたこともあったが、曲折階段を転げ落ちて足を骨折し、レディ・バックラーとふたりの娘は乗っていたブラックウォーター河の渡し船が沈没したときに溺死した。〝〈乙女の日〉の呪い〟を口にする者もいたが、権力にもう少し通じた者たちは見えざる手が動いているのを感じ、口をつぐんだ。

これらの悲劇と不幸の犯人は〈王の手〉とその手下だったのだろうか、それとも偶然のいたずらだったのだろうか？　結局のところ、そこは問題ではない。アンウィン公が催した大舞踏会は、ヴィセーリス王の治世以来、キングズ・ランディングでは久しくなかった規模の舞踏会であり、そしてこの後も二度とないほどの舞踏会だった。馬上槍試合では麗しい乙女たちと高貴なご婦人方が〈愛と美の女王〉として指名される名誉を得ようと競い合うが、そんな名誉は一晩しか続かない。それに対して、エイゴン王が選んだ乙女は、誰であれ、生涯ウェスタロスに君臨する。やんごとなき家柄の娘たちが七王国の津々浦々の砦や城からキングズ・ランディングへ参集していた。ピーク公は人数を絞ろうと、花嫁候補は高貴な血統の三十歳以下の乙女に限るという布告を出したが、そうしてさえ舞踏会当日には千人を超す年頃の少女たちが赤の王城に詰めかけ、その波は大きすぎて〈王の手〉にも止めることはできなかった。海の向こうからやってきた娘たちもいた――ペントスの貴公子《プリンス》は娘を、タイロシュの執政官は妹を送りこみ、ミアや、はてはオールド・ヴォランティスからも由緒正しい家柄の娘たちが送りだされていた（しかし悲しいことに、ヴォランティスの少女たちは途中でバジリスク諸島の海

賊たちに連れ去られ、誰ひとりキングズ・ランディングにたどり着けなかった）。
〔どの娘っ子も前の娘より一段と美人に見える〕と〈マッシュルーム〉は『証言』で語っている。
〔絹や宝石に包まれて、きらびやかに身を翻す娘たちが玉座の間へと向かうさまは、目もくらむほどの光景だった。これに勝る美しさを思い描けといわれても難しいが、全員を裸にできたら話は別だ〕
（ひとり、実質的にそうしたものがいた。ライスの大人《マジスター》の娘マーマドラ・ヘインは、自分の目の色に合わせた青緑色の、ほぼ透き通ったシルクのドレスをまとって登場し、その下には宝石をあしらった腰帯しかつけていなかった。マーマドラの姿は内郭に衝撃の波紋を呼んだが、〈王の楯《キングズガード》〉はこの娘が広間に入るのを制止し、もっと露出の少ない服装に着替えさせた）
おそらくどの乙女も王と踊り、機知で王を魅了し、ワインの杯越しにはにかんだ視線を交わす甘い夢を見ていた。ところが、舞踏もワインもなければ、機知に富んだものと退屈なものとを問わず、会話をする機会すらなかった。この舞踏会は、通常の意味での舞踏会とはとうていいえなかった。頭に戴いた黄金の王冠と喉もとの金鎖以外は黒ずくめのエイゴン三世王が高みにある〈鉄の玉座〉にすわり、乙女たちはひとりずつ王の足元まで進み出ていく。王の紋章官が各候補者の名前と血筋を告げると、少女は膝を曲げてお辞儀し、それに対して王がうなずくと、次の少女が拝謁する番となる。
〔十人めの娘が出てくるころには、王様はきっと最初の五人を忘れてるぜ〕と〈マッシュルーム〉は語る。〔親父どもが娘をこっそり列に戻してもう一度お目見えさせるなんてのも簡単だったろうし、悪賢い連中はまちがいなくやってたね〕
一握りの勇敢な乙女は大胆にも王に話しかけ、自分のことを少しでも記憶に留めてもらおうとした。エリン・バラシオンは王に自分のドレスが気に入ったかを尋ねた（エリンの姉はこののち妹の質問が〝わたしの胸はお気に召しまして？〟だったと言いふらしたが、そのような事実はない）。アリッサ

・ロイスはこの日、王に拝謁するためにはるばる神秘の石城《ルーンストーン》からやってきたと話した。パトリシア・レッドワインは一枚上手《うわて》を行った。自分の一行はアーバー島からやってきたが、道中、ならず者の襲撃を三度撃退しなければならなかったことを明かしたのである。「わたくしもひとり、矢で射ってやりました。それもお尻を」とパトリシアは胸を張って語った。七歳のレディ・アニア・ウェザーワックスは、自分の馬が〈きらきらひづめ〉という名前で、その馬が大好きなのだと話し、陛下もすてきなお馬をお持ちですかと尋ねた（このときはアンウィン公が、「陛下は百頭もの馬をお持ちだ」としびれを切らして答えている）。ほかの娘たちは思いきって王都や城や王の装束を褒めた。ドレッドフォート城の娘であるバーバ・ボルトンという北部の少女はこういった。

「陛下、もしわたくしを故郷に送り返されるのでしたら、持ち帰る食料をご下賜くださいませ。向こうでは雪深く、陛下の民は飢えております」

もっとも不敵な物言いをしたのはドーン人の女、砂岩城《サンドストーン》のモライア・クォーガイルで、お辞儀を終えて姿勢を正すと、微笑みながらこういった。

「陛下、そこから降りて来られて、口づけなさってもよろしいのですよ」

エイゴンはモライアに返事をしなかった。いや、誰に対しても返事をしなかった。どの娘にもうなずきをひとつよこし、聞こえたことを知らせた。それからサー・マーストンと〈王の楯《キングズガード》〉が退場する娘たちを見送った。

音楽は広間で一晩じゅう奏でられていたが、すり足の音、大声の会話、それにときおりかすかに聞こえる静かなすすり泣きにまぎれて、ほとんど聞こえなかった。赤の王城にある玉座の間は広々としており、ハレン暗黒王の城を除けばウェスタロスのどの大広間よりも大きかったが、出番を待つ千人を超す乙女と、それぞれが連れてきた両親や兄弟、護衛や使用人を合わせると、たちどころに身動き

できないほど混み合い、しかも外では冬の寒風が吹き荒れているというのに、息苦しいほどの暑さだった。麗しい乙女たちの名前と血筋を逐一読み上げる任に当たっていた紋章官は声が嗄《か》れてしまい、交代を余儀なくされた。四人の有力候補だった娘たちが気絶し、それに加えて十数人の母親、数人の父親、ひとりのセプトンも倒れた。ある太鼓腹の貴族は昏倒して、そのまま亡くなった。

〈乙女の日〉の淑女品評会〉のちに〈マッシュルーム〉はこの舞踏会をそう名づけた。開催前にはあれほど騒ぎ立てた吟遊詩人たちでさえ、いざ開かれてみれば歌にするほどのことはほとんどなく、時が過ぎ、乙女たちの行列が続くにつれ、王自身も目に見えて居心地悪そうにしはじめた。

〔これもみな〈王の手〉の狙いどおりだったわけだ〕と〈マッシュルーム〉は語る。〔王様が眉をひそめ、玉座で身じろぎし、疲れたようすでうなずきを返すたびに、〈蕪のレディ〉が選ばれる可能性が上がっていく。アンウィン公はそう読んでいたのさ〕

ミリエル・ピークが王都に到着したのち、およそ月がひとめぐりしてから舞踏会は催されており、ピーク公は娘が毎日どこかで王と会うように画策した。髪と目は茶色、幅広でそばかすのある顔と歯並びが悪いせいで笑顔を見せるのが恥ずかしいという〈蕪のレディ〉は十四歳、エイゴンより一歳年上だった。

〔絶世の美人ってわけではなかったな〕と〈マッシュルーム〉は述べる。〔だが健康で愛らしく、親しみやすいものだから、王様もこの娘を嫌ってはいないようだった〕

〈乙女の日〉までの二週間、アンウィン公はミリエルを王の晩餐に六回同席させる手はずを整えていた。この長くぎこちない食事に余興として呼ばれた〈マッシュルーム〉によれば、エイゴン王は食事中、ほとんど会話を交わさなかったが、それでも、

〔ジェヘイラ王妃様といたときよりは〈蕪のレディ〉といるほうが心地よさそうだった。いや、心地

よいわけじゃ全然ないが、そこにいても不愉快には感じていないって具合だ。舞踏会の三日前だったか、王様が蕪娘にジェヘイラ様の人形をお与えなさった。「ほら」って押しつけたんだ。「そなたが持つがいい」とね。純真なら若き乙女がかけられたくてたまらないことばとはいかないが、ミリエルは愛情のしるしということで贈り物を受け取って、親父のほうは有頂天になってた」

レディ・ミリエルは舞踏会で自分のお目見えにこの人形を持参し、まるで赤子のように両腕で抱きかかえていた。ミリエルの順番は最初ではなく（その名誉はペントスの貴公子《プリンス》の娘に与えられた）、最後でもなかった（こちらはパップス島からきた土地持ちの騎士の娘、ヘンリエッタ・ウッドハルだった）。ピーク公は娘が最初の一時間の後半にお目見えするよう手配することで、娘に一番よい位置を与えたという誹《そし》りを免れる程度に遅らせつつ、エイゴン王がまだそれなりに新鮮味を感じている前のほうに配置していた。王はレディ・ミリエルの名を呼んで挨拶に応え、

「そなたが来てくれて嬉しく思う、マイ・レディ」といったばかりか、「その人形を気に入ってくれてなによりだ」というにいたり、ピーク公は娘が王の心を捉えたと確信し、これまでの綿密な計画が実を結んだと信じて疑わなかった。

しかし、それもすべて、王の腹違いの姉であり、アンウィン・ピークがあれほど後継者にさせまいとしてきた当の双子によって、たちまちひっくり返されてしまった。残りの乙女も十人を切り、人混みもだいぶ減ってきたところで、突如喇叭《ラッパ》が鳴り響き、ベイラ・ヴェラリオンとレイナ・コーブレイの来場を告げたのである。玉座の間への扉が開け放たれ、デイモン王子の娘たちは、冬の突風を背に入室した。レディ・ベイラは出産間近といったようすで、レディ・レイナは流産のせいで元気がなくやつれていたが、双子はこれ以上はそうそうないというくらい固く結びついていた。ふたりとも黒い柔らかな天鵞絨《ベルベット》のドレスをまとい、喉もとには紅玉《ルビー》の首飾りを着け、マントにはターガリエン家の三《みっ》

頸《くび》ドラゴンが描かれていた。

漆黒の青毛《あおげ》も美しい軽軍馬二頭にまたがった双子は、轡《くつわ》を並べて玉座の間に進み出た。〈王の楯《キングズガード》〉のサー・マーストン・ウォーターズがふたりの前に立ちはだかり、下馬を命じると、レディ・ベイラは馬鞭《ばべん》でウォーターズの頬を打った。

「わたしに命令できるのは、わが弟たる陛下のみ。おまえの指図は受けぬ」

〈鉄の玉座〉の下まできて、ふたりは馬を止めた。アンウィン公が慌てて前に出ると、この来訪の理由を問いただした。ふたりはアンウィン公には使用人ほどにも目をくれなかった。

「弟よ」レディ・レイナがエイゴンに語りかけた。「あなたがお望みと聞いて、新たな王妃を連れてきたわ」

それを受けて、レディ・レイナの夫君、サー・コーウィン・コーブレイが、ひとりの少女を前に連れ出した。広間のあちこちからため息が漏れた。

「ヴェラリオン家のレディ・デネイラ」紋章官が、ややしわがれ気味の大音声《だいおんじょう》を張りあげた。「同家の故デイロン閣下とその令夫人ハート家のヘイゼルさまのご令嬢にして、ターガリエン家のレディ・ベイラと、提督ならびにドリフトマーク城城主、ならびに〈潮の主〉、ヴェラリオン家のアリン・オークンフィスト閣下の被後見人であられます」

デネイラ・ヴェラリオンは孤児だった。母親は冬の熱病で亡くなっており、父親デイロンは踏み石諸島で乗艦《赤心》が沈んだときに戦死した。父方の祖父は王女時代のレイニラに斬首されたサー・ヴェイモンドだったが、デイロンはアリン公と和解して彼のために戦い、命を落としたのである。あの〈乙女の日〉、王の前に立ったデネイラは、淡い白のシルク、ミア産のレース、それに真珠という装いで、長い髪は松明《たいまつ》の灯りに照り映え、頬には興奮で赤みが差していた。デネイラはわずか六歳だ

ったが、その美しさは目にした者を驚嘆させた。〈竜《タツ》の落とし子〉の一族に生まれた子女によく見られるように、デネイラには古き《オールド》ヴァリリアの血脈が色濃く出ていた──髪はゴールド混じりのシルバーで、目は夏の海のように青く、肌は冬の雪のようになめらかで白い。

〔あの娘《こ》は輝いていたな〕と〈マッシュルーム〉は語る。〔そして、あの娘が微笑むと、天井桟敷の吟遊詩人どもは、とうとう歌にする価値のある乙女が現われたと知って狂喜したもんだ〕

デネイラの微笑みはその顔を一変させると、男たちは口を揃えて語る──優しさと奔放さと茶目っ気が同時に表われるというのである。実際に目にした者たちは、〝この輝きに満ちた優しく幸福な少女は、若き王の陰鬱さを和らげる格好の解毒剤だ〟と考えずにいられなかった。

エイゴン三世が微笑みを返し、

「こたびの来訪に感謝する、マイ・レディ。そなたはとても綺麗だ」と口にしたとき、アンウィン・ピーク公でさえ、この勝負に敗れたと悟らざるをえなかった。残りの乙女数名は、足早に前へ進み出て自分の番を終わらせたが、もう終わらせたいという王の思いは火を見るより明らかで、哀れなヘンリエッタ・ウッドハルはお辞儀をしながら嗚咽していた。ヘンリエッタが退出すると、エイゴン王は自分の幼い酌人〈白き髪のゲイモン〉を呼び出し、彼に公表の名誉を与えた。

ゲイモンは喜び勇んで叫んだ。

「陛下はヴェラリオン家のレディ・デネイラとご結婚なさいます！」

自分の弄した策略にはまってしまったアンウィン・ピーク公には、できるかぎり威儀を正しながら王の決定を受け入れるほか、選択肢はなかった。しかし翌日の小評議会で、ピーク公は怒りを吐き出した。六歳の少女を花嫁に選んだことで、〝あのむくれた小僧〟はこの結婚の目的そのものを台なしにしてしまった。あの娘が床をともにする年齢になるまで何年もかかり、正嫡の世継ぎを産みたいと

願うのはさらに先となるだろう。そうなるまで、王位継承問題は先が見えないままだ。摂政としての最大の義務は、王を若さという愚行から守ることなのに、とピーク公は主張した。

「そう、まさにこのような愚行からだ」であるがゆえに、王国のため、王の選択を取り消し、「子供を産める歳のふさわしい乙女」と結婚させなければならない。

「たとえば貴公の娘か？」とロウアン公がたずねた。「わたしはそうは思わない」

ほかの同輩の摂政たちからも共感は得られなかった。今回ばかりは小評議会は妥協せず、〈王の手〉の望みを拒絶した。結婚の段どりは進行していく。翌日、婚約が発表され、意気消沈した乙女たちの大群が王都の各門から故郷へと流れ出していった。

ターガリエン家のエイゴン三世は、エイゴンの征服から百三十三年めの最後の日、レディ・デネイラと結婚した。通りに立ち並び、王夫妻を祝福する群衆は、冬の熱病でキングズ・ランディングの人口の約五分の一が失われたこともあり、エイゴン三世とジェヘイラ前王妃のときよりも著しく少なかったが、それでも凍てつく風と俄雪《にわか》をものともせず出てきた人々は、新たな王妃の誕生を喜び、幸せそうに手を振る王妃の紅潮した頬や、はにかんだ優しい笑顔に見惚れた。レディ・ベイラとレディ・レイナもそれぞれの軽軍馬に乗って王夫妻の車駕のすぐうしろを進み、同じく割れんばかりの歓声に応えていた。ずっと後列で〝死神のように険しい顔をしていた〟〈王の手〉には、ごく数人しか気づかなかった。

3 アリン・オークンフィストの航海
The Voyage of Alyn Oakenfist

ここでキングズ・ランディングをしばし離れて時間を巻き戻し、レディ・ベイラの夫君アリン・オークンフィスト公の〈日没海《サンセット・シー》〉へいたる伝説的な航海について語るとしよう。

ヴェラリオン艦隊が〝ウェスタロスの尻〟（アリン公が好んで使っていた呼称）をまわりこむ航路で出合った試練と勝利の数々は、それだけで大著を一冊著わせるほどになる。この航海の詳細を知りたい向きには、学匠《メイスター》ベンダミュアの『六《む》たび海へ：アリン・オークンフィストの大航海に関する記録』がもっとも包括的で権威ある資料だが、アリン公の人生に関する通俗的な伝記『樫のごとく硬し』と『私生児に生まれて』も、信頼性には欠けるものの、生き生きとした記述でそれぞれ独特の面白さがある。前者の著者サー・ラッセル・スティルマンは若い時分にアリン公の従士として仕え、のちに公から騎士に叙されたが、オークンフィスト五度めの航海中に片脚を失った。後者の著者はルーという女性とだけ伝わっており、司祭女《セプタ》であるともないとも、アリン公の愛人のひとりだったともそうでないともいわれている。これらの著作をここで詳細に引用するつもりはなく、ただ大まかに紹介

するに留める。

オークンフィストは踏み石諸島《ステップストーンズ》への再訪にあたり、前回の来訪よりだいぶ慎重さを示している。つねに変化する同盟関係と、自由都市の計算高い裏切りに用心しながら、アリン公は漁船と商人に偽装した物見を先行して送りこみ、自分を待ち受けるものを探った。物見の報告では、島の戦闘は大部分が沈静化し、勢力を盛り返したラカリオ・リンドゥーンがブラッドストーン島とそれ以南の島を押さえ、いっぽうタイロシュの執政官が傭《やと》ったペントス人の傭兵団が北と東の島を支配していた。島々に挟まれた海峡の大部分は流木止めで封鎖されるか、アリン公の攻撃で沈んだ船の船体で遮られるかしていた。通り抜けられる水路はリンドゥーンと配下の悪党たちに牛耳られている。ここでアリン公は単純な二択を迫られた——すなわち、〝ラカリオ女王〟（と執政官は彼を呼んでいた）と事を構えて道を切り開くべきか、あるいはラカリオと交渉するか、である。

ラカリオ・リンドゥーン、この奇妙で型破りな風雲児について共通語で書かれたものは少ないが、自由都市では彼の人生はふたつの学問分野の研究対象、そして数え切れない歌、詩、通俗物語の題材となっている。ラカリオの故郷であるタイロシュでは、彼の名は良家の男女にとっては今日《こんにち》にいたるも嫌悪すべき対象のままだが、いっぽう、盗賊や海賊、娼婦や酔っぱらいといった類の輩からは崇められている。

ラカリオの若いころについては驚くほど情報が少なく、またわかっていると思われていることの大部分は誤っているか相矛盾している。伝え聞くところでは身の丈二メートル弱、一方の肩が他方より高く、そのせいで傾いた姿勢と揺れるような歩き方をしていた。ヴァリリアの十数もの言語を話すため高貴の生まれと推測されるが、口汚さでも悪名高く、貧民街の生まれとも推測される。多くのタイロシュ人がしているように、髪と顎鬚《あごひげ》をいつも染めていた。お気に入りの色は紫で（この色はブレー

ヴォスと関係がある可能性を示唆している)、ラカリオに関する伝承の大半は、紫色の長い巻き毛とそこによく混じっていた橙色の房について触れている。甘い香りを好み、ラベンダーや薔薇《バラ》水の風呂によく入ったという。

ラカリオが大いなる野心と食欲の持ち主だったことははっきりしているようだ。仕事を離れているときは大食漢で酔っぱらい、戦闘においては鬼神だった。剣は両利きで、ときには二刀を遣った。神々への信仰も篤かった――あらゆる土地のあらゆる神々に対してである。戦いが迫ると、ラカリオは骨を投げ、どの神に供物を捧げて機嫌をとるか決めていた。タイロシュは奴隷都市だったが、ラカリオは奴隷制を嫌っていた。このことから、おそらくラカリオ自身、その境遇の出身なのだと推測される。懐が暖かいときは(ラカリオは大金を何度も手に入れたり失ったりしていた)目にとまった奴隷の娘を買い上げて、口づけをしてから自由にしてやった。部下に対しても気前がよく、掠奪品の分け前は最小限しか要求しなかった。タイロシュでは物乞いに金貨を何枚も投げてやることで有名だった。もしもその持ち物――たとえば靴や、翠玉《エメラルド》の指輪や、妻など――を褒め称えれば、ラカリオは贈り物としてそれを惜しみなく下げわたした。

ラカリオには十数人の妻がおり、妻たちを殴ることはしなかったが、逆にときどき妻たちに命じて自分を殴らせていた。仔猫は愛するのに、親猫は嫌う。妊娠した女性は好きなのに、子供は嫌い。折にふれて女装し、娼婦を演じていたが、その上背と曲がった背中と紫の顎鬚のせいで、見た目は女性でも、はるかに奇怪な姿になっていた。また、激戦のさなかに爆笑することもあれば、卑猥な歌を歌いだすこともあった。

ラカリオ・リンドゥーンは常識はずれの人物だった。けれども部下たちはラカリオを愛し、ラカリオのために戦い、ラカリオのために死んだ。そしてほんの数年間ではあったが、ラカリオを王と仰い

だ。

征服後《AC》一三三年、踏み石諸島で〝女王〟ラカリオは権力の絶頂にあった。アリン・ヴェラリオンはラカリオを倒すことはできるかもしれないが、そのために戦力の半分を費やすことになるのを恐れていた。〈赤きクラーケン〉を撃退する見こみがあるとすれば、一兵にいたるまで必要となる。そこでアリン公は、ラカリオと戦うかわりに対話を選んだ。リンドゥーンの海域を自由に航行できる段取りをつけようと、《レディ・ベイラ》一隻で和平交渉の旗をかかげ、ブラッドストーン島に向かったのである。

交渉は最終的には成功したが、ラカリオはアリン公をブラッドストーン島のむやみに広い木造の要塞に二週間以上留め置いた。自分が虜囚なのか客人なのかは、当のアリン公にもいまひとつわからなかったが、それというのも主人であるラカリオが海のように気まぐれだったからである。ある日には、オークンフィストを友人で戦友と認め、ともにタイロシュを攻めようと持ちかけた。次の日には、客人を処刑するべきかどうか、骨を投げて占っていた。ラカリオはアリン公に、砦の裏手にある泥地の闘技場で、数百人の海賊に野次られながら格闘しようとせがんだ。自分の部下のひとりをタイロシュの間諜という疑いで処刑すると、アリン公にその首を友好のあかしとして送ったが、翌日にはアリン公自身を執政官の手下だと責め立てた。無実を証明するため、アリン公はタイロシュの虜囚三人を殺さなければならなかった。アリン公が虜囚を殺したことに〝女王〟は大喜びし、その夜、オークンフィストの寝室に自分の妻をふたり送りつけた。

「そいつらに息子を授けてくれ」とラカリオは命じた。「おまえのように勇敢で強い息子がほしい」

われわれの資料では、アリン公がいわれたとおりにしたのかどうか、意見が分かれている。

結局、リンドゥーンは対価と引き換えにヴェラリオン艦隊の通過を許した。ラカリオの要求は船を

三隻と、羊皮紙に明文化した同盟関係の保証、血の署名、それに口づけだった。オークンフィストは艦隊でもっとも航行能力の劣る三隻を提供し、羊皮紙に同盟関係を記載して学匠《メイスター》のインクで署名し、もし〝女王〟がドリフトマーク島を訪れればレディ・ベイラが口づけをすると約束した。それでことたりたようだった。オークンフィスト艦隊はぶじ踏み石諸島を通過した。

しかし、さらなる試練が一行を待ち受けていた。次はドーンである。ドーン人はサンスピア宮の沖に突然ヴェラリオンの大艦隊が現われたことで、当然のごとく警戒していた。とはいえ、自前の海軍力をいっさい持たないドーン人は、アリン公の到来を攻撃ではなく訪問と受け取ることを選んだ。ドーンの女大公《プリンセス》、アリアンドラ・マーテルは、目下の寵臣と求婚者十名強を引き連れ、アリン公に会いにやってきた。十八回めの命名日を祝ったばかりの、この〝新たなナイメリア〟は、アリン公に――若い美男子で颯爽たる〝踏み石諸島の英雄〟、ブレーヴォス人を一蹴した大胆な提督に――惚れこんでしまったという。アリン公が艦隊のために新鮮な水と食糧を要請したのに対し、アリアンドラ女大公はもっと個人的な奉仕を要求した。『私生児に生まれて』にはアリン公がそれに応えたとあるが、『樫のごとく硬し』では応えなかったとされている。われわれにわかるのは、ドーンの女大公がアリン公に媚態を示すほど関心を寄せたことで、自領の諸公から大いに不興を買い、弟のクァイルと妹のコーリアンの怒りを招いたということである。にもかかわらず、オークンフィスト公は新鮮な水の樽、オールドタウンやアーバー島まで持つだけの食糧、それにドーン南部の沿岸地帯に潜む危険な渦潮を記した海図を手に入れた。

それでいてなお、ドーン海域でヴェラリオン艦隊は初の死者を出した。塩の浜辺城《ソルト・ショア》西部の乾燥地帯沿岸に差し掛かったところで、艦隊は突然の嵐に襲われ、散り散りになり、二隻が沈んだ。さらに西、硫黄川の河口付近では、嵐で被害を負って真水の調達と部分修理に立ち寄ったガレー艦が、闇夜に紛

れた強盗の襲撃に遭い、乗組員は皆殺しにされ、物資も奪われた。

しかし、オールドタウンに着くと、こうした損失を埋め合わせてもありあまる見返りがあった。ハイタワー城の最上部にある大きな篝火《かがりび》を目印にして、《レディ・ベイラ》と艦隊が〈囁きの入江《ウィスパリング・サウンド》〉に入り、延々と進んだのち最奥部の港に着くと、ライオネル・ハイタワーみずから一行を出迎えに現われ、自分の都市に案内した。アリン公がレディ・サムに礼を厚くしたことで、ライオネル公はすぐさま彼に親しみを感じ、ふたりの若者は急速に親交を深め、かつて黒と翠の陣営に分かれて戦ったさいの憎しみもすべて水に流された。オールドタウンは艦隊に二十隻の軍船を提供するとハイタワー公は約束し、ライオネルの親友であるアーバー島のレッドワイン公は三十隻を約束した。こうしてオークンフィスト公の艦隊は、一気に以前にも増して精強な大艦隊となった。

ヴェラリオン艦隊はレッドワイン公の約束した戦闘ガレー船を待つため、〈囁きの入江〉内にずいぶん長く停泊していた。アリン・オークンフィストはハイタワー家の歓待を受け、オールドタウンの歴史ある小路や道を散策し、〈知識の城《シタデル》〉を訪れて古代の海図に見入ったり、埃をかぶったヴァリリア時代の軍船の設計や海戦の戦術に関する文献を研究したりしながら、何日も過ごした。〈七芒星堂〉では総司祭《ハイ・セプトン》から祝福を授かった。ハイ・セプトンは聖油で公の眉間に七芒星を描き、鉄人《くろがねびと》とその〈溺神〉に〈戦士〉の忿怒を下すようにと言って送り出した。ジェヘイラ王妃崩御の報がオールドタウンに届き、そのわずか数日後に王とミリエル・ピークが婚約したとの知らせが届いたときも、アリン公はまだこの都市に滞在していた。そのころ、アリン公はライオネル公と同じくらいレディ・サムとも親しくなっていたが、彼女の悪名高い王妃候補を並べ立てた書状に、アリン公がいささかでも関わったかどうかは、推測することしかできない。しかし、アリン公がハイタワー城にいるあいだに、ドリフトマーク城の妻へ手紙を送ったことは知られている。内容は不明である。

AC一三三年のオークンフィストはまだ若者であり、若者の気が短いのは周知の事実である。とうとうアリン公はレッドワイン公をこれ以上待てないと判断し、出港の命を下した。オールドタウンの歓呼の声を受けながら、ヴェラリオン艦隊は帆をあげ、櫂を海面に下ろし、一隻、また一隻と、〈囁きの入江〉内を滑るように進みだした。艦隊の後ろには〈海獅子〉の異名をとる灰髪の船乗り、サー・レオ・コスティンが指揮するハイタワー家の戦闘ガレー船二十隻が続いた。

〈黒冠《ブラッククラウン》〉城の歌う断崖のそばでは、ねじれた塔と風に削られた石のあいだを、波を渡ってきた風が音を立てて吹き抜けていた。ここで艦隊は北に転じて〈日没海〉に入り、バンダロン城を過ぎ西の沿岸をゆっくり進んだ。マンダー河の河口に差し掛かったとき、楯諸島の者たちが自前の戦闘ガレー船を漕いで現われ、艦隊に加わった。灰色の楯島《グレイシールド》と南の楯島《サウスシールド》からは各三隻、緑の楯島《グリーンシールド》からは四隻、樫の楯島《オークンシールド》からは六隻である。しかしさらに北上する前に、ふたたび嵐が襲ってきた。一隻が沈没し、もう三隻が大きな被害を受けて航行不能に陥った。ヴェラリオン公がクレイクホール城の沖で艦隊を再編成していると、城の女公が公に会おうと船を出してきた。アリン公はそこで初めて〈乙女の日〉に開かれる大舞踏会の話を耳にした。

舞踏会の知らせがフェア島まで届くと、ドールトン・グレイジョイ公までもが王妃の冠を狙って、自分の妹のひとりを送り出そうかと考えたという。

「〈鉄の玉座〉に鉄《くろがね》の乙女。これほど似合う組み合わせがあるか？」

しかし〈赤きクラーケン〉にはもっと喫緊《きっきん》の課題があった。アリン・オークンフィストの到来ははるか前から警告されていたので、ドールトン公は迎撃のための戦力を蓄えていた。数百隻の長船《ロングシップ》がフェア島南部の海域に集結し、祝宴の炎城《フィーストファイア》、ケイスの町、ラニスポートの沖にはさらに増援が集まっていた。このとき〈赤きクラーケン〉は、″あの若僧″を〈溺神〉の海中神殿に送りこんだ暁には、

自分の軍船団を率いてオークンフィストの来た海路を逆行し、楯諸島にグレイジョイ家のクラーケン旗を掲《かか》げ、オールドタウンとサンスピア宮を掠奪し、ドリフトマーク島をわがものにしてやると息巻いている（〝あの若僧〟と呼んでいるが、グレイジョイ自身、アリンとは三歳弱しか年が離れていない）。さらに、鉄《くろがね》諸島の統主は、レディ・ベイラも塩の妻として連れ去ってやろうかと、配下の船長たちに笑いながら放言したという。

「たしかにおれには二十二人の塩の妻がいるが、銀髪はまだひとりもいないからな」

数多《あまた》の歴史は、王や王妃、名家の城主、貴顕の騎士、聖なる司祭《セプトン》、賢明なるメイスターの行ないを語るがために、こうした偉人賢人と同じ時代を生きた庶民については容易に忘れてしまう。ところがときに、生まれや富、機知、叡智、武芸の才に恵まれたわけでもない平凡な男や女が、どういうわけか有名になり、なにげない行動や囁いたことばで王国の運命を左右することがある。ＡＣ一三三年というこの宿命の年のフェア島が、まさにそうだった。

ドールトン・グレイジョイ公は実際に二十二人の塩の妻を所有していた。四人はパイク城に残っており、うちふたりは公の子供を産んでいた。それ以外の妻は略奪時に連れ去った西部の女たちで、そのなかには故ファーマン公の娘ふたり、ケイスの騎士の未亡人、ラニスター家の者までいた（ラニスポート系のラニスターであり、キャスタリーの磐城《ロック》系のラニスターではない）。残りはもっと卑しい身分の娘たちで、ふつうの漁師や貿易商や兵士の娘だったが、どういうわけかドールトンの目に留まり、たいていは娘たちの父や兄弟、夫、そのほか男の保護者を殺したあとに連れてこられたのだった。

そのうちひとりは名をテスといった。この娘についてまちがいなく判明しているのは、この名だけである。十三歳だったのか、三十歳だったのか？　美人だったのか、不器量だったのか？　未亡人だったのか、処女だったのか？　グレイジョイ公はこの娘をどこで見つけ、塩の妻に加えてどのくらいいた

つのか？　グレイジョイ公のことを掠奪者の強姦魔と蔑んでいたのか、それとも嫉妬に狂うほど猛烈に愛していたのか？

われわれにはわからない。諸説があまりに食いちがっていることもあり、テスは歴史における永遠の謎だ。ひとつだけ確かにわかっているのは、ある雨風の激しい夜の美麗城《フェアカースル》で、眼下に長船が集結しつつあるころ、ドールトン公がこの娘と事を楽しんで寝入ったあと、テスが公の短剣を鞘から抜いて、公の喉を耳から耳まで切り裂くと、裸で血まみれのまま、真下の飢えた海に飛びこんだということである。

かくしてパイク島の〈赤きクラーケン〉は、最大の海戦前夜に非業の死を遂げた……敵の剣ではなく、自分の妻のひとりが手にした自身の短剣によって殺されたのである。

ドールトン公が占領した土地も、公の死後、長くは持たなかった。ドールトン公死亡のうわさが広まると、アリン・オークンフィストを迎え撃つために集結した軍船は四散しだし、船長たちは次から次へと故郷へ逃げ去っていった。ドールトン・グレイジョイは岩の妻をひとりも迎えなかったので、後継者はパイク島に残った塩の妻から生まれたふたりの息子、三人の姉妹、何人かの従兄弟だけだったが、後者になればなるほど強欲で野心家だったという。慣習では、〈海の石の御座〉は最年長の塩の息子に継承されるが、それにあたるトロンという少年はまだ六歳にもならない。母親が岩の妻なら息子の摂政を務めたかもしれないが、塩の妻ではそれも望み薄だった。権力闘争は避けられないと見てとった鉄《くろがね》諸島の船長たちは、自分の島へわれ先に帰っていった。

いっぽう、フェア島の庶民とまだ島に残っていた騎士たちは、猛然と蜂起した。同族が逃げたあとも居残っていた鉄人《くろがねびと》は、ベッドから引きずり出されて死ぬまで切り刻まれるか、埠頭にいるところを襲われた。鉄人《くろがねびと》の船は破壊され、火をつけられた。三日のうちに数百の掠奪者が、自分たちの獲

物がとげてきたのと同じように唐突で残酷で悲惨な最期をとげ、ついに鉄《くろがね》人《びと》の足がかりはフェア城《カースル》を残すのみとなった。ここの衛兵は大部分が〈赤きクラーケン〉の側近と戦友で構成され、〈狡猾〉のアレスター・ウィンチと〈咆哮する巨人〉ガンサー・グッドブラザーの指揮のもと、頑強に抵抗していたが、そのうち塩の未亡人のひとりであるファーマン公の娘ライサをめぐる諍いで、ガンサーがアレスターを殺してしまった。

こうした次第で、ついにアリン・ヴェラリオンが鉄《くろがね》諸島の鉄《くろがね》人《びと》から西部を解放しに到着したときには、敵の姿はなかった。フェア島はすでに解放され、長船は逃げており、戦闘は終わっていた。《レディ・ベイラ》がラニスポートの囲壁の下を通過すると、大都の鐘が鳴り響いて歓迎の意を表わした。何千人もが城門から駆け出して海沿いに列をなし、歓呼の声をあげた。レディ・ジョハナ本人もキャスタリー・ロック城から姿を見せ、オークンフィストに金で鋳造した竜の落とし子とその他ラニスター家からの敬意の証《あかし》を贈った。

祝宴は何日も続いた。アリン公は食糧を積みこみ、早く長い帰途に着きたがっていたが、西部人は公を引きとめた。艦隊を壊滅させられていた西部人は、誰であれ〈赤きクラーケン〉の後継者が鉄《くろがね》人《びと》を率いて戻ってくれば、無防備なままとなる。レディ・ジョハナにいたっては、こちらから鉄《くろがね》諸島に打って出る提案すらしてきた——必要となるだけの兵は自分が手配するから、ヴェラリオン公はその者たちを諸島まで運んでくれさえすればよい。

「鉄《くろがね》人《びと》の男はひとり残らず剣の錆とすべきよ」とレディ・ジョハナは宣言した。「そして、その妻子は東の大陸の奴隷商人に売り飛ばすの。残った無用の諸島は鷗《カモメ》と蟹にくれてやればいいわ」

オークンフィストはそんなことに関わりたくなかったが、祝宴の主人を喜ばせるため、〈海獅子〉ことレオ・コステインに艦隊の三分の一を預け、ラニスター家、ファーマン家、その他の西部諸公が

ってていった。

鉄人《くろがねびと》の再襲来に対抗できる自前の軍船を必要なだけ建造できるまでは、この艦隊をラニスポートに残すことで同意した。その後ふたたび帆をあげると、残りの艦隊を率いて海に戻り、来た方角へと戻っていった。

帰りの航海については、語るべきことは少ない。マンダー河の河口付近で、北へ急行してきたレッドワイン艦隊がようやく姿を現わしたが、《レディ・ベイラ》でヴェラリオン公と食事をともにしたのち、転進した。アリン公はアーバー島にレッドワイン公の客人として短期間滞在し、オールドタウンにはもう少し長く留まって、ライオネル・ハイタワー公やレディ・サムとふたたび親交を深め、〈知識の城《シタデル》〉では書記やメイスターが記録に残せるようにと航海の顚末を語り、七つのギルドの親方たちからはもてなしを受け、ハイ・セプトンからまたも祝福を授かった。やがてアリン公は帆をあげ、干からびるほど乾燥したドーンの沿岸伝いに、今度は帆に東風を受け、間切《まぎ》りながら東に進んだ。アリアンドラ女大公は公のサンスピア宮再訪を喜び、その冒険の一部始終を聞くといって聞かず、また も自分の弟妹や嫉妬深い求婚者たちを怒らせた。

オークンフィスト公はアリアンドラ女大公から、ドーンが〈三孃子戦争〉に参入し、タイロシュやライスと同盟を結んでラカリオ・リンドゥーンに敵対したことを知った……そんな折、サンスピアの宮廷で催された〈乙女の日〉の祝宴（ちょうどキングズ・ランディングで一千人の乙女が入れ替わり立ち替わりエイゴン三世に謁見していた日）の最中、ドラゼンコ・ロガーレという、ライスからアリアンドラの宮廷に送りこまれた使節の一員が公に近づいてきて、密談を申し出た。興味をそそられたアリン公は話を聞くことに同意した。ふたりが庭園に出ると、ドラゼンコがあまりに身を寄せてきたので、〝口づけされるかと心配した〟と公は語っている。だが、かわりにドラゼンコは、提督の耳にあることを——ウェスタロスの歴史の流れを変えてしまう、ある秘密をささやいた。その翌日、ヴェ

ラリオン公は《レディ・ベイラ》に戻り、出帆の命令を下した。目的地は……ライスだ。

アリン公の動機、そして自由都市で彼の身に起こったことについては、いずれ時が来れば明かすことになるが、ここでいったん、キングズ・ランディングに視線を転じるとしよう。新年が明けると、赤の王城に希望と善意が広まっていった。前王妃より幼かったけれども、デネイラ王妃はずっと明るい子供で、その快活な気性は王の陰鬱さを晴らすのに大きな力を発揮した……少なくとも当面のあいだは。エイゴン三世は以前よりも宮中に姿を見せるようになり、王妃に王都の風景を見せようと城から外出したことさえ三度あった（それでも、レディ・レイナの若きドラゴン、モーニングが寝ぐらにしている〈竜舎〉には王妃を連れていこうとしなかった）。王は学問にも新たに興味を示したようだったし、〈マッシュルーム〉が晩餐の席に呼び出されて王と王妃を楽しませることも多くなった（〔王妃の笑い声は、こんな道化にとっては音楽も同然で、あんまり響きが心地よいものだから、あの王様でさえ笑顔を見せた〕）。赤の王城の嫌われ者である武術指南役、ガレス・ロングですら、王に起きた変化に気づいている。

「以前のように、しょっちゅうあの落とし子の坊主を殴らなくてもすみそうですな」ガレスは〈王の手〉にそう語った。「陛下は力も敏捷さも申し分ない。ここにきていよいよ才能の片鱗を示しておられます」

若き王の、世界への新たな関心は、王国の統治にまで広がった。小評議会に出席しはじめたのだ。ほとんど発言はしなかったが、王がいることでグランド・メイスター・マンカンは意欲をかきたてられ、ムートン公とロウアン公も喜んでいるようだった。しかし〈王の楯《キングズガード》〉のサー・マーストン・ウォーターズは王の列席に当惑しているようだったし、ピーク公はこれを自分への非難と受け取った。エイゴン三世が勇気を振り絞って質問をすると、〈王の手〉は気色ばみ、小評議会の時間を無駄にして

いると王を責め、こうした重要な問題は子供の理解の及ぶものではないと告げた、とマンカンは綴っている。案の定、そのうち王は、以前のように姿を現わさなくなった。

生来不機嫌で疑り深く、膨れあがった自尊心の持ち主であるアンウィン・ピークは、AC一三四年、相当な不満を抱いていた。〈乙女の日〉の舞踏会はいい恥さらしだったし、王が自分の娘ミリエルを放り出してデネイラを選んだことを個人的な侮辱と受け取っていた。レディ・ベイラのことはそれまでも嫌っていたが、今度はその妹レイナも嫌う理由ができた——ふたりともおそらく、ベイラの夫である生意気で反抗的なオークンフィストの差し金で自分に逆らっているのだと確信していた。あの双子はわざと、しかも前もって方法を画策しておいて、王位継承者を確保しようという自分の計画をぶち壊しにしたのだ——ピーク公は忠臣たちにそう語った。そして王に六歳の妃を選ばせることで、ベイラの腹の子供を次代の〈鉄の玉座〉の系譜に据えようとしているのだと。

「もしあの子供が男子なら、陛下はご自分のお世継ぎを作るまでご存命ではあられまい」一度、〈マッシュルーム〉のいる前で、ピークはマーストン・ウォーターズにそういった。それからほどなくして、ベイラ・ヴェラリオンは出産に入り、健康な女の赤子を産んだ。ベイラはその子に、母にちなんでレーナと名づけた。しかしそれでも、〈王の手〉の心は長くは休まらなかった。というのも、それから二週間と経たないうちに、ヴェラリオン艦隊の先遣隊がキングズ・ランディングに帰還し、謎めいた伝言をもたらしたからである。オークンフィストは先遣隊を送るいっぽうで、自分は〝金では購《あがな》えない宝〟を確保しにライスに向かったという。

この伝言がピーク公の猜疑心に火を付けた。その宝とは何だ？　ヴェラリオン公はどうやってそれを〝確保する〟つもりだ？　剣でか？　ブレーヴォスのときのようにライスと戦争を始めようというのか？　〈王の手〉は向こう見ずな若き提督をウェスタロスの反対側に送りこみ、宮廷から追い出し

たが、ここにきてヴェラリオン公は、またも〝不釣り合いな称賛を浴びながら〟自分たちのもとに現われ、しかも莫大な富を持ってくるらしい（金はいつもアンウィン・ピークの弱みだった。ピーク家の領地は土地が痩せていて物成《ものなり》が悪く、同家は石や土や誇りにはことかかなかったが、金貨は慢性的に不足していた）。庶民がオークンフィストを高慢なブレーヴォスの海頭《シーロード》やパイク島の〈赤きクラーケン〉を一蹴した英雄と見ていること、そのいっぽうで自分自身は嫌われ、陰口を叩かれていることをピーク公は知っていた。赤の王城の内側でさえ、摂政たちにピーク公を〈王の手〉から退け、代わりにアリン・ヴェラリオンを迎え入れてほしいと望む者は多かった。

しかし、オークンフィストの帰還が巻き起こす熱狂は手に取るように読めたので、〈王の手〉にできるのは心中で怒り狂うことだけだった。《レディ・ベイラ》の帆がブラックウォーター湾の水平線の向こうに姿を現わし、つづいて残りのヴェラリオン軍船が朝靄を割って出現すると、キングズ・ランディングじゅうの鐘がゆっくりと鳴りはじめた。何千という人々が囲壁に詰めかけ、英雄に声援を送るさまは、半年前のラニスポートそっくりだったが、こちらではさらにもう数千人が〈川の門〉に駆けつけて、岸辺に列を作った。しかし、王が埠頭へ行って「わが義兄《あに》の務めを労《ねぎら》いたい」と口にすると、〈王の手〉は陛下がヴェラリオン公のもとへ行くのはふさわしくない、提督が赤の王城に参内《さんだい》し、〈鉄の玉座〉の前で畏《かしこ》まるべきだと主張して許可しなかった。

ここでも、エイゴンとミリエル・ピークの婚約の一件と同様、アンウィン公は他の摂政たちに決定をくつがえされた。ピーク公の猛烈な反対を押し切って、エイゴン王はデネイラ王妃と車駕で城から丘のふもとへ降りていった。同行者はレディ・ベイラと彼女の生まれたばかりの娘、ベイラの妹レディ・レイナと夫君のコーウィン・コーブレイ、グランド・メイスター・マンカン、セプトン・バーナード、摂政のマンフリッド・ムートンとサディアス・ロウアン、〈王の楯《キングズガード》〉の騎士たち、そして埠頭

で《レディ・ベイラ》を出迎えたくてたまらないようすの、その他多くの名士たちである。

その朝は明るく、冷え冷えとしていたと歴史書は伝えている。埠頭の何万という観衆の目の前で、アリン・オークンフィスト公は初めて会う自分の娘レーナをしげしげと見つめた。そして、妃のベイラに口づけをし、彼女から娘を受け取ると、人混みのどこからでも見えるように高々とかかげてみせた。たちまち歓呼が雷鳴のように埠頭をどよもした。それからようやく、赤子を母の腕に返し、王と王妃の前に片膝をついた。デネイラ王妃は愛らしく顔を赤らめ、ほんの少しどもりながら、アリン公の首に青玉《サファイア》をあしらった重い金鎖の頸飾《けいしょく》をかけた。

「これ……提督が勝利なさった海……海のように青いでしょう」

エイゴン三世王は提督を立たせ、こうことばをかけた。

「そなたがぶじ帰ったことを嬉しく思う、義兄上《あにうえ》」

〈マッシュルーム〉がいうには、オークンフィストは立ちあがり笑っていたという。

「陛下」とアリン公は答えた。「陛下は姉君の手を取る栄誉をわたしにくださいました。結婚で陛下の義兄弟となったことはわが誇りです。ですが、血縁で陛下の兄弟となることはけっしてできません。しかしここにひとり、そのご兄弟がおわします――」

そこで、派手な身ぶりとともに、アリン公は自分がライスから持ち帰った〝宝〟を前に呼び出した。《レディ・ベイラ》から降りてきたのはこのうえなく美しい肌白の若い女性と、その娘と腕を組んだ、王と年の近い、立派な身なりの少年だった。ただし、その顔かたちは刺繍の入ったマントの頭巾で隠れている。

アンウィン・ピーク公はもはや自分を抑えられず、

「それは何者なのだ？」と、人を押し分けて前に出ていき、問いただした。「きさま、何者か？」

少年が頭巾を後ろに落とした。陽光がその下の、シルバー・ゴールドの髪に照り映えると、エイゴン三世王は泣きだしながら、飛びつくようにしてその少年を抱きしめた。力のかぎり抱きしめた。オークンフィストの〝宝〟とは、ヴィセーリス・ターガリエン――王の行方不明の弟にして、レイニラ女王とデイモン王配の末男《ばつなん》であり、〈水道《ガレット》の海戦〉で亡くなったと思われて以来、五年近く消息不明になっていた、血のつながった王子その人だった。

AC一二九年、レイニラ女王が一番下の息子ふたりを危険から遠ざけようと、ペントスに送ったことを思い起こされたい。結局、ふたりを乗せて〈狭い海〉を渡ろうとした船は、三頭市《トライアーキー》艦隊の顎《あぎと》に踏みこんでしまう。そのさい、エイゴン王子は自分の騎竜ストームクラウドで逃れたが、ヴィセーリス王子は捕らわれてしまった。直後に〈水道《ガレット》の海戦〉が始まり、その後、ヴィセーリス王子の消息が途絶えたことから、彼は死んだものと思われていた。ヴィセーリスが乗っていたのがどの船であるかすら、確信を持っていえる者はいなかったのである。

しかし、〈水道《ガレット》〉で何千人もが命を落としたにもかかわらず、ヴィセーリス・ターガリエンはそのなかにいなかった。幼い王子を乗せた船は海戦を生き延びて、のろのろとライスに帰港し、そこでヴィセーリスは三頭市艦隊の大提督シャラコ・ロハールの捕虜となった。しかし、海戦の敗北によってシャラコは苦しい立場に陥り、じきに自分の寝首を掻こうとする新旧の敵に囲まれてしまう。金貨と味方ほしさに、シャラコは少年をバンバーロ・バザンという名の、ライスの大人《マジスター》に売り、引き換えにヴィセーリスと同じ重さの金と援助の約束を受け取った。その後、この不名誉な提督が殺されたことによって、〈三嬢子〉間の緊張関係や対立が表面化し、長年くすぶっていた恨みは数々の殺人を含む暴力沙汰へと燃え上がり、まもなく三者は全面戦争に突入する。これに続く混乱のさなか、大人《マジスター》バンバーロは自分の戦利品を同胞のライス人や他都市の商売敵に奪われないよう、当面隠しておくのが得

策と考えた。

　軟禁されたヴィセーリスは丁重に扱われた。バンバーロの館の敷地から出ることは禁じられていたが、自分専用の続き部屋を与えられ、大人《マジスター》やその家族と食事をともにし、家庭教師をつけられて、語学や文学、算術、歴史、音楽などを学び、さらには武術指南役に剣の稽古までつけてもらい、すぐに腕をあげた。バンバーロの思惑は〈双竜の舞踏〉が終わるのを待ち、それからヴィセーリス王子を母親の手元に戻して身代金を得るか（レイニラが勝利を収めた場合）、ヴィセーリスの首を叔父に売りつけるか（エイゴン二世が勝者だった場合）のどちらかだったと一般に考えられている（もっとも、確証はない）。

　しかし、ライスが〈三嬢子戦争〉で一連の手痛い敗北をこうむったことで、この計画は失敗に終わった。バンバーロ・バザンはタイロシュに対抗するために率いていた傭兵団と未払いの報酬をめぐって対立したあげく、AC一三二年に〈戦乱の地〉で亡くなっている。亡くなった直後に、バンバーロが莫大な借金をかかえていたことが判明し、すぐさま債権者たちは彼の館を差し押さえた。バンバーロの妻や子供たちは奴隷として売られ、調度品や衣服、書物、その他、囚われの王子を含む金目の物は、別の貴人、大人《マジスター》ライサンドロ・ロガーレの手に渡った。

　ライサンドロは裕福で影響力も強い、銀行業と貿易業に秀でた一族の家長で、その血統は〈破滅〉前のヴァリリアにまで遡るといわれている。ロガーレ家が所有する多くの事業のなかには、有名な高級娼館〈芳《かぐわ》しの園〉があった。ヴィセーリス・ターガリエンは非常に美しかったので、ライサンドロ・ロガーレはヴィセーリスを高級男娼として働かせるつもりだったという……しかしそれも、少年が身分を明かすまでのことだった。自分の手元にいるのが王子だと知ると、大人《マジスター》は急いで計画を見なおした。王子に売春させるかわりに、自分の一番下の娘、ウェスタロス史では〈ライスのラーラ〉とし

て知られるレディ・ラーラ・ロガーレと結婚させたのだ。

サンスピア宮でアリン・ヴェラリオンとドラゼンコ・ロガーレが偶然出会ったことにより、ヴィセーリス王子を兄王に返還する絶好の機会が生まれた……とはいえ、なんであれ売れる可能性のあるものを贈り物にするのは、ライス人の流儀ではない。そこでまずは、オークンフィストがライスを訪れ、ライサンドロ・ロガーレの出した条件に同意することが必要だった。

［その席には、アリン公ではなく、お袋さんの〈鼠〉がついていたほうが、王国のためにはなったかもしれんな］という〈マッシュルーム〉の評価は正しい。オークンフィストは交渉ごとにはまるで向いていなかった。王子の引き渡しのためアリン公が同意した条件は、〈鉄の玉座〉が身代金として、ドラゴン金貨十万枚を支払う、ロガーレ家とその派閥に百年間武力を行使しない、現在ブレーヴォスの〈鉄の銀行〉に委託している財源をライスのロガーレ銀行に移す、ライサンドロの下の息子三人に貴族の称号を授ける……そしてなにより、ヴィセーリス・ターガリエンとラーラ・ロガーレの結婚がいかなる理由によってもくつがえされないと名誉にかけて誓う、というものだった。これらすべてをアリン・ヴェラリオンは受け入れ、署名を施し、印章を押した。

ヴィセーリス王子はコグ船《無鉄砲《ヴィ・アバンダン》》から連れ去られたとき、七歳だった。ＡＣ一三四年に帰還を果たしたときには、十二歳になっていた。《レディ・ベイラ》から、王子と腕を組んで歩いてきた妃の若い女性は十九歳で、七つ年上だった。ヴィセーリスは王より二つ年下ではあったが、ある面で、兄より成熟していた。エイゴン三世がどちらの王妃にも色欲を見せなかったのとは対照的に（まだ子供のデネイラ王妃についてはそれも理解できるが）、ヴィセーリスはすでに妃と契っていたのだ。これは当人が王子を歓迎する祝宴の席で、グランド・メイスター・マンカンに対し、誇らしげに打ち明けたことである。

弟が黄泉路から帰ってきたことは、エイゴン三世に驚くべき変化をもたらした、とマンカンは語る。王は〈水道《ガレット》の海戦〉前にドラゴンの背に乗って《無鉄砲》から脱出したさい、ヴィセーリスをあとに残した自分をけっして赦さなかった。当時はほんの九歳だったが、エイゴン王子は、代々、戦士と英雄を輩出している系譜の出自であり、父祖たちの偉業や覇業の物語を聞かされて育った。しかし、そのどこにも幼い弟を見捨てて戦いから逃げ出したなどという逸話はなかった。ゆえに、王位を継いでからも、〈欠落王〉は深く落ちこんだまま、自分には〈鉄の玉座〉にすわる価値はないと感じつづけていた。弟も、母も、幼い王妃も、忌まわしい死から救えなかったのに、どうしてひとつの王国を救うことができよう？

ヴィセーリスの帰還はまた、王の孤独を和らげるうえでも大いに効果を発揮した。少年のころのエイゴンが崇拝していたのは種違いの三人の兄だったが、同じ寝室で眠り、ともに学び、遊んでいたのはヴィセーリスだった。

〔王の一部は〈水道《ガレット》〉で弟とともに失われていた〕とマンカンは書いている。〔エイゴンの〈白き髪のゲイモン〉への愛情が、行方不明の幼い弟の代わりを求める心から生まれたのは明白だったが、ヴィセーリスが自分の元へ戻ってきてからというもの、エイゴンは生気を取り戻し、ふたたび完全な存在に戻ったようだった〕

ヴィセーリス王子はドラゴンストーン城での少年時代のようにエイゴン王にいつも付き従い、いっぽう〈白き髪のゲイモン〉は相手にされず忘れ去られ、デネイラ王妃でさえ放っておかれた。

行方知れずの王子の帰還は王位継承問題も解決した。王の弟であるヴィセーリスはまぎれもない法定継承者であり、ベイラ・ヴェラリオンやレイナ・コーブレイの下《もと》に生まれたどの子供、さらには双子たち本人よりも上位にある。エイゴン三世が六歳の少女と再婚したことなど、もはや大した問題で

はないように思われた。ヴィセーリス王子は陽気で愛嬌のある少年で、とびきりの魅力と底なしの活力を兼ね備えていた。兄ほど背が高くなく、強くもなく、美男子というわけでもないのに、王子に会った者はみな王よりも知的で興味深い人物という印象を受けた。そして王子の妃は、王子の子こそまだ産んでいないが、美しく若い女で、充分子供を産める年齢だった。エイゴン三世には幼い花嫁を娶らせておけばよい――〈ライスのラーラ〉が近いうちにきっとヴィセーリスの子供を産むだろうし、それで王朝は安泰である。

　こうした諸々の理由から、王も宮廷も王都も、王子の帰還に沸き、アリン・ヴェラリオン公はヴィセーリスをライスの手から救い出したことで、今まで以上に愛されるようになった。しかし、〈王の手〉は人々と喜びを分かち合わなかった。アンウィン公は王弟が帰ってきたことに喜びを表明しつつ、オークンフィストが支払うと約束した金額に激怒していた。若き提督にはこんな〝法外な条件〟に同意する権限はいっさいないとピークは主張した。〈鉄の玉座〉を代行する資格を持つのは摂政たちと〈王の手〉だけであり、〝艦隊を引き連れた愚か者〟などにはない。

〈王の手〉が自分の不満を小評議会に諮《はか》った際、法と伝統に従えばピーク公に分があるとグランド・メイスター・マンカンは認めた……とはいえ、王も庶民もそうは感じていなかったし、アリン公の約束を反故《ほご》にするのは愚の骨頂だった。他の摂政たちも同意見だった。投票により、オークンフィストに新たな勲章を授けること、ヴィセーリス王子とレディ・ラーラの結婚の正当性を認めること、身代金に同意して十年払いで支払うこと、それよりはるかに莫大な黄金をブレーヴォスからライスに移すことが決まった。

　アンウィン・ピーク公にとって、これはまたしても恥をかかされ、否定されたように感じられた。〈乙女の日〉の淑女品評会で、王が自分の娘ミリエルを放り出し、幼いデネイラを選んでから日が浅

かったこともあり、ピーク公の自尊心は我慢の限界を超え、辞任を申し出た。もしかすると、〈王の手〉を辞任すると脅すことで、同輩の摂政たちを従わせられると考えていたのかもしれない。かわりに小評議会は、ピーク公の辞任を即座に受け入れ、生真面目で誠実、評判も高いサディアス・ロウアン公を後任に任命した。

アンウィン・ピークは王都を去って、居城である星嶺《せいれい》城に帰り、自分が受けたと感じている数々の不当な仕打ちについて憤慨していた。しかし、叔母のレディ・クラリスをはじめ、叔父の〈大斧〉ことゲドマンド・ピーク、ガレス・ロング、ヴィクター・リスリー、ルーカス・レイグッド、ジョージ・グレイスフォード、セプトン・バーナード、そのほか、ピーク公が口利きをした多くの人々は、どういうわけか公のあとを追わず、それぞれの職に残りつづけた。〈王の楯《キングズガード》〉の誓約の兄弟は生涯を捧げるので、ピーク公の腹違いの弟サー・マーヴィン・フラワーズと甥のサー・エモーリー・ピークもやはり残った。アンウィン公はテッサリオと〈指〉まで後任の〈王の手〉に残していった――王に護衛がいるからには、〈王の手〉も持たなければならない、というのがピーク公の言い分だった。

（「摂政時代」了）

〈ライスの春〉と摂政制の終わり
The Lysene Spring and the End of Regency

この年の残り、キングズ・ランディングは平穏そのもので、唯一の不幸は乙女の池《メイドンプール》の領主であり、エイゴン三世を支える当初からの摂政の数少ないひとりだったマンフリッド・ムートンの死去だった。ムートン公はここしばらく健康が思わしくなく、冬の熱病で失った体力を完全には取り戻していなかったので、亡くなってもそれほど話題にはならなかった。小評議会でのムートン公の後任に、ロウアン公はレディ・レイナの夫であるサー・コーウィン・コーブレイを指名した。いっぽう、レイナの姉レディ・ベイラは、アリン公と自分たちの娘とともにドリフトマーク城へ帰った。ほどなくして、ヴィセーリス王子がレディ・ラーラの懐妊を告げ、宮廷を賑わせた。キングズ・ランディングじゅうがこれを祝った。

しかし王都の外では、征服後《AC》一三四年は懐古したくなるような年ではなかった。地峡《ネック》の北側では、冬がいまだその冷たい拳で大地を握りしめていた。バロウトンの町ではダスティン公が門を閉じ、囲壁の下に群がっていた何百という飢えた村人を締め出した。白い港《ホワイト・ハーバー》は港を通じて南部から食料を

取り寄せられたので状況はもう少しましだったが、価格が高騰したことで、善良な男たちは妻子を食わせるために、〈狭い海《ナロー・シー》〉の向こう、東の大陸の奴隷商人に自分を売りはじめ、下劣な男たちは妻子を売り飛ばした。ウィンターフェル城のすぐそばにある〈冬の町〉でさえ、北部人は犬や馬を食料にしはじめていた。寒さと飢えで〈冥夜の守人《ナイツ・ウォッチ》〉の三分の一が失われ、数千の野人が〈壁〉の東をまわりこみ、凍った海を渡ってきたさいに、さらに数百人の黒の兄弟が戦闘で命を落とした。

鉄《くろがね》諸島では〈赤きクラーケン〉の死後、熾烈な権力闘争が起きていた。ドールトン公の三人の姉妹とその配偶者は〈海の石の御座〉を継ぐ少年トロン・グレイジョイを押さえ、その母親を処刑し、いっぽうドールトンの従兄弟たちはハーロー島とブラックタイド島の領主と組んでトロンの腹違いの弟ロドリックを擁立し、さらにグレート・ウィック島の者たちは暗黒王の系譜に連なると主張するサム・ソルトという僭主の元に集結した。

鉄人《くろがねびと》の流血の三つ巴が半年間激化しつづけたところで、サー・レオ・コステインは麾下の艦隊で鉄《くろがね》諸島を強襲し、剣と槍を携えた数千人のラニスター兵を、パイク島、グレート・ウィック島、ハーロー島に上陸させた。オークンフィスト公はラニスター家の鉄人《くろがねびと》に対する復讐に加担するのを断わったが、この老〈海獅子〉ことサー・レオは、レディ・ジョハナの要請に進んで応えた……条件を満たせばレディが結婚してくれるという約束に心動かされたのかもしれない。その条件とは、鉄《くろがね》諸島をレディ・ジョハナの息子、現当主であるローレオンの統治下に置いてみせることだった。しかし、この務めはサー・レオの手に余ることが判明した。コステインはグレート・ウィック島にある岩がちな丘で、アーサー・グッドブラザーの手にかかって斬り殺され、艦隊の四分の三は拿捕されるか、冷たい灰色の海に沈められるかしたのだ。

鉄人《くろがねびと》を最後のひとりにいたるまで剣の錆とする――そんなレディ・ジョハナの願いはかなわなか

ったものの、戦闘が終結するころには、ラニスター家が借りを返したことを疑う者はいなかった。数百隻の長船《ロングシップ》と漁船が焼かれ、同数近い家と村が焼かれた。西部を荒らしまわった鉄人《くろがねびと》の妻や子供は、見つかりしだい、斬り捨てられた。殺された者のなかには、〈赤きクラーケン〉の九人の従兄弟、三人の姉妹のうちのふたりとその夫、オールド・ウィック島のドラム公とグレート・ウィック島のグッドブラザー公、さらにハーロー島のハーロー公とヴォルマーク公、〈宗主の港《ローズポート》〉のボトリー公、オールド・ウィック島のストーンハウス公といった諸公も含まれていた。ラニスター勢が備蓄されていた大量の穀物と魚の塩漬けを徴発し、運びきれない分は処分したせいで、年の暮れまでにさらに数千人が飢餓で亡くなった。トロン・グレイジョイ少年は、城兵がパイク城の城壁でラニスター勢を撃退したことで〈海の石の御座〉に留まったが、腹違いの弟ロドリックは捕虜となってキャスタリーの磐《ロック》城に連れてこられ、そこでレディ・ジョハナの命令で去勢されたうえ、レディの息子専属の道化にされた。

ウェスタロスを横切った反対側では、AC一三四年の後半、継承権をめぐる別の争いが起きていた。〈谷間《ヴェイル》の乙女〉ジェイン・アリン女公が胸の病にかかり、鷗の町《ガルタウン》で亡くなったのである。享年四十だった。ガルタウンの港が面する湾内には岩がちの島がある。そこに建てられたマリスの女子修道院でジェイン女公が息を引き取ったとき、その手を取っていたのは、女公の〝親愛なる友〟ジェサミン・レッドフォートだった。ジェイン女公は死の床で遺言を口述筆記させ、従弟のサー・ジョフリー・アリンを後継者に指名した。サー・ジョフリーは〈血みどろの門の騎士〉として、過去十年間、ジェイン女公に忠実に仕え、谷間を山岳地帯の獰猛な山の民から守っていた。

しかしサー・ジョフリーはジェイン女公の遠縁の者にすぎなかった。血縁のうえではるかにジェイン女公に近いのは従弟のサー・アーノルド・アリンだったが、過去に二度、女公をアリン家の当主か

ら引きずりおろそうとした前科があった。二度めの叛乱が失敗に終わったあと、投獄されていたサー・アーノルドは、高巣城《アイリー》の天空房《スカイ・セル》と月の門城の地下牢に長年収監されたことで、いまやすっかり狂気に陥っていた……が、その息子のサー・エルドリック・アリンは正気なうえ、抜け目のない野心家で、このときとばかり表舞台に立つと、公位継承権は父親にあり、自分はそれを継ぐものだと主張しだした。谷間の多くの城主がサー・エルドリックの旗のもとに集《つど》い、長年培われた相続法が〝死に際の女の気まぐれ〟でくつがえることはないと主張した。

三人めの継承権主張者として名乗りを上げたのは、イゼムバード・アリンという人物で、偉大な本家からずいぶん傍流にあたるガルタウン系アリン家の家長だった。ジェヘアリーズ王の御代《みよ》に本家から分かれたガルタウン系のアリン家は、貿易に邁進《まいしん》して富を蓄えていた。イゼムバードの腕にとまる隼は黄金でできていると人々が冗談めかしていったことから、すぐに〈黄金の隼〉の二つ名で知られるようになる。イゼムバードは今その富を活用し、小貴族たちに賄賂をつかませて自分の支援にまわらせ、また〈狭い海〉の向こうから傭兵団を呼び寄せていた。

ロウアン公はこうした悲劇を抑えるべく、できるかぎり手を尽くし、ラニスター家には鉄《くろがね》諸島から手を引くよう命じ、北部には食料を送り、アリン家の継承権主張者たちをキングズ・ランディングに召喚して、摂政たちの前で各人の申し立てを述べるよう伝えた。しかしロウアン公の努力はほぼ徒労に終わった。ラニスター家とアリン家はどちらも命令を無視し、白い港《ホワイト・ハーバー》に到着した食料はごくわずかで、飢饉をしのげるものではなかったのだ。サディアス・ロウアンも彼が仕える少年王も、好かれこそすれ、恐れられてはいなかった。年の終わりには、宮廷でも多くの者たちがこの国を支配しているのは摂政たちではなく、むしろライスの銀行家たちではないかとうわさしはじめた。

宮廷も王都も、王弟である聡明で勇ましいヴィセーリス少年にはいまだに愛着を感じていたが、ラ

イス人の妻のことは同じように考えていなかった。ラーラ・ロガーレは夫とともに赤の王城で暮らしていたが、心はいまだライスの女だった。母語であるライス語に加えてハイ・ヴァリリア語や、ミア、タイロシュ、オールド・ヴォランティスの各言語を流暢に話したが、ウェスタロスの共通語を少しも覚えようとせず、自分の望みを伝えるさいは通訳に頼りきっていた。侍女も召使いも全員がライス人である。身にまとうドレスから下着にいたるまで、どれもライスから取り寄せていた。父親の船が年に三度、ライスで最新流行の品を届けていたのだ。ラーラには専属の護衛さえいた。ライス人の兵士が昼となく夜となくラーラを護衛し、その指揮を執るのはラーラの兄モレドと、〈影のサンドク〉という、ミーリーンの闘技場出身の、口がきけない巨漢のふたりだった。

こうしたあれこれも、時が経てば宮廷と王国は受け入れたかもしれないが、それもレディ・ラーラが自分たちの信仰を守りつづけると言いだすまでのことだった。ラーラは〈七神〉も北部人の古《いにしえ》の神々も崇めなかった。彼女が崇めるのはライスの多彩な神々のうちの数柱だった。六つの乳房を持つ猫の女神パンタラ、昼は男、夜は女の、薄明の神インドロス、剣の神である白き子供バッカロン、苦痛をもたらす無貌の神サアゲイルである。

レディ・ラーラの側役も召使いも護衛たちも、決まった時間になると女主人に加わり、これら奇妙な古代の神々に敬意を捧げた。猫がラーラの部屋をあまりにも頻繁に出入りするので、人々は、あれはラーラの密偵で、甘い鳴き声を通じて、赤の王城の一挙手一投足を主人に伝えているのだといいはじめた。ラーラ自身が猫に変化《へんげ》して、王都の側溝や屋根をうろつきまわっているとさえいわれた。すぐにもっと黒いうわさが立った。インドロスの神官は愛の営みを通じて、自身を男から女へ、女から男へと変化させられるといわれている。ラーラは黄昏どきの饗宴でよくこの能力を使っては、シルク通りの娼館に男として通っていると囁かれた。そして子供が姿を消すと、決まって無知な者たちは顔

を見合わせ、サアゲイルの満たされない血の渇きについて語るのだった。

〈ライスのラーラ〉以上に嫌われていたのが、ラーラに同行してきた三人の兄たちである。モレドは妹の護衛隊長を務め、ロソは〈ヴィセーニアの丘〉の頂上にロガーレ銀行の支店を開設した。三人のうちで一番年下のロゲリオは〈川の門〉のそばに〈人魚〉というライス式の豪華な娼館を開き、そこに夏諸島《サマー・アイランド》産の鸚鵡《オウム》やソゾリオス大陸産の猿、世界じゅうから集めた百人の異郷の少女たち（そして少年たち）を詰めこんだ。この店の娘たちを買うには、他の娼館が強気でつけた値段の、そのまた十倍かかったが、ロゲリオは顧客にことかかなかった。大貴族も一般の商人も等しく、彫刻と彩色を施された〈人魚の扉〉の奥にある美と驚異について語った……そのなかには、ある者によれば、本物の人魚すらいたという（〈人魚〉の無数の驚異について判明していることの大半は〈マッシュルーム〉によるものだが、それというのも歴史書をものした者たちのなかで、この道化だけが足しげくこの娼館に通い、贅を尽くした内装の部屋で多くの楽しみに耽ったと、みずから告白しているからである）。

〈狭い海〉の向こうでは、〈三嬢子戦争〉がようやく終わりを迎えていた。ラカリオ・リンドゥーンは残った仲間を連れて南のバジリスク諸島へ逃亡し、ライス、タイロシュ、ミアは〈戦乱の地〉を割譲しあい、ドーンが踏み石諸島《ステップストーンズ》の大部分を支配した。ミアはこの新たな協定で最大の損失をこうむり、タイロシュの執政官《マジスター》とドーンの女大公《プリンセス》がもっとも利益を得た。ライスでは旧家が没落して、多くの高貴な生まれの大人が落ちぶれ、破産したが、いっぽうで成り上がり、権力の中枢に就いた者たちもいた。その筆頭がライサンドロ・ロガーレと、その弟でドーンとの同盟の仕掛け人、ドラゼンコだった。ドラゼンコのサンスピア宮とのつながり、そしてライサンドロの〈鉄の玉座〉とのつながりによって、ロガーレ家は事実上、ライスの支配者となった。

ＡＣ一三四年の暮れには、ロガーレ家がもうじきウェスタロスも支配するのではないかと恐れる者が出てきた。そして、ライス人たちの誇り高さや高慢さ、その権力が、キングズ・ランディングでも話題にのぼった。人々はロガーレ家が策略をめぐらせているとうわさしはじめた。ロソは金で人を買収し、ロゲリオは娼妓たちの甘く香る柔肌で人をたぶらかし、モレドは鋼で人を服従させる。しかしこの兄弟も、レディ・ラーラに操られた人形でしかない――糸を引いているのはラーラと奇妙なライスの神々なのだ。王、幼い王妃、若き王子――王室の人々はほんの子供にすぎず、周囲で起きていることには気づいていないし、〈王の楯《キングズガード》〉も金色《こんじき》のマントも、さらには〈王の手〉でさえ、買収されるか、誰かに売り渡されている……。

この調子でうわさは続いていく。こうした話が往々にしてそうであるように、これらのうわさもいくらか真実は含んでいるが、不安と虚偽が数多く混入している。ライス人が誇り高く強欲で野心家なのは疑うべくもない。ロソが銀行を、ロゲリオが娼館を使って、自分たちの主張に賛同する友を集めていたのも明らかだ。しかし、結局のところ、ロガーレ家の者たちも、エイゴン三世の宮廷に集うほかの貴族や貴婦人と大差ない。宮廷に群がる誰もが、自分なりの方法で権力と富を追っているのである。競争相手より成功はしていたものの（少なくともしばらくのあいだは）、このライス人たちは影響力を競い合う各勢力のほんのひとつにすぎなかった。レディ・ラーラとその兄たちがウェスタロス人であったなら、敬われ、称賛されもしただろうが、異郷の出自と流儀、そして神々のせいで、かわりに不信と疑惑の対象となってしまったのだった。

マンカンはこの時期を〈ロガーレの天下〉と名づけたが、この用語はいままでオールドタウンの、それも〈知識の城《シタデル》〉の学匠《メイスター》と大学匠《アーチメイスター》のあいだでしか使われていない。この時代を生きた人々は〈ライスの春〉と呼んだ……その時代の一部を、まさに春が担っていたからだ。ＡＣ一三五年の初頭、

わったことを告げた。
賢人会議《コンクレイヴ》はオールドタウンから白い使い鴉を飛ばし、七王国史上もっとも長く過酷な冬のひとつが終わったことを告げた。

春は古来、希望と復活と再生の季節であり、AC一三五年の春もそれにたがわず、希望と復活と再生に満ちていた。鉄《くろがね》諸島での戦争は終結し、クリーガン・スターク公はブレーヴォスの〈鉄の銀行〉から多額の借金をして、飢えた庶民に食料と種子を買い与えた。谷間《ヴェイル》だけはいまだに闘争が続いていた。前述のとおり、アリン家の公位継承権主張者たちは、キングズ・ランディングへ出向いて、紛争の裁定を摂政に委ねることを拒否していた。これに怒ったサディアス・ロウアン公は、同輩の摂政サー・コーウィン・コーブレイが指揮する千人の兵をガルタウンに送りこみ、王の平和を回復させ、公位継承問題を決着させようとしていた。

いっぽう、キングズ・ランディングは長年見られなかった繁栄のときを迎えていたが、これには少なからずライスのロガーレ家が関わっていた。ロガーレ銀行は自分たちに預けられた資金に毎回気前よく利子を付けて払い出しに応じ、それによってますます多くの貴族からいっそう多額の資金をロガーレ銀行に委託させた。貿易も盛んになり、タイロシュ、ミア、ペントス、ブレーヴォス、そしてなによりライスからの船がブラックウォーター河沿いの埠頭に詰めかけると、シルクや香辛料、ミア産のレース、クァース産の翡翠《ヒスイ》、ソゾリオス大陸産の象牙、そのほかにも地の果てから届いた奇妙で不思議な品々が荷揚げされ、そのなかには以前の七王国ではそうそうお目にかかれない奢侈《しゃし》品もあった。

他の港町もこの恩恵に浴していた——ダスケンデールの町、メイドンプールの町、ガルタウン、ホワイト・ハーバーでも同様に貿易が栄え、南のオールドタウン、さらには〈日没海〉に面する西のラニスポートまで同じ恩恵にあずかっていた。ドリフトマーク島ではハルの町が復興した。何十隻もの船が新造されては進水していき、オークンフィスト公の母親は自身の貿易船団を大幅に拡大し、〈マ

ッシュルーム〉が〈鼠御殿〉とあだ名を付けた、港を見下ろす豪邸を建てはじめた。
〈狭い海〉の向こう側では、ライス本国もライサンドロ・ロガーレの〈金尽《かねず》くの暴政〉のもとで繁栄し、ライサンドロは自身に終身第一大人《マジスター》の称号を与えた。そして、弟のドラゼンコがドーンのアリアンドラ・マーテル女大公と結婚し、夫君にして〝踏み石諸島の領主〟の称号を得るにいたり、ロガーレ家の権勢は頂点に達した。人々は彼を〈偉大なるライサンドロ〉と呼びはじめた。

AC一三五年最初の四半期に起きたふたつの重要な出来事が、ウェスタロスの七王国全土に歓喜の渦を巻き起こした。当年三の月、第三日、キングズ・ランディングの人々は目覚めると、〈舞踏〉の暗い日々以来忘れていた光景を目にした——王都の上空を一頭のドラゴンが飛んでいる。まだ十九歳のレディ・レイナが、自身のドラゴン、モーニングで初めて飛行したのだった。初日は王都上空を一周しただけで〈竜舎〉に戻ってきたレイナだったが、以降は日ごとに大胆さを増していき、飛距離も伸びていった。

一度だけ、レイナがモーニングを赤の王城の敷地内に着陸させたことがあったが、ヴィセーリス王子がどれだけ義姉が飛ぶのを見にいこうと兄王を誘っても、ついに説得することはできなかった（しかし、デネイラ王妃はモーニングに大喜びして、自分専用のドラゴンが欲しいといったといわれている）。その後まもなく、モーニングはレディ・レイナを乗せてブラックウォーター湾を渡り、レイナのことばを借りれば〝ドラゴンとその騎竜者は大歓迎〟のドラゴンストーン城を訪れた。

二週間とあいだを置かず、今度は〈ライスのラーラ〉がヴィセーリス王子の最初の子となる男児を出産した。母親は二十歳、父親はまだ十三歳だった。ヴィセーリスはその子に兄王の名をいただいてエイゴンと名づけ、ターガリエン家の嫡子にはみなそうするように、揺りかごの中にドラゴンの卵を置いた。エイゴンは城内の聖堂《セプト》で、セプトン・バーナードにより、七種の聖油による聖別の秘蹟を施

され、王都では鐘を鳴らして新王子の誕生を祝った。贈り物が王国各地から送られてきたが、豪勢さではどれもライスの伯父たちからの贈り物に敵わなかった。ライスでは〈偉大なるライサンドロ〉が孫の誕生を記念する祝日を制定した。

しかし、喜びのさなかで不満の声も上がりはじめた。ターガリエン家の新たな男子は〈正教〉の聖別を受けたが、やがて王都では、母親のラーラが赤子に自分の神々の祝福も受けさせようとしているとの話が広まり、さらに〈人魚〉での淫らな儀式や〈メイゴルの天守〉での血の生贄といったうわさも街中で耳にするようになった。うわさだけならそこで終わっていたかもしれないが、直後に王国と王家を数々の災難が——それも続けざまに——襲ったことから、ついには〈マッシュルーム〉のように神々を嘲笑う者たちでさえ、〈七神〉がターガリエン家と七王国に怒りの矛先を向けたのではないかと疑問を持ちはじめた。

来《きた》るべき暗い時代の前兆が最初に起きたのはドリフトマーク城である。レーナ・ヴェラリオンの誕生時に贈られたドラゴンの卵で、ちょうど殻打ちと孵化が始まるところだった。しかし、両親の誇りと喜びは急速に潰《つい》えた——卵から身をよじって出てきたドラゴンは奇形で、羽を持たず、蛆のように白い、盲目の地竜《ワィアーム》だったのである。孵化した直後に、この怪物は揺りかごの赤子に襲いかかり、腕から肉片を喰いちぎり、血を撒きちらした。レーナが悲鳴をあげるやいなや、オークンフィスト公は娘からこの〝ドラゴン〟を引き剝がし、床に叩きつけ、細切れに切り刻んだ。

この奇形のドラゴン誕生とその後の惨劇の知らせは、エイゴン王の心を大いにかき乱し、それはすぐに王とその弟の言い争いへと発展した。ヴィセーリス王子はまだ自分のドラゴンの卵を持っていた。一度も殻打ちが起きたことはなかったが、王子はそれを異郷で虜囚になっていた年月のあいだ、片時も離さず持ち歩いていた。王子にとって大きな意味を持っていたからである。エイゴン三世がドラゴ

ンの卵を自分の城に置くことはいっさい許さないと命じると、ヴィセーリスは心底激怒した。しかし、王の意志は絶対であり、そうでなければならない。卵はドラゴンストーン城に送られ、ヴィセーリス王子はそれから月がひとめぐりするあいだ、エイゴン王と口をきかなかった。

王は弟との言い争いをずいぶんと気に病んでいたと〈マッシュルーム〉は語るが、その後に起きた事件によって心の支えを失い、それどころではないほどに打ちひしがれることになる。エイゴン王が幼いデネイラ王妃、それに友人〈白き髪のゲイモン〉と階上の部屋で静かな晩餐をとり、そこにこびとの道化が〝酔っぱらい熊の戯《ざ》れ歌〟で笑いを添えていたときのこと、落とし子の少年が腹痛を訴えはじめた。まるで内臓を締めつけられているようだという。

王は〈マッシュルーム〉に命じた。

「走ってグランド・メイスター・マンカンを呼んでこい」

道化がグランド・メイスターを連れて戻ってきたころには、ゲイモンは床に倒れていた。そのうえデネイラ王妃も、

「わたしもお腹が痛い」とうめいている状況だった。

ゲイモンは長年、エイゴン王の酌人兼毒味役として仕えていたので、マンカンはすぐに、ゲイモンと幼い王妃が毒を盛られたと断言した。マンカンはデネイラに強力な下剤を投与し、どうやらそれが命を救ったらしい。王妃は一晩じゅう、こらえきれない吐き気を何度も催し、すすり泣きながら苦痛に身をよじりつづけ、翌日は脱水と消耗でベッドから離れられない状態がつづいた。それでも、毒は洗い流された。しかし〈白き髪のゲイモン〉は、マンカンが着いたときには手遅れだった。一時間と経たず、少年は死んだ。娼館で落とし子として生まれた〝女陰の王様〟は、〈狂気の月〉という短いあいだ、丘の上で自分の王国に君臨し、目の前で母親を処刑され、エイゴン三世の酌人となり、武術

指南役に王の身代わりとして鞭打たれる役を担い、友人として仕えた。亡くなったときにはまだ九歳だったと推定される。

事件後、グランド・メイスター・マンカンは夕食の残りを籠に入れた鼠に与え、焼く前の林檎《リンゴ》のタルト生地に毒が仕込まれていたと結論づけた。さいわい、王は甘い物はとくに好まなかった（本当のことをいえば、どの食物も好きではなかった）。〈王の楯《キングズガード》〉の騎士たちは、すぐさま赤の王城の厨房を捜索して、十数人の料理人、パン焼き職人、皿洗い、給仕の少女を拘禁し、これら厨房関係者を審問長のジョージ・グレイスフォードに引き渡した。拷問によって七人が王に毒を盛る企みを自白した……しかし、どの説明もほかのものと食い違っており、どこで毒を手に入れたかが一致せず、しかも誰ひとり、毒の入った料理を正確に名指せなかった。ロウアン公は、〝こんな証拠では尻も拭えん〟といって、しかたなく自白を退けた（〈王の手〉は毒殺事件の前から暗澹たる心持ちだった。公の若妻レディ・フローリスが産褥で亡くなるという家庭の不幸が起きたばかりだったからである）。

弟がウェスタロスに戻ってきてから〈白き髪のゲイモン〉と一緒に過ごす時間が減っていたとはいえ、友の死にエイゴン三世は悲嘆にくれた。ささいなことではあったが、せめてもの救いは、この事件が王とヴィセーリス王子の仲違いを癒やすきっかけとなったことだろう。ヴィセーリスは頑《かたくな》な沈黙を破って悲しむ王を慰め、王妃のベッドのそばに並んで座った。しかしそれでは足りなかった。これ以降、エイゴン三世は口を閉ざし、かつての陰鬱さをふたたびまとうと、宮廷にも王国にもいっさいの関心を失ってしまったようだった。

次の一撃は、キングズ・ランディングから遠く離れたアリンの谷間を襲った。きっかけは、サー・コーウィン・コーブレイが〝ジェイン女公の遺志が優先されなければならない〟と裁定を下し、サー・ジョフリー・アリンが高巣城《アイリー》の正式な城主であると公表したことだった。ほかの継承権主張者たち

が、そんな内容はとうてい受け入れられないと裁定を拒むと、サー・コーウィンは〈黄金の隼〉とその息子たちを投獄し、エルドリック・アリンを処刑した。しかし、エルドリックの狂った父親、サー・アーノルドだけは、どうやってかサー・コーウィンの手を逃れ、かつて少年時代に従士として仕えていた神秘の石城《ルーンストーン》に逃亡した。谷間において〈青銅の巨人〉の二つ名で知られる神秘の石城城主、ガンサー・ロイスは、頑固で恐れを知らない老人だった。サー・コーウィンがサー・アーノルドを避難先から引きずり出そうとしてやってくると、ガンサー公は古くからロイス家に伝わる青銅の鎧を着こみ、馬に乗って出てくると、サー・コーウィンに対峙した。対話は熱を帯び、罵り合いに変わり、脅迫へと転じた。コーブレイが名剣〈孤独の淑女《レディ・ファローン》〉の柄《つか》に手をかけたとき――ロイスを斬るためか、たんなる脅しだったのかは永遠に不明である――神秘の石城の胸壁からひとりの弩弓《クロスボウ》兵が太矢を放ち、コーブレイの胸を貫いた。

　王の摂政の一員を手にかけたことは大逆行為であり、王その人を害したにも等しい。そのうえ、サー・コーウィンは、勇猛で強大な権力を持つ心の故郷城《ハーツ・ホーム》の城主、クェントン・コーブレイの叔父であり、また騎竜者レディ・レイナの愛する夫であり、さらにその双子の姉レディ・ベイラの義弟にあたるわけだから、アリン・オークンフィストとも姻戚関係にあった。サー・コーウィンの死によって、新たな戦火がアリンの谷間に燃えあがった。コーブレイ家、ハンター家、クレイン家、レッドフォート家はジェイン女公の選んだ跡継ぎサー・ジョフリー・アリンを支援するため参集し、いっぽう、神秘の石城のロイス家と〈狂える後継者〉サー・アーノルドは、テンプルトン家、トレット家、コールドウォーター家、ダットン家と手を組み、さらに指状の岬群であるフィンガーズや三姉妹《スリー・シスターズ》諸島の領主たちもそこに加わった。ガルタウンを統べるグラフトン家は、〈黄金の隼〉が投獄されているにもかかわらず、断固としてその支持にまわった。

キングズ・ランディングから最終通告が来るのに長くはかからなかった。ロウアン公は最後にもう一度、使い鴉を谷間に送り、〈狂える後継者〉と〈黄金の隼〉を支持する諸公に対して、即座に投降せよ、さもなくば〝〈鉄の玉座〉の不興を買うだろう〟と伝えた。返事がないことから、〈王の手〉はオークンフィストと相談し、この混乱を武力で終結させる計画を練った。

春が訪れ、〈月の山脈〉を貫く街道がふたたび開通したかに思われた。五千の兵がサディアス公の長男サー・ロバート・ロウアンの指揮のもとに出発し、〈王の道〉を北へ向かった。メイドンプールの町、ダリー城、ヘイフォード城からの徴募兵を加えて、軍勢は行軍しながらその数を増していき、三叉鉾河《トライデント》を渡河したところで、フレイ家の兵六百名、ベンジコット公その人が率いるブラックウッド家の兵千名と合流し、総勢九千名で山々に踏み入った。

攻撃の第二波は海から始まった。前任の〈王の手〉の叔父である〈大斧〉のサー・ゲドマンド・ピークが指揮する王の艦隊を動かすよりはと、ロウアン公は必要な軍船の供出をヴェラリオン家に任せた。オークンフィストが艦隊の指揮をみずからとるいっぽう、妻のレディ・ベイラはドラゴンストーン城に赴いて、未亡人となった双子の妹を慰めた（そしてついでに、レイナがみずからモーニングにまたがり、殺された夫の復讐に出向く気がないことを確かめた）。

アリン公が谷間に輸送する軍の指揮は、レディ・ラーラの兄モレド・ロガーレがとる、ロウアン公はそう宣言した。モレド公が恐るべき戦士であることは誰もが疑わなかった——長身でいかめしく、ホワイトブロンドの髪と燃えるように鮮やかな青色の目を持つモレドは、人々が口にするように、古《オー》き《ルド》ヴァリリアの戦士の姿そのもので、ヴァリリア鋼の長剣〈真理《トゥルース》〉を携えていた。

しかし、その卓越した剣の腕前にもかかわらず、このライス人の登用はひどく評判が悪かった。弟であるロゲリオとロソがふたりとも共通語に堪能なのに対し、モレドの共通語はひいき目に見てもつ

たないものだったし、ライス人にウェスタロスの騎士たちを指揮させることについては多くの者が異議を唱えた。宮廷でのロウアン公の敵――そのなかにはアンウィン・ピークの口利きで今の職に就いた者も多く含まれている――はすぐさま、これこそサディアス・ロウアンがオークンフィストとロガーレ家に自分を売りこんだ証拠だと、この半年間流してきたうわさをふりまいた。

こうした陰口も谷間への攻撃が成功していたなら、問題にならなかったかもしれない。だが、そうはならなかった。オークンフィストは、〈黄金の隼〉が備った軍船団をあっさり一蹴してガルタウンの港を押さえたが、上陸兵は港の囲壁を攻略するのに数百人を失い、それに続く市街戦ではその三倍の兵を失った。通訳が街中《まちなか》での戦闘中に殺されたことで、モレド・ロガーレは配下の軍勢との意思疎通に多大な支障をきたした――兵たちはモレドの命令を理解できず、モレドのほうは部下の報告がわからない。ゆえに混乱が広がった。

いっぽう、谷間の反対側では、山脈を貫く街道が予想よりもはるかに通行困難だと判明した。街道に入ったサー・ロバート・ロウアンの軍勢は、標高の高い箇所に差しかかると深い雪を掻き分けて進軍せねばならず、前進速度は這うようなのろさまで落ち、しかもこの山の野蛮な先住民（何千年も前にアンダル人に谷間を追われた〈最初の人々〉の子孫である）に何度も輜重段列《しちょうだんれつ》を襲撃された。

「やつらは骨と皮ばかりで、石斧と棍棒で武装していた」とベン・ブラックウッドはのちに語った。「しかし、恐ろしく飢えていて、死に物狂いのせいで、どれだけ殺されても襲撃をやめようとしない」

まもなく、寒さと雪と夜襲によって、犠牲者が出はじめた。

山の峰でサー・ロバートと部下たちが焚き火を囲んでいたある夜、思いもよらない出来事が起きた。上方の斜面に、山道からでも見える洞穴が開いており、十数人の兵が風よけになるかと考え、斜面を

よじ登って洞穴を見にいった。洞穴の口に散らばる骨に、一瞬、足を止めたかもしれないが、兵たちはそのまま奥へと進み……ドラゴンを目覚めさせてしまった。

その後の戦闘で十六人が命を落とし、さらに六十人が火傷を負ったが、怒れる茶色の地竜《ワイアーム》は翼を広げ、もっと山奥へ逃げていき、〝その背には襤褸《ぼろ》を着た女がしがみついていた〟。これがウェスタロス史に記録された羊盗《シープスティーラー》みなるドラゴンとその騎竜者〈刺草《イラクサ》〉の、最後の目撃情報とされている……が、山の民はいまだに、どの道や里からも遠く離れた隠れ谷に住む、〝炎の魔女〟の物語を語り継いでいる。山の民のなかでももっとも獰猛な一族は、この魔女を崇拝するようになったと語り部はいう——若者たちは魔女に贈り物を捧げることで勇気を示し、隠れ家で竜女と顔を合わせた証《あかし》に火傷を負って帰ってくることで、初めて一人前の男として認められたそうである。

サー・ロバートの軍勢を襲った苦難は、ドラゴンとの遭遇で終わりではなかった。〈血みどろの門〉にたどり着いたころには、三分の一が山の民の襲撃で命を落とすか、飢えや寒さで亡くなるかしていた。死者のなかにはサー・ロバート・ロウアンもいた。山の民が山腹の半ばあたりの高さから、隊列めがけて転がした岩の下敷きになったのである。サー・ロバートの死によって、〈流血のベン〉ことベンジコット・ブラックウッドが指揮を担った。まだ成人する年齢まで半年あったが、このときのブラックウッド公は、同年代の人間の四倍は戦の経験を積んでいた。谷間への入口である〈血みどろの門〉で、生き残った兵たちは食事にありつき、暖を取り、歓待を受けた……しかし〈血みどろの門の騎士〉であり、ジェイン・アリン女公が指名した後継者であるサー・ジョフリー・アリンは、この行軍でブラックウッドの兵が戦いどころではなくなっていることをすぐさま見てとった。戦いの助けになるどころか、これではいまやお荷物だ。

アリンの谷間で戦闘が続くあいだにも、〈ライスの春〉によってもたらされた希望は、何百キロも

南の地で、また別の深刻な打撃をこうむっていた。ほぼ時を同じくして、ライスにいた〈偉大なるライサンドロ〉とサンスピア宮にいた弟ドラゼンコが亡くなったのである。〈狭い海〉で隔たれていながら、ふたりのロガーレは数日のうちに、あいついで、しかも両方ともに不審な状況下で亡くなっていた。先に亡くなったドラゼンコはベーコンをひときれ喉に詰まらせて死んだ。ライサンドロは〈芳しの園〉から豪邸へ帰る途中、乗っていた豪華な御座船《ござぶね》が沈んで溺死した。ふたりの死が不幸な事故だったと言いはる者もなかにはいたが、大多数はその死にざまと狙いすました時機から、ロガーレ家を失墜させる陰謀の証拠と受けとった。この殺しはブレーヴォスの〈顔のない男たち《フェイスレス・メン》〉の犯行というのがおおかたの見解だった――彼ら以上に巧妙な暗殺者は、世界広しといえど存在しないといわれている。

しかし、もしほんとうに〈顔のない男たち〉の仕業だったとしたら、依頼者は誰なのか？　ブレーヴォスの〈鉄の銀行〉が疑わしいが、タイロシュの執政官《アーコン》や海賊ラカリオ・リンドゥーン、それに〈偉大なるライサンドロ〉の〈金尽《かねず》くの暴政〉に歯がゆい思いをしていたことで知られるライスの多くの交易王や大人《マジスター》たちも怪しい。なかには、第一大人《マジスター》は自身の息子たちに始末されたという者までいた（ライサンドロには嫡出の息子が六人、娘が三人、庶子が十六人いた）。しかし、殺されたにしてもあまりに手口が巧みで、殺人の立証すら難しかった。

ライサンドロがライスを支配するために就いていた要職は、どれも世襲ではなかった。蟹についばまれたライサンドロの遺体がまだ海から引き揚げられないうちから、旧敵や不実な友人、かつての同盟者がその後釜をめぐって争いはじめていた。

ライス人のあいだでは、戦争は軍勢ではなく、知謀と毒をもって戦うものといわれているのは事実である。この血腥《ちなまぐさ》い年の残り、ライスの大人《マジスター》と交易王たちは、ほぼ二週間ごとに、興隆と没落という

命がけの舞踏を繰り広げた。没落が命取りとなることもしばしばだった。トレオ・ヘインは第一大人《マジスター》に昇進した祝いの席で、一族ともども毒を盛られた。そのなかには妻も、愛妾も、娘たち（そのうちひとりは〈乙女の日〉の舞踏会にほぼ透き通ったシルクのドレスを着て現われ、大騒ぎを引き起こしたあの乙女である）も、兄弟も、後援者もいた。シルヴァリオ・ペンディリスは〈交易の神殿〉を出たところで片目を刺され、弟のペレノは娼館で奴隷の少女に口でさせている最中に絞殺された。〈行政長官《ゴンファロニアー》〉モレオ・ダガレオンは自分の警衛たちに殺され、女神パンタラの熱心な信者だったマッテノ・オーシスは秘蔵の暗闇猫《シャドウキャット》の檻が、ある夜どういうわけか開け放たれたことで八つ裂きにされ、体のあちこちを食いちぎられた。

ライサンドロの子供たちは、父親の役職こそ継承できなかったが、豪邸は娘のライサラに、船団は息子のドラコに、娼館は息子のフレドに、書庫は娘のマーラにそれぞれ渡った。それ以上に、子供たちは全員、ロガーレ銀行が保有する資産から分け前をもらっていた。嫡出の息子や娘の取り分に比べれば少なかったが、庶子でさえその分け前にあずかっていた。しかし、銀行の実権はライサンドロの長男ライサロに受け継がれた……この人物については、〝父の倍は野心を持ち、父の半分の才能しか持たなかった〟という評が的を射ている。

ライサロ・ロガーレにはライスを支配するという大望があったが、父親のライサンドロのような謀略の才や、数十年を費やして富と権力を少しずつ築いていく忍耐は持っていなかった。競争相手が周囲でつぎつぎに死んでいく状況下で、ライサロはまず身の安全を確保しようと、アスタポアの奴隷商から千人の〈穢れなき軍団《アンサリード》〉を買った。この去勢兵士たちは世界有数の歩兵として名高く、そのうえ絶対の服従を示し、主人たちが反抗や裏切りを恐れなくてすむように訓練されている。

この護衛で周囲を固めたライサロは、庶民に対しては贅沢な娯楽を、大人《マジスター》たちに対しては誰も見た

ことのないほど巨額の賄賂をつかませることで、〈行政長官〉に選出された。こうした出費で個人資産を使い果たすと、ライサロは銀行の金を流用しはじめた。ライサロの狙いは、のちに明かしたところによれば、タイロシュかミアに短期決戦を挑んで勝利することだった。〈行政長官〉の座にあれば、征服の栄光は自分のものとなり、第一大人《マジスター》の座を得ることもかなうだろう。タイロシュかミアを掠奪すれば充分な金が得られ、銀行から着服した資金分も取り戻せて、ライスで一番裕福な男のままでいられる。

これは愚者の算段というものであり、実際、すぐに破綻した。伝え聞くところによれば、最初にロガーレ銀行が危ないかもしれないと言いだしたのはブレーヴォスの〈鉄の銀行〉に雇われた者たちということだが、誰が言いだしたにせよ、このうわさはまたたく間にライスじゅうに広がった。ライスの大人《マジスター》や交易王たちは預金の払い戻しを請求しはじめた——最初は数人だったが、しだいに請求者は数を増し、ついには金の川がライサロの金庫から流れ出して……まもなく完全に干上がった。そのころには、ライサロ自身も姿を消していた。破産を目前にしたライサロは、ある草木も眠る真夜中に、三人の奴隷の愛人、六人の召使い、百人の〈穢れなき軍団〉だけを連れ、妻も娘たちも豪邸も捨てて、ライスを逃げ出した。当然、不安に駆られたライスの大人《マジスター》たちはただちにロガーレ銀行を押さえたが、からの建物以外は何ひとつ残されていなかった。

ロガーレ家の没落はすみやかで容赦なかった。ライサロの兄弟姉妹たちは銀行資金の横領にいっさい関わっていないと主張したが、大多数はロガーレ一族の無実を信じなかった。ドラコ・ロガーレは所有するガレー船の一隻でヴォランティスに逃亡し、妹のマーラは男装してインドロスの神殿に逃げこんで、そこでかくまってもらった。だが、残りの兄弟姉妹は、庶子にいたるまでひとり残らず捕縛され、裁判にかけられた。ライサラ・ロガーレが、〝わたしは知らなかったの〟と抗弁したものの、

大人《マジスター》ティガロ・モラクォスは〝知っているべきだったな〟と返し、群衆は賛同の怒号をほとばしらせた。市の半数の人々が道連れで破産していたのである。

被害はライスにとどまらなかった。ロガーレ家没落の報がウェスタロスに届くや、諸公も商人も、ロガーレ家に預けた金貨が返ってこないことにすぐさま気づいた。ガルタウンにいたモレド・ロガーレの行動は迅速で、指揮権をアリン・オークンフィストに譲ると、ブレーヴォス行きの船に乗った。ロソ・ロガーレはキングズ・ランディングを離れようとしたところをサー・ルーカス・レイグッドと金色《こんじき》のマントに捕縛され、手紙や帳簿、それに〈ヴィセーニアの丘〉の頂にある金庫に残っていたわずかな金銀もすべて押収された。いっぽう、〈王の楯《キングズガード》〉のサー・マーストン・ウォーターズは、ふたりの誓約の兄弟と五十人の兵を連れて、娼館〈人魚〉に突入した。娼館の客は大多数が裸のまま路上に引き出され（〈マッシュルーム〉もその追いだされた面々のなかにいたと、のちに自分で告白している）、ロゲリオは槍を突きつけられ、周囲からの罵声を浴びながら、群衆のあいだを行進させられた。赤の王城において、娼館の主人ロゲリオと銀行家ロソは〈手の塔〉に幽閉された——ヴィセーリス王子の妃の親族ということで、ひとまずは暗黒房の恐怖を免れたのだ。

当初、ロガーレ家の者たちの捕縛を命じたのは〈王の手〉だと、みなが思っていた。サー・コーウィンが谷間で亡くなったことで、残る摂政は〈王の手〉ロウアン公とグランド・メイスター・マンカンだけとなっていたからである。それはほんの数時間で誤解だったとわかった。というのも、その晩のうちに、ロウアン公自身がロガーレのふたりに続いて拘禁されたのだ。〈王の手〉の護衛であるはずの〈指〉たちは拘禁されず、ロウアン公を守るために動こうともしなかった。サー・マーヴィン・フラワーズが小評議会の議事室に踏みこんでロウアン公を拘束しようとしたとき、〈指〉の隊長である〈虎のテッサリオ〉は、黙って見ているよう、部下に命じた。唯一抵抗したのはロウアン公の従士

だったが、すぐに〈王の楯《キングズガード》〉の騎士たちに制圧された。

「この坊主は見逃してやってくれ」とサディアス公は懇願し、〈王の楯《キングズガード》〉の騎士たちは聞き入れたものの……フラワーズは「〈王の楯《キングズガード》〉に刃《やいば》を向けてはならんことを教えてやる」といって、この少年の片耳を切り落とした。

謀叛の疑いで捕縛され、審問にかけられた者の名簿は、そこで終わりではなかった。ロウアン公の従兄弟三人と甥のひとりもまた捕縛され、ロウアン公に仕えていた馬丁、召使い、家中の騎士たち総勢四十人がそれに続いた。全員が不意を突かれ、おとなしく従うほかなかった。しかしサー・エモーリー・ピークが十数人の兵を従えて〈メイゴルの天守〉に向かうと、跳ね橋の上にはヴィセーリス・ターガリエンその人が、戦斧《せんぷ》の先端を橋板について立っていた。

〔そこには重い斧と、十三にしてはいささかひょろ長い王子がひとり〕と道化〈マッシュルーム〉は語る。〔この小僧っ子には、その斧を振るうのはもちろん、持ち上げることだってできるか怪しいものだった〕

「騎士どの。もし貴公がわが妃を連れにきたのなら、向きを変えて帰るがいい」若き王子はいった。「わたしが立っているうちは、断じてここは通らせない」

サー・エモーリーリーは王子の抵抗ぶりを、脅しというよりは余興のように感じていた。

「お妃さまには、ご兄弟の叛逆に関わっておいでのかどで、審問においでいただきます」サー・エモーリーリーは王子にいった。

「妃をとがめ立てしようとするのは何者か？」王子は問いただした。

「〈王の手〉であられます」とサー・エモーリーリーは返した。

「ロウアン公が？」

「ロウアン公は職を解かれました。サー・マーストン・ウォーターズが新たな〈王の手〉であられます」

そのとき、エイゴン三世その人が天守の門から歩み出てきて、弟のそばに立った。

「余が王だ」と王は騎士たちに思い出させた。「そして、余はサー・マーストンをわが〈王の手〉に選んだ覚えはない」

エイゴン三世の闖入《ちんにゅう》にサー・エモーリーは面食らったと〈マッシュルーム〉は語るが、それも一瞬のことで、すぐ口を開き、こういった。

「陛下はまだ未成年であられます。成人なさるまでは、忠実なる諸公があなたさまに代わってこうした決定を下さねばなりません。サー・マーストンは摂政閣下より選ばれたお方です」

「ロウアン公も余の摂政であろうが」王は言いはった。

「もはやそうではありません」とサー・エモーリー。「ロウアン公はあなたさまの信頼を裏切りましたので。摂政の任も解かれました」

「誰の権限で？」エイゴンは問い詰めた。

「〈王の手〉の」白いマントの騎士は答えた。

ヴィセーリス王子はこのことばを嘲笑い（エイゴン王のほうは笑わなかった、と〈マッシュルーム〉はがっかりしたように語っている）、こういった。

「〈王の手〉が摂政を指名して、摂政が〈王の手〉を指名する、そうやって繰り返し繰り返し、われらは踊る……だが騎士よ、貴公にここは通させぬし、わが妃にも触れさせぬ。失せろ、さもなくば、きさまら全員、ここでかならず死ぬことになる」

そこでサー・エモーリー・ピークは堪忍袋の緒が切れた。十五と十三の少年ふたり、年上のほうは

武器も持っていないというのに、吠えさせておくのは我慢ならない。

「もういい」といって、部下に少年ふたりをどかすよう命じた。「丁重におどきいただけ。こちらから危害を加えたりしないよう気をつけてな」

「これは貴公が選んだことだぞ、騎士よ」ヴィセーリス王子は警告した。そして、戦斧を跳ね橋の木材に深々と突き立て、すばやく飛びすさると、こういった。「この戦斧より先に進むことを禁じる、禁を破った者は死ぬ」

ついで王が、弟の肩をつかみ、安全な天守の内側まで引っ張っていった。入れ替わりに、ひとつの影が跳ね橋に歩み出てきた。

〈影のサンドク〉は、レディ・ラーラの父である大人《マジスター》ライサンドロからの贈り物として、ラーラとともにライスからやってきた。肌と髪は黒く、身の丈は二メートルを超す。顔はふだん、黒いシルクのベールに隠れているが、細く白い古傷だらけで、唇と舌を取り除かれているため口をきけず、容貌もおぞましかった。ミーリーンの闘技場では百戦百勝だった、かつて得物の剣が折れたのち歯で敵の喉笛を食いちぎった、殺した相手の血を飲む、闘技場では獅子や熊、狼、飛竜《ワイバーン》を相手に、武器も持たず、砂の上で拾った石だけで倒したなどと、その手のうわさは枚挙にいとまがない。

なるほど、こうしたうわさ話は伝聞のなかで膨らんでいくもので、このうちのどれほどが真実か、そもそも真実が含まれているのかさえ、われわれには判断がつかない。サンドクは読み書きができなかったが、〈マッシュルーム〉が語るには、音楽を好み、よくレディ・ラーラの寝室の影にすわり、自分の背丈ほどもある金心《ゴールデンハート》木と黒檀でできた奇妙な弦楽器で、甘くせつない調べを奏でていたという。

「おれもときにはレディ・ラーラを笑わせようとしたんだが、あの姫さまはおれたちのことばをほん

の数語しかわからなくてな」と道化は語る。「ところが、〈影のサンドク〉の演奏を聴くと、いつも姫さまは涙を流してた。こういってはなんだが、笑うより泣くほうが好きだった」

〈メイゴルの天守〉の門で、剣や槍を構えて押し寄せるサー・エモーリーの兵に対し、〈影のサンドク〉が奏でたのは別種の調べだった。その夜、サンドクが選んだ楽器は、夜闇木の板材、黒染めの硬革、黒い鉄、これらで作った漆黒の楯一枚と、漆黒の刀身を具《そな》えた巨大な湾刀ひとふりだった。湾刀の柄《つか》はドラゴンの骨を削りだしたものだ。松明《たいまつ》の光を浴びた黒い刀身には、ヴァリリア鋼特有の刃紋が浮かんでいる。敵が怒鳴り、罵り、叫びながら向かってくるのに対して、〈影のサンドク〉は刃《やいば》の風切り音以外に音ひとつ立てず、猫のように静かに敵の間を縫い、上下左右に湾刀を振るって、一太刀ごとに血を流させ、まるで敵が羊皮紙でも着ているかのように鎖帷子《くさりかたびら》を切り裂いた。屋根の上からこの戦いを観戦していたと主張する〈マッシュルーム〉はこう証言する。

「あれは剣戟《けんげき》というより、農夫が作物を刈り入れてるみたいだった。ひと振るいするごとに新たに麦藁が倒れるんだが、その藁は生きた人間で、絶叫し、罵声を吐きながら倒れていくんだ」

サー・エモーリーの部下に度胸が足りなかったわけではない。何人かは斬りかかろうとする程度までは生き延びた。だが、〈影のサンドク〉は一時も立ち止まることなく、敵の刃を楯で受け、その楯を使って相手を後ろに押し飛ばし、血に飢えた鉄の逆杭が待ち構える空壕《からぼり》の底へ追いやった。

サー・エモーリー・ピークについて、これだけはいっておこう。サー・エモーリーの死は〈王《キングズ》の楯《ガード》〉に泥を塗るものではなかった。三人の部下を橋の上で殺され、もうふたりが眼下の鉄の逆杭で身をよじらせるにいたり、ピークは鞘から自分の剣を抜いた。

「サー・エモーリーは白いマントの下に白の小札鎧《こざねよろい》を着けてたな」と〈マッシュルーム〉は語る。「だが、兜に面頬《めんぽお》はないし、楯も持ってないものだから、サンドクに無防備さのつけを手痛い形で払

わされちまった」

〈影のサンドク〉は戦闘を舞踏に変えてしまったと道化はいう——サー・エモーリーに新しく傷を負わせたかと思えば、次の瞬間には残った手下をひとり斃し、また白騎士に向きなおる。それが何度も繰り返される。しかし、ピークはしぶとく果敢に戦いつづけ、もはやこれまでというところで、鼓動半分のあいだに、神々がサー・エモーリーに勝機を授けられたのか、最後の兵が何かの拍子でサンドクの剣をつかみ、橋から転げ落ちる前にその手から剣を奪っていった。膝をついていたサー・エモーリーは、よろめきながら立ち上がると、武器を失った敵に突進した。

サンドクは、橋板に突き立てられていたヴィセーリスの戦斧をすかさず引き抜き、サー・エモーリーの頭と兜を頭立《ずだて》の羽根飾りから頸甲《けいこう》にかけ、真っ二つに切り裂いた。サー・エモーリーの死体はくずおれて、鉄の逆杭へと落ちていき、〈影〉はひと息ついて、死者と死にぞこないを跳ね橋から突き落とすと、〈メイゴルの天守〉に戻った。それから、王の命令で跳ね橋が引き揚げられ、門の落とし格子が下ろされ、門には閂が渡された。城の中の城は鉄壁の備えとなった。

そうして十八日が過ぎた。

赤の王城の残りはサー・マーストン・ウォーターズと〈王の楯《キングズガード》〉の手に落ち、城外ではサー・ルーカス・レイグッドと配下の金色《こんじき》のマントがキングズ・ランディングを掌握していた。十九日めの朝、ウォーターズとレイグッドはそろって〈メイゴルの天守〉の前に姿を現わし、王に隠れ家から出てくるよう要求した。

「陛下はわれらがその者に敵意を抱いているとお考えであられるが、それはご無体というもの」サー・マーストンがそういうあいだにも、サンドクが葬った兵たちの死体が壕から片づけられつつあった。「われらはただ、不忠の友人と謀叛人の手から陛下をお守り申しあげようとしたまで。サー・エモー

リーはあなたさまを守ると誓い、必要とあらばあなたさまのために自分の命を投げ出したでしょう。サー・エモーリーはわたしと同じく、忠烈の臣でした。あんな獣の手で、このような死にざまを迎えさせられるにはあまりに惜しいと存じます」

　エイゴン王は冷静だった。

「サンドクは獣などではない」王が答えたのは胸壁からだ。「あれはことばこそ話せぬが、話を聞き、命令に従う。余はサー・エモーリーに去れと命じたが、彼《か》の者は応じなかった。わが弟はエモーリーに、戦斧を踏み越えれば何が起こるかを警告している。〈王の楯《キングズガード》〉の誓いには服従も入っていたのではなかったか」

「陛下、われらは王に従うと誓いました。仰せのとおりです」サー・マーストンは答えた。「そして陛下が成人なされた暁には、わが誓約の兄弟とわたしはあなたさまの命じるままに、喜んで剣を振るいましょう。ですが、御身《おんみ》が未成年であるあいだは、誓約により、われらは〈王の手〉に従わねばなりません。〈王の手〉は王の声を代弁する者でありますれば」

「余の〈王の手〉はサディアス公だ」とエイゴンは切り返した。

「サディアス公は陛下の王国をライスに売り払ったのです。ゆえに、その報いを受けねばなりませんでした。公が有罪か潔白かが判明するときまで、わたしが〈王の手〉を務めさせていただきます」サー・マーストンは剣を抜き、片膝をついていった。「わたしがお側に立つかぎり、何人《なんぴと》たりとも御身を害させないことを、神々と人々の前でこの剣に誓います」

　もし〈王の楯《キングズガード》〉の総帥がこんな茶番で王を揺さぶれると信じていたとしたら、このうえない誤りだった。

「そなたはドラゴンがわが母を喰らったときも余の側に立っていたな」エイゴンは答えた。「そなた

は見ているだけだった。余は弟の妃が殺されるときに、そなたに傍観させるつもりはない」

そうして王は胸壁を去り、その日も、次の日も、そのまた次の日も、マーストン・ウォーターズのどんな説得も王を連れ戻すことはできなかった。

四日めには、グランド・メイスター・マンカンがサー・マーストンとともに姿を見せた。

「陛下、どうかこのような子供じみた愚行はおやめになり、〈天守〉からお出になってください。わたくしどもをあなたに仕えさせてください」

エイゴン王はマンカンを見おろし、なにも口にしなかったが、弟のほうはそこまで寡黙ではなく、マンカンに〝千羽の使い鴉〟を飛ばし、王国全土に王が自分の城で虜囚となっていると知らせるよう命じた。これに対してグランド・メイスターはなんの返事も返さなかった。使い鴉も飛ばなかった。

翌日以降も、マンカンは何度かエイゴンとヴィセーリスに呼びかけ、すべては合法的になされたことを納得させようとし、サー・マーストンは嘆願から脅し、はては取引まで、あの手この手で迫り、〈天守〉まで引っ張ってこられたセプトン・バーナードは、〈老媼《ろうう》〉が王の道行きを照らし、賢明さを取り戻すよう大声で祈ったが、どれも徒労に終わった。こうした努力の数々に少年王は押し黙り、頑《かたくな》な沈黙のほかにはほとんど反応を見せないか、いっさい無反応だった。一度だけ、王が激昂したのは、武術指南役サー・ガレス・ロングに投降の説得役がまわってきたときだった。

「それで余が従わねば、そなたは誰を罰するのだ、騎士よ？」エイゴン王は下にいるガレスに向かって叫んだ。「哀れなゲイモンの骨を打つがいい。だが、これ以上、あの者の血を搾り取ることはできぬぞ」

この膠着状態のあいだ、新たな〈王の手〉とその仲間がうわべだけは辛抱していることを不可解に思う者はしだいに増えていった。サー・マーストンは赤の王城内に数百の兵を置いているし、サー・

ルーカス・レイグッドの金色のマントは二千を超える。〈メイゴルの天守〉は確かに難攻不落の要塞だが、少なくとも守り手は脆弱だ。レディ・ラーラに付き従ってウェスタロスに来たライス人のうち、ラーラの側に残っているのはサンドクともう六人だけで、残りは兄のモレドと谷間に行ってしまっていた。ロウアン公に忠誠を誓った者が数名、扉が閉ざされる前に〈天守〉に渡っていたが、そのなかにも、王自身の側仕えにも、騎士や従士、兵士はいなかった（〈天守〉内にもひとり〈王の楯《キングズガード》〉の騎士がいたが、その騎士サー・レイナード・ラスキンは王が立てこもった早々に、ライス人によって制圧され、傷を負い捕虜となっていた）。〈マッシュルーム〉の話では、デネイラ王妃の侍女たちが鎖帷子を着け、槍を携えることで、エイゴン王が実際よりも守兵を揃えているように見せかけたというが、そんな手でサー・マーストンとその部下をいつまでも欺けるものではない。そもそも、実際に欺けていたらの話であるが。

それゆえ、われわれはこう問わねばならない——なぜマーストン・ウォーターズは単純に〈天守〉を攻め落とさなかったのか？　ウォーターズには充分以上の手駒がいた。何人かはサンドクやその他のライス人相手に失われるだろうが、〈影〉といえども、結局は数で圧倒できるにちがいない。それにもかかわらず〈王の手〉は躊躇し、〈知られざる籠城〉（この睨《にら》みあいはのちにそう呼ばれる）をことばで解決しようとしつづけた。剣での解決がもっとも早道でありそうなこの状況で、である。

サー・マーストンが躊躇したのはたんに臆病だからで、ライスの巨人サンドクの刃《やいば》と向き合うのが恐ろしかったのだという者もいる。これはどうも信じがたい。〈天守〉に籠った者たちが（一説では王自身が、別の説ではその弟が）攻撃のようすを見てとりしだい、捕虜にしてある〈王の楯《キングズガード》〉を縛り首にすると脅したからだといううわさもときどき耳にする……しかし〈マッシュルーム〉にいわせれば、これは〝根も葉もない嘘〟だ。

もっとも可能性の高い説明は、一番単純なものである。マーストン・ウォーターズが偉大な騎士でも善人でもないことは、大半の識者が認めるところだ。庶出の生まれでありながら、ウォーターズは騎士に叙され、エイゴン二世時代には〈王の楯《キングズガード》〉の末席に加わったが、その出世も、もし彼にドラゴンストーン島で漁師をしていた親族がいなければ、そこで止まっていただろう。その親族がいたことで、ラリス・ストロングは百人のより優れた騎士を差し置いてウォーターズを選び、レイニラが支配権を握っているあいだ、王の身を隠す任を与えた。以来、何年もかけて、ウォーターズは上へ上へと昇りつめ、自分より高貴な生まれの騎士やはるかに名の知れた騎士を差し置いて〈王の楯《キングズガード》〉の総帥となった。そして〈王の手〉となるにいたり、ウォーターズはエイゴン三世が成人するまでのあいだ、王国でもっとも強大な権力を持った人物となった……しかし、その絶頂期にウォーターズはためらい、〈王の楯《キングズガード》〉としての誓約と落とし子としての体面を守る方向に振れた。守ると誓った王に対して攻撃を命じることにより、自分がまとった白きマントの名誉が汚れるのを嫌い、梯子や引っかけ鉤を用いて〈天守〉を強引に陥《お》とす手法は封印し、理非を説いて王の信任を得ようとした(それに加えて、兵糧攻めを狙っていたと思われる。〈天守〉内の備蓄はそれほど長くは持たないからだ)。〈知られざる籠城〉が始まって十二日めの朝、サディアス・ロウアンが鎖につながれて連れてこられ、罪を自白した。

セプトン・バーナードがロウアン公にかけられた容疑を詳《つまび》らかにした。ロウアン公は金と少女(〈人魚〉から連れてこられた異郷の娘たちで、若ければ若いほど評価されたと〈マッシュルーム〉は語る)の形で賄賂を受け取ったこと、谷間の正統な公位継承者たるサー・アーノルド・アリンを引きずりおろすため、モレド・ロガーレを派遣したこと、オークンフィストと共謀してアンウィン・ピークから〈王の手〉の地位を剝奪したこと、ライスのロガーレ銀行の資金横領を手助けしたことで、

多くの〝ウェスタロスの善良で忠実なる貴顕紳士〟の財産を詐取し、貧窮させたこと、自分の息子を〝明らかに不相応な〟総大将に任命したことで、結果として数千人を〈月の山脈〉で失ったこと。なかでも、もっともおぞましいのは、公がロガーレ家の三人と共謀してエイゴン王とその王妃を毒殺し、ヴィセーリス王子を〈鉄の玉座〉につけるとともに、〈ライスのラーラ〉を王妃にしようともくろんだという容疑だった。

「この毒は〈ライスの涙〉と呼ばれております」とセプトン・バーナードは王に告げた。グランド・メイスター・マンカンもその主張を裏づけた。バーナードはさらにつづけ、こういって話を締めくくった。「陛下、〈七神〉は陛下をお救いになりましたが、ロウアン公の卑劣な企みは陛下の友ゲイモンの命を奪ったのです」

セプトンが罪状を述べおえると、サー・マーストン・ウォーターズが口を開いた。

「ロウアン公は、これらの罪をすべて自白しました」そこで審問長ジョージ・グレイスフォードに合図し、四人を前に引っ立てさせた。重い鎖のついた足枷をはめられ、痣と腫れで以前とは似ても似つかない顔になっていたサディアス公は、最初身動きしなかったが、グレイスフォード公に短剣の先でつつかれると、すぐさま、かすれた声で話しだした。

「サー・マーストンのいうとおりです、陛下。わたしはすべてを自白しました。ロソはわたしに、事をやりとげればドラゴン金貨五万枚を、ヴィセーリス殿下を玉座につければもう五万枚を払うと約束しました。毒はロゲリオから受け取ったものです」

そこで供述は止まり、ことばも不明瞭だったので、胸壁の上にいた者のなかには、公はきっと酔っぱらっているのだと思った者もいたが、そこで〈マッシュルーム〉が、ロウアン公の歯はすべて失われていると指摘した。

この自白に、エイゴン三世はことばを失っていた。少年ができるのは、ただ立ちすくみ、にらみつけることだけで、その顔に浮かぶ絶望の激しさに、〈マッシュルーム〉は王がいまにも胸壁から空壕の逆杭に身を投げて、最初の王妃に再会しにいくのではないかと不安になった。

返事を返す役はヴィセーリス王子が担った。

「わが妃、レディ・ラーラもその陰謀に加わっていたというのか？」と王子は叫んだ。

ロウアン公は重々しくうなずいて、

「そうです」と答えた。

「では、わたしはどうだ？」王子は尋ねた。

「さよう、殿下もです」公はのろのろと答えた……この答えに、マーストン・ウォーターズは驚愕したようすで、いっぽうジョージ・グレイスフォード公は苦りきった表情を浮かべた。

「それに〈白き髪のゲイモン〉もだろう。あの少年がタルトに毒を仕込んだのだ。そうではないか？」と、ヴィセーリスはなめらかにことばをつないだ。

「御意に」サディアス・ロウアンは口ごもりながら答えた。

すぐさま王子は兄王に向きなおり、いった。

「ゲイモンは、わたしも含めて、いま名前をあげた者と同じです……なんの罪もありません」

そこで〈マッシュルーム〉が下に呼びかけた。

「ロウアン公、ヴィセーリス王を毒殺したのは貴殿かな？」

この問いかけに、元〈王の手〉はうなずいて、答えた。

「そうです、閣下。わたしがやりました」

王の表情が険しくなった。

「サー・マーストン」王はいった。「この者は余の〈王の手〉であり、謀叛は濡れ衣である。謀叛人はそこにいる者ども、ロウアン公を拷問して偽の自白を引き出した者どもだ。そなたの王を愛するならば、審問長を捕縛せよ……さもなくば、そなたもそやつらと同じく不実と見なす」

そのことばは内郭に響きわたり、この瞬間、なにかが欠落した少年エイゴン三世は、正真正銘の王に見えた。

今日《こんにち》この日まで、サー・マーストン・ウォーターズはたんなる操り人形で、自分より狡猾な者たちに欺かれ、利用された、単純で素直な騎士だと断言する者もいれば、ウォーターズは最初から陰謀に関わっていたが、形勢不利と潮の変わり目を感じとって仲間を裏切ったという者もいる。

真相はどうあれ、サー・マーストンは王に命じられたとおりにした。グレイスフォード公は〈王の《キングズ》楯《ガード》〉に捕縛され、目覚めた朝には自身が支配していた地下牢に放りこまれた。ロウアン公は鎖をはずされ、公の騎士と召使いも全員地下牢から陽のもとに解放された。

審問長を拷問にかける必要はなかった——グレイスフォード公にほかの共謀者の名前を吐かせるには、拷問器具をひと目見せるだけで充分だったからだ。共謀者のなかには、〈王の楯《キングズガード》〉の故エモーリー・ピークやマーヴィン・フラワーズ、〈虎のテッサリオ〉、セプトン・バーナード、サー・ガレス・ロング、サー・ヴィクター・リスリー、金色のマントのサー・ルーカス・レイグッドと王都の門を守る守門長七人のうち六人、さらに王妃の側役三人まで入っていた。

全員がおとなしく投降したわけではない。〈神々の門〉では、追捕《ついぶ》の兵たちがルーカス・レイグッドを探しにきたさいに短く激しい戦闘が行なわれ、九人が死亡した。死者のなかにはレイグッド本人もいた。容疑のかかった守門長のうち三人は、捕まる前に十数人の配下を連れて逃亡した。〈虎のテッサリオ〉も逃亡を選んだが、〈川の門〉近くにある埠頭の酒場で、〈イッペン港〉に向かうイッペ

ンの捕鯨船の船長と交渉しているところを捕縛された。

サー・マーストンは、〈白き剣の塔〉において、マーヴィン・フラワーズとみずから向き合うことを選んだ。それに先だち、サー・レイナード・ラスキンにこう語ったといわれている。

「われらはともに庶出の生まれとして肩を並べた誓約の兄弟だった」

グレイスフォードの告発を聞くや、サー・マーヴィンは「おれのこの剣が入り用だろう」と、自分の長剣を鞘から抜き、柄《つか》をマーストン・ウォーターズに差し出した。しかし、サー・マーストンが柄を握った瞬間、サー・マーヴィンはその手首を摑み、もういっぽうの手で短剣を抜いて、ウォーターズの腹に突き刺した。フラワーズは即座に逃げだし、厩までたどりついたが、そこで自分の軍馬にまたがったところを、酔っぱらった兵士ひとりと若い馬丁ふたりに見つかった。落とし子の騎士はその三人とも始末したものの、物音でほかの者を呼び寄せてしまい、最後は数に圧《お》され、自分が辱めた白きマントを帯びたまま殺された。

白きマントの総帥だったサー・マーストン・ウォーターズも、フラワーズよりさほど長くは生きられなかった。〈白き剣の塔〉で、自分の血溜まりに浸かっているところを発見されたサー・マーストンは、グランド・メイスター・マンカンの元に運ばれ、診察の結果、これはもう助からないと宣告された。マンカンはできるだけその傷を縫い、罌粟《ケシ》の乳液を与えたが、ウォーターズはその夜を越せなかった。

グレイスフォード公はサー・マーストンも共謀者のひとりに挙げており、〝あのろくでもない変節漢〟は最初から自分たちに加担していたと主張したが、ウォーターズがその嫌疑に反論することも、これでもうできなくなった。残りの加担者は審理にかけられるまで暗黒房に幽閉された。無実を主張する者もいれば、サー・マーストンがいったとおり、サディアス・ロウアンとライス人が謀叛人だと

信じきって行動していたと主張する者もいた。しかし何人かは、もう少し積極的に主張を語った。もっとも多弁だったのはサー・ガレス・ロングで、エイゴン三世は剣を握るのにも、ましてや〈鉄の玉座〉につくのにも不適格な軟弱者だと放語した。セプトン・バーナードは〈七神〉への信仰ゆえだったと主張した。ライス人とその奇妙な異郷の神々を受け入れる余地は七王国にはなく、レディ・ラーラが兄たちといっしょに死んでくれれば、ヴィセーリス王子は解放され、ウェスタロス人のふさわしい王妃を娶れるという心づもりだったとセプトンは語った。

加担者のなかでもっとも包み隠さず語ったのは〈親指のテッサリオ〉だった。テッサリオは金と少女と復讐のために加わったと語った。娼婦のひとりを殴ったことで、ロゲリオ・ロガーレから〈人魚〉への入店を禁止されたため、テッサリオは陰謀に加担する対価として〈人魚〉とロゲリオの一物を要求し、約束された。しかし、その約束をしたのは誰かと審問官がたずねると、テッサリオは笑うばかりで答えなかった……拷問を交えながら質問は繰り返され、その笑みはしかめ面に変わり、やがて絶叫へと変わった。最初に吐いた名前はマーストン・ウォーターズだったが、訊問が進むと、ジョージ・グレイスフォード、さらにマーヴィン・フラワーズの名が挙がった。〈マッシュルーム〉の話では、〈虎〉は四人めの、おそらく真の首謀者の名前を吐く寸前だったが、そこでこときれたという。口にされることのなかったその名前は、しかし赤の王城に雲のごとく垂れこめた。『〈マッシュルーム〉の証言』で、道化は当時、あえて言及する者がほとんどいなかった推測を忌憚《きたん》なく述べている。確実にもうひとり、残りの面々の盟主にして主人であり、他人を手足として使うことで、このすべてを遠方から操っていた者がいたにちがいない――その人物を〈黒幕〉と〈マッシュルーム〉は呼ぶ。「グレイスフォードは冷酷だが賢くはないし、ロングは度胸があっても知謀に欠ける。リスリーは飲んだくれ、バーナードは信心馬鹿、ろくでなしヴォランティス人の〈親指〉はライス人より始末が悪

い。女は女だし、〈王の楯《キングズガード》〉は命令に従うばかりで、命令することに慣れてない。ルーカス・レイグッドは金色のマントを着て威張るのが大好きで、飲むのも闘うのも女と寝るのも、やつらのなかでは一番だが、陰謀家じゃない。そして、この全員とつながりがあるのはひとりの男——星嶺《せいれい》城、ダンストンベリー城、白き森《ホワイトグローヴ》城の城主、前〈王の手〉の、アンウィン・ピークだ」

王殺しの陰謀が暴露されたことで、おそらくほかの者たちも同じ疑念をいだいていた。謀叛人のなかには、前〈王の手〉と血縁があった者もいれば、ピーク公の口利きで地位を得た者もいた。ピークは陰謀にも長《た》けており、かつてはふたりの騎竜者の殺害を〈血まみれの鉄菱亭〉なる旅籠で企てた。しかし、この〈知られざる籠城〉のあいだ、ピークは星嶺城に留まっており、公の手下と思われる面々の誰ひとりとして公の名を挙げなかったので、アンウィン・ピークの関与は今もって証明されていない。

赤の王城に立ちこめる不信の瘴気があまりにも濃いために、弟のヴィセーリスがロウアン公の偽の自白を看破してから六日経っても、エイゴン三世は〈メイゴルの天守〉に留まっていた。グランド・メイスター・マンカンが使い鴉の群れを放ち、四十人の忠実な諸公をキングズ・ランディングへ呼び寄せるのを目にして、ようやく王は跳ね橋を下ろさせた。〈天守〉内では食料が尽きかけており、デネイラ王妃は夜ごと泣きながら眠りにつき、ふたりの側役の貴婦人は空腹で弱って、空壕を越えるのに手助けが必要なほどだった。

王が姿を現わしたころには、審問を受けたグレイスフォード公は共謀者の名前を挙げおえており、謀叛人の大部分は捕縛され、残りの者は逃亡し、マーストン・ウォーターズ、マーヴィン・フラワーズ、ルーカス・レイグッドは死亡していた。まもなくサディアス・ロウアンはふたたび〈手の塔〉に移ったが、公がとうてい〈王の手〉としての務めを再開できる状態にないのは誰の目にも明らかだっ

た。地下牢で加えられた仕打ちによって、ロウアン公は壊れていた。不意にかつての自分を取り戻し、毅然とふるまっても、次の瞬間にはこらえようもなく泣きじゃくりだす始末だった。切れ者であると同時に残酷でもあった〈マッシュルーム〉は、この老人をよくからかい、ありえない罪を犯したのだろうと水を向けては、とんでもなく馬鹿げた自白を引き出して喜んでいた。

〔ある夜に、ロウアン公に〈ヴァリリアの破滅〉を自白させたことをよく覚えてる〕と『証言』でこびとは語っている。〔宮廷は爆笑に包まれたが、いま思い返すと恥ずかしくて顔が赤くなる〕

　月がひとめぐりしても、ロウアン公に回復の兆しがほとんど見られないことから、グランド・メイスター・マンカンは王を説得して〈王の手〉の職からロウアン公を解任させた。ロウアンは自身の居城である黄金樹林城《ゴールデングローヴ》へ出発し、健康を取り戻した暁にはキングズ・ランディングへ戻ってくると約束したが、その道中、ふたりの息子に看取られて亡くなった。その年は以後、グランド・メイスターが摂政と〈王の手〉を兼任した。王国は統治を必要としており、エイゴンはいまだ成年に達していなかったからである。しかし、グランド・メイスター職としての頸飾《けいしょく》を授かり、奉仕を誓ったマンカンは、名家の領主や聖別された騎士を断罪する資格は自分にはないと感じていたので、謀叛人たちは地下牢に閉じこめられたまま、新たな〈王の手〉の就任を待つことになった。

　旧年が過ぎ去り、新年を迎えるころには、王の召喚に応えた諸公がキングズ・ランディングに続々と到着した。使い鴉は着実に役目を果たしていた。公式に大評議会として召集されてはいないものの、ＡＣ一三六年の諸公による会議は、ジェヘアリーズ老王がＡＣ一〇一年に全土の諸公をハレンの巨城《ホール》に召集して以来の、七王国で最大級の諸公による会議となった。キングズ・ランディングはすぐに人であふれかえり、王都の宿屋や娼婦や商人たちを喜ばせた。

　参加者の大半は王領や河川地帯《リヴァーランド》、嵐の地《ストームランド》、そして谷間《ヴェイル》から来ていた。谷間の内乱はオークンフィス

ト公と〈流血のベン〉ことベンジコット・ブラックウッドについに平定され、〈黄金の隼〉、〈狂える後継者〉、〈青銅の巨人〉、その支持者たちはみな屈服し、ジョフリー・アリンを君主と認め、忠誠を誓った（ガンサー・ロイス、クェントン・コーブレイ、イゼムバード・アリンもオークンフィスト公と連れ立って会議に参加しており、さらにジョフリー・アリン公その人も同行していた）。ジョハナ・ラニスターは従兄弟ひとりと旗主三人を送って西部の名代とし、トーレン・マンダリーは四十人の騎士と従兄弟たちを連れてホワイト・ハーバーから船で訪れ、ライオネル・ハイタワーとレディ・サムはオールドタウンから六百人の随員を引き連れてきた。しかし、もっとも巨大な随行団はアンウィン・ピーク公のもので、千人の兵と五百人の傭兵を連れてきていた（「この男ときたら、何がそんなに恐ろしかったのかね？」と〈マッシュルーム〉は皮肉っている）。

（エイゴン王は列席しないと決めたため）だれもすわっていない〈鉄の玉座〉のもと、諸公は王が成人に達するまで統治を行なう新たな摂政たちを選出しようとした。会合は二週間以上つづいたが、始まったときから少しも合意に近づいていなかった。諸侯を導く力強い王の手腕が欠けていたことで、一部の貴族は旧来の不満を爆発させ、なかばまで癒えた〈舞踏〉の傷から新たな血が流れだしはじめていた。かといって、強力な人物は敵が多すぎるし、格の低い貴族は財力の乏しさや力の弱さを理由に侮られる。とうとうグランド・メイスター・マンカンは合意に達することは望み薄と考え、くじ引きで三人の摂政を選ぶことを提案した。ヴィセーリス王子がこの案に賛成したことから、提案は受諾された。当籤《とうせん》したのは、ウィリアム・スタックスピア、マーク・メリーウェザー、ローレント・グランディソンで、正直なところ、いずれも平凡かつ無難な人物だった。

さらに重大な問題が〈王の手〉の選出である。集まった諸公はしぶしぶのていで、この事案を新たな摂政たちに委ねた。河間《リーチ》平野出身の者が多かったことから、アンウィン・ピークにもう一度〈王の

手〉に就いてもらうとの意見が出たが、ヴィセーリス王子が、兄王はもっと若く〝宮廷を謀叛人で埋め尽くしたりしそうにない〟人物を欲していると明言したことで、早々に立ち消えた。アリン・ヴェラリオンの名も挙がったが、若すぎると見なされた。カーミット・タリーやベンジコット・ブラックウッドも同じ理由で却下された。かわりに摂政たちは、北部人でホワイト・ハーバーの領主、トーレン・マンダリーに目を向けた……諸公にはあまりなじみのない人物だったが、まさに同じ理由から、地峡《ネック》の南に敵はいない人物でもあった（おそらくその例外がアンウィン・ピークで、公は遠いむかしの軋轢を忘れていなかった）。

「よかろう、引き受けた」とトーレン公はいった。「しかし、ライスの盗賊どもと連中のいまいましい銀行の処理をするなら、金勘定に強い男がひとり要《い》るな」

そこでオークンフィストが立ちあがり、谷間の〈黄金の隼〉ことイゼムバード・アリンを推挙した。ピーク公とその支持者への譲歩としては、〈大斧〉のゲドマンド・ピークが提督兼海軍相に指名されている（オークンフィストはこれに腹を立てるよりも戸惑っていたが、この人選は適任だ、「サー・ゲドマンドは船に金を払うのが好きだし、おれはそれを航海させるのが好きだ」からと語ったともいわれている）。サー・レイナード・ラスキンは〈王の楯《キングズガード》〉の総帥になり、いっぽう、〈王都の守人〉の総帥にはサー・エイドリアン・ソーンが選ばれた。ソーンは元〈獅子の門〉の守門長で、ルーカス・レイグッド時代の守門長七人のうち、唯一、陰謀に関与したとして告発されなかった人物だった。

こうして一件落着となった。残るはエイゴン三世が玉璽《ぎょくじ》を押すだけとなり、翌朝、王は異議を唱えることもなく押印をすませると、自室での孤独という快適な環境にふたたび閉じこもった。

新たな〈王の手〉はさっそく王国の実務に取りかかった。最初の仕事は気が滅入るものだった。〈白き髪のゲイモン〉を毒殺し、王に対する謀叛を計画した者たちの審問会である。被告人は四十二

人にものぼった。グレイスフォード公が名前を挙げた者たちが厳しく問い詰められ、また別の者の名を挙げたためである。十六人が逃亡し、八人がすでに亡くなり、残る十八人が審理にかけられた。うち十三人は王の審問官たちが抜群に口が上手《うま》かったこともあって、すでにある程度の関与を自供していた。五人は依然、無実を主張し、自分たちはロウアン公の謀叛を心から信じており、それゆえ王を葬ろうとするライス人から主君を救わんと陰謀に加わったのだと供述した。

審理は三十三日間続いた。ヴィセーリス王子は連日出席し、よく妃のレディ・ラーラを連れていたが、その腹はふたりの二番めの子供で膨らんでおり、夫妻の息子エイゴンも乳母といっしょに来ていた。エイゴン王は三度、ガレス・ロング、ジョージ・グレイスフォード、セプトン・バーナードの判決が下される日にだけ姿を見せた——残りの被告人にはなんの関心も示さず、謀叛人たちの運命を尋ねることもなかった。デネイラ王妃は一度も出席しなかった。

サー・ガレスとグレイスフォード公は死罪を宣告されたが、ふたりともかわりに黒衣をまとうことを選んだ。マンダリー公は判決で、ふたりは次のホワイト・ハーバー行きの船に乗せられ、そこから〈壁〉に移送されると言い渡した。総司祭《ハイ・セプトン》が書状でセプトン・バーナードに対する温情を求め、〝祈りと冥想と善行を通じて罪業を悔い改めるかもしれない〟と説いたことから、マンダリーはバーナードを処刑人の斧にかけるのをやめた。かわりにバーナードは去勢され、自分の一物を首に掛けて、裸足でキングズ・ランディングからオールドタウンまで歩く刑を下された。

「もし生き延びたら、聖下が何か使い途を見つけてくださるかもしれん」というのが〈王の手〉の意向だった（バーナードは実際に生き延び、筆写者として沈黙の誓いを立て、残りの生涯を〈七芒星堂〉で聖なる書物を書き写すことに費やした）。

告発されて捕まった（数人は逐電《ちくでん》した）金色のマントたちは、サー・ガレスとグレイスフォード公

をまねて、首を失うよりはと黒衣をまとうことを選んだ。生き残った〈指〉たちも同じ選択をした……しかし、かつて王の首斬り役人だったサー・ヴィクター・リスリーは、聖別された騎士としての権利を行使し、〝神々と人々の前で、わが身命を賭けて無実を証明する〟と決闘裁判を要求した。陰謀の加担者としてリスリーの名を最初に挙げた人物、サー・ガレス・ロングが要求に従って裁きの場に連れ戻され、リスリーと対決させられた。

「おまえはいつでも底なしの愚か者だな、ヴィクター」サー・ガレスは長剣を手に収めると、そういった。前武術指南役は前首斬り役人をすみやかに片づけると、玉座の間の壁際にいた死刑囚たちに笑顔で向き直り、問いかけた。「ほかに誰か？」

もっとも厄介だったのが、告発された三人の女の審問で、いずれも高貴な生まれの貴婦人であり、王妃の側役だった。ルーシンダ・ペンローズ（〈乙女の日〉の舞踏会が開催される前に鷹狩りをしていたところを襲われた、あの娘である）はデネイラを亡き者にしようとしたことを認め、こういった。

「もしわたしの鼻が切り裂かれていなければ、わたしがあの娘に仕えるのではなく、あちらがわたしに仕えていたはずなのに。今では誰もわたしをもらってくれない、あの娘のせいよ」

カサンドラ・バラシオンは、よくサー・マーヴィン・フラワーズと床をともにし、ときにはサー・マーヴィンの命令で〈虎のテッサリオ〉とも寝ていたことを告白した。

「でも、あの人にいわれたときだけです」

ウィリアム・スタックスピアが、〝おそらくその同衾は、あのヴォランティス人に約束された報酬の一部だったのだろう〟とそれとなく伝えると、レディ・カサンドラは号泣した。しかし、レディ・カサンドラの告白も、レディ・プリセラ・ホッグのそれと並べれば色あせるものだった。少しばかり頭の弱い、十四歳の惨めな少女は、過度にふくよかで背も低く、顔も並以下だったが、どういうわけ

か、〈ライスのラーラ〉が亡くなりさえすれば、ヴィセーリス王子が自分と結婚してくれると思いこんでいたのである。

「わたしを見ると、殿下はいつも笑ってくださるんです」レディ・プリセラは審理でそう証言した。「それに、一度階段ですれ違ったとき、王子の肩がわたしの胸に触れちゃって」

マンダリー公、グランド・メイスター・マンカン、そして摂政たちは、おそらく（〈マッシュルーム〉は〝おそらく〟ではなく、断言しているが）これまで言及されなかった四人めの女の名前を引き出そうと、この三人の女を念入りに取り調べた――レディ・クラリス・オズグレイ――アンウィン・ピーク公の、未亡人の叔母である。レディ・クラリスは以前、ジェヘイラ王妃のときにそうしていたように、デネイラ王妃の使用人や侍女、側役をすべて監督しており、自白した謀叛人の多くとも顔なじみだった（〈マッシュルーム〉によると、レディ・クラリスとジョージ・グレイスフォードは恋人同士で、彼女が拷問で昂ぶるたちなものだから、時折地下牢で審問長の仕事を手伝っていたという）。もしレディ・クラリスが関与していれば、アンウィン・ピークもまた関与している可能性が高い。しかし摂政たちの追及は徒労に終わり、トーレン公が単刀直入にレディ・クラリスが共犯かとたずねても、三人の被告人の女はただ首を横に振るばかりだった。

陰謀に加担していたのはまちがいないが、三人の女が果たした役割は比較的軽いものだった。こうした事情と性別を理由に、マンダリー公と摂政たちは娘たちに慈悲を示すことにした。ルーシンダ・ペンローズとプリセラ・ホッグは鼻をそぎ落とす刑を宣告されたが、〈正教〉に身を捧げるならば、その誓いに忠実であるかぎり執行を猶予されるとの条件付きだった。

カサンドラ・バラシオンはその高貴な生まれにより、同じ刑罰を免れた。なんといっても、レディ・カサンドラは故ボロス公の長女であり、現嵐の果て城《ストームズ・エンド》城主の姉君であるし、かつてはエイゴン二世

とも婚約していた女性である。カサンドラの母レディ・エレンダは体調が優れず、審理に出席できなかったので、息子の旗主三人を嵐の果て城《ストームズ・エンド》の名代として送ってきていた。旗主たちを（そして所領と砦が嵐の地に属するグランディソン公を）通じて、レディ・カサンドラはサー・ウォルター・ブラウンヒルという下級騎士との結婚が決まった。この騎士は怒りの岬《ケープ・ラス》に数百エーカーの所領を有し、しばしば〝泥と木の根で〟できたと称される城に住んでいた。妻に三度先立たれ、前妻たちとのあいだには十六人の子供がいたが、そのうち十三人はまだ存命だった。この継子たちを世話し、自分でもサー・ウォルターとのあいだに息子や娘を作れば、レディ・カサンドラもこれ以上、謀叛を企むことはないだろうというのがレディ・エレンダの考えだった（そして実際、その考えのとおりとなった）。

こうして謀叛人の審理は最後まで片づいたが、赤の王城の地下牢はまだ空になっていない。レディ・ラーラの兄ロソとロゲリオの処遇が残っている。大逆や殺人、謀叛についてては無実だったものの、ふたりには依然、詐欺と横領の容疑がかかっていた――ロガーレ銀行の倒産は、ライス同様、ウェスタロスでも数千人の破産につながったのである。婚姻でターガリエン家とつながりを得たとはいえ、この兄ふたりは王でも王子でもなく、貴族の称号も形ばかりにすぎないということで、マンダリー公とグランド・メイスター・マンカンは合意した――兄弟は裁かれ、罰せられることになった。

この件に関して、自由都市ライスは七王国よりはるかに早くから着手しており、ロガーレ銀行の倒産は必然的に〈偉大なるライサンドロ〉が勢力拡大に努めてきた一族の完全な崩壊へとつながった。ライサンドロが娘のライサラに遺した豪邸は、ほかの子供たちの館や調度品一式とともに差し押さえられた。ドラコ・ロガーレの持つ交易ガレー船団のごく一部は、事前に一族の没落を耳にし、方向転換してヴォランティスへ向かったが、残りの船は、逃れたこの九隻を除き、すべて積荷ごと差し押さえられ、ロガーレ家の埠頭や倉庫も接収された。レディ・ライサラは黄金や宝石やドレスを、レディ

・マーラは書物を没収された。フレド・ロガーレは〈芳しの園〉を売り払おうとしていたところを、大人《マジスター》たちに差し押さえられた。フレドの奴隷たちも、フレドの兄弟姉妹（嫡出・庶出を問わず）の奴隷たちも売り飛ばされた。それでも銀行の破産によって残った借金の十分の一にも満たないと判明すると、ロガーレ家の親族そのものが、子供ともども奴隷として売られた。フレドとライサロの娘たちは、ほどなく子供時代の遊び場だった〈芳しの園〉に戻ってきたが、いまや持ち主ではなく奴隷の身だった。

一族の破滅の張本人であるライサロ・ロガーレも、無事逃げおおせはしなかった。ライサロと去勢兵士の護衛は、ロイン河河畔の都市ヴォロン・セリスで渡し船を待っているところを追手に捕まった。〈穢れなき軍団〉は忠誠を貫き、最後の一兵となってもライサロを守ろうと戦った……が、ライサロに残された手勢はわずか二十人で（ライサロは百人の〈穢れなき軍団〉を連れてライスから逃げたが、道中でその大半を売り払わざるをえなかった）、すぐに包囲され、波止場の付近で血みどろの混戦が繰り広げられた。捕まったライサロはロイン河河口のヴォランティスに送られ、そこで同都市を統べる三頭領《トライアーク》は、ライサロの弟ドラコに対し、兄の身代金としてけっこうな額を突きつけた。ドラコは身代金の支払いを拒否し、かわりにライサロをライスに売ってはどうかとヴォランティスに提案した。こうしてライサロ・ロガーレは、ヴォランティスの奴隷船内で鎖に繋がれて櫂を漕ぎ、ライスに戻ってきた。

裁判の最中、横領した大金をどうしたのかと訊問されたライサロは笑い、出席していた大人《マジスター》の一部を指差して、こういった。

「そこのそいつにつかませる賄賂に使ったのさ。それに、あいつにも、こいつにも、そいつにも」と、口を閉じさせられるまでに、十数名の男を指差した。

この指摘もたいした助けとはならなかった。ライサロが買収したはずの者たちも、ほかの者たちといっしょに、ライサロの有罪に票を投じた（そして賄賂は返さなかった。ライスの大人《マジスター》が名誉よりも金欲を優先するのは周知のとおりである）。

ライサロに下された判決は、〈交易の神殿〉前の柱に、裸のまま鎖で縛られるというものだった。ライサロに財産をだまし取られた者たちには鞭打つことが認められ、損失額に応じて各人の鞭打つ回数が取り決められた。こうして刑は執行された。ものの本によれば、鞭を振るった者のなかには、ライサロの妹ライサラと弟フレドもいたといわれており、またほかのライス人たちはライサロがいつ死ぬかで賭けをしていたという。ライサロは鞭打ち初日の七時間めに力つき、死亡した。その骨は三年間、柱に鎖でつながれたまま残され、その後、弟のモレドによって下ろされると、一族の納骨堂に収められた。

この事例からして、控えめに見ても、ライスの正義は七王国のそれより相当苛烈なものだといえる。ウェスタロスの多くの人々は、ロソとロゲリオがライサロと同じく悲惨な運命を迎える場面を楽しみにしていたであろう。ロガーレ銀行の倒産は大貴族の懐にも貧しい小売商の懐にも、等しく打撃を与えたからである……しかし、このライス人を心の底から憎んでいる者たちでさえ、ロソとロゲリオのどちらかいっぽうでもライスにおける兄ライサロの横領を知っていた——あるいは、その横領からなんらかの形で利益を得ていた——そんな証拠の片鱗すら示せなかったのである。

結局、銀行家のロソは自分のものではない金銀や宝石を受け取り、求めに応じて同じものを返却できなかったことで、窃盗の罪を宣告された。マンダリー公はロソに黒衣をまとうか、普通の盗賊のように右手を切り落とすかの選択を与えた。

「それなら、インドロスに讃えあれ、わたしは左利きだ」とロソはいい、切断を選んだ。

　ロソの弟ロゲリオにはなんの容疑も見つからなかったが、それでもマンダリー公は鞭打ち七回を宣告した。

「なんの罪で?」と驚いたロゲリオがたずねると、

「どうしようもないろくでなしのライス人だからだ」とトーレン・マンダリーは答えた。

　刑の執行後、ふたりはキングズ・ランディングを離れた。ロゲリオは自分の娼館を閉鎖し、建物、敷物、カーテン、ベッド、その他の調度品、さらに鸚鵡《オウム》や猿たちを売り払い、それで得た金で船を一隻買い入れ、その大型交易船《コグ》に《人魚の娘《マーメイズ・ドーター》》と名づけた。こうしてロゲリオの娼館〈人魚〉は《人魚の娘》として生まれ変わった。ただし、今度は帆つきでだ。それから何年も、ロゲリオは〈狭い海〉を船で行き来し、香料入りワインや異郷の食物、柔肌の快楽を、大きな港の住人にも貧しい漁村の住人にも売りこんだ。ロソは片手を失ったあと、ライオネル・ハイタワー公の愛人レディ・サマンサに雇われて、オールドタウンへ帰る彼女についていった。ハイタワー家はライスにわずかな額しか預託していなかったので、ウェスタロス全土でも有数の、おそらくキャスタリー・ロック城のラニスター家に次ぐ富裕な一族の座を維持しており、レディ・サムはその金をさらに活用する方法を学びたがっていたのだ。こうしてオールドタウン銀行が誕生し、ハイタワー家を今なお富ませつづけている。

(レディ・ラーラとともにキングズ・ランディングに来た三兄弟の長兄、モレド・ロガーレは、この審理のころはブレーヴォスに滞在し、〈鉄の銀行〉の鍵主《キイホルダー》たちと交渉していた。この年が暮れる前に、モレドはブレーヴォスから多額の資金を得てタイロシュに渡り、そこでライス攻撃のための船団と傭兵団を傭うこととなる。しかし、この話は本書で扱う範疇を超えるので、別の機会としよう)

　エイゴン三世王はロガーレ兄弟の審理のあいだ、一度も〈鉄の玉座〉に姿を見せなかったが、ヴィセーリス王子は毎日姿を見せ、妃のそばにすわった。〈ライスのラーラ〉が〈王の手〉の裁決に何を

思ったかは〈マッシュルーム〉も宮廷の記録も伝えておらず、ただトーレン公が評決を下したときにすすり泣いたという記述があるのみである。
その後まもなく、諸公は各々の居城へ出発しはじめ、キングズ・ランディングは新たな摂政と〈王の手〉のもと、以前の暮らしを再開した……が、影響力は摂政より〈王の手〉のほうが大きかった。〔神々はわれらが新たな摂政をお選びになった〕と〈マッシュルーム〉は述べる。〔そしてどうやら、神々は諸公と同じくらい間抜けらしい〕
〈マッシュルーム〉の観察眼はまちがっていなかった。スタックスピア公は鷹狩りを好み、メリーウェザー公は宴を好み、グランディソン公は寝ることを好んでいて、三者ともほかのふたりを愚か者だと思っていた。しかし、結局それもたいした問題にはならなかった。トーレン・マンダリーが誠実かつ有能な〈王の手〉だったからである。無愛想で大食漢ではあったが、公正だったという人物評は的確だといえよう。エイゴン王がけっしてトーレン公と親しくならなかったのは事実だが、王は人を信じるという性質を持ち合わせておらず、昨年の出来事の数々は猜疑心を深めるほうにばかり働いてしまったのだ。トーレン公のほうも、王に対してあまり敬意を示さなかったといわれており、ホワイト・ハーバーの娘に書き送った手紙では、〝あの拗《す》ねた小僧〟呼ばわりしている。しかし、マンダリーもヴィセーリス王子には好意を抱き、またデネイラ王妃のことを溺愛した。
この北部人が〈王の手〉を務めた期間は比較的短かったが、それでもけっして安穏としていたわけではなかった。〈黄金の隼〉ことイゼムバード・アリンの強力な助けを借りて、マンダリーは大規模な税制改革を行ない、王室の収入を増やすとともに、ロガーレ銀行の横領で損失をこうむったと証明できる者には部分的な救済措置をとった。また、〈王の楯《キングズガード》〉の総帥と共同で、白騎士をふたたび七人まで補充し、サー・エドマンド・ウォリック、サー・デニス・ホイットフィールド、サー・アグラモ

ア・コブに白のマントを授け、マーストン・ウォーターズ、マーヴィン・フラワーズ、エモーリー・ピークの後任とした。アリン・オークンフィストがヴィセーリス王子解放のために調印した協定については、この取り決めが自由都市ライスとではなくロガーレ家となされたこと、そのロガーレ家がもはや存在していることは言いがたいことを根拠に、公式に破棄した。

サー・ガレス・ロングが〈壁〉に送られたことで、赤の王城には新たな武術指南役が必要となった。マンダリー公はこの役目に、サー・ルーカス・ロスストンという若く優秀な剣士を任命した。草伏《くさぶ》しの騎士を祖父に持つサー・ルーカスは、忍耐強い教師であり、すぐにヴィセーリス王子のお気に入りとなったばかりか、エイゴン王からも、不承不承ではあるものの、ある程度の敬意を勝ち取った。マンダリー公はさらに、審問長にはメイスター・ロウリーという、オールドタウンから来たばかりの新参の若者を選んだ。ロウリーはオールドタウンではウェスタロス史上もっとも治療の技に精通していると評判の、アーチメイスター・サンドマンの下で学んだ人物である。この人選を進言したのはグランド・メイスター・マンカンだった。

「痛みを和らげる術《すべ》を知る者は、与える術もまた知っております」マンカンは〈王の手〉に話した。「しかし、これまた重要なことは、仕事を義務と考え、愉楽とは思わない審問長を選ぶことです」

〈鍛冶の日〉の前日、〈ライスのラーラ〉はヴィセーリス王子の次男を出産し、大きくたくましいこの赤子に、王子はエイモンと名づけた。祝宴が催され、誰もがこの新たな王子の誕生を喜んだ……どうやらそうでなかったのが、一歳半年上の兄エイゴンで、揺りかごの中に置かれていたドラゴンの卵を赤子の弟にぶつけているところを見つかっている。もっとも、エイモンの大声ですぐにレディ・ラーラが駆けつけ、兄から卵を取りあげて諭したことで、とくに実害はなかった。

その直後、アリン・オークンフィスト公がいても立ってもいられなくなり、生涯六度におよんだ大

航海の二度めにあたる航海計画を練りはじめた。ヴェラリオン家は相当な額をロソ・ロガーレに預けていたため、財産の半分以上を失っていた。この大金を取り戻すため、アリン公は護衛として自家の戦闘ガレー船十二隻を含む大商船団を編成し、ペントス、タイロシュ、ライスに立ち寄りながら、オールド・ヴォランティスまで航海し、帰路でドーンを訪れるつもりだった。

この航海の前に、アリン公と妃は喧嘩をしたといわれている。レディ・ベイラはドラゴンの血筋で気が短く、夫君からドーンのアリアンドラ女大公の話を聞かされすぎたせいだという。しかし結局は、いつもどおり、ふたりは和解した。船団はオークンフィストの母の名にちなんだガレー船《大胆《ボールド》なマリルダ》に率いられ、その年半ばに出航した。ドリフトマーク城に留まったレディ・ベイラの腹の中では、アリン公のふたりめの子供が育っていた。

おりしも、王の十六回めの命名日が近づきつつあった。王国は安寧で、春花《はるはな》の盛《さか》りということもあり、トーレン・マンダリー公はエイゴン王とデネイラ王妃が、王の成年を記念して巡幸に出るべきだと判断した。少年王が自分の治める土地を見てまわり、自身の姿を民に示すのはよいことだと〈王の手〉は考えたのだ。エイゴンは背が高く、眉目秀麗だし、幼く愛らしい王妃は王に欠けている魅力を補ってくれるだろう。庶民はきっと王妃を愛するだろうし、それは堅苦しい若き王にとっても益となる。

摂政たちも賛同した。丸一年をかける大巡幸の計画が立てられた。この巡幸では王国各地のこれまで一度も王を目にしたことのない地域へエイゴン王を連れていく予定となっていた。一行はキングズ・ランディングからダスケンデールの町、乙女の池《メイドンプール》の町を経て、そこから船に乗り、鷗《ガルタウン》の町へ向かう。高巣城《アイリー》を訪れたあとは、ガルタウンに戻って北部に出航し、途中、三姉妹《スリー・シスターズ》諸島に立ち寄る。白い港《ホワイト・ハーバー》は、王と王妃が見たこともないほどの大歓待でおふたりを出迎えるだろうとマンダリー

公は請け合った。それからさらに北へ進んでウィンターフェル城に到着し、もしかすると〈壁〉にも立ち寄れるかもしれない。そのあとは南下して、〈王の道〉を下り、地峡《ネック》へ。双子城《ツインズ》ではサビサ・フレイ女公にもてなされ、〈使い鴉の木《レイヴンツリー》〉城館《ホール》のベンジコット公を訪ねる。そしてもちろん、ブラックウッド家を訪れたなら、同じだけの時間をブラッケン家にも費やす必要が出てくる。リヴァーラン城に数夜滞在したのちは、山岳地帯を越えて西部へ赴き、キャスタリー・ロック城のレディ・ジョハナを訪問する。

そこから〈海の道〉を南下して河間平野《リーチ》へ……ハイガーデン城、黄金樹林城《ゴールデングローヴ》、古き樫城《オールド・オーク》を歴訪し……赤い湖《レッド・レイク》にはドラゴンがいるので、エイゴンは気に入らないだろうが、避けるのは容易だろう……ついでにアンウィン・ピークの居城のひとつを訪れれば、元〈王の手〉の機嫌もいくらかは直るかもしれない。オールドタウンではきっと、ハイ・セプトンみずから王と王妃に祝福を授けることを承諾してくれるだろうし、ライオネル公とレディ・サムは、キングズ・ランディングをはるかに上まわるかの都市の壮麗さを王が御覧になるよい機会と歓迎してくれることだろう。

「この巡幸は、この一世紀、王国でついぞ見られなかったものとなるでしょう」とグランド・メイスター・マンカンは王に話した。「陛下、春は新たな始まりのときであり、これは陛下の御代の真の始まりを祝うものとなります。ドーンとの境界地方《マーチズ》から〈壁〉まで、誰もが陛下を自分たちの王さまであり、デネイラ殿下を自分たちの王妃さまであると知ることになるのです」

トーレン・マンダリーもこれに同意した。

「この血腥《ちなまぐさ》い城から出ることが、陛下にとってはよい薬になるだろう」とトーレン公が明言したのを〈マッシュルーム〉は耳にしている。「狩りもできるし、鷹狩りもできる、山をひとつふたつ登るのも、ホワイト・ナイフ川で鮭を釣るのも、〈壁〉を見物するのもいい。宴は毎晩開くことだ。多少肉

がついても、陛下ならちょうどいいくらいだろう。出来のいい北部エールを試させてさしあげよう、濃厚で、剣で切れそうなほどどろりとしたやつをな」

　王の命名日の祝賀会とそれに続く巡幸の準備で、来る日も来る日も、〈王の手〉と三人の摂政は忙殺された。王に同道したい諸公と騎士の名簿が作成され、破棄され、また作りなおされた。馬は蹄鉄を付けられ、鎧は磨かれ、荷馬車と屋形馬車は修理されて塗装しなおされ、旗は繕われた。何百という使い鴉が七王国じゅうを行き来し、ウェスタロスじゅうのあらゆる城主と土地持ちの騎士が王の来訪という名誉を請い願った。ドラゴンに乗って巡幸に同行したいというレディ・レイナの希望は丁重に断わられたが、姉のベイラは、望まれていようがいまいが、絶対に同行すると宣言した。王と王妃が着る予定の装束についても、入念な検討のうえで決定された。デネイラ王妃が翠の衣装を着る日は、エイゴン王はふだんの黒い服を着る。しかし、幼い王妃がターガリエン家の赤と黒の衣装を着る日は、王は翠のマントをまとう。こうすれば、どこへ行くときも、かつての双竜の色が揃うわけである。

　ついにエイゴン三世の命名日当日の陽が昇ったときも、二、三の問題はいまだ検討中だった。夜には玉座の間で大祝宴が開かれ、古くから続く錬金術師ギルドが、王国では誰も目にしたことがないほど荘厳な火術を披露する手筈だった。

　しかし、まだ朝も早いころ、トーレン公と摂政たちがタンブルトンを行路に含めるかどうかを議論していた小評議会の議事室に、エイゴン三世が入ってきた。

　若き王に続いて四人の〈王の楯《キングズガード》〉の騎士が議事室にものものしく入ってきた。〈影のサンドク〉もいる。顔の前にベールを垂らして黙然と佇《たたず》み、大剣を携えている。サンドクの不気味な存在感が部屋に暗い影を落とした。一瞬、トーレン・マンダリーでさえ、ことばを失ったほどだった。

「マンダリー公」急に訪れた静寂のなかで、エイゴン王は口を開いた。「もしそなたさえよければ、

余の歳を教えてはもらえぬか」

「本日で十六になられます、陛下」マンダリー公は答えた。「一人前の男です。あなたさまがご自分の手で七王国を統治なさるときが来ました」

「では、そうするとしよう」エイゴン王はいった。「そなたはわが席に座っているな」

その声音の冷たさに、部屋じゅうの人間がたじろいだと、後年、グランド・メイスター・マンカンは書き残すことになる。混乱と動揺に襲われつつ、〈影のサンドク〉を不安げに一瞥すると、トーレン・マンダリーは小評議会の円卓の上座から大きな図体をどけた。王のために椅子を引きながら、マンダリー公はいった。

「陛下、われらは巡幸について話していたところで――」

「巡幸は行なわぬ」席に腰かけた王は宣言した。「余には一年も馬上で揺られ、不慣れな寝床で眠り、酔っぱらった城主たちと空虚な社交儀礼を交わす気はない。その城主たちの半数は、自分の懐がわずかでも温まるなら、余が死ぬところを喜んで見ていることだろう。余に陳情したいことがある者は、向こうから〈鉄の玉座〉に参るがいい」

トーレン・マンダリーはねばった。

「陛下、この巡幸によって、御身に民草が寄せる敬愛はいや増すことでしょう」

「余は民に平和と糧と正義を与えるつもりだ。それでも民の愛が得られぬなら、〈マッシュルーム〉に巡業させる。それとも、踊る熊を送るのがよいか。むかし誰かから、平民の踊る熊に対する愛に比べたら、ほかのものはその半分にも満たぬと聞いた。今夜の祝賀会も中止の触れを出すがいい。諸公は自分の城へ帰し、食物は飢えた者に与えよ。膨れた腹と踊る熊を余の国是とする」

ついで、エイゴンは三人の摂政に顔を向けた。

「スタックスピア公、グランディソン公、メリーウェザー公、そなたらの働きに感謝する。以後、職を辞してもらってかまわぬ。余にはもう、摂政は必要ない」

「〈王の手〉はどうなさいます？　必要としておられますか？」マンダリー公はたずねた。

「王は自分自身が選んだ〈王の手〉を持つべきであろう」立ちあがりながら、エイゴン三世はいった。「そなたは確かに、余によく尽くしてくれた。その前はわが母にも仕えてくれた。だが、そなたを選んだのはわが諸公だ。そなたはホワイト・ハーバーに戻るがよい」

「感謝いたします、陛下」そういったマンダリーの声を、のちにグランド・メイスター・マンカンは唸り声だったと語っている。「この汚水溜めのような城に来てからというもの、まともなエールを口にしていなかったものですから」

そういって頸飾をはずし、小評議会の円卓に置いた。

それから二週間と経たないうちに、マンダリー公はわずかな側近の騎士と使用人を連れてホワイト・ハーバー行きの船に乗った……そのなかには〈マッシュルーム〉もいた。道化はこの大柄な北部人がすっかり気に入ったらしく、ホワイト・ハーバーでの職の申し出を二つ返事で引き受け、めったに微笑むことなく、けっして声を上げて笑わない王のもとを去ったのだった。

「おれは道化《フール》だが、あの愚か者《フール》に関わりつづけるほど愚か《フール》じゃない」と〈マッシュルーム〉は語っている。

このこびとは自分が見捨てた若き王よりも長生きすることになる。『証言』のうしろのほうの巻は、ホワイト・ハーバーでの生活や、ブレーヴォスの海頭《シーロード》の宮廷に滞在した日々、〈イッベン港〉への船旅、《もつれ舌の貴婦人《リスピング・レディ》》という船で旅役者の一座に加わった年月など、波乱に満ちた記録で埋まっており、それ自体、貴重なものだが、本書での目的にはそぐわない……こうして、残念ながら、この

口の悪いこびとはわれわれの物語から去らざるをえない。誰よりも信頼のおける記録者とはいいがたいものの、このこびとはほかの誰もあえて口にしようとしない真実を語り、しかも往々にして滑稽味が利いていた。

〈マッシュルーム〉によれば、マンダリー公とその一行が乗りこんだ交易船《コグ》は《陽気な水夫《ジョリー・ソルト》》という船名だったが、帆に風を受けながらホワイト・ハーバーへと北上する船内の雰囲気は、陽気とはほど遠かった。トーレン・マンダリーは娘に宛てた手紙でも明らかなように、〝あの拗《す》ねた小僧〟に一度も好感を抱いたことはなかったし、自分を解任したときのぞんざいな態度や、巡幸を〝抹殺〟したやり口を絶対に許す気はなかった。巡幸の唐突な中止は、マンダリーにとっては心底屈辱的で、自身への侮辱にも感じられた。

七王国の統治を自分の手中に収めて幾許《いくばく》もないうちに、エイゴン三世王は自分のもっとも忠良な臣下のなかに敵を作ってしまったのである。

こうして、摂政が統治した時代は不満とともに終焉を迎え、欠落王の欠けたる治世が始まったのだった。

171-172 **ヴィセーリス二世**
エイゴン三世の弟

172-184 **エイゴン四世**
下劣王。ヴィセーリス二世の長子
（王弟の〈ドラゴンの騎士〉ことエイモン王子は、ネイリス王妃の代理闘士だったが、一説によると、愛人であったともいう）

184-209 **デイロン二世**
有徳王。ネイリス王妃の子。父はエイゴン四世かエイモン王子のどちらか。
（デイロン二世は、ドーンの女大公《プリンセス》ミリアとの婚姻を通じて、ドーンを七王国に組み入れた）

209-221 **エイリス一世**
デイロン二世の第二子（子孫を残さず）

221-233 **メイカー一世**
デイロン二世の第四子

233-259 **エイゴン五世**
異例王。メイカー一世の第四子

259-262 **ジェヘアリーズ二世**
エイゴン異例王の第二子

262-283 **エイリス二世**
狂王。ジェヘアリーズ二世唯一の男子

トライデント河の戦いにて太子のレイガー・ターガリエンがロバート・バラシオンに討たれ、王城でエイリス二世が廃位されて殺されるにおよび、ドラゴンの王朝は終焉を迎えた。

ターガリエン王朝歴代王
エイゴンによる征服を元年とする

1-37　**エイゴン一世**
征服王、竜王

37-42　**エイニス一世**
エイゴン一世とレイニス王妃の子

42-48　**メイゴル一世**
残酷王。エイゴン一世とヴィセーニア王妃の子

48-103　**ジェヘアリーズ一世**
老王、調停王。エイニス一世の子

103-129　**ヴィセーリス一世**
ジェヘアリーズ一世の孫

129-131　**エイゴン二世**
ヴィセーリス一世の長子
（エイゴン二世の即位は、十歳年長の異母姉レイニラの異議申し立てを受けた。やがて反目は戦争に発展し、両者はともに死亡する。この戦いを、吟遊詩人たちは〈双竜の舞踏〉と呼ぶ）

131-157　**エイゴン三世**
滅竜王、不運王。レイニラの子
（ターガリエン家のドラゴンは、エイゴン三世の治世中に、最後の一頭が死亡した）

157-161　**デイロン一世**
若竜王、少年王。エイゴン三世の長子
（デイロン一世はドーンを征服したが、長くは保持できず、若くして死亡した）

161-171　**ベイラー一世**
徳望王、聖徒王。司祭《セプトン》にして王。エイゴン三世の第二子

ターガリエン家 系図

エイゴン一世征服王からエイゴン三世の即位まで

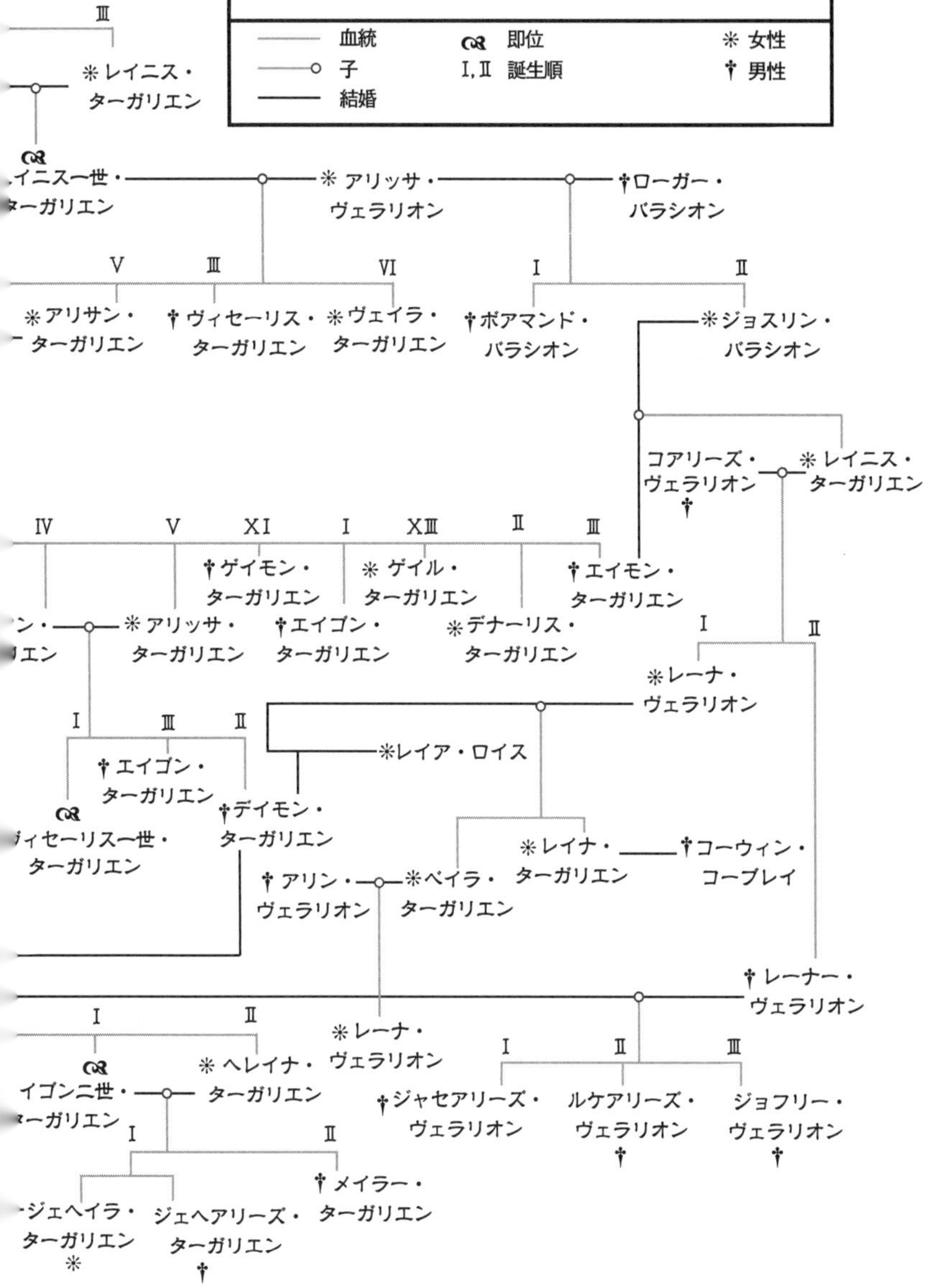

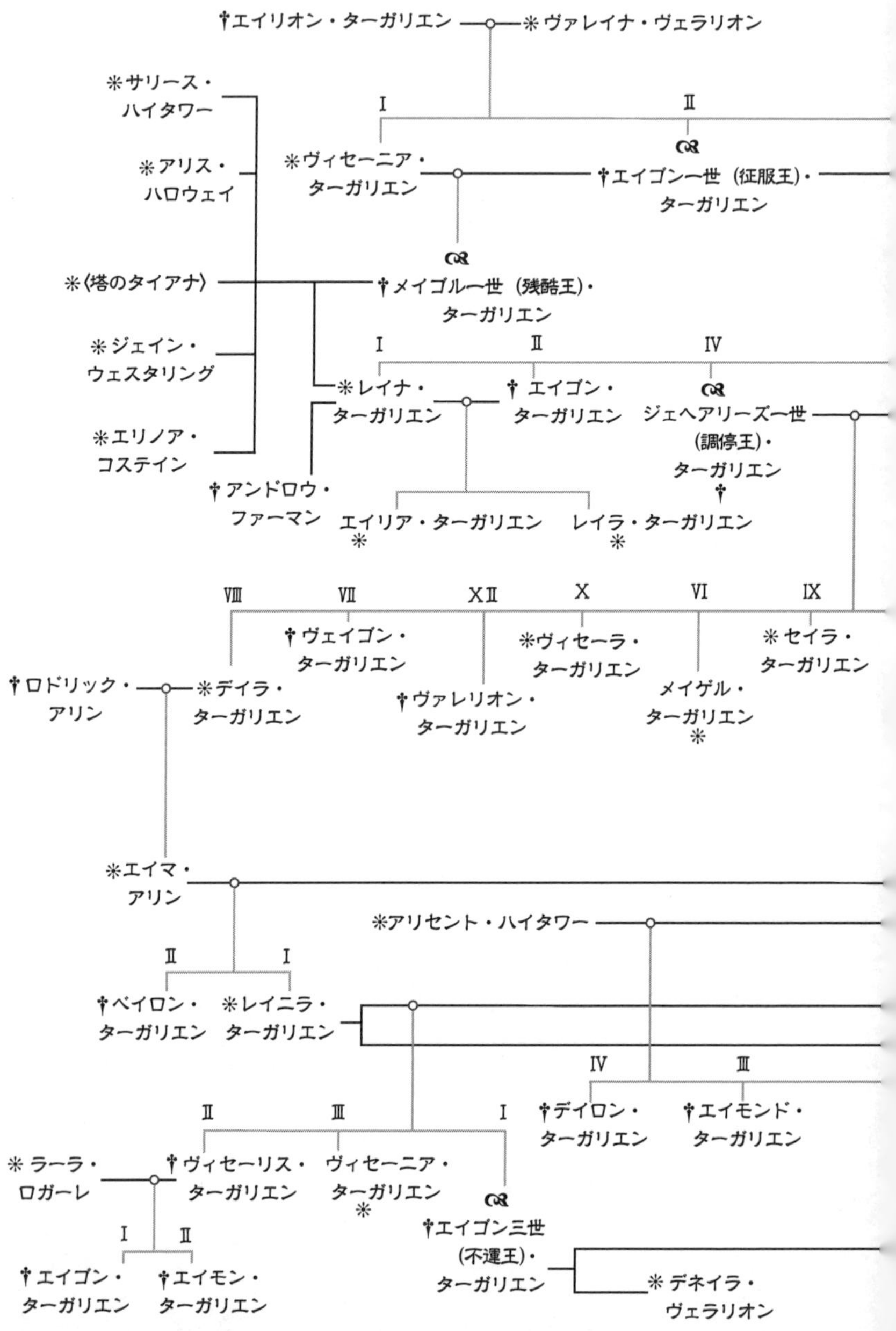

†エイリオン・ターガリエン
※ヴァレイナ・ヴェラリオン
Ⅰ
Ⅱ
※サリース・ハイタワー
※アリス・ハロウェイ
※ヴィセーニア・ターガリエン
†エイゴン一世（征服王）・ターガリエン
※〈塔のタイアナ〉
†メイゴル一世（残酷王）・ターガリエン
※ジェイン・ウェスタリング
※エリノア・コステイン
Ⅰ
Ⅱ
Ⅳ
※レイナ・ターガリエン
† エイゴン・ターガリエン
ジェヘアリーズ一世（調停王）・ターガリエン †
†アンドロウ・ファーマン
エイリア・ターガリエン ※
レイラ・ターガリエン ※
Ⅷ
Ⅶ
ⅩⅡ
Ⅹ
Ⅵ
Ⅸ
†ヴェイゴン・ターガリエン
※ヴィセーラ・ターガリエン
※セイラ・ターガリエン
†ロドリック・アリン
※デイラ・ターガリエン
†ヴァレリオン・ターガリエン
メイゲル・ターガリエン ※
※エイマ・アリン
※アリセント・ハイタワー
Ⅱ
Ⅰ
†ベイロン・ターガリエン
※レイニラ・ターガリエン
Ⅳ
Ⅲ
†デイロン・ターガリエン
†エイモンド・ターガリエン
Ⅱ
Ⅲ
Ⅰ
※ ラーラ・ロガーレ
†ヴィセーリス・ターガリエン
ヴィセーニア・ターガリエン ※
†エイゴン三世（不運王）・ターガリエン
Ⅰ
Ⅱ
†エイゴン・ターガリエン
†エイモン・ターガリエン
※ デネイラ・ヴェラリオン

レノア、エライアス、アンドレア、シド
わが山の〝寵臣《ミニオン》〟たちに

ドラゴン考

酒井昭伸（翻訳者）

〈氷と炎の歌〉本篇の前日譚、*Fire and Blood* の後半をお届けする。
〈氷と炎〉本篇も歴史小説の性質が色濃く、〝歴史家の手つき〟による記述が多いが、本書の場合は〝歴史書〟そのもの。なにしろ〝著者〟は〈知識の城《シタデル》〉の歴史家、大学匠《アーチメイスター》ギルデインで、ジョージ・R・R・マーティンはその部厚い歴史書を〝翻訳〟したにすぎない。ダグ・ホイートリーの挿絵が満載された原著には、ごていねいにギルデイン先生の肖像画まで載っている。

よくできた一般向けの歴史書には、小説とはまたちがった面白さがある。教科書よりはくわしく、といって専門書ほど詳細でも難解でもなく、歴史の流れをおおまかに俯瞰でき、かつ史実のはざまに埋もれた逸話も豊富で、読みものとして飽きさせない。本書はその典型で、筆者は若いころに読んだ中公文庫の『日本の歴史』や『世界の歴史』シリーズを連想した。あまりよくできているので、一瞬、本書が架空の歴史書であることを忘れそうになるほどだ。

もちろん、娯楽作品としてのツボも的確に押さえられている。本書で描かれる合戦・海戦の回数は本篇のそれを上まわり、活劇に割かれたページ数も多い。ここぞというシーンで小説仕立てにもなる。マイナーな登場人物たちの細部を冗長に感じる側面もあるが、本書の目的のひとつが人と魔獣双方の〝ドラゴン〟を漏れなく描くことにある以上、そこは〝仕様〟ということだろう。

いちばんの目玉は、魔獣のほうのドラゴンたちである。〈氷と炎〉本篇では本領の片鱗しか見せていないドラゴンたちが、本書では陸海空で大暴れし、ドラゴン同士の空中戦まで披露する。一昨年に完結したドラマ『ゲーム・オブ・スローンズ』最終章で描かれたドラゴン対艦隊戦やその他の戦いは、おそらく本書の描写を下敷きにしたものだろう。

マーティンがこうして歴史書の形式をとった背景には、右の理由や、諸般の大人の事情のほかに、やはり自身が〝歴史書〟を書いてみたいという欲求があったのではないかと思われる。

もともと作者、いや翻訳者のマーティンは歴史が好きで、ジャーナリズムを専攻した大学時代には歴史学を副専攻に選択していた。とりわけ北欧史に関心を持ち、エッダやサガに耽溺《たんでき》するかたわら、フィンランドの詩人リューネベリの詩「スヴェアボリ」に出会っておおいに感銘を受けている。

スヴェアボリ（のちのスオメンリンナ）とは、ヘルシンキ沿岸の群島を繋いで防壁を張りめぐらし、星形要塞を築いたスウェーデンの海上要塞のことで、一八〇八年、フィンランド戦争（第二次ロシア・スウェーデン戦争）においてロシア軍の攻囲を受け、陥落する。学期末レポートを書くにあたり、マーティンは指導教授の了承を得て、このスヴェアボリをテーマにした短篇小説を書き、提出した。同短篇を気に入った教授はそれを専門誌に送付。残念ながら、〝当誌には長すぎます〟との理由で、マーティンは生涯初の不採用通知を受けとることになるのだが、添えてあった編集者からの好意的な手紙に意を強くし、作家になる決意を固める。内通の背景も含めて、要塞陥落の顚末を描いた同作は、のちに大幅改稿され、“Under Siege”（「籠城」）としてホラーＳＦ短篇に仕立てられている。これは〈氷と炎の歌〉を生みだす先祖のひとつといっていい。短篇の題名は“Fortress”（「要塞」）。

さて、本書の成りたちだが、これは左記の四作（発表順）を合体させ、増補改訂したものだ。

①"The Princess and the Queen, or, the Blacks and the Greens"（「王女と王妃、または〈黒〉と〈翠《みどり》〉」）。初出マーティン&ドゾワ編テーマアンソロジー *Dangerous Women* (2013)。本書中の題は「竜の絆、いまは遠く」"The Dying of the Dragons"

もともとこのアンソロジーには、〈氷と炎〉本篇の百年前を描いた〈ダンク&エッグ〉シリーズの第四作を書きおろす予定だった。が、本篇第六部 *The Winds of Winter*（仮題『冬の狂風』）をはじめ、書くべきものが多すぎて、どうにも手がまわらない。刊行は遅れに遅れ、とうとう未発表作品を流用するはめに。それが〈双竜の舞踏〉を描いた物語――〈氷と炎〉本篇から二百年前の前日譚である。〈氷と炎〉本篇も薔薇戦争に想を得たというが、内容はむしろ〈双竜の舞踏〉のほうがそれに近い。第一巻の解説で堺氏が書いておられるとおり、これは〈氷と炎〉版『シルマリリオン』ともいうべき"GRR《グリ》マリリオン"（ともにマーティンの発音）用に書きためられた設定資料《サイドバー》（三十五万語！）の一部だが、いかんせん元原稿が長いため、同書には中篇に圧縮した形で掲載された。"著者"は当時からギルデイン。本書への収録にさいしては、中篇版の倍も長く、六万語へと大幅に改訂されている。本来の形にもどしただけでなく、大幅に書き足されたふしもある。中篇版では記録者として登場するマンカンやユースタスとちがい、一端役だった道化の〈キノコ頭《マッシュルーム》〉が、本書では貴重な情報源として登場、おおいにマーティンらしさを引き立てているからだ。

原題の直訳は「滅びゆくドラゴン」。だが、マーティンの処女長篇 *Dying of the Light* を踏まえていると思われるので、タイトルは同書の邦題『星の光、いまは遠く』に合わせた。むろん、私淑するヴァンスの *Dying Earth*〈滅びゆく地球〉も踏まえているだろうから、訳文中にはそれに対応する訳語も忍ばせてある。自作・他作の本歌取りが多いので、マーティンは油断できない。

②"The Rogue Prince, or, a King's Brother"（「無頼のプリンス、または王の弟」）。初出はマーティン&ドゾワ編テーマアンソロジー *Rogues*（2014）。本書中の題は「竜王の裔《すえ》たち　揺れる王位継承権」"Heirs of the Dragon — A Question of Succession"

これもアリモノを短縮した①の前段で、〝ギルデイン著〟の中篇。本書に収録するさい、長中篇へ大幅に改訂された。中篇版のタイトルが示すのは、もちろんデイモン・ターガリエンのことだ。

③ ***The World of Ice & Fire: the Untold History of Westeros and the Game of Thrones***（2014）（『〈氷と炎〉の世界　ウェスタロスと『ゲーム・オブ・スローンズ』の語られざる歴史』）

〈氷と炎〉の世界に関する歴史、地理、民族を概説した、カラー挿絵満載の百科全書。マーティンの膨大な設定資料《サイドバー》をもとに、イリオ・ガルシアとリンダ・アントンソン（マーティンの発音による）が執筆、いや、翻訳したもので、本当の執筆者はトメン一世期のメイスター・ヤンデルとなっている。右記の①と②も収録されているが、これはヤンデルがギルデインの許諾を得て、さらに圧縮した形で収録したという設定だ。

なお、ガルシアとアントンソンの両人は、〈氷と炎〉の古株ファンサイト、Westeros.org の創立メンバーで、マーティンをして「おれよりも〈氷と炎〉の世界にくわしい」といわしめた筋金入りのファン。同書刊行当日、ふたりはめでたく結婚している。

④"The Sons of the Dragon"「竜王の子ら」

初出はドゾワ編テーマアンソロジー *The Book of Swords*（2017）。

『炎と血』第一巻に初出と同題で収録。もうドゾワと共編でアンソロジーを編む余力もなく、新作を書きおろす時間もないため、最初は依頼を断わったが、①②と同様、アリモノでいいと請われ、この中篇を提供した。著者が名もなき一メイスターであるところを見ると、執筆時期は①②より早かったかもしれない。本書収録にあたり、これも長中篇に改訂され、著者はギルディンに改められた。

　以上四作をベースに、未発表の背景資料《サイドバー》を加えてマーティンがまとめたのが本書『炎と血』である。本来は〈氷と炎〉本篇の完結後に発表する予定の〝GRR《グリ》マリリオン〟が、その前半部分について、ここに前倒しで刊行されたわけだ。

　本書が初公開のパートも多い。第一巻に収録された「ジェヘアリーズとアリサン」中、エイリア・ターガリエン帰還の顚末を描くセプトン・バースの〝手記〟もそのひとつ。その鬼気せまる筆致は、影響を受けた二大作家の一方にラヴクラフトの名をあげるマーティンならではの迫力に満ちている。

　ただ、右の③も統合しているからか、マーティン以外の発想を感じる部分もある。

　驚いたのは、自由都市ライスの行政長官としてゴンファロニエーレ gonfaloniere が出てきたこと。〈氷と炎〉世界の自由九都市はイタリアの自治都市の投影で（たとえばブレーヴォスはヴェネツィア、ヴォランティスはフィレンツェの投影）、中世やルネッサンス期イタリア自治都市の役職が出るのはわかるものの、なんとイタリア語綴りそのままだ！　この地球のことばが英語化されていない綴りで登場したのは今回がはじめてである。ひとまず〝ゴンファロニアー〟と英語式に読みがなをつけたが、はたしてこれでよかったのかどうか。ほかにも本篇とのぶれを感じる部分はちらほらある。あるいは、物語が複雑かつ膨大になりすぎ、関与する者も増えてきて、マーティンにもコントロールしきれなくなっているのかもしれない。

もっとも、たとえば〈無頼のプリンス〉が覚悟を決めるあたりから（ここは中篇版のままだ）漂うビタースウィートな雰囲気、一転して苛烈な死闘にいたる流れには、まごうかたなきマーティン節が見られる。この静と動、侠気と狂気の鬩《せめ》ぎあいは、ちょっと余人にはまねできないだろう。

ところで、本書には二十四頭のドラゴンが登場する（逸話の中にのみ登場する個体がもう一頭）。既刊の個体もまとめた既知のドラゴン三十頭のリストを眺めると、なかなかに壮観だ（512ページ）。まず、竜種についてだが、本シリーズにはドラゴンのほかに、飛竜《ワイバーン》、地竜《ワイアーム》、海竜《シードラゴン》、氷竜《アイスドラゴン》への言及がある（いずれも物語には登場しない）。飛竜は実在らしく、ドラゴンは同種を基に、火を吐く魔獣に改造されたとする説がある。地竜 wyrm は、〝ワーム〟などいくつか読み方があるが、飛竜 wyvern との兼ねあいから〝ワイアーム〟説を採った。これは本書でも、一般の意味と同様、細長く翼のない、地上に棲息する竜の一種を指す。〈氷と炎〉本篇には近縁種（？）として、火吹き地竜《ファイアーワイアーム》の伝説が描かれている。本書で一部のドラゴンが〈地竜〉と呼ばれるのは、細身で地竜のように見える、または空を飛べなくなったという理由かららしい。海竜が実在したかどうか不明ながら、鉄《くろがね》諸島にある巨大な白骨は海竜のものとされる。氷竜も伝説の存在だが、もしかすると本篇では、ドラマとはちがって、本物が登場する気がしないでもない。南の大陸ソゾリオスには蜥蜴人《リザードマン》がいるとされるも、竜種と関係あるかどうかはわからない。

〈氷と炎〉のドラゴンは四足動物で、前肢が翼に変化している。頸《くび》は長く、蛇のようにとぐろを巻く。この状態を反映させたイラストは見たことがない。きっと絵にしにくいのだろう。全体の形としては翼竜ケツァルコアトルスに近く、頭部だけをティラノサウルスのそれに変えたような感じだろうか。あるいは、ラドンの頸をキングギドラの頸のひとつにすげかえた形というべきか？

体軀のわりに軽量なようだが（同じ大きさの馬よりも体重はずっと軽いとある）、鱗は耐熱・耐炎・耐衝撃性にすぐれ、爪牙《そうが》は鋭く鉄のように硬い。体色は個体ごとに千差万別で、ツートンカラーの個体が多く、鱗と鱗以外の部分で色がちがう個体、鱗に別の色の模様が入った個体と、構成は多様。作者がこうして色を組みあわせるのは、見た目の単調さを防ぐためなのだろう。全身が漆黒で目だけ赤く光るドラゴンもおり、このへんにもビジュアル優先の方針がほの見える。エイゴン二世の騎竜が金色ベース、烈女レイニス王女の騎竜が緋色ベース、茶色の娘〈刺草《イラクサ》〉の騎竜が泥茶色ベースなのは、自然の個性というよりも物語上の要請に基づく配色のようだ。

通常の生物と大きく異なるのは、体内に熱い〝炎の血〟がめぐり、炎の吐息《ブレス》や火球を吐くところ。設定からは、魔法生物にも遺伝子操作の産物にも思えるが、筆者にはなんとなく、ファンタシー界の住人というよりも大伴昌司の世界の住人のように見えている。

個体名にはヴァリリア語系とウェスタロス共通語（つまり英語）系の二系統がある。**Caraxes** は、綴りからして、作者はペルシア風の響きを意図したようだ。オーディオブックの発音はカラクシーズ。ただし、これはクセルクセスを英語でザークシーズと発音するのと同じ。日本人には異郷的な響きが感じられないため、本書ではペルシア語風にカラクセスとした。既出のメラクセスに合わせる意味もある。**Vhagar** はヴェイガーの発音が一般的らしい。が、この名はヴァリリアの神名に由来しており、英語式に「エイ」とは読みにくいことから、既出どおりヴァーガーとした。**Syrax** はサイラックスとシラックスの発音が見られるが、決め手に欠けるので、これも既出どおり、シアラックスとしている（本来は作者に問い合わせるべき部分だが、ブログの更新停止を宣言するなど、作者もかなりせっぱ詰まっているらしく、いまはあまり煩わせたくない。ジェイミー以外の固有名詞はもう好きに読んでくれていいと作者が公言していることでもあり、このへんは大目に見ていただければ幸いです）。

人間のドラゴンの場合、従来のカナ表記ルールを適用しにくい名前もある。Rhaena と Laena は、ルールではともにレイナとなるが、これでは綴りの違いがわからないので、後者はレーナとした。

王族の称号は、〈氷と炎〉本篇ではプリンスやプリンセスが基本ながら、王家の歴史書である以上、本書は王族だらけ。カナの称号では字数が増えるし、同じプリンスでも、王子と公子の区別が重要となるため、このさい漢字主体とした。クイーンの例ひとつとっても、現王妃、前王妃、先王妃、太后、女王と、五つの意味があり（今回はじめて、dowager「太后」という語が出てきたが、太后をたんにクイーンと呼ぶ例も多い）、訳し分ける必要があると考えたしだい。

例によって本書はオマージュも満載である。敵味方に分かれるヴァンス二家は、旅人の休息所《ウェイフェアラーズ・レスト》城がヴァンスの作品名に、アトランタ城が作品の舞台となる地名に由来する。紋章はともに四分割型で、前者は双眼と竜、後者は塔と竜が描かれる。双眼は『天界の眼　切れ者キューゲルの冒険』に由来し、塔は「最後の城」に由来、竜は『竜を駆る種族《ドラゴンマスターズ》』が元ネタ。緑色なのは阿修羅という竜種の含みか。ドラゴンマスターなる職も登場する。本来なら竜匠と訳すべきだが、本書ではターガリエン家の者が竜匠なので、一段下の竜丁とした。クァール・コーリーは（微妙に綴りがちがうが）、ゼラズニイのアンバー・シリーズの登場人物から。本書と既訳には出てこないが、この世界にはロジャーズ家なる一族がいて、その居城はアンバーリー城という。紋章には九王子が描かれている。ピーク家の人名はマーヴィン・ピーク著『ゴーメンガースト』の登場人物から。タリー家の人名は、超優秀な校正者に指摘されてようやく『セサミ・ストリート』のキャラクターに由来すると気がついた。

訳語は極力、既刊からの変更を控えたが、海標《ドリフトマーク》島は、流木《ドリフトウッド》が打ち寄せられる島の意味と判明したためドリフトマーク島に変更した。デュランドン家の名が登場したのに合わせ、同家のダランはデュランに。マジスターは商人だけではないので豪商《マジスター》から大人《マジスター》に。以上、お詫びして訂正します。

製作が進んでいるという本書の映像化は難しかろう。史料から再構成され、あくまでも推測の産物である歴史が、映像化されたとたん、実話として確定してしまうからだ。それを回避するためには、『ロッキー・ホラー・ショー』よろしく、折にふれてギルデイン先生が登場し、講義をする形くらいしか思いつかないが……まあ、そうはならんでしょうな。

本書の続巻は、やはり本書と同じほど部厚くなるという。ギルデイン先生は〈氷と炎〉開幕時の王、ロバート一世の治世まで生きたというから、続巻ではエイリス二世期のターガリエン王朝滅亡までがカバーされるのだろう。

ただし、このギルデイン先生、誠実な歴史家らしく、過去の各記録をつきあわせ、客観的な事実と思われる記述のみを選んで歴史を再構成しているものの、あまりドラゴンの生態にはくわしくなく、実態とは異なる決めつけが散見せられる。これは意図的なミスリードなのか、それともミスリードのふりを装った強調なのか……。このあたりは〝約束されたプリンス〟の伏線とも関わる部分なので、先生の真意をぜひ知りたいところだ。

気になる点がもうひとつ。本書には恐ろしい事実が秘められているかもしれない。ギルデイン先生晩年の同僚、アーチメイスター・マーウィンには、ドラゴンを根絶やしにしたのが〈知識の城《シタデル》〉だとする発言がある（『乱鴉の饗宴』下巻）。門外漢だからか、知っていてとぼけているのか、続巻で語るつもりなのか、本書にはそのあたりの事情がまったく触れられていない。マーウィンの言及が最後のドラゴンのみについてか、それともドラゴンという種全体についてかで話は変わってくるが、もしも後者であるとすれば、〈双竜の舞踏〉の影で糸を引いていたのは……。

マーティンならその線も充分にありそうなのが恐ろしい。

二〇二一年一月五日

既知のドラゴン				
No.	Dragon	ドラゴン	騎竜者	特徴
1	Arrax	アラックス	ルケアリーズ・ヴェラリオン	
2	Balerion	バレリオン〈黒い恐怖〉	エイゴン一世、メイゴル一世、エイリア、ヴィセーリス一世	鱗も飛膜も黒、炎は黒に赤混じり
3	Cannibal	カニバル	野生	全身、石炭のような漆黒、目は緑
4	Caraxes	カラクセス〈紅血の地竜〉	エイモン、デイモン	鱗は赤
5	Dreamfyre	ドリームファイア	レイナ、ヘレイナ	鱗は淡い青に銀の模様、頭冠は白銀飛膜は淡い青
6	Grey Ghost	グレイ・ゴースト	野生	全体に淡い灰白色、朝靄の色
7	Meleys	メレイズ〈赤の女王〉	アリッサ、レイニス	鱗は緋色、飛膜は浅紅色、頭冠と角と爪は輝く銅色
8	Meraxes	メラクセス	レイニス（竜王の妹）	全体に銀色、目は金色
9	Moondancer	ムーンダンサー	ベイラ	全体に淡い緑色、角と頭冠と翼支骨は真珠色
10	Morghul	モルグル	ジェヘイラが乗るはずだった	
11	Morning	モーニング	レイナ（デイモンの娘）	全体に東雲色、角と頭冠は黒
12	Quicksilver	クイックシルバー	エイニス一世、その子息エイゴン	吐く火球は淡い白
13	Seasmoke	シースモーク	レーナー、アダム（ともにヴェラリオン）	全体に灰色と白
14	Sheepstealer	シープスティーラー	〈刺草〉	全体に泥茶色
15	Shrykos	シュライコス	ジェヘアリーズ（エイゴン二世の子息）が乗るはずだ	

			ン〉	
17	Stormcloud	ストームクラウド	エイゴン三世	
18	Sunfyre	サンファイア〈黄金の地竜〉	エイゴン二世	鱗は金色、飛膜は浅紅色、吐く炎も金色
19	Syrax	シアラックス	レイニラ	全体に黄色
20	Tessarion	テッサリオン〈青の女王〉	デイロン	飛膜は呉須色、爪、頭冠、腹部の鱗は銅色、吐く炎はコバルトブルー
21	Tyraxes	タイラクセス	ジョフリー	
22	Vermax	ヴァーマックス	ジャセアリーズ・ヴェラリオン	
23	Vermithor	ヴァーミサー〈黄褐色の忿怒〉	ジェヘアリーズ一世、〈金剛のヒュー〉	鱗は黄褐色、飛膜は淡褐色
24	Vhagar	ヴァーガー	ヴィセーニア（竜王の姉）、ベイロン、レーナ・ヴェラリオン、〈隻眼のエイモンド〉	
以下のドラゴンは本書に未登場				
25	The Last Dragon	最後のドラゴン	なし	全体に緑、しなびた翼
26	Terrax	テラックス	ジェイネラ・ビレイリーズ	
27	Urrax	アーラックス		本書では逸話でのみ登場
28	Drogon	ドロゴン（黒竜）	デナーリス	鱗は黒、角と背中の突起、目は赤。炎の色は黒に赤が混じる
29	Rhaegal	レイガル（緑竜）		鱗と飛膜は翡翠色、目は黄褐色、炎の色は黄色、ときに赤が混じる
30	Viserion	ヴィセーリオン（白竜）		鱗はクリーム色、目、角、翼支骨、背中の突起は金色。歯と爪は黒。吐く炎は淡い金色に赤とオレンジ色が混じる

本書の翻訳は、「竜王の裔《すえ》たち」から「返り咲くも短命に終わった、エイゴン二世の悲惨な治世」までを酒井昭伸氏が、「大乱の余波」から「〈ライスの春〉と摂政制の終わり」までを鳴庭真人氏がそれぞれ担当し、全体の用語監修を酒井昭伸氏が行なった。（編集部）

酒井昭伸《さかいあきのぶ》
1956年生，早稲田大学政治経済学部卒　英米文学翻訳家　訳書『竜との舞踏』ジョージ・R・R・マーティン，『ジュラシック・パーク』マイクル・クライトン（以上早川書房刊）他多数

鳴庭真人《なるにわまさと》
1984年生，英米文学翻訳家　訳書『折りたたみ北京』ケン・リュウ編（共訳・早川書房刊）他多数

〈氷と炎の歌〉
炎《ほのお》と血《ち》 II

2021年1月20日　初版印刷
2021年1月25日　初版発行

著　者　ジョージ・R・R・マーティン
訳　者　酒井昭伸《さかいあきのぶ》　鳴庭真人《なるにわまさと》
発行者　早　川　　浩

発行所　株式会社　早 川 書 房
東京都千代田区神田多町2-2
電話　03-3252-3111
振替　00160-3-47799
https://www.hayakawa-online.co.jp

印刷所　三松堂株式会社
製本所　大口製本印刷株式会社

定価はカバーに表示してあります
ISBN978-4-15-209992-1 C0097
Printed and bound in Japan
乱丁・落丁本は小社制作部宛お送り下さい。
送料小社負担にてお取りかえいたします。

早川書房の単行本

三体

The Three-Body Problem

劉 慈欣《リウ・ツーシン》

大森 望、光吉さくら、ワン・チャイ訳

立原透耶監修

46判上製

尊敬する物理学者の父・哲泰《ジョータイ》を文化大革命で惨殺され、人類に絶望した中国人エリート科学者・葉 文 潔《イエ・ウエンジエ》。失意の日々を過ごす彼女は、ある日、巨大パラボラアンテナを備える謎めいた軍事基地にスカウトされる。そこでは、人類の運命を左右するかもしれないプロジェクトが極秘裏に進行していた……。アジア初のヒューゴー賞長篇部門に輝いた、現代中国最大のヒット作

三体 II 黒暗森林（上・下）

The Dark Forest

劉 慈欣《リウ・ツーシン》

大森 望、立原透耶、上原かおり、泊 功訳

46判上製

人類に絶望した天体物理学者・葉 文潔《イエ・ウエンジエ》が宇宙へと向けて発信したメッセージは、新天地を求める異星文明・三体世界に届き、かれらは千隻を超える侵略艦隊を地球へと送り出した。この絶望的な状況を打開するために、人類は前代未聞の「面壁《ウォールフェイサー》計画《プロジェクト》」を発動。人類の命運は、四人の面壁者に託されることとなった……！　全世界で2900万部を突破した超話題作〈三体〉第二部

〈氷と炎の歌〉

七王国の騎士

A Knight of The Seven Kingdoms

ジョージ・R・R・マーティン

酒井昭伸訳

ハヤカワ文庫ＳＦ

「ゲーム・オブ・スローンズ」で描かれる時代から約百年前、デナーリスから遡ること数代、前王朝ターガリエン家による統治が続くウェスタロス大陸で、諸国の城から城へ渡り歩く〝草臥しの騎士〟ダンクと、その従者となった少年エッグ――数奇な運命を背負う二人の波乱万丈の冒険を描く。「草臥《くさぶ》しの騎士」「誓約の剣」「謎の騎士《ミステリ・ナイト》」の3中篇を収録。解説／堺三保